阳光之下

YANGGUANG ZHI XIA

肖仁福

著

团结出版社

© 团结出版社，2021 年

图书在版编目（CIP）数据

阳光之下 / 肖仁福著 . 一北京：团结出版社，
2021.10（2024.12 重印）
ISBN 978-7-5126-8877-3

Ⅰ . ①阳… Ⅱ . ①肖… Ⅲ . ①长篇小说 – 中国 – 当代
Ⅳ . ① I247.5

中国版本图书馆 CIP 数据核字 (2021) 第 095280 号

责任编辑：赵广宁
封面设计：阳洪燕

出　　版：团结出版社
　　　　　（北京市东城区东皇城根南街 84 号　邮编：100006）
电　　话：（010）65228880　65244790（出版社）
　　　　　（010）65238766　85113874　65133603（发行部）
　　　　　（010）65133603（邮购）
网　　址：http://www.tjpress.com
电子邮箱：zb65244790@vip.163.com
　　　　　tjcbsfxb@163.com（发行部邮购）
经　　销：全国新华书店
印　　装：三河市东方印刷有限公司
开　　本：170mm×240mm　16 开
印　　张：28.5　　　　　　　　字　数：506 千字
版　　次：2021 年 10 月　第 1 版　　印　次：2024 年 12 月　第 4 次印刷

书　　号：ISBN 978-7-5126-8877-3
定　　价：76.00 元

一

走出刷着黄色墙漆的市纪委监委办公大楼,俞波涛大步来到停车坪里,钻进那辆银灰色低排量丰田,驶出市委大院,直奔位于城郊的觉园。

觉园是彦州市纪委监委审查调查留置对象的地方,过去称双规点,监察体制改革后叫留置点。近两个月来,作为主持第六审查调查室工作的副主任,俞波涛一直蹲在点上,负责查办张正义案。这是彦州纪委监委留置第一案,组织把案子交给俞波涛,是对他的信任,更是对他的考验,他不敢有丝毫懈怠,全身心扑在案子上,带领专案组成员,经过六十个日日夜夜的奋战,基本案情已然查清。

到了觉园,泊好车,俞波涛先上八号楼二层十六号房间,放下从家里带来的衣物,弯下腰,用鞋布抹去棕色皮鞋上的灰尘,快速抻抻西服,整整领带,扩扩胸,再出门往四号楼赶去。俞波涛从小喜欢运动,足球、短跑、击剑和跆拳道都有所涉猎,喜欢宽松的运动服和软底安踏球鞋。可自加入纪检队伍后,身份不同,工作时都是西装革履。尤其是在审案过程中,规整的着装是对工作对象的尊重,也能更好彰显纪检干部的精神风貌。好在俞波涛肩宽胸厚,西服穿在身上,显得挺拔威严,风度翩翩。

八号楼距四号楼不远。觉园共有九栋楼房,皆为青砖碧瓦,错落有致。高者十来层,低者两三层。一、二、三号楼有三层,为行政后勤楼;四、五、六号楼只两层,为留置和审查楼;七、八、九号楼最高,都有十层,为办案干部和留置大队辅警宿舍楼。俞波涛每次入驻觉园,几乎都会住进8216房。这是乘法口诀,八二一十六,容易记住,来谈事的同事不会敲错房间。

到了四号楼,亦即留置审查楼,俞波涛拿出门卡,刷卡进入院内。出于对留置对象的保护,安保格外严密,四周砌了高墙,墙头布着铁丝网。门禁森森,院门刷卡,楼门识脸,每位进出留置楼的人,都会留下详细记录。

步入楼厅,刷卡打开东边灰色铁门,上楼来到张正义专案组办公室,奚连江等专案组成员已等在那里。商量几句案情后,俞波涛对奚连江道:"咱俩见张正义去。"

两人下得楼来，回到门厅，把手机和钥匙串放到传达室，由值勤辅警做过安检，再打开西边灰色铁门，进入一楼留置区走廊。走到张正义留置室外，由楼管刷卡开门，进入室内。

留置室有二十多方平米。进门一条小过道，旁边的卫生间门敞开着，没装门页，里面有软包马桶、洗脸池和淋浴喷头。经由过道往里，迎面是开得很高的窄窄方窗，可望见外面青青树叶。浅灰色软包墙体，墙上贴着红色党旗和入党誓词。党旗和誓词下摆着两把高背皮椅和一把矮背皮椅，同样都是灰色。皮椅前有张条桌，归办案和看护人员使用。条桌对面墙边一张圆几和一把圆凳，供留置对象接受谈话和书写检查材料用。与高窗正对的墙根则放着活动床，可平放，亦可侧立。

俞波涛和奚连江进入留置室时，张正义正躺在床上假寐。负责看护张正义的辅警大声道："赶紧起床，俞主任和奚处长到。"张正义应道："是是是。"起身叠好被子，再在两位辅警帮助下，把床立起来，缩入墙里。

两位辅警关门出去后，俞波涛上前坐到党旗和誓词下面的皮椅上，问道："张正义，这两天还好吧。"张正义道："还行还行。"抬手挠挠满是白发的脑袋，乖乖坐到墙边圆凳上。

留置对象很有意思，人在外面，一个个发青如墨，一进里面便白发苍苍，不堪入目。有人说是情急之下，一夜白头，其实没这么夸张。能执掌实权重权者，大都颇有些资历，不再年轻，白发上顶，实属常态。可人前得注意光辉形象，特意把发染黑，既可哄自己开心，众目睽睽下也显得神气些。然一旦犯事失去自由，没有染发条件，原形毕露，也就不足为奇。

"今天不过随便跟你聊聊，不做正规谈话，你坐到皮椅上去吧。"没待张正义坐稳，俞波涛便让奚连江把矮背皮椅扶到张正义旁边。张正义诺诺着落座，双手平放在双膝上，感激地向俞波涛看过来。俞波涛道："你的案子即将移送司法机关，不知你还有没有话要说。"张正义道："再没有要说的，该交代的已交代完毕。"

俞波涛冷眼望定对方，说："我没有逼你的意思，只是想你家老的老，小的小，你们夫妻又双双被留置，你如果能有立功表现，于你家老人和孩子都有好处。"张正义叹道："都怪我们夫妻鬼迷心窍，甘被围猎，自食其果，毁了好端端的家。"

这话张正义已讲过不止十次八次，俞波涛耳朵都已听出茧子，不觉摇摇头，道："你还是好好想一想吧，想起什么，认真交代，专案组会汇报上去，争取组织对你的宽大处理。"

张正义好像听出些意思，说："我进来两个月，把自己此生经历反复反省过多遍，好像再无隐瞒组织的地方。"俞波涛道："你罪有应得，为自己的违纪违法行为承担责任，一点不冤枉。可你妻子不同，尽管帮你收过不少钱，毕竟祸根在你，不是你做丈夫的违纪违法，她又何至于落到如此地步？为减轻你妻子的罪行，你也应该再努把力。"

说得张正义老泪纵横，一边自甩耳光，一边哀声道："我最对不起的就是妻子，她辛辛苦苦为我操持这个家，还受我牵连，失去人身自由，我只能下辈子当牛做马还她的债。"

俞波涛脸一黑，厉声道："人有下辈子吗？这辈子欠的债不还，还指望下辈子，你不是在逃避责任在干吗？"张正义眼巴巴望着俞波涛道："我已落到这个地步，俞主任要我这辈子怎么还她债？"俞波涛道："还有你儿子，也没少受你影响。"

一听说儿子，张正义下意识站起来，迫不及待道："俞主任告诉我，我儿子怎么了？"

奚连江指着张正义，道："张正义你坐下。"张正义望定俞波涛，没有坐的意思。俞波涛道："你儿子出事住进了医院。"张正义呼的往前一迈，抓过俞波涛双手，重重摇起来："俞主任告诉我，我儿子出了什么事，住在哪个医院，严不严重？"

能不严重？差点没摔死。俞波涛心里道，想甩掉张正义，但张正义手劲蛮大，死死抓住他，就是不肯松手。还是奚连江上前，把张正义拉开，按回到原来的矮背皮椅里。俞波涛道："想想也知道，不严重也不可能住进医院。但医生说，已无大碍。"

"儿啊儿啊，爸对不起你啊！"张正义大放悲声，"儿啊，你爸一天都不想活下去了，你出院后送把刀进来，让你爸自己结束自己，好向你谢罪，向组织谢罪！"

俞波涛觉得今天谈话效果已经出来，按按桌上电子传呼器，召进辅警，与奚连江离开留置室，走出留置楼，来到八号楼 8216 房间。

进屋还没落座，奚连江便道："主任好像有意帮张正义一把。"俞波涛道："谁也帮不了张正义，只能他自己帮自己。"奚连江道："莫非张正义还有没吐露的真情？"俞波涛笑道："张正义在国企摸爬滚打几十年，经历的人事和见过的风浪多，城府深着呐。虽然留置后还算配合，主要问题都已交代，但我总觉得他还有事没说，以便卖人情给同伙，为自己留条后路。"奚连江道："我也有同感。只是怎样才能让他开口呢？"

"这封信也许能起点作用。"俞波涛掏出一只信封，递给奚连江。

张正义系彦州钢铁进出口集团公司原党委书记和董事长，为追求销售业绩，曾与海鑫外贸公司合作开展有色金属海外贸易。这属深度合作，可彦钢却没按规定对海鑫进行资信调查，风险评估和风险防控也只走走过场，没太当回事。正是打着彦钢招牌，海鑫大肆进行金融诈骗，彦州十多家金融机构卷入其中。然纸终归包不住火，最后海鑫资金链断裂崩盘，彦钢集团损失高达五十亿，受此牵连的十多家金融机构也损失惨重。

此事性质极其恶劣，公安局、检察院、国资委、纪委多部门纷纷出动，展开调查。可监察体制改革前法律规定，检察机关无权也无法对国企人员涉嫌失职渎职行为给予立案，其管辖权限属于公安。偏偏公安日常所办多为经济和刑事犯罪案，职务犯罪类案件涉及较少，毫无经验，也缺少力量，只能把侦查重点放在海鑫公司诈骗行为上。这样参与调查彦钢和海鑫公司的多家机关各自为政，互相保密，互不通气，即使张正义已受到国资委免除职务处理，仍没被采取其他措施。外界因而谣传四起，说张正义靠山大，后台硬，已涉险过关。

十九大后，党中央举旗定向，坚持党要管党，创新监察体制机制，监察委员会组建挂牌，纪委监委合署办公，履行纪检监察双重职责，科学整合行政监察部门、预防腐败机构和检察机关反腐败相关职责，有效解决了监察范围过窄、反腐力量分散、纪法衔接不畅等棘手问题，优化了反腐资源配置。如此一来，原由公安机关管辖的国有公司、企业、事业单位人员涉嫌职务犯罪，一并调整为监委管辖，填补了制度漏洞，使"九龙治水"导致的监督空白和死角问题得以解决。在此大背景下，彦州市纪委监委挂牌伊始，便组建专案组，对张正义实施留置，展开审查调查。

因为案情重要，又是彦州留置第一案，市委和纪委监委领导非常重视，安排办案人手时颇费了一番心思。第六审查调查室曾介入过彦钢和海鑫案情调查，由该室承办案子较为便利，无奈室主任到龄退休，若由临时主持室里工作的副主任俞波涛牵头接手张案，只怕难以胜任。但市委常委市纪委书记监委主任曾守贤看好俞波涛，经深思熟虑，呈请市委书记廖远征同意，把主办张案的担子果断放到了俞波涛肩上。俞波涛不负众望，带领专案组成员，通过两个月艰苦卓绝的工作，终于查清张正义违纪违法和涉嫌失职渎职罪的基本情况。可俞波涛总觉得事情没完，张正义似乎还有话隐瞒没说。

就在俞波涛琢磨着怎么才能掏出张正义肚里的话时，张家出了意外。张正义夫妇被留置后，其独子遭同学歧视，一时想不开，跳楼自杀。幸亏只有三层楼，又正好被楼下桂树挡了一下，落地后摔断一条腿，毕竟生命无虞。曾守贤闻知此事，转告俞波涛，要他关心一下张子。俞波涛于是趁回纪委汇报案情，专门抽空去了趟医院。

张子病床前坐着位白发苍苍的老人，不用猜便是张爷爷。查办张正义案子时，俞波涛了解过张家情况，知道张奶奶早逝，张爷爷为照顾一双儿女，年纪轻轻便独自鳏居，没再续弦，直至老迈。穷人家孩子懂事早，张正义读书很用功，成绩一向拔尖。妹妹为供哥哥读书，则早早辍学在家，帮助父亲维持生计，因劳累过度病倒，家里拿不出钱送医院，病死在风雨飘摇的草屋里。正因出身穷苦，张正义大学毕业进入彦钢后，非常珍惜难得的工作机会，表现积极，受到组织器重，从技术员一步步进步为彦钢党委书记和董事长。可随着手中权力越来越大，张正义渐渐忘记初心，不断膨胀，把彦钢当成自己的家天下，独断专行，肆意妄为，终被海鑫公司拉下水，给国家造成无可挽回的巨大损失。连妻子也伙同收受海鑫公司贿赂，夫妻双双身陷囹圄，害得儿子受同学嘲笑讥讽，一时想不开，做出跳楼傻事。

来到病床前，俞波涛没透露自己身份，只道是张正义同事。国企领导属公职人员，说同事也不假。张爷爷不知底细，木然地望了一眼俞波涛，往旁边让让。俞波涛坐到床前方凳上，瞧瞧正打点滴的张子，又向进来换药水的护士打听几句病人情况，然后从身上拿出八百元钱，塞到张爷爷手里。张爷爷推辞几下，千恩万谢接住，问俞波涛姓甚名谁。俞波涛仍没说实话，安慰张爷爷几句，告辞出了病房。

过后张爷爷打听出俞波涛身份，赶到市纪委黄楼，以示感谢，自责没管教好不肖之子，给组织抹了黑。还抖抖搂搂，从怀里掏出一个信封，说是让孙子给爸爸写了几句话，要他老实交代，争取组织宽大处理。俞波涛接信于手，表示尽快交给张正义，相信有爷孙俩督促，张正义会提高觉悟，配合组织说清问题。

这便是张子信件来由。奚连江抽出信封里的信纸，见字迹工整，言辞切切，暗想人心是肉长的，张正义读到儿子亲笔信，也许会有所触动，把隐瞒没说的问题交代出来。

隔日奚连江带着专案组另一位成员童秋生，走进张正义留置室。张正义起身要把床竖起来，奚连江将他按回到床上，挪过小圆凳，坐到他对面，说："你的案情基本清楚，我不是来讯问你的，是来看看你，随便聊几句。"

张正义又要起身，说："小圆凳是我坐的，聊天也不能让您来坐。"奚连江朝条桌方向指指，笑道："办案人身处党旗和入党誓词下面，代表党和人民审查留置对象，留置对象才非得坐到对面墙下小圆凳上。现在我只是来看看你，小圆凳成为普通坐具，你坐我坐，没啥区别。"张正义道："奚科长大人大量，我无地自容啊。"

闲话几句，奚连江才改变口气，道："张正义啊，你运气真不错，碰上曾书记和俞主任这样的好领导。"张正义道："是是是，曾书记和俞主任于我真是恩同再造。"奚连江道："再造谈不上，但曾书记和俞主任把你当亲友对待，你呢却有话瞒着专案组，实在不应该。"

张正义高举右手，发誓道："我若有话瞒着专案组，天打五雷轰。"奚连江笑道："现在避雷技术好得很，无论咱留置点，还是各大监狱，都装有规范的避雷针，你想天打雷轰，恐怕都困难。"张正义道："我真已毫无保留，该说的全都说过不止一次两次。"

"但愿此言不虚。"奚连江像忽然想起什么，"差点忘记告诉你，你儿子给你写了封信，你想不想看看？"张正义嚯地站起来，说："想看想看，信在哪里？信在哪里？"奚连江道："在我这里。"张正义迫切道："请奚科长快快给我。"

奚连江看看童秋生，童秋生拿过条桌上的包，递给奚连江。奚连江打开包，从里面拿出一封信，搁到张正义伸过来的掌心里。张正义抖着双手，费半天劲，也没能取出信封里的信纸。奚连江只好拿回信封，将信纸抽出来，塞给张正义。

张正义如饥似渴读起信来。读着读着，泪水不觉盈出眼眶，流得满脸都是。儿子信里说，父母被抓后，自己心灰意冷，又受同学歧视，只想一死了之，跳楼自杀，却没死成，被送往医院，得到医生护士还有认识不认识的人救治和呵护，重又看到活着的希望。纪委俞主任也专门前去看望，给予关怀和鼓励，还留下八百元钱，让自己感到无比温暖，更加坚定了好好活下去的勇气和决心。写这封信，就是恳求爸爸配合专案组，把问题交代清楚，争取宽大处理，早日出狱，与家人团圆，安度晚年。

读完信，张正义发了会儿呆，嘴里喃喃道："我要见俞主任，我要见俞主任。"奚连江道："见俞主任干啥？"张正义道："我有话跟他说。"

下午俞波涛和奚连江走进留置室时，张正义咚的一声跪到地上，揪着自己头发道："俞主任我对不起您，您教育我，挽救我，还这么关心我儿子，我却不识好歹，不知轻重，竟想瞒天过海，有事没向您供述。"俞波涛扶他起来，道："现在供述还来得及。"

张正义坐到小圆凳上，供出一个人的名字：曹寄青。

曹寄青？怎么会是曹寄青？俞波涛的心尖莫名地往上提了提，仿佛有些不愿听到这个名字似的。至于为何会有这种奇特的感觉，俞波涛自己也弄不明白。

其实俞波涛与曹寄青毫无瓜葛，既不是亲友，又不是老乡，也不是同学和同事，甚至没一起开过会、一起吃过饭、一起打过牌，彼此间仅有数面之交，说的话加一起，总共不超过三十句，为何听到曹寄青三个字，心情会不由自主地复杂起来？

俞波涛一直记得初次认识曹寄青的情形。当时六室有案子急需走程序，俞波涛去市委大楼请曾守贤签字。曾守贤正在出席常委扩大会议，非与会人员不能随意进出常委会议室，常委值班秘书推开旁边休息室的门，让俞波涛去里面静候。

休息室里没人，俞波涛选择窗边沙发落座，侧首瞭向窗外。窗外有银杏树数棵，金黄的叶片在风中抖动着，偶尔会有一两片脱离枝头，黄蝶样旋转着飘向地面。地面上停着不少轿车，好些车子顶棚都落有杏叶，闪耀着午后慵懒的阳光。俞波涛仿佛一下子回到师大墙外的杏林，那里曾留下过他金黄色的初恋。

正在遐想，休息室的门打开，走进一个人来。俞波涛扭头瞥去，是位中年男人，看上去比自己大四五岁的样子。男人脸色黑红，眉毛有些粗重，目光明亮犀利，好像一眼可把人看透。带有这种目光的人，通常精明强干，果断坚决，处事说一不二，用官话说，就是执行能力强。可那凌厉的目光后面分明隐含着一份纯粹的柔情，让俞波涛倍感亲切，不由得朝对方笑了笑。对方上前坐到俞波涛斜对面，问道："兄弟也来此待诏？"

俞波涛觉得对方说话有趣，反问道："您怎么知道？"对方道："我是彦城经济发展有限责任公司董事长曹寄青，有工作安排得上常委会通过，待会儿就会轮到我汇报。由此估计，兄弟也不是无事来这里歇凉的。"

彦城经发是市政府名下大公司，俞波涛不可能不知道，对曹寄青大名也早有耳闻，只是身为纪检干部，长期蹲在办案点上，无关案情的人事接触得少，没正面跟此君交往过。俞波涛客气两句，道出自己单位和姓名。曹寄青伸手过来，笑道："都说握住纪检的手，全身上下都发抖，寄青今天偏要试试胆量，看自己抖不抖。"

"曹总依纪依法经营公司，有啥好抖的？"俞波涛抬手跟曹寄青握在一起，感觉那双大手有力而温暖，好一阵舍不得抽开。曹寄青也没松手的意思，打量着俞波涛，问起他年龄来。彼此一通报，果然印证俞波涛刚才的猜测，曹寄青比自己大四岁多。

正好休息门推开，常委值班秘书进来喊曹寄青上会。曹寄青松开俞波涛，朝门外走去，快出门时又回头招招手，道："兄弟后会有期。"

此次认识后，两人又在其他场合邂逅过几次，每次两人都会打声招呼，随便握握手。也仅此而已，连泛泛之交都谈不上。但奇怪的是每次见到曹寄青，俞波涛心头都会生出一种奇特的亲切感，过后还会暗暗生出期待，盼着下次又能在哪里相见。

可让俞波涛万万没想到的是，张正义竟会吐出曹寄青。曹寄青身份特殊，其问题线索自然不能轻易放过，得报告给纪委领导。俞波涛掏出手机，调出曾守贤三字，揿下绿键。曾守贤掐掉电话，发来短信说，省委巡视组正在反馈巡视彦城经发的相关情况，有事过后联系。

直到入夜，俞波涛才接到曾守贤电话，问有何事。听俞波涛说及曹寄青，曾守贤很重视，说："我尽快安排时间听汇报。报告陈勇毅同志没有？"俞波涛答非所问道："曹寄青是政府领导红人，现仅有张正义提供的问题线索，是不是知道的人越少越好？"曾守贤道："波涛你想法没错，曹寄青确非平常角色，需谨慎对待。不过还是先报告陈勇毅同志吧，由他转告于我，到时让他来主持汇报会，这样更合适些。"

曾守贤是个老纪检，政治水平高，办案能力强，做过县市纪委书记和县市委书记，三年前升任彦州市委常委兼纪委书记监委主任。彦州为沧彦省会城市，党风廉政建设责任重大，惩治贪污腐败任务艰巨，遇到问题，往往牵一发动全身，直接影响全市乃至全省大局。省委让曾守贤负责彦州党风廉政建设和反腐败工作，正是看中他的品格和才干，他也就不敢丝毫懈怠，时时处处讲原则，遵规矩，谨慎执纪执法，以不辜负组织期望。具体到曹寄青，他可是彦州经济建设得力干将，颇受省市领导器重，更不可等闲视之，轻易掠过。这才嘱咐俞波涛，先报告纪委常务副书记兼监委副主任陈勇毅，由其牵头开会，研究对策。

俞波涛懂得曾守贤心思，立即联系陈勇毅，报告张正义案带出的新线索。三天后陈勇毅复电俞波涛，命他和奚连江回纪委，专题研究曹寄青问题线索。俞波涛和奚连江驱车赶回市委大院，进入黄楼，早早来到一号会议室。刚落座，曾守贤端着杯子出现在门口。

曾守贤五十来岁，目光冷峻，双唇紧抿，不苟言笑的样子，有些令人敬畏，年轻的同事都怕他。平时在电梯口等电梯，聊天聊得正起劲，曾守贤一出现，众皆闭嘴，大气都不敢出。只俞波涛深知曾守贤面冷心热，会主动打招呼，说说笑话，调节气氛。曾守贤也会笑笑，幽默两句。可大家还是不敢多言多语，觉得曾守贤笑得严肃而深刻。

曾守贤进入会议室后，陈勇毅接踵而至。奚连江从包里拿出钢笔和红色笔记本，等着领导发话，好做记录。曾守贤没有拐弯抹角习惯，开门见山道："波涛同志先汇报张正义所供问题线索吧。"

别听曾守贤口气平淡，说话逻辑却颇严谨。如称呼俞波涛，不带姓，只叫名，后加上同志两字，既亲切，又严肃。这是工作场合。打电话或单独见面，则只有名字，省去同志，显得公私有别。俞波涛听得出此中细微差异，心里舒坦，开始汇报道："经专案组反复说服教育，张正义本人也不断自省觉悟，自觉供出曹寄青问题线索：海鑫公司曾通过张正义，找曹寄青融过一笔巨资，曹寄青嗅觉灵敏，在海鑫公司资金链断裂前，果断拿走投资和利息，大赚了一把。具体情况，有张正义谈话笔录为凭。"

奚连江闻言，放下手中笔，从包里拿出张正义画过押和按有手模的谈话笔录，呈到曾守贤面前。曾守贤随便翻翻，转递给陈勇毅，要他也过一下目。然后从包里取出几份材料，递给俞波涛："这是几天前省委巡视组离开彦州时留下的，波涛同志仔细瞧瞧。"

原来也是有关曹寄青的问题线索。曹寄青经营彦城经发公司十多年，彦州随处可见该公司开发的大项目，同时还将彦城发展股票运作上市，公司资产已近千亿。一个人有能耐，肯干事，会干事，能成事，往往树大招风，容易引起注意，省委巡视组巡视彦州期间，接到多起举报，反映曹寄青违反中央八项规定，滥用职权，与海鑫等私人公司进行利益输送，涉嫌巨额贿赂和股票内幕交易。巡视组很重视，离开彦州前将其问题线索移交市纪委监委处置。

怪不得那天曾守贤不接电话，回短信说正与省委巡视组交流情况，原来与曹寄青不无关系。俞波涛翻看过材料，抬起头来道："省委巡视组留下的材料与张正义供词内容部分吻合，可否捆绑一起，进行综合研判，展开对曹寄青的初步核实调查？"

"是否对曹寄青进行初核调查，还得请示省纪委监委和市委书记廖远征同志。"曾守贤明确道，"我看还是这样吧，先将张正义交代的情况连同省委巡视组留下的材料，按程序交由案件监督管理室登记，待省纪委监委和市委廖书记表过态后再行处置。不过张正义主动交代重大情况，也是将功补过，可在移交检察机关时，提出从宽处理建议。"

俞波涛趁机讲了讲张正义儿子近况，道："张正义罪有应得，从不从宽倒在其次，主要是张子还未成年，爹妈没在身边，只怕还会出事，能否让张妻尽快出来，或许能挽救张家于既毁。"曾守贤问陈勇毅道："老陈意见呢？"陈勇毅道："张子值得同情，可谁让他投错胎，摊上贪赃枉法的父母？咱们恐怕也无能为力。"

俞波涛欲反驳陈勇毅，又不好得罪领导，只是心情沉重道："我去医院看望张子时，觉得那孩子实在可怜。毕竟孩子没有过错，不该替父母承担罪过，能帮尽量帮帮他，咱们这些案子经办人心里也好受些。"陈勇毅不满道："我说俞波涛同志，你这不是妇人之仁么，都像你一样心慈手软，以后谁来主持正义，惩治贪腐？"

俞波涛再也忍耐不住，猛地立起身，张嘴要反驳陈勇毅。曾守贤忙抬手往下压压，道："波涛不要激动，有话慢慢说。"

听曾守贤叫自己时省去同志二字，俞波涛心里一暖，气消一半，矮身坐下。曾守贤道："勇毅同志没说错，贪官自食其果，该怎么惩处还得怎么惩处。至于张正义，他能诚心悔过，又有立功表现，组织自然看得到。事情也简单，移交张案时，波涛你们好好跟检察院和法院沟通就是，让他们酌情考虑纪委监委意见。"

一把手态度明朗，俞波涛没得说了，表示尽快整理案卷，完善相关手续，将张案移送司法。不久张案移送程序走完，张正义夫妇由司法部门先行拘留，留置自动解除。纪委监委随案提出从宽处理建议，司法部门充分考虑纪委监委意见，依法对张妻取保候审，让她回到儿子身边，后又判处缓刑，免予牢狱之灾。张正义则被判刑十五年，投入监狱改造。

二

俞波涛和奚连江等专案组成员早已撤出觉园，回纪委监委上班。想起曹寄青问题线索，俞波涛跑去敲书记室的门，打听省纪委监委和市委态度。可书记室没人，曾守贤正在小会议室主持书记会。会议主要研究人事工作，包括第六审查调查室主任人选问题。六室原主任退休后一直由俞波涛主持工作，曾守贤有意让其转正，不想有人提出反对意见，认为有位检察院两反局转隶过来的资深副局长没更好去处，应该安排六室主任位置，以便稳定转隶干部军心，至于俞波涛还年轻，时机成熟后再提拔也不迟。

没等曾守贤发话，陈勇毅赶紧道："站在公正立场说，纪检与检察干部两相比较，各有千秋。纪检干部政治素质高，善于处理各种矛盾，协调各方关系，检察干部法律意识强，办案手段过硬。六室职能主要是反腐查案，主任位置最好安排转隶干部，好让他们发挥专长，为惩治腐败创立新功。"马上有人反驳："俞波涛系纪委资深办案能手，是在委里一步步成长起来的，检察院转隶过来一批干部，就把他按住，对他不公不说，也会令纪委原有干部寒心。"

几位副书记你一言我一语，一时没法统一意见。曾守贤也不急，表示仍维持六室现状，继续让俞波涛以副主任身份主持室里全面工作。

这个结果让俞波涛颇为沮丧。自己在纪委工作近二十年，部室副主任也做了七八年，能力摆在这里，无人不晓。主持六室工作期间，突破张正义案，也有目共睹，得到上下一致好评。趁此东风，正好去副转正，谁知竟被陈勇毅给搅黄了，要俞波涛没想法也难。

胸积郁结，工作便提不起劲。这天上午到办公室打一转，俞波涛无心做事，干脆下楼出了市委大院。念及久未谋面的夏语冰，就想去看他。夏语冰是俞波涛中学同学，两人还曾两度同过桌。这小子有个工作室，在离市委不远的望仙小区里，走路不到半小时。

望仙小区不大，门卫也不严，见俞波涛不像坏人，没怎么啰唆便放他入内。

夏语冰工作室在一期开发出来的小区中心楼王二楼，窗外竖着几棵不知从何处移栽来的古樟。古樟入目之时，闻得琴声从翻动的樟叶里飘扬而出，像海上晨雾，萦绕不散。

俞波涛一听，便知是源自夏语冰指尖的《鸥鹭忘机》。《鸥鹭忘机》是支古琴曲，出自《列子》里的寓言。说有个渔夫喜欢灰鸥和白鹭，每次出海打鱼时，都有上百只鸥鹭围绕在身边，嬉戏啼唤，人鸟同欢。渔夫父亲闻知，对渔夫说，听说鸥鹭都乐意跟你嬉耍，你带几只回家，也让我玩玩。翌日渔夫出海，成群鸥鹭只在他头顶盘旋飞舞，却不肯像以往那样落到他身边。

"忘机"一词是道家语，劝人忘却计较和巧诈之心，自甘恬淡。储光曦诗云：达士志寥廓，所在能忘机。李太白诗曰：我醉君复乐，陶然共忘机。智者认为，机心生而物逝，猜情起而人疏。人能忘机，鸟即不疑；人机一动，鸟即远离。形可欺，而神不可欺。我神微动，彼神即知。是以圣人与万物同尘，常无心以相随。

明清音乐家有感于鸥鹭忘机寓意，编成古琴曲，流传颇为广泛。古琴曲充满生趣和怡然自适，意境隽永，闻曲似可见海日朝晖，沧江夕照，群鸟咸集，展翅翱翔，浑然一派天机，以致心无纷竞，淡焉光明磊落，自得其乐。

俞波涛追寻古琴声，来到夏语冰工作室门前。名曰工作室，其实就是普通商品房，居住工作两用。在门板上擂几下，里面琴声止住，夏语冰打开门，瞪俞波涛一眼，咕哝道："你不去抓贪官污吏，跑我这里来干啥？"

俞波涛一亮工作证，扒开夏语冰，往里直走。夏语冰道："还真把我当你嫌疑对象？"俞波涛道："看看我要抓的女贪官和她收的赃款赃物藏没藏在这里，若人赃俱获，将你也一并锁了，押往觉园，慢慢修理。"夏语冰忍不住笑道："咱普通屁民一个，哪有资格享受觉园待遇？"俞波涛道："只要你跟贪官污吏沾上边，就有此资格。"

两人正在说笑，有人推门进来，是个二十出头的女孩，手里提着两个食品袋，一个装着新鲜鱼肉、辣椒、姜葱和蔬菜，一个装有豆浆、鸡蛋和小笼包。见着俞波涛，没等夏语冰介绍，便笑吟吟道："这位是涛哥吧。"

俞波涛从没见过这女孩，她怎么知道我是谁？没等俞波涛搭腔，女孩把手上东西递给夏语冰，说："我已吃过，这是你的早餐，趁热赶紧吃吧。"然后向厨房走去。快进门时又回过头，朝俞波涛笑笑道："我是冰哥远房亲戚的远房亲戚，姓林名路雪，树林的林，道路的路，残雪的雪，涛哥叫我林林路路或雪雪都行。"

林路雪很快现身，一手端只茶杯，一手托只果碟。杯中茶水冒着腾腾热气，碟子里的樱桃则泛着水泽，一看就知刚洗过。以往俞波涛来夏语冰这里，从没见过茶水果品影子，莫非这个林路雪已成此屋女主？只是看上去两人年龄相差二十岁，也有些不般配。可如今老牛偏爱吃嫩草，虽说夏语冰表面看去呆痴，毕竟是作曲家，难舍骨子里的风流。

林路雪把茶果放到俞波涛前面茶几上，道："冰哥常在我面前炫耀有个当官的涛哥，说是高中同学和同桌。我来冰哥这里两个月，也没见他有几个朋友，今瞧涛哥机关干部样子，不用猜也知是谁。机关干部生活工作有规律，不像冰哥睡不是睡，醒不是醒，吃不是吃，喝不是喝，估计涛哥已吃过早餐，就喝口粗茶，尝几颗樱桃，助助消化呗。"

自林路雪给夏语冰买早餐回屋，就她一个人晃过来晃过去，一张嘴嘚啵嘚啵说个不停。不过俞波涛喜欢这种活泼劲，若年纪轻轻，不苟言笑，故作深沉，恐怕就让人暗生警惕，得防着点。人家这么热情，俞波涛也得回应回应，先吃颗樱桃，又喝口茶水，笑道："路雪只知我和语冰是同桌同学，不知我的语文是他教的，他的数学是我教的吧？"

林路雪睁大眼睛道："你们学校没有语文和数学老师吗？"俞波涛道："有是有，但没我俩水平高。"林路雪道："高在哪里？"俞波涛道："这样跟你说吧，我的语文是你冰哥教的，不然我也没法进步当官；他的数学是我教的，否则他也成不了作曲家。"

林路雪越发来了兴致，道："你俩是怎么互教互助的，也教教我，日后我也好做官或当作曲家。"俞波涛道："也简单，你冰哥专门教我错别字，我进机关后，把错别字写进报告里，领导见着高兴，很快就让我进步了。"林路雪道："你写错别字，领导不骂你罚你，还让你进步？"俞波涛道："你想想，我给领导写报告，如果里面没有错别字，领导没地方可动笔修改，是不是显得领导没水平？我写的报告里多些错别字，领导有修有改，显得水平高，自然就会蛮高兴，一高兴还不就把我提拔上去了？"

林路雪哈哈一乐，说："涛哥真幽默。要是冰哥也这么幽默，咱这屋子里也就不像太平间样阴沉了。"又说："涛哥你又是怎么教冰哥数学的？"

"你冰哥一向厌恶数学，一上数学课就打瞌睡，数学老师怎么也叫不醒他，实在没法，只好托我课后给他补课。"俞波涛一本正经说起来，"看同桌份上，你冰哥勉强睁开双眼，跟着我从零学到七，其余八、九、十怎么学也没学会，我不可能把他头皮盖揭开，把剩下这几个数字放进他脑袋里吧，无奈只得放弃。可人生在世，总离不开数学，我担心你冰哥日后无以自立，养不活自己，你冰哥却眉头一皱，计上心来，说我可以去作曲，反正作曲只要七音1234567外加一个休止符号0。就这样你冰哥考上音乐学院，成为还算不错的作曲家，天天给厂子写厂歌，给公司写司歌，给学校写校歌，给医院写院歌，给村里写村歌，给乡里写乡歌，给县里写县歌，给市里写市歌，给省里写省歌，只国歌早已被聂耳写好，没你冰哥的份。"

俞波涛还没说完，林路雪便笑得缩到地下，一手捧着肚子，一手指着夏语冰道："原来冰哥你是这样成为作曲家的，早不介绍我认识涛哥，也跟他学数学，当个作曲家，哼哼几声，唧唧几句，就可谱曲来钱，买房开工作室，省得天天扛着镜头，给人摄像拍照，换几个碎银，仅能糊口，连剪片室都租不起，不得不来这里蹭场地，遭你白眼。"

夏语冰笑笑道："你这没良心的，我几时白眼过你？你占我地盘，我不要你租金，你还在俞领导面前数落我，你才白眼狼呢，我真是引狼入室。"林路雪道："我天天给你买早餐，做中饭，打扫你的狗窝，细细算来，只怕早超过租金几倍了。"夏语冰道："好好好，谁说得过你那张利嘴？以后发保姆费给你，把你嘴巴封住。"

林路雪笑着摇手道："保姆费免了，你对我这么好，小妹我报答无门，岂敢再索取？"又对俞波涛道："涛哥你俩叙同学情，我剪会儿片，再做中饭给你们吃。"俞波涛道："你忙你的，我跟你冰哥说几句闲话，过一会儿就走。"

待林路雪关上剪片室的门，俞波涛笑对夏语冰道："想不到几时未见，语冰便金屋藏娇，过上幸福美满生活。"夏语冰道："你也已见识过，这样的娇我藏得起吗？想藏你带走藏去。"俞波涛道："横刀夺爱，君子不为也。"夏语冰道："不用你夺，我奉送。"转而又道："要说路雪还真不错，师大传媒学院毕业后，父母逼她回去应聘老师，她生死不从，留在省城，扛着笨重的摄像机，到处给人拍片，自己养活自己，不拿家里一分钱。我见她不容易，要她住我这里，反正屋大房多，我一个人住也是浪费。她搬来摄像剪片器材，却不肯住这里，仍在外租房。还天天给我买早餐，做中饭，把我这狗窝打扫得一尘不染。"

俞波涛道："估计林路雪看穿你居心不良，才只白天在你工作室做事，不敢夜里住进来。"夏语冰道："我再居心不良，也不会不良到小老乡身上去。"又道："你是路过此地，还是有事找我？"俞波涛道："能有啥事？我的事就是办案子，没办案才往你这里钻。"

纪委监委是执纪执法专责机关，纪检干部职责所在，一言一行都得与身份相符，平时俞波涛谨言慎行，只有到得夏语冰这里，才可扯开喉咙，说说笑笑，稍稍放纵。见着要见的人，说了一堆废话，俞波涛心情略好，起身告辞。

夏语冰并非空头艺术家，除弄琴养性，自有做不完的事情，无意挽留俞波涛，瞟眼窗边琴台，送客出门。俞波涛忍不住重复以前重复过不知多少次的旧话："难道语冰就这样单下去，一辈子不结婚？"夏语冰道："单身有啥不好？一人吃饱，全家不饿，天马行空，来去自由。又不是你们当官的，要修身齐家治国平天下，有结婚成家使命。"

俞波涛笑道："别拿修身齐家搪塞，你就是不愿被固定女人绑死，可不停地试婚，遍尝人间美色。"夏语冰道："你们做官的爱江山更爱美人，咱既无江山，也就无意于美人。"

到得小区门口，俞波涛停下脚步，说："语冰留步吧，回去忙你的。"夏语冰道："行行行，有空再来玩。"俞波涛叹道："机关毕竟是机关，并非你说的，不是江山就是美人。硬是混不下去，我来给你抄抄谱子，混口饭吃，你别嫌弃。"夏语冰道："不用抄谱子，接了活计，你作词，我谱曲，不用平分收入给其他词作家。如今词作家多会献谀辞，已写不出人话，给他们谱曲，实在难受。你语感好，用来写官样文章，多少有些可惜。"

"还不是你的语文教得好？"俞波涛又嬉皮笑脸起来。

见过夏语冰，俞波涛心情已好很多。忽想起自己父母，才意识到近三四个月来，天天泡在张正义案子里，一直没去看望他们。父母住在纺织厂安置房里。俩老都是纺织厂老职工。母亲是厂里会计，一直干到退休。父亲部队干部转业，先在市经贸委人事科任副科长，后觉得企业待遇比机关好，申请调任纺织厂政教部部长，退休前好歹弄了个副处级待遇，虽说国企副处与机关副处并非一码事。十年前纺织厂拆迁，俩老迁入安置房。安置房离中心医院近，有个大病小痛，看医生方便，俞波涛动员俩老住到自己公务员小区去，都没说动俩老。

来到父母楼下，俞波涛正要往楼道里钻，忽见坪里有人在舞剑，正是父亲。父亲也发现了儿子，下意识停住手里动作，昏花老眼闪烁一下，嘴唇好像也动了动。父亲一向严肃有余，从没用这种眼光瞧过自己。俞波涛莫名地觉得有些感动，又有些尴尬，不知该钻入门洞，还是过去跟父亲打个招呼。岂料父亲忽然一扭腰，提腿摆臂，高扬长剑，做了个白鹤亮翅姿势，同时嘴里大喝一声："来者何人，吃我一剑！"

俞波涛愣愣，想递个笑过去，然脸上肌肉僵着，竟然笑不动。恰逢母亲买菜回来，瞧见老头模样，骂了一句："看看你那鬼样子，儿子面前也老不正经。"

仿佛突遇大赦，俞波涛接过母亲手里食品袋，跟她上了楼。母亲还在嘀咕："你爸几十年冷眼冷面，从不开笑脸，如今老了，倒顽皮起来。尤其是学会舞剑后，时不时对我来个动作，要我看剑。"俞波涛笑道："过去身为政教干部，父亲说话做事要对组织负责，自然严肃有余，活泼不足。现用不着对谁负责，身心放松，也就返老还童，变得天真活泼起来。"

　　进屋后，俞波涛没事可做，去厨房帮母亲洗菜。母亲趁机开导儿子："你与叶青年龄还不太大，趁着政策放宽，该要二孩赶紧要吧，我跟亲家母也没病没痛，还帮得上忙。"俞波涛道："生不生二孩，叶青来决定，我说了不算。"母亲说："你是丈夫嘛，家里大事你做主。当年若不是你爸当什么政教科长，得带头执行计划生育政策，坚持不生二胎，你也不至于孤单一人，家里有个大事小情，连商量的对象都没有。你还好，毕竟是个男子汉，人家不敢欺侮你，菁菁是个女孩，没有弟弟，谁能帮她？"

　　菁菁是俞波涛和艾叶青的女儿，已快小学毕业。俞波涛笑道："即便叶青愿意怀二胎，难道一定给菁菁生个弟弟？现在女孩普遍比男孩胆大能干，母亲哪是担心菁菁被人欺侮，是怕俞家后继无人，断掉香火吧？"母亲道："咱俞家香火不会断的。"俞波涛道："母亲这么肯定？"母亲说："你爸请算命先生算过，命里注定有孙子。"俞波涛道："算命先生的话也可信？"母亲说："菁菁出生时，我也觉得算命先生是信口开河，可偏偏国家突然放开二胎，不正是要印证算命先生的话，让你爸得孙子么？"

　　母亲嘴里唠叨着，炒菜的手并没停歇。菜炒好，父亲也提剑进屋，一家三口坐到桌前。剑柄没在手，父亲脸色又严肃起来，一副政教科长派头。

　　饭后母亲去厨房洗碗，俞波涛陪父亲看电视，聊些闲话。不觉说起张正义案及张子跳楼的事。从前国企属纳税大户，纺织厂与财政部门多少有些交集，父亲早就认识张正义，他的案子又落在自己儿子手上，自然关注，听得很认真。

　　说毕张家遭遇，俞波涛不觉叹道："贪腐案就是这样，贪官本人罪有应得，不值得同情，令人痛心的是给其家庭甚至家族带来毁灭性灾难。所以纪检干部听得最多的是两种声音：骂声和哭声。把贪官与涉案人带走，挨咒遭骂，在所难免。咒骂毕竟无济于事，狐狸再狡猾，总会露出尾巴，不可能逃脱纪检干部铁腕惩治，骂声又总夹杂着哭声。哭声凄厉，往往比骂声更震撼，更有杀伤力。我常为哭声所动，有时甚至怀疑自己的职业是否真那么神圣，不知是该咬着牙根，继续坚持下去，还是换个听不到骂声和哭声的地方。"

　　父亲那个年代，经济不太发达，腐败案相对没现在这么多，不过纺织厂还是出过一起厂领导贪腐窝案，差点败光厂子，砸掉工人手里饭碗。父亲因此特别痛恨贪官，儿子能做上纪检干部，以惩治腐败为己任，自己也感到脸上有光，人前总把腰杆子挺得格外直。想不到今天儿子质疑起自己的使命来，让父亲颇觉意外，他侧过脑袋，瞟了儿子一眼。俞波涛读不透父亲目光，想问他有何看法，话到嘴边又咽了回去。有话父亲会主动说出口，无话问也没用。

父子相对无言之际，母亲收拾完厨房出来，俞波涛觉得该走了，起身准备出门。父亲也抬屁股站起来。俞波涛来来去去，父亲从没迎送过儿子，今天怎么一下子变得客气了？

谁知父亲并非客气，是要儿子等等，掉头进了里屋。出来时父亲手上多了样东西，是只碗口粗的陶罐，顶尖颈粗，肩丰腹鼓，底圆座平，有几分不倒翁的味道。父亲轻拍几下陶罐，问道："知道这是什么器物吗？"

俞波涛已认出陶罐，并非什么不倒翁。可父亲拿此物出来干啥呢？俞波涛不得要领，摇摇头，想听听父亲有何说法。父亲抚摸着陶罐，说道："这是一只扑满。"俞波涛问道："扑满？这名字还真有些生僻。"父亲道："扑满又叫悭囊、藏瓶、积受罐、闷葫芦、哑巴筒等等，不一而足，其实讲得通俗点，就是储钱罐。"

说到这里，父亲扶住扑满，往外偏偏，俞波涛这才看清，罐颈上面还有条窄缝。父亲指着窄缝道："这叫币唇或钱眼，能容入小铜钱或硬币之类。"

说着，父亲摇摇扑满，里面立即响起哗啦哗啦的声音，看来扑满腹腔已储了些钱币。父亲又道："咱们这代人小时贫寒，每每找只类似的储钱罐，逢年过节从大人手里讨得几个零钱，舍不得用掉，满怀期待地塞入缝内，以备不时之需。改革开放后，国家和人民逐渐富裕，小孩已无存储零花钱的必要，你们这代人已没几人用过储钱罐。"

俞波涛似是而非地点点头。"此罐有入窍而无出窍，上可聚敛，下不能散出，待钱币储满时，自然唯有击扑之。"父亲递过扑满，"你若喜欢，就拿走吧。"俞波涛迟疑着接住，小心揣入怀中，出门下楼。

回到公务员小区，上楼来到自己家门外，掏钥匙开锁时发现没打倒锁，俞波涛这才想起艾叶青早上说过，学校今天有活动，母女俩会提前回家。叶青工作的学校在公务员小区旁，菁菁就近上的叶青的学校，母女每天都是同进同出，省心不少。

打开门，果然艾叶青正盯住电视屏幕看肥皂剧，菁菁则在小屋里做作业，没谁在意俞波涛的进出。俞波涛也无所谓，抱着扑满进了书房。也是职业使然，俞波涛经常在外办案，碰上案情复杂，连续数月外调或吃住在觉园，妻女早已习惯没有他在家的日子。何况张正义移送司法部门后，俞波涛已在家待了些时日，母女俩已心满意足。

把扑满放到书桌上后，俞波涛盯着瞧了好一会儿，仍没弄明白父亲赠送此物的用意。无聊之际，俞波涛在身上摸索起来。摸半天，也没摸出一分半毫。这才想起，如今难得用回现金，买东买西，都是手机支付。

俞波涛心有不甘，一阵翻箱倒柜，终于找出几枚硬币，塞进扑满钱眼里。手上钱币塞完，又走出书房，要过艾叶青钱包，拉开拉链，扒拉出一把硬币。想起菁菁需要买早餐和文具，书包里总会备些零钱，轻手轻脚上了她小屋，先讨好地给她手机里发去百元微信红包，说要以整换零，再拿过她书包，翻寻一阵，亦小有收获。

回到书房，开始一枚枚往扑满钱眼里投硬币。里面响起金属的撞击声，清清脆脆，颇有质感。这声音悦耳而奇幻，似乎带着某种说不清道不明的魔力。俞波涛莫名地喜欢上了这种金属声，此后一有机会，就要搜集些硬币，来喂扑满，享受金属撞击声带来的快感。

这天上班，发现曾守贤车子已停在黄楼前坪里，上楼后俞波涛没到六室去，而是直接来到书记室，敲门进去。见是俞波涛，曾守贤忙道："波涛来得好，我正要找你呢。昨天我已请示远征同志，他同意对曹寄青展开初步核查。"

俞波涛可不是冲着曹寄青来的，道："波涛要求调离六室，去综合部室任职，恳请书记恩准。"曾守贤黑着老脸道："这是你真实想法？"

俞波涛已做好挨训准备，迎着曾守贤凌厉的目光，点头道："是我真实想法。"曾守贤道："是不是没提拔你任六室主任，你要跟组织较劲不成？"俞波涛道："波涛是在组织栽培下一步步成长起来的，对组织心存感恩，不敢也无意跟组织较劲。"

曾守贤用指背敲敲桌子，道："明人不说暗话，你给我挑明了说，到底是组织对不起你，还是我曾守贤有愧于你？"俞波涛嗫嚅道："书记言重了！组织于我恩重如山，我品德不劭，能力有限，远远达不到组织的高标准严要求，是我对不起组织。书记是我领导，更是我老师和兄长，于我恩同再造，是我没出息，愧对书记。"

曾守贤冷笑两声，说："我不敢做你师长，也非你领导，只是你同事。同事有事，只能齐心协力，共同担当。现廖书记同意初核曹寄青问题线索，我正要委托你担当此任，你却要到综合部门去，我看连咱俩之间的同事情谊都已荡然无存。"

俞波涛低下头，沉吟道："波涛身处纪委近二十年，处理过无数贪官，实在不愿再与这些人打交道。尤其是看到当事人咎由自取，妻离子散，家破人亡，作为办案人员，心里很不是滋味。可轻易放过贪官，让他们逍遥法外，毒化党风民风，又对不起自己良知，也没法向党和人民交代。波涛已身心疲惫，才特意请求书记，让我换个岗位，干干别的力所能及的事情。"

这是俞波涛请求换岗的真实原因吗？不过作为老纪检，曾守贤倒也能理解。绝大多数贪官都是从一介平民，步步升到高处，身居要职，成为威权人物，一夜间跌落神坛，打回原形，变作可怜虫，还连累家人跟着遭殃受贱，作为见证人的纪检干部心生恻隐，确也不足为奇。曾守贤摇摇头，倒杯茶水，放到桌前，道："波涛坐下，咱俩聊几句。"

俞波涛乖乖坐到桌旁椅子上，端杯喝口茶，等着接受批评教育。曾守贤也落座，拿过杯子，搁到嘴边，却没启唇，又把杯子放回去，嘴里道："国家仿佛参天大树，牢牢扎根于土地之上，难免会招引各种蛀虫，潜入肌体，肆意啃噬。树再强壮，也经不起蛀虫经年累月的蚕食，必须得有啄木鸟伸出厉喙，把蛀虫啄掉。咱们纪检干部正是这样的啄木鸟，天职就是挺身而出，啄掉国家肌体里的蛀虫，维护党和人民群众的根本利益。如果心慈手软，不忍心伤害蛀虫，国家又怎能枝繁叶茂，万年长青！"

此理并不深奥，俞波涛自然懂。可他还是转不过弯来，没有吱声。曾守贤没逼他，说："你回去好好想想，看我说的对不对。你硬是铁了心要做逃兵，不愿当啄木鸟，我也不好强求。但你要明白一点，组织用人，自有组织的考虑，提拔是一种考验，不提拔也是一种考验。"

俞波涛默然走出书记室。曾守贤望着那个坚挺的背影消失在门外，微微摇了摇头。

一连几天，俞波涛举棋不定，不知怎么回复曾守贤才好。人生最难其实不是路有多艰多险，是岔路于前，不容易选择。这天下班回到家里，俞波涛独自闷坐在客厅沙发上，锁紧眉头，心事重重的样子。

艾叶青知道俞波涛心病，端菜上桌时，随口唠叨道："你那曾书记也是的，只要马儿跑，不给马儿草。平常好像还蛮器重你，关键时候有人反对你提主任，他竟装聋卖傻，不哼不哈，让你悬在这里，不上不下，你尴尬不尴尬？既然人家不把你当回事，你也实在犯不着死心塌地替人卖命，能去综合部室也不赖，哪怕做一辈子副主任也无所谓。至少上班规律，可多陪陪菁菁，还不用听贪官及家属的骂声和哭声。我了解你，你这人外强中干，表面看去刚硬，内里其实懦弱得很，再继续办案抓人，非把自己逼疯不可。"

俞波涛没搭腔，仍闭紧双唇，痴坐不动。正好菁菁放学回来，进门便道："妈妈，明天周末，我跟几位同学去参观省博物馆，你给些零钱，到时好坐地铁。"

"我哪来零钱？包里有几枚硬币，早被你爸搜走，塞进他那储钱罐里去了。"艾叶青一边装饭，一边数落道，"要零钱找你爸要去。"菁菁放下书包，把俞波涛从沙发里拉起来，按到饭桌旁，给他碗里夹好菜，然后讨好道："以前不明白，爸爸为何要往钱罐里塞硬币，原来早知女儿有用场，未雨绸缪。"俞波涛扒口饭道："只要取得出来，罐里钱都归你。"

菁菁顾不得吃饭，跑进爸爸书房，端过桌上储钱罐摇摇，觉得有些分量，想必已经塞满。左右看看，上下瞧瞧，却只有入孔，不见出口。将罐子倒过来，让入孔朝下，用力抖几抖，亦不过徒劳而已。菁菁没法，抱着罐子来到餐厅，递到俞波涛手上，撒娇道："爸给我弄几枚硬币出来嘛。"俞波涛道："此罐注定只能入，不能出，我也没法。"菁菁道："钱都是用来花的，把硬币塞进罐子，却不能拿出来，又有何意义？"

正专心吃饭的艾叶青忍不住道："谁叫你爸是个守财奴？菁菁知道这罐子叫什么名字吗？"菁菁道："妈刚才不说是储钱罐么？"艾叶青道："储钱罐是俗名，它还有个正式名字，就像人不仅有小名，同时还有本名一样。"菁菁问道："储钱罐本名叫什么？"艾叶青道："叫扑满。"菁菁疑惑道："扑满？好奇怪的名字，什么意思？"

正好俞波涛端碗进厨房添饭去了，艾叶青接着道："意思简单，就是罐子里的钱储满后，只有把它敲烂，钱才出得来。"

菁菁觉得有趣，顺手拿过桌上小篓里捶核桃用的小铁锤，朝扑满扬扬，说："那我敲敲，看能不能敲出钱来。"

艾叶青没再吱声。菁菁扬锤在扑满身上轻轻碰一下。扑满没有动静。菁菁朝妈妈吐吐舌头，把铁锤扬高些，又往扑满落去。正值俞波涛端饭回到客厅，见着菁菁举动，有意无意咳了一声。菁菁吓一跳，铁锤脱手，砸向扑满。只听当的一声，扑满顿时四分五裂，里面的硬币哗啦啦撒得满桌满地都是。吓得菁菁背过脸去，捂住眼睛，不忍直视。

俞波涛正好将扑满碎裂过程瞧在眼里，心头莫名一怔，脸上却无表情，只一动不动站在那里。菁菁以为惹恼俞波涛，忙过去道歉："对不起爸爸，怪我好奇，以为扑满牢实，谁知这么容易碎裂，比核桃壳还不经砸。我明天不去博物馆，上街买个扑满回来还给爸爸。"

俞波涛坐回到桌边，不愠不火道："不怪你，也不用你买。"菁菁道："我砸烂的，就得负责偿还给爸爸。"俞波涛道："不是你砸烂的。"

菁菁怀疑自己耳朵失聪，捡起桌上小铁锤，说："爸爸刚才看到了，小铁锤是从我手上砸落到扑满身上的，怎么说不是我砸烂的？"俞波涛道："是扑满自食其果，自己把自己砸烂的。"菁菁越发糊涂，道："爸你说啥，我怎么听不明白？"

"扑满扑满，满了就该扑击。这是它的宿命，其结局在它成其为扑满时就已注定，只不过借他人之手惩处自己而已，怪不得砸击它的锤子。"俞波涛说道，反思经办贪腐案子时，总觉得自己心太狠，手段太硬，才让贪官身败名裂，甚至家破人亡，好像对不起他们似的，心有惴惴。现在终于明白过来，其实不是你心狠手硬，是贪官们嘴太馋，只顾张嘴往肚里吞币咽钱，一旦肚皮填满，就该挨砸受击，自取毁灭。党纪国法就是铁锤，贪官们正是借纪检干部手里的铁锤，完成对自己的惩处。

翌日一早，俞波涛走进黄楼，敲开书记室，跟曾守贤说了眼见铁锤砸破扑满时的感受。曾守贤很高兴，告诉俞波涛，他早已跟副书记们沟通好，准备把他的名字送往市委组织部。俞波涛知道纪委部室主任为副处级，属市管干部，须市委组织部研究决定，再报市委常委会议通过。又想起奚连江，人品正，能力强，是个办案老手，建议曾守贤，把他提拔为六室副主任。曾守贤了解奚连江，表示会认真考虑。

不久俞波涛的名字摆到市委常委会上，继而作为拟提市管干部进行公示，接受全市干部群众监督。公示期一过，任命正式下达，俞波涛成为六室主任。当然还得试用一年，试用合格后才能转正。试用只不过正常走程序，一般没有不合格的。

俞波涛打马上任，正式履行第六审查调查室主任职责。升任不到一周，接到陈勇毅通知，要他带着奚连江去趟三楼纪委常委会议室。

两人走进常委会议室，曾守贤与陈勇毅随后赶到。四人坐定，曾守贤正式宣布道："经请示省纪委监委和廖远征同志同意，市纪委监委将根据省委巡视组留下的有关问题线索和张正义的交代材料，对曹寄青展开初步核查。初核任务交给六室，由波涛和连江两位具体负责。"

陈勇毅一旁强调道："波涛同志心里得有数，省委巡视组只不过责成市纪委监委调查核实曹寄青同志的问题线索，并没说一定办成铁案。曹寄青同志属领导干部里的关键少数，非同寻常，真有什么问题，必定牵扯到诸多人事，甚至严重影响彦州乃至全省经济建设大局，你们须慎之又慎。"曾守贤道："波涛同志不必担心，有何难处，有市委和省市纪委监委为后盾，并非六室单兵作战。你非常清楚，事处初核阶段，务必做好保密工作，不能让当事人察觉，给下一步可能的审查调查造成被动。因此初核人手既要干练，又要可靠，且不宜多，以两位为妥。只是如此一来，你们两位室领导恐怕得身先士卒，深入一线初核情况。"

俞波涛知道没有讨价还价余地，硬着头皮应承下来。离开书记室，下到二楼，走进六室主任室，俞波涛吩咐奚连江，赶紧填写问题线索初核呈批表，好尽快找两位书记签字。

呈批表填好，俞波涛在室主任栏里签上名，塞入包里。起身要出门，又交代奚连江："办理张正义案子时，反复查看过彦钢和海鑫账务，没发现有关曹寄青的任何痕迹，看来只能先从曹家财产查起。"奚连江道："主任意思是看看委里数据库，了解了解曹寄青基本情况？"

俞波涛点点头，再次回到三楼，去副书记室和书记室见陈曾两位领导。两位领导先后落下墨水，手续便算齐备，可进入实质性初核阶段了。可不知缘何，俞波涛脑海里浮现起曹寄青那凌厉而又隐含柔情的目光，心里没来由地冒出一份期待，唯愿有关曹寄青的问题线索都属无中生有，毫无依据，曹寄青不会有事。

这实在是一种奇怪的心理。俞波涛查办过无数贪腐案，只恨手头线索牵不出事实真相，从没反过来替当事人担心过。何况他跟曹寄青非亲非故，非朋非友，面都没见过几回，怎么会无缘无故动恻隐之心呢？当然这个疑问只在脑袋里一闪而过，不可能影响俞波涛初核曹寄青的决心。

隔日早上俞波涛出得公务员小区，走近黄楼，奚连江已等在楼前坪里的车上。车是委里公务车，普通大众，却无公务车字样，毕竟纪委监委性质特殊，外出公务或办案，不宜张扬。

奚连江属八〇后，不到三十五，经历却已不浅。他出身彦州乡下农村，医专毕业后回乡镇医院做过两年医生，觉得出息不大，发愤考上省政法大学法律系硕士研究生。硕士快毕业，市检察院招人，奚连江考入两反局，因办案能力出众，破格晋升为二级检察官。不久又选调纪委，成为俞波涛手下干将。

俞波涛上车后便问道："查过委里数据库没？"奚连江道："已查过，曹寄青系彦州市下面青阳县青源村人，在市县水利部门待过，自市水利局副局长转任彦城经济发展有限责任公司董事长后，一干十年，再没挪过窝。"

俞波涛嗯一声，说："曹寄青家庭情况呢？"奚连江道："曹寄青老婆是市中心医院重症室主任，两人育有一子，刚考上外地大学。"俞波涛道："好，咱们先上省人民银行查询曹家成员开户账号，再去相关专业银行调取其账户资金往来情况。"

小车驶出市委大门后，往前不到两公里，便是车水马龙的沿江大道。江名彦江，乃沧彦和彦州人民的母亲河。昨晚下过大雨，江面变得开阔，波翻浪涌，颇有气象。两人沉默着，好一阵没说话。俞波涛眼瞧彦江，嘴里道："连江在想什么，昨晚老婆没让你上床？"

"上床倒上了床，只是没上位。"奚连江无心玩笑，把紧方向盘，叹了叹气，"我在担心曹寄青问题线索一经查实，进入留置甚至司法程序，恐怕彦城发展股票又要跌停。"俞波涛问道："你手头持有多少彦城发展？"

"我倒没持彦城发展，是我家娘们买了一大堆。"奚连江痛心疾首，给俞波涛说了老婆扈春芸买股票的事。结婚那阵，奚连江刚进两反局，夫妻俩曾挖空心思凑了近十万，准备按揭买套小居室，以筑爱巢。看好房子，正要交首付，扈春芸又犹豫起来，说两人来自农村，日后要生小孩，要赡养两边父母，小居室哪够用？要买就买套大点的。奚连江说你手头那点小钱，够大房首付吗？扈春芸说可让小钱生崽崽，变成大钱啊。奚连江说你是魔术师，可让钱生钱？扈春芸说彦城发展潜力不错，又系家门口国企 A 股，看得见，摸得着，听说彦城经发公司领导和员工都大量持股，天天看涨，咱们为何不跟着发点财？到时咱小十万变成数十万，买大房子自然不再是痴心妄想。奚连江没法阻止扈春芸，听任她把钱投入股市。

果不其然，彦城发展连续上涨，小十万股本很快变成十多万。扈春芸喜气洋洋，又朝闺蜜和同事借来五六万，全部砸进去。眼看股票户头数字渐渐往三十万攀去，奚连江又喜又惧，提醒扈春芸见好就收。扈春芸说我有位同学在彦城经发公司，买了二十多万彦城发展原始股，现已涨到六七十万，仍放在里面增值，他不收我干嘛收？

奚连江无奈扈春芸何，只能听之任之。谁知不到两个月，彦城发展开始下跌，跌得非常迅猛，夫妻俩还没反应过来，账面近三十万的数字眨眼间缩水至五位数。见血本无归，扈春芸气得吐血，天天哭着喊着要去跳江。好在奚连江不仅不责备扈春芸，还温言相慰，彦江才少了具女尸。此后彦城发展偶有涨跌，但基本处于要死不活状态，扈春芸所持股票套牢在里面，连开电脑看数字的劲都提不起来。偏偏房价不断上升，几年下来翻了两番，夫妻俩的购房梦越发遥远，至今仍住在租屋里。所幸奚连江工作能力强，破格晋升二级检察官，工资见涨，又成功办过几个棘手案，收获数笔奖金，让扈春芸还了借款，度过家庭危机。为报答奚连江，扈春芸生了个大胖小子，才给简陋而沉闷的租屋带来一丝喜气。

听奚连江言罢，俞波涛唏嘘不已，说："都说富贵险中求，可多数人都淌不过险滩，故古今中外，富人和贵族永远只是极少数。"奚连江道："可近十多年来，还是有不少人从股市和房市里捞到大好处。"俞波涛叹道："一家欢乐万家愁，一定时期内社会财富总有定量，少数人大发，多数人必然大损。"奚连江道："正因如此，中央才痛下决心，大力整治金融和房地产市场，维护正常经济秩序。"俞波涛道："纪检监察机关肃贪治腐，也是维护政治和经济秩序的强力手段，作为纪检监察干部，咱们任重道远，没理由懈怠偷懒啊。"

"据说此次向省委巡视组举报曹寄青的，就有不少是陷入'彦城发展'不能自拔的亏损股民。"奚连江说道，发觉已到省人民银行大楼前。驶入地下车库，见缝插针泊好车子，两人开门下地，走进电梯，升上闹闹嚷嚷的营业大厅。

司法查询窗口前面已站成长队，奚连江先拿出监委文书，让俞波涛签过名，自己也在旁边落上字，再拿到手上，前去排队，往司法窗口慢慢挪动。与两院（法院检察院）一样，监察委员会由人民代表大会产生，也就被赋予与两院差不多的执法资格和手段，可开具法律文书，调阅涉案人员的财产详情，以及通讯、交通、签证等其他信息。

二十分钟的样子，奚连江挨近窗口，递入监委手续。里面的年轻姑娘瞧瞧，又比对过奚连江随后送进的工作证，开始操作计算机。很快打印机吐出一张字纸，姑娘顺手递出窗口，奚连江接过去，瞟眼曹家三口在各专业银行开的账户，转身来到俞波涛身边，说："曹寄青两个户头，曹妻三个户头，曹子一个户头，工商、建设、农业、交通四大银行都有。"俞波涛点点头，说："建设银行近，咱们由近及远吧。"

说着两人走进电梯，降至地下车库，驾车驶至地面，往建设银行方向奔。建行也有司法查询窗口，奚连江送入手续，窗里女孩把名字敲到计算机上，调出账号，又摁住鼠标划拉几下，打印出一大沓流水，盖上印鉴，递给奚连江。

奚连江没少跑银行，知道银行流水一时半会儿看不出什么名堂，道声谢谢，利索地将流水收好，塞入公文包，回头对俞波涛道："工商银行不远，咱们走吧。"

赶到工商银行大坪，出得车门，俞波涛听见肚子咕咕叫，看看手机上时间，说："已十二点多，还是哄哄肚皮再说吧。"奚连江道："附近有家餐馆，我吃过几次，口味不错。"

餐馆人满为患，也没服务员过来招呼，两人只得东张西望找地方。好不容易在角落里发现刚空出来的小桌，奚连江箭步上前，占住位置。又招呼俞波涛坐下，拿起桌上菜单，勾了四道小份菜，递给走过来的服务员。菜倒上得快，两人一阵狼吞虎咽，像饿牢里放出来的一样。奚连江还不忘问俞波涛："还合主任胃口吧？"

俞波涛嗯嗯两声，咽下嘴里饭菜，道："合胃口，合胃口。"奚连江道："价格也不算太贵。"俞波涛道："工作餐嘛，太贵怎么吃得起？"奚连江感慨起来："彦江房价昂贵，幸亏吃用还便宜，不然咱们穷苦大众真没法活了。"俞波涛道："房价贵说明买房人多。人要吃要用，人多的好处是服务行业发达，衣食便宜。看看北上广深，房子已成天价，可吃穿玩乐费用还算合理。回头再瞧下面市县，房价不高，物价却不比省城低。"

"怪不得三四五线城市房价便宜，各地的人还是喜欢往大城市跑。"奚连江似有所思道，"小城房子便宜，却没太大升值空间，拥有大城市房产，才显得有底气，也更有希望。"俞波涛道："人往高处走，水往低处流嘛。"奚连江道："就是的，乡里人往县城跑，县城人往市州跑，市州人往省会跑，省会人往北京跑，北京人往欧美跑。尤其是权贵和富人，有了足够实力后，没有几个不惦记往欧美发达国家的。"

这已属蔚然奇观，俞波涛叹道："中国富人贵人盯住欧美，也不知欧美人该往哪儿跑？难道跑到月球上去不成？"奚连江道："在某些国人眼里，欧美乃人间天堂，既然身处天堂，自然乐不思蜀，心安理得。"

说话间饭吃完，两人结账出门，来到工行。工行查询程序也差不多，递手续，打印流水，盖章交接，收好走人。

如此这般跑完几家银行，已到下班时间。两人来到车上，奚连江问道："回单位？"俞波涛道："曹寄青可非普通国企领导，问题线索能查到哪一步，谁也说不准，还是悠着点吧。先送你回家，我再开车去市委大院。"

路上奚连江侧首道："主任上寒舍去坐坐，我炒几个菜，咱兄弟喝两盅如何？"俞波涛道："忘记工作日不能喝酒的要求啦？你还是早些回家，哄得老婆开心，争取今晚不仅上床，还可上位。"奚连江笑道："老夫老妻，没那么浪漫。"俞波涛道："你三十出头，便老夫老妻，到我这把年纪，岂不成木头夫妻？别动不动把老字挂嘴上，饮食男女，人之大欲存焉。"奚连江笑道："现今阴盛阳衰，已成饮食男，女人之大欲存焉。"

俞波涛哈哈大笑，道："女人大欲存焉，男人存存小欲，总没错吧？"

车到奚连江租屋小区门口，俞波涛下车，钻进奚连江空出来的驾驶室，道："明天早点上单位，一起查看曹家账户流水。"奚连江点头嗯嗯，看着俞波涛将车开走后，才掉头走进小区。

纪委监委文件规定，除非出差，公车不能在外过夜。俞波涛赶往市委大院，把车开到停放公车的大坪里泊好，向市委后面的公务员小区走去。

公务员小区是吴尚云做常务副市长时力主建成的，周边还配套了幼儿园、学校、医院、公园、大型超市，以及包括图书馆、体育馆、博物馆在内的文体中心。也是俞波涛不早不晚调入纪委，正赶上住房指标分配方案出台，以内部优惠价购得一套一百七十平方米的四室两厅大房，加之环境优美，生活方便，尤其属学区房，多年下来房价已翻了四五倍。羡慕得奚连江直流口水，说自己生不逢时，若早出生几年，早些进市委大院工作，也不至于一直窝在贫民窟里，永世不得翻身。俞波涛实在不知怎么安慰奚连江，只心里暗叹，上帝说世人生而平等，可人一出生就面临太多不公平，除天时地利和家庭背景迥异，长相、智力、性格不同，命运也随之千差万别。用俞波涛奶奶当年的话说，叫站着的菩萨站一世，坐着的菩萨坐一世。

开门进屋，艾叶青已先下班回家，正在厨房里忙碌。俞波涛师大哲学系毕业后留校任教时，艾叶青正好考进去，两人由师生渐渐发展成恋人关系。在师大待了没两年，碰上彦州市纪委扩编招人，俞波涛觉得大学老师有面子没里子，一考而成纪检干部。一年后公务员小区筹建，同步配套中小学校，需要大量老师，俞波涛让艾叶青应聘到小区中学。不久俞波涛拿到小区新房钥匙，再花大半年，装修完毕，抱得美人归，来年生下女儿菁菁。菁菁懂事早，两岁半进幼儿园，五岁半读小学，皆就近在小区，省心不少。眼瞅着小学就要毕业，俞波涛主张菁菁仍在小区上中学，艾叶青觉得自己学校教学质量一般，非师大附中不可。为此夫妻俩昨晚还争论了两个小时，一直相持不下，闹得颇不愉快。

听到厨房响动，俞波涛换上拖鞋，过去帮忙。见艾叶青脸色青着，俞波涛以为她还在为菁菁读书的事闹别扭，道："菁菁小学毕业还得几个月，到底去哪上中学，我说了不算，你说了也不算，还得交由她自己决定。"

艾叶青没吭声，把炒好的菜递给俞波涛，掉头去洗锅。是碟小肥肠。俞波涛有些奇怪，道："你何时也好上了这口？"艾叶青没好气道："老妈要来，能不炒个合她胃口的菜？"

艾叶青口里的老妈，指的是艾妈。两边都有妈，叫起来容易混淆，两人约定叫艾妈为老妈，叫俞妈为老娘，以示区别。艾叶青来自下面县城，父母是普通居民，无正式职业，靠在街边摆排档赚钱养活一家子。艾妈擅炒小肥肠，深得县城青年喜爱，排档生意一直维持到几年前艾爸去世。艾妈一人没法再开排档，却吃惯小肥肠，每天都会炒上一碟，慰劳自己。即使到女儿家来，没小肥肠也咽不下饭。偏偏艾叶青吃不惯小肥肠，觉得又脏又臭。可她是个乖乖女，不忘养育恩，父亲死后常接艾妈来住，且捂住鼻子炒小肥肠，讨她欢心。可看今天这架势，艾叶青好像有些反常，也不知是跟艾妈吵过嘴，还是为菁菁读书的事生气。

正在疑惑，有人敲门，恰是艾妈，肩背手提，吃的用的，应有尽有。且不只她一人，后面还跟着自己母亲，也两手没空。俞波涛诧异不已。要知两亲家母同时上家里来，这可是开天辟地头一回。俞家父母属国企干部职工，体面尊贵，自然不大瞧得起靠摆排档谋生的艾家父母。尤其是两亲家母，话不投机，彼此看不顺眼，从没同时来过儿女家。就是艾叶青生菁菁艾妈来招呼月婆时，俞母也不肯打照面，直到艾妈回县城后，才赶来帮忙带孙女。万没想到，今天两人竟破天荒同时出现在面前，要俞波涛不吃惊也难。

入门后，艾妈见餐桌上摆着小肥肠，连吸两下鼻翼，脸上笑开了花，嚷嚷道："还是女儿懂妈。"艾叶青仍没开脸，炒好菜，摘下围裙，要去开碗柜。见俞波涛正在摆碗筷，转而去揭饭锅。艾妈也不介意，朝俞母招手道："亲家母快坐快坐，看叶青炒的小肥肠可口不可口。"俞母道："不急不急，菁菁还没回来呢。"

话才落音，菁菁开门进屋。见着奶奶和外婆，也不启齿喊一声，偏着脑袋，往自己小屋直冲。两位老人跟过去，涎着脸讨好道："菁菁饿了吧，赶紧放下书包，上桌吃饭。"菁菁恶狠狠地道："不饿不饿不饿，不吃不吃不吃。"反手摔上房门，差点撞破两位老人鼻梁。

菁菁平时很懂礼貌，见了两位老人，总是奶奶长，外婆短，颇为亲热，今天怎么见着仇人似的，凶神恶煞起来？俞波涛欲过去教训菁菁两句，又觉事有蹊跷，没明事因前，也说不到点子上，只好闭住嘴巴。两位亲家母倒没事人样，并排坐到餐桌边，一个道："菁菁就要小学毕业，学习任务紧，先做作业再吃饭也行。"一个附和："可不是，现在小孩太不容易，被学业压得喘不过气来，比大人还累。"

饭后两位老人又相互配合，一个洗涮碗筷，一个打扫客厅，埋头忙乎起来。艾叶青乐得清闲，跑到卫生间，对镜贴好面膜，尔后躺到客厅沙发上，举着手机，看起朋友圈来。两位老人忙完，一左一右，围坐到艾叶青旁边，嘀咕道："叶青别有想法，咱们做老人的也是为你们年轻人未来考虑，提些建议，采不采纳，是你夫妻俩的事。"又说："至于菁菁嘛，正是懵懂年纪，不明事理，有些抵触情绪也难免，谁家孩子都差不多。"

艾叶青权当耳旁风，不哼不哈，只顾看她手机。两位老人自觉没趣，撇下艾叶青，坐到一旁，聊起别的话题来。聊上一阵，俞母说："我得回去啦，亲家母是在这里陪叶青，还是到我家去呢？反正也不远，来去方便。"

艾妈瞧瞧女儿，希望她开口挽留两句。艾叶青依然没啥表示，艾妈只好站起身，悻悻道："白天亲家在外钓鱼，我还没见到人，去看看他也好。"

三

送走两位老人，俞波涛敲开菁菁小屋，叫她出来吃饭。饭后洗完澡，喝过牛奶，菁菁仍回小屋做作业，俞波涛接了几个电话，见时间不早，也洗洗上床，斜在床头，翻看杂书。艾叶青揭去面膜，搓着脸蛋走进卧室，靠到俞波涛旁边。俞波涛道："两位老人来一趟不容易，怎么连好脸色也没给一个？"

艾叶青瞥了眼俞波涛，说："老妈老娘不是你动员来游说我的吧？"俞波涛道："游说她们什么？我有案子在手，正忙不过来呢。"艾叶青道："不是你背后怂恿，她俩哪那么大劲头，一遍遍开导我，说她们当年政策不允许，才迫不得已，只生一个。如今碰上好时代，政策放宽，可生二孩，咱们还年轻，家里条件也允许，再生一个，儿女双全，该有多好。"

果然事出有因。艾叶青又道："儿女双全：你听清没有？咱只有女儿，就是要我生个儿子。还打电话试探菁菁，愿不愿意妈妈给她生个弟弟，以后好有伴玩耍，相互照顾。菁菁便跟我急，真照奶奶姥姥意思，给她生个弟弟，她就跳楼。"

说得俞波涛直摇头，道："三个女人一台戏，你们四个女人联袂登台，够有好戏看咯。"艾叶青瞪着眼道："别嬉皮笑脸！你们男人都一个德行，总幻想三妻四妾，儿孙满堂。也不体谅女人难处，生胎孩子，就得去鬼门关跑一趟。"俞波涛道："没那么严重吧？现在医疗条件好，哪里还有什么鬼门关？"艾叶青道："医疗条件再好，也得女人怀，女人生，你们男人只图一时快活，撒过种子，便再没卵事。"

俞波涛忍不住笑笑，说："分工不同嘛，男人就是负责撒种的。况且我又不是那种不负责的男人。"艾叶青道："非要我再生一胎不可啰？难道再生一胎，就十拿九稳给你俞家生个儿子？要是又生个女儿呢？是不是又有理由逼我生第三胎？要知道我都已年过四十，万一生个傻子下来，这辈子岂不暗无天日，再没消停日子？俞波涛跟你明说，想要儿子是你自己的事，你可在外找情人，或物色年轻女孩代孕，在下保证不会干预你。"

"我也愿找情人或请代孕，可我敢吗我？"俞波涛哭笑不得，"你明明知道我不仅是党员，还属纪检干部，需严格遵守党纪国法，不可能乱来，才这么气我。假如为生儿子，我真找情人或代孕，你还不大闹天宫，让我丢官去职？"

艾叶青扑哧一笑，戳戳俞波涛额头，乐道："你心里还有党纪国法，算没白接受我党多年教育和栽培。"俞波涛道："那是自然。生不生二孩，由你自己决定，波涛我保证不会干预。早点睡吧，明天还有案子等着，我得早点去单位。"

说过要说的话，艾叶青心里似乎好受了些，不再多嘴，熄灯躺下。俞波涛望望黑暗里的天花板，困意袭来，沉沉睡去。

翌日吃过早饭，俞波涛赶往黄楼，奚连江已先到，正在查看各家银行提供的曹家账户流水。流水细目繁多，看上大半天，才看完曹寄青本人两个户头，金额不大，进出也多系小笔款项，诸如张正义所供曹寄青给海鑫公司融过巨资，没见任何蛛丝马迹。再查曹夫人和曹子两人账户，也差不多，属于正常范围。

松开鼠标，奚连江揉揉双眼，对一直守在旁边的俞波涛道："看来白忙乎了两天。"俞波涛道："没白忙。算是排除法，银行账户线索排除后，还有房产、股票、保险和理财产品之类。"奚连江道："曹寄青可谓洞庭湖上的老麻雀，真有巨额财产，只怕不会放到自己和妻儿名下。"俞波涛道："总得一步步来，先利用可以利用的线索，再往深里挖。"

果然接下来几天里，跑过房产部门，又跑证券公司，再跑保险和工商行政，没发现太有价值的线索，曹家三口既无股票进出，又无理财产品，也没留下经商投资登记。只有两套成本不太高的房产，一套是中心医院里的普通职工宿舍，挂在曹夫人陆白露名下；一套就在市委公务员小区里面，写着曹寄青本人名字。

奚连江颇为失望，摇头道："我经手过的案子已非一个两个，每每出手，总有收获，从来不像这次，陀螺样转上两个星期，转遍彦州城，竟无功而返。"

俞波涛却暗暗松口气，像为曹寄青没事感到庆幸似的，道："没问题更好嘛，难道非挖洞寻蛇，刨点问题出来不可？"奚连江觉得俞波涛口气有些不对劲，奇怪地望了他一眼，道："怎能说没问题更好？办案人恐怕没哪个不想利用手里线索，办出漂亮案子来。"

俞波涛也意识到什么，忙解释道："曹寄青毕竟是彦州经济建设重臣，真有违纪违法问题下位，另外物色这样肯干事能干事也干成事的官员，还真不容易。"

奚连江想想也是，却不愿就此放过曹寄青，道："曹家夫妇，一个国企老总，一个医院科室主任，这不仅在彦州城，即使放到北上广深，恐怕也算高收入人群，剔除正常日用开支，多年累积下来，家庭财产应该不菲，却只发现两套福利性质的房产，不正好从反面证明，太过失真么？"俞波涛顺着奚连江思路道："正是，除非曹家把财产捐了出去。"

奚连江道："哪怕财产捐走，也有进出记录，不可能白纸一张。何况曹寄青还是上市公司老总，根据股权激励机制，他该拥有公司股票，也没留下痕迹，实在可疑。唯一解释是曹寄青聪明过头，手脚做得干净。正因聪明人自恃聪明，往往百密一疏，总会露出狐狸尾巴。"

曹寄青的狐狸尾巴又在哪儿呢？两人决定展开外围调查，从其亲友身上寻找突破口。通过相关档案部门，调阅曹寄青夫妇社会关系，再经仔细梳理，才发现曹妻陆白露有位同母异父弟弟石三里，是个工程老板，项目做得蛮大。石家数代单传，石父五十岁得子石三里，溺爱得不得了，石三里从小不愿读书，不肯学好，只知吃喝玩乐，是白河县杨家村远近闻名的混混，若无陆白露和曹寄青暗中帮扶，哪能有啥作为？凭职业敏感，俞波涛与奚连江两人觉得，若捞到石三里底细，说不定能顺藤摸瓜，牵出曹寄青和陆白露来。

又经调查，得知石三里在彦州城外的蛤蟆岭造了个山庄，两人决定先去岭上瞧瞧。当然不能以纪检干部身份去，不然会惊动石三里和曹寄青夫妇，弄巧成拙。蛤蟆岭原属国营林场，岭长林密，林间还有不少山塘水库，奚连江有位远房表姐嫁在岭上，曾邀他去家门口塘里钓过鱼。两人于是备好渔具，准备以钓鱼为幌子，上岭了解了解石三里其人。

正是艳阳四月天，顺彦江大道向北，驾车不到二十分钟，有水流注入彦江，那便是青河。沿青河南岸，往东上行十余里，眼前一脉山峦正是蛤蟆岭，形似蛤蟆，由此得名。山峦不高，绵长起伏，竹木森森。青河像条飘带，左晃右摆，从蛤蟆岭脚蜿蜒而出。河两岸布满大大小小的水坑，坑边有机器在作业，一瞧便知是挖矿洗砂。奚连江早就听说，青河及河两岸砂地，不仅砂石硬度高，砂石里还蕴藏着沙金，来此挖矿洗砂的人都发了大财。

车入林间，轮下林道越发弯曲，却铺着水泥，路面平整，行车不太难。竹木繁盛，山花烂漫。车前野兔出没，窗外松鼠跃窜。苍鹰独翔于高处，白鹭群舞于林间。俞波涛忍不住按下窗玻璃，吸口新鲜空气，叹道："咱们干脆辞职来这里做个林农，守守山场，不时砍几棵竹木卖钱，不仅可自给自足，还会长命百岁。"

奚连江也瞧瞧窗外胜景，说："主任有此念头，倒也不难做到。待会儿问问我那远房表姐，看林场里有无年轻寡妇，嘱她穿个针，引个线，让你倒插门，当个名正言顺的林农。"俞波涛不满道："为何非得寡妇，年轻女孩不可以？本主任年纪虽已不轻，稍加装扮，头发焗焗油，还显得不太老吧？"奚连江道："主任是不老，可林场年轻女孩都进了城，哪还轮得到你？"俞波涛道："倒也是。纪委有几个扶贫点，我去过点上，所见皆是老人和孩子，或五大三粗的光棍，三四十岁还没成家，几乎看不到年轻女孩。"

果然一路上，林道两旁的房舍，只有老年和留守儿童，难见年轻女孩影子。奚连江盯紧路面，深有感触道："有啥办法呢，农村年轻女孩都进了城，或端盘子，或摆摊子，或陪酒伴舞，或洗脚按摩，或去工厂上班，或入公司保洁，总有小钱赚。若长相出众，又善讨好卖乖，则干脆给有钱有权人做情妇，有吃有穿，有花有玩，快活如仙女。甚至直接给人代孕，用肚皮赚钱，辛苦十个月，幸福半辈子。"

俞波涛想起艾叶青要自己找情人和代孕的话，看来这种事在社会上已非个例，早见怪不怪。奚连江继续道："女孩都跑掉，农村出身的男孩又到哪去寻配偶？即使出去打工，也只能卖苦力，勉强糊口，买不起城里房，修不起乡下屋，也没人愿嫁。就如咱老家，四五十户人家的村子，成不了家的壮汉多达三四十个。过去农村人重男轻女，如今反过来，谁家生了男孩，愁眉苦脸，忧心忡忡，自知无力给儿子买房修屋，日后娶不起老婆，成不了家，无异于害他一辈子。"

俞波涛道："当年杨玉环进宫做了贵妃，兄弟姐妹跟着沾光，白居易有感而发：遂令天下父母心，不重生男重生女。殊不知千年后，此言又成活生生现实。"

说话间，车至岭深处，奚连江放慢车速，驶入一道岔口，眼前一片水塘，塘周边稀稀落落隐现着几栋低矮砖屋。车停水畔人家，一只小黄狗跑上前来，卖力地摇着尾巴，像见到老熟人似的。估计岭上人稀，狗也变得好客，不像城里宠物狗，见人就大声狂吠。

听得动静，屋里走出一位四十多岁的妇人，上前打招呼，口气亲切得很，一听便知是奚连江表姐。奚连江拿出小车尾箱里的渔具，道："今天就吃现钓的鱼，表姐另备几个土菜就行。"表姐道："要得要得，你们先钓鱼，待会儿我叫石带贵回来，陪你们喝几杯米酒。"

石带贵便是奚连江表姐夫。两人下至塘边，打过窝子，放好线，坐到柴草间的石头上，眼盯水上浮标，专注得很。鱼也给面子，个把小时，便钓上六七条，有大有小，有鲫鱼，有草鱼，还有红尾鲤。石带贵接到老婆电话，也匆匆赶回，来塘边提了鱼回屋，掌勺炒菜烹鱼。菜炒好，鱼烹熟，两人上岸，围坐桌边，端起石带贵倒的米酒，边喝边聊，很是投缘。

石带贵年过半百，对蛤蟆岭前世今生了如指掌。蛤蟆岭不傍青阳县城，远离彦州市区，一向偏僻清冷。岭上有五六十个自然村，村民开垦岭间开阔地带，种水稻或杂粮糊口，需要用钱，随便砍几根竹木，扛往岭下贱卖。那个年代钢材稀缺，建设需要大量木材，国家相中蛤蟆岭，改建为国营林场，修了简易林道，有组织地砍伐和种植，岭上长绿长青。农民成为林农，有国家粮吃，不用种田，低处田地全都蓄上水，以防林火，也可养鱼喂鸭，家家有吃有喝，日子过得倒也不赖。时过境迁，林木渐渐贬值，林场价值弱化，年轻一代林农待不住，纷纷出岭谋生，留下老辈人，毕竟生于斯，长于斯，且没力气外出干活，只有守住蛤蟆岭，靠微薄的养老金度日。眼看城市化节奏越来越快，蛤蟆岭离城市也显得起来越近，节假日常有人驾车上岭游玩，勤劳人家便开起餐馆，供游人歇脚吃喝，赚几个小钱。石家儿女都进了城，石带贵闲不住，在家里办了餐馆，接待岭下来的闲人散客。加之小时学过泥工，家里没客人时，则骑部摩托，外出筑路架桥，砌墙盖屋，反正没歇过。

说到泥工，奚连江问道："姐夫在哪里做工？据说有个叫石三里的，在岭上弄了个山庄，姐夫去山庄做过工么？"石带贵笑道："我刚从石三里在建的山庄回来。不过石三里对外不叫山庄，叫什么博物馆。石三里虽跟我同姓，但不是蛤蟆岭人，家在白河那边。也是石三里有个好亲戚，蛤蟆岭上的水泥林道都由他承包到手，林道修完发了大财，又采购机器设备，洗砂淘金，据说早已成为亿万富翁。还搞房地产，修高速公路，项目越做越大，青河白河乃至彦州城，恐怕没几人没听过石三里名字。"

俞波涛跟石带贵碰碰杯，问道："石三里的博物馆离此地远不远？可否让我俩去见识见识？"石带贵道："开车的话，倒也不远，待会儿我带你们去就是。"

放杯停筷，三人上车，顺着水泥林道，往岭东方向逶迤而去。翻过几个小山包，地势变得舒缓开阔起来，石带贵要奚连江放慢车速，说："石三里有交代，不能让外人靠近博物馆，咱们还是找个地方把车藏起来，远远观望，否则石三里怪罪下来，我担当不起。"

为不给表姐夫添麻烦，奚连江把车开入一处废弃不用的土路隐闭起来。然后三人下车，踩着荆棘，爬上附近山头。山顶灌木丛生，杂花生树。扒开树枝，俯首下望，只见对面半山窝有片开阔地，估摸不下千亩，周边圈了高高围墙，墙里错错落落，竖了十来栋大小不一造型古雅的青砖楼房，楼间遍植桃李橘柚和梨枣柿杏，掩映着回廊敞轩和亭台水榭。

奚连江掏出手机，朝着对面山窝拍起照来。石带贵不无紧张道："表弟拍照干啥？"奚连江说："拍着好玩，以后发了财，也回乡下老家，圈块空地，弄个这样的山庄，过过神仙生活。"石带贵道："千万别把照片泄露出去，惹出什么事来，石三里不好受，咱也会跟着吃亏。"俞波涛道："石三里富裕后，大概也会分点好处给你们乡里乡亲吧？"

石带贵道："石三里把蛤蟆岭当成自己的福地，手里有项目，都会请乡亲出工，且从没欠过工钱。每年重阳或春节，总要带上大把红包，亲自上门，客客气气送到七十岁以上老人手里。可以说蛤蟆岭家家户户，没有没得过他好处的。人要讲良心，他对乡亲们好，乡亲们当然也会好好维护他，不能坏他事，害人又害己。"

奚连江收起手机，说："看来石三里还挺得人心的。"石带贵道："不得人心，没有乡亲们支持，石三里也不可能在蛤蟆岭造博物馆。"俞波涛问："石三里造博物馆，准备收藏什么？"石带贵道："这个我也说不清，石三里说博物馆建成后，他要出高价，收购岭上人家早已搁置不用的铁鼎铜罐、木桶竹勺、镰刀锄头、斗笠蓑衣之类，以展示岭上什么农耕文化。石三里的意思好懂，他要通过这个手段，变乡亲们家里的废品为宝物，跟他发点小财。"

眼见天色不早，三人下得山头，乘车返回石带贵家。吃过晚饭，临别之际，石带贵挽留几句，拿出上午钓的鱼，塞给奚连江。奚连江把鱼放进尾箱，拿出红包，递向石带贵。石带贵不接，只好硬塞给旁边的表姐。

说过再见，两人登车下岭。俞波涛问："刚才的红包好像不薄嘛。"奚连江笑道："相当于饭钱和鱼钱吧。"俞波涛道："这样你表姐和表姐夫心里舒服些，否则明说饭钱鱼费，他们不好意思接受。"奚连江道："毕竟属表亲，不比普通农家乐。"

回到城里，分手时说好下周去见曾守贤和陈勇毅两位领导，汇报半月以来初查曹寄青的进展情况，商讨下一步调查方向。

周末很快过去，周一俞波涛赶往黄楼，两位领导没在，问委办公厅，说出差在外，已有三四天，看下午能否回来。下午快下班，仍没见着领导，俞波涛出得黄楼，往公务员小区走去。到自家楼下，低头正往楼道里迈，有人叫了声俞主任。声音很陌生，俞波涛立住脚跟，回头一瞧，才发现路边樟树下，停着部黑色大奔，有位中年男人钻出车子，走近俞波涛，脸上笑意盈盈。俞波涛问道："您是哪位？"

"俞主任不知道我，我早晓得俞主任，说起来您还是我亲戚的领导呢。"中年人笑得越发灿烂，递过手里纸袋，"一盒不值钱的明前茶叶，还请俞主任笑纳。"

初次见面，姓名都没捞到，怎好随便接人礼物？俞波涛缩着手，问道："我是您哪位亲戚的领导？"中年人说："奚连江是俞主任部下，石带贵是奚连江表姐夫，我是石带贵本家兄弟，说俞主任是我亲戚领导，应该没错吧？"

世上竟然还有这么攀附亲戚关系的，虽说显得牵强，不过正说明对方不仅脸皮厚，而且头脑好使。俞波涛已明白对方为何方神圣，道："你是石三里石老板？"石三里连声称谢道："纪检领导真厉害，我还没透露姓名，俞主任就已知是我。"

这有啥厉害的？又不是高等数学，需反复推算才能得出结论。俞波涛心里暗笑，石三里又道："上周我外出有事，俞主任和连江到了岭上，面都没见着，实在抱歉！也怪我那本家兄弟，事先不露半句口风，否则一定恭候大驾，陪你们喝几杯。这已是马后炮，再响也没意思，才趁着进城办事，特意找到贵府，送盒茶叶，不值几个钱，不过表示表示内心歉意。"

说罢，向俞波涛靠近一步，塞过纸袋。弄得俞波涛接不是，不接也不是。不接吧，人家把话说得这么诚恳，拂人面子毕竟不好。接吧，彼此无瓜无葛，也不知人家干嘛这么客气，身为纪检干部，防范心理可不能少。

俞波涛还在迟疑，石三里把纸袋放到他脚边，退回到车上，把着方向盘，往外驰去，一边伸脑袋到窗外，笑道："是清明前岭上野生乔木茶叶炒制的，没有任何农药残留，俞主任正好留着自己饮用。千万莫送人，野生乔木茶叶难得。"

千万莫送人？此话可有些意味。俞波涛欲还纸袋给石三里，已经来不及，只得提到手上，转身迈入门洞。进屋打开纸袋，里面有两个方形篾盒，放手上掂掂，竟然一轻一重。先开较轻的篾盒，确实装着茶叶，香气扑鼻，一瞧便知是新采清明茶。再开那盒重的，里面塞着两扎百元面额的人民币，又硬又新，冠字编码都还连在一起。

办案近二十年，俞波涛没少经历过送钱的事，倒也不觉稀奇。若嫌疑对象已被控制，收到请托人送的钱物，或退还人家，或交单位，倒也简单。曹寄青案情还处于初步秘查阶段，仅自己和奚连江外加曾陈两位委领导知道，依例退钱或上交，都不是稳妥办法。估计奚连江也收到石三里的钱，明天两人见面再说。

果然隔日上午才到主任室，奚连江便跟进来，轻声道："主任收到石三里茶叶没？"俞波涛道："你收到，我能不收到？"奚连江道："怎么办？还回去呢，还是交单位？"俞波涛道："两位领导出差该已回来，先见过领导再说吧。"

按照程序，汇报工作，先得见分管领导，由分管领导决定是否要找一把手。可陈勇毅出差回来后，又有别的事情，没上单位来，两人只得直奔书记室。事情是两位领导一起布置的，分管领导又不在单位，直接找一把手没有错。

曾守贤正在整理提包，像要出门的样子。不过还是示意两位坐下，听案情初查进展。俞波涛简明扼要汇报完情况，又让奚连江做过补充，请书记做指示。曾守贤肯定了两人半个多月来的辛勤工作，问道："你俩觉得下一步该怎么推进？"俞波涛道："有两个方向，一是调阅曹寄青通讯记录，一旦发现关系密切人，或许可牵出新的线索。"

奚连江忍不住接话道："爱江山更爱美人，实权人物没几个没有情妇，只要通过曹寄青通话情况，还有短信和微信记录，挖出其情妇，下一步就容易得手了。过去在两反局办案，其他路径走不通，只要采用此手段，几乎没落空过。"

曾守贤看了眼奚连江，目光重新回到俞波涛脸上。俞波涛又道："二是石三里出身贫寒，若无同母异父姐姐和姐夫暗里扶持，自然不可能把生意做得那么大，也可考虑先从蛤蟆山庄入手，往回倒查石三里近年所做工程，定能发现曹寄青夫妇影子。"

曾守贤先是点点头，旋即又摇摇头，似有所思道："曹寄青不是普通领导干部，背景深厚，关系复杂，追索下去，会碰到意想不到的阻力。市委刚通知十点召开常委会，会后我跟廖书记汇报汇报，听听他的意见，再作下一步打算。"

说着曾守贤看看手表，抓过提包，问两位还有没有别的话要说。俞波涛站起身，说了说石三里送钱的事。曾守贤道："先稳住石三里，别退钱。也别交单位，以防张扬出去，惊动曹寄青。就把钱汇入委里新设的廉政账户吧，当然得匿名，保存好存单。"

两人应诺，退出书记室。曾守贤出门下楼，径直向市委大楼走去。踩着点迈入常委会议室，大部分常委已到，只挂党旗的正面墙下书记的位置还空着。廖远征不仅是彦州市委书记，还是省委常委，比谁都忙，自然不可能先来会议室坐等其他人。

曾守贤来到自己的位置前，屁股没坐稳，廖远征就出现在门口，身后还跟着一人。那不是别人，竟是曹寄青。最近曹寄青有些焦头烂额。彦城经济发展公司摊子铺得大，项目做得多，麻烦自然少不了。偏偏彦城发展股票连连下挫，股民讨伐声四起，各种谣传一直没停过。有的说彦城经发公司资金链断裂，银行索债如索命，曹寄青东躲西藏，有家不敢归。有的说彦城经发公司财务携款潜逃，曹寄青与高管们玩不下去，已打狗散场。有的说曹寄青支撑不住，生怕被债主逮住打死，主动投案自首，被关在不知名的荒郊野岭，接受有关部门审讯。说法太多，意思只有一个，就是彦城发展股票将变成废纸，一文不值。彦州市和周边城市股民不约而同，纷纷跑到彦城经发公司大楼前，喊着曹寄青名字，生要见人，死要见尸。

曹寄青哪里还敢露面？翻出公司后墙，仓皇逃走。一直逃到彦江省边界一家景区，才想起给市长吴尚云打电话。吴尚云把他训斥一顿，要他逃就逃到美国去。曹寄青起着哭腔道，若不是放不下彦州人民的建设事业，早逃美国去了。吴尚云说不逃美国，赶紧回彦州，去见廖书记，否则没人能救他。

曹寄青倒也听劝，趁夜色朦胧，乖乖潜回彦城，溜进省委大院常委楼，去堵廖远征的门。廖远征家住省委大院，常委楼里有他办公室。吴尚云已先到，两人答应曹寄青，翌日上午召开市委常委紧急专题会议，专门研究彦城经发公司的事，尽力寻求解决危机的方案。曹寄青抓到救命稻草，这才定下心来。夜里不敢出省委大院，直接住进院里的省委宾馆，第二天钻入廖远征小车，关严车窗，一起来到市委大楼，走进常委会议室。

常委会议室比较大，圆桌圈内位置属于常委们，列席常委会的人只能退居外围座位。曹寄青坐到他该坐的位置上，廖远征也已来到党旗下，从容落座。先扫眼在座各位，侧首对左边的吴尚云道："人到齐没有？"吴尚云点头道："到齐啦。廖书记发话吧。"廖远征清清嗓子眼道："今天这个会该叫常委专题会议，专门研究彦城经发公司问题，因此把曹寄青同志请了来。最近彦城经发有些不平静，想必各位常委已略有耳闻。彦城经发事关全市经济建设大局，弄不好会出大问题大乱子，否则也用不着拿到会上来，请各位出谋划策。"

各位出谋划策前，当然得先听曹寄青汇报情况。曹寄青不愿轻描淡写，端端两肩，运足丹田气，开始谈公司经营成就。听得廖远征有些不耐烦，打断他道："少谈业绩，不谈常委们也知道。直接谈事，教大家讨论。"

曹寄青这才压低嗓门，愁眉苦脸自我检讨道，因国家实行供给侧改革，不断压缩银行投资，公司大小项目经营出现困难，彦城发展股票在大盘不够景气的大环境下，一蹶不振，以致股民心生恐慌，串通围攻公司，公司没法正常运转，才找组织，请求拉公司一把。

半个小时样子，曹寄青说完。廖远征道："情况曹寄青同志已汇报清楚，在座各位有何高见，只管畅所欲言，然后再集思广益，拿出解决问题的最佳方案。"

城市建设发展由市长吴尚云主管，常务副市长周俊才分管，其他常委不便插手，也就不好置喙。廖远征朝向吴尚云："是不是尚云同志先谈谈想法？"吴尚云道："城建工作虽挂在我名下，但还是俊才同志管得更具体，俊才同志先谈吧。"

周俊才拉长老脸，痛心疾首道："彦城经发公司成立二十多年来，一向经营有方，业绩显著，如今出现这种局面，除大环境影响外，责任主要在我这个分管领导。"廖远征打断周俊才："寄青同志不必谈业绩，俊才同志也不用谈责任。彦城经发公司是市委市政府和全市人民的企业，要说责任，在座各位常委尤其是我这个班长都有领导责任，一时谈不了那么多。俊才同志还是直奔主题，谈谈解危济困良方吧。"

粗听廖远征话语来得平淡，其实是在给自己担责啊。周俊才感激地看一眼廖远征，继续往下道："说一千道一万，彦城经发公司困难其实就是一个钱字，没有钱谁都回天乏力。钱从何而来？靠股票，股民失去信心，股市提供不了资金。靠银行，供给侧改革政策一天天趋紧，市委市政府不可能逼迫银行放贷给彦城经发。来钱最快的可能是高利贷，我手机天天有短信，问要不要无抵押贷款，随时发放，多少不限。可这是明里陷阱，谁敢往里跳？要想向死而生，渡过难关，唯一办法只能眼光向外，融资开发新项目，带动彦城经发现有产品，到时一着活，全盘活，股票得到提振，资金流丰沛，一切都好办。"

吴尚云插话道："俊才同志具体说说怎么融资，如何开发新项目。"周俊才中气更足，亮着眼光道："股市提不到钱，银行贷不出款，却丝毫不能说明社会没有钱，大钱往往在民间，有大钱的公司和个人不在少数。眼下怪圈是，资金找不到好项目，好项目找不到资金。咱们只要拿出好项目，与外界广泛接触，梧桐又何愁无凤凰来栖？"

"你的梧桐在哪？"廖远征点头频频。周俊才也不答话，只向曹寄青抬抬下巴。曹寄青立即站起身，从包里取出一纸，先展开，再高高举起，请众常委阅视。众常委看过去，是一张彦州地图。地图东北角画了个圈圈，圈里有三条江河：彦江、青河和白河。青河从东北往西，与东南方向过来的白河汇合，再向西南绕个大弯，注入南来北去的彦江。

待常委们看清地图，周俊才抬手指指圈圈，道："在座领导知道，彦江、青河和白河三水相聚地方叫三江口。沧彦省雨季长，雨水足，水涨淹没三江口，形成汪洋一片，水退留下一大片滩涂，闲置在那里，无以耕种，没法养人。这其实是璞玉浑金，随着城市化不断外延，其潜在价值越来越大，如果融资合理开发，一定可以创造奇迹。"

廖远征来了意兴，问道："你不是说无以耕种，没法养人么？怎么开发？"周俊才没往下说，拿眼去瞧吴尚云。吴尚云对廖远征道："为免纸上谈兵，咱们可否实地察看，有了直接观感，再一起出谋划策，讨论开发问题？"

廖远征看看手腕，说："已快十二点。人是铁，饭是钢，干脆先吃点东西，充充饥，再去三江口吧。"曹寄青道："我已叫了盒饭，马上就到，正好哄领导们肚皮。"廖远征道："你怎么知道常委们会吃你的盒饭？"曹寄青道："领导不吃，我自己吃。"廖远征说："八九份盒饭，你一个人吃得下？"曹寄青笑道："不解决彦城经发问题，我也没打算走出市委大楼，今天吃不完，明天再吃，明天吃不完，后天继续吃。"

说得廖远征哈哈大笑，指指曹寄青，道："有吃盒饭精神，何愁企业办不下去！"

盒饭很快送到。说是盒饭，其实装在饭桶里，菜则分碗摆在提篮中。有十来个菜碗，荤素搭配，咸辣皆备，适合下饭。廖远征又道："这么多菜没超标吧？让同志们犯错误可不好。"曹寄青笑对曾守贤道："超没超标，还得曾书记说了算。"曾守贤笑道："人均个把菜，平摊不过十多元，还没达到纪委和财政联合下文的工作餐标准呢。"

说笑声中吃完饭，又各自上过厕所，打打电话，众人下楼，集体乘坐市委考斯特面包车，出得大院，驶入沿江大道，望北而去。

不一会儿到达三江口，众人下车，爬上近处山包，但见彦江浩荡南来，青河与白河逶迤东至。上周才下过大雨，三江口滩涂积水还没退完，在初夏太阳下激滟着波光。一阵清风拂至，廖远征吸了一口难得的清新空气，指着远处，问身边的周俊才道："这片滩涂有多大面积？"

站在周俊才身后的曹寄青代答道："近两万亩，属于无主地，自古以来渔家不管，农民不要。"廖远征问道："国土部门的土地版图，水利部门的水域划分，总不会没有这片滩涂吧？"周俊才道："我问过国土和水利两部门，两家都有三江口的监管权。"

看来周俊才和曹寄青盯住这块滩涂已非一天两天。廖远征道："民谚说欺山莫欺水。大山于前，可驾挖机挖走，高岭于后，可开钻机钻通。大水千年万年流经之地，搬不开，赶不走，拦不住，怎奈其何？"周俊才道："廖书记说的是，山再高再大，却静止不动，挖方钻洞，皆有可能。愚公手挥原始锄头，每天挖山不止，还想把家对面的山搬走，可从来没听人说要将门前流水移开。即便大禹治水，也只能顺着水势，疏浚河道，不会阻止水往低处流。"

"毕竟开山容易治水难嘛。"廖远征感叹几声。有人随即附和道："自古以来，土地便是国家根本，中国人民又勤劳又智慧，眼前这片滩涂真有利用价值，自然不会视而不见，肯定早已开发出来，哪轮得到咱们来操心？"

曹寄青往前挤挤，挨到廖远征身旁，力争道："虽说水火无情，毕竟时代不同，生产力已高度发达，前人做不到的事，现在也许可以做到。"廖远征侧首望望曹寄青，质疑道："难道生产力高度发达，就可以倒逼河水流往高处？"

曹寄青张开嘴巴，正要接话，周俊才扯扯他衣脚，抢过话头道："生产力发达，可把水抽到高处，却仍然没法让水往高处流。"稍停，又话锋一转道："不过刚才寄青所言也没错，如今生产力已高度发达，前人不敢想的事今人敢想，前人不能做的事今人可尝试去做。如果咱们敢大胆设想，似乎也可依据三江地形水势，因地制流，为我所用……"

说到要紧处，周俊才适时打住，不再往下说。廖远征无声地默念着周俊才所说因地制流四个字，心里似有所动，抬头望望开阔的三江口，继而从曹寄青手上要过地图，铺到草地上，眼盯图上圈圈，一时陷入沉思。

没人敢打扰廖远征，各位常委退到旁边，望向青河与白河后面的蛤蟆岭，故作思索状。只有曹寄青皱着眉，瞧瞧廖远征，又瞥眼周俊才，显得有些焦躁。他不太明白，周俊才为何不让自己说出嘴边的话，否则何劳廖远征挖空心思，苦寻答案？

就在曹寄青无声嘀咕之际，忽见廖远征扬起手来，先在地图上面划半道弧，然后一拍大腿，朗声道："有啦，有啦！"

"廖书记有啥啦？"众人纷纷上前，探过脑袋。只见廖远征放下地图，挺直腰身，伸臂指向远处道："各位想没想过，三江口滩涂是如何形成的？"众人摇头，不知廖远征要说什么。廖远征道："很简单，就是青河和白河汇合后，南绕大半个圈，再汇入彦江，彦江由南向北，每每雨大水涨，往青河与白河圈内倒灌，待雨住水退，泥沙留下来，形成一个大滩涂。"

这显然并非啥高深见解。不过众人清楚，廖远征意不在滩涂的成因，还有话在后头，一个个嗯嗯着，侧耳谛听后言。廖远征继续道："若改变青河与白河方向，少朝南绕那么一圈，顺势往北，直接注入彦江，那片近两万亩的滩涂岂不永无后患，正好为我所用？"

常委们恍然而悟，大声鼓掌，说还是书记高明，一语解开三江口万年死结，变废为宝成为可能。廖远征摇手道："不忙不忙，此法行不行得通，本人说了不算，还得水利专家实地测量，得出科学数据，才能下定论。"又说："若青河与白河改变现有入彦格局，恐怕得在两河汇合拐弯处开个缺口。从地图上看，两河汇合处与彦江最近处，不知距离有多长。"

看来廖远征已摸到解决问题的关键处。周俊才暗生佩服，道："两河汇流处至彦江大约八百米，调用现代机器作业，难度并不太大。"廖远征连说数声好："打通这八百米，再堵住两河现在的入彦口，近两万亩滩涂便真成为一块难得的风水宝地。"

众人再次鼓起掌来。掌声停下，廖远征迈步朝路边的考斯特走去，嘴里道："现场办公会就开到这里，有话车上说吧。"众人上车坐定，廖远征又道："今天收获不小，也算不虚此行，回去后市委办赶紧形成纪要，作为三江口开发的行动指南。"

身为常委的市委秘书长赶紧应承，表示明天上午市委办就出纪要。廖远征又对吴尚云道："纪要出来，尚云同志尽快召集彦城经发公司和规划、国土、水利等部门，集思广益，认真落实好常委会议精神，争取三江口项目早上马，早见效，以提振彦州经济发展。"

吴尚云表示今晚让政府办发通知，明天上午召开政府办公会。又对周俊才和曹寄青道："下车后，你俩到我办公室去一下，商量明天办公会议怎么个开法。"

车回市委大院，常委们依序下车。曾守贤望望大步走在前面的廖远征，提腿紧跟几步，忽又煞住，掉头回了纪委监委黄楼。廖远征正在兴头上，对三江口项目充满信心和期待，你跑去谈关于曹寄青的问题线索，岂不扫他的兴？可省委巡视组留下的线索，又不可能置之不理，看来只得另觅时机，找廖远征沟通。

到得黄楼三楼，刚打开书记室，不料吴尚云破天荒地跟将进来，曾守贤赶紧把他请到沙发上，转身去拿杯子泡茶。吴尚云玩笑道："不怕砍，不怕杀，就怕纪委请喝茶（查）。守贤同志别客气，我说句话就走。"

曾守贤还是泡好茶，放到吴尚云前面，然后坐到茶几另一边沙发上，说："市长有何指示，通知一声，我上政府领命，何劳您亲自动步降临纪委监委？"吴尚云道："纪检监察见官大三级，我岂敢指示你？本来我是政府班子班长，无权过问纪委监委工作，可此事关系全市经济发展大局，不得不直接来你这里，表达一下个人想法，应该不算违纪吧？"

曾守贤明白吴尚云要说啥，忙笑道："纪委监委在常委集体领导下开展工作，吴市长身为常委主要领导，肯大驾光临纪委监委，是对纪检干部的关心爱护和对纪检监察工作的莫大支持，何言违纪？"吴尚云似笑非笑道："那我就不绕圈子了。听说张正义招供出曹寄青贪腐问题，省委巡视组离开彦州时也留下关于曹寄青问题线索，此事是否属实？"

既然吴尚云已上门过问此事，曾守贤也没必要隐瞒，认可道："确有其事。"吴尚云道："我无意干扰纪委监委对曹寄青问题线索的处理，曹寄青真有问题，依纪依规依法审查调查，属纪委监委职责范围。我的想法很简单，目前正处于彦州经济建设关键时刻，经济建设要有人出智出力，否则一事无成。守贤同志今天也在常委现场办公会上见证过，若按廖书记指示精神，尽快把三江口项目做起来，还真离不开周俊才和曹寄青这些肯干事能干事的干才。古人言，私罪不可有，公罪不可无。干事总难免出错，出于公心，为公事出错犯错，情有可原。如果都怕出错，缩手缩脚，党和人民的事业谁来担当？尤其是经济建设工作，牵涉方方面面的利益，不容易平衡，有人得益，便有人无益，无益者难免小题大做，兴风作浪。纪委监委在处理问题线索时，是否该设身处地，多体谅体谅干事人的难处？"

此言也不是完全没道理。曾守贤想搭个腔，吴尚云又道："此理守贤同志比谁都懂，不用我多言。我也不是为曹寄青开脱，更不可能怂恿他做违法乱纪的事情，我只不过考虑全市经济建设大局，来与守贤同志当面沟通沟通，希望你能理解政府苦衷。我还会向廖书记敞开心扉，言明这个观点，毕竟他是彦州大当家，跟我的想法应该八九不离十。"

言罢，吴尚云站起身，往门口走去。曾守贤想回应几句，已无机会，只得送客出门。吴尚云要曾守贤免送，跟他握握手，下楼回了市政府。到得市长办门口，吴尚云想起要见周俊才和曹寄青，转身对斜对面的值班室秘书道："把俊才同志给我找来。"

秘书赶紧去敲常务副市长的办公室。

四

　　常务副市长办公室里，周俊才与曹寄青一边等候吴尚云召唤，一边说些闲话。曹寄青说："下午若非周市长扯我衣脚，我冒冒失失说出青河与白河改道北注彦江的想法，也不知廖书记会是啥态度？"周俊才道："廖书记也许会同意，不过由他本人说出改变两河入江方向，效果自然不同。"曹寄青道："不同在哪？"

　　周俊才笑笑道："你是彦城经发老总，出自你嘴，属企业意见，市委市政府同不同意，恩不恩准，则另当别论。出自廖书记尊口则非同寻常，那可是市委英明决策，已属铁板钉钉之事，再用不着谁研究谁批准谁同意，全市上下都得毫无条件遵照执行。"

　　曹寄青点头如鸡啄米，说："还是市长高明，寄青久处企业，面对的都是具体得不能再具体的实事，说话表态做决定，都是扁担进屋，直来直去，不懂也没工夫拐弯绕圈。"周俊才道："可有时直线并非最短距离，适当拐拐弯，绕绕圈，相反能更快抵达目的，实现目标。企业不是独立王国，离不开党和政府支持，学会与党和政府打交道，至关重要。想想企业家不懂政治，政治意识不强，又怎么成事？"

　　说得曹寄青口服心服，表示以后一定加强政治意识。正好值班秘书有请，说吴市长召唤，两人起身，来到市长办。吴尚云直奔主题道："明天办公会，两位有何想法？"曹寄青道："廖书记亲口提出改变青河与白河入江口，常委会纪要跟着也会出来，各部门只能好好合作，该不会讨价还价，推三阻四吧？"吴尚云道："就这么简单？"

　　曹寄青摸摸脑门，道："具体到三江口项目，得四出齐下：国土出手续，水利出资料，规划出图纸，彦城经发公司出力气。"吴尚云道："那谁出钱呢？改变两河入江口，整理近两万亩滩涂，花的可不是小钱。"

　　一语说到曹寄青痛处，他吱声不得，只顾拿眼睛去瞧周俊才。周俊才道："别看此刻三江口滩涂距离城市中心有十多公里，要不了两年便会成为闹市区。

职能部门尤其是国土局自然看得到这点，肯定愿意掏钱，参与项目建设。"曹寄青道："国土局有个土地储备中心，经营买卖国土多年，积攒了不少资金，若肯出钱，何愁大事难成？"

周俊才直摇头，说："国土资金哪那么好动用？弄不好就会出事。"曹寄青道："不让国土参与，水利局下面也有投资公司，可否叫他们出钱？"周俊才道："也不用水利局下面公司出钱。"曹寄青道："那钱从何来？"周俊才道："彦城经发不是上市公司吗？上市目的就是为融资，急需用钱之际，股市不正好派上用场？"曹寄青苦着脸道："股市有钱，彦城经发也不至于落到如此狼狈地步。"周俊才道："股市的钱来自股民，可培养股民信心，加大投资彦城经发嘛。"曹寄青道："彦城经发股民已被跌破胆子，只怕轻易不肯再加持股票。"

一直不吭声的吴尚云开始发话："俊才同志说得对，彦城经发上市以来，没为彦州经济建设带来太多支持，现到了一展身手之时。"

曹寄青何等聪明，似乎从周俊才和吴尚云两位话里听出些名堂，道："两位领导意思，可借改变两河入江口和整理三江口滩涂良好契机，提升股民期望，往彦城经发砸钱？"周俊才道："不是砸钱，是理性投资。三江口滩涂改造项目前景灿烂，只要引导得法，何愁融不到资？一旦国土手续办妥，项目规划出来，股民看在眼里，见机而行，彦城经发肯定会上涨，日后也会给股民丰厚回报，前提当然是项目经营得法。"

吴尚云表态道："好，明天办公会调子就这么定，各单位分工合作，把常委决议落实到改变两河入江工程和三江口项目上，廖书记那里也好有交代。会后你俩酝酿如何召集省内各大媒体，适时开个新闻发布会，向社会公布工程项目正式启动。"

第二天的政府办公会开得很成功，基本按照三人事先所定基调，敲定改道两河入江工程和三江口滩涂整理项目。会后吴尚云跑到廖远征办公室，当面汇报政府办公会议情况。廖远征很高兴，表扬政府执行常委会决议不折不扣，又及时，又得力。

趁着廖远征心情好，吴尚云把昨天在曾守贤面前说过的话重复一遍。廖远征道："张正义有交代，省委巡视组又留下问题线索，市纪委监委自得有所动作。曾守贤同志政治意识和大局观念强，相信他会把握好分寸的。我也跟他说说，要他多体谅体谅政府难处。"

几天后廖远征忙完手头要务，召唤曾守贤，过问曹寄青问题线索。正值省政协开展政协委员走进纪委监委活动，省纪委书记监委主任黎秉钧召集纪委常委集体出席，曾守贤作为省纪委常委，也到了省纪委监委大楼，只能跟廖远征约好，下午回市里后再当面汇报。

参加活动的省政协委员在省政协主席孟怀国带领下来到纪委监委大楼时，黎秉钧已候在楼前。黎秉钧身材魁伟，方脸膛，高鼻梁，生长于两广，人皆说他南人北相。可黎秉钧却自称鲁民。鲁者，先秦诸侯国之一也，也是孔孟之乡。原来黎家祖上是山东人，到了爷爷辈，兄弟多，田地小，无以活命，闯关东去了黑龙江。待黎秉钧父亲成年，解放军占领东北，黎父参军入伍，随军南下，一路打到滇桂边境，后以营级干部身份与所在师团首长同期转业地方，从事土改运动。师政委喜欢黎父，作主把小女嫁给他为妻。婚后连生两胎女儿，第三胎才是儿子，外公喜出望外，取名为秉钧，希望外孙长大后执政为民。一般家庭小儿娇生惯养，难得成器，黎秉钧却自小懂事，读书发奋，十六岁考上中山大学，毕业后回到边疆，从军企到地方，辗转两广，一步步成为副省级领导，几年前转任沧彦省委常委纪委书记。

在黎秉钧陪同下，孟怀国和委员们参观党风室、信访室、谈话室、图书室，详细了解省纪委监委机构设置、信访举报处理、纪律审查、监督调查、作风建设、巡视和队伍建设等工作情况。继而来到会议室，开始座谈。孟怀国高度评价省纪委监委主动亮家底，晒成果，答疑难，让委员们对全面从严治党和推进党风廉政建设更加充满信心，也对党的纪检工作有了新认识，对纪检监察机关和纪检干部满怀敬意，对政协履职尽责的不断创新有了新启示，今后将进一步发挥政协委员特有优势，为纪检监察多出主意，多提供问题信息和线索，推进政协监督与纪检监督协作配合。孟怀国最后强调道："纪检监察以惩治贪腐为天职，也要在服务中心和发展全局方面作进一步努力，爱护和保护好清正廉洁有作为有担当的优秀干部，敢于向诬告陷害行为亮剑，理直气壮澄清不实举报，为肯做事能做事做成事的好干部正名撑腰鼓劲，鼓励广大干部主动大胆作为，为建设美好沧彦贡献聪明才智。"

黎秉钧感谢孟主席和委员们对纪检工作的关心和鼓励，表示今后将继续聚集主责主业，稳中求进，力争做到三个精准：在服务中心和发展全局方面加大精准力度，在加强监督问责方面加大精准力度，在强化队伍建设方面加大精准力度。

活动在热烈友好的气氛中渐近尾声，黎秉钧请委员们到机关食堂吃工作餐。孟怀国道："别处工作餐轻易不敢吃，吃纪委监委工作餐不会犯错误，咱们就领秉钧书记的情吧？"黎秉钧笑道："不是什么大餐，属普通自助餐，不摆烟酒，也无山珍海味，没有委员们犯错机会。"

曾守贤也随众人走进食堂，拣了米饭和汤菜，端往窗边座位。刚要落座，有人端着饭菜来到桌对面，竟是孟怀国。曾守贤礼貌地道声孟主席好。孟怀国道："你是彦州市纪委书记曾守贤同志吧？"曾守贤道："孟主席好眼力，连守贤都认识。"孟怀国道："你主办过不少漂亮案子，声名在外，偶尔还会出现在电视里，老夫见识过。"

说话间，双方坐下，边吃饭边随便聊起来。孟怀国道："彦州班子不错，各方面工作都很出色。沧彦省 GDP 三万多个亿，彦州市已进入万亿俱乐部，三分天下据其一。彦州干部改革创新意识强，视野开阔，又霸得蛮，吃得苦，为全省各州市干部做出了好榜样。"

沧彦官场有两个重量级人物，一是孟怀国，二是郑乃宣。两人皆起步于县市官场，渐渐成为坐镇一方的要员。孟怀国年龄略长，先入省城，干过省委宣传部部长、常务副省长、省委副书记和省长，官民背后称其为沧彦王。省长任期满，退休年龄将至，本应赴全国人大或政协任职，可他不愿离开沧彦，几番运作，成为省政协主席。郑乃宣是外省人，进入省委后，任过省委组织部部长和省委副书记，又凭年龄优势，做上堂堂省委书记，地位已超孟怀国。可孟怀国耕耘沧彦数十年，树大根深，虽离开党政要位，却仍能左右沧彦官场。曾守贤清楚孟怀国底细，道："孟主席胸怀全局，对沧彦和彦州情况了然于心啊。"

"不在其位，不谋其政。到了政协，就认认真真做好参政议政工作。"孟怀国往嘴里夹口菜，"前天碰着远征同志，他说市委市政府准备支持彦城经发公司开发三江口项目，我看这个创意就蛮好。曹寄青我有所了解，干起事来舍得死，三江口交给他，绝对干得出名堂。刚才会上我也说过，纪检干部要惩治贪腐，也要在服务中心和发展全局方面下功夫，保护有能力有担当的好干部，让他们大胆作为，为党和人民的建设事业贡献聪明才智。"

这话听去像在替曹寄青说项似的，孟怀国率政协委员来纪委监委，莫非醉翁之意不在酒，在乎曹寄青？曾守贤附和几句，不觉间饭吃得差不多，两人起身走出食堂。孟怀国说要赴市委方向看望老委员，邀曾守贤坐自己车。曾守贤说有车，谢过孟怀国，朝停车坪走去。

回到市委大楼，曾守贤来到书记室，简要汇报了俞波涛和奚连江初步核查经过。廖远征道："从目前初核情况看，并没发现曹寄青同志违纪违法事实嘛。"曾守贤道："没发现事实，不等于没有事实。俞波涛和奚连江两人分析，曹寄青夫妇属于高收入人群，家庭财产数字如此羞涩，有些不可思议。"

廖远征笑起来，道："你们纪检干部有意思，人家财产高于正常收入，你们觉得不正常，财产低于正常收入，也怀疑不正常。"曾守贤笑道："都怪风气不正常，官员们正常不易。办案子得从细微处发现线索，再扯住线头，牵出后面真相。"

廖远征道："办案专业性强，我不便多嘴。具体到曹寄青同志，是不是先走谈话函询程序，把他叫到纪委监委，就家庭财产来龙去脉作个说明，说得通，言之成理，咱们就按监督执纪'四种形态'里面第一、二种处理，相信省委巡视组也能认可。"

"四种形态"是中央纪委和国家监委明确规定的科学监督执纪四种方式。一是经常开展批评与自我批评，让咬耳扯袖、红脸出汗成为常态。二是对大多数轻微违纪现象，给予党纪轻处分和组织处理。三是对少数严重违纪行为，给予重处分和重大职务调整。四是对少数严重违纪涉嫌违法领导干部，进行立案审查。曾守贤道："就照书记指示办。其实这也是对曹寄青同志的保护，没有问题，或问题不大，只要说清楚，组织不仅不会冤枉好干部，还会让他卸掉包袱，轻装上阵，全身心投入彦州经济发展事业。同时也是善意提示和警醒，让他在以后工作生活中多加小心，别犯不该犯的错误。"廖远征点头道："好，就这么办。"

得到廖远征首肯，曾守贤站起来，准备告辞。廖远征又道："常委三江口现场办公会和政府办公会召开后，在规划、水利、国土各部门支持下，彦城经发公司已启动两河改道入江工程和三江口滩涂整理项目，够曹寄青忙乎的，可否适当推迟对他的谈话函询？"

曾守贤应承道："行行行，不用急着谈。考虑曹寄青同志工作特殊性，为避免给他造成不必要的影响，也不一定非让他上纪委监委来，适当时候咱们去彦城经发公司找他也行。"廖远征说："好好好，这更能体现组织对干部的关爱。"

走出市委大楼，曾守贤便给陈勇毅打电话，要他叫上俞波涛和奚连江，一起见个面。回到黄楼，陈勇毅三个已等在书记室门口。四人进屋落座，曾守贤也不拐弯，开门见山，直接传达廖远征指示精神。俞波涛悄悄舒口气，没来由地为曹寄青高兴起来。奚连江却在心里嘀咕：曹寄青确非寻常角色，市长为他说话，市委书记打招呼，办了这么多案子，好像还是头回碰到这样的牛人。细想也不是曹寄青牛，是他码头特殊，手头工作太重要，毕竟两河入江工程和三江口项目做得好，可为彦州未来城市建设和经济发展开创新领域，赢得更大空间。

出了书记室，俞波涛和奚连江一前一后，往二楼走去。经过副书记室，陈勇毅在后面道："两位不到我那里去坐坐？"奚连江肚里憋着话，也没问问俞波涛，抬腿迈将进去，低声嚷嚷道："曾书记也真是的，舌尖轻轻一吐，就这么放过曹寄青。若让咱继续往下查，不信抓不住他把柄。别的不说，只说……"

"我俩又不是外人，陈书记不必客气。"俞波涛打断奚连江，伸手去拿陈勇毅手里的茶叶盒。那是只方形篾盒，陈勇毅不给，揭开盒盖，往杯里倒茶叶，嘴上道："这是亲戚送我的明前新茶，口感极佳，你俩也尝尝鲜。"

俞波涛目光在方形篾盒上逗留片刻，回身抓过茶几上的开水壶，往杯里冲水。茶冲好，递一杯给奚连江。奚连江接住，无意喝茶，又要开说。俞波涛瞄他一眼，意味深长道："连江啊，陈书记召唤咱俩，自有指示精神下达，你得带上耳朵，不用滔滔不绝做演讲。"

奚连江这才举过杯子，开始低头喝茶。陈勇毅笑道："哪有那么多指示精神？只不过喊你俩来喝喝茶，说说闲话。与波涛共事多年，已是无话不说的好兄弟，连江转隶纪委监委时间不长，还真难得在一起掏回心窝子。既然你是波涛好搭档，也就顺理成章是我勇毅的好朋友。好朋友有话就说，有屁就放，没必要藏着掖着。"

奚连江暗自感激领导把自己当朋友。陈勇毅又道："我不止一次对检察转隶过来的兄弟们说过，纪委监委可非检察院和两反局，得有意识地改变和提升自己，从以前的惯性思维里走出来，否则很难成长为合格的纪检干部。检察官有了目标，只要寻根究底，取到铁证，办成铁案，就算大功告成。纪检干部不同，首先得强调政治意识，须在党的统一领导下，理性执纪，铁腕执法，不能由着性子来。说得具体点，拿到问题线索后，何时何地何种情况下展开纪律审查和监察调查，审查调查应该深入到何种程度，达到何种效果，都要从政治高度进行考虑，精准把握进度，拿捏尺度，掌握火候，绝不可因小失大，好事变成坏事。"

此理自然没错，奚连江连连点头，说："陈书记说得对，连江一定牢记您的教诲。"陈勇毅笑道："不是教诲，刚才说过，是跟兄弟掏心窝子。"

听完陈勇毅高谈阔论，回到二楼，奚连江觉得有话堵在喉咙里，不吐不快，贴紧俞波涛，跟进主任室，说道："主任干嘛不让我把话说完？还记得蛤蟆岭那个所谓的博物馆么？不用猜也知道有问题。没问题石三里也用不着给咱们送钱。想想石三里一个乡下混混，大字不识几个，哪懂博物馆为何物，造那玩意儿干吗？背后主子一定是曹寄青无疑。控制住石三里，查出博物馆的前世今生，看他曹寄青脱不脱得了干系。"

俞波涛回身把门关紧，放低嗓音道："石三里的话题只能关起门来说，少在外面嚷嚷。"奚连江点头道："是是是，主任批评得对。"又一脸神秘道："主任刚才看没看到陈勇毅手头那只方形茶叶篾盒？"俞波涛故意道："这有什么奇怪吗？"奚连江转着眼珠子道："原来石三里不仅送你我茶叶和票子，也送过陈勇毅。陈勇毅是委领导，或许待遇更高，不止两只篾盒。也不晓得他报没报告曾书记，钱存没存入廉政账户。看来陈勇毅跟石三里关系有些讲不清，甚至与曹寄青存在利益输送也难说。"

俞波涛微微一笑，道："仅凭一只茶叶盒，就断定陈勇毅与石三里还有曹寄青之间有利益关系，不太说得过去吧。谁能肯定只石三里有那种方形茶叶篾盒，不允许其他人用相同款式篾盒装上茶叶送给陈勇毅？"奚连江道："也许纯属巧合吧。毕竟陈勇毅是咱们领导，连领导都不值得信任，以后又怎么放开手脚办案？只是防人之心不可无，为何曹寄青问题线索还没查透，吴市长和廖书记就出面为曹寄青说话？弄不好都是陈勇毅背后起的作用，今后在此公面前恐怕得多加小心才是。"

俞波涛指指奚连江，道："你怎么连市长书记都牵扯上了呢？领导胸怀整个彦州经济建设，才叮嘱咱们服从大局，合情合理合纪合法科学处理问题线索。"奚连江道："陈勇毅最懂啥叫合情合理合纪合法，才给曹寄青出主意，让他在危机时刻抛出三江口项目，引起市委市政府重视，从而变被动为主动，迫使咱们不得不刹车，止步于谈话函询程序。"

"你这只是推测，并非有根有据的事实，不要再揪住不放了。"俞波涛毫不含糊道，"咱们能做的就是按照守贤书记指示，对曹寄青进行谈话函询。"奚连江道："一切听主任的。不过到时也要看曹寄青什么态度，态度好呢好说话，态度不好则另说。"俞波涛笑道："曹寄青又不傻，纪委监委谈话函询，他还敢翘尾巴不成？"

奚连江摇头道："恐怕难说。钱是男人胆，权是男人势，男人钱多权大，便胆壮如牛，势盛如焰，自我感觉好得不得了，谁都不放在眼里。"俞波涛道："胆再壮，势再盛，毕竟处于共产党执政的社会主义国家，又岂容此辈胡作非为！"奚连江道："是啊，这正是咱们纪检干部的底气和正气，无此底气和正气，又怎么压服世间歪风邪气？"

感叹几句，奚连江问道："也不知何时去会曹寄青？"俞波涛道："守贤书记没明确交代，咱也不便追问，只有静候领导发话。"

一候候了两个月，领导一直没表示，俞波涛和奚连江有些懒心懒意起来。省委巡视组也没再催办，似乎忘了曹寄青的问题线索。何时悬着的靴子才落到地板上呢？反正急也急不来，只能继续耐着性子，等待领导下达指示。

好在纪委监委不仅要出重拳反腐败，还得加强党风廉政建设，纪检监察干部不可能没事可做。第六审查调查室处理完手头的几条问题线索，适值委里开展全市红包礼金专项整治，党风政风监督室忙不过来，需各部室配合行动，快下班时六室接到临时任务，说接到群众举报，市中心医院有位科室主任被人请入豪华饭店，行动诡秘，说不准有什么勾当。

俞波涛不好推脱，带着奚连江、童秋生几位匆匆下楼，准备出发。正好碰着纪委宣传部部长舒年华，听说六室有行动，一同上车，赶往现场。

那是一家开张不久颇有些规模的饭店。彦州人喜欢扎堆，哪里有饭店燃炮开业，便闻炮而动，奔过去凑热闹。几位赶往饭店楼下，根据举报线索很快找到停在楼角的当事人车子。舒年华随身带着便携式摄像机，现场录下实况，又一起上楼抓现行。

来到目标包厢外，俞波涛示意各位别急，隔着半掩的递菜用的合板，静观里面动静。席上酒已喝得差不得，有位中年人正拿出一沓红包，起身离座，准备分发给几位面红耳赤的食客，同时嘴里问道："今天喝得还满意吧？"

各位自然说满意。中年人道："那我讲个段子，给各位醒醒酒如何？"各位欢迎道："方主任段子肯定精彩。"方主任边发红包边道："政府召集相关部门头头开会，会后聚餐，酒意阑珊之际，市长提议行酒令助兴，每人都得行，行不出来的罚酒。规矩是每道酒令里须有这么几个关键词：尖尖、圆圆、千千万、万万千、有没有、没有。秘书长首先响应市长号召，打头道：逗号尖尖，句号圆圆，写过的文章千千万，签过的文章万万千，有没有真话？没有。组织部长接着道：笔头尖尖，公章圆圆，考察过的干部千千万，提拔过的干部万万千，有没有德才兼备的？没有。公安局长道：高跟鞋尖尖，超短裙圆圆，进过的舞厅千千万，搂过的小姐万万千，有没有付费的？没有。工商局长道：筷子尖尖，酒杯圆圆，吃过的酒席千千万，尝过的美味万万千，有没有掏钱的？没有。

段子说毕，红包也发完，各位鼓掌叫好，说段子妙，内涵丰富，有社会现实，时代感强。话没落音，俞波涛推门而入，说道："还有比你们说的更绝的酒令，那是纪委书记在反腐大会上公布的：子弹尖尖，手铐圆圆，抓捕的贪官万万千，判决的贪官千千万，有没有冤枉的？没有。"

食客们不知来者何方神圣，傻在那里，一时没反应过来。俞波涛掏出工作证亮了亮，大声说道："我们就是纪委书记派来的。"随后跟进的舒年华手里摇着摄像机，将现场扫入镜头。奚连江和童秋生则飞快上前，分头抓过各位面前的红包，集中到俞波涛手里。俞波涛扬着红包道："这是怎么回事，给个说法吧。"

开始没人吱声，只顾低着脑袋躲避舒年华手里的摄像机。俞波涛道："不开口也没用，楼下车子已被拍照抄号，车主好像是市中心医院的，待会儿我叫缪德良来领人。"

缪德良便是中心医院院长。刚才发红包讲段子的方主任这才结结巴巴道："我是中心医院的。"俞波涛问道："叫什么名字，哪个科室的？"方主任道："我叫方清明，中心医院财务室主任。"俞波涛又指指其他人："他们几个呢？"方清明道："下面乡镇医院领导。"

平时都是下级单位给上级单位送钱送物，今天轮到中心医院财务室主任给基层医院来人发红包，此事还真有些新鲜。俞波涛再问道："今天谁请的客？"方清明说："我请的客。"俞波涛道："你私人请的客，还是公家请的客？"

方清明稍事犹豫，承认是中心医院请的客。接下来又交代了请客发红包的由头。原来中心医院为创收，悄悄跟市辖基层医院签署协议，共享医疗资源，共促医疗发展。所谓共享共促，就是基层医院有病人上门，医生故意夸大病情，借口本医院没法医治，推荐给中心医院，中心医院收治病人后，再根据医疗费用多少，给推荐病人的基层医院和医生高额提成。病情是轻是重，病人哪知深浅？自然全凭医生一张嘴巴说了算，病人不过小病小痛，基层医院完全能够诊治，也被医生吓到中心医院，当成大病大痛，给予大治大疗。大治大疗得花费大钱大款，病人和医保挨了宰，不明就里，中心医院却大发横财，相关医务人员也赚得盆满钵满。也是缪德良"吃水不忘挖井人"，特委托财务室主任方清明出面，请部分推送病人力度大的基层医院领导吃饭，饭毕发放感谢费，以示鼓励，日后好继续合作。

世间还有这种联手赚昧心钱的买卖，俞波涛真是闻所未闻。想教育他们几句，又觉得口水珍贵，要教育日后再教育缪德良不迟。当即做好笔录，让几位签字后，拍照用微信发到党风政风监督室彭主任手机里。彭主任立即打电话给缪德良，要他到饭店来领人。

缪德良领走人后，事情还没完，第二天就接到纪委监委驻市卫健委纪检组长殷芬芳电话，要他去卫健委说明请客发红包情况。缪德良带着方清明赶到卫健委，殷芬芳竖着描过的长眉道："纪委监委明确下文，禁止机关和企事业单位公款吃喝和发放红包，整个卫健委系统都能遵纪守纪，就中心医院胆敢顶风作案，你们说该咋办吧。"

缪德良哭丧着老脸，申明道："彦州上规模的医院多，中心医院优势不明显，业绩一直不容乐观，已到山穷水尽地步，才不得不创新机制，调动各方面积极性，以图起死回生。与基层医院合作，挖掘有限的医疗资源，也是创新手段之一。既然基层医院出了力气，咱们总得有所表示，请他们吃个饭，给点车马费，也属情理之中吧。"

殷芬芳没好气道："你们请吃请喝，发放红包，属情理之中，纪委监委禁止吃喝和收发红包，那是无情无理啰？"缪德良道："我可没这个意思，只不过向殷书记说明医院实情而已。"方清明从旁帮腔道："从前中心医院机制呆板，死气沉沉，效益很不理想，人才流失非常严重，都快经营不下去，市委市政府才公开招聘引进缪院长，缪院长上任后大刀阔斧创新机制，把病人量和经营额做大，医院才逐渐走出困境，实现社会效益和经济效益双赢良好局面。请吃饭发红包是财务室自作主张，要惩罚，要处理，殷书记就惩罚处理我这个财务室主任吧，千万不能让缪院长代我受过。没有缪院长，全院四五千号医务人员都得喝西北风去，拜请殷书记高抬贵手，行行慈悲，在纪委监委领导面前陈明实情，替缪院长开脱开脱，否则我方清明就成为千古罪人，死有余辜。"

说得殷芬芳扑哧笑起来，说："别生生死死的，好像刀口已经架到了脖子上。回去写个详细材料，把此次请吃发红包来龙去脉说明清楚，我再拿着去纪委监委领导那里负荆请罪，代领批评教育，至于纪委监委是适当给予你们纪律处分，还是继续追查下去，则已不是我这个驻委纪检组长能够作得了主的，你们别怪我就是。"

"殷书记能够出面替咱说句话，纪委监委领导不看僧面看佛面，自然肯通融。"缪德良抱拳谢过殷芬芳，带着方清明离开卫健委，回医院弄材料。两天后材料弄好，缪德良送到殷芬芳手里，殷芬芳塞入坤包，来到纪委监委大楼，呈送党风政风监督室彭主任手上。然后找分管领导求情，说缪德良殚精竭虑，为中心医院发展创新机制，做法虽有些过头，毕竟动机是好的，不宜一棍子打死。分管领导考虑殷芬芳意见，又与党风政风监督室慎重研究，决定给予缪德良记大过处分，给予方清明记过处分，没再往下追究。

中央纪委国家监委对各级纪委监委有要求，务必准确把握运用监督执纪"四种形态"。给予缪德良和方清明第二种形态轻处理，符合新形势下监督执纪精神，执纪成本低，又能及时警醒教育全市党政干部，产生良好效应。

缪德良不禁长长松下一口气，备了红包，跑去感谢殷芬芳。殷芬芳哪敢执纪违纪？把缪德良骂个狗血淋头，说以后再这样，就将红包送到纪委监委去。

缪德良拿着红包灰溜溜跑掉，心里暗暗佩服殷芬芳党性原则强。可人家帮了大忙，没能感谢到位，心里又实在过意不去。何况医院盘子大，项目多，资金进出动辄以亿计，人在河边走，哪有不湿鞋？哪天自己出些事，殷芬芳身处卫健委纪检组长要位，还得靠她包涵。也是缪德良脑袋活，几经打听，得知殷芬芳有位叫邓超凡的姨表弟在火葬场上班，把他叫到医院，问愿不愿意发点小财。火葬场平时没少与医院打交道，邓超凡知道缪德良其人，却从没近距离接触过他，今天人家主动提出要你发财，不是夜里出太阳么？

见邓超凡愣在那里，好像恍若梦中似的，缪德良便给他透露，自己与殷芬芳不仅有工作关系，还是要好朋友。邓超凡这才坦然起来，问有何财可发。缪德良说医院太平间承包合同快到期，准备另外转包，看邓超凡有没有这个意思。

众所周知，医院不仅是救命地方，更是要命场所，病人命丧医院，拖到火葬场火化前，得有个过渡的地方，那便是太平间。邓超凡天天烧尸体，知道医院太平间内情。原来病人只要置身医院，活要钱花，死要花钱，一旦推进太平间，尸位费，冰柜费，洗理费，寿衣费，守尸费，运尸费，还有香烛爆竹，冥钱冥器，七七八八，林林总总，没大把票子，叫你死不瞑目。病人新逝，家属沉浸在悲痛之中，太平间如何收费，根本没心情讨价还价，哪怕对方狮口开得再大，考虑是最后一次给亲人花钱，也会照单付费，不可能太较真。

正因如此，邓超凡听缪德良说要把太平间转包给自己，自然巴不得，满口应承下来，当天就签下合同。太平间死尸进出频繁，利润空间大，邓超凡发财后，去给缪德良送感谢费。缪德良没收，一本正经道："你表姐是市卫健委纪检组长，专门负责卫健系统党风廉政建设，你送钱给医院院长，被你表姐知道，我还能有好果子吃？"

此话听去不假，邓超凡只好上殷芬芳家，呈上大信封。殷芬芳也不肯要，说："党纪法规这么严，你想害表姐不成？"邓超凡说："咱们是血亲表姐弟，私下里人情往来，党纪法规管得着吗？"殷芬芳道："当然管得着，你承包医院太平间，医院归卫健委管，咱们关系便不仅仅是亲表姐弟这么简单，组织追究起来，我又怎么说得清？"

也是拿殷芬芳没法，邓超凡转而跑去孝敬大姨也就是殷芬芳母亲。殷母古稀老人，哪知年轻人的事？只道侄儿有孝心，来者不拒。老人吃用有养老金，看病有医保，有钱没地方花，待女儿回家探母时，把邓超凡给的钱塞给她。母亲的钱不拿白不拿，殷芬芳心安理得收下。

母亲的钱来自表弟，表弟的钱来自中心医院，现在轮到殷芬芳去感谢缪德良。缪德良哪用殷芬芳感谢？只道："殷书记是卫健委领导，也说感谢，是鞭策我吧？城南有家土菜馆，口味挺不错，我请吃土菜，喝红酒，您能出面，就算感谢我，意下如何？当然是我自费请客，否则让领导犯错误，我这个院长的政治觉悟也就太低了点。"

到了土菜馆，菜上齐，酒开瓶，几杯下肚，殷芬芳略觉醉意，脸色渐渐红润起来。身处酒桌旁，上下等级变得模糊，缪德良抬眼朝殷芬芳瞟过去，才发现这位半老徐娘还有几分姿色，心头不禁荡漾了一下。一荡一漾，那只签过许多"同意开支"的手有些不老实了，试探着往旁边隔着裙摆的大腿摸过去。

殷芬芳啪地打一下，赶开腿上的手，斜着杏眼，怒嗔道："你这个老色鬼！也不看清楚，老娘可不是那种人。"缪德良嘻嘻笑道："你不是哪种人？"殷芬芳道："我不是随便的人。"缪德良说道："你不是随便的人，随便起来不是人。"手又伸了过去。

殷芬芳咯咯一笑，身子一软，瘫进缪德良怀里。

照说中心医院四五千职工，年轻漂亮的女医生女护士多得很，缪德良每每偷腥，没有不得逞的。只是年轻女人有年轻女人的新鲜味，半老徐娘也有半老徐娘的风骚劲，缪德良自登上殷芬芳的粉船，再无下船勇气。

这天两人在五星级酒店翻云覆雨过后，殷芬芳偎在缪德良臂弯里，像不经意似的问了句："听说中心医院要修住院部大楼，该不会有假吧？"缪德良随口道："老婆面前不说真，情人面前不说假，不瞒美女书记，确有其事，市政府都已批复下来。"殷芬芳道："住院部大楼可不是小工程。我有位表哥经营建筑公司，可否匀点事情给他做做？"

原来殷芬芳母亲兄妹共三人，除妹妹亦即邓超凡母亲外，还有位老兄。殷芬芳嘴里的表哥，便是母兄的儿子龙邦云。缪德良这才意识到，那天殷芬芳在土菜馆没说错，她还真不是随便的人，不随便跟你上床，跟你上了床便不是人，是吸血蚂蟥。

事已至此，缪德良哪还拒绝得了殷芬芳？只好在工程招标时做手脚，让殷芬芳表哥龙邦云成功中标，进入施工场地。工程领域向来不平静，有人欢笑有人骂。骂过还不解气，于是写成举报信，递给有关部门，叫发包方不得安宁。

市纪委监委也接到有关中心医院住院大楼工程的举报。奚连江闻知，跑去问俞波涛："中心医院问题线索会落到谁手里？主任要不要争取争取？"俞波涛道："组织安排给谁就是谁，有啥可争取的？再说缪德良手眼通天，问题线索不一定会成为问题。"

俞波涛没猜错，果然中心医院问题线索得到冷处理，只由卫健委和住建局质监站组成质量监测组，进驻中心医院，对住院大楼进行质量监测。奚连江有些失望，对俞波涛道："医疗部门腐败由来已久，若中心医院问题线索交给六室，说不定会有意外收获，不仅能拿下缪德良，还可牵扯出其他人，比如曹寄青妻子之类。曹妻是重症室主任，重症室住的都是大病和绝症病人，死马当作活马医，用的全是最好最贵的药物和设备，经济效益倍儿好，曹妻能主持重症室，跟缪德良关系肯定不一般。通过缪德良牵出曹妻，曹寄青本人还能独善其身？"

也是事有凑巧，说到曹寄青，陈勇毅正好打来电话，要俞波涛和奚连江去趟副书记室，说省巡视组要求反馈彦城经发公司问题线索办理情况。两人走进副书记室，陈勇毅道："你俩尽快与曹寄青见个面，走完谈话函询程序，好让曹寄青卸掉包袱，埋头三江口项目。"奚连江道："上面给此次谈话函询定的啥调？"陈勇毅不乐意："谈话函询形式已确定曹寄青问题线索处理方向，还要怎么定调？"

回到六室，俞波涛笑对奚连江道："你不是故意给陈副书记出难题吧？"奚连江道："我总觉得这么轻轻放过曹寄青，有些不够严肃。"俞波涛道："有啥不严肃的？你不正好有赚么？"奚连江道："我有啥子赚？连石三里送的钱都一分不瞒交到委里廉政账户上，留下盒茶叶又当不得饭吃。"俞波涛道："两河入江工程和三江口项目的筹建，让彦城经发股票起死回生，你难道不是既得利益者？"

奚连江苦着脸道："快别说彦城经发股票。市委市政府正式决定开发两河入江工程和三江口项目后，曹寄青调动各大媒体大肆宣传，彦城经发引来不少热钱，开始往上涨，各大工程项目融到不少资金，高调剪彩启动。我老婆喜不自胜，没日没夜盯着股票行情，连饭都懒得做，家里餐餐吃外卖。我劝她别高兴得太早，股市风险大，变脸如变天，赶紧见好就收，能把过去的本钱捞部分回来就行。老婆骂我没出息，说三江口工程项目就在眼皮底下，看得见，摸得着，工程不死，项目不垮，股票就不会掉。爱骂任她骂，反正挨老婆骂是男人美德，我也不便计较。谁知她脑袋发昏，不仅不听劝，还贱卖小车，换来六万，连同下期儿子上幼儿园的钱，一起砸给彦城经发，等着大捞一把。不曾想，国家证监委有关管事的人内外勾结野蛮干预股市，不仅无序大量增发新股，还信口雌黄，大放厥词，说什么希望资产管理人不当奢淫无度的土豪，不做兴风作浪的妖精，不做坑民害民的害人精。说什么卧榻之侧，岂容他人酣睡，你们赚钱有方，还要守土有责。说什么资本市场不允许大鳄呼风唤雨，对散户扒皮吸血，要严惩挑战法律底线的害群之马，要敢于亮剑，敢于逮鼠打狼，有计划有步骤地把一批资本大鳄逮回来。经此公一番瞎搅，证券市场顿时一片混乱，大盘再度下挫，连刚刚还阳的彦城经发也经不起大盘跌势，往下直掉，一夜回到解放前。我老婆竹篮打水一场空，又嚷嚷着要去跳彦江。"

说罢彦城经发股票，奚连江拿过电话，拨通彦城经发公司纪检监察室主任熊华章，让其居中联络，与曹寄青协调，商定谈话函询的具体时间。曹寄青也想尽早了结问题线索，说好两天后在彦城经发公司见面。

两天后早上，俞波涛没去办公室，开车直奔彦城经发公司。车入公司大门，奚连江也及时赶到。两人随熊华章来到公司大楼前，曹寄青已恭候有时，伸出大手，拉住俞波涛道："本该寄青去纪委拜见波涛和奚主任，倒过来劳驾两位跑公司，实在不好意思。"

纪检干部一身正气，不论级别高低，年龄大小，走到哪里，人家都毕恭毕敬尊称职务，想不到作为谈话函询对象，曹寄青竟直呼俞波涛其名，奚连江心里有些不舒服，瞥瞥曹寄青，又瞧瞧俞波涛。但见俞波涛握着曹寄青的手，很亲热的样子，看不出一点纪检干部应有的威严。

四位来到公司党委办，熊华章倒好茶水，放到客人桌前，又给曹寄青的茶杯添上水，关门出去。奚连江开启手提电脑，俞波涛依照程序说明来意："代表组织来跟曹寄青同志谈话函询，主要是接到有关群众对你的反映，听听你有没有问题需要向组织交代。"

"感谢组织对我的关怀！我还真有一肚子话要向组织言说。"曹寄青早有准备，望望俞波涛和奚连江，蠕动着嘴唇，开始陈述。曹寄青出生于彦州市青阳县青源村。青源者，青河源头也。青河出山后，流经青云镇，西奔至青阳县城，再兜兜转转，绕出蛤蟆岭，汇入沧江。曹寄青母亲便是青云镇上的美女，却出身地主家庭，名声不好，没人敢娶，不得不嫁到偏远的青源村，做了曹家媳妇。没多久曹寄青出生，家里没吃没喝，曹父天天下河网鱼捉鳖，煮给妻子吃，以催发奶水。野生河鱼水鳖自然是好东西，可惜买不起油盐，腥味难去，多吃得几餐，曹母实在难以下咽，叫曹父去青云镇上找自己娘家，弄些米面油盐上山。正碰着镇上发瘟疫，岳父母死在镇外隔离区医疗棚里。曹父偷偷溜进隔离区，代表妻子给两位老人磕过头，再去县城帮人拖了一周板车，换得几元钱和数斤粮票，买些米面油盐，匆匆折返青源村。谁知曹父不仅背回米面油盐，还携带了该死的病毒，感染给母子还有村里人，半数村民包括曹氏夫妇相继病死。嗷嗷待哺的曹寄青也奄奄一息，村人找张杉树皮把他裹起来，准备埋到村后林子里，曹家仅存的曹奶奶一把夺回来，浸入青河，一片片擦洗。曹奶奶想法简单，青河水清洁，或可洗去孙子身上病毒，让他挣脱阎王魔掌。

不知是青河水确有洗毒去疾功能，还是阎王嫌曹寄青太小，没收走他的贱命。三年后曹奶奶病故，曹寄青成为无家孤儿。村人看他可怜，东家施根红薯，西家舍块南瓜，让他野草般顽强地活了下来。到了五六岁，村里在破败的曹家宗祠建了个小学，孩子们可免费上学，曹寄青也走进教室，跟着伙伴们念书。散学后，其他孩子各自回家，他没地方可去，帮代课老师做些杂事，混口残羹剩饭，以慰饥肠。偏偏曹寄青悟性高，老师教啥会啥，无论读书，还是干活。代课老师不稳定，换来换去，可只要带过曹寄青，都会喜欢这个没爹没妈的懂事孩子，从没歧视过他。直至小学毕业，县水利部门在青河上筑坝修电站，不到十三岁的曹寄青在老师推荐下，做了工地石方登记员。电站修成，曹寄青成为站里正式职工，报了彦州水利专科学校的函授班，每月赴校参加面授一天，在客车上认识了在彦州学医的老乡陆白露，两人相知相爱，结婚生子，一直走到今天。

获取函授专科文凭后不久，曹寄青被提拔为水利局副局长，年仅二十五岁。没过两年，县领导班子换届，县长周俊才成为县委书记。周俊才欣赏曹寄青才干，把他提拔为水利局局长。之后周俊才荣升彦州市政府副市长，曹寄青也带着家眷来到彦州，做了市水利局副局长。其时各地城市建设悄然兴起，彦州市政府成立正处级架子的彦城经济发展有限责任公司，由周俊才分管。在周俊才争取下，曹寄青当上公司董事长，以强势的政府为依托，承揽不少重大工程和项目，成为彦州城建的弄潮儿和大功臣。他还上下其手，左右逢源，把公司运作成上市公司，业务突飞猛进，更上层楼。

回顾着自己的人生经历，曹寄青歉意地问俞波涛一句："我是不是跑了题，说得太多？"

"没有没有，曹总有话只管敞开说，咱们乐意听。"俞波涛对曹寄青的故事倍感兴趣，感觉跟自己有着某种神秘的联系似的。曹寄青继续道："水有源，树有根，我是吃百家饭长大的，没有乡亲们，恐怕早已饿死，更不可能有现在事业上的小小成就。至今我都不敢忘记自己的来处，经常抽空回青源村看望父老乡亲，感谢他们当年慷慨施予的一粥一饭。还有教过自己的小学老师，只要健在，每次我都会上门拜访，畅叙师生情。同时也尽己之力，掏钱改建破旧的小学。又与爱人陆白露一起，长期支助困难学生，有些孩子靠我俩帮助，从小学一直读到大学，找到体面工作。我夫妻二人收入不少，当然也不多，可都有来路，有去处，这是我要向组织坦白的。"

俞波涛有几分感动，说："想不到曹总还有如此不凡的人生，怪不得你能把事业做大做强，为彦州城建立下高功。"曹寄青摇头道："不能归功于个人头上，没有领导栽培，没有组织高度信任，我曹寄青能成啥事？"停停又道："组织良苦用心，找我谈话，完全是对我负责，警醒我别走歪路，行邪路，迷于不归路。我真诚感谢组织关爱。"

奚连江一直低头做记录，没吱声。可他知道如今的官员，尤其是像曹寄青这样又能干又有成就的要员，个个口才了得。也不能说曹寄青背台词，其经历包括出钱扩建家乡学校，支助贫困学生，肯定是真的，他没必要无中生有。对组织的感恩应该也不假，没组织给予合适平台，不可能成就事业，好多人都知此理。可事实是也有不少干部，组织给了好平台，却碌碌无为，成不了事，这也是导致某些能干官员口头谦虚内心倨傲的重要原因。

俞波涛肯定了曹寄青对组织的坦言，又问了问其他问题，让奚连江拷贝记录，找到熊华章打印好，再请曹寄青审阅签字，谈话程序正式结束。曹寄青脸上肌肉松弛下来，道："寄青知纪检干部自我要求严，不会接受公款招待，我本人掏钱，在公司食堂请个自助餐如何？"俞波涛道："我俩得赶回去汇报今天谈话情况，曹总先忙工作，咱们后会有期。"

后会有期？谁愿意会你们纪检干部？曹寄青肚里嘀咕，恭身送两人下楼。挥手看着俞波涛和奚连江上车走掉，忙掏出手机，联系周俊才。

周俊才正在国家行政学院学习，答应帮曹寄青约请北京燕云风险投资公司项目部的齐部长见面。原来随着股票大盘全线下行，彦城经发受挫，三江口项目融资无望，难以为继，曹寄青急得屁眼冒烟，四处跑钱无果，偶尔得知北京燕云风投公司实力雄厚，有价值的项目可获取其投资，赶紧带着经营部经理瞿有为飞过去，看有无合作可能。

燕云风投公司背景深，来头大，项目遍布全球，动不动就是数百亿上千亿的投资规模，地方数十亿级别的项目根本不放在眼里，曹寄青费了不少周折，才谋得去见项目部齐部长的机会。他恭恭敬敬把材料递过去。齐部长两眼盯着桌上电脑，既不瞧人，也不瞧材料，只下巴一抬，说了一句："暂放这里吧，回去等消息。"

曹寄青知道这类消息不是等得来的，回彦州后，隔三岔五给齐部长打个电话，问寒嘘暖，试探口气。开始齐部长还耐着性子接接电话，嗯嗯两声，表示客气。到后来干脆不理不睬，每次打电话，要么正忙，要么不在服务区，要么无法接通。曹寄青没法，只得把情况汇报给周俊才，看他北京有无关系可搭上燕云风投公司的线。正好周俊才要上国家行政学院学习，答应试试，有消息再打电话。

周俊才入京后，曹寄青便二十四小时盯着手机，死等电话。左等右等，不该来的电话响个不停，该来的始终没出现。主动联系周俊才，他每次都说正通过熟人约见齐部长，要曹寄青再耐心等等。

这会儿俞波涛和奚连江两位离去，曹寄青惦记着齐部长，想问问周俊才约得如何。打通对方手机，无人接听。瞧瞧手表，已十二点，估计周俊才不在食堂就在去食堂的路上，曹寄青忽觉肚子饿起来，上了公司食堂。饭后再电周俊才，里面女声说正在通话中。曹寄青不死心，过一阵子又掏出手机，想起午休时间，只得放弃，午后再说。

午后正跟瞿有为谈事呢，手机猛然响起。一瞧恰是周俊才。曹寄青心里说有戏啦，赶紧划开绿键。周俊才说："刚跟齐部长约定，今晚七点见面喝茶，你马上赶过来。"

喝茶其实就是吃饭。国人历史知识丰富，每每提到饭局，难免想起鸿门宴和杯酒释兵权之类，茶局略有不同，只要不是纪委监委约请的，一般容易接受。曹寄青猛啄脑袋，连声道："好好好，我马上动身，去打飞的。"

边说边瞧腕上手表，已过三点。离七点仅四个小时，奔机场，过安检，飞北京，下飞机，再赶至喝茶地点，时间够不够？理论上应该够，如果片刻不耽误，中间又衔接得好的话。曹寄青来不及细想，拔腿就往楼下走去。瞿有为已听出曹寄青电话意思，没有多问，跑回经营部，从铁皮柜里取出事先准备好的背包，飞奔出门，追上曹寄青。

小车就停在网球场旁边的专用车位上。司机知道曹寄青风格，一直在传达室待命，见老总和瞿有为朝小车走来，箭步上前，一边拿出车钥匙，按下车门。等曹寄青两位开门上车，他已发动车子，徐徐驶出公司。瞿有为说声机场，划开手机，点开流量，网购机票。

"已没有适时班次。"瞿有为报告道。曹寄青皱紧眉头："真的吗？有没有过境彦州飞北京的？"瞿有为道："查过，也没有。"曹寄青道："不可能！给我再查。"

再查也一样。曹寄青有些失望。不，是绝望。七点赶不到周俊才说的地点，见不上齐部长，融不到资金，拿什么继续实施三江口项目？三江口项目陷入僵局，其他工程要死不活，公司别无出路，只有破产。皮之不存，毛将焉附？公司和项目不存在，自己便是拔毛凤凰不如鸡。曹寄青惶惶不安，心里一急，说起蛮话来："没有北京飞机，也要给我弄部飞机出来。"

瞿有为望了一眼曹寄青，心想你又不是飞机制造厂厂长，机场没飞机，自己造一部就是。就是能造飞机，没给航线，也飞不成呀。瞿有为当然只敢这么想，没敢这么说，小声道："可不可以换个思路，想点别的什么办法？"一语提醒曹寄青，伸出指头，点着瞿有为道："你查查周边城市，看近两三个小时有没有飞北京的航班，咱们曲线救国。"

瞿有为一查，正好有近两三个小时南京飞北京的航班。曹寄青又问："再看此时段有无彦城飞南京的飞机。"瞿有为已在查寻，点头回答道："正好有一趟，如果及时飞抵南京，正好赶上飞北京的航班。"曹寄青道："赶快下单，把两趟机票都订好。"

瞿有为一番操作，订票成功。小车正好驶入彦城机场。取好票，过完安检，飞南京的航班已开始排队登机。两人松下一口气，快步来到登机口。曹寄青的心又悬起来，对瞿有为道："即便正点到达南京，离飞北京的航班也没剩几分钟，离机，再找登机口，只怕飞机早飞得没去向。"瞿有为道："是啊，怎么就没想到这一层呢？订稍晚的航班就好了。"曹寄青道："只能飞这班，再晚就没法赶上北京茶局。"瞿有为道："那该怎么办呢？"曹寄青道："南京机场你有没有熟人？"瞿有为摇头道："好像没有。"

正在犯愁，旁边有位穿着制服的机场地勤走过，曹寄青追上前去，低声下气道："首长好，首长好！有一急事相求，还请您给予支持。"

地勤左右瞧瞧，旁边好像没有首长，定睛望向曹寄青，意思像说，你没找错人吧？咱一个干地勤的，有碗辛苦饭吃已很满足，一辈子没想到做啥首长。不过有人喊自己首长，说明自己至少有些首长派头，地勤脸色松弛下来，说："你叫谁首长？"曹寄青笑嘻嘻道："叫您首长呢，一看您就像首长。"地勤说："别首长首长的，真首长听到不好。有啥事你说吧。"

有这个开头，事情也许就好办了。曹寄青说："听首长口音，像咱彦州本地人。"地勤点头说："你没猜错，我就是彦州人。"曹寄青道："我也是彦州人，负责城市建设的，七点以前必须赶往北京，陪某大公司部长吃饭，以解决融资问题。城建有成效，城市魅力提升，彦州人民可获实惠，对增加航班流量也有好处，首长您觉得呢？"

地勤似已被说动，道："有什么要帮忙，直说吧。"曹寄青道："下午这个时间段彦州机场没有飞北京的飞机，咱只得绕道南京，再飞北京。到南京后，再走转机通道，时间不够，您能否给对方联系一下，让咱落地后，直接登机？"

地勤有些为难，却还是表示愿试试看。当即打电话给南京禄口机场地勤方面，简单说明情况，不想对方竟然答应下来。瞿有为也没闲着，赶紧拿出两人南京飞北京的机票，让地勤拍照发给南京方面，说好到时给予关照。

谢过地勤，两人转身，跑步冲向登机口。飞机准时到达南京。下机后几乎没耽误半秒，直接登上进京航班。到达北京，走出机场，提前约好的朋友已等在停车坪。上车风驰电掣赶到茶楼，走进包厢，正好七点。周俊才刚点好茶水，划好菜单，说齐部长马上到。

话没落音，服务员敲敲门，送进齐部长。听说曹寄青两位是专门从彦州转道南京飞过来喝茶的，齐部长也有些感动，席上气氛顿时融洽起来。

第二天齐部长就痛痛快快签好手续，盖上印鉴，递到曹寄青手上。接下来，该去找姓余的财务总监。余总说得召集财务部和法务部集体研究，也叫曹寄青回去等，口气跟当时齐部长差不多。这次两人没回彦州，就近订了个宾馆，准备过两天再去会余总。

燕云风投公司摊子大，求的人多于江鲫，过两天在公司门口堵住余总，她早已记不得两位，解释半天，才哦一句，还是那句话："回去等电话吧。"

从机关到企业，从地方到北京，曹寄青没少求人，还从没接到过被求人主动打回来的电话，自然不相信余总会这么另类。但又不好强求，只得垂着头，回了宾馆。周俊才已结束学习南归彦州，不好再纠缠他，两人只得各自掏出手机，翻寻北京的熟人、同学或亲友名字，然后一路打过去，问认不认识燕云风投公司的人。回答无一不是否定的。两人很泄气，又别无他法，过两天硬着头皮，再往燕云风投公司去堵余总。

一连几天都没堵住。直到周一，终于在公司楼前候到余总，一番自我介绍，她才恍然想起两位，满脸不耐烦道："要你们回去等电话，怎么老来这里死缠烂打？"手一甩，昂首进了大门。两人还想追进去，被保安拦住，只得悻然望着余总妙曼风姿消失在玻璃门后。

五

身在彦州的周俊才也惦记着燕云风投公司，打电话问曹寄青进展情况。曹寄青说："齐部长签章的手续到了余总监手里后，找过她几次，她反反复复就一句话，要咱们回去等电话。"周俊才道："等到电话没有？"曹寄青道："我才没这么天真，真以为她会主动打电话。"周俊才道："那你有啥办法搞定余总？"曹寄青道："我也不知怎么办才好，总不好在燕云公司楼前往余总怀里塞红包吧？别说男女有别，拉拉扯扯不好看，只道大庭广众之下，人来车往，还有保安眼睛盯着，余总想接红包也不好伸手呀。"

周俊才笑起来，说："众目睽睽，能把红包塞到余总怀里，算你曹寄青狠。"曹寄青叹道："曹寄青没这个狠。要不还是有劳市长跑趟北京，像头回请齐部长那样，设法请余总喝个茶？"周俊才不乐道："你倒好，给你开了个头，请过齐部长，又让我给你请余总。别忘了我是彦州市政府常务副市长，不是你彦城经发公司公关部长，天天围着你转，跟你飞北京，跑上海，请这个，约那个，政府和其他部门的事情还要不要过问，要不要料理？"

再要周俊才出面确实不现实。何况就是他出面，也不一定管用。地方要员在地方呼风来风，唤雨来雨，到了北京，风高雨大，可不是那么好呼好唤的。曹寄青只得拉着瞿有为，鼓起勇气，继续跑到燕云风投公司楼前，厚着脸皮去堵余总。许是余总系女流之辈，慈悲心肠，为两人不懈精神所感动，无奈之下，终于答应在总监室见两位。

可按照约定时间来到总监室，却被紧闭的门挡住，入不得内。问从门口经过的人，余总在不在里面，一个个摇头说不知道。只得守在门口死等，像乞丐一样。等了三个小时，还是没见余总影子。无奈天气燥热，水都没喝上一滴，曹寄青嗓子眼冒烟，口渴难忍，也顾不得许多，跑进洗手间，偏着脑袋，喝起自来水来。

喝过自来水，对着墙上镜子照照，发现里面的人灰头土脸，双目无神，像个走失多时找不到母亲的流浪儿。自己小时没爹没娘，岂料如今还要做弃儿。曹寄青不禁一阵心酸，真想痛哭一场。这是何苦来着，又不是给自己做项目，犯得着这么低三下四来求人吗？不当这个彦城经发公司老总，随便去哪里找些事做做，还怕赚不来钱，养不活自己和家人？

想是这么想，出洗手间后，曹寄青还是强打精神，挺挺胸脯，装作啥事都没有似的。回到总监办门口，又轻声对瞿有为道："你不口渴？"瞿有为道："渴也没办法，怪早上走得急，忘记买水。要么咱们先回去，明天再来？"曹寄青道："燕云公司门槛太高，出去容易进来难，还是再等等吧。也许余总就在楼里开会什么的，下班时会回办公室放材料，运气好的话，还是见得上人的。你硬是渴得不行，洗手间有自来水。"

瞿有为望着曹寄青，说："自来水怎么喝，不怕喝坏肚子？"曹寄青说："张开嘴巴喝呗，咱小时候天天喝山前田边的生水，也没喝死，至今还勉强活着。将就一下吧，不会毒死你的。要死两人一同死，公司好一次性来收尸送火化，事半功倍。"瞿有为笑道："曹总刚才喝过啦？"曹寄青道："那是当然，口味挺不错的。"

领导喝自来水，自己不喝，怎么跟领导保持高度一致？瞿有为也去了洗手间。

曹寄青太乐观了点，下班时间已到，楼里人陆续出门下楼，余总依然没有现身。直到人去楼空，窗外夜色降临，两人还舍不得离开总监室，一边一个守在门口。倒是旁边的门忽然开启，走出一个看上去有些精干的女职员，瞥瞥两位，道："你们想在这里过夜是吧？下班时间已过好久，余总怎么还会来呢？"

曹寄青心一横，说："咱就在这里过夜。余总今天不来，明天该会来。明天不来，后天总会来，我不相信余总人间蒸发。"女职员说："明天不会来，后天照样不会来。"曹寄青道："那再后天呢？"女职员说："再后天也不一定。"曹寄青道："为什么？躲着咱俩？"女职员道："哪是躲着你俩？余总母亲生病住院，请假陪护去了。"

余总母亲得病，对余总来说不是幸事，可于三江口项目也许是好事。两人追着女职员走进电梯，一边讨好道："美女部长能不能透露一句，余总母亲在哪住院？"

电梯门关上后，女职员看着两位道："我得说明，一我不是美女，二我不是部长，只是公司普通员工，你们不要这么叫好不好？"曹寄青道："您不是美女，世上还到哪儿找美女去？至于您是不是部长，我们不敢肯定，我们敢肯定的是您这么年轻貌美，这么有气质，即使今天不是部长，谁能阻止您明天成为部长？"女职员忍俊不禁道："真拿你们没办法。"曹寄青道："您当然有办法，就是告诉咱俩，余总母亲在哪儿住院。"

也许曹寄青的话动听，也许两人的蛮劲令人佩服，女职员犹豫片刻，还是说了余总母亲所住医院。一时感动得曹寄青什么似的，真想趴到地上，给女职员行个跪拜大礼。

出得电梯，女职员走几步，又回头嘱咐两位："到了医院，别说是我透露给你们的，知道不？"曹寄青点头道："美女部长帮了大忙，咱们怎么会出卖您呢？"

第二天曹寄青和瞿有为双手不空走进医院病房时，余总吃惊不已，眼睛瞪得老大。北京医院千千万，两人竟然也找了来，该不是克格勃吧？余总是个孝女，两人能来病房看望她母亲，心里感激，两天后回到公司，召集财务和法务两部，对彦州三江口项目进行审核，然后签字呈送负责地方项目的副总裁严定国把关，由其提交董事会决策。

严定国更忙，上班没规律，神龙见首不见尾。你上午去，他下午来。你下午去，他上午来。你从上午等到下午，他整天都不上班。好不容易把他堵在办公室，张口正要问三江口项目到没到他这里，他又要外出开会，你自然不可能拦住他不让走。

正在无计可施之际，两人碰到一位老乡，说他与燕云风投公司有业务往来，曾跟严定国吃过饭，可给他想想办法。两人把老乡请出来，一番好吃好喝，外加误餐费和购物卡，逗得老乡满心欢喜。几天后拉着老乡赶到副总办，严定国好像没怎么把他放在眼里，对曹寄青和瞿有为自然也是不冷不热的。

也许天子脚下地大物博，接触的都是大神，不像省里部门见识短浅，人际关系亲密。两人只得另辟蹊径。功夫不负有心人，转弯抹角，终于找到瞿有为一位久未联系的战友，说他跟严定国是同一个俱乐部的球友，愿意陪同去燕云公司见严定国。严定国跟瞿有为的战友确实熟悉，还算客气，指着桌上堆得山样高的材料，对曹寄青道："这是全国各地呈送上来的，多为数百亿的大项目，都等着我审核把关，交董事会研究定夺，我不可能把人家报来多时的大项目扔下，先办你们数十亿的小项目吧。"

数十亿还是小项目，严定国口气真大，怪不得不把三江口项目当回事。人家自然不会考虑，数十亿到了下面，绝对是天文数字，投入有价值的好项目，可改变一个区域甚至整座城市的经济格局和发展方向。曹寄青心里这么想着，脸上堆满笑容，讨好道："数十亿也是项目，对地方经济发展的作用举足轻重，还请严总给予关照。"严定国道："怎么不关照？不关照余总也不会把你们的材料送到这里来审核，看看有无上董事会的必要。"

曹寄青生怕说错话，拉拉瞿有为衣角，三人诺诺而退。过两天又去燕云风投公司，不可能再拉上瞿有为战友，严定国表情不再生动，脸上肌肉绷得紧紧的，视两人于不见，只顾埋头做自己的事。两人在旁边站上一阵，知趣而退，过几天再上门。

也许严定国要处理的事实在太多太重要，有人站在一旁，难免受干扰，叹一声，没好气道："到时我会认真审核你们项目的，不要这么跑得勤好不好？再不听话，我打电话给你们省长，要他代我好好教育教育你们。"

初听这话好像有些可笑。省长是什么？过去叫封疆大吏，如今为部级要员，管着全省数千万人口，省直厅局领导都见不过来，哪顾得上市里小人物？可细想又觉得一点不可笑。燕云风投公司财大气粗，动辄数百亿上千亿的大项目，所见自然少不了省长省委书记这样的大官，像曹寄青这些萝卜头，真还得懂点味，别把自己当省长，少到眼前晃动。

也是地方要发展，不可能离开项目建设，项目需大钱投放，省长上门求钱的大公司实属平常，曹寄青和瞿有为这样的角色，在人家眼里又算得什么呢？曹寄青忽然觉得自己那么渺小，那么微不足道。要知道在彦州城里横冲直撞时，曹寄青可从没这么自卑过。

两人心里清楚，老这么来守严定国，只怕守到猴年马月，也守不出效果，还得另想办法。想了几天，脑袋快想烂了，也没想出啥名堂。

就在曹寄青脑袋没烂前，猛想起瞿有为的战友，问道："你战友说跟严定国是俱乐部球友，会是什么俱乐部呢？"瞿有为也开起窍来，说："记得在部队时，我那战友喜欢打网球，他俩也许是网球俱乐部球友。"曹寄青心里一动，指着瞿有为道："马上联系你战友。"

瞿有为拨通战友电话一问，他与严定国果然是网球俱乐部球友。曹寄青闻言，大乐道："天助我也，天助我也！"

也不知自何时起，彦州城里忽然兴起网球风，各大机关和企事业单位领导都爱上了网球。不像羽毛球和乒乓球之类小球，找个空地，或摆张球台，就可挥拍对攻，网球属远距离中球，需有宽敞场地和较好的灯光等硬件设施，非小钱办得来。可领导喜欢打网球，钱自然不成问题，一时间档次不低的网球场遍布各单位，不会打网球仿佛不够格做领导，或不配靠近领导似的。彦城经发公司也不甘落后，把办公大楼旁的绿地改造成网球场，曹寄青等公司领导有事没事就穿上工会置办的球衣球鞋，进场挥上一阵拍子，以增强体质，更好地为企业服务。还不定期举办网球比赛，曹寄青因球技了得，总能拔得头筹。

得知严定国喜欢网球后，曹寄青喜出望外，带上瞿有为，去王府井选购好球拍和行头，然后兴冲冲跑到严定国经常光顾的网球俱乐部，以不菲价格取得其会员资格，在里面有模有样打起网球来。打上几天，这天傍晚忽闻场外一阵喧哗，有人簇拥着一位身穿白色球衣的汉子走了过来。曹寄青睁眼一瞧，不就是严定国吗？赶紧迎上去要打招呼。然严定国身边的人太多，曹寄青哪挨得上边，被挤到一旁，悻悻瞧着严定国迈入球场，跟陪练对攻起来。

别看严定国年纪已不轻，球技还算不错。倒是陪练年轻得多，估计平时上场少，打了半个小时，就有些力不从心，只有招架之功，无还手之力。正好有个球速度太快，陪练没接住，落到线内，弹到看球的曹寄青前面，曹寄青挥动没离手的球拍，顺势一扫，把球回了过去。陪练看出曹寄青有些功夫，喘着粗气过来道："我上个卫生间，你来试试如何？"

曹寄青巴不得，跑进球场，挥起拍来。距离不近，曹寄青又穿着球衣，严定国没认出他是谁，只顾前跳后跃，左腾右挪，专心击球。曹寄青掌握着节奏，球打得有板有眼，有快有慢，让对方既过瘾，又不觉得太容易。打球就是这样，对手太弱，激不起你斗志，对手太强，彼此段位相距过大，没两下便失手，也无多大意思。

你来我往，击上二十多个回合，估计对方已经有些吃不消，曹寄青才卖个破绽，故意把球打飞。严定国得意一笑，忽觉口渴难耐，要去场边拿水。瞿有为及时跑上前，递过已拧开盖子的矿泉水。严定国抓到手上，咕噜咕噜喝下半瓶，瞿有为又呈上白毛巾。严定国接住，揩揩满脸汗水，还给瞿有为，掉头入场，继续挥拍。

第二轮退场，喝过水，揩过汗，严定国才无意间瞥了瞿有为一眼。开始也没在意，还以为瞿有为是来陪练的自己下属呢。也怪燕云风投公司大，职工多，陪练下属时有变动，下属认得严定国，严定国不见得认识下属。直到返身下到场内，严定国才觉得有异，煞住步子，掉转头来，望定瞿有为道："你不是风投公司的吧？"

"是不是风投公司的不重要，重要的是能给严总服务，在下倍感荣幸。"瞿有为笑笑道。严定国没再说啥，转身继续击球，不时望望对面的曹寄青，也觉得有些眼熟。不过他没深究，注意力又回到飞过来的球上。

打完球，离场时，曹寄青没急着去跟严定国相识，朝瞿有为摆摆手，悄悄退到旁边，遥望众人簇拥严定国，走出球馆，消失在门外。

待改日严定国再次走进网球俱乐部，两人又故伎重演，或做陪练，或当球童，或递水奉送毛巾，反正没闲着。严定国已认出两位，却也没点破，继续让他俩为自己服务。没谁花钱雇请你俩，你俩爱跑腿，爱献殷勤，是你俩自己的事。

然而人心毕竟是肉长的，到第三次来俱乐部打完球临走时，严定国有些过意不去，把两人召到面前，不冷不热道："下周一去趟我办公室吧。"

严定国说完，转身离去，扔下曹寄青两位原地站了半天，也没能回过神来。好不容易挨到下周一，两人欢天喜地赶往副总裁办公室，严定国还是那不冷不热的口气："上周末董事会上，三江口项目已基本通过。"

曹寄青赶紧道谢，泪水差点都流了下来。严定国又道："别高兴得太早，我只说三江口项目基本通过，没说正式通过。"曹寄青道："严总说基本通过，自然等于正式通过。"严定国说："不不不，基本通过是你们所报材料看上去有可行性，最后还得公司派人实地考察确定后，才能做预算方案，往项目上投钱。风投公司敢冒风险，但要看值不值得，项目期望值高不高，有无冒险之必要，决不会随随便便瞎冒风险。"

曹寄青忙附和道："是是是，严总说的是。严总何时去彦州考察三江口项目？"严定国想想道："若无特殊情况，下月初我带公司总监和项目部的人去趟彦州吧。"曹寄青赶紧道："我回去后认真筹备，确保到时接待好严总一行。"严定国摇头道："不不不，我们都是党员，要遵守廉政制度，有吃有住就行，不能破格接待，违规犯错。"

"坚决照严总指示精神办。"曹寄青诺诺连声，朝瞿有为扬扬头，揖别出门。飞回彦州，来不及归家，直接从机场赶往市政府，向周俊才汇报此番北京行动的重大收获，请示下月接待严定国一行事宜。周俊才道："严定国亲自南来，市里主要领导当然得出面。尚云同志自然没问题，就看远征书记有没有空，我请尚云同志跟他沟通沟通。"

曹寄青想起严定国遵守廉政制度的话，道："可否请守贤书记也露个面？"周俊才不解道："守贤同志身为纪委书记监委主任，负责党风廉政建设和反腐工作，让他露面，不怕吓着客人？"曹寄青笑道："省委不是提倡亲清政商关系吗？燕云风投公司特别重视党建工作，请守贤书记参与接待燕云风投公司领导，可让严总亲眼看到彦州纪检监察部门对彦城经发公司的关怀和爱护，可增强投资三江口项目的信心。"周俊才点头道："你说的不无道理，我跟远征书记商量商量，听听他的意见。"

三天后周俊才回复曹寄青："远征书记觉得可让守贤同志露面，但还得你自己去请更显诚意，毕竟守贤同志职责不在经济建设方面嘛。"曹寄青二话不说，掏出手机就要拨打曾守贤电话。临时又改变主意，上车直奔市委，走进黄楼。先不找曾守贤，而是跑到六室，敲开主任室。俞波涛奇怪道："什么风把曹总吹到纪委大楼来啦？"曹寄青道："我来投案自首。"

逗得俞波涛直乐，边倒茶，边笑道："都像曹总这么配合组织，纪委监委工作也就好做得多啦。"曹寄青喝口茶道："波涛还别说，平时难得来纪委监委，偶然走进黄楼，确实有些心惊胆寒。"俞波涛道："曹总胆寒什么？谈话函询程序结束，也就意味着你的问题不再是问题，你尽管全身心投入到彦州经济建设伟大事业中去。"

曹寄青谢过，说："寄青正是为彦州经济建设事业来找纪委监委的。"俞波涛道："纪委监委既无资金，又无技术，只知惩贪治腐，找有何用？"曹寄青道："每个贪官动辄千万数千万甚至上亿的违纪违法资金，你们抓走那么多贪官，把收缴的资金拿出来，何愁无钱开发三江口项目？也免得我低三下四，到处求爹爹拜奶奶，还求不到，拜不来。"

俞波涛忍俊不禁，道："佩服曹总，连纪委监委收缴的贪官钱也敢打主意。这些钱已一分不少缴入国库，你想拿只能去敲国库的门。"

说笑一会儿，曹寄青认真道："玩笑归玩笑，寄青无事不登三宝殿，还真是为彦州经济建设才迈进纪委监委黄楼的。"俞波涛道："纪委监委要有此能耐，又何乐而不为？"曹寄青道："那次波涛和奚主任离开彦城经发公司后，寄青就去了北京，费尽九牛二虎之力，终于争取燕云风险投资公司投资意向，他们准备专程来彦州考察三江口项目。"俞波涛道："这是大好事，恭喜曹总！"曹寄青道："仅恭喜还不够，波涛还得为三江口项目保驾护航。"

"波涛人微言轻，哪有为曹总保驾护航的资格？"俞波涛不明曹寄青真实意图。曹寄青道："现从上到下非常重视亲清政商关系，波涛能够露面，燕云风险投资公司看在眼里，知道彦城经发公司背靠大树好乘凉，自然能增强投资三江口信心。"

俞波涛这才听明白，曹寄青是冲着曾守贤来的，笑道："曹总想法蛮不错，真要增强投资人信心，波涛分量太轻，要不要给你联系联系曾书记他老人家？"曹寄青道："波涛别误会，寄青可没惊动曾书记的意思，是专程来邀请您出马的。"俞波涛道:"谢谢曹总看得起!我还是问问办公厅,看曾书记在不在委里。"

打通委办公厅电话一问,正好曾守贤在,俞波涛带着曹寄青上楼,来到书记室。曹寄青可是彦州风云人物,曾守贤打过交道,自然客气。俞波涛代曹寄青说明来意,曾守贤倒也爽快,道:"纪委监委反腐倡廉,目的就是为地方经济建设营造良好环境,有机会直接为企业服务,自然当仁不让。不过纪委监委在市委统一领导下开展工作,得带头严格遵守纪律,咱先请示远征同志,看他怎么安排。"

接到曾守贤电话,廖远征道:"刚才尚云同志来谈工作,提出把三江口项目定为你的工作联系点,我已点头认可。到时你露面参与接待北京客人,也算分内工作。"

转过月来,严定国让项目部齐部长打电话给曹寄青,告知周二飞抵彦州,考察三江口项目,人员三位:严定国、余总监及齐部长。

周二早上,曾守贤通知俞波涛,嘱其随行前往接待燕云风投公司客人。俞波涛有些讶异,市里党政主要领导会见北京客人,自己不过纪委监委部室主任,哪有资格去掺砂子?可曾书记有令,也不好推辞,跟奚连江说一声,出门下了楼。

来到楼前坪里,只见吴尚云、周俊才和曾守贤三位已站在考斯特旁,相互打着招呼。俞波涛走过去,悄悄立在曾守贤身后。偏偏曾守贤把他拉出来,介绍给吴周两位。俞波涛有些紧张,但还是鼓起勇气,抱拳问候两位领导好。吴尚云看向俞波涛,先哦一声,继而道:"晓得晓得,守贤同志麾下得力干将。"周俊才也道:"小俞名气不小,纪委监委办案能手,贪官闻之丧胆。"吴尚云道:"不贪不腐也丧胆。"

不贪不腐丧什么胆?俞波涛笑而不语,心想不是说曹寄青吧?但愿他现在不贪不腐,以后也不腐不贪,免得落到纪委监委手里,熟人熟事不好办。

说笑间廖远征出现在市委大楼前,身旁贴着市委办副主任宋露锋。众人立即仰仰脖子,朝廖远征笑望过去。廖远征从容上前,跟吴尚云几位点点头,低头钻入考斯特。宋露锋跟进去,把茶杯放在廖远征前面的桌板上,抱着公文包坐到靠门座位里,好随时为领导服务。接着其他人相继登车,吴尚云落座二排位置,周俊才和曾守贤位居第三排。俞波涛最后上去,乖乖走到后排坐下,望着前三排或稀疏或半秃的后脑勺,觉得有些意味深长。

车子开动后,吴尚云笑对宋露锋道:"小宋啊,人贵有自知之明,你跟随廖书记已不是一日两日,难道还找不准自己位置?"宋露锋回头望望吴尚云,疑惑道:"在你们大领导面前,我也有位置吗?"吴尚云道:"你应该向守贤书记秘书小俞学习，自动坐到后排去，留下宝座，让守贤书记跟廖书记平起平坐。"

　　说得几位乐起来。廖远征笑道："尚云同志啊，你别阴阳怪气好不好？让小俞随行接待北京客人，不是守贤同志擅作主张，是寄青同志请示过我，我让守贤同志安排的。"吴尚云佯装生气，骂骂咧咧道："廖书记的安排我衷心拥护，只是那个曹寄青，厚此薄彼，待会儿得让他给个说法，既然请示廖书记同意曾书记带秘书，为何不为我说句好话，请示廖书记恩准我也带个秘书在身边，享受享受曾书记同等待遇？"

　　"尚云市长别挖苦我。"曾守贤笑道，"波涛参加此次接待活动，自然事出有因。一是三江口项目属我工作联系点，带上波涛，遇有具体工作任务，可指派他落实。二是曹寄青神通广大，获知燕云公司财务总监余慧娴系波涛大学同学，让廖书记通知我带上波涛，好见美女同学。尚云市长说说，我这该不是打肿脸充胖子，妄图享受廖书记同等待遇吧？"

　　听到余慧娴三个字，俞波涛心里悠了一下，那片金黄的杏林立刻浮现在眼前。俞波涛与余慧娴是师大哲学系同学，在学校墙边的杏林里，两人从牵手到分手，度过无数个美好而又忧伤的金色时光。余慧娴是冀籍姑娘，学习用功，不仅本专业优秀，还兼修经济学，准备日后凭双学位勇闯职场，开创辉煌人生。有抱负的女孩注定不会把全部精力放在爱情上，虽然两人天天见面，但俞波涛想单独跟她约会却不容易。因是初恋，俞波涛很痴情，可没失去理性，明白余慧娴重事业甚于爱情后，渐渐放弃幻想，没再穷追不舍。强扭的瓜不甜，何况校园爱情大多只开花，不结果。在若即若离冷静多于激情的恋爱中，大学生涯接近尾声，余慧娴主动约俞波涛来到杏林里，紧拥至天明，然后各自分手。余慧娴先南赴深圳打拼数年，再北入北京燕云风投公司，从普通职员步步升至财务总监。毕业头几年彼此偶尔通通电话，后慢慢失去联系，音讯全无。岂料山不转水转，燕云公司竟跟三江口项目搭上线，给了两位初恋同学见面机会。只是不知曹寄青从何得到可靠情报，把俞波涛拉出来，为自己站台。

　　想必曹寄青早汇报过两人的同学关系，可吴尚云还是故意骂道："这个姓曹的，如此重要消息，也不先透露给我和俊才，便直接捅到了廖书记那里，政府在他眼里到底有没有位置？"又对俞波涛道："小俞的美女同学肯定风情万种吧，到时介绍给我认识咯。"俞波涛道："市长有令，波涛一定遵办。不过得波涛先见过余总，看她还认不认得我这个同学。"

　　一路嘻嘻哈哈，不觉车到山前，速度放慢，开始缓缓爬坡。俞波涛诧异起来，北京来客，不往机场接机，不去彦城经发公司会面，怎么往山上走？再瞧瞧车窗外面，又有似曾相识之感。慢慢才看出来，这是通往蛤蟆岭的盘山路，数月前曾与奚连江来过。有意思的是，当时为调查曹寄青底细，今天却专门来给他跑场子。

考斯特摇摇晃晃，上得蛤蟆岭，翻过几道山坳，又悠悠下行，来到一处山窝。一座高大门楼挡在前面，上挂"蛤蟆耕织博物馆"门匾。保安按开电动门，考斯特穿过门楼，停到坪里。坪里树木成荫，却多是果木，桃李梨枣，橘柚柿杏，杨梅板栗，石榴枇杷，荔枝桑葚，山楂海棠，无所不有，唯独不见名贵树种，迥异于他处富人别墅和山庄庭院。

车没停稳，早有人奔上前来，迎住从车上下来的领导，嘴里自我介绍道："我是蛤蟆耕织博物馆馆长，名叫石三里。曹总交代，命我先请领导们呼吸呼吸山间新鲜空气，喝口岭上自产清茶，润润喉，北京客人随后就到。"

话才落音，两位青衫彩袖的姑娘款款上前，手上端着茶盘，茶盘里放有宽口青瓷碗。几位端过茶碗，喝口茶水，顿觉唇润齿香，忍不住啧啧称赞好茶。

茶没喝几口，门楼下驶进两部豪车，一部奔驰，一部宝马。两车停到主楼前，曹寄青从奔驰副驾上跳下来，打开后座车门，伸手挡住门框，请出一位五十多岁的眼镜先生和一位四十多岁的平头汉子。不用说，眼镜先生便是燕云副总严定国，平头汉子该是齐部长。几乎是同时，宝马里也走出一个女人，两个男人。女人自然是余总余慧娴，两个男人一为瞿有为，一为崇世煜。崇世煜也是俞波涛师大同学，不用说定是他把余慧娴底细透露给曹寄青的。

崇世煜自然早在车上说过俞波涛，余慧娴下车后，睁眼一扫，很快发现俞波涛的存在。俞波涛正看向余慧娴，心里有些激荡。毕竟是初恋情人，虽然二十多年没见，要想忘掉旧情，又何其之难？皆因处于公开场合，俞波涛不好抢风头，只朝余慧娴挥挥手，仍躲在领导后面，观望主客见面言欢，问寒嘘暖。余慧娴应付完场面，绕到俞波涛前面，主动伸出手来，道："波涛还好吗？看你还是当年老样子。"

俞波涛心头莫名地一慌，搓着双手，没有回应对方。别看余慧娴已四十出头，眼角鱼尾纹隐约可见，却面色白净，目光晶莹，透着成熟女人特有的智慧和自信，加之体态丰润，自比从前的黄毛丫头更有风韵，更具魅力。俞波涛脑海里重叠着彼时和此时的余慧娴，崇世煜走过来，笑道："波涛是'冻男'，多年没显老，只是职务不断升迁，已做了处级实职领导。"

"世上哪来'冻男'？只有慧娴这样的'冻女'，还像二十年前那样年轻漂亮。"俞波涛借机道，"世煜别嘲笑我，我不过纪委监委里面部室小头头，哪像你县区父母官，主持一方党政，才算真正领导。"余慧娴道："车上瞿部长介绍过，世煜离开周市长后，已在区里做过好几年常务副区长，进步在即。两位师哥混得好，师妹脸上也有光啊。"

余慧娴所言没错，崇世煜在周俊才身边做过多年秘书，外放望岭区也有些年头，不在区里转正，也会到市直要害部门任要职。崇世煜忙道："比起慧娴京都大公司财阀，提笔一划拉，就是数十上百亿资金，咱这基层干部，要权没权，要钱没钱，啥都不算。"

三位同学没聊几句，曹寄青已导引众人，踏上主楼边上的青石板路。路两旁果树繁茂，桃李梨杏已挂果，枇杷桑葚也开始结子，其余有的花渐谢，有的蕊正放。

走了百十步，闻得哗哗水响，一汪碧潭呈现于前。水从对面山崖石罅喷出，飞珠溅玉，跌落崖下，形成水潭。一阵山风拂过，潭水轻轻荡漾，倒映着山间青松翠柏，还有松柏背后片片白云。潭岸有凉亭，亭前石碑刻有观鹤亭字样。亭子不小，里面陈放着圆石桌和红木椅。桌上坐着把大铜壶，壶旁整齐地摆有十来只瓷碗。刚才那两位青衫姑娘已站在亭里，笑迎主客入亭，倒好茶水，客气地呈给众位。

众位喝茶之际，廖远征笑对严定国道："咱们山野粗人，喝茶也习惯用粗瓷碗，才喝得饱，过得瘾，让严总见笑啦。"严定国哈哈笑道："粗碗茶好，粗碗茶好。咱一路过来，还真有些口渴了，正好滋喉润腹。"

"严总大气，跟廖书记性情正好合得来。"曹寄青指指亭下碧潭，"这个水潭叫洗鹤潭。仙鹤高贵，格外爱惜羽毛，喜欢下潭洗澡，梳羽理毛。"严定国问："今天仙鹤会来洗澡吗？"曹寄青道："仙鹤性情孤傲，不愿亲近凡夫俗子，非雅士贵人，轻易不会露面。"严定国道："看来咱俗人一个，仙鹤自然躲起来，不屑理睬。"廖远征笑道："此时仙鹤们出行在外，闻知严总一行驾到，正往洗鹤潭匆匆赶来呢。"

几位笑着走出亭子，沿幽幽小径，穿花度柳，游赏别处景观。景观雅致，有云栈，有曲廊，有台阁，有敞轩，有憨石，有怪藤，有奇叶，有异草。游赏二十几分钟，曹寄青把客人和领导请进青砖碧瓦的主楼，去展厅参观馆藏。展厅不小，内容也丰富，多为旧时耕织农具或厨用家具，长筒短勺，圆箩扁筐，粗砖糙瓦，破铜烂铁，应有尽有，阅历稍丰的沧彦人都熟悉，只严定国他们来自京都，难得一见，感到新鲜。

参观完馆藏，众人上到二楼餐厅。餐厅很大，一色红木桌椅，陶瓷餐具。

十二把椅子，主客相杂。主陪廖远征和次陪吴尚云一左一右挨主宾严定国落座上座后，曾守贤和周俊才分别陪坐在余总和齐部长旁边，曹寄青、宋露锋、俞波涛、崇世煜、瞿有为则退居下席方向。

曹寄青没法定在座位上，趁服务员上茶之际，过去拉开落地窗帘，一整面玻璃墙呈现于前。玻璃墙正对洗鹤潭，远天近峦，尽收眼底。正巧一群白鹤翩翩而至，落入潭中，或伸长尖喙，梳理白羽，或划动长腿，追逐嬉戏，好一副美轮美奂的洗鹤图。

廖远征笑道："果然鹤通人性，今贵人严总余总齐部光临，仙鹤心有灵犀，翩然现身。"严定国自然高兴，笑道："廖书记是贵人，吴市长曾书记周市长你们都是贵人。"

仙鹤洗过白羽，悄然飞走，服务员开始上菜。菜品有荤有素，有鲜有腊，都是岭上自产山珍野味。没上酒，备的是西瓜汁。曹寄青早摸过严定国底细，知道他有高血压和脂肪肝，已多年没沾酒水。廖远征提前得过曹寄青的话，举杯道："本来无酒不成席，严总三位远道而来，该以酒接风洗尘，无奈咱们有纪律，工作日之内，党员干部不能饮酒，咱不好违纪违规，只能上些西瓜汁，还请严总你们谅解。"

"西瓜汁好，西瓜汁好，营养丰富。"严定国肯定道，喝口西瓜汁，称赞味道鲜美可口。曹寄青道："这是咱蛤蟆岭当阳坡上种的黄泥西瓜，这里昼夜温差大，生长日期长，又是现采现榨，没放任何添加剂，纯天然口味。"

严定国闻言，又连说数声好。接着举杯回敬主人，重拾廖远征刚才话题道："工作日不喝酒好，免得醉醺醺一个，没法保持清醒头脑，进入工作状态。"廖远征道："多年以来，天好管，地好管，就是一张嘴巴难得管。以至革命小酒天天醉，喝得党风变了味，喝得精神全崩溃，喝得意志早消退，喝得单位没经费，喝得经济往后退，喝得群众心已碎，喝得伤肝又伤胃，喝得功能全报废，喝得老婆背靠背，喝得孩子不认爹是谁。"

众人便笑。吴尚云道："还有续篇：喝得六个局长六个醉：一个宾馆开房呼呼睡；一个躺倒小车内，不知今夕何夕今岁何岁；一个扶着墙根退，不分天南和地北；一个左拥红来右抱翠，不分表姐和表妹；一个面红耳赤去开会，满嘴酒气胡咧咧；还有一个坏了心肝坏了肺，边行贿来边受贿，被纪法部门定大罪，后悔得一把鼻涕一把泪。"

众人都附和，说还是不喝酒好。严定国道："看得出，能够扭转喝酒歪风，廖书记和吴市长可下了大功夫。"廖远征道："主要还是守贤同志和纪委监委铁腕执纪，大力纠风，才取得不俗成效。"曾守贤道："都是廖书记正确领导，常委一班人大力支持，纪委监委才做出点点成绩，不足挂齿。"严定国道："怪不得廖书记要把曾书记带在身边，可以时刻执纪执规。"廖远征笑道："守贤同志今天不是来执纪执规的。咱们常委一班人都有工作联系点，根据分工，守贤同志联系三江口项目，今天纯粹是为项目建设来的。"

严定国望向曾守贤，道："曾书记亲自联系三江口项目，项目建设就有了成功保障。"廖远征道："让守贤同志联系经济工作，可为打造良好的亲清政商关系作出表率。亲清关系得用使命和真感情来维护，不能被吃吃喝喝和红包坏事。我给各位讲个真实故事：抗日战争时期，爱国华侨陈嘉庚带着巨款从南洋回来，跑到重庆去见蒋介石。蒋介石弄些名人作陪，大办豪宴，胡吃海喝，以为可把钱争取到手。陈嘉庚心情很沉重，转身去了延安。毛主席在自住窑洞里接待陈嘉康，啥东西没有，找邻居借只家鸡杀了，才招待客人填饱肚皮。陈嘉庚感慨道，从这顿家常饭，就知道毛泽东必胜，蒋介石必败，最后把巨款赠给了共产党。"

众人鼓掌，说是好故事。严定国笑道："廖书记用意蛮深啊，想用家常饭争取燕云投资。"曾守贤道："严总说到了点子上。吃喝看上去是小事，其实属作风建设关键环节。作风不正，没有良性的亲清政商关系，最容易坏事。道理也简单，坐到桌旁，酒杯一端，政策放宽，几两下肚，原则皆无，还能不出问题？唯有拒绝酒水，保持清醒头脑，才能维护党风政风。"

吴尚云也趁机发挥道："像今天野蔬土菜，佐以果汁，不仅益于身体，还能彰显良好的亲清政商关系，又何乐而不为？"廖远征又道："严总也亲眼所见，彦州党委政府维护地方经济发展环境决心大，办法实，效果佳，且与彦城经发关系融洽，既亲又清，燕云风投投资三江口项目，定然前景乐观，万无一失。"

严定国连连点头，说："有彦州党政领导支持，纪委监委保驾护航，燕云风投自然信心满满。廖书记和各位放心，只要考察符合要求，三江口项目值得期待，咱们回京后尽快走完程序，敲定投资，争取早日见效，实现双赢。"

廖远征带头鼓掌，其他人热烈响应，餐厅充满洋洋喜气。

饭后廖远征、吴尚云几位与客人握别，乘车离去，留下周俊才和曾守贤代表市委市政府，继续陪客。崇世煜也接到临时通知，区里出现安全事故，要赶回去参加区委常委紧急会议，把余慧娴托付给俞波涛，要他陪好师妹。

住房已经安排好，在主楼后面的别墅群里。别墅都不大，依山而建，无论主客，一人一栋。俞波涛住进五号别墅。上下两层，一楼有客厅、餐厅和厨房，二楼有主卧、次卧和书房。主卧南面是个大阳台，可眺望东南方向的远山近水。另有道小侧门，门外是露台，正对碧绿青山。露台下面有一个不大的游泳池，热气蒸腾，恍若仙汤。服务员说池里的水是从岭后引过来的温泉，富含天然硒矿，泡上一次，半月不洗澡，身上都不燥不痒。

服务员走后，俞波涛关上侧门，放下窗帘，躺到大床上，眼睛望着天花板，脑袋里全是余慧娴的身影，还有师大那片金黄的杏林。好一阵，杏林模糊起来，俞波涛合眼睡去。醒来已午后四点，曹寄青发来微信，说周俊才在网球场陪严总打球，若感兴趣，可去观摩。

网球场在别墅群后面的林间空地里，俞波涛赶过去时，只见周俊才穿着海魂衫，正与严总展开对攻，曾守贤中间做裁判，齐部长和曹寄青分守两头，充当球童，又是捡球，又是递毛巾递水，殷勤得很。只有余慧娴坐在场边小桌旁，一边观战，一边喝咖啡，吃水果。见俞波涛现身，忙扬手招呼。俞波涛走过去，坐到余慧娴旁边，说："慧娴没睡午睡？"

"睡了一会儿，曹总安排严总和周市长打球，咱来坐山观虎斗。"余慧娴笑道，"波涛喝啥？咖啡和茶水都有，看你爱好。"俞波涛道："还是喝茶吧，咖啡是美女饮品，给你留着。"去拿桌上茶壶。早被余慧娴提在手上，倒上小半碗，往俞波涛面前推过来。俞波涛口里称谢，伸手去扶茶碗，跟余慧娴纤纤白指一挨，感觉酥酥的，麻麻的，仿佛有股小小电流导过来，通过指尖，直往心底传去。俞波涛下意识缩缩手，不自在起来。不想人到中年，触着分别二十多年的初恋的手，还像当年第一次触碰，令人心惊。

余慧娴也体会出这触碰带来的微妙感觉，腮边悄悄洇上一抹红晕，眼睛却挑衅似地盯住俞波涛，说："难道不是美女，就不能喝咖啡？理论依据何在？"俞波涛道："邓丽君不是唱过一首歌《美女加咖啡》么？咖啡与美女最相配。"余慧娴笑道："别移花接木好不好？邓丽君只唱过《美酒加咖啡》，没唱过《美女加咖啡》。"

俞波涛拍拍脑门，道："怪只怪本尊年事已高，罹患老年痴呆，记性骤退，好多东西都记不住，张冠李戴。"余慧娴笑道："波涛是八〇后吧，也好意思说年事已高。"俞波涛道："我八〇后，你岂不是九〇后？"余慧娴道："你敢当八〇后，我就敢当九〇后。"

由年龄，又论及此番见面，俞波涛道："崇世煜这小子，竟然把我卖给曹寄青，来给彦城经发公司站台。"余慧娴道："不是崇世煜把你卖给曹寄青，咱俩又哪有机会重逢？咱们该感谢崇世煜才是。"俞波涛道："崇世煜在望岭区做常务副区长，够他忙的，怎么会吃了饭没事做，管起彦城经发的事来了呢？"

余慧娴道："其实是曹寄青太精，跟我谈论三江口项目时，我无意间说了句彦州口头禅，被他揪住，认定我在彦州待过，我只好承认毕业于彦江师大。事实也是，若非这个原因，我也不会对三江口项目如此上心，促成严总及时带队下来考察。曹寄青何等聪明，想起崇世煜在师大读过书，找他打听我的履历，崇世煜顺便把你也给招供了出来。"俞波涛道："曹寄青确实聪明过人，否则也不可能惊动北京的财神爷。"

曹寄青正左右奔跑着，捡拾被周俊才击出线外的球。余慧娴望望曹寄青的身影，又道："第一次见到曹寄青，我就有种似曾相识的感觉。后来我在医院陪护母亲，他跑去看望，进病房门的那一瞬间，顿时让我想起生命里的某个人。"俞波涛道："你生命里什么人？"余慧娴道："我生命里的你。"俞波涛笑道："我跟曹寄青八竿子都打不到一起，你怎么会由他想到我？"余慧娴道："当时我还真把他当成了你。"俞波涛道："你眼神有问题吧？"余慧娴道："我眼神好得很。那一瞬间，我觉得他是你的影子，或是用你拓出来的。"俞波涛道："他跟我长得像吗？"余慧娴道："倒不是你俩长得像，是他的气质包括眼神、笑容、声音和走路的姿势，跟你有些相似，看到他就像看到你，让我不由得想起二十多年前的点点滴滴。"

"不可能吧？我还是头次听人说，我跟曹寄青气质相似。"俞波涛摇着头，想起跟曹寄青几次接触心里产生的微妙感觉，也觉得不可思议。

两人你一言我一语随便聊着，场上周俊才渐渐败下阵来。严定国有个球击得又狠又刁，周俊才没能接住，差点摔倒在地，只好宣布停战，向余慧娴和俞波涛走过来。两人起身，挪过藤椅，请周俊才居中坐下。曹寄青从远处飞奔过来，倒好茶水，递到周俊才手上，回头对俞波涛道："严总太厉害，周市长不敌，波涛上去抵挡一阵如何？"

俞波涛也会网球，却久未摸拍，不敢出丑，说："还是曹总自己上吧，我见彦城经发公司网球场蛮气派的，就知你球技不错。"曹寄青道："也行，我上阵陪陪严总，余总和周市长交给俞主任，你们喝好聊好。"俞波涛道："没问题，一定在周市长正确领导下，在余总精心指导下，喝好聊好。"周俊才笑骂道："喝个茶，聊个天，也要正确领导，精心指导，哪来那么多正确领导，精心指导！"俞波涛道："主要是波涛被领导和指导惯了。"余慧娴也乐道："也是的，一旦被领导和指导惯了，片刻没人领导和指导，心里就发慌。"

严定国毕竟已不年轻，跟周俊才对攻个把小时，又与曹寄青接战，慢慢便显得有些力不从心起来。曹寄青见好就收，走到网前说："严总斗志昂然，寄青甘拜下风，今天到此为止，意下如何？"严定国道："行行行，咱听曹总的。"

几位离场，朝餐厅走去。周俊才成为主陪，席上由他和严定国唱对角戏。俞波涛知趣，尽量多听少说，甚至不说，只偶尔与旁边的余慧娴耳语两句。余慧娴轻声道："咱们同学一场，总该交换一下微信吧。"俞波涛掏出手机说："我扫你。"

饭快吃完，曹寄青道："严总余总齐部你们辛苦一天，饭后是不是随便走走，再泡个温泉，早点休息？"几位都说好。曹寄青又道："每栋小别墅后面都有温泉池，各位想独泳呢尽管独泳，不想独泳可自由组合，反正热水是从岭后接过来的温泉，每天一换，几乎是零成本，尽情享用便是。"

离开餐厅，各自散去。俞波涛见时间尚早，没有回房，在楼前转悠起来。平时案子棘手，总不停不歇，忙得晕头转向，今日难得清闲，又置身佳山丽水，正好散散心。走在落着斑驳夕晖的石径上，闻闻花草幽香，瞧瞧林木芳姿，确实蛮惬意的。忽闻手机响起微信提示音，掏出一看，原来是余慧娴："波涛在哪里？"俞波涛回道："吃饱撑的，在外消食。"余慧娴道："消食消够没？四号别墅池里温泉太烫，可否借贵处温泉池一用？"

水太烫好办，放些冷水入池便是，莫非堂堂大公司财务总监，此理都不懂？俞波涛无声笑笑，答道："不说借，出借手续烦琐，慧娴直接用就是。"

回到五号别墅，刚拿卡把门刷开，余慧娴便裹着浴巾，接踵而至，钻进屋里。俞波涛略略一惊，说："你已落水，刚从池里出来？"余慧娴道："可不是？你又不来救美。我换上泳装，走进池里后，才发现水温过高，赶紧退出池子，给你发了微信。"

一楼客厅可直通屋后泳池，俞波涛过去拉开门，把余慧娴请到温泉池边。还替她试试水，说："水温应该合适。"余慧娴弯弯腰，伸手在水里撩撩，点头道："不错不错，比四号温泉池水温低些。"俞波涛道："我去拿些水和水果来，你先投水入池。"余慧娴道："你好狠心，不怕我投水自尽，死有余辜？"俞波涛道："投水不一定自尽，待会儿我再来救美，把刚才欠你的还回来。"余慧娴道："那你快点，不然不用救美，只好哭美。"

夜色降临，俞波涛按下室外电灯开关，走进客厅。取过两瓶矿泉水，还有一只服务员置备的水果盘，复又回到池边。幽蓝幽蓝的夜灯映照着池里温泉，显得神秘而又暧昧。余慧娴已下到池内，正伸展秀臂和长腿，在水里滑翔，扭摆，浮沉。靛青色碎花泳装有些窄小，裹不住鼓鼓的臀，胀胀的胸，呼之欲出。俞波涛变得神情恍惚，不由得想起当年两人热情拥吻，余慧娴一直固守底线，身上最神秘的地方，只有手到过，从没入过眼眸。

俞波涛胡思乱想之际，余慧娴从池对面游回来，那妙不可言的身段，凹凸有致的曲线，透着无以形容的气息，就如观音手上杨枝，拂得俞波涛全身酥软。余慧娴嬉嬉笑道："波涛为何不投水？"俞波涛收住意念，道："我若投水，谁来救丑？"余慧娴道："你也要救？不是旱鸭子吧？"俞波涛道："旱鸭子倒不是，是只水鸭子。"

余慧娴道："既是水鸭子，还不快快下来？"俞波涛道："我怕蛇。"余慧娴道："说怪话，蛇是冷血动物，哪会跑到温泉池里来？"俞波涛道："冷血蛇不会来，美女蛇会，我怕美女蛇。"余慧娴笑道："原以为波涛只会教训贪官，想不到还会讨女生欢喜。当年你那张嘴巴好像没这么乖巧，否则我只怕早就不是原来的余慧娴了。"俞波涛道："当年你神圣不可侵犯。"余慧娴道："现已不再神圣。快下水吧。"俞波涛道："我还是在水边欣赏美人鱼吧，可尽收眼底。"余慧娴道："你下不下来？再不下来，我就大喊，说有人非礼女生。"

"波涛可不敢，非礼非掉三江口项目巨额投资，曹寄青还不要了我小命？"俞波涛脱去外衣，钻入水里。余慧娴迎上前来，说："男人还是比男孩有魅力些，波涛留校做过大学老师，一定迷倒不少女弟子吧？"俞波涛道："正是怕女弟子纠缠，当年才落荒而逃。"余慧娴道："为何到了纪检部门，专跟贪官污吏打交道？"俞波涛道："纪检部门好，执纪执法，美女敬而远之，不会出事。"余慧娴道："女人爱钱，男人好色，自古而然。波涛身为男人，美女见你就跑，活得多没劲啊。"俞波涛道："人不能太来劲，太来劲会引火烧身。"

说话间，游上两趟，返回池边。俞波涛拿过岸上的矿泉水，拧开盖，递到余慧娴手上。自己也取一瓶，靠着池沿，仰脖喝一大口。但见一弯新月挂在山头，水洗过一般，清亮如银。余慧娴也喝口水，往俞波涛身边挨近点，无话找话道："波涛在想什么？"俞波涛道："你没发现新月如钩，悬在头顶，仿佛伸手可触？"

余慧娴仰首上望，惊喜道："真是好月，我都不知多少年没见过月亮了。"俞波涛道："是啊是啊，咱彦州的月亮，我都已好久没遇见过了，何况是你。"余慧娴道："你彦州的月？千里共婵娟，难道不也是北京的月吗？"俞波涛道："那你打个电话，问问北京朋友，看到头上新月没有。"余慧娴道："不用打电话，也知北京无星无月。"

两人望会儿月亮，余慧娴扭过头道："波涛不是纪检干部多好。"俞波涛道："纪检干部有啥不好？"余慧娴道："不是纪检干部，今晚我早把你拿下了。"俞波涛故意装傻道："身为纪检干部，纪法于手，都是我拿人，哪轮得到你拿我？"

余慧娴道："那你拿我也行啊。"俞波涛道："手头没你违纪违法依据，不好出手。"

"真是块石头，冥顽不化！"余慧娴挖了俞波涛一眼，身子一摆，向池中央荡去。荡得俞波涛心旌摇晃，定在那里，动弹不得。余慧娴在水里喊道："波涛快来，追上我，给你大礼。"俞波涛仍没动，又仰首去望天边弯月。弯月仿佛笑着的眼，不动声色看向人间，看向俞波涛。

余慧娴很快又游回来，见俞波涛对月无言，道："波涛是来看月呢，还是来游泳？"俞波涛道："二者兼而有之。"余慧娴道："你在思考什么重大哲学问题？"俞波涛道："哲学问题都被古圣先贤思考完了，咱想思考也再没啥可思考的。"余慧娴道："那你还老做望月思考状干嘛？"俞波涛道："我在想许多年后，不少事情都会随风散去，无迹无痕，惟今夜新月仍会挂在心空，抹也抹不去。"

余慧娴心头一动，望定俞波涛，久久没有转睛。好一阵才双手抱肩，说："池水好像开始凉了。"俞波涛道："水凉是提示，该美人出浴啦。"余慧娴道："可我还没泡够。"俞波涛道："那就继续泡呗。"余慧娴道："可我有些冷。"俞波涛道："冷也没法，我若是散热片，散些热给你。"余慧娴道："你就是散热片，散些热给我，给我。"

俞波涛权当玩笑，没再理会，谁知余慧娴往前一钻，偎进俞波涛怀里，喃喃道："你是我的散热片，我不能让你跑了，留我在池里受冷。"

俞波涛下意识搂紧余慧娴，体内涨满春潮。春潮汹涌，几乎将他淹没吞噬。可理性还是唤醒了俞波涛的沉迷，迫使他松开颤抖着的双手，百般不忍地推开怀里风情万种的如水般柔软的身子，然后咬咬牙，悄悄退到一旁。

躺到大床上，俞波涛辗转反侧，难以入眠。那迷离的幽灯，惊心的弯月，魔鬼般的身段，令人窒息的拥抱，电影般一遍遍在脑袋里回放着，让他没法释怀。是自己太冷血，太胆小，或是太虚伪，才如此不近人情，断然拒绝迟来的艳情？不不不，是无形的厚墙样的二十年时光，隔在两人中间，彼此再也不可能真正融合到一起。

俞波涛有些过意不去，拿过手机，调出余慧娴，开始写微信，想跟她解释几句。写上一段，似觉不妥，几下删去，重新编写。重写还是不满意，只好又删掉。反复几次，都不得要领，才意识到异性间这种微妙关系，只可意会，不可言传，越说越说不清，越道越道不明。俞波涛不得不作罢，关掉手机，放平身子睡去。

早上醒来，闻窗外鸟鸣啾啾，俞波涛简单洗漱毕，下楼闲逛起来。逛没多远，见人从山间小道走出来，原来是余慧娴，手上还拿着一把野玫瑰。俞波涛想起昨晚的事，觉得有些难为情，假装没看见对方，转身欲走开，余慧娴在后面大声喊道："波涛哪里去？"

俞波涛只得站住，复身过来，偷偷瞧余慧娴一眼，道："随便走走，随便走走。"余慧娴小跑上前，笑盈盈道："还以为你有睡懒觉的习惯，没敢惊动你，不然也喊你去林子里兜兜转转，拈拈花，惹惹草。"

余慧娴这情态，这语气，好像根本没昨晚温泉池里那回事似的。俞波涛莫名地难受起来，莫非人家不过逢场作戏，跟你闹着玩儿，根本没往心里去，你却傻傻地动了真情，胡思乱想，仿佛回到初恋的时光。想想毕业二十余年，今非昔比，人家走南闯北，阅人无数，征服的男人不知有多少，哪像你少见多怪，触及旧情，便心动情迷，误以为鸡毛就是令箭。

俞波涛有种受玩弄的感觉，又觉得没这么严重。也怪传统观念里，只有男玩女，哪来女玩男？你被人玩弄，只能说明你不争气，没出息。

脑袋里翻江倒海，俞波涛表面却装作风平浪静的样子，不愿被余慧娴看破。也多亏多年查办贪腐案件，常与贪官斗智斗勇，轻易不认输，不落败。余慧娴哪知俞波涛小肚鸡肠，扬着野玫瑰道："喜欢吗？喜欢送给你。"俞波涛伸手接住，道："虽然已经是百花开，路边的野花你不要采。"余慧娴一语双关道："都像你样，有花不采，花还开放干啥？"

俞波涛看看手里沾着露水的野玫瑰，道："玫瑰有刺，我怕扎手。"余慧娴哈哈笑道："胆小鬼！怕扎手，又如何采得到野玫瑰？"俞波涛道："我不采，自有人采。"余慧娴摇摇脑袋，朝前走去。边走边望着岭上云雾，像自言自语，又像是对俞波涛道："以前我总以为女人都爱钱，男人都好色，谁知世上还有不好色的男人。"

"世上既然有不好色的男人，定然也有不爱钱的女人。"俞波涛接话道，"想想看，什么样的女人不爱钱？肯定是有钱女人。当今阴盛阳衰，有钱女人越来越多，相反男人越发不中用，风气也为之一变，颠倒过来，成了男人爱钱，女人好色。"余慧娴道："这并不奇怪呀，女人有了钱，不用再为钱战战兢兢地活着，也该好一好色，给找补回来。"俞波涛道："还有个说法，叫男人有钱就变坏，女人变坏就有钱，也得跟着改过来，该叫男人变坏就有钱，女人有钱就变坏。"余慧娴笑道："看来我坏得不够，要变得更坏才行。"

正在说笑，瞿有为过来叫道："马上开餐啦，两位上楼吧。"

餐毕，几位登上中巴，出得蛤蟆岭，游览彦州城。先就近来到东城区。周俊才一边指点，一边负责讲解。这是彦州的文化名片，有高大上的艺术馆、图书馆、博物馆、文化宫，还有气派的体育训练中心，曾走出过不少全国和世界冠军，属国家定点体育训练基地。最具人气的还是各大医院和各类校园。医院永远人满为患，躺着的想坐起来，坐着的想站起来，站着的生怕有病耽误治疗，没病也非查些病出来不可。沧彦为人口大省，总人口八千多万，省城彦州常居人口也已超过千万大关。人多要看病，医院和病人多。人多要受教育，学校和学生多。沧彦是教育大省，同时还是教育强省。省内名校包括著名的小学、中学、大学和职业学院，大多位于彦州东城区。其中名牌大学不下十所，有五所已闯入全国百强大学之列。名校周边建有不少科研机构和科创公司，代表着沧彦的未来，有东方圭谷美誉。人要吃要穿要玩要行要住，人多之处，餐饮、商店、宾馆、娱乐诸业发达，从早到晚车水马龙，熙熙攘攘，仿佛现代清明上河图。商品房更鳞次栉比，远观如水泥森林，无边无际，望不到头。房价比之同城其他区域高出一倍多，有就学便利的学区房价格更高得吓人，不输北上广深。

离开东城区，到得南城，进入超大型的物流园区。此处物流并非政府主导，全系自然而然形成。原因也看得见，摸得着，就是发达的交通网络集中于此。离机场不到十公里，物流年吞吐量仅次于京沪机场。紧挨园区的巨兽般的高铁站，串着米字形的高铁线路，三小时内直抵周边八个省会城市，五小时内直达北京上海西安。高速公路更是四通八达，南北纵线和东西横线早不够用，又增修了复线，全国各地钢材、建材、药材和农副产品因此得以汇集于此，再经物流园检索分销，装上又高又长的大卡车，发往国内外和省内各地区。物流园外边叠加着多重产业基地。先是粮油加工厂，次为种植园和养殖场，再往外是宽阔的水稻、玉米、大豆、土豆丰产区，就近依托强大的物流体系，将生产和加工的粮食、水果、蔬菜和禽畜产品，源源不断配送到天南海北。

自南城折转西行，来到新兴的工业园区。彦州有生产经销小五金传统，清朝中叶城西就是小五金生产和集散地。据说张之洞当年始建武汉铁厂，不知从何着手，专门派人来彦州，高薪聘请师傅过去带徒。抗日战争时期，薛岳领兵与日军血战，所需子弹大多出自于此。解放初小五金生产一度成为彦州工业象征，产品遍布全国各地市场，甚至远销东南亚。改革开放以后，彦州人不再满足于小五金产销，开始引进科技含量更高的制造业，从摩托车到农用拖拉机，从中巴车到大小货车，从没停止过尝试和创新。十五年前又引进重型机械生产线，所产吊装、挖掘、钻探等大机器，远销各省和海外，世界各地房屋、桥梁、隧道等工程建设，都能看到产自于彦州西城工业园区的大型机器。作为不沿边不沿海的内陆省，沧彦国民生产总值能挤进全国十强，彦州五金和制造业功不可没。

严定国初次来彦州，看到这里文教、物流和制造业如此发达，感触颇深，完全超出他的想象，真是大开眼界。周俊才道："彦州人勤劳而又智慧，不仅生产销售旺盛，传统文化也源远流长，非常深厚。"又对曾守贤道："咱们现在是否先去老城区转转，体会体会彦州的历史积淀，再去城北考察三江口项目？"曾守贤道："行啊行啊，不知严总和余总你们有无兴趣？"严定国道："有兴趣，有兴趣。"

老城区位于彦江东西两岸。车子离开西城区后，穿过大大小小的街区和高高矮矮的楼房，经江底隧道来到彦东大广场旁。在广场入口处，司机停稳车子，看着几位下了车，再去地下车库找泊位。大广场周边耸立着直逼云端的大楼，有的为写字楼，里面隐藏着无数大大小小的公司。有的为大型商场，集游乐、餐饮、健身、购物于一体，一入楼门深似海，没七八个小时出不来。还有十数家五星级大宾馆，外地人来彦州办事，多会选择此处落脚，不仅购物办事方便，周边三公里左右还分布着省市党政机关和企事业单位，找人方便。严定国几位来自大都市，见的世面自然多，但置身彦江大广场，也叹为观止，生出不识庐山之感慨。

在周俊才引领下，几位进入大广场旁边的步行街。步行街入口有个大石坊，上面吴楚街三字赫然在目。严定国说："纳吴楚于一街，蛮霸气啊。"周俊才对曾守贤道："守贤书记是彦州四大家班子里的才子，你给严总和余总讲讲吴楚街来历如何？"

"俊才市长真会说笑话，守贤算啥才子，不过平时喜欢胡乱翻阅史志，对彦州历史沿革略知一二而已。"曾守贤谦虚道，"彦州自古夹在吴楚两国之间，素有吴头楚尾之称。直至刘邦打败项羽，分封诸侯，彦州归属仍不明朗，不吴不楚，或一会儿楚，一会儿吴。这相反给了彦州独立发展空间，汉吴楚经济文化由此集散，始有吴楚街即彦州城雏形。"

严定国很感兴趣，正要往下问，脚下已踏入吴楚街面，但见人来人往，摩肩接踵，热闹得很。街旁建筑都不高大，大多四五层，一律青砖碧瓦，雕花门窗，不乏古雅之风。门店有宽有窄，卖喝的，卖吃的，卖穿的，卖床上用品的，卖电器的，卖彩票的，卖手机的，卖旧家具的，卖文房四宝的，卖玉器的，卖石头的，卖文玩的，卖邮票的，卖真假古字画的，几乎无所不卖。另有经营美发、美肤、美指、美目、美臀的店面，教练瑜伽、武术、书法、绘画、琴艺、球艺、茶艺的馆舍。

还发现一家古币收藏馆，严定国恰巧爱好古币，提议进去瞧瞧，几位跟着鱼贯而入。馆内设有玻璃柜，柜里展示着各式各样的古币。见客人进来，馆主上前，热情介绍所展古币的前世今生。古币皆无标价，严定国问原因，馆主说："馆子是咱家老爷子开的，他研究古币六十年，爱古币甚于生命，一般只对外收购，不标价出售，除非遇有同行真心喜爱古币，非买不可，才考虑议价转让。"严定国道："不标价出售，怎么养活馆子？"馆主笑道："门店属咱家祖业，不用掏租金，成本低，花不了几个钱。"

严定国点着头，看到两枚摆在一起的汉币，旁边有文字标注，一为邓钱，一为吴币，问馆主可否拿出来细瞧。馆主为难道："其他古币，可任意雅赏，唯独邓钱吴币属镇馆之宝，老爷子说不可轻易出示，除非客人识货。"严定国回头问曾守贤："曾书记一定识货。"

曾守贤上前一步，隔着玻璃往里瞄上一会儿，说："我也不甚了了，只知刘邦建汉之初，百废待兴，仍沿用秦钱。直至文帝时期，吴王刘濞开豫章铜山造币，广为流通，是为吴币。贾谊和晁错担心刘濞财大气粗，图谋不轨，奏请文帝削藩，收回豫章铜山。文帝深知削藩说来容易做来难，加之刘濞年事已高，只想等他死后，将吴地化整为零，分封给其多个子孙，各自为政，力量分散，自然掀不起风浪。无奈吴币通行，财富源源不断流向吴国，中央财政严重受损，文帝于是派宠臣邓通回蜀开采严道铜山，铸出品质优良分量充足的邓钱，受到商民青睐，以至良币驱逐劣币，吴币渐渐失去市场，吴国财富大量缩水，刘濞自知实力不够，收敛起野心，不再做非分之想，中央与地方一时相安无事。彦州因属吴头楚尾，环境宽松，吴币和邓钱同时存在，并行不悖，就似现今纸币交易和支付宝微信支付共存一样。也许正因邓钱吴币受到彦州商民接纳，有几枚流传至今，也就不足为奇。"

说得馆主眼睛大睁，说："老爷子说过邓钱吴币来源，与这位先生所言，如出一辙。想不到还有这么懂古币的行家，老爷子一定乐意跟先生交流。"严定国忙笑道："今天咱们还有事，不宜久留，下次再来向尊家老先生讨教如何？"

曹寄青有意购两套邓钱吴币送给严定国，听他这么说，也不勉强，谢过馆主，出得门来。往里走上数十步，有个不大的石门，几位信步进去，里面空空荡荡，仅存几处断垣残壁，及两只石柱。双柱都刻着字，原来是副对联，也不知何人所撰，刻于何时：英雄下马拜秋色，古木归鸦乱夕阳。石柱中间立有一块石碑，上刻校尉司马府四字，无内容介绍，只标注为省级文物保护单位。周俊才又要曾守贤解说，校尉司马有何来历。

曾守贤道出一段旧事：这个校尉司马史无详尽记载，只因救过汉初大臣袁盎，才留下些许蛛丝马迹。袁盎与邓通、贾谊、晁错同龄，都是汉初名臣，但彼此嫉妒，隔阂很深。尤其是晁错和袁盎，两人同朝为官，见面连话都不说。文帝在朝时，晁错力主削藩，以收回吴国豫章铜山，文帝不依，派邓通赴蜀，上严道铜山采铜铸币，击溃吴币，刘濞实力受损，才死了反叛之心。景帝继位，重用晁错等家臣，罢免邓通，另派大臣开采严道铜山，所铸蜀币质劣量轻，吴币卷土重来，重新占领各地市场。晁错认为不能坐视刘濞壮大，奏请景帝削藩。刘濞自觉土埋半截，已活不过两年，本来无意反叛，见到朝廷削藩令，义愤填膺，以诛晁错清君侧名义，号召齐楚等六国起兵，这便是著名的七国之乱。景帝问晁错怎么办，晁错要景帝御驾亲征。景帝问你干什么？晁错说自己留朝主政，仿佛当年萧何样。祸是你惹的，你不思怎么退敌，却想把朕推到阵前冒险，景帝自然不乐。袁盎曾被晁错查办，差点死在他刀下，借机觐见景帝，说削藩是晁错出的馊主意，只要杀掉晁错，七国自然退兵。景帝下令腰斩晁错，同时派袁盎以太常身份出使吴国，劝刘濞收兵。袁盎做过吴相，刘濞知道他多谋，任命他为将军，以助自己统兵西进。袁盎不从，刘濞派校尉司马将他围在军中，欲置之于死地。谁知校尉司马曾做过袁盎从史，因私通婢女，畏罪潜逃，袁盎驾车追上，把婢女赏给他，让他仍做从史。今遇旧主，校尉司马变卖财物，贿赂守城士兵，割开营帐，救出袁盎，逃至彦州，藏于校尉司马府内，躲过追兵。校尉司马知恩图报，受到彦州人推崇，将其故宅保存至今。

离开吴楚街，回到彦东广场，上车北行，前往三江口。严定国脑袋里还装着校尉司马府，道："汉初距今已两千余年，几多皇宫王宅皆灰飞烟灭，校尉司马府址还在，怕是彦州人一厢情愿吧？"曹寄青道："历史本来多为附会，认真不得。但不管怎么样，贾谊、晁错、邓通、袁盎，加上校尉司马，有据可查，应该假不到哪里去。只是如此冷僻的典故，曾书记如数家珍，要人不佩服都不行。"

曾守贤笑道："这有啥？纪检部门正提倡家风建设，家风首先讲的是孝道，恰恰汉文帝为史上有名的仁孝皇帝，其母卧病三年，他日夜守在榻前，亲尝汤药，目不交睫，衣带不解，成为古今美谈。贾晁邓袁皆系文景名臣，今天见到的邓钱吴币和校尉司马故事，恰好与这些名臣有关，我略有涉及，现买现卖，实在见笑了。"

严定国认可道："不管历史真相如何，但有两点可以肯定，一是从校尉司马身上，可看出彦州人知恩图报，义薄云天；二是由邓钱吴币同时流通彦州，说明彦州人胸襟开阔，兼收并蓄，善念生意经。也正是彦州人这些优良品质和传统，造就了彦州今天的大发展。"周俊才笑道："听严总口气，对投资彦州挺有信心咯？"严定国道："那是毋庸置疑的。"

说话间到了三江口。此时的三江口已非以往，青河和白河不再南绕，正顺着新掘河道，北汇彦江，从而留下近两万亩滩涂，显露在阳光下，散发着淡淡的润润的泥腥味。周俊才和曹寄青介绍滩涂改造经过，严定国侧耳谛听，不时点点头，对彦江党政领导的大胆设想和真抓实干，表示由衷钦佩。余慧娴和齐部长两位也没闲着，一个端着手机，拍摄严定国和周俊才指点江山的镜头，一个摇着摄像机，录制三江口现场。这是一手宝贵资料，可作为日后风投影像依据，归档保存。

现场视察过三江口项目，一行人赶往彦城经发公司，入食堂吃中饭。饭后在公司内部宾馆稍事休息，一起参观业绩展览厅，公司做过哪些投资，建过哪些项目，一一展示无遗，严定国几位看在眼里，非常满意。出展厅来到党委会议室，周俊才介绍彦州经济文化建设情况，曾守贤畅谈建立亲清政商关系营造良好经济发展环境的措施和成效，曹寄青汇报公司经营实况及长远规划。接着齐部长和余慧娴分别发言，严定国最后表态：回京后第一时间上董事会，争取早投资，早见实效。周俊才带头鼓掌，会议在热烈友好的气氛中圆满结束。

夜里安排严定国几位入住彦州最好的五星级宾馆后，曹寄青悄悄跑到吴楚街，走进上午去过的古币收藏馆，由馆主引见，拜见其八十多岁的老爷子。曹寄青记性好，将曾守贤所叙邓钱吴币和校尉司马营救袁盎故事复述一遍，老爷子觉得见了隔代知音，高兴得白胡须一颤一颤，让儿子低价出售三套邓钱吴币给曹寄青。曹寄青如获至宝，赶回宾馆，叩开严定国房间，呈上邓钱吴币。严定国喜不自胜，拍着曹寄青肩膀道："老弟真会办事，严某得好好向老弟学习学习，提升一下办事能力。"

严定国办事能力提升真快，北归京师，便获取董事会授权，投放六十亿人民币到三江口项目。六十亿可非小钱，曹寄青凭借这笔巨款，按规划图纸将三江口整治一新，该修的主干道修通，该铺设的水电气管网铺齐。且修筑彦江、青河和白河三道防护堤时适当向外扩展，圈入两千多亩飞地，与原滩涂地加在一起，共两万两千亩。

就在彦城经发公司开发三江口项目之际，市政府合理调整城市布局，加大城东北建设力度，城区至三江口之间的土地受到开发商青睐，一时车来人往，机声隆隆，热火朝天。三江口项目适逢其时，行情看涨。曹寄青经请示市政府同意，对两万两千亩土地进行科学规划，先预留六千五百亩作为公共设施建设用地，其余一万五千五百亩分三期实行公开招拍挂，即通过招标、拍卖、挂牌等形式，出让土地使用权。

首期六千亩核心区域地皮开拍之日，来自全国各地近百位参拍人走进拍卖现场，从八十八亿起拍，两亿三亿往上加，一直拍到一百七十亿还没落槌。曹寄青就在现场，随着拍卖价不断上涨，始而喜，继而惊，最后澎湃激荡起来，恨不得也举个牌子，加入竞拍行列。一时情不自禁，跑到门外给严定国打去电话，如实报告拍卖盛况，感谢他和燕云风投公司玉成。

燕云风投公司大项目多，投出六十亿资金给彦城经发后，严定国只顾忙别的事，没再放在心里，这会听曹寄青说三江口地皮如此受追捧，不免有些心动。也是严定国经多世面，执行力强大，没怎么犹豫，便对曹寄青道："燕云风投公司有个子公司叫汉皇城市开发公司，由我本人兼任董事长。寄青同志听好，我现在正式口头授权予你，请你代表汉皇公司参拍，不论地价升到多高，都要给我拍下来。"

如此重大决策，岂是你严定国口头授权，便管用的？曹寄青惊讶得嘴巴张着，半天合不拢，也没法出声。严定国似乎隔空看到曹寄青的表情，又道："怕我言而无信，你马上开启手机录音功能，我把说过的话重复一遍。"

曹寄青迟疑着按下手机录音键。严定国复述过刚才的话，又补充道："我严某说话算话，如果汉皇公司事后反悔，影响三江口项目开发，燕云风投公司与彦城经发公司合作合同自动终止，所投六十亿人民币投资算友情赞助，不再参与分成。"

与严定国说过再见后，曹寄青把手机通话回放一遍，一个字都没漏掉。可他心里还是没底，这毕竟不是小动作，弄不好会搬起石头砸自己的脚。岂止砸脚，恐怕脑袋都会砸破。曹寄青给周俊才打去电话，想把皮球踢给他。周俊才一听，道："这是好事啊，有汉皇公司垫背，三江口地皮能多拍几十亿，彦城经发公司不多几十亿利润么？"曹寄青道："可汉皇公司只是口头授权，没有正式文本取得投拍资格，法律效力不够啊。"

周俊才毕竟是周俊才，心胸大气，目光阔远，在电话里教育起曹寄青来："寄青你开动脑筋想想，严定国那可是国际眼光，他看中的项目绝对不差，照其意思拍下地皮后，万一他不认账，咱们可以自己来做嘛。如今城市化进程日新月异，三江口已成热土，日后还会更热，难道皇帝女儿还愁嫁不出去？至于参拍手续，出自你手上，过后再补就是。不多说啦，把我的话也录下来，本人君子一言，驷马难追。"

曹寄青这才吃下定心丸，返回拍卖现场。此时出让地价已拍到两百亿，没人再往上加，拍卖师伸着指头，从一喊到三，正要落槌，曹寄青高呼一声："且慢，我有牌要举！"

拍卖师那三个指头僵在空中，睁眼寻找声源。众人也扭过脑袋，看是何人。见是曹寄青，认识他的人吃惊不小，简直难以置信。哪有自己的地皮自己竞拍的？自己想用，悄悄留着就是，何必放屁脱裤，多此一举，大张旗鼓拿来招拍？

曹寄青顾不得许多，从拍卖师助手那里要过牌子，飞快写上一个数字，然后举过头顶，向众人亮亮，嘴里高声喊道：两百三十亿！

自然没人再竞拍，拍卖师宣布成交。自己拍自己的地皮，自己跟自己成交，确也算是土地拍卖史上奇闻。曹寄青一时成为拍卖界名人，广为人知。不过曹寄青无意图虚名，拍卖一结束，便跳上小车，赶到市政府，去见周俊才。

六

　　听曹寄青说以两百三十亿拍下三江口首期六千亩出让地,周俊才表扬他干得好。曹寄青担忧道:"我还是怕万一北京汉皇公司出尔反尔,六千亩地皮砸在手里,成本收不回,彦城经发公司资金链断掉,没法活下去,我岂不只有绑块石头,沉入彦江喂鱼去?"

　　周俊才哈哈大笑,道:"你要沉江,我让有关部门给你设立纪念日,在你沉江处立块大石碑,刻上曹寄青三个字,每年安排青少年去投粽子,把鱼鳖喂饱,好放过你。"

　　曹寄青无心玩笑,拉着老脸,半日不响。周俊才收住笑,道:"看把你愁的,好像老婆跟人跑了似的。老婆跟人跑了有啥关系?你这样的成功男人,好多年轻美女排着长队,望眼欲穿,等着你召唤呢。"停停又道:"马上给严定国去电话,我敢保证,他会满口应承,几天后直飞彦州,来接收三江口出让地。"

　　果然不出周俊才所料,严定国接到电话,得知曹寄青代表汉皇公司,以两百三十亿拍下三江口首期六千亩出让地,三天后便带着汉皇公司的人飞彦州而来。曹寄青到机场接住客人,直奔彦城经发公司,坐到桌旁,商议六千亩出让地的出让条款。商议得差不多,等着签字时,曹寄青心里不舍起来,仿佛女儿就要出嫁,有些不是滋味。于是找借口道:"三江口地皮属政府所有,需政府领导出面把关,有必要请示请示周副市长。"

　　经营三江口,没地方领导支持肯定不行,严定国答应先跟周俊才见过面再说。曹寄青把客人请上车子,说:"严总还记得蛤蟆山庄吧,这几天仍住那里如何?"严定国道:"好啊,蛤蟆山庄犹如世外桃源,令人神往。"

　　途经三江口,曹寄青叫司机停车,下去视察现场。看过核心区域的六千亩出让地,严定国不无感慨道:"一年多工夫,彦城经发公司就把三江口滩涂改造得像模像样,可见曹总执行能力超强啊。"曹寄青道:"燕云风投公司投放大钱,寄青得对得起严总的高度信任才行啊。"严定国道:"好好好,曹总办事我放心。"

上车后沿青河继续东行。曹寄青按下车窗，说："三江口整整两万两千亩土地，建设成型后可容纳二十万人居住、上学、就业、游乐，蛤蟆岭前这方圆三十里空间又会成为一方热土，到时严总还可继续来投资项目。"严定国道："看彦州发展趋势，要不了几年就会成为一线城市，燕云风投和汉皇城开自当有远见卓识，早谋划，早动作。"

到达蛤蟆山庄，安排严总一行住下后，曹寄青立即下岭，赶往市政府，对周俊才道："寄青有个想法，先来请示市长，看可不可行。"周俊才道："什么想法？"曹寄青道："我意还是自己来经营三江口首期六千亩出让地。"周俊才道："经营土地需砸大钱，何况不是小面积，你资金从何而来？"曹寄青道："汉皇城开出钱，彦城经发出力。"

周俊才沉默片刻，道："这倒也是个办法，就看严总同不同意。"曹寄青道："可以跟他谈嘛。"周俊才道："怎么个谈法？"曹寄青道："强龙不压地头蛇。虽说燕云风投和汉皇城开背景深远，财大气粗，毕竟属外地公司，没地方政府和本地企业支持，恐怕不易成事。"周俊才点头道："严总大聪明人，你把此理一摆，他不可能不懂。"

曹寄青趁机道："理是此理，可出自不同人嘴巴，其效果则完全不同。"周俊才指着曹寄青道："你这家伙，是不是又要我给你出场站台？说说出场费多少吧。"曹寄青笑道："市委不是强调亲清政商关系么？给出场费，您也敢要？"

该说的话说完，曹寄青还不肯走。周俊才道："还赖着干什么？这会儿就想拉我上蛤蟆岭陪严总？"曹寄青道："北京财神降临，政府不应该出出面？"周俊才道："凭头次跟严总的零距离接触，就知他务实不务虚，是来彦州解决问题的，不是来讲气派的。你告诉他，今晚有个常委会，内容重要，常委们都不能缺席，明早我再上岭陪他吃早饭。"

翌日清晨，周俊才大早起床，赶往蛤蟆岭。严总走进餐厅，见着周俊才，颇感惊讶，道："周市长也住在山庄里？"周俊才道："昨天本要来看望严总的，白天忙完，夜里开常委会到凌晨一点多，只好今晨上岭，还请严总见谅。"

"哪里哪里，严某知道地方政府领导不好当，才没让曹总透露前来彦州的消息。"严定国望了望身后的曹寄青，"可曹总还是惊动了周市长。"周俊才道："应该的，应该的。严总老朋友，亲自驾临彦州，俊才不尽尽地主之谊，怎么过意得去？"

说话间早餐上来，几位边吃边聊。周俊才道："上岭时严总该见过整治一新的三江口地皮，寄青没愧对贵公司投资吧？"严定国道："蛮好蛮好，曹总真会办事。也正因此，我才不愿收回那六十个亿，打算放你这里，另再跟进资金，在三江口做番大动作。"周俊才道："此事寄青已跟我汇报过，严总魄力大，叫人不佩服都难啊。俊才代表市委市政府，真诚感谢严总对彦州城建的大力支持！"严定国笑道："周市长用不着谢我，资本天性便是趋利，哪里有效益便往哪里流动，若彦州没钱可赚，打死严某，也不敢把钱投进来。"

周俊才笑笑道："严总好实在，说话做事不玩虚的。三江口地皮是严总投资开发出来的，由您汉皇城开公司来经营出让地，再合适不过。彦州政府唯一担心的是汉皇城开远在北京，鞭长莫及，碰上经营问题，不容易掌控。"严定国道："没关系，可在彦州成立项目部，具体负责经营事务。"周俊才点头道："外地在彦公司都这么做。只是三江口首期六千亩出让地，体量庞大，非同小可，严总恐怕得先把困难考虑进去。俊才倒有个不成熟的想法，汉皇城开可否与彦城经发共同来经营三江口，以便发挥各自优势，取长补短，成就大事。"

严定国自信道："周市长放心，汉皇城开经营能力不错，做过不少大项目，一定能把三江口出让地经营好。"周俊才道："汉皇城开属私企吧？"严定国道："合资企业。"周俊才道："时下产业政策尤其是土地经营政策越来越严，外来私企进驻地方，难免面临诸多制约和牵绊。彦城经发下面有个盘龙公司，属国企性质，若以该公司名义经营三江口出让地，能享受政府优惠政策，还可走绿色通道，快速办理相关手续。时间贵于金，节省时间就是节约成本，严总大企业家，比我更懂此理。"

说得严定国暗暗心动起来。周俊才继而道："严总一行上岭时，需经三江口至蛤蟆岭与青白两河之间的开阔地带。严总可以设想，一旦三江口土地上的楼盘和公共设施建设成熟后，两河开阔地还不顺势成为新的热土？根据市委市政府要求，有关部门已开始规划这片土地，汉皇城开又是三江口土地经营大功臣，以后自然会成为两河新主。"

严定国已被说服，道："周市长如此美意，严某却之不恭啊。如何经营三江口出让地，是个大题目，我不能擅自主张，得先与汉皇城开股东集体商量，才能定夺。"周俊才道："好事不在忙中取，咱们双方先做好前期工作，下一步再谈合作意向。"

汉皇城开公司背后有两个大股东，一是燕云风投公司，一是余慧娴叔叔发迹于深圳的余氏家族。严定国代表燕云公司管理汉皇城开，只要与余家沟通好，事情基本可定下来。曹寄青摸清底细后，又从严定国嘴里得知余家叔叔非常疼爱侄女余慧娴，余慧娴说句什么，其叔几乎言听计从。曹寄青又想起俞波涛，连夜进城找到他，恳请他给余慧娴递个话，玉成彦州盘龙和北京汉皇两家公司的合作。

俞波涛想帮曹寄青，又不愿过多染指企业，推脱道："余总高高在上，与波涛仅仅同过几年学，怎会把我的话当回事？"曹寄青笑笑道："波涛过谦，你俩岂止同学四年？崇世煜都说了实话，当年他追余总，余总爱着你，才没上他的船。"

俞波涛叹道："都是崇世煜瞎掰。真如崇世煜所说，波涛与余总有些情分，早跑她那里发大财去了，哪里还会待在纪委监委，辛辛苦苦挣份薄薪，养活老婆孩子都难。"曹寄青道："波涛想跟余总干，余总只怕求之不得。那两天寄青留意过，余总看波涛的眼神都跟看别人不同，内容可丰富了，说明她心里一直给你留着重要位置。"俞波涛道："我怎么没看出来？"曹寄青哈哈笑道："波涛装痴吧。寄青不说阅人无数，也多少见过些人事，波涛在余总心目中分量如何，一瞧便知。"

"曹总越说越玄。"俞波涛摇摇头，不愿多言。却经不起曹寄青纠缠，过后还是给余慧娴打去电话，把曹寄青要说的话转述给她。余慧娴道："你怎么对曹寄青的事这么感兴趣？"俞波涛道："三江口项目不是守贤书记工作联系点吗？这也是工作需要嘛。再说还到蛤蟆山庄住过一晚，受到优待，吃人嘴短，要还曹寄青的情。"余慧娴道："你怎么只知还曹寄青的情，欠我的情要不要还？"

这话题太危险，俞波涛道："我你属纯洁的革命友情，不存在欠不欠还不还一说。"余慧娴恨恨道："你真坏！你已开口，我去找我叔，让你欠我更多，到时你想还都还不了。"

余慧娴见识过三江口及彦江至蛤蟆岭开阔地，觉得汉皇能与盘龙合作，先在彦州扎下深根，日后还不是要风来风，要雨来雨？她把想法跟叔叔一说，他也觉得可行。待接到严定国电话，没怎么啰唆，两人便很快形成共识。

世间之事，说难也难，说易也易。说难是没找对关键人物，一旦关键人物出面，轻轻点点头，发句话，再难的事也变得易如反掌。严定国跟余家一合计，汉皇与盘龙公司就这样走到了一起，强强联合，开始大张旗鼓经营三江口首期六千亩出让地。

彦城经发及其子公司盘龙皆属国企。国企虽带个企字，其实大老板还是政府，地方经济由政府主导，政府看准的事能有不成？故曹寄青一出面，自然要政策政府给政策，要手续政府给手续，一路绿灯大开，畅通无阻。有钱有人有政策，手续也不缺，或暂缺手续，过后补办也不迟，三江口还能有不热之理？仿佛一夜间，高楼拔地而起，学校、医院、银行、保险、邮政、物流、建材、机电、快递等行业随后跟进，一时间车水马龙，热闹非凡。

曹寄青也成了炙手可热人物，每天眼睛一睁，忙到熄灯，撒尿拉屎，卫生间外面都有人候着。作为盘龙公司董事长，曹寄青每天都会来董事长室处理公司事务，这天召执行经理瞿有为谈完工作，进独立卫生间方便完，开门出来，刚离去的瞿有为又出现在办公室里，身后还有两位年轻人，一位看去三十四五，一位不过二十七八。瞿有为分别介绍两位，说年龄大的叫孟宏文，年龄小的叫卓见智，都是沧彦人，合伙在北京开了个名为宏智的公司，公司资产已近千亿，想来三江口做些项目。

两个二三十岁的年轻人，出道能有几天，竟拥有近千亿资产的公司，到底做的啥行当？卖白粉，还是跑黑道？曹寄青心生几分警惕，却还是满脸笑意道："两位帅哥实力不凡啊，你们能做什么项目？"叫孟宏文的道："我俩虽在外漂泊多年，但一直很关注家乡建设，得知曹总开发三江口，有意回来投资，不管项目大小，能报效桑梓就行，不知曹总欢不欢迎？"曹寄青道："回来投资，这是对家乡事业的莫大支持，当然欢迎。瞿总是公司执行经理，具体业务由他负责，你们先跟他沟通，看看有啥项目好做，再说下文如何？"

孟宏文抱拳谢过曹寄青，看了眼卓见智，两人转身向门外走去。曹寄青让瞿有为代自己送客，连屁股都没抬。三江口开发启动以来，来跑项目的络绎不绝，有提篮子的，有吃油饭的，有浑水摸鱼行骗的，曹寄青见得太多，不可能谁都往心里去。

没几分钟，瞿有为送客回来，说："曹总可知刚才两位什么来头？"曹寄青道："什么来头？二三十岁拥有千亿资产，若非吹嘘，那便是贩毒洗钱，或开赌场办妓院。"瞿有为笑道："孟宏文和卓见智既不用贩毒洗钱，也无须开赌场办妓院。"曹寄青道："那就是开印钞厂。"瞿有为道："孟宏文是孟怀国儿子，卓见智是卓宪新儿子。"

曹寄青哦了一声，不自觉点了点头。与孟怀国一样，卓宪新也曾是沧彦政坛重要人物。孟怀国在下面做市长时，小他八岁的卓宪新还是省里某边缘部门的副处长，两人毫无交集。直到后来孟怀国转到卓宪新老家所在州里当书记，卓宪新老家官员有事托他找孟怀国，彼此才有了些交道。孟怀国的书记一做多年，期间卓宪新转任省委政研室副处长，继而从处长升副主任，两人接触渐渐多了起来。待孟怀国进入省城，从宣传部部长做到组织部部长，卓宪新已经升至正厅，受到重用，外放孟怀国老家所在市任书记。孟怀国在卓宪新老家做书记时，卓宪新求过孟怀国，现在自己成为孟怀国老家主官，孟怀国远亲近邻有啥事，卓宪新自然鼎力相助。两人关系于是越发密切，两家儿子也自然而然走到了一起。其时孟宏文已在北京注册了自己的公司。孟宏文在北京某大学毕业后，凭借父亲关系，进入部委工作。照孟怀国给他规划的人生，先在部委增长见识，发展人脉，到得一定级别，再外放地方历练，打牢基础，以伺机往高处晋升。可在部委工作不到两年，孟宏文发现身为外省要员后代，在地方有不少资源可利用，但京城毕竟是京城，父亲鞭长莫及，自己发展空间受限，还不如早些跳出体制，另辟蹊径。孟怀国经反复权衡，觉得儿子想法不无道理，便让他离开部委，自己注册公司，将业务延伸到京外，在孟家老家亦即卓宪新任书记的市里低价收购一家破产国企，重组后一脱手，轻轻松松套现十数亿。正好卓见智走出大学校门，进入孟宏文公司。孟宏文将公司更名为宏智公司，股权两人均分。卓见智或说卓家的加盟，让公司迅速扩张，地产、路桥、制造、运输、通讯、借贷，只要来钱快，来钱猛，无不涉及，沧彦无处没有宏智公司的影子。

宏智公司业务突飞猛进时，孟怀国辗转成为沧彦省省长，卓宪新也晋升省委常委省委秘书长。孟怀国不满足于省长职务，卓宪新给他运作省委书记位置，没想到被副书记郑乃宣捷足先登。郑乃宣担心夹在孟卓两位中间，不利于工作，要求组织把卓宪新挪走，卓宪新不得不出走邻省青东。不过组织没亏待卓宪新，让他晋升为省委副书记。赴青东不到两年，该省发生塌方式腐败，省委一班人降的降，免的免，抓的抓，因跟青东省官场腐败没有牵扯，硕果仅存的卓宪新顺位晋级空出的省委书记一职。卓宪新轻装上阵，起用新人能人，青东经济焕然一新，受到官民一致好评。有人便说卓宪新很快就会有进步。省委书记进步，自然是副国级，凭卓宪新年龄优势，定是一线副国级，而非二线副国级。

卓宪新仕途如日中天，宏智公司也水涨船高，规模做得越来越大。不过卓宪新没让儿子把手伸向青东，让他们继续留在沧彦发展。孟怀国已转任省政协主席，既可借余威给予其实质性帮助，又不会引起太大反感。孟怀国没做成书记，继而又让出省长位置，儿子办公司做生意，也没碍着谁，谁还会在意？曹寄青曾受过孟怀国关照，现孟宏文带着卓见智来要项目，不好不给面子，让瞿有为适当给予考虑。

瞿有为答应着，正要走开，曹寄青想起三江口项目，俞波涛没少出力，便叫住瞿有为，道："你把手头事情先放放，见见俞波涛，表表心意。"瞿有为道："行行行，我就联系他。"

接到瞿有为电话时，俞波涛正在给扶贫点跑钱。近年彦州实施精准扶贫，曾守贤有个叫作背西村的扶贫联系点，曾带着俞波涛等人去落实过扶贫项目。村里杨支书感激纪委关照，不时打电话邀曾守贤回去走走。曾守贤实在太忙，抽不开身，只好委托俞波涛代表自己回访背西村，看看村民还有何急难问题需要解决。俞波涛领命，开车直奔背西村而去。

背西属彦州最偏远贫穷的村落，还有村民住破屋，穿烂衣，一年吃不到几顿肉。且四五百人的村子，竟有六七十个青壮男人打着单身，娶不起老婆。其中有位鳏夫叫蒲秋生，四十来岁，已瘫痪在床十年，俞波涛由村里杨支书陪同去他家访贫时，问是啥病，答曰肾损伤。问怎么损伤的，蒲秋生支支吾吾，欲说还休。旁边看热闹的村民便嘻嘻哈哈，说他爱味。问爱啥味，则一个个掩口而笑，摇头不答。

出屋后杨支书才告诉俞波涛，蒲秋生瘫痪前是个英俊汉子，无奈家贫如洗，直到三十，妹妹外嫁，父母双亡，仍单身一人。正是干柴烈火年纪，没有老婆，哪里熬得住？有天在山里打柴，见着母牛，竟忍无可忍，脱了裤子，爬上牛背。母牛被惹恼，往上一蹦，把蒲秋生甩下来，再狠狠一蹶后蹄，正巧踢中他肾部，这小子从此再也没站起来过。

说起蒲秋生爬牛背的事，村民们乐不可支，开心得很，俞波涛却非常难受，怎么也乐不起来。还不都是穷字闹的？蒲秋生若非家穷，娶得起老婆，自然用不着去爬牛背。村里为何穷？杨支书说穷就穷在"背西"两个字。背西就是阳光照不到的位于西坡的背阴处，树木不长，稻麦难熟，种的瓜菜都歪歪扭扭，不成形状，也就自古以来都受穷，背西村被人叫成背时村。加之山高水险，进出村子不易，村里姑娘都跑了出去，外面女孩不愿嫁进来，成年男子只有打光棍。俞波涛道："村里环境确实不如别处，可现今年轻人都在外打工，有些积蓄，娶妻生子应该不难吧？"杨支书道："村里凡住新屋的，都是又能干又吃得起苦的年轻人，在外赚了钱，回家把屋修好，再带老婆回来。若打工没赚到钱，修屋不起，即使带女友回村，见屋破家穷，也拔腿走掉。时代已经不同，过去大家都穷，没人嫌贫爱富。嫌贫也嫌不过来，爱富也没富可爱，男人都有个老婆，哪怕瞎子哑巴，也有瞎子哑巴来配。"

俞波涛叹道："毕竟时代在进步，有富可爱，总比全民受穷好。"杨支书道："那倒也是，总体来说背西村比以前强了些，尤其是纪委来扶贫后，帮助修了村道，村民受益不少。"俞波涛道："可村道路面狭窄，弯多坡陡，我车技还算可以，也没法开车进来，只能停到村外大路旁。"杨支书说："俞主任也看出来了，村道确实又窄又弯又陡。怪只怪材料涨价，工资标准提高，预算资金不够，没法把路修宽修平修直。"

看来还得适当扩建村道，把窄处加宽，把急弯拉直，把陡坡降下来，彻底解决交通问题。背西村村后有连片阴山，不长树木，满山满岭都是绿草，搞养殖业绝对来钱。要想养殖业成规模，就得有像样的村路，不然车辆进不来，产品运不出去，都是白搭。俞波涛便让杨支书打了几个报告，带回市里，去找财政和交通等部门。看纪委面子，各部门两三万、四五万，答应多少打发点，但大钱没法解决，毕竟市里已安排扶贫款落实到各扶贫点，要想多拿也不现实。可背西村步步皆岩石，没个小百万，想扩路又谈何容易？俞波涛只得把村里银行户头留给交通局和财政局，准备返回背西村跟杨支书商量扩路方案，钱不够慢慢想办法。刚从财政局出来，接到瞿有为电话，说要见个面，俞波涛不知何事，答应在市委见，午后还得下村。

回到市委大院楼前坪里，正好瞿有为的车停在旁边，从车里拎出两个麻袋，说："蛤蟆岭土产，无非红薯芋头南瓜之类，没打农药化肥，曹总专门托我送给俞主任尝尝鲜。"

俞波涛脑子里还装着背西村村道扩建的事，又听瞿有为说是土产，没往别处想，只是道："曹总太客气，波涛怎好无功受禄？"瞿有为道："俞主任功劳可大啦，不是余总看您面子，跟她叔叔说好话，汉皇也不可能痛痛快快跟盘龙合作，弄出那么大动静。两袋不值钱的东西，俞主任可别嫌弃，说说放尾箱还是后座？"

奚连江和六室一位女科长陶景宜也要去背西村，后座得坐人，俞波涛过去打开尾箱，让瞿有为把两个麻袋塞进里面。刚好奚连江和陶景宜出现在黄楼前。俞波涛关上尾箱门，谢过瞿有为，把车钥匙递给奚连江："你来开车吧，我人老体弱，已受够去背西的弯道陡坡。"

三人上车后，奚连江把着方向盘，问副驾上的俞波涛道："要不要先把东西送回俞府，让俞夫人高兴高兴？"俞波涛道："有啥可高兴的？瞿有为说是蛤蟆岭产的红薯芋头南瓜，在车上放几天没事，从背西回来咱们再三一三十一分掉。"

坐在后排的陶景宜道："若是两袋人民币呢，主任也分？"俞波涛道："见者有份，人民币也好，美元也罢，都一起分。"奚连江道："说不定还真是人民币或美元哩。想想曹寄青财大气粗，他让瞿有为来给主任送东西，便宜土产哪出得了手？"

说得俞波涛疑心起来。只听陶景宜又道："连江同志把车停下，让主任打开尾箱证实证实。"俞波涛道："证实个屁，真是人民币或美元，还怕在尾箱里生蛆不成？"陶景宜道："人民币和美元不生蛆，但吊人胃口呀。主任还是去后面瞧瞧，到底多少人民币和美元，也好做分配方案，咱们共同享受改革开放伟大成果。"

到得背西村下山脚，把车停在乡道旁，三人沿四尺来宽的村道，步行进村。陶景宜还是放不下那两只麻袋，多嘴道："万一麻袋里装的是钱，搁在村外，不安全吧？"奚连江立住脚道："景宜说得不无道理，主任有必要打开尾箱看看。"俞波涛道："你们也不摸着脑袋想想，我不管天，不管地，不管人，不管钱，曹寄青干嘛给我送钱？"

奚连江嘻嘻笑道："听彦城经发公司里的人说，北京燕云风投公司美女总监是主任大学同学，正是美女总监看主任面子，才促成燕云还有汉皇两公司与彦城经发的有效合作，曹寄青不给主任送钱，还给谁送钱？"陶景宜道："主任真有女人缘，你一出马，美女总监便深情款款，甘愿为你，不不不，甘愿为彦州经济建设虔心服务。"奚连江道："景宜以为还是从前，事情办不通，使美人计，而今倒过来，要想成事，美男计更有杀伤力。"陶景宜道："是啊是啊，美女资源稀缺，美男资源更不可多得。"

俞波涛没好气道："哪有你们说的这么好玩？这计那计，好像真那么回事似的。投资合作，经营项目，全在于利益二字，无利可图，谁跟你玩儿？见过肤浅的，没见过你俩这么肤浅的。"陶景宜不满道："咱们肤浅，不像你美女师妹深刻，入得你法眼。"奚连江就笑陶景宜："景宜吃醋了吧？"陶景宜道："我吃啥醋？只想吃蛤蟆岭土产。"

"你就想着主任车里土产。"奚连江追上走在前面的俞波涛，"主任、主任，你停停，没看过尾箱，今晚咱们会失眠的。"俞波涛道："车钥匙不在你手里吗？怕晚上失眠，自己瞧去，我又没绑着你的爪子。"奚连江便返身往回走，同时掏出车钥匙，按下车门。来到车尾，尾箱门已弹开。奚连江弯下腰，解开麻袋，两眼顿时鼓得牛卵大，半天出不来声。

陶景宜没听到动静，叫道："连江同志不是已携款潜逃了吧？"奚连江这才喊道："景宜你喊主任过来。"陶景宜道："难道有啥情况？"奚连江道："别啰唆，你俩快来。"

两人踅回去，挨近尾箱，果然是两麻袋亮花花的崭新的人民币。俞波涛有些不敢相信这是事实，闭紧眼皮，做了个深呼吸。睁开眼睛，依然没错，确是两袋人民币无疑。奚连江盯住俞波涛道："主任打算如何处置？"陶景宜道："还怎么处置？主任早说过，见者有份，咱三人共享改革开放胜利成果。"奚连江道："要分你俩分，我可不敢。"陶景宜道："有何不敢，主任用美男计赚来的钱，并非权力寻租，贪污腐败，不分白不分。"

奚连江没开玩笑的心情，问俞波涛道："主任发句话，要不要返回城里，把钱还给曹寄青，或存入委里廉政账户？"陶景宜道："难道非还回去或交委里不可？"奚连江道："不还回去，不交委里廉政账户，难道还有更好办法？"陶景宜道："曹寄青动不动上百亿的投资，不多这两麻袋钱；委里廉政账户的钱过后得划给财政，财政更不缺钱，又何必放屁脱裤，多此一举？"奚连江道："你意思还是咱们缺钱啰？"陶景宜道："你不缺钱吗？反正我陶景宜缺得很，结婚多年，人老珠黄，青春不再，还房子买不起，孩子不敢要，艰难苦恨繁霜鬓。"奚连江道："我又尝不是？一家三口住在租屋里，想首付买套小户型，想了快两个五年计划，都没想成，不过空想一场。"

陶景宜望了眼俞波涛，笑笑道："不过主任不会这么想。"奚连江道："你知道主任会怎么想？"陶景宜说："主任一定在想，世上还有比咱俩更缺钱的人。"又对俞波涛道："主任我没猜错吧？"俞波涛这才道："景宜说得对，世上还有更缺钱的人。我给杨支书打个电话。"

这下陶景宜急起来，道："我开玩笑的，主任真把钱交给背西村？"俞波涛道："村里愁着没钱扩路，两麻袋钱不正好派上用场吗？"陶景宜道："私自处理贿款，属于违纪行为，主任不会不清楚吧？"奚连江也道："主任还是按纪律和规矩，先把钱上交国库，然后另想办法，通过正当途径，给村里弄回来。"

俞波涛摇摇头，道："钱进了国库，哪还那么好弄？即使人家承诺给钱，今天讨批示，明天办手续，后天走程序，只怕黄花菜都凉了。凡事总该趁热打铁，待热劲一过，冷灶冷锅的，成事便变得难上加难。"奚连江道："主任就不怕犯错误，受处分？"俞波涛道："为村里扩路致富，就是犯错误，受处分，也值得。"

想不到俞波涛态度如此坚决，陶景宜替他担心，道："主任硬要把钱直接给村里，咱们也没法拦你，但你总得先报告曾书记一声，让他心里有数，日后好为你作证撑腰。"俞波涛道："报告曾书记，要他怎么表态？不同意吧，影响村里扩路，同意吧，跟咱一起犯错误，这不为难领导吗？犯错误也好，挨处分也罢，都我一人的事，决不能连累曾书记。"

话说到这里，两人明白过来，不报告曾书记，让其置身事外，万一追究下来，有人帮着抵挡抵挡，也不至于弄得太惨，否则曾书记到时想出面说话，都没法开口。两人暗暗佩服俞波涛勇于担当，又不乏智慧，考虑周全。

俞波涛联系过杨支书，又打通瞿有为手机："瞿部长两袋土特产分量不轻啊，叫我怎么办好？"瞿有为道："小意思，小意思，俞主任别当回事。"俞波涛道："这么沉重的土特产，能不当回事吗？我给你退回去呢，还是你来拿走？"瞿有为道："别别别，俞主任别为难我，不然曹总下我的岗，我到哪里上班领工资去？"俞波涛道："我不为难你，那就只好为难自己。你看这样行不，纪委有个扶贫点叫背西村，村里正筹资扩路，我干脆代表贵公司，把两袋土特产转捐给村里，你不会有意见吧。"

瞿有为吱声不得。正好杨支书骑着摩托出现在村道上，身后还搭着村委会计。到了跟前，刹住车，嘀咕两句，杨支书仍载着会计，前面带路，俞波涛三位上车，掉转车头，尾随去了乡政府附近的农行营业部。柜台里面的营业员正要下班，见几位进来，还带着两个麻袋，问有何事。杨支书道："来存钱。"营业员说："存钱？存什么钱？"

"当然是存人民币。"村委会计代为答道，拿出村里存折，递进柜台里。营业员说："人民币呢？"会计回头指着地上俩麻袋道："在里面。"营业员吃惊道："两麻袋都是钱？"村委会计道："不是钱，还是毒品不成？要不要把麻袋扛进去？"

营业员从柜台里走出来，揭开麻袋瞧瞧，见果然是钱，倒吸口凉气，打量着几位道："钱从何来？"杨支书道："肯定不是偷，也不是抢来的。"营业员说："我没说你们偷抢。可这么多钱，来历不明，谁有狗胆接收？"

俞波涛这才走上前，拿出工作证递给营业员，又指指奚连江和陶景宜，说："咱们三位是彦州市纪委监委的，负责背西村扶贫工作。背西村村道太窄，连小车都过不得，咱们准备扩建一下，在市里找有钱老板和热心人，筹得善款，直接带过来交给村里。村里不是有账户在贵营业部么？钱先存到村账户上，扩路开工在即，到时再来支取。"

营业员这才放下心来，把工作证还给俞波涛，先关上大门，再叫来两位营业员，取过柜台里的点钞机，当着几位点钞。好不容易点完，共计六十万。

办好储蓄手续，几位走出营业部，回到背西村下山脚。杨支书把摩托支好，对从小车里下来的俞波涛道："主任三位骑摩托进村吧。"俞波涛道："你俩先回村，通知村委委员开会，商量扩建村道事宜，咱三位后面慢慢走路，活动活动筋骨。"

杨支书和会计骑着摩托走后，三人再次走上村道。奚连江还想着那两麻袋钱，道："我若像主任样，有美女师妹可傍，早吃软饭去了，又轻松，又来大钱，实在犯不着当公家差，拿点小工资，不过饿不死冻不坏而已。"陶景宜道："你以为软饭好吃？男人吃软饭，需要硬功夫。"奚连江哈哈笑道："景宜还知道主任功夫硬？"

陶景宜便扬着拳头，追打奚连江。俞波涛笑着摇摇头，心想长年待在机关里，话不高声，不苟言笑，走路都得放轻脚步，只有来到这荒村野岭，无拘无束，无规无矩，足可放松身心，嬉笑打骂，享受享受在城里和单位难得的野趣。

入村进了杨支书家，支书夫人已做好晚饭，端菜上桌。杨支书拿出米酒，请俞波涛三位坐上座。俞波涛说："坐上座没事，可酒要拿走。咱们是纪检干部，要带头遵守党纪。"杨支书道："遵守党纪应该，可到了村里，三位领导还得入乡随俗，适当喝几口，以不醉为原则。"支书夫人也道："三位领导不喝，是看不起咱乡下农民。"

三人只好领情，小饮几口。饭后村委会成员陆续来到杨家，杨支书讲过开场白，俞波涛说话，提出扩建村道和发展养殖业的设想。村委们齐声说好，表示一定发狠，尽快扩建村道，为养殖业发展奠定良好基础。俞波涛又道，虽只是扩路，可工程仍不小，需花钱的地方多，不可大手大脚，建议除租机器设备、购买钢筋水泥外，其余砂子和石料尽量就地取材，由村民有偿提供，赚些辛苦钱。普通用工更不必说，能用村民用村民，按劳取酬，肥水不落别人田。

大家非常赞同。杨支书嘱咐村委秘书和会计，两天内把扩路工程初步概算做出来，好早日置办材料，早日开工。会议到此结束。俞波涛三位送村委们出门，见夜空如洗，月明星稀，山色迷蒙，不急于回屋，沿着石板路，转悠起来。又见村前火光闪烁，走近一瞧，原来村民们正举着枫槁火，用铁齿耙啄水田里的泥鳅，一啄一个准。

村民们啄够泥鳅，扬着火把相继散去，三位回到杨支书家。支书夫人安排客人洗漱。洗的还是淋浴，热水也充足。背西村虽然偏僻落后，支书毕竟属村里能人，两个儿女在外打工，家里条件不错。屋顶装了太阳能，热水直通厨房和卫生间。卫生间贴着瓷砖，跟城里人家一样干净。洗漱毕，俞波涛仍睡以前睡过的客房，奚连江睡杨家儿子房间，陶景宜则走进杨家女儿的闺房。闺房整洁干净，陶景宜睡得格外香甜。

一觉睡到大天亮，早饭后三人跟随杨支书，去看望瘫倒在床的蒲秋生。陶景宜毕业于医科大学泌尿专业，做过几年法医，最后辗转进入纪检部门，俞波涛带她到扶贫点上来，就是让她瞧瞧蒲秋生的肾损伤，看有无救药。

坐到蒲秋生床前，望望他寡白的脸色，陶景宜直觉不像肾病。拿过双肩包，取出几样器械，简单做过测试，基本断定与肾损伤无关。也许母牛并没踢着肾脏，而是踢折脊椎，致使蒲秋生在床上一瘫十年。陶景宜让奚连江帮忙，把蒲秋生翻过身来，在他腰背上按几按，敲几敲，感觉脊椎好像不太正常。奚连江问道："你这是查肾吗？"

陶景宜叫奚连江靠近床边，说："你也做过医生，给试试看？"奚连江道："我仅在卫校学过三年，乡下医院也没待多久，哪能比你正牌医科大学毕业生？"陶景宜道："正牌邪牌，解剖学总接触过，脊椎该找得到吧？"

"肾损伤与脊椎有啥关系？"奚连江嘴里说道，还是顺着陶景宜指尖，往蒲秋生腰脊按下去，也觉察出有些异样，问陶景宜道："莫非不是肾损伤？"陶景宜道："现在还不怎么好说。只有取了血样和尿样，带回市里医院化验过再说。"

血样和尿样取好，当天陶景宜便与奚连江离村回城，留下俞波涛督促扩建村道事宜。三天后俞波涛接到陶景宜电话，说医院化验结果，可初步判断蒲秋生肾脏没有问题，问题十有八九出在腰脊上，最好联系正规医院，拍片确诊。

俞波涛便跟杨支书商议，安排劳力，备好担架，把蒲秋生抬出村外。奚连江开来的皮卡已等在乡道旁，几位七手八脚弄蒲秋生上车，赶到市里。陶景宜已挂好专家门诊，专家简单瞧过，开出单子，让蒲秋生拍片。片子出来，确诊为腰椎断裂和错位。问治疗方案，专家说只能手术。还不是小手术，没十万以上拿不下来。

到哪去筹十万呢？村里给蒲秋生办了农保，但报销数额有限，远远不够。陶景宜打俞波涛电话，玩笑道："主任可否找找曹寄青，要他再送半麻袋钱给你？"俞波涛骂道："亏你聪明，这种主意也想得出来。"陶景宜道："那又怎么办？扔下蒲秋生不管？"俞波涛道："把你卖掉，总能换笔不小的钱。"陶景宜道："我半老徐娘，换得几个钱啰。"俞波涛道："你才三十出头，也好说半老。拍张照发到朋友圈里，说待字闺中，好多男人都流着口水求上门来。"

玩笑解决不了问题，俞波涛又道："记得奚连江说过，他在老家做医生时，碰到过一位老郎中，医生拿不准的奇症，弄到人家那里，手到病除。你让奚连江先找老郎中试试。"

陶景宜把俞波涛的话转达给奚连江，奚连江道："咱老家镇上确实有位姓柳的老郎中，我亲眼见他给人治过怪病。估计柳老已上九十，我已好多年没回去，不知老人家还在不在世。"陶景宜道："既是你老家镇上的老郎中，在与不在，你总有办法问得到。"

奚连江拿起手机，一番追寻，得知柳老仍活得好好的。不仅活得好，还在给人治病疗伤。奚连江于是让陶景宜帮忙，费劲把蒲秋生弄上皮卡，直奔老家而去。到了新楼林立的镇上，不甚费劲，便找到老郎中位于老街的柳宅。

别看柳老年高九十，却耳不聋，眼不花，头脑清晰，口齿利索。儿子都快七十，配合奚连江把蒲秋生搬到诊床上，再回身扶柳老上前。柳老伸出竹节般又长又粗的手指，在蒲秋生腰间叩几叩，按几按，咕哝道："怎么不早来？伤处已长上筋肉，得吃点苦头。"

没等蒲秋生搭腔，柳老已掉头取出壁柜里的药瓶，拧开瓶盖，再拿支镊子，从药瓶里夹块浸了黄色药水的纱布出来，涂到蒲秋生腰间。涂得差不多，放下镊子，立起双掌，在涂了药水的地方剁起来。剁得咚咚响，仿佛剁的是连筋沾骨的牛肉饺子馅。直剁得蒲秋生龇牙咧嘴，又不敢出声喊痛，唯有强忍住。

眼见剁得差不多，柳老才扯扯衣袖，用两个大拇指压在蒲秋生腰间，轻轻揉揉，忽然一用劲，往下重重一摁。只听咔嚓一声响，蒲秋生身子弹了弹，不觉一侧，像要翻身爬起来似的。老郎中按住他，说："老实点，现在还不能乱动。"

蒲秋生继续老老实实趴着。柳老拿过一只小木槌，在蒲秋生腰椎上猛敲几下，宛若木匠师傅敲击没咬合好的木架上的榫头。榫头敲实，柳老扔掉小木槌，坐到靠墙藤椅上歇息，让儿子上前去扶蒲秋生。蒲秋生已躺了整整十年，这下重新坐起来，颇不适应，感觉有些眩晕。心里却高兴得不得了，反手摸摸腰脊，连声称谢。

奚连江和陶景宜都做过医生，实在想不到世间还有这种治伤手段，若非亲眼见证，怎敢相信是真的？本属死马当作活马医，带到镇上来试试运气，不想一试而愈，实在神奇。若听医院的话，把蒲秋生推到手术台上，割肉剔骨，他能不能坐起来，都不能保证。

带上柳老所开中药，付过三百多元医药费，奚连江和陶景宜把蒲秋生扶上皮卡，绕道往背西村赶。路上陶景宜打俞波涛电话："咱们就送蒲秋生回村，以免主任朝曹寄青索贿。"俞波涛问："找到老郎中没？"陶景宜道："找到啦。"俞波涛又问："情况如何？"陶景宜道："花去三百多元医药费。"俞波涛道："三百多元医药费？莫非蒲秋生只能继续躺床上？"陶景宜道："蒲秋生已能坐起来，但老郎中有交代，得服完他开的中药，才可站立行走。"

还以为陶景宜开玩笑。直至杨支书派人出村，把蒲秋生从皮卡上扶到板车里坐好，拉回村里，俞波涛才放了心。三个多星期后，蒲秋生服完几副中药，开始尝试着下地，扶墙慢慢挪动。到第五天，便可挪出屋子，来到坪里，享受久违的阳光。

又过去两个月，蒲秋生已行走自如，奚连江和陶景宜再次把他带到城里，去医院拍片。片子出来，腰椎已基本吻合。当初主张动手术的专家见蒲秋生站在面前，又看过片子，大摇其头，十分不解。尤其是听说治伤老郎中仅收三百多元的医药费，更是气急败坏，大声朝门外喊道："下一位，下一位，下一位是谁？"

蒲秋生重新站了起来，没啥可感谢俞波涛他们的，便依杨支书主意，做了块锦旗，上写"救死扶伤"字样，送往纪委监委黄楼。还燃放鞭炮，引得众人驻足观望。纪委监委又不是医院，以治腐惩贪为本职，竟也"救死扶伤"，好像有些越职，显得怪怪的。

可曾守贤没这么看，认为纪委监委属党的政治机关，我党以为人民服务为宗旨，党的最大政治就是维护人民群众的生命财产安全，包括为背西村扶贫和帮助蒲秋生治病，都是分内事，无所谓越职，关键在于人民群众认不认可，人民群众认可就属尽职尽责，人民群众反对就是失职失责。曾守贤很高兴，命舒年华把蒲秋生送的锦旗挂到会议室墙上，以弘扬群众路线。还公开表扬六室群众工作做得好，为纪委监委争得了光彩，树立了威信。

俞波涛颇感欣慰，又略觉不安。他还没有忘记，未经组织许可，便擅自做主，将曹寄青送的六十万元交给背西村，做了扩建村道经费。于是写好检讨，走进书记室，负荆请罪，等着挨训。检讨书没看完，曾守贤便怒火中烧，一拍桌子，指着俞波涛吼道："俞波涛你好大胆，六十万可非三五千小钱，那是巨款晓得不？没按纪律上交组织，该当何罪？我才不管你用到哪里，先以背着组织受贿名义，把你送进觉园再说。"

俞波涛心里明白，领导骂得越大声，说得越严重，自己越没事。曾守贤不可能不明白，俞波涛这么做正是肯担当，不愿问题上交，为难领导，从而影响背西村扩路工程进展。曾守贤体会着俞波涛的苦心，肚里暗暗赞赏，嘴上仍打着高腔："你已是市管干部，我处理不了你，只好惊动廖书记，让他看看你的检讨书，把你给拿下。"

说罢将检讨书塞进包里，提到手上，撇下俞波涛，貌似气呼呼地出了门。廖远征弄清楚俞波涛检讨书来历后，望着曾守贤道："你这是要干什么？"

曾守贤简单说了说六室帮助蒲秋生疗伤的事，接着道："见过蒲秋生送来的锦旗，我还表扬六室热心维护人民群众生命财产，以尽政治机关的神圣职责，谁知转背俞波涛就递上检讨书，报告擅作主张挪用巨额贿赂款的事，我能不气愤吗！俞波涛属市管干部，我把他交给您，任您书记处置，最好把他逮起来，给予严肃处理，以儆效尤。"

廖远征忍不住笑笑，道："守贤同志，你到底是真生气，还是假愤怒？你是来我面前炫耀你手下如何会办事，且懂体量领导吧？我算略知俞波涛，周俊才和曹寄青也在我面前提过他，说他为三江口项目立下过汗马功劳。最可恶者还是曹寄青，竟让瞿有为给俞波涛送钱，一送就是六十万，仅凭此就可办姓曹的，无奈三江口项目正当紧，还只能引而不发。我担心曹寄青这样胡来，迟早会出大事。还是由你代表组织，单独跟曹寄青谈次话，要他悠着点，不要以为钱好使，谁都可以砸，弄不好会把自己砸翻在地。"

曾守贤答应马上约见曹寄青，然后道："俞波涛呢，如何处理好？"廖远征道："你不想把他逮起来吗？要逮你自己逮好啦，别来问我。"曾守贤道："逮俞波涛容易，主要是那六十万怎么办，背西村扩路工程过半，估计已所剩无几，想追已追不回来。"廖远征笑道："这不正是俞波涛用意？好啦好啦，别逼我表态放过俞波涛，你是纪委书记监委主任，如何处理干部是你的事，我不便插手。"

处理市管干部，市委书记不表态，还怎么处理？曾守贤别过廖远征，回到黄楼，交代纪检监察干部监督室拟稿，说俞波涛在扶贫工作中自作主张，肆意妄为，有问题不及时报告组织，给予诫勉处理，半年内不得提拔和奖励，却只字不提六十万元的事。

俞波涛知道这是组织对自己的宽宥，自然感恩不已。转眼到得年末，背西村扩路工程接近尾声，俞波涛带着奚连江和陶景宜，返村验收工程。忙了两天，上车回到彦州，已是傍晚时分。俞波涛走进公务员小区，一边哼着背西村民教会的山歌，一边掏钥匙打开家门。艾叶青下午没课，又逢俞波涛难得在家，买了条新鲜草鱼，正在厨房里文火烹煮。听到门开，又有山歌传进来，艾叶青朝外喊道："哪来的戏班子？调门再高些，本太太也饱饱耳福。"

俞波涛走进厨房，从后面搂住艾叶青，道："什么戏班子。戏子无情，老夫我可是情深义重之人。"艾叶青边忙边道："你过不惑不久，就叫自己老夫，也好意思。"俞波涛道："年过不惑还不老？岁月不饶人啊，所以苏东坡自称四十为老夫，五十为衰翁。"艾叶青道："苏东坡是文人，难免酸腐。我老家故事则乐观得多，说有位穷汉，娶不起妻，直到七十多岁，时来运转，在地里挖出一坛瓜子金，才成家生子。至九十做寿，看着膝下儿孙，翘着白胡子道：七十二岁捡黄金，三年两个崽，十年五个孙！说完大笑三声，声落而终。"

俞波涛笑道："这是穷人痴梦，无力改变命运，便编了此类故事安慰自己，幻想有一天意外来财，儿孙满屋，福寿双全。我在背西村扶贫，村里有三四十个壮汉娶不起妻，也不知能否活到七十岁，捡坛黄金，咸鱼翻身。"艾叶青道："你不给背西村扩建村道，鼓励村民发展养殖业么？只要有了钱，娶妻生子，不是难事，何必等到七十岁？"

　　饭菜做好，菁菁也背着书包，开门进屋。一家三口说说笑笑，上桌吃饭。饭后夫妻出去散会儿步，回到家里，菁菁作业已做好，早早睡下，两人也走进主卧，躺到大床上。俞波涛去撩艾叶青，艾叶青拿开他的手，说："我先问你，最近喝没喝酒？"俞波涛道："你知道我本来就没酒瘾，纪委监委又有明文规定，公务员任何场合不能喝酒失态，影响形象，我更不可能沾酒。"艾叶青又道："烟呢，最近抽没抽过？"

　　"抽没抽烟，你自己闻。"俞波涛说着，把嘴巴凑过去。艾叶青捧住俞波涛脑袋，伸过鼻子闻闻，满意地笑笑，道："知道为何要你别喝酒抽烟吗？"俞波涛道："爱夫莫如妻，为波涛同志身体健康考虑呗。"艾叶青道："不止为你波涛同志的健康。"俞波涛道："那还为谁的健康？"艾叶青道："为下一代的健康？"

　　这话信息量大啊。俞波涛欠欠身，望着艾叶青眼睛道："你有想法啦？老妈还是老娘做通了你的思想工作？"艾叶青道："谁也没做通我思想工作。"俞波涛道："那是你们学校政工科长，要你对即将到来的老龄化社会负责？"艾叶青道："学校政工科长是胖是瘦，我都不认得。且老龄化社会即将到来，又不是我的责任，我干嘛要负责？"

　　俞波涛沉默片刻，才道："有人说世间最难两件事，一是屎难吃，二是钱难赚。照我理解，吃屎难受一刻，钱呢今天赚不来，明天还可慢慢赚，最难最难还是生儿育女，十月怀胎不易，生产过鬼门关，孩子下地后一口奶，一口水，一把屎，一把尿，片刻不得松懈。因此母亲比父亲伟大，人们只说祖国母亲，没谁说祖国父亲。"

　　艾叶青大为感动，搂紧俞波涛道："就凭你这几句人话，本太太就该为你再生个孩子。"俞波涛道："你先想明白，再做决定也不迟。反正我不会强迫自己妻子，生与不生，都理解支持。"艾叶青说："我已想明白，尽快生。"俞波涛道："何时想明白的？"艾叶青道："那天去医院看望崔老师父亲想明白的。"

　　崔老师是艾叶青同事，原有两兄妹，十多年前哥哥病故，母亲整天以泪洗面，哭瞎双眼，直至四年前随儿子而去，抛下崔父穿不是穿，戴不是戴，吃不是吃，喝不是喝，像个老叫花子。崔老师是孝女，把父亲接到家里一起过。崔父性情孤僻，常跟女儿女婿闹别扭不说，且身体一天不如一天，竟至屎尿失禁。崔老师把父亲送进医院，每天医院学校家里，颠来颠去，脚跟没沾过地。丈夫见她辛苦，去医院陪夜，给岳父端屎端尿。可丈夫是单位二把手，白天工作忙，晚上又没法休息，不到半月，也病倒在床。这下崔老师更加悲惨，一双手哪里应付得过来？可还得硬着头皮坚持，人都瘦得不成样子。艾叶青与崔老师关系好，提出上医院看望崔父，崔老师直摇头，说没什么看头。还是艾叶青多方打听，找到崔父所住医院和病房，碰着崔老师正低头给父亲擦屎尿，病房里臭气熏天。这也是没法子的事，崔父不接受护工，崔老师不可能二十四小时守在医院，只要她一走开，崔父便屎尿在身，害得同室病友受不了，干脆搬到走廊上去了。见艾叶青猛然站在病房门口，崔老师感激之余，心里愧疚不已。放下红包和水果，艾叶青坐没几分钟，崔老师草草收拾完父亲，送她出病房，沙哑着声音说，自己命真苦，再这样下去，只怕老爷子还没走，自己先去了母亲那边。

说完崔老师的事，艾叶青感慨良久，道："咱家上面三个老人，暂时身体还好，一旦哪天病倒在床，我俩还能消停？岂不像崔老师夫妻样，累得变狗叫？更可怕的是再过二三十年，轮到你我变老，菁菁又得重蹈我们覆辙。因此趁现在还生得出，非生一胎不可，将来遇事，菁菁也有个帮手，不至于独木难支。"俞波涛道："好好好，老婆的话是真理，不会有错。"

艾叶青道："真理太虚，咱平常百姓，肉身男女，都得面对生老病死。不过我话说在前头，只给你生个二孩，不保证一定是个男孩。"俞波涛道："男孩女孩都一样。何况生男生女，据说取决于男方。"艾叶青笑道："你爸不算过命，说命里有孙子吗？你讲点造人技巧，造个男孩出来，满足老人心愿。"俞波涛道："造人又不是做布娃娃，哪来的技巧？听其自然吧。"

话到深夜，夫妻俩才闭住嘴巴，熄灯安寝。第二天上午俞波涛来到黄楼前，见坪里空出不少车位，才想起是周末，不用上班。市委大院树木葱茏，俞波涛没入林间小道，信步转悠起来，顺便呼吸几口新鲜空气。不觉走出市委大院，到了大街上。这里瞧瞧，那里看看，忽抬头，见眼前楼盘有些熟悉，一摸脑门，原来到了夏语冰工作室所在小区。已好久没见夏语冰，俞波涛想念起这小子来，朝小区大门走过去。门卫还是先前的门卫，俞波涛上前套几句近乎，门卫隐约记得俞波涛来过，放他入内。

走进敞着门的夏语冰工作室，里面没任何动静，只是灰尘遍屋，杂物乱堆，落脚地方都没有。还以为夏语冰已经搬走，俞波涛大声喊道："有人吗？"这才听到卫生间冲水声，有位蓬头垢面的男人提着裤头，从里面匆匆走出来，嘴里嘀咕道："谁呀？"

开始俞波涛没认出此人，细瞧原来是夏语冰，忍不住道："语冰你怎么成了这么个样子？"夏语冰惊愕道："我不一直是这个样子吗？"俞波涛道："你把林路雪叫出来，问问她，头次我来时，你是不是这个卵样？"

夏语冰目光暗淡下去，不乐意道："你是来找我呢，还是林路雪？"俞波涛道："林路雪不是在你这里有间剪片室吗，找她和找你有何区别？"夏语冰道："她是她，我是我，叫花子不和贼搭伙。"俞波涛道："你俩谁是叫花子，谁是贼？"夏语冰道："我是叫花子，姓林的是贼。"俞波涛道："你俩到底出了什么事？她人呢？"夏语冰没好气道："别提她好不？"

俞波涛跑进林路雪剪片室，里面空空如也。看样子林路雪已经搬走，要不也不会任何痕迹都没留。俞波涛回到客厅，拿开椅子上的废纸，吹吹灰尘，咬咬牙坐下去，望着夏语冰道："是林路雪抛弃了你，还是你把她赶走的？"夏语冰道："人家翅膀硬了，远走高飞啦。"俞波涛问："你别发酸，到底怎么回事？"

夏语冰说出一道缘由："我曾给彦城经发公司写过司歌，合作得还算愉快。后来他们要拍宣传画册，嘱我推荐摄像师，我顺便把林路雪介绍给了他们。画册出来，林路雪拿到一笔不小的钱，提出给我提成。我怎能要她的钱是不是？说了她几句，她一气之下搬了出去。"

俞波涛半信半疑，道："就为你不拿提成，她便愤然搬走，也有点说不通吧？"夏语冰道："有啥说不通的？口袋鼓了，底气粗了，觉得寄人篱下没意思，自然会另起炉灶。"俞波涛玩笑道："莫不是林路雪见你榆木脑瓜，不解风情，一气之下，另投明主去了？"夏语冰生气道："净瞎说，我与她能有什么风情？"俞波涛道："风情风情，风样的情，眼看不见，但感受得出。怕只怕你作曲作傻啦，痴心女子碰着个负心汉。"

说得夏语冰烦起来，道："去你的，别老说林路雪，换个话题可不可以？"俞波涛道："光换话题有啥意思，要换干脆换个地方，你这狗窝适合狗住，不适合人居。"夏语冰不好意思道："那我带你去个清雅处喝茶如何？"

两人起身出屋，钻进夏语冰的小车，来到街上。俞波涛道："城里不是车便是人，嘈嘈杂杂，何不去城外人稀之处走走，享受享受春阳和清风？"夏语冰道："那也行，顺彦江下行二十多公里，有个叫北岭的地方，林深树密，值得去看看。"

北岭其实属南北走向的蛤蟆岭北麓余脉，又傍依彦江，水随岭绕，风光绝佳。辗转来到岭下，泊好车子，夏语冰从尾箱里拿出背包，往肩上一挎，朝林中走去。

俞波涛紧跟几步，问夏语冰道："包里都有些啥，看上去似蛮沉的。"夏语冰道："面包、饼干、矿泉水和少许水果，上岭下岭，耗费体力，得补充能量。"俞波涛道："看来你没少往野外跑，车里常备饮品食物。"夏语冰道："语冰无业游民，无聊时候多，在城里待腻了，说走就走。不像你们做官的，大权在握，片刻不肯松手，自然没时间外出瞎跑。"俞波涛道："我是具体办差的，不是什么官，亦无大权，这才来跟你鬼混。"

钻进林中，夏语冰打开背包，取出把折叠气枪，几下装好，端在手里，四下瞄起来。俞波涛道："有人说，一旦枪在手，随处都是目标，总忍不住瞄瞄。"夏语冰道："这不奇怪，就像铁锤于手，眼里都是钉子。更像你们纪检干部，执纪执法权在握，眼里都是贪官。"

说得俞波涛哈哈大笑，道："有道理，有道理。你这是非法持枪吧？"夏语冰道："气枪不算真枪，与玩具枪无异，没什么杀伤力，无须办持枪证。"俞波涛道："你又不是小孩，拿把玩具枪干啥？"夏语冰道："别急，待会儿你就知道干啥了。"

顺着隐约路迹，慢慢上到山腰，忽觉树上枝动叶翻，一物窜至面前，吓了俞波涛一跳。原来是只猴子，张牙舞爪，来夺夏语冰肩上背包。附近还有数只，左蹦右跳，围拢过来，嘴里厉声尖叫着，似在示威：这里是咱地盘，岂容外人入侵？

正在俞波涛惊惧之时，夏语冰举起手里气枪，朝向空中，扣动扳机。只听砰的一声闷响，猴子们惊叫着四散而逃。逃没多远，刹住脚步，掉过头，又试探着走回来。却不像刚才放肆，进三尺，退两尺，不敢靠得太近。夏语冰笑对俞波涛道："猴子如人，你凶它怕，你硬它软，你进它退，你退它进，若不给它们点颜色瞧瞧，背包早被扒开，食物都到了它们手上。"

"人类已基本解决温饱，不用天天为肚皮发愁。动物则不然，从生下地开始，无时无刻不在觅食，觅不到食物，只能挨饿。"俞波涛感慨道，"语冰何不多备些食品，也好为猴子们解一时之需？"夏语冰道："咱不是临时起意来北岭的吗？也就没啥准备。不过包里还有几根香蕉，数个苹果，如果你同意，我扔给它们。"俞波涛道："你包里东西，如何处置是你自己的事，哪用得着我同意？"夏语冰道："到了野外，已没法分你我，有吃同吃，无吃同饿，要活同活，要死同死。把香蕉和苹果给了猴子，待会儿就没咱吃的，只能委屈肚皮。"俞波涛道："那你拿一部分给猴子，留一部分以备不虞。"

夏语冰把包放到地上，拿出六七个苹果和香蕉。俞波涛道："这里有十多只猴子，僧多粥少，它们会不会争执打架？"夏语冰道："不会不会。"俞波涛道："莫非它们跟人一样，也懂孔融让梨？"夏语冰道："它们不懂孔融让梨，但懂绝对服从。"

没等俞波涛完全明白过来，夏语冰把手里的香蕉和苹果扔了出去。猴子们纵身上前，抢夺起来。奇怪的是抢到手上，并没忙着往嘴里塞，却屁颠屁颠朝岭上方向跑去，似要去向谁邀功请赏似的。俞波涛道："猴子们拿东西去哪里呢？"夏语冰道："去该去的地方。"

尾随猴子们来到岭上，迎面一处草叶缤纷的开阔地。开阔地中央有块巨石，不下三十只大小猴子呼朋引伴，上翻下跃，唯巨石顶端那只最魁伟的猴子不动声色地蹲着，一副傲视群雄唯我独尊的样子。那是猴王吧？俞波涛问夏语冰，夏语冰点头说："算是猴王吧。"

让俞波涛略感意外的是，刚才夺得香蕉和苹果的数只猴子，竟然竞相蹿到石上，乖乖把手里的果品呈献到猴王面前。猴王不理不睬，只盯着不远处的夏语冰和俞波涛，意思好像在说：猴府重地，外人免入。两人知趣，立住步子，静观猴王动静。但见猴王拿过最大的苹果，大模大样啃几口，随手抛到地上，旁边数只体型略小的雌猴依序上前，抓过香蕉和苹果，有滋有味啃食着。啃一会儿，扔掉手里残食，其余众猴这才扑上前去，争夺起来。

"优先享受果品的雌猴系猴王嫔妃，其余公猴属于臣民。"夏语冰告诉俞波涛，"猴类社会等级森严，猴王享有至高无上的权威，领地内众猴都得臣服于猴王。"俞波涛道："猴王权威从何而来？"夏语冰道："当然来自力量和智慧。猴王是众猴里的强者，必须打败所有猴子，包括前任老猴王，才可能问鼎猴王宝座，直到自己渐渐老去，被年轻一代强者打败。"

俞波涛点头道："成王败寇，人畜皆然。之所以舍命争夺王位，定为预期中的地位和特权所驱使。"夏语冰道："人也好，畜也罢，一切行为都有原动力，没有动力就没有行动。猴王特权大体有三：一是支配权，指东猴们不往西，指山猴们不下河。二是优先享用食物权，猴们觅得食品，无条件敬献猴王，猴王吃过，猴嫔猴妃吃，最后才轮到其他猴子。三是独有交配权，雌猴都属于猴王，其他猴子不能染指。"

俞波涛说："这也许便是自然法则。强者具备体力和智力优势，占山为王，可统领族群抵御外侮，确保能够生存下去。强势的体力和智力，说明基因优秀，与雌猴交配，能生出优质后代，物种也就不易被淘汰。"夏语冰道："说得对，无论人类还是其他生物，都离不开生存和繁衍两大主题。要生存，拼命觅食；要繁衍，拼命交配。吃得多，吃得好，体格强壮，打败竞争者，取得交配权；强者交配所生后代相对强大，又可获得更多生存机会。"

两人说着，正要绕过猴群，去别处转转，高处响起窸窸窣窣的声音，有人从树上溜下来，咯咯笑道："想不到两位大哲学家，跑到这里研究人猴法则来了。"

　　两人回过头去，竟然是林路雪，身上还挎着只笨重的摄像机。俞波涛惊讶道："路雪这是干嘛，上山为匪？"林路雪道："只许你俩落草为寇，不许我上山为匪？"俞波涛道："我们可没落草为寇，是在城里看人看厌烦了，到北岭来瞧瞧猴子。"林路雪道："我也一样啊，拍人拍多了，太没意思，跑到这里来拍拍猴子。"

　　说得俞波涛乐起来，说："我看你不只来拍猴子，更是来学猴子，爬得比猴子还高，我俩在这里待了半天，也没发现你。"林路雪扬着手臂道："涛哥不见我手臂格外长？我老家屋前种了好些柚子树，小时候我就常爬上去摘柚子，邻居们都叫我猴妹。偏偏现在又干了摄像行当，经常需要寻找合适角度，也没少爬高处。"

　　这个林路雪还真有些个性。俞波涛道："上午去你冰哥工作室，没见到你人，我还问起你，你冰哥说你已另起炉灶，到底怎么回事？"林路雪看了眼正在逗猴子的夏语冰，道："怪冰哥小瞧咱猴妹，借他房子剪片剪了快两年，提出多少出些租金，他不仅不接受，还把我训了一顿。我哪还好意思赖着不走？才不得不搬了出去。"俞波涛玩笑道："莫非被有钱有权人包养起来了？"林路雪道："我这种野蛮女孩，别说人家不敢包，我也不会轻易接受包养。"

　　俞波涛道："不会轻易接受包养，若肯出重金呢？比如给上百万人民币，你会吗？"林路雪道："若真出上百万的巨款，还真得考虑考虑，只是哪有如此好事轮到我头上？"

　　没待俞波涛接话，夏语冰跑过来，塞给两人饼干、面包还有矿泉水，说："有话路上再说。时间已不早，吃点东西，补充一下体力，慢慢下岭吧。"

　　三人边吃东西，边原路往回走。俞波涛舍不得刚才话题，又对林路雪道："路雪在树上时该听到我与你冰哥说过的话，强势的体力和智力，说明基因优秀，能繁衍出优质后代。你看你，大学毕业，业务做得好，智商绝对高。扛着摄像机到处跑，攀高爬险，如履平地，体质非同一般的优。偏偏五官端正，长相漂亮，又多具一项杀伤性武器。"

　　没人不喜欢听夸奖，林路雪心下高兴，嘴里道："涛哥你到底想说啥？"俞波涛道："有人年轻时没实力，只养个把孩子，后经奋斗，成为成功人士，要权有权，要势有势，要金有金，要银有银，却恨子嗣单薄，或有女无儿，老婆又过生育年龄，想生已生不出。解决办法有三种：一是离掉原配，另娶生子；二是在外养个二奶，生育非婚子；三是花大价钱，直接找年轻女孩代孕。路雪若愿意，有钱人有权人定然看好你。"

林路雪假装生气，嗔道："想不到在涛哥眼里，路雪竟是这种女孩，叫人好不伤心。"

七

周一上班，俞波涛接到曾守贤电话，要他过去一下。走进书记室，曾守贤递过两份举报材料，一份是关于住建局长辜群玉收受龙邦云巨额贿赂的，一份是关于中心医院院长缪德良与卫健委纪检组长殷芬芳乱搞婚外情的。

事情始于中心医院住院大楼开工没多久，有人举报质量问题，卫健委与住建局曾组成联合质量监测组，进驻中心医院开展监测，得出没有质量问题的结论。结论下达快一年，中心医院住院大楼已封顶，这两封举报材料的出现，又让事情变得吊诡起来。想想看，缪德良跟殷芬芳搞婚外情，殷芬芳是龙邦云亲表妹，龙邦云承建中心医院住院大楼主体建筑工程，工程经监测没质量问题，住建局长辜群玉收受龙邦云巨额贿赂，里面的内在逻辑不言自明。

俞波涛翻阅着举报信，心里这么琢磨着，纪委办公厅副主任敲门进来道："市委办通知，请曾书记到廖书记那里去一下。"曾守贤点点头，对俞波涛道："波涛跟我一起见远征书记去。"

俞波涛没说什么，随曾守贤出门，赶往市委大楼，走进书记室。廖远征正在接电话，示意两位稍候。曾守贤点点头，与俞波涛落座靠墙沙发上。

听得出，廖远征在跟吴尚云通话，谈的是三江口新区已基本成型，准备再往蛤蟆岭方向拓展，开辟新的城市发展空间。廖远征不好让曾守贤两位干等，长话短说，很快挂掉电话。曾守贤立马起身，指指跟着站起来的俞波涛道："这是俞波涛同志，廖书记见过的。"

廖远征看着俞波涛，道："见过见过，还在蛤蟆山庄同桌吃过饭。曹寄青后来跟我说，三江口项目能得到北京方面支持，成为彦州城建大手笔，波涛同志功不可没啊。"

身为省委常委兼彦州市委书记，廖远征日理万机，要决策的大事，要接见的各色人等，不知其数，竟还记得你这纪委小小副处级主任，实在不容易。俞波涛受宠若惊，道："谢谢书记还记得波涛！"廖远征笑道："想不记得也难啊，守贤同志常在我面前念叨你大名。"

寒暄几句，廖远征拿过桌上材料，递给曾守贤，道："守贤同志瞧瞧，估计你也收到了这两封举报信。"曾守贤接住瞧瞧，道："正如书记所言，这两份内容相同的举报信就放在我办公桌抽屉里，刚才还给波涛同志看过，我们正准备展开调查。"

廖远征道："今天一大早，辜群玉就敲开我家门，要向我自首收受贿赂的情况，我没跟他多谈，要他先写成文字材料再说。辜群玉有此姿态，组织还是欢迎的，就看他交代得如何。"曾守贤道："辜群玉若能主动说清问题，组织可以从轻处理。只是中心医院水很深，恐怕不只存在住院大楼质量问题，纪检监察部门不能再作壁上观。"

廖远征点头道："我同意守贤同志想法，一定支持你们工作。"曾守贤道："书记撑腰，咱们就有底气，非把中心医院背后黑幕揭开不可。我意从中心医院住院大楼入手，直接走初核程序，调查缪德良问题。但初核人员越少越好，以免泄密出去，招致有形或无形的阻力。"廖远征道："守贤同志有何具体想法和要求，只管提出来。"

曾守贤没直接作答，掉头跟俞波涛道："波涛先走一步，我与书记单独说点事。"

俞波涛跟廖远征道过再见，退出书记室。曾守贤这才道："带波涛同志来拜见书记，是想加深书记对他的印象。"廖远征笑道："你什么意思，想重用俞波涛？"曾守贤道："波涛同志不仅业务能力强，且政治觉悟高，站位准，稳重可靠，我看是个人才。"廖远征笑道："波涛同志是不是个人才，得组织部门说了算，我可不能官僚主义。"曾守贤道："好好好，遵照书记指示，咱尽快走组织程序。"

曾守贤得令，着手落实组织程序，拟提俞波涛为市纪委常委和监委委员，仍兼任第六审查调查室主任。这期间辜群玉已主动交代清楚严重违纪行为，被"断崖式"降级，调整出住建部门。这是按科学监督执纪四种形态里的第三种形态，对辜群玉进行组织处理，一方面保护领导干部，另一方面昭示问题干部，有事主动讲清楚，才能得到组织原谅和宽大处理。

俞波涛拟提纪委常委和监委委员程序走完，曾守贤找他谈话："波涛啊，以纪委常委和监委委员身份兼任室主任，省市纪委监委部门可不多见。这离不开你自己的努力，同时更是组织对你的高度信任。"

对组织的厚爱和高看，俞波涛心存感恩，又觉肩上担子越发沉重，说："感谢组织栽培，波涛无以为报，唯有尽己所能，兢兢业业做好本职工作，以不辜负党和人民的殷切期望。"曾守贤道："你有如此境界，我就放心了。面上话不多说，你还是做好思想准备，待任命正式下文宣布后，尽快进入工作状态，从住建局质监站和中心医院入手，打一个反腐漂亮仗。"

俞波涛的任命文件很快下达，在曾守贤主持的纪委监委中层以上干部会议上作了正式宣布。散会出了会议室，不少同行上前表示祝贺，不论真情还是虚意，言词都很动听。陈勇毅也过来，拍拍俞波涛肩膀道："波涛不错，能力超强，工作突出，适得其所。"

俞波涛听出陈勇毅话里酸味，却只好装痴，抱拳谢过。奚连江也从会议室走出来，笑望着陈勇毅，意味深长的样子。陈勇毅自然明白，俞波涛以纪委常委监委委员身份兼任六室主任，日后六室有何行动，陈勇毅也就更插不上手。其实中心医院早已进入纪委监委视线，后迫于阻力，不了了之，曾守贤对陈勇毅的态度便出现微妙变化，此次突然提升俞波涛为纪委常委和监委委员，其用意何在，他应该不难明白。

撇下陈勇毅，奚连江追上俞波涛，跟进六室主任室，反手掩上门，嬉皮笑脸道："主任进步为常委，全委同志都替您高兴，恐怕只姓陈的除外。"俞波涛厉眼一瞪，低声吼道："胡说八道！快取初步核实呈批表来，填上缪德良，你我签好字，再去找守贤书记。"

奚连江填好呈批表，签好字，已过下班时间，只有隔日去见曾守贤。隔日上午曾守贤没在书记室，打他电话没接，另发微信，才回说在市委参加常委扩大会议。俞波涛带着奚连江赶过去，曾守贤出了常委会议室，接过两份呈批表，签上名字，小声交待道："此次秘密初核质监站长和缪德良的问题线索，除请示过廖书记，就咱们三位知道，你俩一定要倍加小心，千万谨慎，不可透露半点风声出去。"

"请书记放心，我们会遵守组织原则，做好保密工作，高质量完成初核任务。"俞波涛低声而果敢道。曾守贤很满意，看着两位走向电梯，才掉头回到会议室。

这天的常委扩大会议内容只有一个，就是专题听取两河新区开发建设事宜。三江口新城已基本建成，周俊才和曹寄青又瞄准蛤蟆岭前青河与白河之间的开阔地带，报经市委研究决定和省政府行文批准，成立两河新区，前依两河水，后托蛤蟆岭，谋划宜业宜学宜居宜养四宜综合功能工业商贸生活园区，在扩大彦州城建空间和规模的同时，助推城市品质再升级，形象再上档次，以造福当代，泽惠子孙。

两河新区为副市级架子，由曹寄青出任工委书记兼主任。曹寄青汇报完两河新区建设初步规划后，拿出电脑，接入播放器，请常委们面对墙上屏幕，观看无人机航拍的两河新区实景录像。

出现在常委们眼前的，首先是苍翠碧绿的蛤蟆岭，由彦州城东北绵延至东南方向，青白二河则从岭东北和岭东南的峡谷间飘然而出，逶迤前行十多公里，汇入浩荡彦江。按照规划设想，两河新区以蛤蟆岭前青白二河间开阔地为核心区，北沿青河，南接白河，西连三江口新城。核心规划区为十万亩，先借青白两河水源，引入核心区低洼处，建造三万亩大湖，再沿湖四周拓展，形成宜业宜学宜居宜养四宜产业新区。

因有三江口新城的成功开发，众常委对两河新区建设充满信心，纷纷赞同曹寄青意见，只廖远征沉默不语。周俊才心里没底，请他表态。廖远征这才道："曹寄青同志的汇报很全面，我原则上表示赞同。常委们力挺两河新区，也让我非常欣慰。这说明咱们是个团结的班子，能干事的班子。领导班子就是要在'两结'上面下功夫，一是搞好团结，二是做好总结。团结就是力量，团结才能干事干大事。干成事后，善于总结，得出经验，再继续前进，干出更大事业。皆因班子团结，咱们才上下齐心，干群协力，创造出三江口新城奇迹，带动各项产业蓬勃发展，有效推进城市化进程，使彦州经济发展速度远超周边省会城市，受到中央和省领导高度评价。三江口新城开发积累了宝贵经验，正好用以进行两河新区建设。不过我得提醒大家注意，两河新区不应是三江口新城的简单复制，得做成具有开创意义的升级版。什么是升级版？光招引热钱进来，拉通几条大道，搞些绿化亮化，弄些花里胡哨的配套设施，再大建特建高楼大厦，卖房赚钱，算不得升级。"

说到这里，廖远征停住，端杯喝口茶水，然后道："我忽然想起一则论语故事。有一天子路、曾皙、冉有和公西华陪孔夫子叙话。夫子说，各位谈谈自己的理想如何？子路率先道，让我治理大国，只需三年工夫，就可使人人勇敢善战，懂得做人道理。孔子浅浅一笑，要冉有接着谈。冉有道，让我管理不大不小国家，可使百姓尽快富足起来。孔子依然没说啥，问公西华。公西华道，我没别的本事，还算好学，不管宗庙祭祀，还是诸侯会盟，或是朝见天子，我愿穿着礼服，戴着礼帽，做个礼赞人。要说三位的理想都还不错，但夫子没做任何评判。剩下正在抚琴的曾皙未发言，夫子便点他名道，你也说两句看看。曾皙这才放下琴，起身道，我没大理想大志向，只企望暮春时节，天气转暖，换上清爽的春服，与五六位成年人，六七位青少年，跑到沂河里，痛痛快快洗个澡，再上舞零台吹吹凉风，然后唱着歌，悠哉游哉回家。夫子叹息道，我跟曾皙一样，也是这么想的啊。"

正研究两河新区规划，书记竟有兴致讲《论语》故事，也不知这哪儿跟哪儿。众常委大惑不解，又不好质疑，只能眼望廖远征，听他下文。廖远征似看出众人脸上疑惑，笑道："假设各位是夫子学生，夫子问理想时，该怎么回答？是效子路和冉有当官，还是仿公西华做礼仪主持人，或像曾皙样无所事事，游游泳，吹吹风，唱唱歌？为啥夫子对子路几个回答不哼不哈，独独赞同曾皙？其实大凡读过《论语》，又有心留意，便知里面出现得最多的一个字便是'乐'字。换言之，夫子脑袋里的理想王国，不是如何强大，如何富有，而是如何安宁欢乐。同志们试想想，一个国家，一个地方，如果官民都像曾皙描绘的，日子过得自在快乐，该有多幸运？回到当今现实，改革开放以来，经济高速发展，具备了丰厚积累，包括咱们彦州，经济总量已非常可观。也就是说，未来发展方向再不能只以GDP为本，而要以人为本，一切以人为中心。毕竟经济发展只是手段，不是目的，若人有了钱，却没有幸福感，钱的价值是不是大打折扣？我总觉得，那些做企业的，还有富人，弄到大钱，都往国外跑，此中原因多多，主因恐怕还是经济上去了，人们的幸福感却没能如期而至。"

众人似乎明白了廖远征话后意思，原来他并非扯闲篇，是由远而近，阐明对于城市建设的理念。果然廖远征又说道："我意三江口新城开发，于彦州经济建设功莫大焉，然如今建设更大规模的两河新区，得有新思维，新理念，新做法。新要新在哪里？过去为经济发展速度搞建设，现在要为人民幸福感谋发展。说得具体点，就是要把两河新区建成彦州人民的乐园。我建议四宜改成三宜，即宜业宜居宜乐，落脚点放在'乐'字上，通过两河新区建设，提升彦州城市档次，有效增强广大人民群众的幸福感。"

众常委表示赞同。只周俊才代表市委和政府分管两河新区，须吃透廖远征讲话精神，多问了一句："要如何才能把两河新区建成三宜乐园呢？"廖远征笑道："怎么才乐？夫子已经说过，仁者乐山，智者乐水。首先要保护好一方山水，让山常青，水常绿，绝不可破坏蛤蟆岭和青白两河，不然曾皙不敢下河洗澡，不愿登高吹风，更没心情欢歌。也就是说新区不仅要起新楼，建大道，促进科技信息文创商贸一体化发展，还要留下好山好水和足够空间，让广大人民群众呼吸新鲜空气，生存、生活和游乐三不误。"

周俊才频频点头，表示已心领神会。然后对曹寄青道："寄青同志在完善两河新区规划时，要不折不扣把廖书记指示精神贯穿其中，且落实到今后工作实践中去。"

曹寄青连声道是，说一定遵照执行。吴尚云等常委领导也发过言，表过态，曹寄青一一记录在案。会议接近尾声，众人起身离会。曹寄青追随周俊才出门，说："北京汉皇公司余总下周来彦州，商谈与盘龙公司再度合作事宜，周市长能否一起见个面？"周俊才边走边道："行行行，到时提醒我一声。"

三江口项目建设过程中，汉皇与盘龙两家公司强强联手，优势互补，取得不俗业绩，如今两河新区开发在即，汉皇方面有意继续合作，余慧娴在电话里跟曹寄青沟通好后，选择吉日，南飞彦州，面商合作方案。

由于汉盘两公司合作成功，余慧娴功不可没，已升任汉皇公司董事长，此次来彦，自然非常值得期待。曹寄青也就很当回事，让两河新区建设局局长瞿有为驾车，早早赶往机场，接住余慧娴和助手容紫玉，径直往城里奔。

三江口新城建成后，盘龙公司留下自建的六十八层高楼，命名为盘龙大厦。一至三十层为宾馆，对外营业。三十一层至五十层为写字楼，向外招租。五十层以上为公司办公场所和商务区。在瞿有为安排下，余慧娴和容紫玉住进豪华气派的盘龙大宾馆。

稍事休整，瞿有为引领两位，赴餐厅用餐。周俊才和曹寄青已等在包间里，主客说过客气话，服务生将菜肴和红酒端上来。曹寄青道："彦州市委市政府坚决贯彻中央八项规定精神，反复强调工作日之内，党政机关和企事业单位党员干部不能喝酒，违者一经发现，就地免职。可余总和容美女是贵客，又远道而来，无酒不成敬意，总得喝几杯，哪怕免职也甘愿。"

余慧娴笑笑道："曹总刚升两河新区副厅级书记兼主任，真的免职，多么可惜！别因小失大，酒就别喝了吧。"周俊才道："别听寄青瞎说，工作日党员干部确实不能喝酒，可并没说不能陪酒。今天余总和小容负责喝酒，咱们三个负责陪酒，不会犯错。"

说笑间，服务生已倒好酒，几位端杯啜饮，气氛欢洽。酒后周俊才另外有事离去，曹寄青和瞿有为陪两位客人上商务区洽谈合作。余慧娴早有准备，让容紫玉拿出打印好的合作初步方案，交给曹寄青过目。方案内容不少，主旨也就两条：一是汉皇与盘龙两家公司合二为一，成立混合经济体即皇龙科技有限责任公司，竞拍两河新区项目；二是皇龙公司由北京燕云公司和彦城经发公司共管，两家公司具有配股权。

合作方式和内容，余慧娴已在电话里谈过，曹寄青基本同意，只在细节处稍作修改，形成框架协议，留待业务和法务部门复核，经北京与彦州有关领导签批，即可生效。

谈完正事，曹寄青和瞿有为带两位美女赶往彦江边，参观两河新区管委会办公楼。一边参观，一边说些主客都熟悉的人事，余慧娴问道："不知曹总跟我老同学俞波涛有无联系，除那次在蛤蟆山庄会过，后我数度来彦州，来去匆匆，都没见上面。"

正好曹寄青也想起俞波涛来，道："如今反腐形势严峻，纪检干部确实很忙，余总想见波涛，我打他电话，不管他在天南还是地北，也要把他缉拿归案，送到余总面前。"余慧娴笑道："莫非他已成通缉犯，亡命天涯？"

曹寄青很快打通俞波涛电话，要他来见余慧娴。俞波涛正跟奚连江暗中调查缪德良，时间珍贵，正犹豫要不要找借口婉拒，余慧娴拿过曹寄青手机，莺声道："波涛大常委啊，你真是贵人多忙，近两年本小姐没少来彦州，每次联系你，你要么关机，要么不在彦州，好伤我自尊。你不冒头，再过上三年两载，本小姐人老珠黄，只怕你想见，也不敢面对你。"

说得俞波涛心头隐隐一颤，再不好回绝，问道："这两天确实抽不出时间，后天还在彦州么？我去看你。"余慧娴道："只要你肯露面，别说后天，就是十天半月，我也会等。"

两天后，俞波涛出现在余慧娴面前，见面地点还是蛤蟆山庄。曹寄青陪余慧娴和容紫玉考察过两河新区，顺便把两位请到山庄住下，再通知俞波涛上岭。余慧娴由曹寄青和崇世煜陪同，在观鹤亭喝茶，见俞波涛车子驶入山庄，立即放下茶碗，起身向亭外招手。

俞波涛也已看到余慧娴，挥挥手臂，迈向观鹤亭。余慧娴走出亭子，嗔怪道："波涛终于现身啦，见你比见市长还难啊。"俞波涛笑道："市长为民谋福利，职在积善，知道的人越多越好。波涛反腐治贪，职在惩恶，岂可家丑外扬，到处炫耀？两相比较，见市长易，见纪检干部难，也就不足为奇。"余慧娴道："反正你理由充分。"

笑言着，进观鹤亭坐定，崇世煜提壶倒好茶水，曹寄青接住，递到俞波涛手上，道："还见不到波涛，余总恐怕要心灰意冷，拂袖而去，再不会跟咱合作，那必将给彦州经济建设造成不可估量的重大损失啊。"俞波涛哈哈笑道："曹书记言重了，波涛哪里担当得起！都是看您和政府面子，慧娴才肯放低身段，下来投资，振兴彦州经济。"

四位你一句我一句聊得起劲，容紫玉来到亭里，望着俞波涛道："这位便是余总常挂在嘴边的俞大常委吧？"余慧娴骂道："尽瞎说，我几时把他挂在嘴边过？"俞波涛抬抬屁股道："这位美女是？"崇世煜道："余总助理容紫玉容美女。"

俞波涛哦一声，道："北京来的美女，怎么看去像江南女孩？"余慧娴笑道："紫玉是苏州人，生于斯，长于斯，后考入京城，大学毕业进了燕云公司。"容紫玉道："俞常委眼光怎么如此厉害，一看便知小女子不是北方人？"崇世煜道："容助理有所不知，俞常委就靠眼光毒辣吃饭，每天不是调查贪官污吏，就是审查黑首恶魁，走在街上，只要眼睛往人群里一瞟，谁廉谁贪，谁清谁腐，谁正谁邪，谁贤谁奸，一目了然。"

容紫玉瞪大眼睛道："俞常委真有这么神？"余慧娴笑道："俞常委就有这么神，不信你可让他瞧瞧曹书记，他是清官还是贪官，保证一说一个准。"

说得曹寄青脸上不自在起来。俞波涛忙打圆场道："曹书记是彦州经济建设大功臣，天天脚打莲花落，忙得不亦乐乎，哪还有工夫贪腐？"曹寄青附和道："波涛说得对，我不是圣人，也有贪腐心，可我工作繁忙，欲贪不能，欲腐不得啊。"

说笑正欢，石三里过来，招呼客人去餐厅吃中饭。容紫玉别出心裁道："何不把饭菜端到观鹤亭来，边吃边看风景，亦可增加食欲。"余慧娴赞同道："这是好主意。"曹寄青对石三里道："就照美女客人说的办呗。"

石三里应承着，回食堂叫来服务员，收拾干净亭内石桌，铺上圆桌面，罩好桌布，端来饭菜。曹寄青道："蛤蟆岭上有座蛤蟆庙，有些别致，下午咱们去参观，中餐只好简单对付一下，晚上再补伙。"容紫玉道："只听过灶王庙药王庙水神庙山神庙，世上竟然还有蛤蟆庙？"曹寄青道："蛤蟆岭绵延数十里，岭上岭下百姓不信神不信鬼，就信蛤蟆。"

容紫玉越发好奇，还要发问，余慧娴道："赶紧吃饭，吃过饭到了蛤蟆庙，不就知道啦？"

饭毕几位乘车，往岭后蛤蟆庙方向驰去。十几分钟后，蛤蟆庙出现在前面山头，路面狭窄起来，最后止于坡前。几位下车，踏上长着幽幽苔藓的石板路。容紫玉观庙心切，道："马路为何不修到庙前？"曹寄青道："大路到庙前，车来车往，会惊扰蛤蟆神，它盛怒之下，撇下人间事不管，便求之不灵了。"

容紫玉半信半疑，兔子样往山上直蹦。曹寄青和崇世煜忙跟过去，留下余慧娴和俞波涛，缓步而行，一边说些闲话。余慧娴道："波涛难道从没想过离开纪检部门，像曹寄青样，从事经济建设事业，要风有风，要雨有雨？"俞波涛笑道："还真没想过。也许曹寄青天生是个经济人才，我没他的能耐，只好待在纪检监察机关，反腐倡廉，惩恶扬善。"

"有这么冠冕堂皇？"余慧娴停下步子，回头望望俞波涛，"能跟我说说心里话吗？"俞波涛道："刚才说的都是心里话呀。"余慧娴道："那是空话套话。"俞波涛这才道："其实波涛是个悲观主义者，总忍不住自怜怜人。"余慧娴道："记得当年系主任就说过，哲学家贵在悲天悯人，你最具有哲学家情怀。"俞波涛道："那你是哲学家还是经济学家？"

余慧娴一脸神往的样子，道："其实我挺喜欢哲学，至今只要有空，还会重温康德、尼采和叔本华。当年也是担心怀揣哲学文凭，找不到饭碗，才兼学经济管理，成了经济人。"俞波涛笑道："余家全是商界大佬，还怕你没事可做？不过这也好，哲学润身，经济润屋，两全其美。"余慧娴道："哪有你说的这么美妙？慧娴不过顺应时势，尽力而为，以免虚度年华。记得你喜欢老庄哲学，颇有出世思想，想不到后来干起纪检，入世这么深。"俞波涛摇头道："并非出世入世这么简单吧。"余慧娴道："此话怎讲？"

俞波涛略略沉吟，道："想起《道德经》里的话：天地不仁，以万物为刍狗；圣人不仁，以百姓为刍狗。慧娴该知何为刍狗吧？"余慧娴道："不就是古人用来祭祀的草狗么？"俞波涛点头道："基本是这个意思。记得小时去乡下姥爷姥姥家过年，乡亲们会花不少时间，扎做草龙草狮，然后敲着锣，打着鼓，十里八乡舞耍。春节过后，大家要下地做活，将草龙草狮随便扔到屋旁，任牛啃羊踏狗做窝，再不会理睬，待下次年节到来，另外扎结舞弄。"

余慧娴道："草龙草狮与草狗有何异同？"俞波涛道："草狗虽不是草龙草狮，宿命却一样，没有太大区别。看看祭祀前，草狗多受器重，没人敢亵渎，更不会乱扔乱搁。然一旦祭祀完毕，便被抛弃一旁，任凭踩踏蹂躏，这与草龙草狮结局，不一样么？"

余慧娴道："波涛意思，天地孕育万物，又弃万物如敝屣，大到日月星辰，小至草木虫鱼，终难逃毁灭下场。圣人不仁，教百姓道德伦理，百姓欲望难去，自然没法脱离苦厄，无以超脱。令人不解的是，天地和圣人为何不仁？否则万物永恒不灭，百姓离苦得乐，岂不妙哉？"俞波涛叹道："这便是自然法则吧，不以万物和人们意志为转移。比如人为欲望左右，面对权钱色的诱惑，甘为刍狗，愿做祭品，结局早已注定，实在怪不得圣人不仁。我办案多年，天天跟贪官污吏打交道，还没发现谁能逃脱刍狗和祭品的结局。"

闻此言，余慧娴良久无语。攀爬半个多小时，猛抬头，蛤蟆庙已矗立眼前。庙不大，因位处制高点，看去显得崇峻巍峨。是就地取材，用山石原木筑成的庙宇。庙门外两根大圆柱，上刻一副对联：见见见非见非见见非见，闻闻闻不闻不闻闻不闻。

容紫玉瞧上半天，不明何意，问曹寄青和崇世煜，两人说不出个所以然来。正好俞波涛和余慧娴赶到，容紫玉又向两位讨教。俞波涛道："我也不明不白。不过可尝试先断句，句断对了，也许其义自见。"容紫玉道："那俞常委快快断来。"俞波涛便念道："见见见，非见非见，见非见；闻闻闻，不闻不闻，闻不闻。"

容紫玉摇摇头，说："还是不明就里。"余慧娴道："大体意思该是，你们这些人少见多怪，闻听蛤蟆岭有座蛤蟆庙，不辞辛苦，上山观赏，见与不见，闻与不闻，又有何异？"容紫玉掉头问俞波涛："俞常委说呢？"俞波涛笑道："说与不说，听与不听，又有何异？"容紫玉不满道："问与不问，答与不答，又有何异？"

几位笑笑，见门边立有石碑，过去一瞧，原来是篇庙记。也许时间久远，雨淋风蚀，碑上镌字已变得模糊，不怎么好辨认。正好庙主清源道士迎出来，给曹寄青几位行过礼，再解释庙记内容。说许久许久以前，有年春夏蛤蟆岭周边酷热难当，山前水畔，田边地头，以至民房周围，到处都是密密麻麻的蛤蟆，呱呱声惊天动地。随即风雨大作，青河暴涨，房屋倒塌，田土淹没，十里八乡灾民逃无可逃，纷纷跑到蛤蟆岭上来躲灾。灾民视蛤蟆为灾魁祸首，怒气难消，开始大肆捕杀蛤蟆。谁想越捕杀，蛤蟆越多，雨越大，水患越严重。灾民害怕起来，只好收手，转而烧香点蜡，摆肉陈果，拜天拜地拜蛤蟆，乞求雨停水消。蛤蟆仿佛有灵，一夜间消失，继而大雨停止，河水退去，灾民陆续下岭，回去重建家园，安居乐业。来年春季，担心水灾又至，百姓自发行动，或捏泥蛤蟆，或雕木蛤蟆，供奉在堂屋神龛上，顶礼膜拜，乞求保佑，别再降灾异。也是怪，从此蛤蟆岭一带风调雨顺，再没下过暴雨，涨过大水。百姓感恩蛤蟆，在蛤蟆岭上筑庙供奉蛤蟆神。据说开始时蛤蟆神慈眉善目，人们又担心镇不住灾魔，另塑成凶神，供在庙里，有事没事来山顶祭拜，既求平安，又求财求官，求子求福。不仅如此，逢年过节，还挑选青壮，敲锣打鼓，放炮仗，吹唢呐，耍蛤蟆舞，点蛤蟆灯，走村串寨，就像别处耍狮子、舞龙灯一样。

原来蛤蟆是这么成为神的。几位觉得有意思，随清源道士迈入庙堂里。迎面一尊硕大的石蛤蟆，傲慢地蹲于高台之上，突眼咧嘴，挺胸鼓腹，屈肢展蹼，似在向人示威，形象逼真而又可爱。两旁石柱上也刻有对联：问蛤蟆为何箕踞，恨众生不肯回头。

这两句话倒好懂，蛤蟆神蔑视众生迷途不返，大有恨铁不成钢之意，才箕踞怒目，无声斥责芸芸众生。看来随着时间不断推移，蛤蟆神的功能也在发生变化，先前用来镇山河，往后渐渐变成警醒众生。反正天人合一，警醒人类，也是昭示上天。何况更多的时候，天灾往往为人祸造成，责天还不如责人更见功效。

正在观瞻蛤蟆神，外面进来数人，不由分说，趴到地上，磕起头来。也许气场使然，待这些人走开，余慧娴和容紫玉也上前两步，五体投地，屈膝于蛤蟆石像前。曹寄青和崇世煜犹豫片刻，也忍不住跪下去，唯俞波涛无动于衷，撇开四位，转向后堂。世上百神皆由人造，人造神，神也造人，拜神其实是拜自己，拜与不拜，实质并无区别。

后堂空空如也，只后门敞开，门外数棵青冈树。树下有口井，井水清澈，水里趴着两只绿背蛤蟆，跟常见的青蛙差不多。山顶也出井水，井里还有绿蛤蟆，还真有几分神奇。正好崇世煜跟出来，说："我以前来过蛤蟆庙，听清源道士说没立庙前，山顶全是岩石，别说井水，连鸟都不拉屎。后庙建成，造出蛤蟆神，庙后竟冒出水来，才用石头砌了井壁，不知何时又从天而降一公一母两只绿背蛤蟆，在井底一趴数百年。"

崇世煜的话被随后而至的余容两位听到，连说神奇。俞波涛半信半疑，发现两边井沿隐约有字，细瞧也是副对联：水中蛤蟆穿绿衣，锅里虾公着红袍。

崇世煜也脑袋前伸，瞧瞧对联，对俞波涛道："这副对联有些荒谬，上联实写井里景，自然好理解，下联拿锅里虾公说事，不风马牛不相及么？"容紫玉也道："是呀，哪里有锅，哪里见虾？"俞波涛笑道："上联实写井里景，其实正为引出下联锅里义，虾公着红袍才是这副对联主旨所在。"容紫玉道："那是什么主旨？"俞波涛道："知道红袍指什么不？"

几位不太明白，只顾摇头。俞波涛笑笑道："红袍乃旧时官服，此处暗指官员。虾色本为灰白，到得滚烫锅里，才变成红色。意思好懂，红袍在身的官人看上去风光无限，其实哪个不像锅里虾公，备受煎熬烫煮？"

说得刚跟过来的曹寄青连声附和："波涛言之有理，自古官不好做，如今更甚。比如我曹寄青，身为两河新区书记主任，还兼彦城经发公司老总，看上去权力不小，管人管钱管项目，其实权重事多，劳力劳心，连拉屎拉尿都没时间。要说事多人忙，还在其次，最怕各路高人神人把你当作唐僧，都伸手过来，想撕块肉啃啃，弄个项目干干。又不可能谁都满足，得罪人家，遭人嫉恨，不可避免。我担心自己今后下场，绝不可能好过锅里虾。"

余慧娴笑起来，说："曹总说得这么严重干嘛？你是故意吓唬我，要我见好就收，别来给你添乱吧？"曹寄青笑道："哪里哪里。寄青之所以还拱着腰背，接手两河新区，就是有余总为我提气，给我支持，不然我再也坚持不下去了。事实也是上船容易下船难，当上公家人，吃上公家饭，做上公家事，想中途收手不干，也身不由己啊。余总说是不是？"俞波涛道："余总功德无量嘛，全靠你拯救曹总，拯救彦州经济。"

曹寄青说："波涛啊，光余总拯救我还不够，关键时刻还得你高抬贵手，拯救我一把。"俞波涛道："曹总真会说笑，市纪委监委只监督市管干部，哪够得着你这省管领导？要拯救也是你拯救愚弟呀。"曹寄青笑道："暂时不用波涛拯救，哪天遭你手上，网开一面就是。"

眼见天色不早，几位离开蛤蟆庙，原路下山。返回山庄，石三里已安排厨房做好山珍野味。正举杯言欢，艾叶青给俞波涛打来电话，要他早点归屋，有事相商。俞波涛跟曹寄青说明几句，又向客人道别，余慧娴脸上有几分失落，说："不走可以吗？好难得一聚，且蛤蟆山庄夜色美妙，泡泡温泉，消消疲劳，再喝喝茶，聊聊天，该多惬意？"

正是夜色美妙，容易让人沉迷，俞波涛才非下岭不可。余慧娴送俞波涛下楼，来到坪里。俞波涛请余慧娴留步，余慧娴道："你来去匆匆，想跟你多说几句话，都变得好奢侈。"俞波涛道："今天说得还少吗？"余慧娴道："感谢你能来蛤蟆岭，让我度过快乐的一天。"

俞波涛不愿继续这种暧昧话题，昂首走向银灰丰田。余慧娴道："逃得这么决绝，怕我吃掉你不成？"俞波涛边开车门边道："岭上秋来早，怕你在外待得太久，着了凉不知道，我还是赶紧走掉，你好返回楼里。"余慧娴道："着凉更好，病倒彦州，才有机会见着你。"

俞波涛一只脚已迈入车门。余慧娴不满道："我话还没说完呢。"俞波涛道："还有何指示，只管下达。"余慧娴道："谁敢指示你？我是见你纪检干部，两袖清风，想让你发点小财，你愿不愿意？"俞波涛玩笑道："人为财死，鸟为食亡，有财发，谁不愿意？"余慧娴道："你先把车里的脚拿下来，咱们到观鹤亭去坐会儿，耽误不了你几分钟。"

沿着幽暗的石板路，两人走进观鹤亭。余慧娴眼望晃着星光的洗鹤潭，说："我已与曹寄青签下框架协议，准备再次联手，将汉皇和盘龙合二为一，成立皇龙公司，在两河新区大干一场。干大事得花大钱，光汉皇、盘龙及燕云公司自有资金还不够，还得另想办法。经反复权衡，我与曹寄青已取得共识，觉得彦城发展股票潜力不小，可为我所用。多年来大盘不景气，彦城发展一直要死不活，我打算以皇龙公司名义往里注入资金，提振股民信心，让这只股票扬起来，以融资投入两河新区项目。"

余慧娴展望着皇龙公司灿烂前景，似乎忘记了俞波涛的存在。俞波涛静静听着，没有插话。余慧娴顿一顿，道："我意波涛可适当出些钱，趁彦城发展股票处于低位，买些放在手上，到时皇龙公司还会派发红股，让你脱贫致富。你意下如何？"

俞波涛笑道："男人有钱就变坏，我想做好人，还是别致富算了。"余慧娴道："别顾左右而言他。"俞波涛道："我言他了？不是你问啥，我答啥吗？"余慧娴正经道："你有老婆孩子，据说还想要二胎，难道忍看她们受苦挨穷不成？"俞波涛道："受苦挨穷还不至于吧，纪检干部再清贫，总有份工资，加上老婆也在上班，足以养活一家子。"

"好吧，不勉强你。"余慧娴叹口气，送俞波涛出亭，"我也知道，你不愿做刍狗，屈服于金钱。"俞波涛心里感激余慧娴，嘴上却不知说啥好，来到车旁，回身扬扬手，跨入车门，驶出山庄，留下观鹤亭外的绰约身影，独立于夜风中。

下岭回到家中，艾叶青还坐在客厅沙发上，等着跟俞波涛说事。俞波涛道："本来在蛤蟆岭陪客，夫人一声令下，只好撇下客人，回来领命。"艾叶青道："陪的女客还是男客？"俞波涛凑向艾叶青道："男客女客都有。何事说吧。"艾叶青摆手道："去去去，先洗个澡，换身干净衣服，再往我身边粘，否则闻出女人香水味，对你不客气。"

俞波涛乖乖走进卫生间，开水冲澡。他知道艾叶青不过开开玩笑，不会疑神疑鬼。笑假不笑真，老公外面真有女人，恐怕早就悄悄明查暗访起来，哪会当面点破？事实上俞波涛不是没有原则的男人，又身处特殊位置，不可能做出对不起老婆的事。艾叶青了解自己老公，才肯开些无伤大雅的玩笑。

洗完澡，俞波涛穿上艾叶青找出的换洗衣服，用干毛巾搓着头发，回到客厅。艾叶青泡杯牛奶，递到他手上说："明天上午没课，陪我去趟医院吧。"俞波涛惊喜道："莫非已经有了？"艾叶青道："要是有了，就不用上医院了。"俞波涛道："那等有了后，再去医院呗。"

艾叶青叹口气，道："解除避孕措施已非一天两天，肚子还没动静，我怀疑咱俩至少有一人有问题。"俞波涛道："不会吧，不然当年菁菁又是怎么生下来的？"艾叶青道："当年是当年，如今是如今，岁月不饶人，身体素质自然不如从前。"俞波涛道："不如从前也正常。反正咱们有菁菁，已挺不错，生不生二胎

123

无所谓。"

"你无所谓，可老妈老娘有所谓呀。"艾叶青道，"其实我也有所谓。认定的事就得做到，岂可半途而废？"俞波涛道："高龄怀孕，风险难免。不冒风险，安心过现有的平静生活，也蛮好的。"艾叶青打着哈欠道："别讲大道理了，明天去趟医院，查查原因。"

翌日早饭后，菁菁照常上学，夫妻俩来到地下车库，开车出了公务员小区。俞波涛道："准备去哪家医院？"艾叶青道："就近去市中心医院吧。"

俞波涛把着方向盘，朝中心医院开没数十米，放慢车速道："还是去省妇幼保健院吧。"艾叶青疑惑道："干嘛舍近求远？"俞波涛道："看不育不孕，省妇幼应该更专业。"艾叶青道："方向盘在你手里，你不怕开车辛苦，去哪里都行。"

要说中心医院妇幼专业一点不亚于省妇幼，俞波涛给出的理由并没太大说服力。真正原因是正在调查缪德良，俞波涛担心自己出现在中心医院，容易引起注意。

赶往省妇幼，排队挂好号，来到专家门诊，医生简单问了艾叶青几句，便划拉划拉开出一堆检查项目。照单子交过费，该取样取样，该化验化验，该照片照片，楼上楼下跑几个来回，已近中午。两人在附近找家餐饮店，吃些东西，回来拿到检验结果，再去见原来医生。

医生反复瞧过单子，望着艾叶青道："各项数据说明，你没啥问题呀。"艾叶青道："没问题，为何又怀不上呢？"医生说："确实有些奇怪。莫非你们夫妻方式不对？"艾叶青笑道："咱女儿已十多岁，若方式不对，怎么会有她？"

"你身体正常，方式也对，哪有怀不上的理？"医生沉吟着，侧首去瞧站在旁边的俞波涛。俞波涛一脸窘态，心里说看我干啥，我又没在医院偷过钱。医生并不在乎俞波涛的感受，问他多大年纪。俞波涛自然实话实说。医生说："看上去你还算健康，可毕竟人近中年，难保不会有毛病。"艾叶青道："医生意思，要他也做做检查？"医生道："检不检查，你们自己决定。"艾叶青转向俞波涛道："你说呢？"俞波涛道："检查就检查吧。"

俞波涛做检查，还得另外挂号。好在下午人少，很快拿到号子。医生又开出一堆检查项目，交给俞波涛。跑上两个小时，还有两项检查没做，医生已经下班，只得第二天再来。

第二天把没做的项目做完，得到结果后，再去找昨天医生。只见医生将检查结果反复翻看过，眉头越皱越紧，显得很恼火的样子。俞波涛暗自紧张，以为自己有什么大问题。问医生，医生没好气道："好奇怪，你身体也这么正常。"

听这口气，仿佛俞波涛犯了天大过错似的。俞波涛松口气，有些问心有愧。作为就诊者，身体正常，查不出问题，确实太对不起医生，说是对医生和医院的冒犯，也不为过。又听医生几分不满道："按说你这个年龄，查不出点毛病，好像不应该啊。"俞波涛嗫嚅道："我也觉得奇怪。莫非医院设备和仪器出了故障，有病检查不出来？"

设备和仪器出了故障，还哪来底气和理由，大把大把掏患者口袋里的钞票？医生连忙矢口否认："医院设备仪器都是花高价从国外进口的，质量绝对可靠，哪会出故障？总不能因你身体不错，检查不出问题，无端怪罪到设备仪器上去吧？"

艾叶青不同于医生，见丈夫没毛病，心里很高兴，道："没问题就好，没问题就好。"医生说："没问题好是好，可你们为何怀不上孩子，我就无话可说了。"

医生无话可说，两人总不好强迫他开口，拿过桌上单子，起身出门。到得车上，艾叶青不甘心道："咱们另找家医院看看如何？"俞波涛道："你是觉得咱俩身体没事，让医院少了笔大收入，有些不好意思，非查些病出来才肯作罢？"艾叶青道："没病自然不是坏事，可为何怀不上，总得找准原因才行。"俞波涛道："听其自然不行吗？怀不上就怀不上嘛，毕竟多一个孩子，多一份压力，多一份辛苦。咱专心培养菁菁成才，也挺不错的。"艾叶青道："有压力，辛苦点，怕啥呢？少废话，趁时间还早赶紧找家医院，明天我没工夫了。"

俞波涛只好打开手机，点开高德，寻找医院地址。附近就有家私立医院，规模不小，夫妻俩也早有所耳闻，便直奔而去。坐诊的是位老医生。医院公示牌上显示，老医生名牌医科大学毕业，在正规公立医院干了一辈子，刚退休就被这家私立医院争聘过来。

公立医院医生都很冷漠，可一到私立医院，便判若两人，一脸慈祥，和蔼可亲，也不知是体制不同的原因，还是高薪起的作用。艾叶青坐到桌前，先拿出省妇幼的单子，请老医生过目。老医生没把省妇幼单子当回事，不慌不忙道："各家医院有各家医院的诊病方法和标准，省妇幼检查结果不好作为本医院诊断依据。"

夫妻俩只好重新检查一遍。好在私立医院人少，动作快得多。还是没检查出问题。老医生失望之余，耐心解释道："夫妻身体没事怀不上孩子，也不奇怪，我没少碰到过这样的夫妻。"艾叶青道："总不可能毫无原因吧？"老医生说："原因肯定有，可能是身体原因，也可能是心理原因。"艾叶青道："心理原因也会造成不孕？"老医生道："也许你们求子心切，以致欲速不达。可放松心态，听其自然，说不定有意栽花花不发，无心插柳柳成荫。"

两人谢过医生，下楼回到车上。俞波涛坏笑道："看来还真只能照老医生所说，别操之过急，说不准哪天无心插柳，插出名堂也未可知。"艾叶青笑道："那看你插得有没有水平。"

说着笑话，心情晴朗起来。俞波涛手机忽然响起，见是陌生号子，犹豫着要不要接，艾叶青一旁道："莫不是哪个女孩打来的，当我面不方便接听？"俞波涛道："号子不熟，谁知女孩还是男孩？又在开车，还是别接为佳。"

揿下红键，扔开手机，不一会儿又有铃声响起。俞波涛只顾开车，不理不睬。艾叶青偏过脑袋，往屏幕上瞥一眼，说："殷芬芳，殷芬芳是谁呀？你老相好？"俞波涛道："什么老想好，卫健委纪检组长。"艾叶青道："不是纪检组长，是女纪检组长。"

平时跟殷芬芳联系少，她突然打来电话，莫非与初核缪德良有关？此事连陈勇毅都不知道，又怎么会传到她耳里？俞波涛本不想接电话，又担心引起殷芬芳猜疑，只好拿过手机，揿下绿键，捂到耳边。殷芬芳道："俞常委好大架子，打你电话也不接。"俞波涛道："我不正在接吗？"殷芬芳道："刚才为啥不接？"俞波涛道："刚才电话号码不熟，懒得接听。"殷芬芳道："那是我的联通号，低价包月，不打白不打。俞常委说话方便吗？"

俞波涛不说方不方便，只说正在开车。殷芬芳道："那就长话短说。好久没见常委，怪想念的，请您出来吃个饭，肯赏脸么？"俞波涛道："不好意思，最近实在太忙，没法抽身。"殷芬芳嗔道："常委大人，我得说您两句，难道忙就不要吃饭？皇帝不差饿兵，不吃饭哪来力气干活？"俞波涛说："正在过十字路口，路况复杂，不可分心，再见再见。"

俞波涛已经挂掉电话，殷芬芳手机还捂在耳边，嘴里嘀咕道："好大架子！没半点绅士风度。我好歹也是委里派驻卫健委的纪检组长，话都不让我多说两句。"

缪德良就在旁边，笑笑道："你以为俞波涛也是我老人家，视你为掌上明珠，只要是你的电话，再没空也得洗耳恭听，一听就是老半天？"殷芬芳骂道："你这没良心的，我不在为你瞎操心吗？你还说起风凉话来。"

辜群玉自首后，俞波涛和奚连江找过龙邦云，他只承认给辜群玉行过贿，没向缪德良送过钱，最多逢年过节送过些烟酒和土特产。缪德良听到风声，心里清楚自己的问题远非行贿这么简单，只有请殷芬芳出面，套套口气。殷芬芳跟俞波涛是同事，有话好说。殷芬芳便约俞波涛吃饭，谁知碰了个软钉子。

缪德良不愿就此罢休，说："俞波涛不愁吃喝，约不上饭，那他会愁啥？纪检干部经济待遇普遍不高，也许缺钱用，送钱说不定他会收。"殷芬芳道："你没接触过俞波涛，不知道他这人不容易被金钱打动。"缪德良道："钱打不动，那色呢？我还没见过色打不动的男人。"殷芬芳骂道："以为世上男人都像你，嘴含嫩草还不满足，连我这把枯草也不放过。"

缪德良搂紧殷芬芳，嘻嘻笑道："你还嫩得很，嫩得青翠欲滴，比普通嫩草有味道得多。"殷芬芳道："别哄我开心，我知道自己嫩不嫩。你不是有求于我，哪会故意装瞎，张牙舞爪来啃枯草？"缪德良道："你可能不知道，好多男人到你面前，都愿装瞎。不信你到俞波涛面前蹭蹭，保证他立马被你征服。"

殷芬芳佯装愤怒，道："是不是新鲜感过去，我已让你生腻，急于脱手？"缪德良道："你冤枉我了，我不可能是那种人。"殷芬芳道："那你还要我去蹭俞波涛，不在医院里选几个年轻漂亮的护士，送给俞波涛？"缪德良摇头道："不行不行，医院本来就复杂，再让护士参与进来，麻烦更大。"殷芬芳道："假话，你是留着年轻漂亮的护士，好自己享受。"缪德良道："人生得一知己足矣，有你殷芬芳，我缪某人已别无所求。"

两人打趣几句，殷芬芳又道："要说对付男人，若钱行不通，还真只有女色管用。可你不愿出让手下美女护士，又该怎么办呢？"缪德良道："你别张口闭口美女护士好不好？难道除开美女护士，世上再无其他美女？"殷芬芳道："那倒也是。只要打开手机，一不小心，就有美女跳出来，叫你目不暇接。"

一语提醒缪德良，他道："前不久还有人动员我入微信交友群，说里面美女如云，只要肯花钱，招之即来。"殷芬芳道："你是不是经常招群里美女？"缪德良道："我哪有闲工夫招美女，群都没入。"殷芬芳道："你最好别胡来，被那种女人缠上，你一辈子脱不了身。"

缪德良拍拍胸脯，道："咱缪德良何许人也，年纪也一大把，哪会做那种事？我是在想，如何加入此类交友群，花钱买通绝色美女，去攻姓俞的，保证攻无不克。如此一来，也就由不得他俞波涛，只得乖乖听咱的。"殷芬芳道："俞波涛可不是你这样的好色之徒，只怕轻易不肯上钩。"缪德良不乐道："别拿我说事好不好？"

"好好好，不说你，不说你。"殷芬芳。缪德良继续道："有道是世上无难事，只怕有心人。只要肯动心思，提前做足功课，还怕俞波涛不上钩？"殷芬芳道："你好像已想好阴招。"缪德良道："什么阴招？咱要智取，而非强攻。"殷芬芳道："怎么个智取法？"缪德良道："先选准漂亮且聪明的女孩，许以重金，授以机宜，让其慢慢向俞波涛靠近。一旦得到俞波涛信任，把他拿下，再带着证据，来换咱手里大钱。只要俞波涛尾巴踩在咱脚下，看他还有多大能耐，蹦得到天花板上去。"

两人说好，缪德良着手谋划，按步骤行动。先入微信交友群，选中一位长相不错的美女，互加好友，打过去一个不小的红包，相约见面。谁知对方左推右辞，就是不肯冒泡。看来是个假美女，弄不好还是个五大三粗的男人，只有放弃。另外物色，到指定宾馆一见，女孩很年轻，可相貌平平，赶紧把人打发走。又连续约过好几个，要么长得差强人意，要么年龄偏大，或年轻漂亮，没聊几句，发现没啥文化，难当大任，只能给点钱支走。

看来这么瞎找，不可能有啥结果，还得另想办法。也是功夫不负有心人，还真被缪德良物色到一位合适女孩。这天缪德良参加朋友饭局，不知怎么说到彦州钢铁进出口集团公司张正义案子，免不了谈及办案人俞波涛，都说打过交道，不是一起吃过饭，便是一起开过会，或是一起钓过鱼、打过牌、唱过歌。正好服务小姐上前倒酒，缪德良便指着她笑道："估计只你不认识俞波涛吧？"谁知服务小姐正经道："俞波涛是我亲戚，我怎么不认识？"

席上客人都以为小姐开玩笑，只缪德良当了真，散席后拿出百元钞票，作小费递给正在收拾餐桌的小姐。彦州人外出消费没有给小费的习惯，小姐受宠若惊，不肯伸手，道："先生别客气，我经不起吓。"缪德良道："谁吓你？这是你应该得的。"小姐道："凭啥呢？我不过在尽工作职责，又没提供分外服务。"

缪德良把钞票塞到小姐手里，道："你说俞波涛是你亲戚，就是分外服务。"小姐道："你问我认不认识俞波涛，我当然只能如实回答。"缪德良道："真的还是假的？"小姐道："我还没有骗人的习惯。"缪德良道："这就好。可否告诉我，你叫什么？"

看在百元小费上，小姐道："我叫郭丹。"缪德良道："这个名字好，名如其人。能否加个微信，以后来吃饭，先微信订餐，免得扑空。"

郭丹拿出手机，加了缪德良。过两天缪德良便微信郭丹订包间，带朋友来喝酒，酒后付过账，以小费名义发两百元红包到她手机上。一来二去，越发熟悉，缪德良约郭丹喝咖啡，郭丹也没多想，欣然前往。

坐到桌上，缪德良道："受朋友托，有件事想请郭美女帮忙，如果你愿意，报酬绝对丰厚。"郭丹道："那要看帮啥忙，违法的事咱可不敢。"缪德良道："不用你违法，只不过请你谈场恋爱。"郭丹诧异道："谈恋爱，我谈恋爱还用你安排？"

缪德良道："事情是这样的。我朋友女儿跟你年龄差不多，好多男孩追求，她都没放在眼里，偏偏爱上一位有妇之夫，我朋友坚决反对，要打断女儿双腿，女儿哭着闹着要去跳楼。朋友就一个宝贝女儿，急得不行，求我想办法把事情摆平。"郭丹道："怎么个摆平法？"缪德良道："朋友要我物色个漂亮女孩，假装跟那有妇之夫谈恋爱，断掉女儿念想。"郭丹道："你意思是要我去勾引那有妇之夫？"

"不叫勾引，叫救人一命，胜造七级浮屠。"缪德良说着，点开手机，转两万元到郭丹微信账户上，"这是预付款，事成后还有重酬。"郭丹见钱不少，怦然心动，道："这个有妇之夫到底何方神圣，弄得人家小女孩神魂颠倒？"缪德良道："这个有妇之夫是你亲戚。"郭丹疑惑道："我的亲戚？"缪德良道："这可是你说的，名叫俞波涛。"

郭丹望定缪德良，好一阵没吱声。缪德良道："你望着我干嘛，俞波涛不是你亲戚吗？"郭丹道："俞波涛只能勉强算我家远房表亲。大约十年前吧，我还在读小学，他陪母亲回娘家，从我家门口路过，顺便下车进我家里，陪我母亲说了几分钟话，还给我留下个红包，此后两家再也没往来。所以我来彦州打工，也不好意思去找他，怕他不认我这个亲戚。"

缪德良道："你这么漂亮，即使不是亲戚他也会认你做亲戚，何况你们多少有些亲缘。也不要你害他，只不过假装跟他谈恋爱，我朋友女儿见你比她优秀，自会知趣而退。"郭丹道："据我所知，俞波涛老婆也蛮不错，你朋友女儿为何不知趣呢？"缪德良道："俞波涛老婆再不错，也已是年过四十的黄脸婆，我朋友女儿才底气十足，准备取而代之。"

郭丹不愿参与这种烂事，又挡不住钱的诱惑，说先考虑考虑再说。缪德良也不强逼，两天后又给她打去两万元，问她考虑得怎么样。没人对钱有仇，郭丹答应下来，愿意找俞波涛一试。缪德良把俞波涛手机号发给郭丹，要她见机行动。

把俞波涛电话号码编入通讯录后，郭丹直接拨了过去。铃声没响两下，便被对方无情掐掉。郭丹不气馁，又连拨两次，结果依然一样。如今诈骗电话广告信息已成公害，谁有时间理睬不熟悉的号码？郭丹不再打电话，开始编辑短信：波涛哥您好！我叫郭丹，我老娘跟您母亲是远房表亲，多年前您去看望她老人家时，我还见过您，您还有印象么？我现在彦州上大学，刚回了趟老家，老娘托我带些土特产给姨母，您何时有空，我给您送过去。

俞波涛正与奚连江忙着密核质监站长和缪德良的问题线索，哪有时间看短信？直到两天后打完电话，发现有短信没读，才点开看了看，想起十年前在母亲表妹家见过的漂亮小女孩，未及多想，便照着号码拨过去。只听郭丹惊喜道："波涛哥终于有空回我电话啦？快告诉我，您在哪个位置？我这就把土特产给您送过去。"

俞波涛道："什么土特产，您自己留着吧，我忙得很呢，抽不出时间。"郭丹道："不行不行，让我留着，如何向老娘交代？再说也耽误不了您好多时间，把东西过手给您，我就走人，您继续忙您的。"

见郭丹说得诚恳，俞波涛不好坚拒，答应过几天有空，再跟她约。郭丹连说数声谢谢，说："波涛哥说话算话，别让我久等哟。"

八

　　这天俞波涛在省委招待所开会，想起郭丹，发去短信，要她来见面。

　　半个多小时后，俞波涛估计郭丹快到，离会来到楼下大厅里。刚落座在靠窗沙发上，有位打扮精致的女孩出现在大门口，依稀还有十年前的影子，便知是郭丹。郭丹也已发现俞波涛，径直朝他走过来，笑盈盈道："您就是涛哥吧？"

　　俞波涛站起身来，笑道："我不是涛哥，是波涛哥。"郭丹道："给您发短信时，有些唐突，只得礼貌点，加个波字进去。现在您就在面前，少称一个字，多一份亲切。"俞波涛道："你还挺讲究的。"

　　郭丹把食品袋递到俞波涛手上，说："我妈为让我把东西送到，千叮咛，万嘱咐，生怕我会拿到街上去卖了钱似的。"俞波涛接过食品袋，放到沙发旁，道："你坐吧。"郭丹道："我可以坐吗？"俞波涛道："难道坐也要我同意？"郭丹说："我怕您忙，不好占用您宝贵时间。东西送到，任务完成，我可放心走人了。"俞波涛道："再忙也不争在这几分钟嘛。"

　　"好吧。"郭丹拘谨地坐到俞波涛旁边沙发上，"姨母还好吧？还是十年前你和姨母路过我家，见过一面，我妈一直记得，说乡下没值钱的东西，清明前特意上山挖了白牙笋，煮熟晾干，送给姨母尝味。姨母应该知道，只要用水泡软切碎，下锅炒熟，再搁些肉末和酸辣椒，便是上好下饭菜。"俞波涛打开食品袋看看："好好好，我们可享口福了。"郭丹说："口福谈不上，涛哥和姨母喜欢就好。据说白河白牙干笋还有个好听名字，叫作玉兰片，从前可是有名的贡品，上得皇帝餐桌的。"俞波涛道："原来你想让我做皇帝。"

　　郭丹嫣然一笑，站起身来，道："涛哥真幽默。涛哥先忙，我该回学校了。"俞波涛弯腰提过食品袋，问道："你在哪所大学上学？"郭丹说："彦州师大。"俞波涛道："说起来咱们还是校友啰。你学啥专业？"郭丹道："学的哲学。"俞波涛道："蛮巧嘛，我也哲学出身。"郭丹道："真想不到，能成为涛哥同专业师妹。只是哲学太高深，好像不太适合女孩，当初胡乱报的专业。不过也不后悔，今后见着涛哥，有共同语言。"

出得大门，俞波涛要给郭丹叫车，她坚决不干，说："我在外兼职做家教，车子还打得起。涛哥先去忙事，我再叫滴滴。"俞波涛没再坚持，转身走开，嘴里不出声道，这郭丹还算懂事，多少有几分可爱。

不过俞波涛很快把郭丹置于脑后，只顾忙自己的事。可郭丹不会放过他，半个多月后给他发短信，说请他喝茶，讨教哲学问题。俞波涛回道：为何不向哲学教授讨教？郭丹说不愿单独跟教授们接触，女教授都是母老虎，凶巴巴一个，男教授则是老色鬼，看稍微漂亮点的女生，目光总是直勾勾的，吓得死人。

郭丹所说好像也不全是虚言，俞波涛抽空赶往她说的茶楼。茶楼位于彦江边上，俞波涛上楼时，郭丹已选好临江茶座。江面很开阔，波光粼粼，云影悠悠。郭丹把俞波涛请到桌对面坐下，回头召唤服务员上点心和茶水。茶是白茶，郭丹给的理由是做人如茶，清清白白，才能长久。俞波涛笑道："是不是学哲学学的，三句不离哲理？"

郭丹脸上一红，说："涛哥见笑了。没经世面的女生幼稚，只能掉掉书袋，或捡些鸡汤文里的说辞，现买现卖。哪像涛哥经历丰富，见多识广，自己就是本故事书。优秀男人有故事，劣质男人只有事故。早听说涛哥是抓贪官审贪官的，您跟贪官斗智斗勇的故事肯定非常精彩吧，能不能说些给我听听？"

说着话，郭丹拿过盘子里的橘子剥好，递到俞波涛手上。俞波涛吃两瓣橘子，道："贪官如贼，做贼心虚，只要掌握一定线索，把他们控制起来，便容易攻破其心理防线。"郭丹道："当官的待遇好，有房有车，有吃有喝，走到哪里前呼后拥，风光无限，为何还要贪呢？"俞波涛道："人心不足蛇吞象，权再大也嫌小，钱再多也觉少。"郭丹道："我听说贪官还特别好色，男贪好女色，女贪好男色。涛哥您好不好色？"

俞波涛佯装生气，道："正说贪官好色，你问我好不好色，莫非在你眼里我是贪官不成？"郭丹道："我在想，既然贪官好色，如果涛哥好色，就有可能成为贪官。"俞波涛道："没有这么推理的。你不是问哲学问题吗？怎么老扯贪官？"郭丹说："贪色因果关系便属哲学范畴，要么贪是因，色是果，要么贪是果，色是因。"

"看来你已用不着再向教授请教哲学问题，估计没几个哲学教授有如此高见。"俞波涛说道，问郭丹学过哪些哲学课程，都是哪些老师教的。这难不倒郭丹，她百度过师大哲学课程和课任老师，所答八九不离十。俞波涛也就深信郭丹确属师大学生无疑。郭丹看出俞波涛眼里内涵，道："不是开玩笑，今天小妹还真是带着具体问题来请教涛哥的。"

俞波涛问是什么具体问题，郭丹道："爱好西方哲学的同学老说中国没有正经哲学，崇尚中国哲学史的同学不服气，说老庄孔孟就是大哲学家，还列举《论语》嘉言，予以还击。比如'学而不思则罔，思而不学则殆'，便富含高深哲理，问西哲派懂不懂。西哲派说这是古代鸡汤，意思好懂：一味死读书，不思考消化，就会迷惘；一味胡思乱想，不好好读书，就会神思疲怠。这么解读难免牵强，尤其不读书就疲怠，因果关系何在？不知涛哥怎么看。"

郭丹并非瞎说，她读高中时还真迷恋过一阵子《论语》，只是家里还有两个弟弟要读书，才放弃高考，跑到彦州做了打工妹。俞波涛道："虽说孔子这两句嘉言非常著名，可我没深究过，不敢妄议。却也认同你的看法，觉得此处的'殆'字该不是疲怠之意。也许释为'危殆'更妥，意即为学须以读书打底，多思而不读书，基础不扎实，便如沙地筑屋，濒临危境。好多人出问题，都是读书太少，而想得太多。"

郭丹恍然大悟道："涛哥一语中的，说到小妹心里去了。小妹就喜欢瞎想，却往往不得要领，想不明白，原来是读书太少缘故。"俞波涛道："我不过胡说八道，你别当回事。"郭丹道："涛哥不是胡说八道，是金口玉言。小妹该怎么感谢涛哥耳提面命呢？"俞波涛道："我没耳提，也没面命，不用感谢。何况世间美女不多，知性美女更是稀缺资源，能跟你这样的美女表妹喝茶说话，属莫大享受，该我感谢你才是，哪能倒过来你感谢我？"郭丹说："涛哥真会哄女生开心。能跟涛哥相处，真是小妹前世修来的福。"

又说会儿话，俞波涛去上卫生间，顺便把账结掉，还买了两份饭菜，让服务员送过来。饭后郭丹叫服务生买单，才知俞波涛已付过款，骂自己道："我约喝茶，却只顾着高兴，让涛哥破费，多不好意思？"俞波涛道："我毕竟有份工资，比你在读大学生宽裕，你有啥不好意思的？"郭丹说："下次吧，下次我请涛哥，再不许您买单。"

到了分手时，郭丹又道："小妹还有个请求，不知涛哥肯不肯给面子。"俞波涛道："什么事说吧，我能做到，一定答应你。"郭丹道："想加涛哥微信，可以不？"俞波涛道："加微信有啥不可？"掏出手机，点开微信二维码，让郭丹扫过，彼此成为微友。

走出茶楼，俞波涛打开车门，要送郭丹。郭丹摇着头，把俞波涛推上车，看着车子走远，才拿出手机，预约滴滴快车。正好缪德良打来电话，问道："进展如何？"郭丹道："彼此还算谈得来。"缪德良道："那抓紧录好你俩在一起的视频，我好交给朋友，给你打钱。"郭丹道："你以为涛哥这么容易上钩，想录视频就有录？"缪德良说："哟哟哟，听你涛哥涛哥的，莫非动了真情，准备假戏真做？"郭丹道："别说假戏真做，就是假戏假做，也要下足功夫，做得像样点，才会有效。跟俞波涛接触过两次，发现他要学识有学识，要品位有品位，要境界有境界，还真不同于你这样的贪官污吏。"

缪德良也不生气，笑道："骂得好，骂得对，本人确实要学识没学识，要品位没品位，要境界没境界。可本人要人民币有人民币啊，你受雇于我，看中的到底是我的学识品位和境界，还是我手上的人民币？别空口说空话，快动真格的，再来我这里换大钱。"

说得郭丹再无脾气。是啊，自己哪有资格谈学识品位和境界？学识品位境界之类，又当不得饭，当不得菜，还是正视眼前现实吧。早上还接到父亲电话，说小弟正考初中，要她准备些钱，赶紧打过去。郭丹一听来气，说凭什么给家里打钱？我赚的钱要留给自己上大学。父亲只好一边央求，一边自打耳光，说自己不中用。

在父亲眼里，郭丹高中毕业，已是大才女，走到哪里都有银子捡，哪知女儿在外的艰辛？郭丹忍不住失声痛哭起来。哭累了，澡也不洗，牙也不刷，倒在床上，蒙头大睡。一睡睡到第二天晌午，才睁开眼睛，抹去泪痕，开始谋划与俞波涛的再次见面。

也是缪德良给的条件太具诱惑，郭丹又找借口跟俞波涛见过两回面，俞波涛还说要带她去见姨母。郭丹意在缪德良的大钱，对姨母不感兴趣，赶紧另租套两居室，备好酒菜，给俞波涛发私信，说自己突然发病，头晕目眩，想上医院看医生，又浑身没劲，挪不动步子。

俞波涛正和奚连江梳理缪德良的问题线索，哪里走得开，回道：你寝室里的同学呢？郭丹道：我正在做家教，有些家长早出晚归，放学后孩子没人管，我在外租的房子，好管带学生，没住学校宿舍。可怜我乡下来的孤独女生，彦州城里无亲无故，急病倒床，没人可找，才厚着脸皮联系涛哥。涛哥没空，我另想办法。

俞波涛过意不去，打郭丹电话，想问详情。郭丹没有接听。过几分钟再打，依然一样。俞波涛心里忐忑起来，不知郭丹是死是活。去找她吧，又不知她在哪里，只能干着急。

就在俞波涛无计可施之时，郭丹又发私信说，她快不行了，若死在租屋里，还请帮忙拉到火葬场烧掉，骨灰也不用留，反正没地方存放。俞波涛不敢怠慢，要郭丹告知具体地址，这就过去带她上医院。郭丹这才给了微信地址，留下租屋房号。

俞波涛火急火燎赶往郭丹租屋，敲门门不开，打电话电话不接。贴着门听动静，里面无声无息。掏出手机，验看微信地址，对照门牌号码，并无差池。莫非人已咽气？俞波涛心里一紧，退后两步，侧侧身子，准备强行撞门，正好门打开，郭丹花枝招展出现在门里，笑容可掬道："不好意思涛哥，我在卫生间呢，开门迟了。"

俞波涛怔在那里，一时不知说啥好。郭丹像看穿他心思，上前挽过他手臂，往屋里一牵，嗲声嗲气道："进屋给涛哥解释，您再修理我。"

两人进屋后，郭丹关上房门，把俞波涛按到沙发上，递过一杯清茶，再半倾半倚，挨他坐下，嘴里愧疚道："说过请涛哥的客，可每次都是您抢着买单，小妹再不好约您去店里见面，才谎称自己生病，把您请到租屋里来坐坐。欺骗涛哥，罪该万死，但有一点，小妹用心毕竟不坏，要打要杀，甘领甘受。"

俞波涛叹声气，喝口茶水，还是没声。郭丹偷偷看眼俞波涛，又道："涛哥说吧，我是跪地求饶，还是自甩耳光，或者赔偿精神损失，都没问题，只要您能解气就行。"俞波涛这才道："看你一张巧嘴，说话如唱歌，我气再大，也发不出来了。"

郭丹兴奋得尖叫一声，展开两臂，搂住俞波涛，伸过香腮，在他脸上一贴，然后弹回地上，说："谢谢涛哥原谅小妹不懂事。小妹没啥补偿涛哥的，不过准备了几样新鲜菜，就等着下锅，待会儿咱兄妹好好喝几杯。"

郭丹出身寒微，从小没少做家务，炒得一手好菜。小半会儿工夫，浅碟深碗就上了桌，有冷有热，有荤有素。还开了瓶红酒，倒入高脚杯里。两人相对坐定后，郭丹端杯于手，道："涛哥知道小妹为啥不上馆子，而把您请到屋里来？"

俞波涛没有端杯，看着郭丹泛着红光的俏脸，摇头道："不得而知。"郭丹笑道："涛哥是有身份的人，老在公众场合跟女生会面，被同事或熟人撞见，对您影响不好。上家里来不一样，就你我两个，神不知鬼不觉。"俞波涛笑道："又不是做坏事，还怕神怕鬼不成？"

郭丹这才发现俞波涛双手闲着，说："涛哥怎么不端杯？咱们碰一个。"俞波涛移开高脚杯，拿过桌旁茶杯，说："你喝酒，我喝茶。"郭丹道："茶待会儿喝，还是先喝酒吧。这可是我专门托朋友从法国直接带过来的，味道纯正，滋喉养胃，涛哥可别辜负小妹美意呀。"

听这口气，俞波涛哪敢相信郭丹是来自偏僻乡间的女孩？倒让人联想起讲究吃喝蛮会享受的富婆或阔太太。郭丹有些忘情，优雅地抬起手腕，老道地晃动着高脚杯，笑眯眯道："涛哥放下茶杯嘛，酒后再喝茶，更有韵味。"俞波涛道："茶也不错啊，端杯就可喝，不用摇晃。"郭丹笑道："红酒如睡美人，一旦摇醒来，便风情万种，勾人魂魄。也就是说，喝红酒有如亲吻刚醒的美女，入唇更入心。"

俞波涛更加不敢端杯，喝口茶，又夹把菜塞进嘴里，道："纪委有文件，工作日党员干部不能喝酒。何况下午还得回单位上班，喝得满脸通红，怎么面对同事和工作？"郭丹道："涛哥是领导，下午上不上班，没人管得了，酒后休息会儿，再回单位没事。"俞波涛道："我哪算领导？上面还有书记副书记管着，不可造次。"

郭丹颇为失望。真想不到，俞波涛这么不配合。总不能端过杯子，硬往他嘴里灌吧？自己力气没他大，灌也灌不进。就这样一个喝茶，一个喝酒，再吃些饭，放筷离桌。郭丹拿过俞波涛的茶杯，倒掉残茶，说："我另给涛哥泡一杯。"

可俞波涛没有再端茶杯，看看手机上时间，准备走人。郭丹心有不甘，急中生智道："涛哥稍等等，我有样宝贝要给您瞧。"俞波涛问道："什么宝贝？看你神秘兮兮的。"

郭丹转身去了里屋。俞波涛走到窗前，望着楼下车流，脑袋里晃悠着郭丹熟练地摇动高脚杯的样子，越来越觉得这个表妹不简单。也许时代脚步太快，人人在变，女孩尤其是郭丹这样的漂亮女孩，不可能像过去的村姑样，那么质朴清纯。

正寻思着，卧室里传来一声尖叫，接着听郭丹喊道："蟑螂！蟑螂！涛哥快来快来。"

蟑螂也这么大惊小怪，真是矫情。俞波涛来到门边，问道："怎么啦，蟑螂还能把你吃下去不成？"郭丹颤抖着声音道："我怕我怕，我怕蟑螂嘛。"

俞波涛走进卧室，没见蟑螂，也没见郭丹。掉头一瞧，原来人躲在门后，身上仅留着胸罩和裤衩，雪白的臂膀和大长腿晃得俞波涛两眼发花。郭丹没等俞波涛回过神来，直扑上前，投进他怀里，嘴上喃喃道："我就是涛哥的宝贝，涛哥不能走，扔下我喂蟑螂。"

俞波涛要推开郭丹，却觉得两手软绵绵的，毫无力气。郭丹在他怀里蛇样拱动着，弯过蛇样的白臂，死死缠住他颈脖，脑袋贴着他胸膛，往床边拱去。

到床边后，也不知郭丹哪来的力气，将俞波涛一推，推倒在床上，然后双腿一跨，骑到他身上，两眼欲火直喷，嘴里不停地唤道："涛哥我爱你，我爱你！"

俞波涛觉察到事情的严重性，何况他早过了为爱字而激动的年龄。郭丹此举肯定不止一个爱字能够解释的。那她到底是何用意呢？究竟要从你身上得到什么？俞波涛睁大双眼，盯住鹰样俯视着自己的那双眼睛。他要认清这个女孩，到底是妖是魔，是精是怪。

那双眼睛已被欲火烧红，背后隐藏着阴毒和邪恶，比妖魔和精怪更让人恐惧。仿佛有盆无情的冷水从空中泼下来，泼在俞波涛身上，他一个激灵，一把推开郭丹，嚯的一声弹到地上，往客厅走去，留下郭丹缩在床头，颓然无语。

听着俞波涛迈着坚定的步子走掉，郭丹觉得很失败，出到客厅，端起桌上俞波涛没沾过的高脚杯，一仰脖子，把里面的红酒喝进肚里。杯里自然不仅仅是酒水，不大一会儿，郭丹脑袋开始犯晕，意识迷糊起来，倒在沙发上，沉沉睡去。

醒来已是第二天上午。还是被手机铃声吵醒的。郭丹拿过手机，里面有不少未接电话，其中好几个来自缪德良。郭丹准备回电话，朝缪德良吼几句，又临时改变主意，扔掉手机，奔入卧室，从窗帘后面拿过摄像机打开。

视频很清晰，可无实质性镜头。这难不倒郭丹，她取出摄像机里的移动硬盘，插入电脑，点击视频，复制一份，再放进包里，抬步出了租屋。下楼走进附近的彩印公司，把移动硬盘拿出来，请修图师把里面的视频修成自己需要的效果。

将修过的视频交给缪德良后，缪德良觉得还不错，只是嫌床上镜头清晰度不够。郭丹说："都怪你那破摄像机太落后太差劲，换个款式，下次给你录段清晰点的。"缪德良说："床上时间长度也短了些，莫非俞波涛那么不中用？"郭丹冷冷道："不是俞波涛不中用，是你给的钱少，我只能拿多少钱，做多少活。"缪德良哈哈大笑道："没问题，没问题，下次加钱，你把活计做足些。"郭丹道："先把这次的钱兑现了再说下次。"

"还怕少了你的钱？"缪德良说道，拿出十叠钞票，扔到郭丹面前。郭丹拿钱走人，来到银行里，存入自己卡里，再给父亲打去六万。父亲见钱眼开，当即回电话，说郭丹是父母的好女儿。郭丹大发雷霆，把父亲痛骂一顿，狠狠摔掉手机，趴到沙发上，大哭起来。

哭得差不多，捡过手机，预订两天后的高铁票，准备离开彦州。走前私信俞波涛，说要交给他一样东西。俞波涛带着疑惑，来到郭丹说的街心公园。老远看到郭丹坐在绿树环绕的亭子里，低头盯着亭外曲径，心事重重的样子。俞波涛走进亭里，郭丹依然一动不动坐着，只从包里拿出移动硬盘，放到身旁的条椅上，说："涛哥你留着，也许有一天用得上。"

说罢，不容俞波涛开口发问，郭丹便起身离亭，消失在曲径另一头。俞波涛拿过移动硬盘瞧瞧，塞入口袋，在公园里徘徊半晌，才回了纪委黄楼。郭丹又发来微信：涛哥实在对不起您，我不求您原谅，只想告诉您，我确是迫不得已才做出这种事。您是好人善人，但愿好人有好报，善人有善果。我即将离开彦州，请您多多保重。

俞波涛摇头笑笑，去开电脑，准备瞧瞧郭丹给的移动硬盘。才发现临时停电，只好作罢，等来电再说。

直到下班，仍没来电，俞波涛把移动硬盘扔进抽屉，下楼回了家。艾叶青已先进屋，正在厨房忙碌。听到客厅动静，扬声道："你过来一下。"

俞波涛换上拖鞋，来到厨房门口，问道："听你口气，好像有啥喜事似的。"艾叶青道："我今天去了趟医院。"俞波涛道："你好好的，去医院干嘛？"艾叶青嗔道："好好的就不可去医院啦？"俞波涛道："莫非朋友或同事住院？"艾叶青骂道："你真是个木脑壳。亏你天天查贪官，也不知那些贪官有多弱智，才会被你拿下。"

"你到底要说什么？"俞波涛愈加糊涂，转过身走开。艾叶青又在后面道："你还是看看茶几上的化验单吧。"俞波涛道："化验单？你去做过化验？化验什么？"艾叶青道："你先别问化验什么，看看就知道了。"

拿过化验单，见函头写着省妇幼保健院几个字，俞波涛一下子明白过来，知是怎么回事。也没看内容，反正看也看不大懂，只是转身回到厨房门口，说："已怀上了？"艾叶青道："这个时候你才反应过来，也不知你是智商弱，还是情商低。"俞波涛笑道："老婆大人面前，男人自弱智商，自低情商，那可是最大美德。"

艾叶青对美德不感兴趣，道："还真被那家私立医院的老医生说对了，有心栽花花不发，还不如无心插柳，或许柳能成荫。看来凡事不能太在意，太在意往往失意。"俞波涛道："花不发也好，柳成荫也罢，只要你高兴就行。"

聊得正开心，菁菁开门进屋，喊过爸妈，去了自己的小房间。俞波涛手机骤然响起，奚连江在电话里说："常委在家没？"俞波涛道："在家里呀，进屋没多久。"奚连江道："我在您家楼下呢。"俞波涛道："在我家楼下？怎么没快些回家陪老婆？"奚连江道："老婆待会儿陪不迟，先跟您说几句话。"俞波涛道："有话不可明天再说？也行，既然到了楼下，你赶紧给我上来，一起吃个便饭。"

奚连江飞步上楼，推门进屋。未及寒暄，就拉过俞波涛，直奔书房。俞波涛道："你要干什么？"奚连江关紧书房门，说："有人举报你滥用职权，图财谋色。"

俞波涛不敢相信自己耳朵，望定奚连江道："你天天在我身边，见我何时滥用过职权，图谋过财色？"奚连江道："我当然知道您没图财没谋色，可挡不住人家举报您啊。"俞波涛道："谁举报我？"奚连江道："详情不明。刚刚有人透露给我，说市里信访局、人大、政协及咱纪委监委信访室、干部监督室，同时收到关于您的举报信，来势凶猛得很呐。"

俞波涛先是震惊，继而怒火中烧，吼道："诬陷，纯粹是诬陷！"奚连江安慰道："常委别急，事情真相如何，还不得而知。我先报告给您，是想让您有个思想准备，不然到时组织采取措施，您心里一点底都没有。"

也许这一声吼，让俞波涛胸腔里的怒火得以释放，他很快冷静下来，说："谢谢连江及时提醒，我会掌握分寸，应对即将到来的风暴的。没关系，清者自清，浊者自浊，我相信组织，相信时间，会洗去别有用心之徒泼在我身上的脏水。"

见俞波涛问心无愧的样子，奚连江如释重负，一边开门，一边说："常委有此态度，连江就放心啦。"俞波涛道："饭菜嫂子已做好，你充充饥再走吧。"正在摆放碗筷的艾叶青也道："饭就上桌了，连江别来去匆匆，像头上悬着牛鞭似的。"

奚连江谢过，迈出门外。俞波涛走到门边，嘱咐路上注意安全，看着奚连江隐入电梯，才关门归屋。艾叶青已上好菜，叫俞波涛去装饭。见他脸色好像有些不对，问了句："奚连江跟你说了啥？"俞波涛道："没啥，工作上的事，让人烦心。"

艾叶青没有追问，过去敲敲菁菁房门，喊她出来吃饭。

一夜无语。第二天早上俞波涛走进黄楼，上到二楼，刚进六室主任室，听见奚连江脚步声，俞波涛把他叫进来，说："我将修改过的缪德良问题线索初核情况发送到你的内网邮箱里，你尽快打印出来，送到曾书记手上。"奚连江说："我打印就是，但曾书记那里恐怕还是您亲自去送为妥。"俞波涛摇头道："我恐怕已经没有这个机会了。"奚连江道："不会这么快吧？"俞波涛说："若没猜错的话，上午省纪委纪检监察干部监督室就会来人，跟曾书记沟通，对我采取必要措施。"

果然此时曾守贤正和省纪委纪检监察干部监督室来人坐在小会议室里，交流对俞波涛的处理意见。职能使然，来自各渠道的有关俞波涛的举报材料，已基本汇总到省纪委纪检监察干部监督室，包括那份视频资料，只要插进电脑，就可直接播放。

说过有关俞波涛问题线索的来源，省纪委纪检监察干部监督室副主任向昆山归纳道："经过梳理举报线索，俞波涛大体有两方面的违纪违法行为。一方面是图财，其中石三里送过两万元，瞿有为送过六十万元，皇龙公司转送彦城发展股票及派发红股三万余股计八十多万元，现市值已近两百万。二是谋色，俞波涛谋色内容就在视频里，镜头还算清晰，里面的女孩叫郭丹，男的便是俞波涛。"曾守贤问道："向主任觉得该如何处置俞波涛？"

向昆山想想道："若仅凭举报材料，俞波涛同志的问题已非常严重，完全符合留置条件。但我总觉得事情没这么简单，不可太过草率。俞波涛同志从事纪检监察工作近二十年，一向严于律己，评价很高，怎么会突然变质，犯下如此低级错误呢？"

曾守贤陷入沉思，良久没有吱声。会议室静如止水，仿佛蚂蚁走过都能听到。曾守贤心情很复杂。他爱才惜才，很器重俞波涛，才把他提拔为纪委常委兼六室主任，放手让他查办要案，一展身手，也为纪委监委机关干部做出表率。谁知突然冒出这档子事来，实在叫人猝不及防。凡事皆有因，里面水有些深，不像眼里看到的这么浅显。都说耳听为虚，眼见为实，其实有时眼睛也会欺骗自己，比如有关俞波涛的举报材料，白纸黑字，历历在目，难道一定是真相无疑？人性太复杂，曾守贤不是没碰到过告恶状递黑材料的事。眼睛不可信，那又相信什么好呢？当然得相信心。世上惟有心不会欺骗自己。

心告诉曾守贤，俞波涛决不会像举报材料上所说，又贪财又好色。恰恰相反，他有信仰，有品格，心性高洁，情趣雅致，是可赋予重托的我党的好同志。正是听到心的呼唤，曾守贤决定保护俞波涛。当然保护不同于庇护，该采取的措施还得适当采取。曾守贤语气平静道："俞波涛同志属于市管干部和市纪委常委，若对他采取措施，还得先请示远征同志和秉钧同志。请向主任回省纪委后，向秉钧同志转达我的态度，我这里立刻联系远征同志，当面向他汇报，听取他的指示精神。"

向昆山表示认可。送走向昆山他们后，曾守贤去了市委大楼，面见廖远征，专题汇报俞波涛违纪违法情况。听完汇报，廖远征略感震惊，道："我对俞波涛同志有些了解，印象中他还算正派，想不到会犯下这样的错误。"曾守贤道："俞波涛正在初核缪德良问题线索，突然遭到举报，不是没有原因。"

廖远征看看曾守贤，问道："你的意思是缪德良别有用心，冤枉俞波涛？"曾守贤道："市中心医院有事还是没事，缪德良心里比谁都清楚，也知道纪委监委已盯上他，先下手为强，倒打一耙，不是没有这种可能。"廖远征道："你这是猜想，还是手里有依据？"曾守贤道："缪德良的问题线索，俞波涛和奚连江已初核得差不多。至于举报俞波涛是不是缪德良所为，暂时还不太清楚，有待核实。"

廖远征寻思片刻，道："虽说俞波涛所收石三里两万元和瞿有为六十万元，没进自己腰包，处理得还算明智，毕竟他还拿走企业巨额股票，又与婚外女人搞在一起，在事实没澄清前，有必要采取措施，让他停职检查。"曾守贤道："让俞波涛停职检查，缪德良的问题线索如何办？"廖远征道："可另外安排人，与奚连江继续往下查。"

曾守贤摇摇头，说："缪德良不好对付，临阵换将，于案情不利。再说奚连江只服俞波涛，恐怕不容易跟其他人合作。"廖远征道："那就让奚连江以六室代理负责人身份，主管此案。"曾守贤道："就按书记指示办。我马上联系向昆山同志，看他请示过秉钧书记没有。"

回到黄楼，曾守贤正要联系向昆山，向昆山打来电话，说秉钧书记同意暂时给予俞波涛停职检查处理，由省市纪检监察干部监督室组成联合调查组，尽快核实关于俞波涛同志的问题线索。

第二天向昆山再次赶往黄楼，在市纪委监委干部监督室主任雷学武陪同下，走进六室，宣布俞波涛停职检查。停职检查期间，俞波涛不能离开彦州境内，每天必须来六室签到，去纪检监察干部监督室报告自己行踪。

俞波涛自然无话可说，表示绝对服从组织安排，无条件接受检查。继而市纪委组织部宣布奚连江暂时负责六室全面工作。奚连江拒不接受，还跑到书记室，对曾守贤道："组织决定俞波涛同志停职检查，奚连江没有任何意见，但本人能力有限，负责不了六室全面工作。"曾守贤喝道："好个奚连江，你是党员干部吗，敢公然对抗组织？"奚连江道："我是党员干部，但党员干部也有向组织表达个人意愿的权利。"

噎得曾守贤一时说不出话来。奚连江又道："我也收过石三里两万元钱，也该停职检查，甚至实行留置，这样也好去觉园吃几个月闲饭，睡几个月懒觉。"

本来曾守贤准备抽时间跟奚连江好好谈次心，让他以六室负责人身份，带领陶景宜，继续调查核实缪德良问题线索，说不定能从中发现给俞波涛下绊子的角色，岂料这小子像是吃错药，公然抵抗组织决定。

说完要说的话，奚连江掉头出门，没给曾守贤留下教育自己的时间。俞波涛瞧见气鼓鼓回到六室的奚连江，知道怎么回事，笑笑道："你发火发错对象啦。"奚连江说："我不是发火，是表达愤慨。"俞波涛道："有啥可愤慨的？天塌下来，还有高个子顶着呢？"奚连江道："外单位外部门干部有问题，先初核线索，初核属实才采取措施，纪委监委本身干部被举报，不问青红皂白，上场就停职检查，哪有这样不讲道理的？"

毕竟俞波涛比奚连江老道，说："你不觉得曾书记让你负责六室全面工作，自有其深意吗？"奚连江道："什么深意？"俞波涛道："这既可稳定六室人心，又是对我的保护。"

奚连江正在气头上，听不进俞波涛的话，说："哪有这样保护自己干部的？肯定有人从中作祟，曾书记才出此下策。"俞波涛摇头道："你还是给书记去道个歉，好尽快进入工作状态，别让六室烂在你手里。"奚连江道："我又没错，道什么歉？我马上写辞职书，离开这是非之地，免得哪天也像你一样，遭在谁手里都不知道。"

其实奚连江早有去意，只因俞波涛离不开他，才迟迟下不了决心。原来读研时，奚连江曾与同门师妹钟思语相好，几乎到了谈婚论嫁程度。谁知毕业后钟思语进入外贸部门，被派往欧洲，天各一方，旧情难续，奚连江这才跟扈春芸成了家，事业上也还说得过去，只是工资太低，连房子都买不起，一直住在租屋里。租屋毕竟是租屋，还得看房东眼色，生怕人家不高兴，增加租金，或转租给出得起高价的其他租客。

也是山不转水转，有天下班回家，正要进租屋所在小区，忽听有人喊自己名字，奚连江回头一瞧，竟是多年未见的钟思语。钟思语刚在旁边高档小区买了栋别墅，特意从欧洲赶回来收房，不期而遇初恋情人，两人似乎都有说不完的话，直到天色黑下来，该分手了，钟思语才想起问奚连江住在哪里。奚连江实言相告，想邀钟思语去家里坐坐，话到嘴边又吞了回去。钟思语看出奚连江心思，要了他电话号码，又互加微信，才挥手离去。

至此奚连江才知道，钟思语已结过一次婚，不久便离掉，至今单身一人。正因如此，奚连江尽量避免跟她接触，好几次钟思语回国，约他见面，都被他婉言谢绝。钟思语没勉强奚连江，直到去年春节前夕，两人又在小区门口碰着，才一起吃了一顿饭，待了不到两个小时。餐桌上钟思语告诉奚连江，她已单独成立钟欧外贸公司，主营欧洲牛奶生产和出口业务。欧洲是全球奶源最大产地，牛奶品质好，广受世界各地消费者青睐。钟思语举例道，十九世纪前荷兰人不怎么喝牛奶，男性身高平均只一米七，后发现牛奶好处，再也没放下过牛奶杯子，到二十世纪人均身高达到一米八四。仅用一百年时间，拜牛奶所赐，荷兰男性便增高十三四公分，从此对牛奶情有独钟，不可一日无牛奶。钟思语就拥有一家荷兰奶牛场，规模大，奶质高，颇受中欧客户欢迎，供不应求。

钟思语大谈欧洲奶业，目的只有一个，希望奚连江加盟钟欧公司，欧洲生产总监和国内营销总经理两职，任由他挑选。待遇不低，年薪一百五十万元人民币，外加彦州城内别墅一座。这么好的条件，要仍寄居租屋的奚连江一点不动心，自然不可能。可他不敢贸然应允，毕竟如此巨大的跨界，不是说跨就跨得过去的。钟思语没逼奚连江，让他先好好想一想，想通后说一声就是。奚连江犹豫大半年，一直下不了决心。期间钟思语打过两个电话，都被他搪塞过去。这天俞波涛停职检查的事触动了奚连江某根神经，坚定了他离职从商的想法。他当即给钟思语发去微信，问她忙不忙。

也是奚连江很少主动联系自己，钟思语看到微信，直接回电话道："连江莫不是已下定决心，准备加盟钟欧公司？"奚连江掩饰道："难道不去投奔你，就不可给你发微信？"钟思语笑道："说什么投奔？你能来公司，是减轻我肩头负担，我太需要你这样的干才了。"奚连江笑道："反腐倡廉，我勉强称职，说起企业生产经营，连门外汉都算不上，谈何干才？"钟思语道："将相本无种，万事皆相通，能干好纪检，就能做好生意。"

奚连江这才松了口，说："我回去跟老婆商量商量。怕就怕她得知我去给美女同学打工，醋劲大发，坚决制止。"钟思语笑道："女人吃醋，说明她爱你，不是坏事啊。告诉你太太，你成为我的合作伙伴后，啥事都不会有。道理简单，谈情说爱让人弱智，还怎么经营企业？反之没有共同奋斗目标，说不定还真会弄出点故事来，亦未可知。"

回到家里，奚连江跟扈春芸说了去钟欧公司的想法。扈春芸问："待遇如何？"奚连江说："年薪一百五十万。"扈春芸睁大眼睛道："到底是一百五十万，还是十五万？"奚连江道："十五万我还去干什么，在纪委干也没比这个数少。"

扈春芸满脸憧憬，掰着指头道："一年一百五十万，除去日常开销，两年时间便可在彦州城里买套大房子，后年咱们就不用蜗居在这毫无安全感的租屋里了。"奚连江道："不用等到后年，一入职公司就送我一套别墅。"扈春芸道："真的？你不是逗我开心吧？"奚连江道："逗你开心，能真让你开心吗？公司老板已说好。"

扈春芸搂过奚连江脖子，在他脸上猛亲起来，一边道："要得要得，我举双爪赞成你去钟欧公司。"奚连江道："你双爪举不举没关系，还是先动爪做饭去，我肚皮已贴背了。"扈春芸撒娇道："咱就要住别墅，当贵夫人了，你还要我动爪做饭，是不是太残酷了点？"奚连江道："现在不还住在租屋里吗？待搬进别墅后，你再做贵夫人也不迟。"

"穷夫人一做十年，再多做几天也无所谓。"扈春芸松开奚连江，飞快进了厨房。奚连江印象中，自结婚以来，还从没见扈春芸这么欢快过。也是没法子的事，经济基础决定上层建筑，上无片瓦，下无立锥之地，长年寄居租屋，接父母来带孩子都没地方住，只能让儿子去上幼儿全托班，要扈春芸怎么快活得起来？奚连江加盟钟欧的想法更加坚定了，准备饭后就写辞职报告，改日递到曾守贤手上去。

不是什么大餐，加之扈春芸手脚麻利，很快端菜上桌，又开了葡萄酒，跟奚连江碰碰杯，说："祝咱家苦海无边，回头是岸！"奚连江道："对不起，多年来让夫人跟我受苦啦。"

说得扈春芸眼泪都渗了出来，仰脖干掉杯中酒，笑道："咱这不就要咸鱼翻身，苦尽甘来了吗？"奚连江道："但愿吧。"扈春芸道："怎么还是但愿？你不是说已跟钟欧公司说好，马上就会入职吗？那是家什么公司？"奚连江道："外贸公司。"扈春芸道："老板是哪里人？"奚连江道："就是彦州人，我研究生同学。"

扈春芸哦一声，道："我说啰，谁会给你这么好待遇，原来是老同学。老同学应该靠得住吧，是男同学还是女同学？姓甚名谁？"奚连江实话道："女同学，叫钟思语。"

扈春芸眉毛立即竖了起来，叫道："你什么性质的女同学？"奚连江道："女同学就是女同学，还有性质之分？"扈春芸道："老实交代，钟思语是不是你当年情人，否则怎么会给你如此优厚的待遇？"奚连江道："你想多了。难道女同学就一定是情人吗？"扈春芸指着奚连江道："从你眼里看得出，你跟钟思语决非普通同学。"

奚连江有些扫兴，说："你非认定钟思语是我旧情人，担心我和她旧情复燃，我不去钟欧公司，仍回纪委上班就是。"扈春芸道："你不去钟欧公司，谁送别墅，谁给你开一百五十万的年薪？"奚连江说："鱼与熊掌不可兼得，一边是你不中用的男人，一边是别墅和大钱，孰轻孰重，取谁舍谁，你可得先想明白，别到时再后悔，一切晚矣。"

扈春芸嘻嘻笑道："街上男人如过江之鲫，别墅和大钱却千载难逢，我过怕了穷日子，宁肯失去男人，也不愿放弃快到手的别墅和大钱。"奚连江道："女人啊女人，原来你们的名字叫别墅和大钱。"扈春芸道："能怪女人吗？物欲横流的社会，女人太缺乏安全感，单位也好，老公也罢，孩子亦然，统统靠不住，能捞套房子，抓把金钱，心里才踏实。"

饭后扈春芸收拾碗筷，奚连江动笔写辞职报告。辞职报告很快写好，扈春芸也走出厨房，过来搂住奚连江脖子，说："你答应我，再有钱，再发达，也不能丢下我和儿子。"

奚连江有些动情，反掌拍拍妻子手背，说："怎么会呢？如今女孩一个比一个势利，非有房有车不嫁，只有你傻，肯下嫁我这乡下穷小子，跟着受穷受苦受累。你是我生命中的贵人和福星，我感激还感激不过来呢，哪会丢下你和儿子？你放十二个心，去了钟欧公司，我会加倍努力，做出业绩，多挣票子，报答你的大恩大德。"

画饼也是饼，扈春芸感动地嗯一声，眼里已噙满泪水。周一上班，奚连江就拿出辞职报告，递到来委里应卯的俞波涛手上，说："常委领导签字吧。"俞波涛说："我正停职检查，哪有资格签字？签了也作不得数。你还是直接呈送守贤书记吧。"

奚连江咚咚咚，爬上三楼，走进书记室，把辞职报告放到曾守贤桌前，说："连江去意已定，还请书记放我一马，恩准辞呈。"

虽说上周五才受过奚连江的气，曾守贤毕竟是领导，也就大人大量，计较不了这么多，瞥眼桌上辞职报告，心平气和道："连江真想好要辞职？"奚连江道："早已想好。"曾守贤道："就为波涛停职检查的事？"奚连江摇头道："波涛常委不停职检查，我也会辞职。"曾守贤道："你是纪检系统不可多得的人才，年纪轻轻就做上部室副主任，前途大好，就此放弃，不觉得可惜吗？"

不是曾守贤任纪委书记监委主任，奚连江也不可能这么快做上六室副主任，说曾守贤是自己贵人，一点不假。奚连江感念曾守贤的知遇之恩。士为知己者死，奚连江卖力工作，正是因为心存感恩。可俞波涛被停职检查，让他看到从事纪检工作的风险，加之家里确实需要钱，也就坚定了弃政从商的想法。奚连江实话实说道："也怪咱八〇后生不逢时。从农村考出来，大学开始高额收费。熬到大学毕业，国家取消工作分配，遇单位缺员，逢进必考。好不容易考入单位，福利房已分光，商品房天天见涨，卖妻卖儿都凑不够房款。所幸组织器重，书记厚爱，连江三十多岁提拔为副主任，成为老家十里八乡第一位正科级官员，令人羡慕。可这不过表面风光而已，谁知道连江每天下班回家，面对又窄又破的租屋，面对租屋里受穷受困的老婆孩子，心里有多愧疚，有多无奈？贫贱夫妻百事哀，老婆跟我结婚十年，一直郁郁寡欢，周五听我说准备辞职经商，赚钱买房，才展露欢颜，头一次笑得那么开心。"

说得曾守贤心酸起来，理解道："连江说的也是实情，不可否认。但时代在前行，社会在进步，假以时日，困难终会解决，不公总能消除。比如住房问题，中央反复强调，房子是用来住的，不是用来炒的，且已采取行之有效的措施，房价增长速度逐渐得到抑制。同时经济在发展，国民收入在提高，相信不久的将来，八〇后也能凭自身能力买得起想要的房子。"奚连江道："但愿如此吧，只不知美好愿望何时才能实现。连江还是实在一点，趁着年轻，还有些胆量，出去闯一闯，说不定有望改变现状。"

曾守贤没法说服奚连江，只能换个策略，说："连江去意坚决，我也不好强留。辞职报告先放这里，待召集班子成员开会，听听意见再说，不然我擅自放走你，也不符合组织程序。"

辞个职还要符合组织程序？奚连江知道曾守贤在使缓兵计，却又不便逼他表态，只得先告辞出来。曾守贤当即打俞波涛电话，把他叫到书记室，道："你看过奚连江辞职报告没有？"俞波涛道："他要我在报告上签字，我没理睬，他才直接找到您这里来了。"曾守贤道："波涛应该清楚，我是不会放奚连江走的，你帮我做做他工作。"

俞波涛也不希望奚连江走，说："波涛尽力吧。"曾守贤道："不是尽力，是非稳住他不可。你心里清楚，我为何要让奚连江主持六室工作。"俞波涛道："书记不想半途而废，停止对缪德良的调查。"曾守贤道："这是重要原因，但不是唯一原因。"

俞波涛何尝不懂曾守贤言外之意？只因领导没明言，自己不好多嘴。曾守贤又道："你自己的问题，也得争取主动，尽快向组织交代清楚。有些情况你早已报告给组织，这自然好说。组织没有掌握的，你也要有一说一，有二说二，不可隐瞒。交代清楚，说得明白，组织绝对不会冤枉一个好干部，你懂我意思没有？"

"我懂我懂。谢谢书记教诲，我会给组织满意交代的。"俞波涛说罢，退出书记室，回到六室，要陶景宜到主任室来一下。组织只让停职检查，没说撤职搬出主任室，俞波涛也就仍在里面赖着，面壁思过，深刻反省。

陶景宜来到主任室。俞波涛道："刚才书记把我叫去，说了奚连江辞职的事，你有无办法把他稳住？"陶景宜笑道："天要下雨，娘要改嫁，谁阻止得了？"俞波涛道："别嬉皮笑脸。我知道你有办法对付奚连江。"陶景宜道："常委都没办法对付姓奚的，我哪来办法？"俞波涛道："别常委常委的，我正停职检查，担当不起。"陶景宜道："虎死威犹在，何况常委还活得好好的，不过停职检查而已。"

俞波涛笑道："你是不是希望我早死，腾出主任室，你好搬过来？"陶景宜道："曾书记让奚连江主持室里工作，要搬也该他搬，哪轮得到我？"俞波涛道："奚连江不在闹辞职吗？他走掉，六室谁主沉浮，不是和尚头上虱子，明摆在这里的么？"陶景宜道："常委意思，我若不出面留住奚连江，就是别有用心，想占主任室啰？"

"不是吗？我停职检查，奚连江走人，你这个副主任成为室里最高领导，主任室还有谁敢跟你争？"俞波涛笑道。陶景宜摇摇头，说："为自证没有篡位夺权野心，我只好恳求奚连江别走，否则我浑身是嘴也说不清楚了。"俞波涛道："这就对了嘛。"陶景宜说："要我说服奚连江也行，常委得出点血。"俞波涛道："没问题，我请你俩吃盖码饭。"陶景宜说："当我和奚连江是叫花子，盖码饭就可打发？"俞波涛道："那要怎么打发？"陶景宜道："安排郊游，乐山乐水，求仁得仁，求智得智。"

俞波涛满口答应，周六驾车带上奚连江和陶景宜，去了西郊。路上陶景宜道："从前老坐连江的车，觉得连江车技不错，想不到常委车子也开得这么好。"俞波涛道："得纠正景宜一句，本人不是常委，是前常委。"陶景宜道："前常委就前常委，不过称呼而已。"俞波涛道："正因是前常委前主任，无职无权，才受支配，命我驾车，不敢开船，叫我下水，不敢登山。试想从前，有职有权，有威有风，走到哪里，不被人高看一眼，厚爱一层，何劳我老人家卖苦力，献殷勤，生怕服侍不好主子？"

陶景宜哈哈大笑，道："好不容易获此良机，乘人之危，让前常委当回司机，做做服务员，咱们也好大模大样，尽情享受享受。"俞波涛道："怪不得人说，男人不可一日无权，女人不可一日无钱。男人无权，虎落平川。女人无钱，破帽遮颜。"

只奚连江少言寡语，心事重重的样子。陶景宜道："奚老板在想什么？"奚连江说："没想什么。"陶景宜道："你肯定在想，今天咱们为何把你拉到外面来？咱也不瞒你，目的只有一个，就是先在你这里做点感情投资，日后你发了大财，好向你借钱，尝尝做富人的味道。"俞波涛也道："连江暂时没离职，咱还有机会接触，哪天远走高飞，财大气粗，想跟你吃个饭，喝杯茶，说几句话，只怕难上加难啰。"

不一会儿，来到此行目的地千竹湖。所谓千竹湖，乃因湖四周全是茫茫竹林，郁郁葱葱，格外养眼。车停湖边，三人下车，跳上一艘小船。船上支着张小桌，有些姿色的年轻船娘拿出三只茶杯，放到桌上，倒好茶水，又摆些瓜子和点心，再走到船尾，摇起桨来。初冬的暖阳映在洁净的湖上，泛着莹莹波光。野鸭子钻出枯黄的芦苇丛，紧贴湖面，振动翅膀，划向远处。陶景宜道："那野鸭子跑得那么快，去干什么呢？"

俞波涛玩笑道："不是追名，就是逐利呗。"陶景宜道："还是前常委眼光独到，见野鸭子跑，就知是追名逐利。"俞波涛道："天下熙熙，皆为名来；天下攘攘，皆为利往。知道野鸭子本名吗？"陶景宜道："野鸭子还有本名的？"俞波涛道："当然有。野鸭子本名曰鹜。"陶景宜道："什么鹜？"俞波涛道："趋之若鹜的鹜。"

"原来人追起名逐起利来，动作跟野鸭子一样快。"陶景宜笑道，望望一旁的奚连江，"你是不是野鸭子啊？"奚连江尴尬道："别胡乱联想好不好？本人不过想改变自家贫穷落后面貌，准备离开体制，去外面赚点辛苦钱，怎么就成了你们眼里的野鸭子？"俞波涛岔开话题道："你们读过王勃《滕王阁序》吧，里面有两句赋很有名：落霞与孤鹜齐飞，秋水共长天一色。若用野鸭子替代鹜，改作落霞与野鸭子齐飞，会是什么效果？"

船娘显然也有些文化，听得直乐，搭话道："一种鸟，换个称号，写进相同的诗文里，味道竟绝然不同，还真有意思。"陶景宜道："这也许就是雅与俗之区别吧。"俞波涛道："说得不错，人们需要没有障碍的口语交流，也离不开高雅文学，道理正在此处。"

见船娘还有几分可爱，陶景宜来到船尾，说："美女可不可以教我划划船？"船娘说："划船可不是一时半会儿学得来的。"陶景宜道："也许我聪明，一学就会。"俞波涛道："哪有自己说自己聪明的？"奚连江借机挖苦陶景宜道："老鼠沿秤钩呗。"

这是句乡下俚语，陶景宜没听说过，问奚连江道："老鼠沿秤钩干嘛？"奚连江道："老鼠爬到秤钩上，还能干嘛，自己称自己呗。"

陶景宜白了奚连江一眼，要过船娘手上船桨，装模作样摇起来。却不得要领，忙乎半天，小船不进也不退，一直在原地打圈圈。奚连江忍俊不禁，道："你那么聪明，干嘛无奈小船何？"陶景宜又急又气道："你聪明，你来试试。"

哪知奚连江老家溪河纵横，打小没少撑排划船，这下手执桨柄，左一摇，右一摆，只见小船又温顺又听话，悠然荡向湖心。湖心有座小岛，船娘建议客人上去转转，望望远，照照相，也挺有味道的。俞波涛连声叫好，来到船头，先上了湖岛。奚连江也要登岸，陶景宜缠住他，要他教自己划船。刚才看奚连江划船，船娘就知道把船交给他可以放心，说："这位帅哥，美女要学划船，你就教教她嘛。我到岛上去，免得影响你们师徒。"

没法甩脱陶景宜，待船娘离船后，奚连江退回船尾，做几个示范动作，再把桨交给陶景宜，手把手教她如何摆臂抬腕。

陶景宜不傻，很快掌握执桨要领，小船渐渐乖巧起来，听话地向前滑去。奚连江表扬陶景宜悟性好。陶景宜道："哪是我悟性好，是老师教授得法嘛。"奚连江道："你喜欢划船，干脆来做船娘，天天逐水而行，欣赏湖上好风光。"陶景宜道："那得等奚老板经商赚了大钱，买只船送我，再来做船娘。"奚连江眼望湖面道："经商就一定能赚大钱？"陶景宜说："无利不起早，不赚大钱，你经什么商去？"奚连江道："赚大钱太难，赚小钱总有可能。景宜也知道，我工作十余年，连房子都买不起，一直寄居在逼仄的租屋里，自己遭罪，不好怪谁，让老婆孩子跟着受屈，心里过意不去啊。这才下决心出去闯闯，先改善一下生活环境。"

陶景宜道："谁说住租屋就遭罪，就受屈？有句歌怎么唱来着：寒窑虽破能避风雨，夫妻恩爱苦也甜。本姑娘跟糟糠之夫在租屋里一住多年，不也觉得天是青的，水是蓝的，人间是美好的？"奚连江道："你家糟糠之夫前世修来的福，娶了你这糟糠之妻，夫妻恩爱苦也甜。可惜我那糟糠之妻不姓陶，不愿住寒窑破屋。"陶景宜笑道："要么咱们重新洗牌，你先离婚，再迎娶本姑娘，省得离职去经商？"奚连江说："你愿意抛弃糟糠之夫？"陶景宜道："不愿意也得愿意呀，我见不得你抛弃六室哥们姐们，去当土豪。你准备做什么生意？"

"主要是外贸。"奚连江说了说钟欧公司基本情况。陶景宜道："原来你不是去做土豪，是要去做假洋鬼子。说实在的，那么优厚的待遇，换了本姑娘，也会蠢蠢欲动。"奚连江道："那你干脆跟我一起走，保证你没亏吃。"陶景宜道："你好狠心啊，自己拍屁股走掉还不够，还要拉个人入伙。知不知道前常委一直视咱俩为左臂右膀，你让他失去左臂，还要把他右膀也砍掉，他岂不只有等着坠入万丈深渊？"

奚连江心知今天俞陶两位拉自己来郊游的真实目的，听陶景宜说出要说的话，几分无奈道："人家已是前常委，深渊就在眼前，哪用等到左臂右膀失去？"陶景宜道："你不觉得前常委冤枉吗？"奚连江道："前常委没停职检查前，得闻他遭举报，我就知道有人别有用心，故意栽害他。比如他收的几笔钱，来龙去脉我都了解，组织面前还讲得清楚。可还有更严重的问题，他从没透露给咱，咱心里也没了底。"

陶景宜盯住奚连江，道："难道出自此因，你才决定临阵脱逃？"奚连江道：

"逃什么逃？说得多难听。"陶景宜道："不是逃，也是躲。本姑娘担心，你脱身而去，六室掌握在他人手里，前常委恐怕永远只能做前常委了。"奚连江道："此话怎讲？"

陶景宜抚抚仅及耳轮的短发，说："我揣摩曾书记叫你主持六室工作，自有用意。一是让你掌握追查缪德良的主动权，说不定能从他身上摸出举报前常委的缘由，否则临时换将，变数太大，很可能前功尽弃。"奚连江道："我也隐隐意识到，缪德良可能已察觉咱们在初核他，才反咬一口，把前常委弄下去。二是？"陶景宜道："二是缪德良绝非孤立存在，只有通过深入初核其问题线索，才可能牵出隐藏在他后面的势力，同时让前常委冤情得以昭雪。"

奚连江不比陶景宜笨，何尝不懂曾守贤让他主持六室工作的真实意图。无奈自己早有去职想法，皆因组织信任，领导器重，才一直下不了决心。直到俞波涛遭到举报，停职检查，终于给了自己充足理由，趁机提出辞职。怪只怪陶景宜口无遮拦，道破天机，把自己去留与俞波涛命运联系在一起，叫你吱不得声。

见奚连江沉默着，半天没放出屁来，陶景宜又道："人各有志，你要远走高飞，去发大财，不论本姑娘，还是前常委，抑或曾书记，都不好强留你。本姑娘只有一个小小要求，希望你看在多年同事份上，能够满足我。"奚连江道："有啥要求，说来听听。"陶景宜道："早走是走，迟走也是走，你能否坚持坚持，再住数月租屋，带着六室同事揪出缪德良，让前常委冤枉得到澄清，届时或走或留，心无挂碍，岂不为美？否则前常委复职无期，六室兄弟姐妹亦无出头之日，你在外面赚钱赚得安心？"

好像被点中死穴，奚连江定在船中间，半日动弹不得。人毕竟是情感动物，奚连江走前先递辞职报告，全因潜意识里还有些不舍，不舍多年的纪检生涯，不舍朝夕相处的同事和领导。否则屁股一抬，甩手而去，谁会找你索要辞职报告？道理简单，开弓没有回头箭，一旦离开体制，想再回来，几乎没有可能。且政商两重天，远走欧洲做外贸，闯市场，不碍原单位啥事，呈递辞职报告，大可不必。

奚连江这才意识到，看上去自己去意坚定，其实内心深处一直在犹豫，并不像表面那么决绝。陶景宜没再理会奚连江，尝试着将小船摇近湖岛。恰闻俞波涛的呼唤传来："奚帅哥陶美女快上来，有好吃好喝等着你俩！"

两人离船上岛。岛上也全是竹子，只岛中央竖着两棵古柳，荫出一片空地，有位汉子支了个烧烤摊，正在烤炙刚钓上来的鲩鱼。摊前一块大青石，上面摆着竹碗竹筷和竹筒酒。俞波涛正在开酒，嘴里道："两位来吃烤鱼，喝竹筒酒，不醉不归。"

两人坐到青石旁的条凳上，看船娘协助汉子，给烧烤摊上的鲩鱼撒抹姜末和辣椒油。鲩鱼入味后，船娘用竹篓盛好，端到青石板上，再上一碟花生米，一碟拍黄瓜。俞波涛已打开竹筒，将酒倒入竹碗里，招呼两位开喝。船娘告诉三位，酒是自家酿的米酒，趁屋后春笋出土成型，注入竹腹，随着竹子成长，在里面酝酿一年半载，想喝时砍竹取用便是。

竹筒酒度数不高，竹香浸润，挺好下喉，三人喝得津津有味。陶景宜对船娘道："你也来喝一碗吧。"船娘说："咱制酒卖酒人，天天有喝，还是你们客人多喝些。"陶景宜道："烤鱼的帅哥是你什么人？"船娘笑道："我的冤家呗。"陶景宜也笑笑道："不是冤家不聚头，你俩看上去还蛮般配蛮协调的嘛。"

有冬阳，有绿竹，有湖风，有鱼有酒，三人很惬意，很享受。陶景宜道："前常委怎么知道有此妙处，平时经常来？"俞波涛道："以前来过，觉得不错，想起连江就要抛弃咱们而去，以后不知何时才能相见，特选择此处，一晌贪欢，以为存念。"

说得陶景宜鼻头一酸，望望身边古柳，说："古柳也可见证咱们的小聚。古人就喜欢借柳抒发离情别绪，诸如王维的'客舍青青柳色新'，柳永的'杨柳岸，晓风残月'，莫不如是。"俞波涛故意问道："古人干嘛要以柳抒离情，发别绪？"陶景宜道："柳者，留也。友人离去，天各一方，再聚万难，才寄情于柳，希望留住友人，永不分离。"俞波涛道："朋友离别，往往口里说送，意中存留。国人讲感情，自古看重君臣、父子、夫妻、兄弟和朋友关系，名曰五伦。前四伦命中注定，与生俱来，只朋友可遇不可求。故有人叹惋，人生得一知己足矣。"

两人你一言，我一语，东一声，西一句，好像不着边际，其用意却很明白，奚连江岂能听不出？他的心情微妙起来，嘴上却不知说啥好。

冬阳西偏得早，三人起身离岛，回到小船出发的地方。上得车，赶到城边，奚连江和陶景宜提出打车回家，俞波涛不让，坚持驾车送人，还开玩笑道："机会难得啊，连江大富后，香车宝马，到时就是哭着喊着，跪求坐我这破车，都成奢望。"

因是周末，没有平时下班车流高峰，很快到达奚连江租屋所在小区门口。奚连江下车后，俞波涛又去送陶景宜。陶景宜说："也不知奚连江会不会回心转意，留下来继续跟咱们干。"俞波涛道："听便吧。他有他的难处，硬要离职经商，不仅你我，就是曾书记也拿他没法。"陶景宜道："六室正处于低潮时期，但凡有些良心，他就不该此时开溜，至少也得等到你前常委渡过难关再说。"俞波涛笑道：

"不用担心我，事情总会过去的。"

　　但愿如此。陶景宜心里默念着，见已到家，叫停下车。俞波涛掉转车头，往市委方向开去。路上无声自问，若奚连江离职而去，放过缪德良，后果又会如何？可俞波涛已成前常委，没法正常履职，只能骑驴看唱本，走着瞧。当然自己也不是没事做，眼下最要紧的就是配合组织，写好交代材料，争取早日过关。

　　回家摊开稿纸，准备动笔时，却又不知从何写起。组织上只要自己停职检查，交代问题，并没说问题出在哪里。组织当然是为自己好，主动交代与被动承认，性质可大不同，自己必须把想到的写进材料，以争取宽大处理。

　　可俞波涛打烂脑壳，也只想得起收过的石三里和瞿有为两人送的钱。两笔钱组织上早已知道，交代与不交代，区别只那么大。难道无中生有，自己给自己泼污水？

九

这天俞波涛先上六室打个转，又走进纪检监察干部监督室，去见雷学武。雷学武道："向主任刚才还打电话问我，俞波涛同志检查材料写得如何？"俞波涛道："正在写呢，就是不知写什么好。"雷学武道："知道多少写多少嘛。"

俞波涛苦着老脸，说："办了近二十年案子，审查过不知多少腐败分子的忏悔材料，轮到自己来写检查，才知笔头有多么沉重。"雷学武道："有这个态度就好。如果还轻松得起来，说明对问题认识不足。"

自己行得稳，坐得正，无愧于心，没啥问题，又怎么认识呢？俞波涛肚里嘀咕，嘴上不便说啥。虽然雷学武是个正派人，平时两人还处得来，毕竟自己已成检查对象，不好当他面胡言乱语。只有告辞回家，坐到桌前，挖空心思，写了两千字。回头读上一遍，觉得太肤浅，自己这一关都过不去，组织那里又怎么通得过？

重新动笔，添油加醋，拼满三千字，鼓着勇气，送到雷学武手上。雷学武看过，道："后半部分认识方面谈得还算充分，但前半部分关于实质性问题，显得有些轻描淡写，不痒不痛，只怕向主任那里通不过。我是担心，你有问题自己不交代清楚，一旦被组织查出来，就被动啦。"俞波涛道："雷主任可否提示提示，波涛主要问题在哪里？"

雷学武不乐道："你正处在自我检查阶段，组织还没启动调查，我怎么知道你的问题在哪里？"俞波涛道："向主任手里不有关于我的举报材料么？麻烦帮我去问问可以不？"雷学武道："举报材料仅仅是举报材料，在没得到证实前，不可作数。我看你还是回去好好反省，正确认识自己的问题，努力写出像样的检查，争取组织宽大处理。"

俞波涛感到几分委屈，说："我只知道拿过石三里和瞿有为的钱，其去向如何，也早报告给了组织，此外再没做过违纪违法事情。"雷学武道："你就这么肯定，没有其他违纪违法行为？"俞波涛道："组织上觉得有，只管调查，调查属实，我承认就是。"

雷学武没法，带着俞波涛的检查材料，去了省纪委。向昆山在材料上瞟了几眼，道："好个俞波涛，尽说皮毛。"雷学武摇头道："我也批评过他。可不可以提示他一下，比如跟婚外女人上床的事，看看他反应如何。"向昆山道："俞波涛肯定以为婚外情事小，没怎么放在心上。以此敲打敲打他也好，让他警醒警醒。"

得了向昆山的话，当俞波涛再次走进纪检监察干部监督室时，雷学武便道："英雄难过美人关，不少官员处处谨慎，事事小心，却一不留神，栽倒在石榴裙下，你说可不可惜？"俞波涛说："也难怪，男人一见美女，智商便会急剧下降。正因此，千计万计，不如一计，那就是美人计，屡试不爽，成本还低廉。"雷学武道："俞波涛同志中没中过美人计？"俞波涛笑道："我天天家里黄楼觉园，三点一线，人家想使美人计也使不上啊。"

雷学武点到为止，没有往深里说。出了监督室，俞波涛琢磨雷学武的话，感觉似在暗示什么。莫非他已掌握你的男女关系问题？可在女人面前，自己还算自律，哪怕发乎情，也能止乎礼，绝无把柄握在别人手里。俞波涛想起初恋余慧娴，也仅在蛤蟆山庄泳池里有过几秒亲昵接触，别无他哉，有人想拿来做文章，也做不出什么水平。

由余慧娴到林路雪，再到自己下属陶景宜，俞波涛把有些交情的异性排上一遍，自觉都处于正常范围之内，没有非分之举，更不存在美人计啥的。难道雷学武拿美人说事，不过一时兴起，玩笑而已，并无实际意义，是你太过敏感，想得多了？

百思不得其解之际，俞波涛脑中浮现起另一个女人郭丹来。可跟郭丹也不过见过四五面，并无感情纠葛，更没染指她，虽说她很主动，有过大胆举动。

人家都已半裸着把你拱倒在床上，还说没染指她，说出去谁信啊？想到这里，俞波涛不觉吓一大跳。莫非雷学武所说美人计里的美人就是这个郭丹？然几次见面，仅两人在场，没有旁人，还能被谁偷瞧了去？也可能是郭丹自己说出去的，然两人没发生实质性关系，她拿来挂到嘴上，有啥意思呢？何况她是女人，即使两人有事，张扬出去，于她有何好处？

俞波涛不出声质疑着，把跟郭丹交往过程放脑袋里过一遍，才意识到此中不无蹊跷，只是一时不明白蹊跷在哪里。由此想起两人在公园见的最后一面，郭丹神情异样，好像肚里有话，欲言还休。还送过一个移动硬盘，说也许有一天用得上。不巧回办公室后，准备打开看看，正碰上停电，顺便扔进抽屉，后再没想起过。

难道名堂就在移动硬盘里？俞波涛把自己关进主任室，拿出移动硬盘，插入电脑，里面仅有一个视频文件。点开视频，郭丹半裸着跟自己纠缠一起的画面赫然跳将出来。这是俞波涛亲身经历过的场景。原来郭丹把自己骗到她的租屋里，就为录这视频。可她录视频干啥呢？想敲你一笔？可为何留下视频后，便离开彦州，再没打扰过你？

视频往前推进着，看得俞波涛耳热心跳起来。奇怪的是，那天真真切切怀拥仅胸罩和裤衩在身风情万种的郭丹，还能保持理智，没有冲昏头脑，此刻面对视频，竟心荡神摇，情难自禁，仿佛随时会败下阵来。是不是当时身临其境，不敢放松警惕，才没完全被美色迷惑，现在成为旁观者，反而容易受到诱惑？

视频不长，很快放完。俞波涛关掉电脑，痴在桌前，半天缓不过神来。他不知这一切意味着什么，只觉得与雷学武所言美人计似有某些关联。可计从谁出？到底何人指使郭丹来进攻自己？所幸那天理智战胜冲动，及时中止剧情，没往下延续。

俞波涛带着移动硬盘，走进监督室，递交给雷学武，毫无保留说了其来源。雷学武转而把硬盘送到向昆山手里，同时转述了俞波涛的说明。向昆山已有一个硬盘，早看过里面视频，不知与这个硬盘内容是否相同。那张硬盘里的视频不堪入目，俞波涛却说跟郭丹没到那一步，这不自欺欺人么？向昆山打开雷学武送来的硬盘，才发现与先前看过的视频不同，虽说郭丹半裸，俞波涛却衣服在身，也不知孰真孰假，孰是孰非。

向昆山将情况汇报到黎秉钧那里，黎秉钧说曾守贤是省纪委常委，此事由他来定夺。向昆山随雷学武来到市纪委，向曾守贤传达黎秉钧指示。曾守贤比较过两个视频，说："真的假不了，假的真不了，就看昆山和学武同志怎么去伪存真。"雷学武说："这好办，找郭丹本人一问，便真相大白。"曾守贤道："郭丹在哪？"雷学武道："俞波涛说郭丹去了广东。"曾守贤道："郭丹送移动硬盘给俞波涛，自有其用意，也许愿意露面。你俩去趟广东吧。"

两人来到监督室，商量赴粤行程。雷学武道："我有俞波涛给的郭丹电话。要去广东，得先联系郭丹，看她具体在哪个位置。"向昆山道："现在还不知郭丹心里想法，还是先不惊动她为佳。"雷学武道："那让俞波涛先打郭丹电话，说不定郭丹会告知地址。"

向昆山觉得可行。雷学武把俞波涛叫到监督室，说："俞波涛同志，曾书记指示我陪向主任寻找郭丹下落。可否请你联系一下郭丹，问问她在何处？"

俞波涛二话不说，拿出手机，揿了郭丹名字。又觉有些唐突，按下红键，调出郭丹微信，问道：好久不见，表妹还好吧？郭丹很快回复道：还行吧，涛哥你呢？俞波涛道：还活着吧。郭丹道：还活着？你正当盛年，难道不应该活着？俞波涛道：也仅仅活着而已。郭丹道：莫非碰到什么麻烦？俞波涛道：也没啥，不过停职而已，天天在家面壁思过，写检查材料，怪只怪当年没好好跟老师学写作，写起检查来，词不达意，老通不过。

停顿许久，郭丹才回了一句：是我害了涛哥。俞波涛道：我可没说你害了我。郭丹道：涛哥真对不起，我财迷心窍，让你吃了大亏。俞波涛道：没这么严重。郭丹道：你会不会丢掉工作？俞波涛道：很难说，重则坐牢，轻则开除公职，都有可能。郭丹道：坐牢不至于吧？你又没做坏事。俞波涛道：我没做坏事，并不代表别人不举报我做坏事，我是跳到黄河也洗不干净了。郭丹道：涛哥真丢掉工作，我养你一辈子。俞波涛道：真的还是假的？郭丹道：当然真的。俞波涛道：太好啦，告诉我你在哪里，在彦州还是广东？我投奔你去。

稍稍迟疑，郭丹才道：不在彦州，也不在广东，在广西一个偏僻小镇上。俞波涛道：你想把自己孤立起来，与世隔绝？郭丹道：我厌恶自己，以及这个肮脏世道，想过几天没有算计和交易的清静日子。俞波涛道：跟我想法一样，我把眼前麻烦处理掉，就赶去陪你如何？郭丹道：我求之不得，只怕你是骗我，说着好玩儿的。俞波涛道：骗你干啥，无官一身轻，我的时间我做主，我的青春我做主。

郭丹没主动交代地址，俞波涛不好逼她，怕吓着她。又聊几句，道了再见。不想隔日郭丹主动来微信道：涛哥昨天说的话还算数不？俞波涛道：昨天说的什么话？郭丹道：你说来看我，不是哄我开心吧？俞波涛道：哄你开心干嘛，我现在正停职检查，不用天天上班，可自由外出走走。郭丹道：实在对不起涛哥，涛哥能给我赎罪机会吗？俞波涛道：你没有对不起我，更不用赎啥罪。郭丹道：你过来吧，我做好吃好喝的招待你，然后陪你去爬青山，淌绿水。俞波涛道：真的？我就喜欢游山玩水，你说话算话咯。

郭丹便发了个微信地址。俞波涛谢过郭丹，将微信地址转发给雷学武。雷学武联系向昆山，定下出行时间。

照微信地址所示，先乘高铁，继坐汽车，再搭中巴，几经辗转，向昆山和雷学武终于来到滇桂边境的偏远小镇上。

郭丹在镇上开了个小超市，生意还算不错。向昆山和雷学武站到超市门口，望向里面正忙碌的年轻女孩，一眼便认出是郭丹。她比视频里的女孩更漂亮。雷学武心想，就凭郭丹长相如此出众，说俞波涛与她无染，恐怕谁也不会相信。

两人一前一后走进超市。郭丹还以为是平常顾客，笑问道："二位要些什么？"雷学武道："我们不是来买东西的，是想找一个人。"

一听雷学武带有彦州口音的普通话，郭丹一下子怔住，目光在两人脸上漂移着，说："找什么人？你们没走错地方吧？"雷学武道："不可能走错，我们要找的人就是你。"郭丹自指道："找我？我是谁？"雷学武道："你是郭丹。"

这下郭丹倒释然了，镇静道："你们是涛哥同事吧？"雷学武道："你蛮聪明嘛。"郭丹笑道："这世上只有涛哥知道我在哪里。"雷学武道："可不可以借一步说话？"郭丹说："可以，我先把店门关一下，不然人来人往，说话不方便。"

郭丹几下关好店门，泡两杯热茶，递到两人手上。向昆山拿出两个款式相同的移动硬盘，往桌上一放，说："这两个移动硬盘里面，各存有一份视频，视频内容大同小异。你该清楚这是怎么回事吧。"

郭丹望望窗外青山，一时陷入沉思。淡黄的夕晖透过窗玻璃，投射到郭丹好看的脸上，显得有些写意。雷学武瞧瞧郭丹那双晶亮的迷人的眼睛，打开上衣口袋里的录音笔，同时摊开稿纸，拿出水笔，准备笔录。

片刻后，郭丹启开性感的双唇，开始缓缓往外吐露字音。字音不高不低，像从镇中流过的潺潺溪流。都是自己亲身的经历，郭丹讲述起来自然从容流利，不折不扣。说起童年的快乐，少年的委屈，青年的悲苦，郭丹语气一直那么冷静，仿佛说着人家的故事，跟自己毫无关系。说到进城打工，寄人篱下，遭人歧视，也毫无感情色彩，那些在她生命里留下过或深或浅痕迹的人和事，如同一张张大额人民币，左手拿来，右手花掉，全属过眼烟云。

直至缪德良和俞波涛出现在叙述里，也许时隔不久，郭丹的语气才出现些许不经意的变化。她鄙视缪德良，虽然他给过不菲的钱，让她帮父亲解决了小弟读书的困难。谈及远房表哥俞波涛，郭丹表情越发复杂，声音也显得有些滞涩，不再流畅。经多风雨，阅人无数，郭丹几乎没碰到过一个好男人，惟俞波涛例外。倒不是得到过这个男人给予的看得见的好处，是在几次面对面的交往过程中，俞波涛始终能平等待她，只有尊重，没有歧视，像亲兄妹一般。就是在租屋里勾引俞波涛不成，再去公园送移动硬盘时，他仍然没小瞧她，没把她当成坏女人。试想出身低微受惯欺压的郭丹，能从俞波涛身上感受到世间越来越稀有的真诚和善意，多么不容易！她感激俞波涛毫无企图的仁爱和温暖，才重新燃起对这个世界的希望，拿出所有积蓄来滇桂边境开了个小超市，以堂堂正正谋生，大大方方做人。

也因俞波涛让自己找回做人的尊严，自己反而充当缪德良的工具，导致表哥停职检查，受尽委屈，郭丹才良知发现，问心有愧。这会儿向昆山和雷学武出现在她面前，为视频内容要说法，郭丹也就毫无保留，把该说的都说了出来。她的用意很单纯，就是让俞波涛早日度过危机，自己心里也减轻些愧疚。

趁着郭丹叙述的间歇，向昆山插话道："知道彦州城里有个表哥，当初有困难，为何不直接去找他？"郭丹叹道："毕竟是远房亲戚，又只小时见过涛哥一面，没任何感情基础，怎么好向他伸手？再说我需要的又不是小钱。"向昆山道："不好向表哥伸手，却甘愿跟缪德良合谋，用计陷害他？"郭丹自责道："缪德良给的数字大，可解决我家里大问题，我才昧着良心，去勾引涛哥。其实也不完全算勾引，跟涛哥多接触几次，我渐渐爱上他了，哪怕缪德良不给钱，我也心甘情愿以身相许，只是涛哥不愿要我，我觉得自己太不中用。"

向昆山无奈地摇摇头，道："你难道没想过这样做，会给你涛哥带来什么后果？"郭丹道："起初我满脑子全是缪德良给的不菲定金及他许下的丰厚承诺，根本不会设身处地替涛哥着想。后拿着修改过的视频去跟缪德良换钱，也曾稍稍犹豫过，转而又想如今男女之间那点事，谁还会大惊小怪？"向昆山道："你没琢磨过缪德良的险恶用意？"郭丹说："我还以为缪德良只是出于无聊，跟涛哥玩玩恶作剧。直到拿了缪德良的钱，隐约有些不安，才特意把原始视频送给涛哥，也许他有用得着的时候。"

郭丹如此坦诚，向昆山和雷学武还算满意。又问了几个具体问题，询问程序结束。雷学武拿出笔录，让郭丹过目。郭丹表示认可，签过名，按上手模。

向昆山和雷学武走出超市，踏上返程，连夜回到彦州，去向曾守贤复命。曾守贤闻知视频来历和真相，叹道："真想不到缪德良堂堂中心医院院长，竟干出这种下三烂的事来。幸好俞波涛有定力，关键时刻还能自守，不然岂不自毁长城？"向昆山道："视频的来龙去脉已清楚，下一步该落实俞波涛所收股票的事。"雷学武道："股票的事不难办，可分两步走，先去证券部门摸清基本情况，再找送股方皇龙公司核实。"

曾守贤自然同意。两人稍事休息，消除疲劳，便开始行动。来到证券公司，出示相关证件，公司调出俞波涛名下股票的原始记录。记录显示，俞波涛是用临时身份证和驾照开的户。按照惯例，有正规身份证即可直接开户，无须其他附件，俞波涛为何要弄个临时身份证，再附加驾照呢？这不欲盖弥彰吗？

俞波涛开户后，仅有两笔进项，即皇龙公司所持彦城发展股票及派发红股共三万余股计八十多万元，别无其他交易记录。值得一提的是，皇龙公司成为彦城主要持股人后，全力进军两河新区，业绩显著，彦城发展股票升值迅猛，俞波涛名下三万余股股票现市值已近两百万元。可俞波涛为何让股票深睡不醒，不交易不变现呢？

随着调查的深入，向昆山和雷学武了解到，皇龙公司由北京汉皇公司和彦州盘龙公司出资组建而成，董事会主席有两个，一是余慧娴，一是曹寄青，两河新区建设局局长瞿有为挂名总经理，主持公司日常事务。看来有必要通知瞿有为，要他跑趟纪委监委。

瞿有为接到通知，来到黄楼，走进一楼专用谈话室，向昆山和雷学武已等在里面。待瞿有为坐好，向昆山开腔道："瞿有为同志清楚找你来干嘛吗？"瞿有为道："不太清楚，还请两位领导指示。"向昆山道："瞿有为同志身为两河新区建设局局长，又要打理皇龙公司，不用说工作一定非常忙。你这么忙，还把你请来，自然有要紧事。请你想想，有没有问题需要向纪委监委说明？有问题自己主动交代，与纪委监委指出，其性质可不一样。"

刚才还故作镇定的瞿有为，一下子紧张起来，额头上冒出细密汗珠。沉默片刻，才张嘴道："不知向主任所说问题，属经济方面还是其他方面。两河新区和皇龙公司经济活动频繁，我一时想不起问题出在哪里，向主任若能点拨点拨，也许能打开我的思路。"

瞿有为还真滑头。向昆山道："俞波涛同志已被停职检查，你该听说了吧？"

原来事关俞波涛的处分。既然没其他问题，仅牵涉到俞波涛，那只能就事论事，否则带出纪委监委视线外的事来，麻烦就大了。瞿有为脑袋飞速转动着，嘴里道："说起俞波涛同志，他可是三江口新城建设的大功臣。这并非无稽之谈。正是俞波涛同志出马，才顺利引来北京方面大额投资，带动整个新城开发，否则三江口恐怕至今还是片荒地。"

向昆山跌下脸色，道："不用你给俞波涛同志评功摆好，还是说说自己知道的事吧。"瞿有为故作恍然大悟状："有为还真想起一件事，就是俞波涛同志在背西村扶贫时，村道又窄又陡又弯，没钱扩改，事被曹总知晓，让盘龙公司捐过一笔钱。"

瞿有为还算干脆。事情当然没他说的这么冠冕堂皇，好像盘龙公司有意给背西村捐了巨款。盘龙公司与背西村毫无瓜葛，凭什么要大方？钱原是瞿有为送给俞波涛本人的，只不过俞波涛把它用于背西村道扩改项目时，电话告知过瞿有为，瞿有为才把贿赂款说成捐款。

向昆山故意问道："盘龙公司捐了多少钱？"瞿有为道："六十万。"向昆山又问道："盘龙公司为何捐款给背西村？"瞿有为道："自然是看俞波涛同志的面子。"向昆山道："俞波涛同志面子有这么大吗？"瞿有为道："刚才我说过，在三江口新城融资开发过程中，俞波涛同志起过重大作用，他扶贫碰到困难，盘龙公司适当伸出援手，也很应该。"向昆山道："据我所知，当时你送钱给俞波涛同志时，可没说捐给背西村。"瞿有为笑问道："我送钱时向主任没在场，怎知我没说捐给背西村？再说那六十万用到背西村村道扩改项目上面，属铁定事实，毋庸否认，不很能说明问题么？"

不能不说，瞿有为所言不无道理。但当初俞波涛若没挡住诱惑，吞掉那六十万，岂不把他害惨？不过这已不重要，再纠缠其中细节，没太大意义。向昆山就此略过，道："除那六十万，你们还有过其他利益输送没有？"瞿有为道："没有。咱与俞波涛同志不多的几次接触，都属君子之交。"向昆山道："君子之交？是真君子，还是假君子？"瞿有为道："君子就是君子，莫非还有真假之分？"

向昆山只想快些弄清俞波涛名下那三万余股股票，没再转弯抹角，直奔主题道："皇龙公司日常事务由你主持吧？"瞿有为点头道："是的，曹总和余总两位看得起，让我挂个总经理头衔，我得为他们负责。"向昆山道："皇龙公司股票进出和派发，会经你手吗？"瞿有为道："皇龙公司没上市，所持彦城发展股票都掌握在大小股东手里，我无权过问。"

看来皇龙和彦城经发两家公司之间关系真够复杂，不知曹寄青和余慧娴在玩什么套路。也许瞿有为确实不知俞波涛名下的股票。可向昆山不甘心，继续问道："听说俞波涛也持有彦城发展股票，这到底怎么回事？"

瞿有为一脸茫然，说："俞常委也持有彦城发展股票？"向昆山道："你难道不清楚？"瞿有为摇头道："我还真不清楚。如果俞波涛同志持有彦城发展股票，只有两种可能，一是他自己开户买进的，一是彦城发展持股人转赠的。"

凭判断也凭直觉，向昆山认为瞿有为没说假。再问下去，不可能有啥效果，向昆山宣布谈话结束。瞿有为在雷学武做的笔录上留下名字和手模，告辞出去。向昆山和雷学武上到三楼，向曾守贤汇报谈话情况。曾守贤暗暗寻思，凭俞波涛家庭收入，绝无实力一次买进三万余股彦城发展股票，十有八九为他人赠送。若猜得不错，那又是何人出手如此大方？

就在曾守贤疑惑之际，奚连江已发现了俞波涛所持股票和红股的来历。收回辞职报告，成为六室工作主持人后，奚连江立即进入状态，着手核查缪德良问题线索。线索反映，缪德良持有彦城发展股票，奚连江带着陶景宜赶往证券公司核查。谁知没查到缪德良名字，却意外发现余慧娴转出大额股票和红股，受让方竟是俞波涛。

奚连江非常气愤。好你个俞波涛，平时装得比谁都清高，一副视钱财如粪土的正经样，原来却是个大财迷。财迷就财迷，人为财死，鸟为食亡，谁不爱财？我奚连江要求辞职，就为经商发大财。可我不隐瞒自己想法，不像你俞波涛，肚子里爱财，嘴上却大言炎炎，说啥君子喻于义，小人喻于利，权大财多容易迷失，你虚不虚伪？

受欺骗的感觉最不好受，奚连江气鼓鼓走出证券公司，朝车子大步奔去。陶景宜见奚连江脸色不对，紧跟着钻进车里，问道："奚主持要去哪里？"奚连江道："上皇龙公司去。"陶景宜道："去干什么？"奚连江道："还能干什么？查实俞波涛持股情况，再把他送进觉园留置室，咱要亲自出面审讯他。"陶景宜道："跟俞波涛共事多年，同处六室，彼此关系不错，按规矩咱们得回避，把问题交给正在调查他的纪检干部监督室。"

奚连江留着板寸头，头上粗硬的短发仿佛刺猬身上的刺，一根根都竖了起来，嘴上大声吼道："有啥好回避的？咱就是犯再大错误，也要亲手把俞波涛这个财迷给揪出来。早知他是真小人，伪君子，我还受他迷惑，放弃出去闯荡发财机会，留在纪委干啥？"陶景宜道："事情没弄清之前，怎能轻易下此结论呢？我不信俞波涛是财迷，否则瞿有为送上六十万元巨款，他怎会一分不留给了背西村？"奚连江道："那是咱们两个在场，他不好私吞，不得不忍痛出手，把钱捐掉，以博取清名。"

股票和红股是余慧娴转让的，当然得找余慧娴本人。皇龙公司成立后，余慧娴差不多每个月会南下彦州待上几天，会同曹寄青和瞿有为处理公司业务。因曹寄青的存在，皇龙公司成为两河新区建设主力军，取得数个片区开发权，余慧娴到彦州来得更勤，有时一待就是大半月，吃住都在皇龙公司。

这天奚连江和陶景宜走进皇龙公司时，余慧娴刚从项目上回来。余慧娴长相漂亮，身段不错，且举止端庄，浑身上下透露出富贵气。奚连江眼瞧余慧娴，心想俞波涛这小子艳福不浅，不仅讨表妹郭丹欢心，连北京女富商余慧娴也愿用情，馈赠大额股票。

奚连江和陶景宜亮明身份后，余慧娴先问道："原来是波涛同事，波涛还好吧？"奚连江冷冷道："还算可以吧。"余慧娴有几分动情道："当初受邀来彦州视察，对地方经济环境不甚了了，严总一直犹豫要不要来投资。投资不可能不冒风险，燕云公司本就是搞风险投资的。可风险须在可控范围内，没谁敢拿真金白银开玩笑。后与彦州朋友接触过程中，发现这里人文素质不错，值得信赖，我劝严总大胆放款。严总还是下不了决心，我就举老同学波涛为例，说纪检干部给人印象，都是横眉冷对，铁面无私，常以正义化身自居，眼里不是贪官，就是奸商，没有一个好人。波涛却腹有才情，睿智通达，跟商人们说得来，谈得拢，乐意为企业服务，足见彦州政商之间纯洁的亲清关系。彦州既有曹寄青这样的经济奇才，有远征书记、尚云市长、俊才副市长和守贤书记这样的好领导，还有波涛这样品位高见识广的党政干部，加之三江口得天独厚的区位优势，投资前景定然一片光明。我的看法得到严总和燕云公司董事会认可，这才敲定投资彦州大计，果然获得超预期的丰厚回报。"

余慧娴说的是实话，奚连江不好反对。陶景宜却在肚里哼哼：你这么欣赏俞波涛，为啥还要害他？怪不得古人说女人是祸水，男人若过不了女人关，迟早会吃大亏。转而思之，自己也是女人，好像没祸害过谁。也许祸害别人，也得有实力吧。就像余慧娴，钱多得没地方搁，拿来往人头上一砸，就会砸个坑出来。

余慧娴还沉浸在刚才的情绪里，又道："不瞒二位，咱团队一直对波涛心存感激。可毫不夸张地说，若非我这老同学的存在，燕云公司不来彦州投资，也不会有汉皇公司的昨天，皇龙公司的今天。可波涛却不肯领情，没得到过半点实惠，连请他吃顿饭，他能推则推，不给我面子。"奚连江讥讽道："听你这口气，俞波涛都快成圣啦。"余慧娴道："人非圣贤，波涛也一样，当不了圣人和贤人，但说他是好官良吏，应该不为过吧？"

"俞波涛既是好官良吏，为何又会受到组织停职检查处分？"奚连江不愿老说废话，便切入主题。余慧娴惊讶道："波涛已被停职检查？"奚连江道："跟你说假话，意义好像不大。"余慧娴道："他犯了何事？"奚连江道："他犯何事，你应该最清楚。"余慧娴几分疑惑道："我与波涛已好久没联系，对他近况一无所知。期间几次约他见面，他的电话不是占线，就是没信号，好不容易接通，没说上几句，他又总以忙事挂掉。"奚连江道："应该不是忙事，是停职检查期间，不能与人串供。"余慧娴摇着脑袋道："不应该呀，波涛为人谨慎，处事低调，懂原则，讲规矩，难道也会犯常人常犯的低级错误？"

陶景宜实在忍不住了，暂停手里记录，道："他的错误不低级，也不高级，但足以让他去里面待上五年七年的。"余慧娴问道："去里面？里面是哪里？"奚连江道："里面就是监狱里面。"余慧娴吃惊道："有这么严重吗？莫非他利用执纪执法权，伸手拿了人家好处？"奚连江道："他确实拿了人家好处。"余慧娴道：

"拿了多少？"奚连江道："拿的时候只有小百万，现在可能已增值到两百万。"

余慧娴一下子明白过来，慌慌道："你是说波涛名下的三万余股股票？"奚连江道："你说呢，难道还会是别的事吗？"余慧娴捶胸顿足道："都怪我好心把事做孬，害惨波涛。"奚连江道："到底怎么回事，你且慢慢说来。"

余慧娴稳定稳定糟糕透顶的情绪，才道："若非波涛，我与严总不见得会来彦州投资，也就没有后来的发展。咱在彦州赚了不少钱，波涛没得过任何好处，实在让人过意不去，就想着回报回报他。怎么回报好呢？我提出送钱或股票，他坚决拒绝，从此尽量躲着我，能不跟我接触不接触。实在没法，我只好背着他，用他的名字弄了临时身份证和驾照，开好户，再从我私人户头上转出三万余股彦城发展，打到他名下，等待合适时候再把账户交他手里。此事没跟任何人说起过，包括波涛本人，哪知竟掌握在了你们手上。"

得知俞波涛还不知奚慧娴送的股票，奚连江暗暗舒口气，心情一下子好起来。看来错怪了俞波涛，人家并非你想像的伪君子，大财迷。骨子里奚连江实在不甘失去俞波涛这个好同事好哥们。奚连江赶紧问道："你说的可是实情，俞波涛至今不知自己所持三万余股彦城发展股票？"余慧娴道："千真万确，否则波涛知我背地里用他名义开了股票户头，转入三万余股彦城发展在里面，还不跟我彻底闹翻？令人不解的是，连皇龙公司的人都不清楚此事，外人又何从得知？"奚连江道："这已经不重要。重要的是你赶紧收回股票，将波涛户头注销掉，让他得以解脱。"

余慧娴表示立即去办。奚连江和陶景宜离开皇龙公司，回纪委监委去见曾守贤。曾守贤很欣慰，也不计较奚连江擅自调查俞波涛，道："照余慧娴说法，难道波涛同志还蒙在鼓里，不知自己已发了大财？"奚连江道："余慧娴做得机密，俞波涛应该一无所知。令人疑惑的是当事人蒙在鼓里，别人却掌握内情，举报到相关部门，此事确实有些蹊跷。"曾守贤道："蹊跷归蹊跷，毕竟不知者无罪，足可还波涛同志以清白。当然我说了不算，还得向昆山和雷学武出面，根据你俩提供的情况，给予进一步核实，才能下结论。"

陶景宜忍不住笑道："还波涛同志以清白，是不是意味着某人没法再主持六室全面工作？"奚连江不满道："你以为我愿意主持六室全面工作？"陶景宜故意道："你不愿主持六室全面工作，为何递出去的辞职报告，又自己收了回去？"

曾守贤笑笑，拿出手机，拨通雷学武电话。雷学武得令，协同向昆山，经反复调查，证实余慧娴所言不虚，俞波涛对自己名下巨额股票毫不知情。曾守贤如实报告给黎秉钧和廖远征，提出撤销俞波涛的停职检查，两位均表示同意。

几天后俞波涛接到曾守贤电话，来到书记室。曾守贤泡好茶，递到他手里，再把他按到沙发上，然后道："请波涛来，是明确告知你，经反复调查，证实关于你的举报材料所列问题纯属无中生有，你没有违纪，更没违法，是完全清白的。"

虽说俞波涛心知自己没事，也坚信组织终会调查清楚，给出说法，可在遭受冤枉停职检查整整三个月后，曾守贤当面宣布自己清白无污时，还是没法保持平静，仿佛飓风刮过心湖，波翻浪涌起来。连泪水也盈满眼眶，止不住要往外溢。

曾守贤能够理解俞波涛此刻心情，安慰道："波涛受委屈啦。不过你清楚，纪委监委是执纪执法机关，打铁还需本身硬，对纪检干部定位更高，要求更严，因此接到关于你的举报后，先对你进行停职检查，再展开调查，也是非常必要的。当时我就坚信，你肯定经得起调查，受得住考验。事实证明，我的判断没有错。我为你感到欣慰，更感到骄傲。关于你的调查结论很快会出来，组织将重新赋予你重任，你得做好为纪检监察工作再立新功的准备。"

一阵悲凉袭上俞波涛心头，他淡然道："我停职检查期间，奚连江同志主持六室全面工作，尽职尽责，表现优异，没辜负组织期望，可让他继续负责六室，待时机成熟，顺便提拔为主任，挑起审查调查工作大梁。"曾守贤不满道："那你干什么去？"俞波涛道："我可做专职常委，管管工会或党务。"曾守贤道："这是你真实想法？"俞波涛道："是我真实想法。奚连江人才难得，又是检察院选调过来的，提拔重用他，对其他转隶干部也是鼓舞和激励。"

曾守贤叹道："我也非常认可奚连江同志的才干，这次让他主持六室全面工作，就是对他的信任和考验。虽因不满你受处分，出现过思想波动，要求辞职经商，可后来还是回心转意，勇敢挑起工作重担，还为澄清你的问题起到关键作用，我感到很满意。可六室任重道远，暂时还离不开你。"

俞波涛没再多言，悻然离去。下班回到家里，艾叶青见他脸色不对，问道："莫不是违纪违法问题线索得到证实，组织上准备对你采取措施？"俞波涛道："正好相反，组织上已为我洗刷清冤情，曾书记亲自找我谈话，明确尽快恢复我纪委常委和六室主任职务。"艾叶青道："那该高兴呀。"俞波涛道："是该高兴，可我怎么就高兴不起来呢？"

艾叶青眼瞧俞波涛，道："我明白你心思，官场太险恶，尤其是身处审查调查一线，更遭忌恨，你才被人诬告，受到停职处理，差点栽倒。即使组织还你清白，可你仍心有余悸，失去斗志，不想回到原来位置，继续跟明里暗里的对手周旋。"

也许艾叶青说得没错，自己心里确有这个想法。俞波涛不出声道。艾叶青又道："我也一直觉得人生在世，该常栽花，莫种刺，毕竟结怨太多，不是什么好事。可眼见腐败分子那么猖獗，败坏党风，带坏民风，总得有人站出来，维护党和人民利益，我对你的工作也就从没说过半个不字。这次你遭人暗算，差点深陷进去，欲抽身而退，也在情理之中。何去何从，你自己决定好了，反正我都支持你。哪怕离开体制，另谋出路，也没啥了不起的，我还有份工资，可维持全家生计，至少能支撑到你找准位置，咸鱼翻身那一天。"

逗得俞波涛笑起来，道："要是咸鱼老翻不了身呢，那又怎么办？"艾叶青道："我的老公我还不了解？凭你的素质，干什么干不出名堂？咸鱼绝对翻得了身。"俞波涛道："要是咸鱼翻不了身，你就撒点孜然粉，抹些辣椒酱，当下酒菜得了。"

玩笑好开，真从待了二十年的体制内走出去，俞波涛一时三刻还确实鼓不起这个勇气。艾叶青颇能理解，道："离职重新择业，可非儿戏，还是别急于决定，先慢慢琢磨琢磨，琢磨好再说。"俞波涛道："哪还容我慢慢琢磨？委里很快会下达文件，作出调查结论，恢复我原职。一旦进入工作状态，想抽身也抽不开了。"

艾叶青献计献策道："干脆先去住一阵医院，这样委里没法给你压任务，也方便你躲在病房里，冷静冷静头脑，好好谋划一下今后出路。"

俞波涛想想也是，以抑郁症为由，住进了市第二人民医院。

抑郁症属心理疾病，没有太多检验手段可量化，俞波涛说自己长期情绪不稳，心烦意躁，睡不好，吃不香，只想跳楼自杀，医生也只好认定为抑郁症。何况医生有创收任务，能多收治一个患者，多一份奖金，又何乐而不为？二话不说，安排床位，让俞波涛住下。

住院自然得请假。俞波涛不愿在别人面前扮演抑郁症患者，让艾叶青拿着住院手续，到纪委监委找领导签字。曾守贤觉得有些不太对劲。遭人冤枉，受到停职处理，俞波涛不抑郁，眼看就要官复原职，突然间抑郁起来，也说不通啊。但医院已开了证明，曾守贤只能相信医学，签字同意，嘱艾叶青好好照顾病人，自己有空再去探院。

这世上最容易装的，也许不是装傻装痴，装嫩装逼，而是装病。既是有病住院，总得打针吃药，否则医院怎么赚钱？俞波涛先跟医生说定，可检查交检查费，吃药交药品费，唯独不打针不吊水，理由是针头容易传染来历不明的病毒。医生说一次性针头没有任何问题。俞波涛说见识过医疗器械生产过程，针头原料都系废品收购站提供，绝对靠不住。

医生没办法，只好墙内损失墙外补，在检查项目和口服药品上面下功夫。药能多开尽量多开，自费药都写成可报销药，不能让病人吃药又吃亏。俞波涛听之任之，医生怎么开是医生的事，但药到病房后，并不服用，先藏起来，再悄悄处理掉。

这天刚藏好药，搁在床头柜上的手机响了。原来是崇世煜，问道："波涛住进了医院？"俞波涛道："谁说的？"崇世煜道："慧娴说的。"俞波涛道："慧娴瞎说，我都大半年没跟她联系了，她从何而知？"崇世煜道："别废话，告知你在哪家医院，我和慧娴过去看你。"俞波涛道："不用不用，我在外面出差呢。"

崇世煜佯怒道："出差出差，出你个头。不说算了，反正彦州只那么大，还怕找不到你待的医院？"俞波涛只得央求道："能不能另找地方见面，别上医院来烦我？否则没病也被你们烦出病来。"崇世煜笑道："没病你住啥院？也行，我定好地方，再给你和慧娴发微信。"

崇世煜所定地方就在二医院附近，说明这小子早已掌握俞波涛去向。是处占地三四亩的庭院，分布着数座不大的青砖楼，由曲廊勾连，倒也雅致。服务生说是清初本地举人旧居，但俞波涛怀疑为仿古建筑。如今有钱人坐拥巨资，没地方投放，搁银行又易贬值，便花大钱购地造旧，等着增值。不过俞波涛没说破，跟着服务生来到崇世煜预订的阁间。崇世煜与余慧娴正在说话，容紫玉在一旁低头削水果。

见着俞波涛，崇世煜起身迎上前，把他拉到余慧娴旁边，按坐在垫了软垫的仿古木椅上，又回头招呼服务生上茶。容紫玉动作快，把削好的水果盘，放到俞波涛前面，插好牙签，说："涛哥先吃水果垫肚皮，再喝茶不迟。"

俞波涛点头谢过，吃片苹果，道："好吃好吃。"崇世煜笑道："容美女削的水果，再不好吃，也会变得好吃。"容紫玉道："不是容美女削的水果好吃，是店主会做生意，拿好吃的水果招待客人，讨客人欢心。"

余慧娴盯着俞波涛，说："听说你是因抑郁症住的院，看你印堂发亮，面色红润，也不像抑郁症患者啊。"俞波涛道："抑郁症还看得出来的？"余慧娴道："当然看得出。我见过抑郁症患者，脸面憔悴，目光灰暗，哪像你容光焕发？"俞波涛笑道："为来见美女，我特意敷了半天面膜，才好不容易把脸色给敷过来。"

容紫玉惊异道："面膜还有如此奇效？涛哥用的啥牌子？"俞波涛道："我也不知啥牌子，是医院门口有卖面饼的，我买了几张，带回病房，往脸上一贴，在床上仰躺半天，再揭开，去照镜子，呃，效果还真不错。"

容紫玉忍俊不禁，一边捶打着俞波涛肩膀，一边咯咯笑道："待会儿涛哥带我去面饼摊，我要买一大堆备用，天天敷，夜夜敷，非敷个杨玉环出来不可。"

几位笑过，服务生端菜上来，又开了猕猴桃汁，四位举杯啜饮。余慧娴跟俞波涛碰碰杯，道："想不到面饼不仅可美容，还可美化心情，哪天我得了抑郁症，也得学波涛，多敷面饼。"俞波涛道："慧娴天天数钱数到手抽筋，哪有工夫抑郁？"

容紫玉接过话头道："涛哥羡慕余总天天数钱，何不加盟盘龙，大显身手，免得天天跟贪官污吏打交道，尽做得罪人的事？"俞波涛道："你要我放下屠刀，立地成佛？"余慧娴道："波涛言重啦，纪检干部又不索命杀人，哪来屠刀？"

俞波涛浩叹一声，道："虽不直接杀人，但执纪执法，惩治腐败官员，背后往往连带整个家庭甚至一个家族的荣辱兴衰，难免令人切齿，则是不争事实。"崇世煜道："波涛所言不假，纪检干部职责所在，惩恶扬善，不可能不对腐败行为下重手，不可能不得罪人。"

喝过猕猴桃汁，吃些主食，撤碗换杯，继续说些闲话。崇世煜望望容紫玉，说："看紫玉身材，肯定练过舞，对不对？"容紫玉笑道："我哪练过舞？练过六还差不多。"余慧娴道："紫玉不要骄傲，你已被世煜大哥识破，就别再装了。"崇世煜道："是呀是呀，我火眼金睛，怎么会看错呢？紫玉跳一曲，让咱们开开眼界。"

容紫玉还要推辞，俞波涛道："紫玉一举手，一投足，让人感觉有韵有律，真要舞动起来，还不风生水起？赏个脸，咱们为你喝彩。"

也是盛情难却，容紫玉只得打开手机，调出舞曲，走到桌前空地上，开始酝酿情绪。主旋律响起，容紫玉开始抖肩扭腰，舒展四肢。属典型的新疆舞，旋律耳熟能详：我们新疆好地方嘞，天山南北好牧场。戈壁沙滩变良田，积雪溶化灌农庄。来来来来来来来来来，来来来来来来来来来。我们美丽的田园，我们可爱的家乡。

跳得实在太好，一看就是经过严格专业训练的。掌声中，进入第二段：麦穗金黄稻花香嘞，风吹草低见牛羊。葡萄瓜果甜又甜，煤铁金银遍地藏。来来来来来来来来来，来来来来来来来来来。我们美丽的田园，我们可爱的家乡。

舞跳完，容紫玉面不改色气不喘，赢得热烈掌声和由衷赞扬。看看时候不早，余慧娴召进门外服务生，说声买单。单子送来，容紫玉接住，打开手机支付功能，让服务生扫过，几位起身出门。穿亭过廊，到得院前坪里，崇世煜还在夸奖容紫玉舞跳得好，余慧娴笑道："世煜赶紧拜紫玉为师，学成后两人好跳对手舞。"崇世煜拍着鼓起的肚皮道："瞧瞧我这将军肚，哪跳得动？舞舞九齿钉耙还差不多。"

余慧娴小车就在坪里，特邀俞波涛上车。俞波涛道："二医院才几步远，我走走路，以消积食。"余慧娴道："那我陪你走走吧。"又对崇世煜道："我跟波涛说几句话，世煜代我送送紫玉。"崇世煜道："得令，本公子一定当好护花使者。"

俞波涛朝崇世煜和容紫玉扬扬手，回身对余慧娴道："紫玉的舞跳得真好，是专业歌舞团出来的吧？"余慧娴答非所问道："你是不是看上紫玉啦？"俞波涛道："我要看也只可能看上你，哪会看上人家黄毛丫头？"余慧娴道："口是心非。你看上我，为什么二十多年了，还迟迟不下手？"俞波涛道："老同学啦，哪里下得了手？"

"下不了手别下，老娘不稀罕。"余慧娴半嗔道，"我知道你们臭男人，就喜欢吃嫩草，容易为容紫玉那样的小女孩心动。"俞波涛道："心动又有啥关系？别行动就是。"余慧娴道："最好别行动。紫玉可不是谁想动就动得了的。"俞波涛道："容紫玉什么来头？"

余慧娴忽然咯咯笑起来，道："看看老娘，三句不离容紫玉。是不是半老徐娘，底气不足，嫉妒人家小女孩？"俞波涛笑道："你是徐娘未老正当时。"余慧娴道："老不老无所谓，咱不靠脸皮吃饭，只凭实力谋生。"

说话间，不觉步入一片杏林，金黄落叶铺满一地。余慧娴觉得眼熟，扭头张望起来。俞波涛道："有似曾相识之感吧？"余慧娴道："可不是？好像前世来过。"俞波涛道："前世你来没来过，我不敢肯定，但今生来过，那是毋庸置疑的。"余慧娴恍然大悟道："莫不是师大旁的杏林？记得杏林与师大隔着一堵高墙，今见林不见墙，我都认不出来啦。"俞波涛道："高墙已被学校拆掉。"余慧娴道："几时拆掉的？"俞波涛道："应该拆掉许多年了，据说男女学生翻墙来林子幽会，经常摔得鼻青脸肿，学校担心出人命，不得不一拆了之。"

余慧娴眼皮往上翻翻，扬起坤包，朝俞波涛身上抢去，嘴里骂道："你这个坏淫（人）！"俞波涛边躲边道："抢我干什么？我说的都是真话。"余慧娴又骂道："你害得老娘好惨，差点破了老娘的相。"俞波涛笑道："你不用脸皮吃饭，破相有啥关系？"

两人的笑骂自然有其来由。俞波涛曾约余慧娴来杏林散步，余慧娴怕误约期，大胆翻墙，不慎摔倒墙下，搓破脸皮，血流如注，吓得俞波涛双腿发软，要背她去杏林尽头的二医院。余慧娴若无其事的样子，说去医院干啥？老娘巴不得破相，没人敢娶，正好赖在你身上。俞波涛很感动，对余慧娴的爱又深一层。可余慧娴心里很矛盾，既爱俞波涛，又不愿放弃职业规划，毕业时还是跟俞波涛分手，进入她所向往的职场。

回想着当年的旧情，余慧娴感叹道："也是造化弄人，我想破相没破成，你也才有了抛弃我的充分理由。"俞波涛道："到底是我抛弃你，还是你事业前程远大，我这平民孩子入不了你法眼？"余慧娴摆手道："过去的事不提也罢。陪你遛弯，主要想向你道个歉。"俞波涛道："道啥歉？你又没在我碗里下过毒。"

余慧娴踮起脚跟，仿佛害怕踏伤脚底软绵的黄叶似的，嘴上喃喃道："没经你同意，就以你名义购入股票，害你受组织处分。"俞波涛道："一报还一报，你为我蹭破脸皮，我不一直欠着你吗？这回两清啦。"余慧娴道："我还不想两清。"俞波涛道："还想咋的？"

余慧娴伸长手臂，摘下一片仍留守枝头的黄蝶般的杏叶，贴到鬓边，嘴上道："你真是因抑郁症住进医院的？"俞波涛道："这还有假吗？医生所开诊断书可作证。"余慧娴道："医生诊断书也可信？"俞波涛道："到了医院，不信医生信谁？"余慧娴道："医生可信，又哪来那么多医闹？"俞波涛道："放心，我不会医闹。"余慧娴道："你自然不会医闹，你要医生诊断抑郁症，医生乖乖给你诊断出抑郁症，你感激还感激不过来，哪会医闹？"

俞波涛哈哈一笑，道："你跟世煜说要跟我说几句话，原来是想当面揭穿我的无耻谎言。"余慧娴也笑道："谎言当揭得揭，否则哪有真理容身之处？"俞波涛道："那波涛是服从真理呢，还是服从你余总？"余慧娴道："服从我就是服从真理。"俞波涛道："你说怎么个服从法吧？"余慧娴："人生在世不称意，明朝散发弄扁舟。咱有扁舟，惟缺弄舟人，干脆跟咱下水，弄舟赶潮去，尊意若何？"

俞波涛没有表示，只顾低头挪动着步子。余慧娴的话说得更具体："波涛若不愿一步到位，断掉后路，可考虑先去两河新区，做个副主任之类，接触接触皇龙公司业务，待时过境迁，再相机行事。毕竟两河新区副主任属市管干部，可进可退，万一哪天厌倦商海的腥风苦雨，想回机关，还有余地。"

一阵微风吹至，俞波涛仰仰脑袋，伸手拂一把散乱的鬓发。但见枝头杏叶战栗着，像无数唇片拨动，发出窸窣细语。杏叶是在替你回答余慧娴吗？俞波涛不得而知。

夜里躺在病床上，回想着余慧娴说过的话，俞波涛决心渐渐坚定起来。自己正当盛年，趁着精力充沛，脑袋还好使，离开机关，到企业里去闯荡一番，不信不会毫无作为。诚如余慧娴所言，可首选两河新区。两河新区管委会董事层年薪上百万，干上一年，胜过待机关五六载。万一新区有变，还有皇龙公司和余慧娴北京公司可去，不愁无用武之地。

要去两河新区，当然不能自己出面找领导。自己出面容易被人看轻不说，还不见得能成，还得找有分量的人。谁最有分量呢？经济时代，自然是资本拥有者最有分量。俞波涛拿出手机，去调余慧娴的名字。余慧娴执掌雄厚资本，彦州高层正求着她，说话分量自然足够重。何况主意出自于她，她也乐意为你跑腿卖力。

余慧娴三字出现在手机屏上时，俞波涛忽又停止进一步动作，没有往下点击。夜里思维太活跃，先冷静一阵子，待第二天走进阳光下面，如果还是原来想法，才算不失理性，可考虑付诸实施，也不至于他日吃后悔药。

一觉醒来，已是次日早上。俞波涛洗漱毕，上食堂吃过早餐，又沿着住院大楼前不大的人工湖绕上两圈，发现昨晚的想法还固执地占据着大脑。也就不再犹豫，给余慧娴发去微信："人挪活，树挪死。经权衡，本人决心服从真理，美女同学指向哪里就奔向哪里。"

未及收手机，余慧娴直接打来电话道："终于等到波涛表态，看来彦江要倒着流了。不过本美女要的正是彦江倒流。你只管按兵不动，好好在医院治你的抑郁症，一切交由本美女来运作。不出一月，保证你如愿进入两河新区，拿管委会副主任年薪。"

余慧娴能量真大，果然不出半月，组织部门就通知俞波涛，说要找他聊聊，意思是听他本人真实想法。俞波涛脱下病服，换上正装，还去卫生间照照镜子，打湿手心，抚抚顶上乱发，然后昂首挺胸，步出房门，往电梯口走去。

电梯门打开，陶景宜和奚连江出现在门里，中间还站着曾守贤。奚连江手上有只提包，鼓鼓囊囊的，不知装着什么。陶景宜则双手捧着鲜花，笑嘻嘻道："常委真是神算，好像知道咱们要来看你，提前到电梯口来热烈欢迎。"

俞波涛只得带着三位，回到病房里。陶景宜把鲜花塞到俞波涛怀里，说："祝常委早日康复，人见人爱，花见花开。"俞波涛道："住院又不是什么好事，何必糟践鲜花？"奚连江讥笑陶景宜道："跟你说常委大男人，不喜欢拈花惹草，你偏要自作多情。现在可好，多情却被无情恼，你没话说了吧？"陶景宜道："恼就恼，反正平时没少被常委恼。"

待两位对会儿嘴，曾守贤才发话道："波涛住院也有一阵子了，我一直在忙，今天才来看你，抱歉得很。"俞波涛道："纪委肩负党风廉政建设和反腐败斗争重大使命，够同志们忙碌的，波涛却躲在病房里无所事事，还惊动书记百忙中抽时间来探视，心里实在过意不去。"曾守贤道："有啥过意不去的？患病住院，病愈归队，才有好身体努力工作嘛。"

咱正是不想归队，才来医院假病真医，哪有领导说的这么高尚？俞波涛心里道。奚连江接过话头道："看常委气色，贵气病应该好得差不多了吧？"俞波涛道："抑郁症是贵气病，你只管贵气就是，没人阻拦你。"奚连江道："我一身贱骨头，哪里贵气得起来？"

陶景宜恨鲜花被俞波涛轻看，抓住话柄，发挥道："世上最没法确诊的病大概就是抑郁症，本女子疑心常委假戏真做，好让咱们免费看戏。"俞波涛故作生气道："你是见我还勉强存活于世，没来得及从楼顶跳下去，故意刺激我吧？"

逗得奚连江直乐，道："常委想开点，真跳楼，纪检铁军岂不损失一员难得的大将？"陶景宜冷冷道："没跳楼，纪检铁军也会损失大将。"奚连江道："此话怎讲？"陶景宜不满道："我说连江同志，你到底是真不知情，还是故意装痴？有人正上下其手，要把常委挖走，去干大事，发大财，难道你耳朵塞了猪毛，没听到一点风声？"

俞波涛一下子明白过来，原来三人来意在此。听陶景宜把话说破，曾守贤没再含糊，道："我也听说，余慧娴正游说远征书记和尚云市长，想把波涛弄到两河新区去做副主任。远征书记还亲自打电话，问我有何看法。我还能有啥看法？波涛被人诬告，我明知此中有假，还是硬着心肠，给予停职反省处理，致使亲者痛，仇者快，波涛萌生去意，我有心挽留，也开不了这个口啊。怪只怪我对纪检干部要求太严，给波涛造成莫大的精神压力，在此特作出深刻检讨，还请波涛看在咱同事一场份上，原谅我的过失。"

说得俞波涛惶恐起来，正要说什么，陶景宜噼里啪啦数落道："连江打报告要求离职经商，常委动员我劝说连江，把他拽了回来。现在可好，常委自己不声不响，预谋着当逃兵，准备弃兄弟姐妹们于不顾，你良心上过得去吗？"

曾守贤笑起来，说："没景宜说的这么严重。各人脚生在各人身上，波涛想走，咱们也不好勉强嘛。"陶景宜道："常委要走，咱们继续留在纪委，还有多少意思？咱也找地方发财去。"奚连江道："景宜和常委都走掉，连江我怎么办？也只好步你们后尘。"

"波涛看到没？你要去两河新区的消息传开后，纪委上上下下激起的波浪可不小啊。"曾守贤幽幽道，"不过人各有志，今天来医院看望波涛，并不是强行留你。你若去意已定，纵使留得住人，也留不住心。我也知道凭波涛的才干，走到哪里，都能干出动静来。相信到了两河新区，定然风生水起，大有作为。且国企园区领导都拿年薪，动不动数十万上百万，我担心波涛钱多没地方放，特意准备了件礼物，也许波涛喜欢。"

调动手续还没下来，就有礼物相赠，是故意赶你快些走吧？俞波涛心下寻思，也不知是啥礼物。只见曾守贤要过奚连江怀里皮包，扯开拉链，掏出一物件来。物件用黄色毛边纸裹着，揭去毛边纸，原来是个陶罐，头窄腹圆，有嘴无鼻。曾守贤道："这是储钱罐，也叫扑满，刚从文物市场买的，礼虽轻，却颇有意趣，波涛从糠箩跳到米箩后，待遇优渥，收入丰厚，正好用此罐储金蓄银。"

俞波涛心里很不是滋味。当初经办张正义案，见张家惨状，于心不忍，父亲特送扑满，暗示贪官咎由自取，怨不得办案人员，自己才坚定了执纪执法的决心。而今打算去两河新区任职，曾守贤送上扑满，说给你日后储金蓄银，莫不是盼着哪天你金银满腹，无情锤子落下，教你身破体碎，万劫不复？

夜里躺在床上，俞波涛心猿意马，翻来覆去，没法成眠。干脆开灯坐起来，与床头柜上的扑满默然相对，直至天明。挨到上班时间，俞波涛办好出院手续，将扑满塞进包里，提到手上，乘电梯降至地下车库，驾车出了医院。

外面阳光正好，俞波涛按下车窗，望着往来车辆和如蚁人影，心里说医院再舒服，也没有外面世界有意思。

十

回到市委大院，俞波涛走进黄楼，直接敲开书记室，说："波涛回来啦。"曾守贤几分惊喜道："波涛病好出院啦？"俞波涛道："波涛本就没病。"曾守贤道："没病更好。来办调动手续？"俞波涛道："调动？调哪里？"曾守贤道："你不托人活动，要去两河新区么？"

俞波涛笑而不语，从包里拿出扑满，放到曾守贤前面桌上。曾守贤道："嫌此物便宜不是货？"俞波涛道："波涛不知此物贵贱，只知自己用不上，还是物归原主吧。"

曾守贤哈哈大笑，把俞波涛按到沙发上，道："我要的正是你这句话。"然后坐回到自己座位上，朗声道："昨天探望过你，刚离开医院，便接到远征同志电话，约我见面，聊了好几个小时，直至深夜才散。远征同志站得高，看得远，对当前大势有独特见解。他觉得改革开放以来，经三四十年超速发展，经济态势在悄然发生变化，再像以往那样一味讲增长速度，已不太行得通。也就是说光有建设速度，没有质量保证，经济发展不仅不能长久，还会带来危机，留下隐患。经济态势的转换自然会导致各方利益格局的变化，同时也势必反映到政治层面上来。也就是说新的经济政治形势，将给党风廉政建设和反腐败工作带来新的挑战。作为纪检铁军，面对新形势下新的挑战，别无选择，唯有以更坚强的决心，更高超的智慧，更豪迈的英姿，承担起时代赋予的重大使命。"

曾守贤说得有些原则和宏观，俞波涛一时理解不透，不好插言。曾守贤又道："换届在即，省市班子将有重大变动。事在人为，彦州经济包括城市建设格局也会相应调整。如此平衡被打破，彦州恐怕会变得更加热闹。"

人事问题向来敏感，也最让人牵肠挂肚。坊间传言，廖远征会去省里高就，由吴尚云接任书记，周俊才转正做市长，曹寄青提拔为副市长，以加大对两河新区的领导力度。只是不知可信度到底有多高，俞波涛不敢妄言。领导思维是跳跃式的，曾守贤又将话题转移到俞波涛身上："波涛回来就好，我立即召开常委扩大会议，正式宣布你官复原职，重挑大任。"

召开常委扩大会议，宣布官复原职，曾守贤也算给足了俞波涛面子。头上阴云自此飘过，俞波涛放下屈辱，走出低谷，翻开人生新的一页。

会议结束后，天上忽然纷纷扬扬，飘飞起柳絮般的雪花。不一会儿，房屋和道路，远山和近水，便被大雪覆盖，天地一片白皑皑。彦州已好多年没下过这么华丽的大雪，也不知是兆丰年，还是预凶岁。俞波涛没因难得一逢的雪景而欢欣，却莫名地忧虑起来。改革开放四十年来，经济超速发展，财富大量累积，社会却反而变得越发脆弱，稍有风吹草动，便人心惶惶，鸡飞狗跳，甚至酿出不可理喻的恶性事件。俞波涛忧心忡忡，联想起生物普遍规律：一旦某物种生长太快，便不可避免发生病变，贻害无穷。例子司空见惯，比如现在动不动就发生鸡病猪瘟牛疫，每每弄得全国上下甚至整个世界一片恐慌。其实原理简单，就是随着饲料大量使用，家禽家畜生长过快，禽畜体内细胞没有时间纠正病变基因，只能任其累积，待累积到一定程度，细胞受到破坏，免疫力丧失，瘟疫由此产生并扩散，一发不可收拾。为何几十年前很少频繁出现大规模的鸡病猪瘟牛疫？原因是那时禽畜生长缓慢，有足够时间修正病变基因。更为典型的例子还是千年王八万年龟，在缓慢生长过程中，体内细胞不断纠错，病变基因来不及生成便被修复，无疫无病，自然活得长久。

生理机能方面，人并没优于禽畜，早熟者易夭，早成者易折。早慧也非好事，小时了了，大未必佳。神童长大后，大多不如常人。官场上过早得志者，来不及纠正人性弱点，修复人格缺陷，德薄而位尊，智小而谋大，力弱而任重，往往会栽大跟斗，善始而不能善终。由人组成的现实社会，比单纯的生物或个体又更复杂，经济发展过慢，跟不上人民群众的利益需求，会产生不和谐因素，但发展太快，没有时间自我纠错和修复，各类矛盾层出不穷，不断叠加，又无有效化解手段，必将酿成大灾大祸。所幸执政党具有强有力的制度优势和纠错机制，这便是通过纪检监察制度，从严管党，铁腕治党，清除毒瘤和腐败，进一步增强党自身肌体的免疫功能。党能及时纠错，不断修复完善自我，党坚强领导下的中国特色社会主义，必然能在经济发展和社会进步之间找到平衡，从而通过经济发展促进社会不断进步，通过社会进步保障经济发展成果，使伟大祖国长盛不衰，永远立于不败之地。

大雪还在下。一直到春节过后雪才止住。阳光透过云层，投射到雪地上，整个城市好像铺了层玻璃，晃得行人睁不开眼睛。但没谁挡得住春天的脚步，春风拂至，积雪开始慢慢融化，城市恢复原样。省"两会"即将召开。坊间传言：廖远征将当选省长，仍兼任彦州市委书记，吴尚云留任市长，周俊才晋升市长愿望破灭，转任市政协主席，曹寄青则成为市政协副主席，继续担任两河新区管委会书记，主任另用他人。组织上为何会这样安排周俊才和曹寄青？照理说周曹二人可是经济好手，在彦州经济发展尤其是城建方面居功至伟，让他俩主政市政府，应该有利于彦州经济更快更好发展。可经济形势在变化，对官员政治品质要求更高，周俊才和曹寄青惯有思维渐渐落伍，其经济工作方法亦不再适用。春节期间就有一种声音，说两河新区建设启动后，周俊才和曹寄青没能贯彻廖远征宜业宜居宜乐生态园区的理念，仍沿用三江口开发思路，一味狂卖地皮，大兴土木，以便来快钱，见快效。连蛤蟆岭也未能幸免，林农被赶下岭后，开发商蜂拥而至，相关土地手续还没办下来，就大肆伐木毁林，修造别墅，林农们不服气，跑到省委省政府告状，遭来历不明之人殴打。此事不仅给周俊才和曹寄青带来负面影响，客观上也连累到吴尚云，不然市委书记位置非他莫属。那为何没让曹寄青离开两河新区呢？一是没有更合适人选主持两河新区开发，二是组织爱惜其才，留下足够的空间和时间，让他从容纠错，把两河新区建设成"三宜"生态园区，真正造福彦州人民。

坊间传言有鼻子有眼的，不容人不信。前面说过，沧彦官场有两个重要人物绝对绕不开，一是省政协主席孟怀国，一是省委书记郑乃宣。郑乃宣虽是堂堂省委书记，可孟怀国耕耘沧彦数十年，树大根深，哪怕离开党政要位，仍可继续左右沧彦官场。几乎每个地方党政主要领导和实权厅局一二把手，都与他有着或明或暗的关系，这些人甚至不见得一定买郑乃宣的账，对孟怀国的话却无异于圣旨，非服从不可。至于郑乃宣，作为一省书记，得维护沧彦官场平衡，安排重要人事时，也不得不考虑孟怀国的存在。也正因此，周俊才得知自己将转任市政协，心里不情愿，才找曹寄青商量对策。

曹寄青早盯住副市长位置，不甘让出新区管委会主任，换取市政协副主席虚衔，自然配合周俊才。两人不约而同想到一个人，这便是孟怀国。周俊才和曹寄青凭借能力和实干，赢得郑乃宣和吴尚云认可，孟怀国也不反感，才一步步走到今天。现郑乃宣另有意中人，周曹不得不靠边站，只好把希望寄托在孟怀国身上。

直接找孟怀国，太过唐突，也不见得管用。好在三江口新城有宏智公司的项目，得到过曹寄青和瞿有为关照，可通过孟宏文接近孟怀国。曹寄青于是打孟宏文电话，问老爷子身体近来是否安好。孟宏文一听便知曹寄青用意，笑笑道："感谢曹总关心，老头很健旺。他也想念曹总，常在我面前提及您和周市长。"

这是个不错信号。曹寄青道:"寄青想去拜访老爷子,不知方不方便?"孟宏文道:"曹总知道,老头身处一线位置时都没啥架子,而今退居二线政协主席,工作清闲,时间宽松,更愿意结交各路朋友。"曹寄青道:"那我把手头工作安排一下,过两天去拜望老爷子。"孟宏文道:"好的,我先跟老头说一声。"

曹寄青将孟宏文的话转达给周俊才,周俊才嘱咐赶紧准备,尽快见上孟怀国。曹寄青答应着,带上瞿有为,去了寒然古玩店。瞿有为望着门楣上"寒然"二字,说:"这店名取得好怪。"曹寄青说:"这两字有些来历,取自论语'岁寒然后知松柏之后凋也',意即生意如松柏,耐得岁寒,方可长长久久做下去。"

再耐岁寒,再怎么后凋,不总有凋的那一天么?瞿有为不以为然,随曹寄青迈入店门。店里清静,只三两客人,正在左顾右盼。店员无动于衷,端坐柜台后面,目不转睛盯着电脑屏幕。曹瞿二人绕上半圈,停在青铜专柜前,眼瞅玻璃罩下的三羊方瓿,迟迟不肯离去。瓿字有些生僻,其实就是酒器。青铜器盛产于商代,用青铜做酒具,说明当时喝酒和酒祭已蔚然成风。换言之,青铜酒器在商代该属常见物,只是时间越久远,越显得珍贵。

别看店员眼盯电脑,其实眼角余光并没放过任何客人,见曹寄青两人驻足青铜专柜前,对三羊方瓿饶有兴致,知道来了真买主。于是从容起身,过来道:"一看就知,两位先生是大行家。"曹寄青道:"行家不敢,只是觉得这只三羊方瓿有些意思,不知贵店出不出手?"店员道:"真品售真人,三羊方瓿能入先生法眼,找到最佳归属,自然再妙不过。"曹寄青道:"好好好,咱要定此瓿。主家如何开价?"

店员要两位稍候,给店老板罗晓艺发了个微信,然后领着两位,穿过店侧小门,进入后堂。有位美少妇已等在里面,正是罗晓艺。罗晓艺笑意盈盈,把曹寄青和瞿有为请到圆几前坐定,道:"两位老板好品位,一眼相中三羊方瓿。是自己收藏呢,还是送人?"曹寄青道:"送贵人,罗总给个价吧。"

罗晓艺也不说话,只伸出丰腴的食指和中指,在两人面前晃晃。曹寄青道:"好好好,这个数好,代表胜利。罗总留着方瓿,别转售他人。咱立即走账,然后再来取货。"罗晓艺打开坤包,掏出一张烫金名片,递给曹寄青:"账号就在上面。"

收好名片,谢过罗晓艺,两人起身出门。回到车上,曹寄青把名片塞给瞿有为,说:"想办法打两百万到卡号上。"瞿有为睁大眼睛道:"我以为最多二十万,怎么是两百万?咱们不懂古玩,又只站在玻璃罩外瞟几眼,连摸都没摸过,万一碰着假货呢?"曹寄青道:"你管他假货真货。"瞿有为道:"如果是假货,曹总拿去送贵人，不适得其反么？"曹寄青笑笑道："即使三羊方瓿是假货，只要罗晓艺说值两百万，就一定值两百万。"

瞿有为似懂非懂，不再多言，忙找信得过的三江口项目开发商，照着名片所给账号打去两百万。曹寄青随即联系孟宏文，约好拜见孟怀国的具体时间，然后上寒然古玩店，取走三羊方瓿，趁着迷蒙夜色，去了省委常委宿舍楼。

晋升省委常委宣传部部长后，孟怀国便住进常委楼，多年没再挪过窝。这天晚上曹寄青登门前，孟怀国刚送走一拨客人，换上宽松运动衫，带只小型录音机，来到树荫如盖的院子里，随着轻盈音乐，抬腿展臂，吐故纳新，演练太极拳。

这是孟怀国几十年来养成的习惯，哪怕工作再忙再累，每天都会见缝插针，花半个多小时打轮太极，以吐故纳新，固守真气。孟怀国常说，身体是革命的本钱，不锻炼身体，本钱不够，怎能胜任党和人民交给的繁重工作？

曹寄青在孟宏文陪同下来到楼前，见孟怀国微合双眼，专心于太极，也不惊动他，悄悄坐到孟宏文塞过来的矮椅上，观赏老爷子练拳。孟怀国已发现曹寄青，却不理会，只顾照既定路数往下推进，一会儿野马分鬃，一会儿白鹤亮翅，一会儿琵琶在怀，一会儿双峰贯耳，一会儿海底捞月，一会儿旱地拔杨，一招一式，毫不含糊，非常到位。

与体操不同，太极拳重在形意气三者交融，形动意运，意行气随，气畅神通。气由内而外，只要功夫到位，自会上下通透，身心舒泰。随着屈伸缩展，挪移进退，形到意到气到，孟怀国渐入佳境，张开嘴巴，连打哈欠数个，继而响屁频频，犹如鞭炮炸响。

屁是俗称，可在太极大师眼中，却被视为真气，可谓一屁值千金。汉文化意识里，上进为美，下出为羞。比如上面吃喝，或叫美食，或名美酒，或云香茗，总是津津乐道，而下面拉撒，则贬称污屎臊尿臭屁，都属秽词，轻易不会说出口。其实生而为人，吃喝重要，拉撒更不可忽视，只有吃喝得进去，又拉撒排放得出来，才有健康和幸福人生可言。尤其是进入医院，医生不问吃喝如何，总先问屎尿，再拿去化验，以便发现病因，对症下药。做完手术，送回病房，医护人员查房，老问放屁没有，听说没放屁就紧张，放过屁才放心。因此世间乐事，并非位有多高，权有多重，钱有多厚，而是有话就说，有屁就放。

此乃孟怀国练习太极独到心得，只跟孟宏文说过，从不与外人道也。孟宏文留意着老爷子，见他打过哈欠，放过响屁，人已回到起势时原点，垂下双臂，合并两腿，睁开双眼，音乐也戛然而止，这才屁颠屁颠走过去，说道："曹寄青到了。"

曹寄青已提着礼品盒向孟怀国走过来。孟怀国朝他点点头，表示打过招呼，而后转过身，径直向楼道迈去。孟宏文拿过树下录音机，领着曹寄青，追随孟怀国背影，没入楼洞。

孟家客厅宽敞明亮，老式沙发铺着蜡染布垫，红木茶几上堆些报刊，还有好几个玻璃罐，或装核桃，或盛腰果，或载松子，或放南瓜子，应有尽有。墙边电视正播放养生节目，言词凿凿，教老年人食疗，该吃什么，不该吃什么，以便健康长寿。

主客坐定，孟宏文接过保姆送上的茶水，搁到曹寄青面前。孟怀国则打开玻璃罐，要曹寄青吃坚果，说吃啥补啥。核桃像脑髓，多吃补脑。腰果像腰子，常吃补肾。松子有点像心脏，不时吃一把，可以补心。南瓜子不知像啥，功效也不错，可治糖尿病。

曹寄青象征性吃几颗南瓜子，从礼品盒里取出三羊方瓿，放到茶几上，说："来看主席，没啥准备，顺便去文玩店选了个三羊方瓿。瓿虽属古物，说白了不过是只装酒的罐子，不值几个钱。所喜三羊（阳）开泰，意蕴隽永。主席属羊，也许看得上眼。"

"三羊开泰好！三羊开泰好！"孟怀国抚抚三羊方瓿，"都说属羊的人是劳碌命，我就劳劳碌碌一辈子，从县市到省里，没清闲过一天。到老想退下来，松口气，组织仍不让，又安排主持政协工作。政协不比政府，主要参政议政。参政议政也是大事，且全省政协委员那么多，也够我忙的。"曹寄青道："贵人多忙，能者多累。晚清有三个人最忙最累，那便是曾国藩、李鸿章和慈禧太后。正是这三人不辞辛劳，才使闭关自守的清朝开放国门，兴办洋务，实现同（治）光（绪）中兴，成为当时生产总值位居世界首位的经济大国。"

孟怀国点头道："政协委员里有不少历史学家，因跟他们接触频繁，我也算小开眼界，知道晚清洋务运动开一代新风，实现近代化，功不可没。比如没有曾国藩首倡，李鸿章躬行，慈禧太后支持，引进西学，开创洋务，奠定近代化基础，又哪来后面的现代化？"

孟怀国侃侃而谈，曹寄青洗耳恭听，不住颔首称善。直到主人停杯喝茶，生怕冷场，才插言道："主席真乃曾李师徒和慈禧太后百年知音啊，不知清楚他们三人属相么？"孟怀国摇头道："委员们没说过三人属相，本人不得而知。"曹寄青道："寄青查资料获悉，曾国藩大李鸿章十二岁，李鸿章又大慈禧太后十二岁。"孟怀国道："你意思是他们三人为相同属相？"曹寄青道："是的，三人都属羊。正因君臣三羊开泰，晚清才实现同光中兴。"

孟怀国哈哈大笑，道："原来晚清洋务运动和经济建设，都是慈禧曾李君臣三羊劳碌命换来的。"停停又感慨道："事业都是干出来的。不管何时，无论何地，没有人辛勤劳碌，撸起袖子干事，又哪能成就一番大业？我虽与俊才和寄青接触不多，但对你们还是颇关注的，深知彦州经济突飞猛进，全靠你们吃得苦，霸得蛮，大干狠干加巧干干出来的。乃宣同志跟我看法一样，只要干部肯干事能干事，一定要让他们有事干，不能闲置起来，浪费人才。"

主人话到此份上，还抬出郑乃宣，曹寄青知道此行目的已然达到，趁孟怀国吩咐孟宏文给茶杯加水之际，起身谢过主人，告辞出来。

三羊方瓿还真管用，经孟怀国四两拨千斤，省市"两会"结束前锅盖揭开，周俊才当选市长，曹寄青成为副市长，继续担任两河新区管委会书记和主任。廖远征则离开彦州，当选省长，吴尚云晋级省委常委兼彦州市委书记。

曹寄青如愿以偿，自是欢喜。可没欢喜够，孟宏文便专程来新区管委会见他，完璧归赵，把三羊方瓿还了回来。曹寄青快快道："孟主席实在见外，连只酒罐都不接受，叫寄青情何以堪？"孟宏文道："寄青兄多心了。老头说，俊才和寄青二兄德才配位，主政彦州政府，众望所归，他哪好意思占有三羊方瓿？"曹寄青道："我又不属羊，留着三羊方瓿何用？"孟宏文笑道："这可是寄青兄的事，自己留着，还是还给文玩店，没人管得着。"

送走孟宏文，曹寄青叫来已升为两河新区管委会副主任的瞿有为，要他拿走三羊方瓿，送还寒然文玩店。瞿有为大惑不解，道："方瓿不是早已出手，怎么又自己跑了回来？"曹寄青道："你少啰唆，只管还回去就是。"瞿有为道："这可是两百万人民币换得的，恐怕还方瓿易，要退款难啰。"曹寄青道："我巴不得人家不退款呢。"

瞿有为一时琢磨不透此话，又不便多问，提过三羊方瓿，去了寒然文玩店。店员不惊不讶，接住方瓿，告诉瞿有为，退款很快会返还原来账户。看着店员将方瓿放回原来玻璃柜里，瞿有为痴一会儿，才走出店门。回到管委会，刚跳下车，便收到给文玩店打款的开发商电话，问两百万又退了回去，到底怎么回事？瞿有为道，款收到就好，别问其他。

走进办公楼，瞿有为直接去主任室见曹寄青，说："真想不到，不费任何口舌，三羊方瓿就哪里来哪里去，回到原来地方。"曹寄青道："物归原主就好。"瞿有为道："这不奇怪，酒器再珍贵，反正珍贵不到哪里去，奇怪的是两百万也迅速退回到原来账户上。"

曹寄青觉得没必要隐瞒瞿有为，笑笑道："寒然文玩店罗总是孟怀国干女儿。"瞿有为瞪大眼睛道："就是那天在文玩店后堂见过的罗总？"曹寄青道："不会有错。"瞿有为道："原来三羊方瓿不过是只道具，怪不得市长见罗总伸出两根指头，不折不扣嘱打两百万。可干嘛事成后，人家又还回三羊方瓿，退掉货款呢？"

曹寄青浩叹一声，道："人家嫌两百万太少呗。"瞿有为挠着脑袋道："人家想让你欠个大人情，以后慢慢偿还？"曹寄青道："话到此打止，你心里明白就是。"

一尊三羊方瓿被带出文玩店，去省委常委宿舍楼绕上一圈，彦州政府人事安排便不露痕迹，悄然发生变化，这听去多少有些玄妙，可却是事实，否则周俊才与曹寄青能否顺利入主堂堂省会城市政府，只怕还不太好说。

上层人事变动与纪检监察工作，看上去属两码事，其实存在着某种不可言喻的内在联系。毕竟纪委监委属党的政治机关，天职就是为党和政府服务，政治舞台上的风风雨雨，必然辐射到纪检监察实际工作中来。具体到复职后的纪委常委六室主任俞波涛，当前要务就是启动已停顿多时的对缪德良的初核工作。他隐隐觉得，缪德良绝非是孤立的，追查下去，恐怕还会牵出更重要的人事。也就是说，准备不充分，想打赢这场硬仗，又谈何容易！

俞波涛召集奚连江和陶景宜，对已掌握的缪德良违纪违法情况进行深入分析，寻找新的突破方向。陶景宜道："新的突破方向在两个人身上，一是中心医院财务室主任方清明，二是中心医院住院楼主体工程主要承包人龙邦云。"奚连江赞同道："本来半年多前就要调查方清明和龙邦云，因常委突然停职检查，不得不临时中断，至今没对缪德良采取实质性措施。"

俞波涛表态道："那就先调查龙邦云。作为中心医院住院楼主体工程承包人，龙邦云会给住建局长辜群玉送钱，自然不可能不给发包人缪德良好处，只要发现两人存在利益输送事实，就可留置缪德良，挖出更多东西。"

定下大体方向，立即兵分两组，一组由奚连江负责，调查龙邦云公司及个人资金账目；一组由陶景宜牵头，暗访缪德良社会关系。

忙碌一个星期，奚连江没发现龙邦云与缪德良有金钱往来，空手而归。陶景宜也收获甚微，只得知缪德良与殷芬芳打得火热，别无他哉。俞波涛道："缪德良与殷芬芳暖昧关系已非一日两日，一直举报不断，说不定案件监督管理室又有新的线索。"

查阅案件监督管理室线索登记，得先提出申请，由分管领导批准，案管室才会接洽。走完手续，俞波涛和陶景宜去找案管室主任姬时雨。有关缪德良和殷芬芳男女关系问题，案管室近期又收到过三份举报材料，姬时雨拿出来，摊到两人面前。俞波涛边翻阅边道："时雨主任准备对此作何处理？"姬时雨道："正准备报书记批准，对缪殷两人进行谈话函询。"

俞波涛建议道："可否先从殷芬芳入手？她本身是纪委派驻卫健委的纪检组长，执纪违纪，更应从速从严处置。"姬时雨道："我也有此想法。鉴于殷芬芳纪检组长身份，可考虑由纪检监察干部监督室牵头，第一监督检查室参与，一起谈话函询殷芬芳。"俞波涛道："波涛弱弱问一句，谈话函询殷芬芳时，第六审查调查室可否旁听旁听？"

姬时雨笑起来，道："都怪时雨，竟忘记波涛常委来查缪殷问题线索的用意。行行行，咱这就把你们三家一起呈报到书记那里，由他定夺。"

曾守贤见呈，二话不说，批复下来。并指示俞波涛，殷芬芳乃派驻部门纪检组长，本身没少谈话函询党员干部，必须提前做足功课，到时才有效果。

俞波涛得令，安排陶景宜，负责调查殷芬芳底细。数天下来，陶景宜把殷芬芳前世今生，学习工作经历，连其饮食习惯，穿着爱好，甚至得过啥病，住过哪些医院，动过什么手术，都摸得清清楚楚，差不多可写部精彩的人物传记。

听过汇报，俞波涛肯定道："景宜工作做得仔细，对谈话函询殷芬芳大有意义。"陶景宜道："遗憾的是没发现殷芬芳与缪德良金钱往来线索。"俞波涛笑道："要是当事人金钱往来线索这么容易发现，咱们办起案子来就轻松多了。"陶景宜道："不过我还给殷芬芳做了人设定位。"俞波涛道："何谓人设？"陶景宜道："就是人物特征设定。"俞波涛笑道："你们八〇后是不是什么词都可拿来缩简？"陶景宜道："简明扼要嘛。"俞波涛问道："那你给殷芬芳定的人设是什么？"陶景宜道："三句话：贪钱财，图享受，爱虚荣。"

"对殷芬芳来说，这个人设很贴切。"俞波涛点着头道，"比起缪德良，殷芬芳不仅年轻，且政治地位高，甘愿跟他上床，无非看中他手里有钱。只是男女关系属两人私事，很隐秘，殷芬芳虚荣心强，肯定矢口否认，轻易不会承认。"陶景宜道："常委意思，要想认定缪殷利益输送事实，关键在于揭穿两人男女关系？"俞波涛道："景宜一语中的。"

陶景宜沉吟道："那缪殷两人男女关系依据又在哪里呢？调查殷芬芳时，我也想到了这一点，跑过市内好几家星级宾馆，都没发现缪德良和殷芬芳两人开房记录。"俞波涛笑道："做贼心虚嘛，偷偷摸摸开房，还敢用真实身份证件不成？"

陶景宜忽然想起什么，说："我在医院查阅过殷芬芳住院资料，发现几年前她曾动过一次手术。"俞波涛道："动过什么手术？"陶景宜道："殷芬芳腹内长过一个瘤子，医生定性为良性肿瘤，切瘤手术很成功，伤口愈合后还拍了彩照，留存在病人档案里。"

也不知此线索有无用处，但俞波涛还是问道："切瘤伤口愈合，总会留下疤痕吧？"陶景宜道："有个很明显的淡红疤痕，彩照说明有十二厘米长。"俞波涛道："具体什么位置？"陶景宜道："肚脐眼下方五厘米处。"

细节决定成败，说不定这个细节还真能派上用场。俞波涛又反复熟悉过陶景宜提供的殷芬芳材料，让雷学武尽快约其来黄楼谈话。

接到雷学武电话，说要自己回委里去一下，殷芬芳心里略感不妙。可反复回味雷学武口气，又觉自己身为纪委下派干部，回委里见娘家人，不也很正常么？殷芬芳自己宽慰自己，精心打扮一番，开车赶往市委大院，高昂着脑袋，走进熟悉得不能再熟悉的黄楼。

可当殷芬芳来到专门谈话室，见雷学武之外，第一监督检查室侯主任和纪委常委第六审查调查室主任俞波涛都在场，不觉得暗暗心慌起来。可还是故作镇定，扭着腰肢，踩着恨天高，囊囊囊，走到三人对面桌前，弯腰吹吹身后皮椅，撩起裙摆坐下去，再挺挺胸脯，挤着笑道："三位大领导同时出面，隆重接见小女子，小女子受宠若惊啊。"

侯主任和俞波涛板着面孔，无意回应殷芬芳有些变形的笑容。雷学武脸色也不生动，毫无表情道："你不是小女子，是纪委监委派驻卫健委的纪检组长。"殷芬芳尴尬道："是是是，芬芳是委里下派卫健委的干部。"雷学武道："既是卫健委纪检组长，就该时刻从严要求自己，带头遵纪守规，给卫健系统党员干部做好表率作用。"殷芬芳道："雷主任教导得对，芬芳会以身作则，坚决履行好党和人民赋予的神圣使命。"

侯主任见不得殷芬芳忸怩作态，呵斥道："今天不是请你来说空话套话的，是有问题等你交代，你得端正态度，有什么违纪违规行为，主动向组织交代。"殷芬芳大着胆子，抬头望望侯主任，道："芬芳一向谨慎为人，洁身自好，从无违纪违规行为。"

"说得这么干净干嘛？你真这么干净，咱们三个吃饱撑的，同时来陪你聊天消食？"侯主任讥讽道，转向雷学武，"雷主任是主谈，还是你来对付这个巧嘴女人吧。"雷学武不再啰唆，扬着手里材料道："殷芬芳你说的比唱的好，为何还有人举报你，且不是一次两次？"殷芬芳道："举报我什么？"雷学武道："举报你什么，你比谁都更清楚。组织给你自我认错机会，建议你最好还是自觉些，别让机会白白失去。"

殷芬芳紧皱眉头，沉思一会儿，还是摇头道："芬芳实在想不起自己做错过什么。"雷学武道："那行吧，既然你不肯坦白，我替你说。干部群众举报你跟缪德良乱搞男女关系，到底怎么回事？"殷芬芳矢口否认道："绝无此事。世上好多大帅哥小鲜肉，本女子不丑，也还不老，干吗要跟缪德良那老家伙好？他起码比我大十岁，怎入得我法眼？"

一直沉默不语的俞波涛开了腔："你可以看不上缪德良，但你有求于他呀。"殷芬芳哼道："我求缪德良干啥？他是卫健委下面医院院长，我好歹也算卫健委领导，该他来求我，哪有我倒过来求他的理？"俞波涛道："你不求他是吧？那是谁为邓超凡和龙邦云牵线搭桥，靠近缪德良，一个承包了中心医院太平间，一个拿到住院大楼主体工程？"

殷芬芳心虚起来，却本能地顽抗道："我不认识邓超凡和龙邦云。"俞波涛道："到底真不认识，还是假不认识？"殷芬芳道："真不认识。"俞波涛道："那就太奇怪了，邓超凡是你姨妈儿子，龙邦云是你舅舅儿子，你竟然不认识。"

殷芬芳没法抵赖，只得承认道："邓超凡和龙邦云是我亲戚不假，但他们是自己通过合法程序，竞拍到医院太平间承包合同和住院大楼工程的，并非缪德良看我份上徇私舞弊。"雷学武插话道："缪德良不看你份上，又看谁份上？殷芬芳啊殷芬芳，事到如今，你还要死鸭子嘴巴硬，继续与组织对抗。实话跟你说吧，你和缪德良非正当男女关系，举报材料写得明明白白，可不是你想抵赖就抵赖得了的。"

殷芬芳嚯地站起来，一手叉腰，一手指向雷学武，嚷嚷道："把举报人给我找来对质，到底是捉奸在床，还是拍了照，录了像？没有真凭实据，我要反告举报人无中生有，污我清白。殷芬芳我老老实实做人，清清白白为官，一辈子守身如玉，仅仅爱过自己老公，跟老公上过床，还要被人泼脏水，今后我怎么面对老公，面对亲友，面对卫健委广大干部职工？"

噎得雷学武张口结舌，说不出话来。俞波涛实在看不过去，一拍桌子，大声喝道："殷芬芳你是街头泼妇！要什么横！给我坐下去，好好交代问题，否则对你不客气！"

也是俞波涛声音够震撼，殷芬芳才闭住嘴巴，乖乖坐回到圆凳上。俞波涛又厉声道："要不要给面镜子，你自己拿着照照，像不像个纪检组长样？你跟缪德良非正当男女关系，难道你又着腰，骂阵街，要回泼，就否定得了吗？"殷芬芳道："还不是被人陷害，气愤不过，发了点火。莫非没有的事也不容反驳？"俞波涛道："我不阻止你反驳。但事实胜于雄辩，你能否认得了吗？一个巴掌拍不响，非正当男女关系是两个人的事，你可拒不承认，难不成还能找把铁锁把缪德良嘴巴也给锁住？也没必要隐瞒你，缪德良已交代得清清楚楚，你俩不仅有非正当男女关系，还有非正当利益输送关系。"

殷芬芳哼哼几声，道："别诓我好不好？我也实话实说，我跟缪德良没任何关系，无论是不正当的男女关系，还是不正当的利益输送关系，除非缪德良信口雌黄，故意冤枉我。"俞波涛道："缪德良干嘛要冤枉你？动机何在？"殷芬芳道："树心隔树皮，人心隔肚皮。我跟缪德良仅有不多几次工作接触，缺乏了解，他为何要冤枉我，只能劳烦俞常委去问他本人。"

殷芬芳一句人心隔肚皮，让俞波涛猛然想起陶景宜说过，医生给殷芬芳切瘤子时，曾在她腹部留下疤痕，于是伸出拇指和食指，朝殷芬芳晃晃，道："缪德良信口雌黄，还是信口雌白，你心里比谁都清楚，不用我多言。我只请你回答，你肚脐眼下五厘米处，有个十二厘米长的淡红刀疤，该不是我火眼金睛，透视出来的吧？"

殷芬芳先是眼睛瞪得溜圆，继而脸上一阵涨红，气急败坏道："缪德良你这剁脑袋死的，连这个你都跟人说，你嘴里塞了牛屎还是马粪！"

因痛恨缪德良卑劣，殷芬芳不再守口如瓶，如实招供了两人利益输送关系。医院项目利润厚，工程造价高，不送大钱，妄想得手，没谁这么幼稚。只是如今反腐处于高压态势，缪德良轻易不敢伸手，殷芬芳于是成为邓超凡和龙邦云的运钞车，源源不断给缪德良送钱，自然自己也没少得好处。

有殷芬芳口供在手，留置缪德良也就成为必然。曾守贤立刻禀报吴尚云书记同意，随即召开纪委常委会，研究留置缪德良的具体方案。方案决定，专案组成员分头行动，俞波涛牵头留置缪德良，奚连江负责留置龙邦云，陶景宜则负责把殷芬芳带往觉园留置。至于方清明和邓超凡等留置对象，亦有专人和辅警负责对付。

俞波涛去中心医院前，缪德良正在自家客厅里，眼盯电视屏幕，脑袋里仿佛有架风车，转个不停。早上起来就莫名其妙有些心慌，一上班便找专家，又把脉，又量血压，又拍心电图，并无异样。心里还是不踏实，拿过办公桌上市报，看看有啥新闻，或纪委是否又抓了人，却大都是些会议报道和不痒不痛的平常内容。又拿过手机，点开市纪委网站，也无新动态。气得缪德良扬起手机一甩，咕哝着骂了句脏话，仿佛手机故意隐瞒反腐消息似的。

生了会儿闷气，手机响起短信提示音，缪德良拿来瞧瞧，是则广告。正要扔掉手机，忽想起好多天没联系过殷芬芳，拨了她手机号。里面有个女声，却不是殷芬芳，说不在服务区。姓殷的莫不是有了别的男人，跑到哪里偷欢去了？过会儿重拨，依然无法接通。缪德良不甘心，打通卫健委纪检监察组办公电话，说找殷书记，回曰外出办事去了，要缪德良打她手机。缪德良不出声骂道，打得通她手机，还劳烦你干嘛？

挂掉电话，有人来办事，缪德良暂将殷芬芳搁一边，忙起事来。忙到午餐时间，仍联系不上殷芬芳，只得给她发条微信，要她见信回电话。可直到下午下班，既不见殷芬芳电话，也没她微信，缪德良越发不安，连答应好参加的同学饭局，也借故推辞，悻悻回了家。

缪德良住在医院后面的院长楼，没几步就到了家里。夫人何滟君正和保姆在吃饭，见缪德良进屋，惊讶道："你不是有饭局吗？这么快就结束了？"

结不就是绑结，束不就是捆束么？不知怎么，最近缪德良对"结束"二字特别敏感，吼道："谁结束啦？老子属堂堂正教授级，可干到六十五，你知不知道？"何滟君道："你吼什么吼！没参加饭局就没参加，加双筷子，一起吃点不就完了？"缪德良恼火道："你是不是巴不得我完了，你好另外找男人？"

何滟君不再理睬缪德良，低头继续吃饭。保姆早摆好筷子，盛好饭，请缪德良上桌。缪德良懒得搭腔，拿过遥控器，按开电视，身子往沙发上一缩，看起新闻联播来。新闻联播没看完，茶几上手机猛然响起。还以为殷芬芳终于来电，低头一瞧，是医院党委书记罗甫仁。罗甫仁系部队转业干部出身，缪德良以他不懂业务为由，医院大事小情自己一张嘴说了算，两人关系一直很紧张，只不过不好撕破脸皮，表面勉强维持着和气而已。

缪德良划划绿键，问道："书记有何贵干？"罗甫仁说："缪院长在哪儿忙？"缪德良道："刚下班回到家里。"罗甫仁道："周市长父亲患病，刚由秘书送来医院，我已安排到住院部，请你到行政楼来一下，商量商量如何关心好市长父亲。"

周市长就是周俊才，缪德良能做上中心医院院长，正是拜其所赐，周父到了自己医院，岂有不出面关心之理？电话没接完，缪德良便噌地站起身来，几步走到门边，扔掉脚下拖板，换上皮鞋，下楼直奔行政楼而来。

等待缪德良的却是俞波涛和六室干部童秋生、巫定边。中心医院书记与院长面和心不和早已属公开秘密，俞波涛提前打过罗甫仁电话，得知缪德良人在医院，才带着童秋生和巫定边赶过来，直接走进行政楼里的书记室，坐等缪德良入彀。

缪德良不知底细，大步走进书记室，猛然见着俞波涛，脑袋顿时訇一声响，两脚定在地板上，再也挪不动。童秋生顺手关上门，立到缪德良身后，巫定边也靠过来，仿佛两座高山似的。罗甫仁见缪德良如期而至，暗暗舒口气，朝身边的俞波涛摆摆手，道："市纪委监委常委第六审查调查室主任俞波涛同志，缪院长该认识吧？"

堂堂俞波涛俞大常委，能不认识吗？前段缪德良还给过他致命一击，迫使纪委停掉他职务，谁知这家伙竟涉险复职，张牙舞爪，杀向中心医院来了。缪德良动着心思，心存几分侥幸道："俞常委大驾光临，莫不是您亲自送周市长父亲来医院的？"

俞波涛对周市长父亲不感兴趣，揶揄道："我正是俞波涛，缪德良同志认识本人，本人深感荣幸！"同时拿出工作证，让缪德良过目。缪德良瞥两眼，道："市里领导，哪用瞧证件？俞常委来医院视察，是看得起咱们，怪只怪德良出面稍迟。"

俞波涛又出示留置手续，说："鉴于缪德良同志涉嫌严重违纪违法，经市纪委常委会集体研究决定，并报经吴尚云书记和省纪委监委领导批准同意，决定对缪德良同志采取留置措施，请在手续上签名吧。"

像听不懂俞波涛话似的，缪德良怔在地上，半天没反应过来。罗甫仁瞧他一眼，从桌上笔筒里拿出水笔，扯去笔帽，递向缪德良，肚里不出声道，伸出你签惯药品采购和工程项目报告的贵手，也在留置手续上留下一字千金的墨宝吧。

缪德良全身发抖，手腕像得了鸡爪疯，晃个不停，根本没法执笔。俞波涛道："缪德良同志先坐，稳定一下情绪。"罗甫仁趁机将缪德良按到座位上，把笔强行塞到他手上，说："德良院长有啥好犹豫的？还是赶紧签吧。"

缪德良这才哆嗦着签下缪德良三个字。签得歪歪扭扭，要多难看有多难看，与平时批钱批项目时的签字宛若两人所为。俞波涛又让童秋生拿出印泥，命缪德良按手印。缪德良两手本能地往后一缩，半天才伸出右手大拇指，在印泥上一压，按到自己签名上。瞧瞧纸上红手印，又看看血红的大拇指，突然哇的一声大哭起来。哭得很难听，仿佛走失的野猫夜啼。

也许男人的哭声最容易感染男人，俞波涛心里一阵难受，迟疑片刻，才朝童秋生和巫定边点点头。两位挨近缪德良，同时动手，钳住他左右双臂。缪德良下意识停住哭声，全身瘫软，被两位驾出书记室，拖到楼下，几下塞进树荫下面的车里。

车至觉园，案管室主任姬时雨已等在那里。俞波涛跟姬时雨办好交接手续，童秋生和巫定边把缪德良带进四号楼4111室，交给执勤辅警。缪德良茫然四顾，见墙上贴着红色党旗和入党誓词，不觉五味杂陈，哽咽无声。

龙邦云、方清明和邓超凡等涉案人员也陆续到案，俞波涛松了口气，带着童秋生和巫定边返回中心医院，来到院长楼。另一路专案组成员已先到，与俞波涛交流几句，由罗甫仁率领，上楼叩开缪家，向何滟君出示相关证件，依法进行搜查。缪家没有几个现金，也无特别值钱的物品，不多的几张银行卡，密核时已通过银行调看过流水，数字也不醒目。

忙到下半夜，几位撤出缪家，上车离去。俞波涛回到家里，不好惊动老婆孩子，轻手轻脚走进书房，放平椅子，躺到上面，沉沉睡去。

一觉醒来，已近八点，赶紧走出书房，艾叶青和菁菁正要出门，俞波涛告诉母女俩，自己又得去觉园待上数月。艾叶青已习以为常，摸着翘起来的肚皮，说："去吧，没人拦你。偶尔给个电话或抽空回家看看，不然二娃出来见不到爸爸，会不高兴的。"俞波涛歉疚道："对不起叶青，你生菁菁时我就没在身边，这次一定补回来，反正觉园也不远。"

母女俩出门后，俞波涛吃过艾叶青留的早餐，清理几件换洗衣物，提着下到车库，开车驶出地面。刚离开小区，手机响起，原来是好久没联系的林路雪。

赶到彦江边的一处茶楼，林路雪已等在一间不大的茶室里。俞波涛坐下后，服务员来上茶，林路雪对她说："你可以走开，我自己来吧。"

服务员掩门出去，林路雪坐到茶桌后面，开始煮水洗杯，温壶泡茶。俞波涛望望不施粉黛略显憔悴的林路雪，说："好像有大半年时间没见面了吧？"林路雪道："可不是，这么久没见涛哥，你都把小妹忘到脑后去了。"俞波涛抱歉道："都怪为兄瞎忙，一直没时间关心你，不过忘是没法忘记的。"

林路雪拿过竹筒里的竹镊子，从铜钵里的开水中夹出紫砂杯，搁到俞波涛面前，再提壶倒上泡好的茶水，道："涛哥喝茶吧。"俞波涛喝口茶，连说好喝，问道："这一年时间你还在摄像剪片？"林路雪说："摄得少，剪得也不多。"俞波涛道："那又忙些啥呢？"

林路雪也喝口茶，说："主要忙给父亲诊病。"俞波涛道："令尊得的什么病？"林路雪道："本来是常见的肺炎，被中心医院治成肺癌，去世后给我留下一屁股债。"

听林路雪语气平静，就知在父亲治病过程中，已耗尽精力和悲伤。俞波涛道："这么大的事，也没听你吱一声，不然也上医院去瞧瞧老人家。老人家到底是怎么被医院治成肺癌的？"林路雪道："其实生死有命，怨不得天，尤不得人，可恶就可恶在中心医院毫无医德，把我父亲当唐僧，非把他身上的肉啃完，不肯罢休。"

林父那代人，说命大也命大，说命贱也命贱。未出生时，大闹饥荒，见死不见生，能生下来已属意外，生下后活着长大更是奇迹。苟活于贫病中的生命难免先天不足，林父从小身体虚弱，没过几天快活日子。当年的田地都归集体所有，若在闲置的田头地角种瓜种豆，属于资本主义尾巴，非割掉不可，唯独种烟叶没人干涉。因此村民愁吃愁穿，却从不愁没烟抽。林父不到十岁，就跟大人抽旱烟，一抽几十年，终于把肺叶抽成煤块，几乎二十四小时咳嗽不止，仍放不下那一口。又没钱上医院，只得自己找些草药，随便对付对付。直到咳得喘不过气来，才不得不到镇上医院买些药吃，待咳嗽稍稍缓解，又继续吞云吐雾。镇医院医生多次警告林父，说他肺病已很严重，有次还强行把他送到彦州市中心医院，他怕花钱，趁医生不留神，悄悄溜掉，逃回乡下。

去年夏天，林父开始咯血。自己抓的草药已毫无效用，只得再次跑进镇医院。医生把林父痛骂一顿，给他两条路，一条回家准备棺材，一条去中心医院治病。林父犹豫三天，才给林路雪打了电话。林路雪也觉得父亲肺病再拖不得，要他到彦州来，陪他上医院查病。林父很快被镇医院医生送到中心医院，待林路雪赶过去，医生已做过诊断，照过片子。林路雪问医生父亲肺病严不严重，医生说："不严重，镇医院会往市里送？"林路雪问："严重到什么程度？"医生扬着林父片子说："片子显示，肺部早产生病变，很有可能已转为癌症，最好住院详细检查，确诊后再采取有效治疗方法。"

林路雪只能听医生的，把父亲送进住院部住下。各种检查做完，医生当着父女俩面，说已是肺癌中期，若动手术，切掉癌变的肺叶，还有活下来的希望。林父当即瘫软在地，眼里却流露出求生的愿望，怯怯地看着女儿。林路雪懂得父亲眼里意思，拿出全部积蓄，交了手术费。术后林父恢复得还不错，医生建议做化疗，说得把癌细胞全部杀死，以绝后患。林路雪向朋友借了几万，把父亲送进化疗科。几场化疗下来，林父已虚弱得不行，林路雪担心化疗没做完，父亲就会死在医院，要求医生放弃化疗，医生迫不得已停了药。

看看林父气色略有好转，医生不甘心，又给他复查，说癌细胞还在扩散，如果化疗吃不消，只能做放疗。放疗又得花大钱，林路雪账户已空，却还是硬着头皮，找平时谈得来的客户预支十多万，让父亲做放疗。放疗两个月，病情时好时坏，医生说放疗效果不明显，最好服用中药。林父转到中药科，吃了两个月中药，林路雪借的钱早用光，只能把父亲接到自己租屋，亲手熬中药给他喝。三个月后父亲已不能动弹，正好夏语冰来看林父，问起治病过程，摇头说："中心医院自缪德良任院长后，想尽办法创收，与县区乡镇医院联手，多拉病人，小病大治，一病多治，早已臭名在外，你父亲癌症明显是被他们有意治出来的。"

说得林路雪半信半疑。夏语冰帮她找到肿瘤医院的医生朋友咨询，肿瘤医生看过林父病历和片子，说肺癌诊断依据不充分，如果保守治疗，不动手术，不做化疗和放疗，不破坏病人自身免疫力，肯定不至于落到如此地步。夏语冰抱不平，怂恿林路雪状告中心医院，那位肿瘤医生说，这种状不怎么好告，癌症种类千千万万，确诊标准模糊不清，医疗事故仲裁人员又都是医生出身，不可能向着病人，病方占不到便宜。其时林父已奄奄一息，林路雪得赶紧把人送回乡下，入土为安，哪有精力告医院？待处理完父亲后事，回到彦州，林路雪已心灰意冷，状告中心医院的想法越发淡薄，只考虑如何尽快还清数十万借款。

也是天无绝人之路，正好有人愿出大钱让林路雪办事，她也就毫不犹豫答应下来。俞波涛好奇道："什么好事，有人肯出大钱？"林路雪给俞波涛换上重新泡好的茶，说："反正是能来钱的事。为此得离开彦州一阵子，今天特跟涛哥见个面，道个别。"俞波涛道："要到哪里去？"林路雪道："地球另一边。"俞波涛道："地球另一边？那是美国啰。美国有金子捡不成？"林路雪笑道："中国人捞了钱都往美国跑，去美国捡金子自然比在中国方便。"

俞波涛莫名地有些伤感，只好故作轻松道："若不是被中心医院害得负债累累，你也用不着背井离乡，远赴美国，让我失去一个蓝颜知己。"林路雪惨然笑道："男人都喜欢红颜，涛哥怎会在乎蓝颜？"俞波涛道："知己难觅，无论红颜蓝颜，皆可遇不可求。"林路雪道："倒也是的。只是颜色易衰，最经不起时间考验。"俞波涛道："是啊，有句话说，蓝颜蓝着蓝着就绿了，红颜红着红着就黄了。能保颜色不变，该多幸运。"林路雪半真半假道："感谢涛哥视我如蓝颜！曾妄想有机会从蓝到红，看来已没此缘分。"俞波涛道："那你别走呗。"

林路雪摇摇头，道："协议签过，预付款也到了手上，已身不由己。"俞波涛道："何时动身，我送你吧。"林路雪道："不用不用，这边有人送，那边有人接。"俞波涛道："好吧，祝你抵美后一切顺利。"林路雪道："人家都安排得妥妥帖帖的，不可能不顺利。"

到底赚的什么钱，又是协议，又是预付，人还没动身，就已安排得妥妥帖帖？俞波涛心里存疑，借口上卫生间，出去把茶费结掉。回到茶室，又说会儿话，俞波涛想着觉园里的缪德良，说："路雪要远行，得做不少准备，你先忙去吧。"

"行吧，我知道涛哥也没空。"林路雪说道，召服务员来结账。服务员进来，朝俞波涛看看，说："这位先生已结过。"林路雪道："涛哥也是，路雪再穷，几个茶钱还出得起。"俞波涛道："先让你欠份人情，哪天从美国赚大钱回来，好加倍还给我。"

走出茶楼，天上忽然下起雨来，俞波涛开车送林路雪回其租屋所在小区。车子停稳，林路雪不着急下车，声含哭意道："自此一别，天各一方，何时能够再见，还是个未知数。涛哥既然视路雪为蓝颜，可否让我以蓝颜方式向你作别？"俞波涛笑道："第一次听说还有蓝颜作别方式，我真是孤陋寡闻。"

林路雪解下身上安全带，侧向俞波涛，伸手扳过他脑袋，在他腮上深深一吻，然后转身，开门下车，头也不回，撒腿奔进小区大门。俞波涛在车上痴了好一阵，心里说，蓝颜吻腮，那红颜呢，又该吻哪里？

赶往觉园，走进住过多次的8216房间，放下衣物，正准备去留置楼，夏语冰打来电话道："波涛在哪里，我有话跟你说。"俞波涛道："我在觉园办案，抽不开身，有话电话里说吧。"夏语冰道："林路雪要去美国，你知不知道？"俞波涛道："她已告诉我。"夏语冰道："你劝劝她行不，要她留下来，别去美国作孽。"

人家去美国赚大钱，怎么叫作孽呢？俞波涛道："没你说的这么严重吧？"夏语冰道："你知道她去美国干什么吗？"俞波涛道："她说去美国捡金子，偿还父亲治病借的债。"夏语冰愤然道："美国有屁金子捡，她是去给人生孩子。"俞波涛道："她已嫁到美国？"夏语冰道："她要是嫁往美国，我才不管她呢。她去给人代孕产子。"

代孕产子？怪不得林路雪说协议已签，还拿了预付款。俞波涛惊异道："给谁代孕产子？"夏语冰道："自然是给有权有势的人。开始林路雪也只说去美国赚钱，没说具体干啥。我觉得美国的钱哪有那么好赚？反复追问，她才说了实话。"

可怜冰清玉洁的林路雪，有能力，有技术，又肯吃苦耐劳，完全可凭自己双手养活自己，却落到给人代孕产子地步，到底谁之过？俞波涛痛心不已，想起若非缪德良利欲熏心，把中心医院办成谋财害命的黑店，弄得林家人财两空，林路雪哪会沦落至此？然仔细寻思，又岂止缪德良，整个社会似乎都已病变，无人不往钱眼里钻，只要来钱，没啥不能做，没啥不敢为。究其根源，恐怕还是三观失范，拜金拜权主义盛行，少数党员领导干部政治站位不正，忘记初心使命，经不起诱惑，胡作非为，带坏社会风气。也正因此，党的十八大以来，从严治党、党要管党，已形成共识，且正一步步付诸行动，此次留置缪德良便是明证。

这么想着，俞波涛已来到四号楼。童秋生正等在楼厅里，两人走进 4111 室。缪德良蜷缩在床上，旁边守着两位辅警，几乎眼睛都没眨一下。见俞波涛和童秋生进来，辅警朝床上喝道："缪德良快起来，组织找你谈话来了。"

像冬眠刚醒的懒蛇，缪德良动了动，才慢慢掀开被子，抬抬腿，下到床下。先把床铺叠好，放进壁柜，再竖起床架，隐入墙内。房间顿时显得宽敞起来。两位辅警跟俞波涛打声招呼，退出房门。缪德良立在地上，手足无措的样子。

俞波涛已落座条桌后面的椅子上。童秋生也已打开电脑，接上电源，做好记录准备。俞波涛望眼缪德良，指指墙边的圆几，道："你坐吧。"

缪德良坐过去，双手下意识放到膝盖上，等着俞波涛问话。俞波涛不急，先问缪德良身体近况，夜里睡不睡得好。得到肯定答复后，俞波涛才转入正题："知道是什么问题，组织决定留置你，对你进行纪律审查和监察调查吗？"缪德良摇头道："不太清楚。也许工作简单粗暴，犯错不自知，得罪同行，遭到举报，组织上要我配合审查调查吧？"俞波涛道："你不是犯错，是严重违纪违法，否则组织怎么会调动人力物力，审查调查你？如果自觉党性没完全泯灭，你就好好反省，主动交代问题，争取组织宽大处理。"

缪德良陷入沉思，良久没有吱声。

"我给你表个态吧，有事你不愿意说，组织绝不勉强，更不会逼供。"俞波涛指指屋内两处摄像头，"你该已看到，摄像头二十四小时无死角监控，咱若逼供你，党纪国法不容，我不可能拿党性和自己的政治生命赌博。不过你也应该清楚，让你认真反省，主动交代违纪违法行为，是给你重新认识自己悔过自新机会，至于你的违纪违法事实，通过数月初核，早已掌握在组织手里，你即使一字不招，也会办成铁案。"

话到此处，俞波涛站起来，言轻意重道："路已给你指出来，是顽抗到底，还是接受组织好意，完成灵魂深处的自我革命，你自己看着办吧。"

出得 4111 室，来到二楼专案组办案室，与奚连江、陶景宜几个交流各自审讯情况。龙邦云等老板没怎么追问，便主动供出行贿缪德良的事实，包括通过殷芬芳间接送钱经过。方清明还说出数位医药代表名字，这些人常年出入中心医院，没少在缪德良身上花钱。

经呈报曾守贤同意，俞波涛安排力量，有选择地留置了数名医药代表。医药代表送钱都有记录，翻开记录本一查，缪德良收钱多少，相关科室和医生提成几何，历历在目，涉案人数不下三十。俞波涛把名单递给姬时雨，请他安排留置室。姬时雨发愁道："你又不是不知道，觉园总共六十来间留置室，光缪德良案就占去十多间，其他留置室被在办或待移送案子留置人员占住，叫我去哪里给你找留置室？"

俞波涛自然清楚觉园底细，笑道："兄弟是案管室主任，缪德良案是你安排给六室的，觉园没法留置涉案人员，你干脆请示书记，把缪案撤掉算了。"姬时雨道："你想撤案，是你自己的事，你找书记去。"俞波涛道："要么咱俩一起去找书记？"

玩笑两句，姬时雨道："别无他法，只好请示书记同意，解除缪案中交代过问题的老板和医药代表的留置，腾几间留置室出来，给中心医院的留置对象。"俞波涛道："中心医院涉案科室主任和医生二十多人，几间留置室哪够用？"姬时雨笑道："凡涉案都留置，你六室拿钱出来，我给你去包个大宾馆。"俞波涛道："六室有钱包宾馆，还求你干啥？也不为难你了，只好定几个重点留置对象，报到书记那里去。"

十一

中心医院重点涉案对象到案后，经过突审，不仅供出自己所拿医药代表的钱，还把各自送给缪德良的钱数都说了出来。这也难怪，医院干部和医生成百上千，来钱的关键岗位毕竟有限，不给缪德良送钱，又哪谋得到手？

一个多星期忙下来，粗略统计，缪德良受贿数字已过两千万。新的问题来了，缪家没搜出值钱的东西，缪德良及家人的银行账户无大钱出入，两处房产为多年前所购，没超出正常收入范围，那么缪德良收的钱到底去了哪里？难道是老板、医药代表和医院干部医生记性太差，冤栽到缪德良头上的？这自然不可能。人的记性再差，爹妈姓甚名谁，常常想不起来，但从手上送出去的钱，无异于从身上放出来的血，绝对不可能记错。

仅凭行贿人口供送过缪德良多少钱，没查出钱的去向，又如何定案？何况不是小钱，是两千多万巨款，扔到地上，会擦成小山，点火烧掉，也会留下大堆灰烬，不可能匿迹于无形。看来缪德良早有准备，已将钱转移到安全地方。那又转移到了哪里呢？专案组反复商量，准备双管齐下：一是设法撬开缪德良嘴巴，追问钱的去向；二是加紧调查缪德良的社会关系，看他可能把钱转移到哪些亲友那里。

缪德良系彦州郊区人，父亲死得早，三姐弟靠寡母一双手带大。母亲已八十多岁，城里住不惯，一直待在乡下老家。大姐女儿在外省打工落户，全家搬走，已多年没回彦州。二哥入赘白河县边家，跟缪德良几乎没往来。

弄清缪家基本情况后，奚连江和巫定边先奔南郊三十里外的临彦村，去见缪母，试探虚实。临彦村逐江而居，村民世代以打鱼为业。缪德良系村里第一个大学生，更是十里八乡唯一博士，随便问路人，都知其大名，及缪家具体位置。

彦州早实现村村通公路，村路还不窄，奚连江和巫定边很快赶到临彦村。缪家房子属两层砖木结构，与周边村民房屋没太大区别。缪母耳朵背，需手势帮助，才能勉强交流。也许正因耳朵不好使，她还不知儿子出事，说起缪德良来，眼里满是得意。

奚连江让巫定边陪缪母说话，自己以上厕所为由，屋前屋后，楼上楼下，转了个遍，也没发现可疑之处。连贵重点的家具都没两件，只楼道间一副黑漆棺材，一看便知是给缪母预备的，估计可值三五千。事实也是，仅孤寡老母在家，存放大钱和贵重家具，缪德良也放不下心。奚连江心里寻思着，没逗留太久，带人去了白河县缪德良二哥家。

缪德良二哥已改为妻家姓，叫边跃进。听奚连江说是缪德良朋友，边跃进布满皱纹的脸上全是冷漠，好像没有那么个亲生弟弟似的。奚连江只好旁敲侧击，把话题转到缪母身上，道："你母亲已八十多岁高龄，活一天是一天，你该常回去看望老人家吧？"边跃进咬牙道："她是缪德良母亲，与我没关系，我干嘛回去看她？"奚连江颇感意外道："莫非她老人家不是你生母，你是抱养的不成？"边跃进说："还不如抱养的。"

不如抱养的，自然便是亲生。奚连江道："难道母亲小时亏待过你？"边跃进道："不止小时亏待，是害了我一辈子。"奚连江道："你父亲死得早，母亲带大你们三姐弟不容易，你应该体谅她才是。"边跃进道："她带大我们确实不易，可手心手背都是肉，她得一碗水端平，不该偏心呀。"奚连江道："难道母亲只供缪德良上学，不送你读书？"

一句话触到边跃进痛处，他长叹一声，道："已过去五十多年，我从没跟人说起过此事。你既是缪德良朋友，不妨说给你听听，你再回去问他，看是不是事实。缪德良只比我小一岁多，父亲过世时，我七岁，他五岁半。七岁已过学龄，我请求母亲送我上学，母亲说你兄弟两个都上，我寡妇人家哪送得起？我说弟弟才五岁多，以后再说嘛。母亲说五岁多与七岁有什么区别？你们抓阄吧，谁运气好谁上。我没法反对母亲，只好由她做了两个阄，说好抓到钩上学，抓到叉留家里做事。我太渴望抓到钩，阄到手里，赶忙发开，一看是把叉，蹲到地上号啕大哭起来。却也怪不得别个，要怪只怪自己手气差，不得不随母亲和姐姐下地劳动，供养缪德良上学。直到缪德良走进大学，姐姐才告诉我，当时两个阄母亲都打的叉，当缪德良要发开自己手上那个阄时，被母亲抢过去，一把扔出了窗外。原来母亲爱满崽，故意使诈，夺去我读书机会。我一气之下，跑来白河上门，从此再没回去过。"

奚连江很感慨，道："缪德良后来发达，应该好好回报你吧？"边跃进道："回报个屁，他说他读大学花销大，偏偏大姐嫁人，我又出走，不肯协助母亲赚钱供养他，对我俩怀恨在心，从此他走他的阳关道，我过我的独木桥，再没来往。"

看边跃进老实巴交的样子，估计不会编故事，叫人不信还不行。既然兄弟老死不相往来，缪德良不可能把钱藏到边跃进家里来，奚连江只得与巫定边打道回府。

此刻俞波涛和童秋生正在4111室，再次对缪德良进行审讯。缪德良端坐在圆几上，显得很乖顺。俞波涛没直奔主题，而是问道："还吃得惯觉园的伙食吧？"缪德良道："吃得惯，有荤有素，而且不用花钱。"

缪德良是想幽默一下。可俞波涛没觉得有啥可幽默的，说："你吃饭确实不用花钱，可组织上办个案子，动不动数十上百人齐上阵，还忙不过来，成本可不低啊。"缪德良故意道："要那么多人干啥？比如我这里，审讯人员加三班辅警，不会超过十位。"俞波涛道："你只是此案一号留置对象，后面还有二号三号甚至十几号涉案人员，都得安排人力物力对付。"缪德良问道："有那么多人涉案吗？"

俞波涛呵呵一笑，盯住缪德良道："还问我，难道你自己心里没有数么？跟你说吧，只要给你送过大钱的人，都进了觉园，就住在你旁边的留置室里。这些人跟你想法不同，外面有工程有生意等着，只想早招供，早出去发财，不可能死扛。你收了多少钱，得了什么好处，专案组已了如指掌，你说不显得多余，不说也无关紧要。"

缪德良回避着俞波涛凌厉的目光，望向窄小的高窗，半日没有吱声。俞波涛道："如果以为审讯你，是跟你过招，要从你口里掏出什么东西来，你就大错和特错了。组织留置你，让我和小童跟你面对面谈话，目的只有一个，就是拯救你的灵魂。几十年的职业生涯中，你确实做过一些有益于党和人民的事情，可同时也犯下不可饶恕的罪孽。这些罪孽不仅仅是你收受巨额贿赂，还包括你经手的伤天害理的恶事。"

闻言缪德良内心一震，道："我做了一辈子医生，都在救死扶伤，哪伤过天，害过理？"

俞波涛盯向缪德良放在膝上的手。那是双外科医生特有的手，筋骨清奇，白净修长。俞波涛道："你看看自己的手，上面是不是沾满患者的血和泪？"

缪德良低头瞥眼自己手背，又翻过来瞧瞧手心，说："这双手做过无数手术，解除过不知多少病人的痛苦，说沾满患者的血，也不为过。"俞波涛道："你不是做手术时沾过患者的血，是放下手术刀后，用这双手剥夺过患者的生命，抢劫过患者家属的钱财。"

对于缪德良来说，这话似乎有些深奥，他一时没完全明白过来。俞波涛道：

"还是给你说个故事吧。这故事就发生在贵医院。不用说，到贵医院去的都是患者，没病没痛，无人愿意往医院跑。该患者姓林，本属常见肺病，贵医院心肺科诊断为肺癌中期，手起刀落，切掉其部分肺叶。术后转到肿瘤科做化疗，扬言说非杀死转移至全身的癌细胞不可。几场化疗下来，化得患者东倒西歪，再转放射科做放疗。放疗两个月，又被转移到中医科服中药。中药一服几箩筐，服得病人奄奄一息，才让家属拉回乡下埋掉。一个肺病患者，就这样被贵医院当成唐僧肉，小病大治，一病多治，各科室都狠狠撕咬几口，才松掉牙齿。"

缪德良满脸惊讶，说："这事你也知道？"俞波涛道："若要人不知，除非己莫为。贵医院做的好事，能瞒得住谁？我还知道，林患者死时给女儿留下数十万借款，女儿只得以黄花女之身，为别人代孕产子，换钱还债。"

缪德良越发诧异，朝俞波涛瞟一眼，赶紧低下脑袋，望着地板，半天不吭气。俞波涛道："林家在贵医院的遭遇，不过冰山一角，被你们害惨的患者，只怕你这个当院长的数都数不过来。医者仁术也，贵医院所作所为，还跟仁字沾边吗？主持中心医院多年，你一心谋求把买卖做大，不会去想这种买卖多么缺德。到了觉园，你有足够时间反思自己伤天害理几十年，该不该受到天谴。知道天谴的意思吗？说得直白点，就是天杀，或者说组织正是遵循天意，依照民心，对你进行惩戒和处罚。"

说到这里，俞波涛心在流血，不得不稍稍停顿，压住心头愤慨，才又接着道："你该意识到，对你实施留置，可不只是清算你拿了多少钱，因为你不是普通贪官。你的天职是救死扶伤，可你却跟医生、科室及医药代表合谋，宰杀病弱无助的患者，是不是比杀人越货的强盗可恶十倍？人人都知强盗可怕，患者却视你们为天使，把自己送上门来，等着你们解除病痛，起死回生，哪会想到你们借天使之名，行强盗勾当！"

此言说得很重，俞波涛缓缓语气，道："当然不是每位医生每家医院，都像你和中心医院那样，对患者那么残酷无情。应该说绝大部分医生和医院，还是心存天良，以治病救人为天职，为患者付出过艰苦劳动，为社会作出过巨大贡献。不幸一粒老鼠屎，染坏一锅汤，只要有少数几个你们这样的作孽人，就足以伤害整个社会的良心。近些年来，医院失信于患者，医患关系一天天恶化，甚至出现杀医极端事件，不就是这么造成的吗？"

缪德良还能说什么？自然只有乖乖听着，接受俞波涛谴责。俞波涛觉得已说得够尖锐够严重，然能否警醒缪德良，让他有所悔悟，就不得而知了。俞波涛站起身，走出留置室。童秋生按按桌角传唤器，叫进辅警，才跟到室外，对俞波涛道："常委把话说得如此透彻，缪德良再顽固，应该也会有所觉悟，认识到问题的严重性。"俞波涛道："恐怕难说。缪德良医学博士出身，又多年把持中心医院，一人独大，目中无人，今天咱说了这么多，他虽口无异言，心里服不服气，还真不好说。"童秋生说："攻城易，攻心难。攻不破缪德良的心，又不能逼供，他小子拒不交代巨款去向，案子岂不僵在这里？"

俞波涛笑笑道："不急不急，缪德良进来才个把月，还有两个月才满留置期，时间充裕得很，还怕拿不下他？再说奚连江正带人外调，多少总会有些收获。"童秋生说："我这就打奚主任电话，看他们几时回觉园。"

奚连江和巫定边已离开白河，正在回彦州路上。到得觉园，天色已黑，顾不得喘口气，便直奔8216室，来见俞波涛。俞波涛问："还没吃晚饭吧？"奚连江道："好像也不饿。"俞波涛道："食堂早关门，咱们出去找个地方坐坐。"

觉园附近有家还算干净的饭店，四位要间小包厢，点几道小份菜，以茶代酒，边喝边聊。听奚连江说过缪家恩怨，俞波涛感叹道："缪德良堕落到这一步，根由还在缪母那里。"

几位不解，缪德良罪责难逃，怎么能怪到他母亲身上去？奚连江道："缪母年轻守寡，能把三个孩子养大已属不易，还送缪德良上大学，莫非也有错？"俞波涛道："缪母养育孩子自然没错，可她不该存有偏心，厚满恩，薄大儿。"奚连江道："缪母也是没办法，没能力同时供两个儿子上学，只好以抓阄形式，决定谁上谁不上。"

俞波涛道："若无其他更佳选择，抓阄不失为相对公平的良法，可缪母千不该万不该，不该自作聪明，作弊让缪德良获得读书机会。这不仅伤透边跃进的心，也给了缪德良强大的心理暗示：一是自己与众不同，天生该享受特权；二是要想获得成功，作弊才是上策和捷径。心理暗示看似无形，却可植入潜意识里，成为思维定式，左右一个人一辈子，直到生命终结。正因如此，缪德良主持中心医院后，才热衷于搞歪门邪道，靠不正当手段捞钱，而不思通过提高医疗水平，优化服务质量，以增加经济效益。"

三位非常认同，意识到拿下缪德良这种对手，还得费番工夫。俞波涛又道："再者就是缪德良从小失怙，很缺乏安全感，有机会便疯狂掠夺金钱，谋取权力，作为铠甲，以图自保。痴迷钱权二字，也就不会信任任何人，连亲生姐姐和哥哥都视如路人，一辈子不相往来。夫妻感情也相当冷淡，咱们搜查缪家时，缪妻何滟君一副事不关己的样子，可见两人早已同床异梦，貌合神离。"童秋生道："经常委这么一说，我想起询问何滟君的经过，她不仅不同情丈夫遭遇，还有些幸灾乐祸，说自打女儿出生后，缪德良就不把她当老婆，想打就打，想骂就骂。女儿长大后，看不惯父亲做派，一气之下，绝然远走上海，多年没回彦州。且三十大几没谈朋友，眼里男人好像都跟父亲样，无一不是人渣。"

俞波涛感慨道："缪德良这种人渣，家庭环境自然不可能好到哪里去。咱们见识过太多贪官，外人看去人模狗样，八面威风，其实在家人眼里狗屎都不如。"奚连江道："依缪德良德行，众叛亲离，不可能把钱放在老婆、女儿和亲友手里，其两处房子也没搜查出名堂，到底会藏到哪里去呢？"俞波涛道："咱们可以设想，若自己是缪德良，无人值得信任，两千多万现金在手，总得有个去处，该藏到哪里才安全呢？"

一句话触动奚连江，说："若世上还有人值得缪德良信任的话，恐怕只有一个人，就是缪母。"童秋生道："奚主任和巫定边不是到缪家查看过，没任何发现么？"俞波涛道："也许两位蜻蜓点水，忽略了什么，也未可知。"奚连江道："那我和定边再跑趟临彦村如何？"

"我也跟你们俩去瞧瞧吧。"俞波涛道。隔日三人来到临彦村后，不忙着去见缪母，先装成鱼贩子，提着麻袋，挨家挨户收购起干鱼来。村里年轻人都在外打工，年长者偶尔下江捕鱼，也大都留着自己吃，没谁愿意出售，三人转了好几家，才收到两斤半干鱼。

边走边叫买，进到村中，见一位老渔民坐在屋前，三人走过去，又是问好，又是递烟，套起近乎来。老渔民也客气，让座倒茶，陪客人道白聊天。聊到村里人事，俞波涛道："听说贵村出了个博士，当了医院院长，不知是真是假？"老渔民道："假倒不假，离我家只隔三座屋，叫缪德良。只是对于咱村民来说，博士院长有啥用呢？又没谁沾过他光。"

俞波涛问道："村里修路架桥，筑渠引水什么的，缪德良总会掏几个钱吧？"老渔民说："掏个屁。他只顾自己升官发财，连姐姐哥哥都翻脸不认，其他人还想得他半点好处？"俞波涛道："缪德良这么小气吗？他应该蛮有钱的。"老渔民道："我活了七十多岁，还从没见有钱人大方过。"俞波涛道："不过听人说，缪德良还算孝敬老母。"

老渔民哼哼道："他有孝心，就该把老母接到城里去享清福，哪能扔在乡下不管不顾？"俞波涛道："可能是老人家城里住不惯吧？"老渔民道："不是住不惯，是缪德良夫妻关系不和，老母待不下去，只能住回乡下。其实乡下也不赖，死后可留个全尸，入土为安，比用火烧掉强。"俞波涛问："临彦村还没实行火葬？"老渔民道："火葬喊了多年，有权有势也有地的人要土葬，政府奈何不了，只能睁只眼闭只眼。缪德良老早做好棺材，还在屋后林地里砌了墓地，只等老母四脚一伸，便可入棺下葬。"

聊几句，又给老渔民发支烟，三人起身去了缪家。缪母坐在坪里晒太阳，脑袋低垂，双目微合，似在梦中。三人上前，大声喊道："有干鱼卖么，有多少买多少，价格从优。"

也是叫买声足够响亮，缪母脑袋一偏，兀地醒来，眨眨眼睛，朝三位瞧瞧，不惊不喜，像瞧路过的野狗似的。已认不出几天前来过的奚连江和巫定边，脸上毫无表情。俞波涛道："老人家您有干鱼卖么？"缪母偏过耳朵问道："你说什么？"

俞波涛一边打着手势，一边把刚才的话重复一遍。缪母这才道："我家儿子在城里讨吃，谁给我捕鱼啊。"讨吃好懂，就是谋生之意。俞波涛道："没干鱼，可有凉茶？"

"凉茶有，但不卖钱。"缪母慢慢起身，躬腰走进敞开的堂屋，去提桌上的茶壶。奚连江忙跟进去，先抓过壶把，倒好茶水，递给俞波涛和巫定边，再扶缪母坐到墙边椅子上。俞波涛挨过来，问道："听说您老人家年轻时能干勤劳，培养出博士儿子，在城里做医院院长？"

说得缪母一脸骄傲，说："不是我培养，是他自己肯发奋，才读到博士，当上院长的。"俞波涛道："您老怎么不住到城里去享清福呢？"缪母道："城里有啥好？死了没地埋。"俞波涛道："您儿子在医院当院长，不会让您死的。"缪母道："医院可治人病，没法留人命，谁能逃脱一死？"俞波涛道："是是是，人难免一死。死城里没地埋，乡下就有地？"

"我家有片林子，还愁没地埋？"缪母朝屋后方向指，又看看楼道间，"寿材德良也给准备好了，是老杉木做的，已漆过五遍，埋到地下，三五十年应该烂不掉。"俞波涛瞧瞧楼道间那副漆黑油光的棺材，说："您老真有福气，生前住着大屋大厦，百年后还有上好寿材等着。哪像世间受苦人，活着吃不是吃，穿不是穿，住不是住，死后一把火烧掉，蚂蚁不如。"

缪母爱听这样的话，笑得很开心。俞波涛把缪母交给巫定江，起身走到楼道间，绕棺材走一圈，又伸手在上面敲敲，心想棺材可殓人，没殓人时，难道不可装些别的什么？

此念一生，俞波涛悄悄伸出双手，托住棺盖，往上掀掀，却纹丝不动，像被铁钉钉死一般。莫非缪德良见老母活得好好的，棺材闲着也是闲着，给它派上了其他用场？否则拿了别人那么多钱，没存银行，没放别处，扔进彦江喂了鱼不成？鱼又不吃纸币，扔也白扔。

俞波涛走出楼道间，让巫定边继续陪缪母说话，把奚连江召到屋外，说："缪母那副棺材可能有名堂。"奚连江问道："常委觉得里面藏着钱？"俞波涛道："很难说。刚才我用手托了托棺盖，根本动不了，肯定有啥原因。"奚连江道："这好办，找根铁棍撬开就是。"俞波涛道："不行不行，不能当着缪母面来，毕竟老人不贪不腐，没有责任。再说贸然动人家棺材，难免犯忌，惊动村民，事情会复杂化。"奚连江道："那又如何是好？"俞波涛道："通过老渔民，把村支书找来，亮明咱们身份，一切就好办了。"

两人回到老渔民家一问，原来村支书正巧是他儿子，在镇上开饭店。村支书接到父亲电话，放下手里活计，骑着摩托，飞快赶回家里。是位四十来岁的方脸汉子，看上去蛮精干的。俞波涛上前跟支书握握手，一边亮出工作证，一边说："我们是彦州市纪委干部，是专门为缪德良案来村里调查取证的。"

支书看看工作证，说："原来是纪委领导。早有谣传，说缪德良已被抓，难道实有其事？"俞波涛道："若是谣传，咱们也不可能出现在临彦村。书记作为村里党员干部，有义务协助纪委监委办案，这才把你召回来，耽误你生意，还请谅解。"支书说："哪里哪里，店里生意不忙，俞领导有何吩咐，直言就是。"

俞波涛道："事情是这样的，经多方调查，发现缪德良收受巨额贿赂，组织正抓紧落实贿赂款项去向。刚才在缪家查访时，发现缪母寿材有些异样，里面可能藏着现金。动老人寿材显得不恭，还请支书出面，维持现场秩序，确保调查取证顺利进行，同时安排人把缪母引开，以免她受惊，这把年纪，经不起打击。"

支书掏出电话，招来几位支委成员，简单嘱咐几句，一起来到缪家。妇女主任请走缪母后，俞波涛关上屋门，把众人叫到楼道间，指着棺材，说出自己的想法。众人既好奇，又有些不可思议：世上还有这样的人，守着大钱不花，竟往棺材里面塞？只有支书早得过俞波涛的话，亲自动手，试图掀开棺盖，却徒劳无功。找来钢钎，用力猛撬，也不管用。还是俞波涛蹲到棺材旁，前前后后摸索半天，才发现棺盖下面有个铁制的暗栓。支书动用铁锤和钢錾，好不容易把暗栓捅开，沉重如铁的棺盖才稍稍有所松动。

掀开棺盖，果然满棺亮花花的人民币。在场人一个个惊得目瞪口呆，像被什么力量定在地上，动弹不得。连俞波涛也有些不相信自己眼睛，本以为不过是大胆假设，当假设成真时，还是震惊不已。也怪不得俞波涛和诸位，毕竟棺材是躺人的，谁见过躺着满满的现钱？

俞波涛还算冷静，先让支书把棺盖重新合上，再提高嗓门，对各位道："棺材里面现金不上千万，也得有五六百万，就这么起走，有些不太安全。还请各位理解，哪里都别去，就在屋里候着，我立即汇报给领导，叫来银行和警察，点好数，再押走。"

曾守贤正在市委常委会上，接到俞波涛电话，赶紧走出会议室，掏出手机，调动辅警和银行，增援临彦村。电话打完，顺便上趟厕所，重回会议室继续听会。

这天市委常委会议是专门研究两河新区建设议题。吴尚云接任彦州市委书记后，格外重视两河新区建设，动不动就召开常委会，专门研究新区开发事宜。也怪不得，两河新区开发是吴尚云跟廖远征搭班子时启动的，属彦州城市建设大动作，不可能不当回事。既然要研究两河新区开发，作为副市长兼两河新区工委书记和管委会主任的曹寄青，自然得列席常委会议。曹寄青不是常委，只能叫列席，不能叫出席。可列席人又往往会成为常委会主角，因为常委会研究的议题正是列席人提交的。两河新区举足轻重，曹寄青在常委会上出现的频率较高，常委们会前会后常玩笑式地喊他曹常委。

有关两河新区的议题很具体，即青白湖建设问题。常委会一开三个小时还没结论，吴尚云干脆拉着常委们，赶往新区现场办公。名之以青白湖，有两个由头，一是引青白两河水注之为湖，二是湖分左右两湖，左为青湖，右为白湖，取左青龙右白虎之义。青湖依蛤蟆岭，白湖傍三江新城，两湖水域规划面积为三万八千亩，白湖一万五千亩，青湖二万三千亩。白湖工程是廖远征走之前开挖蓄水的，环湖路和湖岸绿化已快完工。青湖开发准备也做得差不多，万事俱备，只欠东风。谁知东风忽然转向，周俊才和曹寄青找到吴尚云，提出暂缓青湖开发，留待白湖周边建设项目成型后再说。理由是白河刚蓄水，看着一万五千亩水域的洋洋大湖，广大干部群众包括省市人大代表和政协委员呼声强烈，说城市寸土寸金，彦州又江河纵横，还腾出这么多土地面积造湖，实在是天大浪费。言外之意，白湖建设已属多余，再造青湖，更是天理难容。这种声音一多，作为新区创建者和责任人，周曹两人有些绷不住了，说服吴尚云，召开常委会，重议两湖建设规划，意思就是取消青湖开发，把土地留出来筹建其他项目，以增加政府财税收入，让民众受益得实惠。

周俊才和曹寄青意在停建青湖，理由自然多多，其他常委要么附和，要么沉默，仅曾守贤不以为然，提出规划不是儿戏，岂可说变更就变更？看上去青湖占用两万三千亩土地，目前会影响政府看得见摸得着的现成收益，可从长计议，却能使不断扩容的城市品质升级上档次，潜在经济效益和社会效益不难预期。这也是上届党委政府的规划理念，换届时间不长，当事人还在，就随意改变初衷，不仅不够科学和严肃，也不符合广大人民群众长远利益。

曾守贤一个常委的声音太微弱，很快被淹没下去。吴尚云也倾向周曹二人意见，嘱咐他俩尽快拿出青湖规划修改方案，好呈交常委会通过。停建青湖看来已成定局。曾守贤痛心疾首，会后直奔省政府，去见廖远征，希望他过问一下。毕竟两湖建设曾倾注过他不少心血，半途而废，实在可惜。坊间有种说法，廖远征属龙，才大力倡导开发两湖，因为龙兴离不开水。事实也是廖远征经营彦州多年，办了无数看得见摸得着的大事要事，一直徘徊复徘徊，没有长进，白湖蓄水，青湖在建，他便升任省长，神奇不神奇？此说虽荒谬，可很多人信，不知廖远征作何感想。可不管怎么样，廖远征身为省长，彦州亦在他治下，过问过问两湖开发，属职分所在，名正言顺。

见着廖远征，曾守贤也不拐弯，直接说了两湖开发新动态。廖远征不觉得惊奇，说："我早意识到，只要我离任彦州市委书记，青湖建设就会泡汤。"曾守贤说："省长离任彦州市委书记，并没离开彦州啊，为何袖手旁观，不加制止？"

廖远征摆摆脑袋，道："能制止，我还不制止？守贤啊，事情可没你想象的简单。"曾守贤道："我看也复杂不到哪里去，无非白湖建成后，两河新区土地升值空间太大，有人眼红青湖规划面积，阻止建湖，好去掘金发大财。"廖远征笑道："这还不复杂？有句话叫什么，触及利益比触及灵魂更难。利益面前，别说规划可改变，连爹娘都可更换。"

"既然是利益驱动，还拿广大干部群众包括人大代表和政协委员说事，说呼声强烈，不可笑吗？"曾守贤义愤填膺道，"当此之时，省长觉得我应该做些什么好呢？"廖远征笑笑道："你是纪委书记和监委主任，该做什么自然还做什么。"

曾守贤觉得廖远征笑得意味深长。告辞出来，想起缪案，打电话问俞波涛收获如何。俞波涛告知，建行某支行经理潘珊瑚带着工作人员，随辅警赶往临彦村缪家后，三台点钞机同时开工，将棺材里的钞票一沓沓取出来点完，整整六百万元。

辅警护送潘珊瑚他们走后，俞波涛几位在支书店里摆了一桌，感谢村支委各位鼎力支持。席上支书玩笑道："若知缪家棺材里躺着六百万现金，咱们早自己动手，见者有份，发回横财，也不劳领导们辛辛苦苦跑这么一趟。"俞波涛笑道："你们早动手，早起获缪母棺材里的钱，缪德良也就早归案，咱也省好多心。"

妇女主任道："支书想得美，真先动手，见者有份，待缪德良一归案，咱吞肚里的钱还不都得吐出来。怪只怪缪德良，这么多钱，分给村民，当作扶贫，也不会被纪检查办，还可继续做院长。"俞波涛道："缪德良所受贿赂可远不止六百万，都分给村民，村民就真发大啦。"支书问："那缪德良到底有多少钱？"俞波涛道："起码有今天各位见到的四五倍。"

六百万的四五倍，不是两三千万么？支委们简直不敢相信，缪德良一个医院院长怎么会有这么多钱。有人感慨，没钱无法活命，钱太多又要命，缪德良就这样被钱害惨，把自己弄进里面，连普通医生待遇都享受不成，真可谓竹篮打水一场空。另有人说，不还有两千多万没被起获么？缪德良在里面待十几年，放出来仍然是个富家翁。

另外两千多万又去了哪里呢？告别村支书他们，回城路上，这个问号一直在俞波涛脑袋里晃悠，挥之不去。奚连江见俞波涛沉默无声，说："常委还在想着没查获的缪德良其他贿赂款？"俞波涛反问道："你觉得其他两千多万，缪德良会藏在哪里？"奚连江道："有这六百万，再审缪德良，突破起来也许容易些。"

"都说不见棺材不掉泪，缪德良太顽固，见着棺材也不见得会掉泪。"俞波涛直摇头，忽记起支书父亲说过，缪德良在屋后林地里给母亲砌了墓地，既然这小子异想天开用棺材装钱，砌墓地莫非也别有用心？想到这里，俞波涛叫了声："巫定边停车。"

巫定边踏在油门上的脚一缩，移到了刹车上。俞波涛又道："回临彦村。"奚连江不解道："常委掉了什么在村里？"俞波涛道："也许掉了两千多万。"

巫定边打转方向，往原路开去。见刚送走的车子重新出现在店门口，村支书诧异着迎出来道："领导们还有事吗？"俞波涛道："向你借把大锄。"支书道："借大锄？借大锄何用？"俞波涛道："有大用。"支书道："店里没有，得回家去拿。"俞波涛道："上车吧，去你家。"

回到支书家，支书从屋后找把大锄出来，递给俞波涛，说："这锄行吗？"俞波涛道："行行行。书记带咱们去后山走一趟。"支书说："后山全是楠竹，可惜竹笋早长成竹子，已无笋可挖。"俞波涛道："不挖竹笋，去看看缪家墓地。"支书道："缪德良给他母亲修的墓地确实在后山竹林里，只是缪母还活着，现在去盗墓好像早了些。"

俞波涛扛起锄头就走，嘴里笑道："早不早还不好下结论，去看过再说。"

几位爬上后山，天色已暗下来。然回头下望，还能看清彦江绕村而过，逶迤北去。缪母墓地建在南面山坡上，四周竹木环绕，远处山影依稀。支书说："这片林子本来不是缪家的，缪德良专门请地仙来看过，说是块宝地，叫什么黄狗吠月，长辈葬此，可保后代升官发财，才不惜代价买过来，用水泥砌了围子，只等日后安葬老母。"

俞波涛沿围子绕一圈，停在长着青草的墓地中间，用脚踩踩，觉得土质有些松软。这好理解，在坡上平整墓地，动土不奇怪。俞波涛扬起锄头，朝地里挖去，翻出一坏虚土。继续往下挖，挖到第五下，锄口当一声响，磕在硬物上，震得俞波涛双手一麻。刨开挖松的土，原来下面铺着层水泥。几位你望望我，我望望你，终于明白俞波涛要干什么。

另换两个地方，挥锄挖下去，同样遇到水泥层。俞波涛放下锄头，对三位说："墓地日后得掘墓穴，哪有铺水泥之理？"奚连江认同道："水泥下面肯定有名堂。"支书道："天色已黑，锄头也没法掘开水泥地，怎么办好？"

俞波涛没再多话，掏出手机，拨通曾守贤道："禀报书记，在村支书引领下，我与连江、定边到了缪母墓地，发现土层下面铺着水泥。"

曾守贤回家没多久，闻报而喜，道："你怀疑缪德良把钱藏在墓地下面？"俞波涛道："很有可能。缪德良还有两千多万没下落呢。"曾守贤道："把握有多大？"俞波涛道："该有六七成。"曾守贤道："好，我马上带人赶过去。"

没待曾守贤说完，俞波涛又道："波涛还有个请求，不知书记能否答应？"曾守贤道："有啥只管说就是。"俞波涛道："想请书记带几盒盒饭来，不然这一夜熬不过去。"曾守贤笑道："这不是请示，是吩咐。"俞波涛道："波涛可不敢吩咐书记。"

一个多小时后，曾守贤带人赶到临彦村。俞波涛早在村口等着，带领一行人，登上后山。来到缪母墓地，俞波涛几个捧着盒饭，狼吞虎咽起来，曾守贤指挥年轻辅警，打亮汽灯，挥动镐铲，刨去上层虚土，然后握着电钻，开掘下面的水泥层。

水泥层足有一尺半厚，坚固异常。好不容易掘去水泥层，底下还铺着灰色石板。把石板撬开，现出黑色帆布，罩在一排防腐木做的箱子上面。箱子挂着铜锁，敲开锁，揭开箱盖，果如俞波涛所预料，里面塞着满满的崭新的百元人民币。

建行押钞车再次出现在山下。潘珊瑚等人提着点钞机和票箱赶到墓地，埋头苦干到下半夜，一共清点出两千三百万现金。

回到觉园，曾守贤亲自出面，连夜主持专案组碰头会，互通情况，研究缪案下一步审查调查方向。有人认为，该审查的已审查过，该调查的也调查清楚，又在缪德良老家成功起获二千九百万巨款，完全可考虑终结缪案，将涉案人员移送司法机关，腾出留置室，给其他案子使用。曾守贤看看俞波涛，问："波涛意思呢？"俞波涛道："事情恐怕还没完。"曾守贤道："把你的理由说出来，让大家听听。"

俞波涛说："贪官之所以成其为贪官，自然是贪心作怪。贪心有个从小到大的渐进过程，没哪个贪官上场就是大贪巨贪。就像林子里的树，处于低处时，难得沾到雨露阳光，只有拼命往上长。长得快，长得高，超过其他树，占有的雨露阳光才会多。一旦占有更多的雨露阳光，又会反过来助长长势，比其他树长得更壮更高。"

这话扯得太远，专案组的人有些莫名其妙，曾守贤却微微一笑，说："波涛想追究缪德良长壮长高的来历？或说看看是谁布施给他的雨露阳光？"俞波涛笑道："知我者，书记也。"曾守贤道："有何具体打算？"俞波涛道："缪德良出身农家，没有任何背景，能做到中心医院院长，身后肯定有推手。贪官贪财爱钱，最懂钱财效力，自然会拿钱财开路，谋求晋升。别看缪德良一直不开口，只要口一开，定会吐出大鱼来。"

廖远征意味深长的笑出现在曾守贤脑袋里，他同意暂不终结缪案，继续往下深挖，或许能挖出意想不到的内容来。

第二天俞波涛带着童秋生进了4111室。缪德良还是油盐不进。俞波涛道："缪德良听好，留给你的时间已经不多，最好别自作聪明，以为贿款藏得巧，藏得深，不可能被人发现。身为省城大医院院长，经手的建设项目和药品医疗器械采购，动不动过亿，一尘不染，分文不取，不是骗鬼么？鬼那么容易骗？知道这几天我为何没来找你谈话吗？可明确告诉你，在追究你的赃款，没空搭理你。今天是给你最后机会，把主动权留给你。"

缪德良似乎有些触动，偷偷看眼俞波涛，犹豫好久才道："我办公室文件柜后面墙里有个暗格，藏着四根金条和三十万现金，外加百多瓶高档酒，五十多条好烟。"

早搜查过缪德良办公室，还真没发现暗格。俞波涛却道："那个暗格早被咱们打开，起出里面的钱物。不过你现在说出来，还可算你主动招供。只是那点金额和东西，好像与你大院长的身份不对等。"缪德良说："要说只那些钱物也不准确，其他已用作人情往来了。"

俞波涛又问道："你先说说，钱物怎么来的吧。"缪德良说："都是老板和医药代表给的，张三送个红包，李四给两瓶好酒，王二提几条贵烟，我也没记录，早已淡忘。"俞波涛道："那四根金条呢？"缪德良摇头道："也记不清楚了。"俞波涛道："送的人都已招供，你还给他瞒着干啥？想让他轻轻松松从觉园走出去？"

缪德良这才说道："想起来了，金条是方清明送的。"俞波涛道："方清明为啥送你金条？"缪德良道："方清明原是财务室副主任，财务室主任退休时，提议另一名副主任接任，方清明送了金条，我便把位置给了他。"

见午餐时间到，俞波涛没再往下问，与童秋生走出 4111 室。下午两人来到中心医院行政楼，让罗甫仁配合，撕开院长办封条，开门入内，搬开文件柜，找到隐蔽在窗帘后的一个小按钮，轻轻一按，墙上缓缓弹出一扇门来，里面果然有个不小的暗格。

把暗格里的钱物起出来，与缪德良所招八九不离十，只多了个表盒。表盒是清点烟酒时发现的。有瓶茅台酒很轻，俞波涛觉得不对，打开酒盒，没有酒瓶，是方表盒，里面躺着只劳力士腕表，还附有产地、型号和价格。价格吓人，多达五十万港币。

谁这么大方，出手就是如此贵重的名表？工程老板和医药代表讲效率，要送就送大钱，这块名表只怕另有来头。莫非缪德良想巴结或感谢某位权贵，还没来得及送出去，就进了觉园？俞波涛准备再审缪德良，弄清名表的来龙去脉。

可带着劳力士，来到 4111 室门外时，俞波涛忽收住步子，没再往里迈。童秋生就在身后，问道："常委怎么啦？"俞波涛道："不忙，咱去见见书记再说。"

回到市委大院黄楼，俞波涛敲开书记室，曾守贤觉得奇怪，说："缪案正当紧，波涛怎么有空往委里跑？"俞波涛笑道："觉园饭菜虽好，连吃两个月，也倒起胃口来了。"曾守贤道："那请你上附近馆子，吃个工作餐如何？"俞波涛道："馆子就别上了，工作餐还是在工作地方吃为佳。"曾守贤道："也行，我让办公厅出去弄两份饭菜来。"

给办公厅打过电话，又给俞波涛倒好茶水，曾守贤坐到办公桌后，说："有啥事，波涛慢慢道来。"俞波涛从包里拿出表盒，揭开盒盖，放到曾守贤面前桌上，说："这是刚从缪德良办公室起获的腕表，价值不菲。"

"涉案赃物得统一封存，怎么拿到我这里来啦？"曾守贤道，托着表盒，瞧了瞧豪华腕表。俞波涛道："办了正式领物手续的，书记只管放心。"曾守贤道："专门领出来让我长见识？"俞波涛道："本来要拿着去审缪德良，忽觉还是先请示请示书记，听听您的指示，看怎么才能把握好缪案新动向。"曾守贤道："你只管说。"

俞波涛指指桌上的表，道："波涛觉得这表不可能出自工程老板或医药代表。"曾守贤道："何以见得？"俞波涛道："老板依工程造价比例给发包人送钱，医药代表凭业务量跟相关人员分成，这已成行规，他们大可不必拐弯抹角献表给缪德良。"曾守贤道："你意思是这块腕表可能来自其他人？"俞波涛道："不排除这种可能。"曾守贤道："那又会是何人所送呢？"俞波涛道："十有八九出自某位官场中人，或缪德良准备拿去送某位权贵，还未及出手，便被咱们控制，失去自由。"

不用俞波涛说破，曾守贤也明白他肚里想法，道："你是怕这块腕表牵出背后重要人物，案情变得更加复杂，给我增加压力？"俞波涛道："这正是波涛的担忧。"曾守贤道："是啊，缪德良属正处级院长，他背后人物至少是市级领导。市级领导为省管干部，不在市纪委监委监管范围，得省纪委监委出面。不过波涛放心，我好歹是省纪委常委，果若案涉省管干部，我去找省纪委领导协调就是，你不必有顾虑。"

书记发了话，俞波涛心里有了底，拿过桌上腕表，准备出门。曾守贤道："不急不急，工作餐马上就到，吃了再走。"俞波涛笑道："书记关心爱护，波涛不领情也不好。"曾守贤道："你是办案高手，咱敢不关心爱护吗？"

工作餐很快送来，两人边说闲话边吃，不一会见了碗底。放碗出了黄楼，俞波涛想回家看看，又放不下案子，驾车出了市委大院。返回觉园，直奔4111室，缪德良刚午睡醒来，见着俞波涛，赶紧叠好被子，竖起床架，老老实实坐到小圆几上，等着问话。

俞波涛不忙出示腕表，问道："缪德良还有什么要交代的吗？"缪德良说："知道的已毫无保留交代完毕。"俞波涛叹道："你硬是不招，只好我替你说。可我说与你说，其性质完全不一样。这话已不止一次两次给你表明过，你应该还有印象吧？"缪德良说："有印象，有印象。记得常委还说过，院长室暗格里的钱物算我主动招供，您不会改口吧？"

俞波涛一拍桌子，喝道："缪德良你这败类，你的问题难道仅仅是暗格里的钱物吗！"缪德良故作无辜道："我一向胆小怕事，暗格里的钱物已让我战战兢兢，担惊受怕，天天做噩梦，哪里还敢再向人伸手？"俞波涛哼道："你胆子真小，小得不可理喻，生怕数千万的赃款被人发觉，才别出心裁，朝棺材里塞，往墓地里埋。"

缪德良脑袋一惵，眼睛盯住俞波涛，半天没有转动。原以为避重就轻，招供出暗格里的赃款赃物，在监狱里待上三年五载，出去后有棺材和墓地里的巨资，照样想干什么就干什么。岂料竟落到俞波涛手里，也不知他是怎么发现的，难道他会掐手指不成？记得小时候丢东丢西，请村里神算掐掐指头，说个大体方向，偶尔还真能找回来。

可这不是回忆往事的时候，缪德良意识到棺材和墓地里的钱暴露，加上暗格里的钱物，已过三千万，这么大的数字，恐怕这辈子只能老死狱中了。缪德良身子一软，瘫到地上，继而号啕大哭起来。边哭边恳求俞波涛道："常委行行好，棺材和墓地里的钱也算我主动招供的可以吗？这样少在里面待几年，说不定能活着出狱，给老母送终。"

"既然没忘记老母在堂，为何不早听从奉告，主动交代问题，争取宽大处理？"俞波涛觉得好笑，"你倒说说，怎么会想起将钱塞स棺材和墓地里，难道不担心哪天母亲装殓下葬，大白于睽睽众目之下吗？"缪德良道："我知道母亲身体状况，活到九十没问题，到她寿终正寝时，我肯定已评上院士，钱也早起出换成外汇，正好拍屁股远走高飞。"

俞波涛追问道："你想走哪里，飞何处？"缪德良道："三年前去美国做访问学者时，发现那边医院非常欢迎世界各地医学人才，尤其是院士一级，随到随签证，随时安排重要岗位。"俞波涛道："院士那么容易当选吗？"缪德良道："说难也难，说易也易。"俞波涛道："难怎么个难法，易怎么个易法？"缪德良道："在市级医院确实有些难，沧彦范围内市级医院还没人当选院士，但到省级医院，水涨船高，再谋院士，也就方便了。"

原来缪德良已瞄上省里医院。自然不是省级医院普通医生。身为市中心医院院长，到了省里医院，总得干个副院长甚至院长，加之有博士学历，到时往北京跑得勤快点，弄个院士应该不在话下。可从市医院往省医院跳，还得谋院长副院长位置，没有硬关系，恐怕别去指望。硬关系不会从天而降，自然得拿值钱的东西换取。

缪德良飞快地转动着脑筋时，俞波涛已掏出表盒，揭开盒盖，将腕表拿到手上，朝缪德良扬扬，问道："这是什么，你认识吗？"

缪德良不可能不认识，说："这表怎么到了常委手里？"俞波涛道："还用我问吗？你应该比谁都清楚。"缪德良道："我想起来啦，这表本来放在办公桌抽屉里，后有人送我两瓶茅台酒，其中一只酒盒装的钱，我掏出钱来，顺手把表盒塞入里面，搁到暗格里，时间一久，都忘了这回事。"俞波涛道："表是你自己买的，还是谁送的？"

缪德良垂下脑袋，欲言又止。禁不住俞波涛反复追问，才勉强道："别人送的。"俞波涛道："别人是何人？"缪德良道："好像是哪位医药代表。"俞波涛道："医药代表凭销售额跟医院分成，怎么会送你腕表？"缪德良道："有位医药代表想往医院推销新药，医生和药房不配合，便直接上办公室找我，送上腕表，希望我给医生和药房施加压力。"俞波涛道："这位医药代表是哪个药厂的，叫什么名字？"缪德良道："接触的医药代表太多，又过去那么长时间，印象早已模糊，真想不起来了。"

此话值得质疑。医药代表给医院提成，还送如此贵重的腕表，似乎有些说不过去。背后只怕另有名堂。俞波涛道："你不说也行，待我们调查出腕表来历，你再说就白说啦，就像你藏在棺材和墓地里的巨款一样。"

出得 4111 室，来到二楼办案室，俞波涛跟奚连江几位碰头，要他们有针对性地审审医药代表和工程老板，看有没有人承认送过缪德良腕表。几位分头行动，花几天时间，也没问出送表人。又扩大范围，传唤已解除留置的工程老板和医药代表，连中心医院相关医生、科室和药房负责人都调查过，依然无果。

这其实早在俞波涛预料之中。之所以这么做，无非排除已知涉案人员，牵出其他线索来。俞波涛认定，缪德良的问题远非受贿那么简单。没投入就没产出，没先送钱，就无法得到可收钱收大钱的平台。这是辩证法，贪官们最懂，收钱时手伸得远，送钱时也出手大方。缪德良从医生到科室负责人，到医院院长，又瞄准省医院位置，以图谋院士，可谓一环扣一环，腕表可能正是某个关键环节的环扣。

俞波涛再次走进 4111 室，说："专案组已查明，送腕表的不是医药代表，也不是工程老板，更不是医院职工，而是一个非常关键的人物。事已至此，你说与不说，已无关紧要，我之所以还要来这里，坐到你对面，无非同情你，给你立功机会，至于机会你愿不愿意抓住，都是你自己的事，我绝对不会勉强。"

说完，俞波涛站起身来，准备出门。缪德良道："我真的还没想出来。俞常委是不是给些时间，我再好好想一想，想清楚后，一定招供。"俞波涛说："这个态度还算不错。行吧，你随时想起送表人，随时都可坦白。"

缪德良老奸巨猾，不肯开口，还有无其他办法迫使他就范呢？俞波涛想起未曾就腕表的事审讯过殷芬芳，她跟缪德良关系亲密，说不定见过此物。陶景宜负责主审殷芬芳，接过俞波涛手上腕表，走进留置室，一拍桌子，大声道："好你个殷芬芳，竟然瞒过关键问题没有招供！"殷芬芳哭丧着脸道："陶主任我冤枉啊，有问题我哪敢不招供？"

陶景宜亮出腕表，说："见过这东西吗？"殷芬芳说："好像见过，又好像没见过。"陶景宜喝道："到底见过还是没见过？还要欺骗组织！缪德良都已承认，收到你送的腕表后，才把中心医院住院楼主体工程给了龙邦云。"

"我哪会送缪德良腕表？他老糊涂啦，收的钱物多，印象模糊，才张冠李戴，信口雌黄。"殷芬芳忍不住笑起来，"这下我倒记了起来，缪德良曾向我炫耀过这表，说是领导亲手送的，感动得他两个晚上没睡着，不知怎么答谢领导才好。"

领导干嘛倒送大礼给缪德良？俞波涛就坐在二楼办案室，正两眼盯着监控画面，觉得殷芬芳话里信息量蛮大。只听陶景宜又追问道："什么领导送给缪德良的？"殷芬芳道："缪德良没说哪位领导。"陶景宜道："领导凭什么送他如此贵重的腕表？"殷芬芳道："缪德良说领导帮了他大忙，他去领导办公室送礼，以示感谢，领导顺便从抽屉里拿出腕表回赠他，他实在推脱不掉，只得收下。谁知回家揭开表盒一瞧，是块名表，价位是他所送礼物的三倍。这也正是缪德良收礼后，为啥惶恐不安的原因。"

原来是以小礼换大礼。陶景宜又问缪德良送给领导什么礼物？殷芬芳说没问过，缪德良也没说。俞波涛听得真切，意识到这是条重要的线索。殷芬芳说腕表价位是缪德良所送礼物的三倍，腕表值五十万港币，说明缪德良送的礼值至少十多万人民币。

隔日俞波涛来到4111室，问缪德良道："想清楚没有，谁送你的腕表？"缪德良道："还是想不起来。"俞波涛道："要不要我启发启发你？"缪德良警惕道："俞常委已弄清楚谁送我的腕表？"俞波涛道："你把钱藏到棺材和墓地里，我都能成功起获，腕表又不是从天上掉下来的，弄清其来龙去脉，岂不易如反掌？"

言多必失，缪德良咬紧牙根，再不敢吱声。俞波涛不紧不慢道："有位领导帮了你大忙，你带礼物去感谢领导，领导觉得来而不往非君子，从抽屉里拿出表盒，放到你面前。你诚惶诚恐收下，回家发现竟是名贵腕表，价格远超自己送领导的礼物，因此又激动又不安，晚上觉都睡不踏实，老思谋着怎么给领导补礼。"

缪德良望着俞波涛，像不认识他似的。他实在想不明白，俞波涛又没在场，怎么知道他送礼的经过？俞波涛又道："我还知道，你已够大方，送的礼物价值十多万，却无论如何也想不到，领导比你更阔气，轻轻一出手，就是五十万港币的腕表。至于你送的什么礼物，就用不着我多嘴了吧？我已说得够多，把话全说完，万一你想开口，岂不无话可说？"

这个俞波涛，到底是人还是神？天底下的事好像没有他不知道的。怪不得当初想利用郭丹把他整下去，到头来自己反而落入其彀中，无法自拔。缪德良感觉很绝望，不知要不要把腕表的事如实说出来。俞波涛看出缪德良脸上的微妙表情，说："今天就谈到这里吧，还是留些余地，下次你好有话可说。"

夜里缪德良躺在床上，辗转反侧，无法入睡，像在烙烧饼。烧饼烙到天快亮，才拿准主意，待下次俞波涛走进4111室时，痛痛快快说出那位领导的名字。决心下定，身体放松，很快睡死过去，直到早上开餐时间到，被辅警喊醒来。

吃过早餐，缪德良一心等着俞波涛前来，好把肚里话倒给他，却左等右等，没见他人影。第三天俞波涛还是没露面。缪德良只得请求辅警转告俞波涛，有话跟他说。

原来缪德良三个月留置期快满，案管室主任姬时雨提醒俞波涛，要么解除留置，将缪德良移送司法机关，要么办理留置延期手续。延长留置手续不简单，仅市纪委领导同意不够，还得省纪委书记黎秉钧签字，这两天俞波涛在跑手续，才没顾上缪德良。

接到缪德良有话要说的消息时，俞波涛正坐在曾守贤车上，赶往省纪委。接完电话，俞波涛很高兴，对曾守贤道："缪德良有话要说，看来他背后人物快显形了。"曾守贤点头道："缪德良话出口，又有的忙了，不延长留置还真不行。"

一路堵车，赶到省委，早过下班时间。俞波涛道："秉钧书记肯定已不在纪委大楼，又到哪里去找他呢？"曾守贤道："你跟我走就是。"说罢朝纪委大楼旁半开的小铁门走去。

俞波涛跟着穿过铁门，进入一处茂密的林地，满眼都是合围的古树。树下流水哗然，一径依水而前，曲曲弯弯，伸向幽深处。曾守贤踏上铺着落叶的小径，背着双手迈起步来。俞波涛嘀咕道："事还没办，书记竟有闲心来这里散步。"

曾守贤笑笑，给俞波涛讲起黎秉钧的故事来。

黎秉钧大半辈子辗转各地任职，很少有时间陪伴父母。直至父亲逝世，想起子欲养而亲不待的古话，心酸不已，自此走到哪里，妻儿可以原地不动，老母非带在身边不可。调任沧彦省委纪委书记时，组织知道异地为官不易，问黎秉钧有何要求，他什么都不提，只求携母同赴沧彦，以便好好尽孝。组织表示同意，还给沧彦省委打招呼，为黎家物色能干保姆，以便老人生活有保障。可老人不肯要保姆，说干活干活，人活在世上，不干活怎么活？坚持自己操持家务，免得手脚退化。黎秉钧尊重母亲，不出差或无重要安排，下班就往家里跑，吃母亲做的饭菜，烧的茶水。饭后陪母亲下楼散步，聊天说家常。散完步回屋，母亲看电视，或跟孙辈通电话，黎秉钧趁机拖拖地板，拿出洗衣机里洗好的衣物，晾到阳台上。待母亲睡下，再坐到灯前，批阅文件，博览群书。黎秉钧大学修的是理科，走出校门后学以致用，钻研儒家经典，广泛阅读历史人文书籍，受益匪浅。儒家认为，学优则仕，仕优则学，学仕结合，以所学指导实践，以实践验证所学，必成有用真儒。换言之，仕学好比双翼，双翼齐振，才飞得高，飞得远。仕而无学，意气行政，感情用事，难免犯低级错误。学而无仕，之于古人嘉言善行，不能切己体验，或书自书，我自我，学自学，仕自仕，两相剥离，也只能徒有其志，一事无成。黎秉钧常说读书是仕者最大造化，自己有事业，有书读，还天天吃得到母亲做的饭菜，陪母亲说话散步，人生若此，夫复何求！

正说着黎秉钧，黎家母子出现在林中，进入两人视线。老人家皮肤白净，皱纹也不多，慈眉善目如观音，一看便是康寿双全的有福之人。老人康而寿，必定教子有方，儿女良善孝顺，否则子女忤逆，父母肯定活不长久。老人家早认识曾守贤，跟他打过招呼，转向头次见面的俞波涛，问长问短，关切有加。还对儿子道："秉钧前世修来的德，到哪里工作都有贤人相助，否则恐怕也走不到今天。"俞波涛忙道："都是黎书记品高学富，做出表率，咱们部下见贤思齐，有样学样，才稍有长进。"

老人家慈祥地看看俞波涛，道："小俞真会说话。言为心声，看得出你是个可造之才。"

黎秉钧一身正气，不怒而威，沧彦干部望而生畏，不到万不得已，轻易不会找他。找也只能去办公室找，八小时外黎秉钧要读书陪母亲，从来不会友，不应酬。敢来林中求见者，除纪委干部外，不会是其他人。纪委干部来见，必定有重要工作，耽误不得。这点老人家最清楚，跟曾守贤与俞波涛闲聊几句，要过黎秉钧手里小提包，说："你们三位说事，我到前面林子里去瞧瞧。"踏上岔道，没入古木后面。

黎秉钧望望母亲背影，对两位道："母亲珍惜粮食，家里有剩饭，多吃于身体不利，扔掉又觉浪费，特意拿到林子里来喂野兔野猫。母亲不喜欢狗，觉得太闹，又没骨气，谁给点好处，绕着你讨好卖乖，不惜把尾巴摇断。猫不同，安安静静，特立独行，你对它好，它记得你，但跟你保持一定距离，决不低三下四献殷勤。母亲每天会用干净碗盏装了米饭，放到树下，再悄悄走开，让野猫进食，吃不完还有野兔可消受。"

曾守贤道："老人家真是慈悲心肠。"黎秉钧道："老来归佛嘛，与其他老人一样，母亲也以慈悲为怀。在中国读书人眼里，佛不是迷信，也非信仰，而是人生哲学。有人说中国没有哲学体系，是不懂中国文化。中国讲的是动态哲学，年轻尊奉儒，积极入世，不断进取；中老年尊奉道，功成身退，勇于出世，让路给年轻人前行；到得暮年，太阳快下山，虔心归佛，空即色，色即空，直至坦然离世，彼岸照样美妙，无须忧惧。人生一世，只有儒道释三全，经历入世出世离世三境，才算得上完美。"

俞波涛深受启发，道："看看老人家，真有佛性，才那么快乐无忧。"曾守贤道："老人家有佛性，还养育出黎书记这样的大孝子，自然无忧无虑。"俞波涛道："百善孝为先。怪不得古人举贤良方正，必选孝子，因为孝父母，才会忠君国。"

曾守贤颔首道："是啊，连父母都不孝不敬，对妻子或丈夫不忠不诚，还能指望他忠于党和人民？所以弘扬传统文化，提倡家风建设，意义深远。这让我想起汉文帝刘恒，八岁被父皇刘邦封为代王，因母亲薄太后体弱多病，奏请父皇恩准，把母亲接到代地奉养。母亲卧病不起，刘恒处理完公务，陪伴在病榻旁，三年目不交睫，衣不解带，汤药非口亲尝弗进，直至母亲病愈。后刘邦驾崩，吕后专权，刘姓子侄被赶尽杀绝，比如赵王刘如意死于非命，其母戚夫人曾受刘邦独宠，吕后命人砍去其手脚，剜掉眼睛，熏聋耳朵，灌下哑药，投入窟室，称为人彘。相反薄太后没受过刘邦宠爱，刘恒孝母美名远扬，以孝治理代地，官民称颂，吕后不忍加害，母子得以保全。吕后一死，陈平和周勃等刘邦旧臣清算吕氏势力，物色新君，觉得刘恒仁孝宽厚，拥立为帝。刘恒登基后，继续奉行以孝治国，宽俭待民，与儿子刘启创造文景盛世，泽惠天下子民。看来位居高位者奉行孝道，其意义尤为重大。"

由孝道渐渐转到读书话题，俞波涛道："听曾书记说，黎书记经常手不释卷，读书无数，波涛有些好奇，黎书记工作繁忙，哪有时间留给书本？"黎秉钧笑道："这就看怎么理解读书，如果觉得读书百无一用，不过浪费目力而已，则永远没读书时间，还不如跟人吃喝玩乐，开心快活，还交了朋结了友，总有用得着的时候。若为身心性命读书，为经世服物求学，再忙也总腾得出时间读书。道理也浅显，读书可提高认识，增长智慧，利于修身立命，利于工作和事业，也就无地不可以学，无时不可以读书。"

俞波涛领会着黎秉钧的懿言，心头油然而生敬意。黎秉钧又道："作为纪检干部，做的是人的工作，更要好好读书。只有阅书无数，阅人无数，才看得破红尘，也看得破自己，以践行夫子之道。何谓夫子之道？忠恕而已。怎么做到忠恕？不欺则忠，不欺则恕。忠者中心也，恕者如心也，心诚不欺，不欺人，不欺己，不欺心，而心自定焉，气自静焉，神自凝焉，也就不会为名利所诱惑，秉中持正，善始善终，献身党和人民的伟大事业。"

因工作关系，能近距离接触黎秉钧，聆听其畅谈读书为人的真知灼见，俞波涛感到非常幸运。黎秉钧亦仕亦学，不像象牙塔里的学究，托之空言，不接地气；也不同于不学无术的官员，只知意气用事，蛮干瞎干，犯了错，出了事，还不知错在哪里，事出何因。看来不读书，还真难成器。俞波涛决心见贤思齐，工作再忙再累，也要好好读书，提升自己。

说话间不觉来到一处凉亭旁。黎秉钧知道两人不是专门来谈孝道和读书的，提议道："咱们去亭子里坐坐吧。"

三人进得凉亭，俞波涛从包里取出缪德良留置延期呈批表，奉于黎秉钧手上。黎秉钧脸色凝重起来，手执俞波涛呈上的水笔，迟迟没有落字。这可不是黎秉钧的行事风格，曾守贤难免忐忑，轻声问道："莫非延长缪德良留置期，有些为难？"黎秉钧道："是啊，下午我还接了个过问缪德良案情的电话。"

这不奇怪，曾守贤也没少接这种电话，当即笑道："缪德良刚进觉园，就不断有人找我，拐弯抹角探听缪案进展情况。有人甚至教育我说，得饶人处且饶人，事留余地，与人方便，与己方便。"黎秉钧道："一般电话我懒得搭理，可那是北京来的，背景深远，还不得不有所忌惮。"曾守贤道："北京来的电话？什么重要人物？"黎秉钧笑道："重要人物自然不会轻易打电话，但打电话的人往往很重要。"

站在旁边的俞波涛看看曾守贤，又瞧眼黎秉钧，心下暗叹，原来为缪德良案，两位领导不知承受了多少压力。曾守贤像看出俞波涛心思，笑道："还是波涛好，两耳不闻窗外声，只顾躲在觉园里埋头办案。"

"干扰声进了觉园，专案组还怎么专注于案子？"黎秉钧盯住俞波涛，"波涛同志说说，延长留置缪德良，到底有多大必要？"俞波涛道："据殷芬芳招供，缪德良那块价值五十多万港币的腕表来自某位领导，我预感缪案背后还藏着更大隐情，只有延长留置期，顺着这个重要线索往下挖，才可能挖出背后大鳄。"

挖出缪德良背后大鳄，引发彦州官场地震，波及地方政治和经济，谁来收拾乱局？黎秉钧正是有此担忧，才觉得笔头重如千钧，不敢轻易落到纸上。俞波涛懂得领导苦衷，说："不挖出缪德良后面隐情，任其发酵膨胀，只怕后果更加不堪设想。"曾守贤也道："波涛所言不无道理，既然价值五十多万港币的腕表已经出现，缪德良也表示有话要说，咱们别无选择，只能咬紧牙关，把缪案办到底，给党和人民以交代。"

见两人决心大，黎秉钧满意地点点头，说："好好好，你们有决心，有信心，我就踏实了。我当两位面表个态，无论碰到什么困难和阻力，省纪委监委都坚决支持你们。"

得了黎秉钧的话，又看着他在手续上签下大名，俞波涛深受鼓舞，暗暗鞭策自己，一定把缪案办透，办出更大成效，以回报领导信任和支持。

其实领导信任支持是动力，更是压力。回觉园路上，俞波涛心头沉重起来，生怕不能突破缪德良，没法面对两位领导。为让你专心办案，两位领导排除来自各方的干扰，没将压力转移到你头上，你不能交出合格答卷，于心何安？

好在缪德良口气开始松动，表示有话要说，相信牵出背后线索，已非难事。

十二

谁知第二天上午再审缪德良，问他有什么话要说，他竟然厚着脸皮道："也没啥要说，是几天没见俞常委，想跟你聊聊天，解解闷。"

气得俞波涛差点跳起来，恨不得冲过去给他一顿拳脚。可拳脚解决不了问题，俞波涛强忍住怒气，冷眼盯住缪德良，和风细雨道："你真的只是想解闷？"缪德良道："进来三个月，与俞常委接触越多，越觉得咱俩气味相投，你多隔两天没到留置室来，还怪想念的。"俞波涛道："想念我什么？"缪德良道："想念你的音容笑貌和非凡气质。有时我甚至怀疑，我是不是有同性恋倾向，竟会如此依恋俞常委。"

说得俞波涛一身鸡皮疙瘩，厉声道："缪德良你得意得太早啦！你可以瞒天过海，什么都不说。不过我警告你，最好别自作聪明，自己堵死自己后路。你以为咬紧嘴巴，把话咽进肚里，不说出给表人的名字，人家就可保你没事？知道这两天我们在干啥吗？在调查送你腕表的人，人家何时何地买的腕表，何时何地赏赐给你的，咱都一五一十，掌握得清清楚楚，你还企图替他掩盖，那是你掩得着盖得住的吗？"

嘴里这么说着，俞波涛目光一直停留在缪德良脸上。却见他波澜不惊，怡然自得，好像事不关己的样子。这似乎有些不对劲。以往这么以假作真，旁敲侧击，总能令缪德良眼露惶恐，惴惴不安，今天这一套完全失效，到底是何原因？莫非缪德良知道送表人不仅没进入专案组视线，还暗里牵制着案子进程？抑或说只要此人在，缪德良再惨也惨不到哪里去？如果这个假设成立，那又是谁将外面信息透露给缪德良的？缪德良身陷觉园，与外界完全绝缘，又没长着千里眼和顺风耳，能捕捉到外面的人人事事？

俞波涛扔下缪德良，回到二楼专案组办公室，把奚连江和陶景宜他们召集拢来，问道："这两天谁接近过4111室没有？"奚连江说："常委和秋生主审缪德良，不会有人随便到4111室去。"陶景宜说："是啊，即使有必要接触缪德良，也非得

216

经你常委大人同意不可啊。"俞波涛道:"有没有外人往 4111 室传递过什么信息?比如送日常生活物品之类。"

童秋生这才答道:"前天下午何滟君给我打电话,说缪德良走时穿的是冬装,现夏天已到,天气转热,要求来送几件夏装。经请示奚主任同意后,我让何滟君来送过一包衣物。"奚主任证实道:"确有其事。"俞波涛道:"具体什么时候送到,送过哪些衣物?"童秋生说:"昨天下午五时我在觉园大门口见到何滟君,当面检查过她给的包裹,内有两块毛巾,两条中裤,三件短袖衫。进大门后,我就回到留置楼,亲自将包裹交到了缪德良手上。"

缪德良从有话要说,到没啥可说,不会跟这包衣物有某种联系吧?只是夏天已到,让家属送几样夏装,没啥不正常。可缪德良前后态度的莫名转变,为何不早不迟,正好跟这包衣物的出现如此同步?俞波涛问道:"还记得毛巾、中裤和短袖衫的式样和颜色么?"童秋生想想道:"两条浅红毛巾,一长一短,显然一为洗脸毛巾,一为洗澡毛巾;两条灰色中裤,肥大宽松,属常见的休闲款式;三件短袖衫,一白一黑,另一件为蓝白相间的海魂衫。"

俞波涛没觉出这几件衣物的特殊之处,再问道:"缪德良见到衣物后,有何反应?"童秋生道:"我送入包裹时,缪德良没马上开包,只是随手接过去,扔到了壁柜上。"俞波涛道:"看看缪德良打开包裹的监控。"

陶景宜调出监控,里面显示,童秋生离开留置室后没多久,门外送进晚餐,缪德良吃过,摸着肚皮在床前踱起步子来。踱上一阵,准备去洗澡,才取下壁柜上的包裹,打开来,翻找所需衣物。动作很寻常,没什么异样。一直翻到底层,见着海魂衫,才顿了顿,拿到手里,放身上比了比。随即放回去,取过白色短袖衫,还有中裤和毛巾,去了卫生间。

海魂衫像缕轻烟,在俞波涛脑袋里飘忽着,久久没有散去。他好像见过这种海魂衫似的。但只是轻烟般淡淡的印象,至于何时何地见过海魂衫,一点都想不起来了。

海魂衫让俞波涛心神难定。夜里躺在 8216 室床上,好久都没能入睡,眼前一会儿蓝条摆动,一会儿白杠飘飞,一会儿蓝条白杠相互纠缠交织,波浪样翻涌着,由近而远,又由远而近,循环往复,无休无止。一直挨到下半夜,俞波涛还抱着脑袋,在床上翻来覆去,横竖睡不着。只好爬起来,跑进卫生间,冲个凉水澡,再到阳台上吹一阵夜风,这才渐觉倦意袭来,回到床上,身安心静,沉睡过去。

睡醒已天下大白。曾守贤专程来觉园看望专案组,过问案情进展情况。俞波涛只好实言相告，缪德良出尔反尔，案子僵住，正在寻找突破口。曾守贤倒也能理解，说："还真被你们碰上了硬骨头，不容易啃。"俞波涛道："可不是，咱们已起获缪德良三千万钱物，他还在负隅顽抗。经我手查处的贪官里，这种死硬分子确实不太多见。"曾守贤道："缪德良再死硬，再狡猾，谅他也逃不过波涛火眼金睛。"

俞波涛颇觉欣慰，道："谢谢书记鼓励！咱们终会揪住狐狸尾巴的。"曾守贤道："好好好，我相信波涛。秉钧同志也一直在关注着缪案，今早还打电话，问腕表来龙去脉弄清楚没有。又有人给他施压，说缪德良不过区区市中心医院院长，没必要浪费太多纪检资源，死死盯住不放，应该腾出力量，多抓大案要案。"

谁能保证缪案后面没藏着大案要案？俞波涛心里这么想着，嘴上却没说啥，只觉得责任越发重大。黎秉钧和曾守贤等领导顶着压力，支持你彻查缪案，挖出后面人物，你若迟迟没有新的进展，又怎么面对他俩？

曾守贤走后，俞波涛带着童秋生赶往中心医院，请罗甫仁出面，叫何滟君到行政楼来谈话。何滟君很快赶到，俞波涛道："何滟君你听好，咱查过不少贪腐案，大都夫妻同时带走，经多方调查，没发现你与缪德良的腐败有太大关联，才对你网开一面，没采取留置措施，你应该心存感恩，配合组织调查缪德良的问题。"

何滟君点头频频，说："感谢组织实事求是，宽容照顾我！"俞波涛道："我问你，上周去没去过觉园？"何滟君说："确实去过，是请求童同志恩准，把衣物送到童同志手上，由他转交给缪德良的。"俞波涛道："缪德良初进觉园时，你给他带了不少生活必需品，为何又想起给他送衣物？"何滟君说："缪德良走那会儿，天气还有些寒冷，带的多为冬衣，现已过夏至，越来越热，不送些夏装，怕他没得穿。"

这个说法还算入情理，不好否定。俞波涛又问送的什么衣物，何滟君如实回答，别无出入。俞波涛道："缪德良又没当过海军，怎么会有海魂衫？"何滟君道："几年前他去省军区找首长，在大门口等首长派人出来接应，觉得无聊，去旁边军用品商店转了转，店员向他推荐海魂衫，他心血来潮买了一件。也没怎么穿，一直塞在衣柜里，上周给他清理衣物，无意间翻出，顺便跟其他衣物一起送到了觉园。"

俞波涛继续问道："缪德良品质败坏，贪权贪钱贪色，你们夫妻关系一向冷漠，为何还这么关心他？"何滟君叹口气道："再怎么，名义上我和他还是夫妻，共同生活过三十年，如今他落难，我不理他，又有谁理他？"

见问不出名堂，只好结束谈话。出了中心医院，俞波涛感觉茫然，无心回觉园，驾车在街上兜起圈子来。童秋生懂俞波涛心思，道："听说两河新区的白湖已蓄水，环湖绿化也做得蛮好，游人如织，咱们是不是也去玩玩，放松放松？"俞波涛道："人造湖有啥好玩的？"童秋生道："湖为人造，湖水和湖风总不会也是人造的吧？"

俞波涛想想也是，打转方向，往城外驶去。穿过三江新城，往东不远，白湖蓦然呈现于前，波摇澜动，水光潋滟。环湖路犹如青带，在草树间出没，时隐时现。湖水与环湖路之间留有大片空地，林木深深，姚黄魏紫。曲径通幽处，燕语莺啼，声声入耳。更兼廊迂轩敞，移步换景，阁危亭耸，大湖在望。逐水芦荻正茂，追风鹜鸟沉浮。天上云悠远，水上云触手可得。红蓝绿女穿梭其间，或嬉笑，或追逐，更多的在摆拍，要挽住湖景和青春。

毕竟多达一万五千亩的水域，辽阔壮丽，蔚为大观，令人心旷神怡。俞波涛和童秋生在一处水榭间流连不去，眼观湖景和游人，豁然开朗起来。童秋生道："这还是上班日，到了周末，更是人气大旺，摩肩接踵，赶集一样。"俞波涛道："也是城里人可怜，天天夹在水泥森林之间，气都喘不过来，好不容易发现城外有个大湖，自然不肯放过。"

童秋生认可道："也是享周俊才和曹寄青的福，不是他俩能干，哪来这么漂亮的白湖。"俞波涛道："周曹二人自然功不可没，可没有前届市委市政府主要领导支持，他俩能成事吗？"童秋生点头道："确实是的，两河新区就是在前任廖书记和吴市长力主下创建的。"

徜徉间，俞波涛透过湖上烟波，望见绰绰约约的蛤蟆岭，一时心动，说："秋生去过蛤蟆岭没？"童秋生道："没去过。常委想上岭？"

"走走走，上车。"俞波涛说道，转身走向环湖路旁的车子。两人钻进车里，离开湖岸，朝蛤蟆岭方向驶去。既要上岭，何不把奚连江叫来，一起去他表姐家吃顿土菜？俞波涛放慢车速，打通奚连江电话，奚连江应声说，马上驾车出城。

白湖退至身后，车至青湖附近。青湖还在沉睡，到处长满青蒿和芒草。俞波涛心生疑惑，青白两湖是同时规划的，怎么白湖已然成型，青湖还没动静？莫非廖远征离开彦州，人亡政息，青湖将搁置停建？青湖规划面积两万三千亩，比白湖还大，停建后又作何用？用处自然多得很。白湖蓄水后，随着各路开发商蜂拥而至，周边地皮已悄悄上涨，青湖后倚蛤蟆岭，前临白湖，若卖地皮，政府肯定大有赚头。说不定此届市委市政府正是看中青湖区位优势，觉得蓄湖浪费太大，才临时起意，变更规划。

青湖规划区域内没啥动静，可沿岸已不平静，脚手架高高耸立，工程车往来如梭，热闹得很。怪不得本届市委市政府力主改变青湖规划，真要让地产巨头和房产老板进驻青湖，在大幅增加政府财政收入的同时，不知又将造就多少亿万富翁。

随着青白两湖周边开发的逐渐升温，蛤蟆岭也开始热闹起来。一路只见小车上上下下，不少还是公务车。莫非政府已盯上蛤蟆岭，准备拆迁，变出大钱？俞波涛猜测着，将车速放得更慢，要童秋生问奚连江到了哪里。

童秋生打过电话，说奚连江已至白湖边上。不大一会儿，奚连江的车就跟了上来。两车相衔，左绕右拐，很快来到奚连江表姐家门前。有部外地牌照的高档小车正好从门前坪里开出来，石带贵夫妇挥手送客人车子远去，然后回身迎接俞波涛三位。

门前坪里还留着刚离去的客人坐过的竹椅木凳。石带贵招呼俞波涛他们坐定，表姐端出凉茶，递到三位手上。俞波涛道："刚走的客是外地人？"石带贵笑道："算外地人，也算本地人。"俞波涛道："那是在外地发财回来探亲的有钱人咯？"石带贵道："也可这么说。是我亲表弟，名叫鲍清渠。还是个大知识分子，读过硕士，做过大学老师，后离开学校经商，发了大财。其实这小子小时命苦，出生时母亲难产而死，还是我老婆奶大的，算我俩半个儿子吧。鲍清渠没忘本，每次回乡，或办事路过彦州，都要上岭看望咱俩，说上半天话。"

喝着茶，聊着天，感受着微微拂至的岭风，俞波涛叹道："还是林间日子舒服，连凉风都带着土地的气息和草叶的芬芳，沁人心脾。"奚连江道："蛤蟆岭可是四宜之地，四季常泰。"童秋生问道："哪四宜？"奚连江道："春宜花，夏宜风，秋宜月，冬宜雪。"

"四宜好，以后要多来岭上体会四宜。"俞波涛说着，扭头一瞧，只见墙上画了个大圈，里面写着个拆字，问石带贵怎么回事。奚连江代为答道："姐夫要发大财啦。"俞波涛道："发什么财？宅基地下埋着金坛子？"奚连江道："包含拆字的圈圈就是金坛子。"俞波涛道："拆迁补偿款很丰厚？"奚连江道："那还用说？不是有首打油诗很流行么，叫什么：不羡鸳鸯不羡仙，只羡墙上画个圈，拆字写在正中间，男女老少乐翻天。"

打油诗好懂，拆迁合同一签，屋主暴得上百万甚至数百万巨款，自然喜不自胜。可石带贵却道："我才不稀罕发这个鸟财。连江只知前四句，后面还有一句呢。"奚连江问："后面还有句什么？"石带贵道："一夜输得没裤穿。"

几位笑起来。原来人性使然，处贫穷易，处富贵难。人穷没想法，平平淡淡，天长日久，一旦暴富暴贵，最难把持，出事在所难免。拆迁户拿到大额拆迁款，把持不住，嫖赌毒一齐来，一夜败光，迅速返贫，早已不是个例。俞波涛笑道："石大哥有嫂子严加看管，不会出去乱来，再多的财富也守得住。"石带贵摇头道："哪怕不嫖不赌不毒，也不一定守得住手里的钱。"俞波涛道："钱又没长腿，还怕跑掉不成？"

石带贵道："钱确实不长腿，可钱是水，迟早会泼出去，没法回收。比如我家屋子拆掉，政府补给百多万，可以下岭买个小户型，不必流落街头，但吃喝拉撒哪里来？岭上有土有地，种瓜得瓜，种豆得豆，加上林农补贴，日子总过得下去。到岭下居家，物业费，水电费，买米买菜，那点林农补贴打汤都少。加之一天天老去，不仅没力气做活，还今天一小痛，明天一大病，医药费又报销不了几个，还不只有等死？"

俞波涛道："石大哥儿女不是在城里买了房么，住到他们那里去，补偿款一部分资助儿孙，一部分留在手上，吃用不愁，还三代同堂，尽享天伦之乐，多么幸福。"石带贵道："这想法不赖，却不现实。"俞波涛道："为何不现实？"石带贵道："适当出点钱，住到儿女那里，一年半载没事，多些时间，你手头的钱牙膏样被挤光，就该把你扫地出门了。"

童秋生插话进来道："不跟儿女住，也不买房，还可租房啊。彦州房租不算太贵，租小户型房子，百多万够租二三十年，加上林农补贴，日子应该好过。"石带贵道："眼下百多万不是小数，过三年五年，八年十年，还算不算钱？不说别处，就说蛤蟆岭下白湖蓄水后，周边地价和房价跟着上涨，想指望彦州房租一成不变，有可能吗？"

说得几位默然无声。别看石带贵普通林农一个，说起实用经济来，一套一套的，还真没法反驳。也怪不得，住惯的老屋就要拆迁，何去何从，关系重大，谁都会动脑筋权衡利弊，琢磨进退。只见石带贵指指自家砖屋，继续道："别看咱这老屋可换百多万拆迁款，若留在这里不动，四五年后再上岭回购，只怕两三百万都拿不下。傻子都知道，土能生万物，地可产黄金，几块砖，几片瓦，不值几个钱，可砖瓦下面的地不可再生，只会越来越金贵。也就是说，变现变得再多，只要从屋子里走出去，咱就得折本吃亏。"

再牛的经济学家，恐怕也不如拆迁户对人与土地的关系理解得这么透彻。童秋生道："拆迁属政府行为，想留住老屋不拆迁，恐怕谁都做不到。"石带贵叹道："是啊，世上只有蛮官，没有蛮百姓，小民又如何抗得过大政府？我石带贵也见过些世面，知道这三四十年的大拆大建，确实带动了地方经济发展，百姓袋子里也多了几张票子。但付出最多，牺牲最大的，还不都是咱百姓？累死累活不说，土地易手，家园易主，物价上涨，货币贬值，哪样不需咱咬紧牙关承受？依我说只要百姓过得快乐，经济慢些发展，手里少些钱，又有什么关系呢？"

俞波涛认可道："故土难离，石大哥心情咱懂。"石带贵说："正是我说的以上原因，岭上没有一家愿意拆迁。有的公然警告前来动员拆迁的人，谁敢动屋子，就跟谁同归于尽。"俞波涛道："我猜岭上最不愿拆迁的，恐怕是石三里的蛤蟆山庄吧。"石带贵道："蛤蟆山庄的真正主人又不是石三里，背景深得很，再怎么拆也拆不到那里去。"

论及蛤蟆山庄，俞波涛道："蛤蟆山庄还对外开放不？"石带贵道："偶尔开放。你们想去，我给石三里打个电话。"俞波涛道："不用惊动石三里，若想去咱们去就是。"

说话间，厨房里的饭菜香味飘到屋外，石带贵起身回屋，端张方桌出来，摆到坪里。奚连江赶紧跑进厨房，拿来碗筷，搁到桌上。表姐开始上菜，石带贵要去拿酒，俞波涛道："免了免了，纪律规定，工作日不能喝酒。"石带贵说："又不是公款消费，在我家里喝几口米酒，谁管得了那么宽？"俞波涛道："家里喝酒也是喝酒。何况饭后还要开车，被交警查出酒驾，不仅罚分罚钱，还得丢工作。"

不上酒，光吃饭，要不了太多时间，几位很快下了桌。奚连江照例留个红包给表姐，三位上车，赶往蛤蟆山庄。这天山庄比较安静，大坪里仅停着不多几辆小车。三人下车后，没往楼里走，行行止止，穿过形形色色的果树，去观鹤亭乐山乐水。亭下洗鹤潭里的水格外清幽，不见鹤影，只有潭底白云悠悠，山色绰约。

童秋生头次来山庄，感觉新鲜，赞叹不已，说："久闻蛤蟆山庄大名，想不到百闻不如一见，不是亲身经历，哪想象得出还有这样如诗如画的人间天堂？怪不得人说贫穷限制想象，穷人没到过天堂，打死也想象不出天堂的样子。"

童秋生正在感叹，但见洗鹤潭对面山崖那股涌泉旁有人影晃过，好像是对年轻男女。奚连江羡慕道："真是谈恋爱的好地方，俺若没结婚，本公子也非带个美女来这里浪漫一把不可。"童秋生道："奚主任可从头再来嘛，就像那对神仙眷侣一样。"

"世间哪有神仙眷侣？"石带贵笑起来，指着潭对面男女道，"那男孩姓孟，据说是省领导公子。女孩姓容，好像是北方人。曹市长常请两人来山庄小住，所以我认识。"

彦江孟姓人很少，省领导里只有一人姓孟，那就是省政协主席孟怀国。孟家的显赫尽人皆知，童秋生道："孟怀国独子孟宏文公司开在北京，但在三江口和两河新区都有项目，跟曹寄青关系密切得很。"奚连江道："这不奇怪，高官子女凭借父辈资源，官商通吃，哪里有黄金捡，哪里就有他们的身影。"童秋生道："过去说，学好数理化，走遍天下都不怕。而今说法有变，学好数理化，不如有个好爸爸。"

不知何时，对面人影已消失不见。几位又议论几句，走出观鹤亭，绕过洗鹤潭，不觉转入山庄后面的别墅群。别墅隐现于林木间，花树吐芳，珍禽啾啾，几分神秘。童秋生艳羡道："若能在别墅里面待几天，住几晚，也算不枉活一场，要我去死都干。"奚连江笑道："咱们常委好像在这里住过，至今还活得好好的，没想过去死。"

童秋生问俞波涛道："常委真住过这里别墅？"俞波涛道："这有啥奇怪的？"童秋生道："肯定很享受吧？别墅里是啥样子？带咱们进去体验体验？"奚连江道："又不是公共厕所，想体验就可体验？"童秋生道："要么咱花钱，进去住上一晚？"奚连江道："你花得起这个钱吗？"童秋生道："常委不住过吗？常委花得起这个钱，咱狠狠心，吃半年糠，咽半年菜，也冒充回富翁，奢侈一把。"奚连江笑道："你真幼稚，够格住这别墅的人，还用得着自己掏钱？"童秋生承认道："是啊，钱很重要，却也不是什么都可用钱买得到。"

不大一会儿，来到五号别墅楼外。俞波涛不觉心澜轻漾，忍不住透过树篱，朝别墅楼前的游泳池看过去，只见池水碧绿，氤氲着丝丝烟岚，神妙而又暧昧。余慧娴好像就躲在烟岚后面的水中，正伸长玉臂，向外挥动着，无声呼唤俞波涛快快过去，重温当晚旧情，延续未竟芳梦，惊心动魄，生生死死一回。

俞波涛赶紧收回目光，快步往前走去，好像生怕余慧娴真会从水里出来，把他拽进去似的。奚连江不明俞波涛为何仓皇逃开，只好跟上前，落下童秋生，在后面叫道："两位领导走那么快干啥？等等我，我还没看够呢。"

绕过别墅区，前面是网球场。场内散落着不少树叶，随风而动，翩然起舞，风一停，又安安静静卧在地上，像停飞的蛱蝶。场边桌椅还是当时桌椅，俞波涛坐过去，仿佛余慧娴就在桌对面，嘴里有一句没一句说着话，眼睛望向球场上奋力挥拍的击球人，还有来回闪跃的网球。击球人一个是严定国，一个是周俊才。开始两人你来我往，势均力敌，渐渐周俊才落于下风，也不知他有意让着对方，还是确属技不如人。最后严定国一个侧跃，身子上腾，挥臂回过一个又刁又狠的快球，周俊才应接不暇，脚底一滑，失去平衡，跟跄着向场边跌去，身上的海魂衫飘动着，露出臃肿的白色肚腩。

海魂衫？对对对，那天周俊才身上穿的正是海魂衫。他为何会穿海魂衫呢？周俊才当选市长时，市报上公开登着他的简历，他年轻时当过海军，钟情海魂衫，不足为奇。

俞波涛一下子明白过来，为何一见缪德良衣物里的海魂衫，顿生似曾相识之感。原来是同款式的海魂衫曾于特殊时候特殊场合，出现在特殊人物身上，给自己留下过特殊印象，只不过时间一久，印象渐渐变得模糊，直到今天故地重游，旧景复现，重又清晰起来。

周俊才穿过海魂衫，同款海魂衫又出现在缪德良衣物里，那么此海魂衫与彼海魂衫，有没有内在关联呢？俞波涛不得而知，却又隐隐觉得事非偶然。

回城路上，俞波涛给童秋生布置任务，要他去电讯部门，调取何滟君给缪德良送衣物前几天的电话、短信和微信记录，看她跟何人联系过。俞波涛的想法是，假若周俊才与缪德良两人的海魂衫存在某种内在关联，何滟君就值得怀疑，有必要调查她的踪迹。换言之，何滟君送进觉园的海魂衫可能另有来头。

何滟君在中心医院做过多年医生。医生工作辛苦，缪德良当上院长后，把她调离一线，做了工会专干。工会清闲，专干轻松自由，好在何滟君是个本分人，一直待得很安心很满足。本分人不多事，何滟君朋友少，基本没跟外界接触，每天都是家里工会，工会家里，两点一线，也就没几个电话。童秋生把近几天有过联系的号码打印出来，竟然一张 A 四纸都没占满。短信和微信则全是垃圾信息，可忽略不计。

童秋生来到 8216 室，呈上 A 四纸，俞波涛推敲过上面每条电话记录，标出何滟君去觉园前出现过两次通话时间都没超过三分钟的号码，让童秋生去查号码机主。童秋生早注意到这个号码，已查过机主叫陆白露，估计是白露那天出生的人。往下追究，原来陆白露是中心医院重症室主任，其丈夫不是别人，正是副市长兼两河新区党工委书记管委主任曹寄青。

童秋生分析道："若缪德良的海魂衫有名堂，陆白露早不打电话，晚不打电话，偏偏何滟君去觉园送衣物前连打两个电话，肯定不寻常。"俞波涛道："都还只是假设，寻不寻常不好说，还有待进一步印证。"童秋生道："印证不难，把陆白露传来一问，再跟何滟君两相对质，也就真相大白。"俞波涛道："陆白露可是市领导夫人，岂可轻易传得的？还是先找罗甫仁，调取医院监控，看有没有何陆两人身影。"

两人赶往中心医院，罗甫仁命保卫科调出所需时段监控，很快发现陆白露出现在住院部门口，手提黑色塑料袋，朝院长楼方向走去。陆白露家住院外，她去院长楼干啥呢？再瞧院长楼前的监控，正好何滟君走出自家楼道，迎住款款而至的陆白露。陆白露把黑色塑料袋塞给何滟君，两人说了几句话，何滟君提着黑色塑料袋隐入楼道里。

黑色塑料袋装的是什么呢？是已到了缪德良手上的海魂衫吗？如果此问属实，那陆白露又是从何处得到的海魂衫？是她知道院长有此爱好，专门给他买的？若海魂衫出自陆白露，何滟君为何编谎言搪塞，不实话实说呢？陆白露托何滟君转送海魂衫给缪德良，陆缪两人又有何瓜葛？难道仅仅是科室主任与院长的关系？

俞波涛动着心思，让童秋生再跑电讯部门，调取陆白露出手黑色塑料袋前几天的通讯记录。陆白露与何滟君不同，通讯内容多得多，打印的短信、微信和电话记录，共有二十多张。短信和微信记录价值不大，只能重点查看电话记录。有个电话号码连续出现过三次，每次通话时间都在五分钟以上。让俞波涛惊奇的是，这个号码还有些眼熟，自己好像曾拨打过不止一次两次。俞波涛要童秋生调取号码机主，竟然是陈勇毅。

身为堂堂纪委副书记和监委副主任，陈勇毅鬼使神差进入专案组视线，令俞波涛和童秋生两人心情一下子复杂起来。童秋生提醒道："要不要报告曾书记，言明陈副书记与陆白露关系不一般？"俞波涛笑道："仅凭陈勇毅给陆白露打过几个电话，就断定两人关系不一般，是不是有些勉强？"童秋生笑笑道："也是啊，陆白露是曹寄青老婆，陈勇毅与曹寄青也算同朝为官，熟悉同僚老婆，打几个电话，应该不算出格。"

"不管怎么样，既然陈勇毅名字突然冒出来，该调查还得调查。"俞波涛语气坚定道，"只是需加倍小心谨慎，咱俩知道就行，连专案组其他同志也先别透露。至于曾书记那里，待调查出眉目后，再汇报不迟。"童秋生道："常委说得是。下一步呢？调看中心医院监控，还是市委和黄楼的监控？"俞波涛道："当然先调看医院监控。"

两人再次来到中心医院，调出陆白露与陈勇毅通话前后时段数个监控视频，都没发现两人身影。难道他们是在其他地方接的头？那其他地方又是什么地方呢？两人奔忙几天，把陆白露和陈勇毅两人住家小区及可能出现的路段监控都调看过，皆毫无收获。

莫非海魂衫与陈勇毅没瓜葛？两人回头再查陆白露电话记录，发现有个手机号与陈勇毅手机号出现时段接近，一查竟是快递员打的。联系快递员，找到他所供职的远在城东南的快递站，报上陆白露手机号，快递站女老板查阅电脑里的发货登记，证实派送过陆白露的快递。寄件人自然也有记录，叫马逢春，留着187开头的手机号。拨打此号，说无法接通，再拨又说号码不存在。俞波涛对女老板说："快件该是寄件人送来的吧？"

女老板还有印象，说："确是寄件人送来的。你怎么知道？"俞波涛道："他不可能用空号联系你们上门收货。"女老板点头说："还真是的。"俞波涛问："寄的什么货？"女老板说："不太清楚，是包在牛皮纸里的软乎乎的东西，寄件人没说，咱也不好多问，反正按重量计费，只要不是危险物品就行。"俞波涛道："寄件人是男人还是女人？"女老板说："好像是男人。"俞波涛道："大约多大年龄？"女老板摇头道："每天经手的货单太多，印象已模糊。"俞波涛问："快递站有监控吗？"女老板说："刚建站没几天，还来不及装。不过旁边超市装着监控，进出快递站的人得从超市门口经过，也许查得出此时段的寄件人。"

俞波涛和童秋生走进超市，拿出证件，说明来意，超市二话不说，从电脑里调出监控视频，倒回到所需时段，里面出现一个男人，不是别人，还真是陈勇毅。

用移动硬盘录好监控视频内容，两人走出超市，钻进车里。童秋生道："陈勇毅住家和上班在城西北，穿过大半个城市，跑到城东南偏僻快递站寄快件，又留下虚假的姓名和手机号，这不已很能说明问题么？"俞波涛道："说明什么问题？"童秋生道："说明陈勇毅心中有鬼，不然没必要跑这么远来寄海魂衫。"俞波涛道："陈勇毅心里有鬼，自然毋庸置疑，可他寄的是不是海魂衫，还有待求证。"

童秋生蛮有把握道："女老板都说过，是件软乎乎的东西，不是海魂衫还是什么？再说何滟君去觉园送海魂衫前，接到陆白露的黑色塑料袋，陆白露送塑料袋前，收过陈勇毅寄的快件，这中间的链条一环扣一环，还不能说明海魂衫的来龙去脉？"

俞波涛道："这只是推理，还有两点得弄清楚，一是陆白露交给何滟君的黑色塑料袋，里面是不是装的海魂衫？二是假设海魂衫确系陈勇毅所寄，那到底是他本人买的，还是别人送的？"童秋生道："那好办，赶紧追问何滟君，暗查陈勇毅。"俞波涛道："不急不急，案情到此，更要倍加小心，得汇报给曾书记，由他决定如何往下深入。"

此理童秋生也懂，陈勇毅为纪委监委领导，陆白露乃副市长夫人，没经组织批准，谁敢轻易调查他们？俞波涛掏出电话，打通曾守贤，对方没接，过一会儿才回微信说，正在看望大专家大学者呢，吵吵嚷嚷的，没法接电话。俞波涛发去微信，说有重要案情需当面汇报请示。曾守贤回说，过后再约。

曾守贤说的专家学者住在盘龙大宾馆里，是曹寄青出面从北京请过来的。曾守贤本来在布置县区巡察工作，吴尚云亲自打电话给他，说来了重要客人，好几个常委领导都不在彦州，非要他出个面不可。曾守贤赶到盘龙宾馆，刚好客人们在曹寄青引领下，走进会议室。自然都是大牌经济学家和著名城市规划教授。为首者姓贾，堂堂工程院院士，荣誉满身。在曹寄青介绍下，双方握手言欢，贾院士还给吴尚云、周俊才和曾守贤几位递上名片。名片是双层的，容量大，上载姓名、单位、学历、职称、专业、座机号、手机号、微信号、微博号、电子邮箱，以及科研成果、出版著作、获奖作品、国内大学客座教授、外国大学访问学者，连国务院津贴享受者、课题带头人、某活动评委，都没落下。递过名片，贾院士还不忘叮嘱一句，有用得着本人的地方，尽管联系，打座机，拨手机，发微信微博或电子邮箱，都可以。

见过面，握过手，宾主各就各位，吴尚云主持见面会，周俊才汇报彦州经济工作。接下来贾院士答谢市委市政府热情接待，表示愿尽绵薄之力，为彦州城市建设略作贡献。见面会结束，吴尚云和曾守贤有事告辞，周俊才和曹寄青陪客人考察两河新区。

贾院士对两河新区赞不绝口，说周曹两位大手笔。周俊才笑道："不是我与寄青大手笔，是两任市委书记远征同志和尚云同志的英明决策。"贾院士点头道："对对对，前不久远征赴京开会时，我在学生约的饭局上见过他，他还盛情邀请我，适当时候来彦州走走看看，感受感受地方日新月异的经济建设和大好局面。"曹寄青忙说："院士是老书记朋友，要不要请他出来，你们老朋友叙叙旧？"贾院士笑道："远征封疆大吏，一省之长，够忙的，别惊动他了。我时间也有限，得尽快考察完两河新区，拿出像样作业交给你们，无暇他顾。只好留待远征下次去北京，我亲自出面请他，跟他一醉方休。"

贾院士口里所言作业，就是曹寄青早跟他说过的两河新区发展前景可行性报告。两河新区早有规划，曹寄青干嘛还要弄什么发展前景可行性报告，无非给调整规划和停建青湖找理论依据。普通专家学者给出的理论依据不足以服人，这才请来头衔响亮的贾院士领衔的团队实地考察，理论联系实际，交出具有现代理念和国际视野的报告，好给彦州干部群众一个交代。

新区和两湖数据都是现成的，只需贾院士往现成模板上一填充，再加些英语名词和似是而非的理论术语，洋洋上百页的可行性报告便大功告成，摆到曹寄青桌上。曹寄青送走贾院士一行，又给他户头上打去足额款项，拿着报告去见周俊才。

走进政府市长办公室，递上可行性报告，周俊才翻翻，放到桌上，要去拨吴尚云的秘书电话。曹寄青忙说："上楼前我留意了一下，1717 号车子停在楼前防晒玻璃棚下。"

吴尚云车牌尾号原为 1818，谐音要发要发，意即两手同抓地方经济发展。中央十八大后，有人提醒他，发展经济是发，发达发财也是发，容易被人诟病，不如用 1717。7 者旗也，意即双手高举旗帜，还有七上八下之意。吴尚云欣然接受，改用此号。听说 1717 号车在楼下，周俊才说："见尚云同志去。"

到得市委办，吴尚云刚送走一位老同志，正好有空。机关里的老同志是有特殊含义的，县里老同志是县级离退休干部，市里老同志是市级离退休干部，省里老同志是省级离退休干部，并非单纯以年龄论，普通离退休老干部再老也没资格叫老同志。

老同志来见现任领导，一般带着问题、想法甚至牢骚，容易惹人生气，还不能把气写在脸上。今天吴尚云脸上云淡风轻，看样子跟老同志谈得还算愉快。见周俊才进门，后面跟着曹寄青，主动问道："贾院士已给出可行性报告？"

曹寄青赶紧点头，从包里掏出早准备好的报告，双手呈到吴尚云面前桌上。吴尚云在报告上瞥一眼，说："好好好，我先瞧瞧，再择机会上会，集体讨论一下。"

吴尚云所谓上会，自然是上常委会。回到政府，周俊才便吩咐曹寄青道："你可先做前期准备，修改青湖原有方案，规划新的开发项目，一旦可行性报告在常委会上获得认可，形成决议，便立即进入实施阶段。"

曹寄青依言而行。可周俊才和曹寄青还没等来常委会议，廖远征的身影突然出现在两河新区。表面看上去属于私自出游，没带部门负责人，没通知媒体记者，只有已升任省政府办副主任的宋露锋跟随，与普通游人毫无区别。时值周末，游人如织，两位从车上下来后，沿着花团锦簇的曲径，信步向白湖走去。

湖岸有座凉亭，人进人出，笑语欢声，煞是热闹。只有钓叟背倚亭柱，两眼专注地盯着水里浮标，毫不担心游人惊走咬食的湖鱼。醉翁之意不在酒，钓者之意不在鱼，也许钓叟钓的不过是波澜不起的岁月，也就不在乎鱼上不上钩。

廖远征走进亭子，抬眼望向开阔的湖面，任凭湖风吹乱斑白的鬓发。没谁在意这位布衣在身布鞋在足的长者，以为是闲极无聊的普通出游者。今人沉迷手机，难得开电视机，尽管省里电视新闻天天有省长镜头，也没几人能认得他。廖远征觉得自在轻松，不用端着架子，做出省长的样子。一自在，一轻松，不觉伸伸懒腰，打声哈欠，仿佛有点醉氧的味道。又见亭外有人钓鱼，迈步过去，坐到钓叟旁，抱着双手，眼瞧水里浮标，盼鱼上钩。

水面浮标迟迟没有动静。廖远征也不急，心下想，钓叟稳坐湖岸，不动声色，湖里鱼不也在盯着钓叟，把他定在湖边，欲罢不能？钓者与鱼的关系很微妙。钓者为钓鱼上来，费尽心机，置办最好的钓具，准备最香的鱼饵，不怕鱼不上钩。鱼不可能不知钓者的用意，对鱼饵心存戒备，游来又游走，轻易不会咬饵。要咬也只咬半截，把藏着鱼钩的另外半截留给钓者，气他半死。只有贪心不足的鱼，一口想吃个胖子，才把鱼饵整个咬进嘴里，最后自己成为钓者的嘴里食。没错，钓者是强者，其实主动权却掌握在鱼一方，只要鱼有足够定力，抵挡得住钓饵的诱惑，钓者就占不到便宜，唯有无功而返。但鱼上一百，形形色色，总有鱼什么都抵挡得住，就是抵挡不住诱惑，不惜以身试饵，付出应该付出的代价。

不知过去多久，钓叟依然毫无收获。廖远征起身，从裤兜里取出把瑞士军刀，就近切了根小湖竹，去掉枝杈，在竹尖上系好白色尼龙线，一根简易钓竿由此而成。又用刀在土里捣鼓两下，抓根小蚯蚓，挂上钓钩。然后坐到钓叟旁边的石头上，手握钓竿，往空中轻轻一扬，将鱼钩上的蚯蚓甩进水里。

廖远征出生在农村，小时就是这么拿着自做的钓竿，在溪边钓鱼的。亭边钓叟暗暗觉得好笑，都已什么时代，还有人用这种原始得不能再原始的手段钓鱼。钓叟手里钓竿可是花千多元买的，连钓饵和打窝子的鱼食价格亦不菲。陆上人吃得好，喝得好，胃口大变，水中鱼口味也越来越刁，没有好饵，哪里肯吃钓？

谁知钓叟眼前水不惊，波不动，廖远征手里的钓竿却抖动起来，稍事周旋，便起上一条活蹦乱跳的小红鲤。亭里游客围过来看稀奇，嘴里喊道："红鲤好漂亮！"

亭外也起了骚动，有伙人火急火燎朝水边赶来。游人不知出了什么事，掉过头去，以为有好戏看。但见这伙人绕过亭子，走近钓叟。钓叟以为来了湖务执法人员，要处罚他，赶紧收拾渔具，一边嘴里道："我走我走，下次再不敢，再不敢。"

却没人理睬钓叟。这伙人里为首者径直来到廖远征面前，像做错事的小学生样，低着脑袋道："远征同志到了白湖，咱们都不知情，实在对不起，还请原谅！"

说话人是吴尚云。身后的周俊才和曹寄青也痛心疾首道："老书记这么关心彦州经济建设事业，周末都不休息，亲自前来视察两河新区，咱们却都没能坚守岗位，人影不见，实属严重失职，请老书记多批评，多教训。"

廖远征把钓竿连同钩上的红鲤交给宋露锋，捡去裤腿上的草茎，缓缓起身，笑笑道："各位言重啦。我不过听说青白两湖开发成效显著，尤其是已蓄水的白湖有特色，上档次，才趁着周末清闲，过来走一走，转一转，顺便钓只鱼，拿回去煮汤喝。"

周俊才接话过去，说："两河新区是老书记一手开创的，心心念念，带着深厚感情回来视察，是对新区干部群众的莫大鼓励，咱们一定要再接再厉，进一步把新区建设好。"曹寄青也道："有老书记关心爱护，咱们会更努力，全身心扑在两河新区建设事业上，干出更大成效。下次老书记再来，新区定会又有新气象！"

廖远征意在两湖，三位却左一句两河新区，右一句两河新区，惹得他心下不乐，脸上却始终挂着微笑，望着白湖道："好好好，相信有尚云同志运筹帷幄，有俊才和寄青同志开拓进取，两湖开发定然成效卓著，大放异彩。"

三位赶紧点头。廖远征收回目光，朝湖岸走去，说："今天游赏白湖，见游人往来如织，流连忘返，我真切感受到，咱们建设新区，开发两湖，思路是对的，效果是好的，广大人民群众是由衷赞成。各级党委正在开展'不忘初心牢记使命'主题教育，谆谆教育党员干部初心不改，使命在肩，积极为人民谋幸福，为民族谋复兴。具体到新区目前工作，尤其是两湖开发，不能像过去一样，单纯着眼于经济利益考量，一味想着多来钱，来大钱，而要始终把人民群众的诉求放在心上，看看人民群众是不是欢迎和赞成，人民群众欢迎和赞成的就坚持，人民群众不欢迎和不赞成的就放弃。"

话到这里，吴尚云三位跟随廖远征来到车旁。正是有人认识此车，透露给曹寄青，曹寄青报告吴尚云和周俊才，三位才匆匆忙忙赶了过来。廖远征抬抬腿，要往宋露锋拉开的车门里钻，又掉回头，对三位道："为两湖开发，彦州市委市政府功不可没，远征作为彦州市民，要好好感谢你们卓有成效的工作！好啦，今天咱游得非常开心，以后还会常来走动，享受这方好水。你们呢，该忙什么还忙什么去吧。"

三人机械地挥着手，看着廖远征车子渐渐远去，直至消失，才收回目光，你看看我，我看看你，半日无语。最后还是吴尚云打破沉默，道："你俩也听到了，远征同志三句不离两湖，用意何在，不言而喻。"曹寄青道："那又如何是好呢？"吴尚云道："远征同志都已上升到为人民谋幸福为民族谋复兴的高度，咱还能怎么样？"

曹寄青有些失望。想听周俊才意见，他始终没吱声。吴尚云上车离开，留下两位，还有波光粼粼的白湖。曹寄青看着周俊才道："难道青湖的规划调整和项目开发就此搁浅？"

周俊才仍没出声，只肚里嘀咕：吃了灯草，说得轻巧。北上广深数家投资商尤其是孟宏文和卓见智的宏智公司，已与市政府签署意向合同，就等市委常委会通过规划调整，便进驻青湖，大干一场。这些公司哪家没有深远背景，咱们得罪得起吗？

曹寄青还想说什么，管委会办公室主任赶来，递上一份发言材料，请他过目，以便尽快定稿，打印呈送。正好周俊才接到政府办电话，临时有事要走，曹寄青看着他车子开远后，才掉头上车，赶回管委会办公楼，审阅发言材料。

两河新区动静大，令人瞩目，受到省市政协委员关注，纷纷撰写提案，建言献策。曹寄青不敢掉以轻心，亲自组织提案答复，委员们很满意，管委会因而被评为全省提案工作先进单位，将在表彰会上做典型发言。

发言材料写得不错，曹寄青只略改几处词句，交给办公室打印，送往省政协。全省提案工作表彰大会如期召开，政协主席孟怀国亲自主持，亲自给先进单位颁奖。曹寄青登台做完热情洋溢的发言，博得热烈掌声。

会后举行工作晚宴，政协领导给先进单位敬酒。眼看孟怀国几位一路敬过来，曹寄青赶紧起身，举杯相迎，感谢省政协看得起，给予两河新区管委会莫大荣耀。孟怀国道："主要还是两河新区建设抓得好，提案答复工作也做得很到位，受到委员们好评，实至名归。尤其是有关青湖的开发利用，寄青听得进委员们的中肯意见，适当调整思路，完善规划，促进有限资源的价值最大化，定将造福于民，发挥出青湖最大经济效益和社会效益。"

曹寄青客气几句，孟怀国附他耳边道："听说寄青到了政协，宏文专门赶过来，接你去见一个重量级人物，你注意听电话就是。"

到底什么重量级人物呢？当今之世，重量级人物无非两种，一为高官，权重；一为巨商，钱重，别无他哉。那孟宏文要带你去见商呢还是官？曹寄青位置特殊，手里握有大工程大项目，求见的官商实在太多，二十四小时不吃饭不拉屎不睡觉都见不过来，也就轻易不愿露面。然孟宏文背景深厚，他嘴里的重量级人物，不用猜也知绝非小官小商。

晚宴快结束，孟宏文果然打来电话，问曹寄青吃好没有，他的劳斯莱斯就停在省政协楼前大坪里。曹寄青答应着，放下碗筷，上完卫生间，走出餐厅，来到闪着尾灯的劳斯莱斯前。孟宏文欠身推开副驾的门，朗声道："曹市长有请！"

出了省政协大门，孟宏文打转方向，望西而行。穿过闹市，灯前车辆越来越少，曹寄青察觉出了西城，忍不住道："令尊说孟总要带我去见重量级人物，重量级人物难道住在西郊？"孟宏文道："不是重量级人物住西郊，是寒舍在西郊。"曹寄青道："重量级人物是孟家亲戚？"孟宏文笑道："不是亲戚，胜似亲戚。这样跟曹市长说吧，求见重量级人物的人太多，包括省里大佬，但人家低调，特意躲到西郊，以免叨扰地方。"

到底何方神圣，省里大佬欲见不得，却礼贤你这小人物？曹寄青正觉疑惑，但听孟宏文又道："曹市长不同，是我和见智的兄长，人家自然高看一眼，格外垂青。"

论起卓见智，曹寄青隐约觉得重量级人物是谁了，难免忐忑起来。不是要见重量级人物，心里发虚，是此次见面会给自己带来什么后果，还真是无法预料。曹寄青久经风雨，识人无数，深知福祸相因，荣辱相循，人在江湖走，往往做事容易取舍难。老老实实站在岸边，安然无恙，却永远别想到达彼岸。壮胆跳到船上，则要面临风浪，弄不好船毁人亡，万劫不复。可即便如此，人生在世，总得活出点价值，不上人船，又何以抵达彼岸？

不知何时，车速慢下来，进入一条岔道。道两旁树荫如盖，路灯如萤火虫样闪烁着，几分神秘。道路尽头有个高大门楼，门旁站着制服在身的保安，见着劳斯莱斯，赶紧开启电动铁栅栏。穿过门楼，劳斯莱斯停住，曹寄青下车，一栋三层阔楼矗立于台阶上。楼前门洞宽阔显眼，漆着红颜色，看上去像只血盆大口。曹寄青想主人这么用色，莫非有色盲？不过曹寄青嘴上不置可否，只对靠过来的孟宏文道："刚才孟总还说是寒舍，如此寒舍我可还是头回见识。再怎么也该叫孟氏庄园吧？"孟宏文笑道："叫啥不重要，重要的是宜居就行。"

说罢，两人并肩往台阶上迈去。曹寄青留意了一下，共有九级台阶。九属数字里老大，又暗含长长久久之意。谁人不想做老大，且长久做下去？

上得台阶，来到血盆大口前。曹寄青背心一凉，感觉莫名的寒意袭来，似要把自己卷入血盆大口里，逃无所逃。真想掉头遁去，却又身不由己，跟着孟宏文进入门洞。经过前厅，来到后院，穿回廊，绕天井，正房窗灯隐约，有声音传出，像是孟怀国在说话。

来到房门外，门虚掩着，孟宏文笑嘱曹寄青，稍候片刻，轻轻推门而入。不到一分钟，便复身回来，后面还跟着卓见智，上前拉住曹寄青的手，说："辛苦曹市长！孟伯伯刚才还说您要来，果然说曹操，曹操到。"

曹寄青谢过，随两位走进屋里。屋子大如广场，右边靠墙一排书柜，字联挂两侧：一帘花影云拖地，半户书声月在天。正面墙上一幅中堂画，以山石为背景，上面画着摇曳的墨竹。画两边也有对联：清风无私雅自爱，修竹有节长呼君。

中堂画下一桌三椅，皆为赭色红木。桌上放有果盘，摆着青花瓷茶杯。孟怀国坐在桌后长椅右侧，左侧客人看上去小孟怀国六七岁的样子，鼻隆嘴阔，英气逼人。就在曹寄青目光看向客人时，孟怀国起身上前，把他拉到桌边，对客人道："这就是我说的彦州市曹副市长曹寄青同志。"转而介绍客人："这是卓宪新同志，想必寄青听说过吧？"

路上还真没猜错，果然是卓宪新。卓宪新离开沧彦，赴任青东，辗转做上省委书记后，调整人事，启用能员，放开手脚大干，青东经济发展迅猛，社会管理日新月异，受到上下广泛好评，已升到更高位置，怪不得孟宏文说，沧彦大佬欲见而不能。

尽管已有心理准备，毕竟头次近距离接触这么大的领导，见多识广的曹寄青难免有些紧张，一时不知说啥好。好在卓宪新已站起来，伸出大手，朗声道："早闻寄青同志大名，今日得见，不胜荣幸。"

曹寄青握住卓宪新的手，感受着对方手上温暖，心头紧张很快消失，从容道："感谢孟主席引荐，拜识卓首长，寄青三生有幸！"

面对陌生大员，能很快镇定下来，且一句话把主客都带将进去，这便是曹寄青的过人之处。卓宪新欣赏曹寄青的精明，把他按坐在桌边椅子里，又接住孟宏文送来的热茶，放到曹寄青面前桌上，道："寄青同志是彦州经济建设功臣，我在沧彦任职时就有所耳闻。还私下寻思，若能主持沧彦政府，一定把寄青这样的干才放到更重要的位置，发挥更大作用，作出更大贡献。执掌青东后，我就是这么操作的，不然这几年青东也不可能有些许看得见摸得着的成绩，让百姓实实在在享受到改革开放的新成果。"

曹寄青仰首笑望着卓宪新，点头表示认可。卓宪新又道："可惜已离开青东，还真舍不得那里的好干部好群众啊。"孟怀国道："宪新同志已给青东经济建设和社会发展打下牢固基础，继任者自然萧规曹随，发扬光大。"曹寄青跟着插话道："首长到了更高位置，空间和作为更大，也就不止惠及青东人民，全国人民都有福了。"

人可防御他人的攻击，对他人的赞美却往往无能为力。卓宪新自然也没法抵挡曹寄青的恭维，哈哈大笑，继而道："回乡看望过老父，刚到彦州，宏文和见智就拉着参观三江新城，真让我眼前一亮，不得不感佩寄青和俊才的能干。两湖新区更大气，一万五千亩的白湖浩浩荡荡，在我有限的视野里，这样的城市大湖好像并不多。至于青湖，该蓄水呢，还是该用作他途，自然见仁见智，没有标准答案。听说彦州市委市政府正在调整规划，准备化腐朽为神奇，倒也明智。毕竟彦州三江纵横，水系已很富余，若在蛤蟆岭和白湖间建设更具时代感的项目，对彦州城市经济和社会发展，将有不可估量的重大意义。"

卓宪新礼贤下士，大概就是想把这几句话递给你吧？接下来的话题也就变得随意而宽泛，你一言我一语，没有一定旨归。看看时间不早，曹寄青站起来，客套着告辞。卓宪新和孟怀国抬抬屁股，目送曹寄青出门。孟宏文和卓见智就在门外，迎住曹寄青，穿过天井，出得血盆大口，迈下台阶。曹寄青向两位公子抱抱拳，钻进前来接自己的坪里的小车。

与卓宪新的见面过程平淡，却在曹寄青内心掀起不小波澜。卓宪新刚刚高升，回乡省亲，躲开地方大佬视线，单独接见你曹寄青，指点江山，用意何在，不言自明。你若放聪明点，顺其意而为之，彦州市委常委将有你一席之地，尔后晋市长，升副部，也不在话下。

曹寄青仰仰头，把后脑搁到靠垫上，闭上眼皮，想平静一下汹涌的思绪，却根本做不到，卓宪新接见自己的情形，包括目光、笑容、手势，还有说话的声调和语气，皆寓目充耳，拂之不去。曹寄青心脏跳得越发厉害。

许是轮胎压过窨井盖，小车忽然颠了一下，曹寄青下意识睁开两眼，望望窗外，幽白的路灯和红色的车灯辉映着，诡秘而又虚幻。曹寄青回到现实中，渐渐冷静下来。世间没有白捡的便宜，追随卓宪新，前程看好，可得先有投入。现成的投入便是更改青湖规划，把主体项目交给宏智公司。可青湖规划一更改，变两万三千亩水域面积为掠金夺银和造就富翁的热土，会不会背离政府初衷和百姓意愿，带来无法预料的后果呢？

曹寄青不得而知。又缓缓合上双眼，想假寐片刻。偏偏手机响起，屏幕上跳跃着丁美媛三个字。曹寄青心头一阵激荡，仿佛有股暖流传遍全身。这不是女人，是女妖。女妖让人警觉，又欲罢不能，故曹寄青能躲则躲，轻易不敢招惹。

丁美媛出现前，曹寄青有个好了六年的女人，名叫谷丽佳。谷丽佳当时读大四，上彦城开发公司实习，有事没事去曹寄青办公室串。一串一串，便串到了曹寄青床上。谷丽佳自然没吃亏，有曹寄青打招呼，毕业后进入一家上市公司。一个乡下姑娘，能留省城成为上市公司白领，待遇不差，开始谷丽佳还算满足。渐渐见多世面，胃口大起来，离职自开公司，打着曹寄青招牌，到处揽业务，两三年便身家过千万。还觉不够，又缠着曹寄青要项目，拿工程。曹寄青知道谷丽佳德行和能力，担心她添乱，提出有条件分手。谷丽佳坚决不干，扬言要把两人床上照送到纪委，鱼死网破。曹寄青一时无计可施，头都大了。

事被石三里察觉，跟曹寄青拍胸脯，一定摆平谷丽佳。曹寄青一时没法摆脱这女人，只得让石三里试试，叮嘱决不能出人命。石三里保证不动谷丽佳一根毫毛，掉头买通谷丽佳手下会计，拿到公司假账和偷税证据，再约谷丽佳见面，要她识趣离开彦州。谷丽佳大怒，要拉石三里去见曹寄青。石三里把谷丽佳按倒在地，剥光她衣服，用手机录下强奸过程，问她还好意思跟曹寄青上床不。谷丽佳知道曹寄青跟自己鬼混多年，无非垂涎自己身体，今遭在石三里手上，哪还会赢回人家青睐，只好从石三里手中拿走一笔不菲的损失费，留下永不纠缠曹寄青的保证书，自彦州消失，不知去向。石三里知道男人离不开女人，过后又把自己玩腻的女孩丁美媛转送给曹寄青。这事不胫而走，有人送石三里美称：沧彦第一小舅子。

丁美媛不仅比谷丽佳更年轻更漂亮，且看上去单纯温柔得多，曹寄青很是受用。可谷丽佳殷鉴不远，曹寄青不肯放松警惕，每次与丁美媛上过床，就给她留下一大笔钱，意思是一手交钱，一手交货，两不相欠。丁美媛也不拒绝，笑着留下钱，下次约会，仍把曹寄青服侍得舒舒服服。渐渐曹寄青便没法离开丁美媛，然而理智告诉他，女人都是危险动物，栽倒在石榴裙下不合算，因此已连续两个月忍住没见丁美媛，几次接到丁美媛电话，都狠狠心，断然回绝掉。不想今晚见过卓宪新，正心潮难平，看到手机上丁美媛三个字，眼前不觉悠了悠，不由得揿下绿键。正要说话，望见司机，又赶紧挂掉，发微信道：在开会，有事吗？

丁美媛立即回道：没事，只问你，今天什么日子？曹寄青道：今天是个好日子。丁美媛道：当然是个好日子。估计你记不起来了，来了再告诉你。

曹寄青实在没法拒绝丁美媛，给司机说了个地址。到达目的地后，支走司机，去附近银行柜员机里取出五万元现金，装入包里，走进熟悉的小区，拿钥匙打开熟悉的房门。屋里没开灯，曹寄青以为走错门，用钥匙片刮刮鼻头，暗想一把钥匙开一把锁，绝对错不了。抬手要去按电灯开关，但见屋中间有火柴擦亮，点燃蜡烛。蜡烛插在粉色的蛋糕上，一张美得有些失真的嫩脸在烛光里妖娆着，魔幻着，笑向曹寄青。继而响起全世界人民都熟悉的旋律：祝你生日快乐，祝你

生日快乐，祝你生日快乐，祝你生日快乐……

曹寄青一下子想起来，今天是自己生日。自与谷丽佳的丑闻传到妻子耳里后，已多年没人给自己过过生日。不过曹寄青不在乎，他要做大事，对生活小情小调不感兴趣，生日过与不过，没太大区别，似乎好多年没想起自己也有生日。然而这会儿目睹生日蛋糕上的烛光，耳闻优美动人的生日歌，曹寄青心头莫名地一软，感动的泪水顿时盈满眼眶。

原以为事业、权力和金钱之外，自己什么都不需要，想不到也会为丁美媛给自己点亮的生日烛光和音乐而动情。丁美媛风情万种地笑着，边拍节奏，边哼着生日歌，引得曹寄青也鼓掌唱和，下意识走过去，来到烛光闪烁的蛋糕旁。旋律结束，两人一齐弯腰低头，鼓足气力，噗的一声吹熄蜡烛。屋子重归黑暗，丁美媛双手环住曹寄青脖子，献上香吻。

温存一会儿，丁美媛抽开身子，按亮电灯，回头切块蛋糕，喂曹寄青一口。又倒好葡萄酒，一起举杯，祝曹寄青事业丰收，青春永驻，越活越年轻。曹寄青很受用，两眼迷离，酒不醉人人自醉，没喝几杯，便歪倒在丁美媛怀里。

十三

县区巡察工作告一段落，曾守贤终于有空坐下来，倾听俞波涛汇报对缪德良那件海魂衫的质疑和追究经过。俞波涛认为，海魂衫非同寻常，后面埋藏着重大隐情。曾守贤问道："有多大把握，断定缪德良的海魂衫出自周俊才？"俞波涛道："目前只是初步判断，还需找何滟君证实，若陆白露给她的黑色塑料袋里确实是海魂衫，便大体可认定陈勇毅与周俊才存在某种关联，说不定周俊才正是通过陈勇毅，把海魂衫传递到缪德良手上，给予他暗示，别忘记外面重要人物的存在。"

周俊才是能人，背景不浅，否则也做不到万人瞩目的省会城市市长，真把他牵出来，案情就大了！曾守贤道："目前一切还只是你的猜测，即使调查出缪德良的海魂衫出自周俊才，也不见得能说明问题。"俞波涛道："也许海魂衫是层皮，下面包着一个大脓包，一旦把这层皮挑破，里面的脓自然会淌出来。"

这个比喻有些新鲜。曾守贤道："只怕这层皮不易挑破。"俞波涛道："现在不挑破，脓包越来越大，后患无穷啊。"曾守贤道："你说怎么个挑法？"俞波涛道："密查陈勇毅。"曾守贤道："陈勇毅毕竟是我副手，还真不好下手。"俞波涛道："那要看书记有无壮士断腕决心。"曾守贤说："若如你所说，周俊才躲在陈勇毅后面，调查陈勇毅，指向周俊才，咱们恐怕有些吃不消。要不先留置何滟君，证实黑色塑料袋里装的是海魂衫，再调查陈勇毅也不迟。"俞波涛道："留置何滟君，惊动陈勇毅与周俊才，会更麻烦，还是先调查陈勇毅为佳。"

曾守贤经反复权衡，报经省纪委授权，对陈勇毅进行秘密调查，亦即初步核查。陈勇毅属纪委监委内部人，俞波涛和童秋生格外谨慎，不敢丝毫大意。暂时放过陈勇毅家庭财产调查，先往电讯部门，调出其通讯记录，结果没发现他联系过周俊才，倒是瞿有为名字出现频率不低，其中有两个电话正是陈勇毅寄快递前两天接的。

俞波涛和童秋生着手调查那段时间瞿有为的行踪，发现他基本上跟曹寄青和周俊才在一起。瞿有为是两河新区建设局局长，为开发新区和两湖的具体实施人，跟周曹两人在一起很正常，说不定就是他受周曹两人之托，把海魂衫交给陈勇毅的。陆白露是曹寄青老婆，为何不让曹寄青直接将海魂衫交给陆白露，干嘛拐弯抹角，假手瞿有为和陈勇毅呢？唯一解释便是遮人耳目，就像通过银行转移资金，经过的户头越多，越不容易追查。

通过电话梳理，基本掌握陈勇毅和瞿有为动态后，再调取相关监控，终于发现陈瞿两人先后出现在镜头里。那是彦江大道辅道旁，瞿有为将车子停稳后，手提黑色塑料袋，迈出车门，走下沿江风光带。五分钟不到，瞿有为两手空空回到车旁，开车离去。再过三分钟，陈勇毅冒出来，黑色塑料袋已到他手上。继而有部蓝色的士开过来，载上陈勇毅，望南急驰而去。四十多分钟后，陈勇毅进入城东南快递站旁边超市的监控里。当然这段视频前月已被童秋生录入移动硬盘里。

由瞿有为跟曹寄青和周俊才两人的关系，可基本断定黑色塑料袋里装着海魂衫，海魂衫则出自周俊才。那么缪德良与周俊才又是什么关系呢？曹寄青老婆陆白露是中心医院重症室主任，缪德良通过陆白露走近曹寄青，进而结识周俊才，完全有可能。抑或周俊才本人和家人要看病，经曹寄青给缪德良打招呼，予以关照，一来二去，彼此走到一起，也很正常。官员与家人也会生病，生病就得上医院，医院院长想走近官员，非常方便。

就在俞波涛推测缪德良与周俊才关系时，中心医院书记罗甫仁打来电话，说有重要情况提供。俞波涛带着童秋生赶往中心医院行政楼，罗甫仁已等在楼前，把两人请进书记室，倒好茶水，关上门，才道："有个情况忘记告诉两位，去年下半年周俊才老婆王平霞曾住进中心医院，主治医生就是缪德良本人，让人感到很蹊跷。"

俞波涛问道："缪德良本来就是医生，给病人看病，不是很正常吗？"罗甫仁说："缪德良已十多年没接触病人了，为何王平霞入院后，不让其他医生沾边，要亲自主治？更蹊跷的是王平霞入院时病情似乎并不严重，却被缪德良治进陆白露主持的重症室，不久死在那里，送入火葬场烧掉。"俞波涛道："莫非王平霞得的是绝症，越治越严重，终至丧命？"

"好像没这么简单。"罗甫仁又提到另一个病人，"王平霞住院前，还来了个奄奄一息的肝癌晚期女病人，叫作向春玉。向春玉在普通病房待没两天，转入重症室。重症室病人几乎没有活着出去的，向春玉不久竟离开重症室，出院回了家。"俞波涛问："向春玉与王平霞有关系吗？"罗甫仁说："王平霞火化后，医院就有人悄悄议论，说送往火葬场的并非王平霞本人，其实是向春玉。"

说得俞波涛迷糊起来，道："你意思是有人调了包，向春玉已死，只不过以王平霞名义被火化掉了？"罗甫仁道："向春玉入院时病入膏肓，却活着走出重症室，王平霞健健康康来到医院，结果去了火葬场，太不符合情理。"

此事还真有些邪乎。俞波涛道："若送往火葬场火化掉的是向春玉，便说明王平霞还活在世上，有谁见过她没有？"罗甫仁摇头道："王平霞已销声匿迹，再没人见过。"俞波涛道："派出所还留没留着王平霞名字？"罗甫仁道："火葬场接到医院死人时，得凭死亡证明开炉火化，并报送派出所销名，派出所肯定已没王平霞名字。"

果然跑到派出所，查看周俊才家户口，王平霞名字已经注销，原因注明为病亡。照罗甫仁说法，派出所登记不能说明问题，王平霞既没死，又没见人，那她又去了哪里？另外以假乱真的人是谁？这么做的动机何在？

缪德良的海魂衫还没定论，又冒出王平霞与向春玉真假死亡的怪事，俞波涛脑细胞快不够用了。看样子还得回头先弄清海魂衫来历再说。俞波涛带着陶景宜和童秋生赶往中心医院，把何滟君叫到行政楼专门谈话室问话。

待童秋生将移动硬盘插入电脑，接到屏幕上，何滟君看见自己从陆白露手上接过黑色塑料袋的视频，脸上不自然起来。俞波涛问："黑色塑料袋里装着什么？"何滟君道："几样女人用品。"陶景宜问："具体什么用品？"何滟君道："内衣内裤。"陶景宜道："内衣内裤到处都有，何须陆白露代劳？"何滟君道："你们搜查我家时，明令我不能到处乱跑，只好麻烦陆白露帮忙采购。"陶景宜道："可陆白露交代，黑色塑料袋里装的并非内衣内裤。"

陆白露乃堂堂副市长夫人，何滟君不相信纪委会随意动她，说："陆白露不可能睁着眼睛说瞎话。"俞波涛道："陆白露当然不会说瞎话，她告诉我们，黑色塑料袋里装的海魂衫，就是你送到觉园的那件。"何滟君暗里一惊，仍佯装镇定道："海魂衫是缪德良自己买的，跟陆白露无关。"俞波涛道："缪德良都已交代海魂衫真实来历，你还要替他隐瞒，有意思吗？"

何滟君辩解道："缪德良进了觉园，自然你们要他怎么说，他怎么说，但我只能有啥说啥。"俞波涛道："何滟君你不觉得自己可怜又可悲吗！缪德良早已不把你当回事，天天在外跟其他女人鬼混，你还要这么死心塌地替他打掩护，简直太不可理喻！"

也许触到何滟君痛处，她忍不住淌下泪水，说："我跟缪德良确实已形同陌路，可他还爱着女儿。"俞波涛道："你女儿不是跟缪德良闹翻，才远走上海的吗？"何滟君道："正是因为女儿负气出走，缪德良觉得对不起她，才想着修复父女关系。"

缪德良会怎么修复父女关系呢？俞波涛没再追问，一拍桌子道："何滟君你别把我们当傻子，缪德良已承认根本没在军用品商店买过海魂衫，你还要胡编乱造！"何滟君道："缪德良事杂人忙，时间过去那么久，又被关进觉园，心慌意乱的，哪还记得清从哪里买的海魂衫？"俞波涛道："你不愿招供也行，咱只好把你带往觉园，到时你会说实话的。"

何滟君还在死扛。陶景宜起身站到她旁边，盯住她道："你别不识好歹，留置缪德良时，组织上没把你一起带走，主要基于两方面考虑，一是缪德良的事你参与不深，二是你们女儿很无辜，父亲已失去自由，再看不到母亲，难保不出意外。你既然这么不配合，组织也顾不得那么多，只能把你请进觉园，叫你女儿哭爹爹不灵，喊娘娘不应。"

可怜天下父母心，何滟君为女儿着想，终于承认陆白露给的黑色塑料袋里确实装的是海魂衫。俞波涛悄悄舒口气，问道："陆白露干嘛要你转送海魂衫给缪德良？"何滟君说："陆白露是被缪德良扶上重症室主任的，缪德良落难，别的她帮不上忙，见夏天来了，送件海魂衫，应该用得上。"俞波涛道："陆白露从哪里弄的海魂衫？"何滟君说："我没问，陆白露也没说，只嘱咐我，别说她送过东西给缪德良，以免引起不必要的麻烦。"

听何滟君口气，不像说假，俞波涛宣布谈话结束。何滟君走后，童秋生道："凭隐瞒海魂衫真相，足以留置何滟君，为何放过她？不怕她与陈勇毅等人串供？"俞波涛道："这些人都已进入管控范围，还怕他们串供不成？相反留置何滟君，打草惊蛇，会让事情复杂化。"

陆白露要何滟君别说她给缪德良送过海魂衫，说明海魂衫颇有来头，十有八九出自周俊才之手。那么周俊才送海魂衫干啥呢？难道在暗示缪德良要稳住阵脚，咬紧牙关，瞒住真相，不愁等不来转机？这个假设若成立，缪德良本来有话要说，见到海魂衫后突然改口无话可说，也就解释得通了。当然要想认定假设为事实，还需缪德良本人印证。既然可肯定海魂衫来自周俊才，撬开缪德良嘴巴，也就不再是难事。俞波涛准备回觉园找缪德良谈话。

可路上俞波涛又犯起难来。周俊才是省管干部和一市之长，市纪委监委无权审查调查他，真把他牵扯进来，还不知怎么收得了场。此事看来不能操之过急，得请示过曾守贤，由他来决断，看采取什么方法妥当。

听过俞波涛汇报，曾守贤陷入沉思，半天无语。俞波涛道："波涛多此一举，尽给书记添乱。"曾守贤道："无所谓添不添乱。这么做也有好处，周俊才同志没问题，可证其清白；万一有问题，尽早发现，可阻止事态扩大，及时止损，免使党和人民的事业遭受更大损失。只是周俊才同志属省管干部，要调查他，得省委同意，由省纪委监委执行。省委书记郑乃宣同志年龄已不轻，坊间传言他会很快退居二线。船就要到码头，车就要到站，在此节骨眼上，只怕谁也不愿节外生枝，惹出不必要的麻烦来。"

"那就尽快结束缪案，移送司法部门？"俞波涛试探道，"就凭缪德良三千万巨额财产，判二十来年甚至无期，应该没问题。"曾守贤摇头道："我党开展党风廉政建设和反腐斗争，目的不在法办贪官，是刮骨疗伤，健全肌体。缪案背后毒瘤没清除掉，毒素没刮干净，必然遗毒无穷。总书记强调斗争要讲究策略，咱们不能使蛮力，不打无把握之仗。"

曾守贤的话让俞波涛吃了定心丸，说："还有一事要报告书记。"曾守贤道："什么事，跟缪案有关吗？"俞波涛道："还没进入调查，不明真相，不敢肯定，但我预感与缪案不无关系。"曾守贤道："说说看。"

俞波涛道出王平霞和向春玉的生死疑云。曾守贤道："曹寄青是周俊才得力干将，周俊才老婆王平霞由缪德良主治，死在曹寄青老婆陆白露重症室，缪德良的海魂衫又有可能出自周俊才，诸多人和事扯在一起，要想不让人产生联想，还真难啊。"

俞波涛说："我也想不到事情会越弄越复杂。"曾守贤道："你打算怎么办？"俞波涛道："可从王平霞和向春玉两人的生死入手，生要见人，死要见骨灰。"曾守贤道："好好好，但千万要机密，不可惊动周俊才和曹寄青。"

此时周曹两人正为青湖规划变更忙得不亦乐乎。要想青湖规划变更成功，关键还在吴尚云。曹寄青思来想去，觉得还是应该请蛤蟆庙里的清源道士出山，助自己一臂之力。他把想法跟周俊才一说，周俊才觉得可以一试。曹寄青当即上蛤蟆庙，把清源道士请下岭来，安排住进两河新区管委会内部酒店，静候周俊才通知。

周俊才已说动吴尚云，前往两河新区管委会大楼召开现场办公会。大楼背倚小山，山上竹木森森，曹寄青在山顶筑了个凉亭，稍有空闲，便沿着林间石板小路，爬上凉亭，眺望蛤蟆岭，观赏水光潋滟的白湖，以及待建的青湖。

办公会后，时间尚早，曹寄青请吴尚云去后山走走，活动活动腿脚。周俊才也说山上还有个亭子，站得高，看得远，挺有意思。吴尚云欣然应允，在周曹两人陪同下，迈出管委会大楼，绕过一座数十亩大的池塘，望后山而去。刚刚下过场透雨，空中弥漫着湿润的水气，蜿蜒石径泛着水光，林中的竹枝树叶沾着露珠，莹莹泛光。

不觉到得山顶，一阵清风过去，竹振木摇，瑟瑟作响，连头上流云似乎也受鼓舞，加快了速度。其实山并不高，只因附近平坦，一山独立，让人顿觉眼界高远，万物变得渺小。

三人走进凉亭，极目高天阔地，心情一畅。蛤蟆岭遥遥在望，白湖波光和青湖草色历历于目，一切仿佛都在掌握之中。吴尚云道："比起我这市委书记，寄青的新区工委书记强得多，要风有风，要云有云，要山有山，要水有水。"周俊才笑道："书记羡慕寄青，两人可对调一下。"曹寄青想起私见卓宪新的情形，道："能一夜成为中管干部，寄青自然乐意。"

正在说笑，忽闻窸窸窣窣的脚步声，有人走出林子，出现在凉亭旁，原来是瞿有为和仙风道骨的清源道士。曹寄青故作惊讶道："清源大师难得露面，何时下的岭？"瞿有为代为答道："大师应邀进城讲经回岭，路过新区，特留步进来瞧瞧。"

曹寄青把清源道士介绍给吴尚云，说："也是大师与书记有缘，竟不约而同，邂逅此山。"周俊才也道："新区管委会地址就是清源大师选的，不然咱们事业也不会发展得这么顺畅。"

身为共产党员，吴尚云属无神论者，不信佛道，只不过出于对宗教人士的尊重，礼貌地抱抱拳，敷衍几句。清源道士摇摇手上檀骨折扇，望一眼吴尚云，对周俊才和曹寄青道："两位市长可知贫道为何驻足宝地吗？"两位摇头道："不得而知。"瞿有为代为说明道："大师是见此山紫气萦纡，甚觉讶异，才联系我，由我陪同上山，看个究竟。"

说得吴尚云好奇起来，说："咱们只见天上白云悠悠，没发现哪有紫气，莫非大师独具慧眼？"清源道士笑笑道："首长身在此山中，自然只望得见天上白云，看不到山间紫气。"曹寄青道："咱实在弄不明白，咱与有为天天在山前楼里办公，怎么从没见山上有何异样，大师偶尔路过，便发现紫气缭绕，奇也不奇？"

清源道士道："其实没啥可奇的。紫气者，贵气也，随贵人出现而出现，哪是想看就看得到的？"周俊才道："贵人？何谓贵人？"清源道士道："贵人就是大贵大富大红大紫之人。"几位问："大师所说贵人，又在哪里呢？"

清源道士朝四周扫上两眼，慢慢收回目光，转向吴尚云，道："要说贵人嘛，远在天边，近在眼前。"几位不约而同，向吴尚云看过去。吴尚云不作理会，仰首去望亭外落霞染红天际。清源道士退后几步，举着檀扇，指指吴尚云头上沾着水气的光影，对众人道："各位看清楚没有，紫气正萦绕于首长周身，驱之不散。"

三位交换一下眼色，点头频频。吴尚云低头瞧瞧周围，什么也没有，却分明感觉有股无形力量，似要把自己托起来，往空中推举。于是忍不住问道："大师不是在发什么功吧？"清源道士道："贫道道行不够，发不了功，是首长自带功力。"吴尚云笑道："尚云除偶尔跟老师打几路太极，从没练过功，哪来功力？"

吴尚云嘴上所言老师，乃练了几十年太极拳的郑乃宣。郑乃宣做省委副书记时，兼任省委党校校长，吴尚云在里面受过短期培训，见着郑乃宣，左一声老师，右一声老师，自此再没改过口。后又悄悄跟郑乃宣学练太极，尊之以师，更加顺理成章。清源道士不关心吴尚云的老师为谁，只眯眼望定他，几分神秘道："怪不得贫道一见首长，就觉得你身上有股气场，原来你练过太极。当然气场并非练功练得出来的，是首长本身真气足，加之太极功的助推，才使真气外化，形成强大气场。气场看不见，摸不着，却真真切切存在，旁人都感受得到。一旦气场积聚起足够能量，便由无形变有形，无色变有色。能量从何而来，来自天时，来自地利，来自人和，更来自坚定的意志和道行。不是我说得神奇，正是内在因素和外部条件同时存在，才给首长带来非凡能量，由此生发紫气，萦绕周身。"

说得吴尚云不信都不行。却又不好多说什么，只是淡然一笑。不料清源道士忽然话锋一转，越发神秘道："不过贫道又发现，首长身上紫气略略有些散淡，密度不够。"吴尚云不以为然道："紫气还有密度之说？"清源道士道："那是自然。贫道怕就怕真气泄漏，多多少少会对首长运程产生不良影响。"

人是精神动物，容易受暗示，尤其是在特殊环境和语境之下。吴尚云面色一阴，想起不知起于何处的传言：郑乃宣很快会交权，全身而退。自己是郑乃宣提起来的人，郑乃宣一旦退位，自己官运肯定受阻。偏偏背后还站着个孟怀国，正因他的支持，周俊才和曹寄青才如愿主持彦州政府和两河新区，而今孟怀国和新贵卓宪新两人儿子正盯着青湖地皮，你吴尚云企图阻止青湖规划变更，岂不自讨苦吃，自断后路么？

吴尚云脸上的微妙变化没能逃过曹寄青眼睛。看来清源道士的话起到了一定作用。曹寄青对清源道士道："那又有何补救办法，保住真气不至于泄漏呢？"

清源道士没接话，扭身面朝青白两河方向，扬着檀扇，先点点右边高楼林立的三江口新城，再指指左边起起伏伏的蛤蟆岭，然后朝中间的白湖和青湖划个圈，道："各位领导看过来，咱们现在所处小山，是不是位于蛤蟆岭和三江口新区中间，又正好面对青白两湖？"

243

几位点头说是。清源道士又道:"很明显,东左蛤蟆岭为长龙,西右三江口新区为卧虎,长龙位尊在上,卧虎则处于下风。幸而白湖已经蓄水,卧虎借白湖之水聚气成势,长龙暂时占不到太大便宜。然东风压倒西风,西左卧虎受东左长龙威胁,真气难免有泄漏危险。"

一席话说得吴尚云心惊肉跳起来。原来廖远征和吴尚云两人属相,正巧一个属龙,一个属虎。虎不与龙斗,廖远征任彦州市委书记时,身为市长的吴尚云韬光养晦,尽量不与其争锋,政府的事多让周俊才出面,倒也龙虎相安。直到廖远征即将卸任市委书记,见各地州书记跃跃欲试,角逐彦州市委书记大位,吴尚云觉得机不可失,便频繁往郑府走动,同时请周俊才和曹寄青出谋划策,力求近水楼台先得月。曹寄青一边往孟怀国身边靠,一边夜以继日,加快两河新区建设,给吴尚云争取上位筹码。还把清源道士请到新区管委会,预测吴尚云官运。因吴尚云属虎,清源道士认定其运在西右。又登上管委会后山,察看新区全貌,建议曹寄青尽快给白湖蓄水,以聚气造势。后吴尚云果然成为省委常委兼任彦州市委书记,周俊才与曹寄青也水涨船高,分别做上市长和副市长。

一万五千亩的白湖蓄上水,给几位带来官运的同时,也让湖岸成为热土,各地财团和地产大佬不请自来,纷纷进驻两湖新区,意欲大干一场。好多眼睛都盯向青湖,认为白湖水域面积够大,又有青白两河呼应,再建两万三千亩青湖,既多余又浪费,改变青湖规划的声音日益高涨。各方面因素累积到一起,促使周俊才和曹寄青决心重新规划青湖,请吴尚云拍板。吴尚云不得不认同周曹二人想法,但碍于廖远征,几度犹豫,数次反复,没能敲定下来。曹寄青迫不得已,只好请清源道士下岭,展开心理攻势,看能否攻克吴尚云。

清源道士手里檀扇又指向白湖东面,道:"要想守住西左卧虎真气,只有一个办法,就是在东右方向树立屏障,挡住蛤蟆岭吹过来的东风。"周俊才道:"东右是规划中的青湖,青湖即将蓄水,怎么树立屏障?"清源道士摇头道:"青湖千万不可蓄水。"曹寄青道:"这又是为何?"清源道士道:"道理不深奥,左龙右虎,一旦左龙在渊,右虎还有宁日?"

别看吴尚云心不在焉,其实清源道士的话句句入耳,听到"左龙在渊"四字,心里不觉往下一沉。怪不得廖远征力主青湖蓄水,原来他自视为龙,只想着左龙入水,追波逐浪,威胁右虎。看来不能让廖远征轻易得逞,毕竟此一时,彼一时,新官不理旧事,现今彦州当家人已换上咱吴尚云,岂能再受廖远征钳制?

下了后山,离开新区管委会时,吴尚云嘱咐周俊才和曹寄青道:"下周召开常委扩大会议,你俩准备好青湖规划修改方案,到时上会。"

青湖规划修改方案呈到常委扩大会议上，毫无悬念地获得通过。只曾守贤仍坚持原来意见，但无济于事，唯有少数服从多数。

怅然若失回到黄楼，曾守贤在桌前独坐半天，不知如何是好。全市上下正在开展"不忘初心，牢记使命"主题教育，看来效果并不理想，至少两河新区管委会班子还没完全转过弯来，脑袋里装的仍是旧有发展理念，只重短期经济效益，忽视了人民群众的长远利益。曾守贤担心两河新区的过度开发，会与当地百姓利益发生冲突，引发意想不到的后果。

曾守贤正苦恼着，案管室主任姬时雨进来说："缪案三个月的延期留置时间又已接近尾声，必须依法解除留置。"曾守贤叹道："时间过得真快，一晃缪德良就在觉园待了快半年。你通知俞波涛，过两天我俩一起跑趟觉园，督促缪案顺利移交司法部门。"

俞波涛正在调查王平霞和向春玉两人生死疑云，接到姬时雨电话，才猛然想起到了送走缪德良的时候。这正合缪德良心意，只要离开觉园，想牵出缪案后面的人和事，便难上加难。可这是法律规定，专案组不可能无限期地摁住缪案不放。

俞波涛赶回觉园，带领专案组成员，加班加点，梳理和归整缪案材料。忙得差不多后，曾守贤和姬时雨还有检察院的人，走进觉园，按法律程序，接收材料和缪案相关人员。尽管缪案留有遗憾，没有办透，毕竟已起获缪德良三千多万钱物，其他相关人员罪证也基本得到落实，给检察院审查起诉和法院定案判决奠定了坚实基础。

移送完缪案，俞波涛单独求见曾守贤，报告道："王平霞十有八九还活着。"曾守贤半信半疑道："有证据吗？"俞波涛道："在罗甫仁帮助下，咱们秘密调取过王平霞死亡时间段中心医院重症室和太平间的录像，发现王平霞人还在重症室，尸体已运进太平间。"

这不是玄幻电影？曾守贤不解道："难道有两个王平霞？"俞波涛道："当然只可能有一个。唯一解释就是王平霞没死，也没进太平间，运进太平间的另有其人，这人可能就是向春玉。"曾守贤道："王平霞没死，又去了哪里？"俞波涛道："这就是咱们要追究的。还有向春玉，她到底是死是活？也得弄个水落石出。"

"咱们还是跑趟省纪委，向黎秉钧同志汇报一下，听听他指示。"曾守贤拿出手机，拨通省纪委书记室电话。没人接听。估计领导不是在开会，就是在外处理要务，不方便接手机。曾守贤发了短信过去，说有案情需请示。几分钟后，收到黎秉钧回复，约晚上省纪委见。

晚上八点，俞波涛随曾守贤走进省纪委大楼，黎秉钧已等在书记室。见面握手看座，黎秉钧道："白天时间紧，耽误你们晚上休息，实在过意不去。"曾守贤道："是咱们占用书记陪伴母亲大人时间，心中有愧。"黎秉钧笑道："好好好，别客气啦，言归正传吧。"

曾守贤自我批评道："三个月前请求延长缪案留置期时，以为能顺利查出后面人物，谁知越查越复杂，只能按期将缪案移走。没有完成当时承诺，主要责任在我，我愿接受组织惩处。"黎秉钧笑道："当时我就预感缪案不简单，增加三个月时间也不一定能查透。惩处就免啦，说说近三个月的收获吧。"曾守贤转向俞波涛道："具体情况还是你向书记汇报吧。"

俞波涛言简意赅，归纳了缪德良身上三处疑点：一是那块腕表来自何处；二是海魂衫出自何人；三是周俊才老婆王平霞是死是活。黎秉钧听得非常认真，不时插话询问细节，俞波涛有问必答，毫不含糊。

俞波涛汇报完毕，黎秉钧问曾守贤想法。曾守贤道："我与波涛都担心，觉得继续往下追究，一旦究出省管干部，超出市纪委监委监管范围，咱们恐怕无能为力，只能作罢。还有缪德良已依法移送司法部门，不像留置觉园，审查不再那么方便，困难会更大。"黎秉钧表态道："别说省管干部，就是中管领导，牵涉到谁，必须追查到底。监管范围不用多虑，省市两级纪委监委可协调办案，互通有无，即使超出管辖范围的案情，也可请中纪委出面解决。至于缪德良移送司法部门，也不是事，有必要时可走程序提审。你们先说说下一步打算。"

曾守贤看看俞波涛，俞波涛道："我总觉得王平霞与腕表、海魂衫三者之间，存在着某种内在联系，可先从王平霞生死着手调查。王平霞住进中心医院后，主治医生是缪德良，先弄清王平霞去向和背后案情，再倒查缪德良的海魂衫和腕表来历，便不再是难事。"

见俞波涛思路清晰，点子不错，黎秉钧很满意，说："波涛同志就照自己想法，继续追查缪案，就当缪德良没移送司法机关。"又问两位："还有其他困难没有？"曾守贤道："我担心真牵出周俊才等人，阻力太大，骑虎难下。"黎秉钧道："既然敢骑虎，还怕虎背难下？"曾守贤道："周俊才是彦州经济建设功臣，后面有孟怀国和吴尚云支持，吴尚云又受郑乃宣同志器重，可谓牵一发动全身，恐怕没咱想象的那么简单。"

黎秉钧一脸凝重，道："世间之事，说复杂也复杂，说简单也简单。就如反腐倡廉，具体到每个案件，牵涉到的人人事事多，是够复杂的。可咱们纪检干部肩负使命，纯净党风，服务宗旨，属职责所在，又再简单不过，没必要前怕狼后怕虎，只管依规依纪依法办案就是，其余不可也不必多虑。要知道反腐不是孤军奋战，背后有组织撑腰，有广大人民群众支持，正义在手，正气在胸，当无往而不胜。"

说到这里，黎秉钧稍作停顿，才又道："守贤提到乃宣同志，我看你多心了。乃宣同志是令人敬重的老党员老领导，原则性强，作风正派，不会阻挠纪委监委工作的。必要时候我再与他沟通，争取他的支持。"

领导态度明朗，两人的心落到肚里，觉得收获满满。到了该告辞的时候，黎秉钧起身相送。快到门边，曾守贤转过身，轻声道："外面关于乃宣书记的说法多，有的说他要升，有的说他要走，有的说他将功成身退，也不知哪种说法接近事实。"

黎秉钧面无表情道："乃宣同志去留进退，那是中央的事，咱们管不了那么多，也没必要过度解读。特别是作为纪检干部，更不应该因上面领导异动，就瞻前顾后。"

曾守贤赶紧点头，连声说是。俞波涛觉得有意思。平时当着市纪委监委下属，曾守贤矜持稳重，严肃冷峻，说话滴水不漏，今天到了黎秉钧面前，竟也忍不住张口打探小道消息，一下子不成熟起来。转而思之，曾守贤原在外地任职，黎秉钧主持省纪委监委工作后，通过接触，欣赏他的才干和学识，特意调他进省城，委以彦州市纪委书记重任。换句话说黎秉钧是曾守贤贵人。在贵人面前，曾守贤自然放得开，敢笑敢说，一家人不说两家话。否则战战兢兢，瞻前顾后，老鼠见着猫似的，拘谨客气，也就少了亲切感。

按照曾守贤部署，俞波涛带着奚连江和陶景宜，开始秘密调查王平霞生死去向。王平霞出身于偏远小县普通工人家庭，因长相漂亮，初中毕业进县剧团做了演员。后周俊才自某海军部队转业至该县文化局任副局长，看中王平霞，两人结婚成家。不久剧团解散，已调任县政府办副主任的周俊才，把王平霞安排到县工商局做了会计。政府办直接为政府领导服务，周俊才才干超群，办事得力，很快成为主任，没几年晋升副县长。之后交流到外县，从常务副县长到县长，到县委书记，再到彦州副市长、常务副市长，直至市长，一路高歌猛进。王平霞自然也随丈夫辗转各地，最后进入彦州市工商局。权力是个好东西，男人喜欢，女人也不可能无动于衷，王平霞也想弄个局领导干干。周俊才不同意，只给王平霞解决副处级待遇，要她把重心放在家里，照顾好独生女。在王平霞管教下，女儿成绩优秀，考上名牌大学，大三时又考取留美公费生，前程一片光明。女儿出国后，王平霞没事可做，跟周俊才开玩笑，国家已放开二胎，干脆给他生个儿子，日后女儿也好有个伴。可也只是玩笑而已，王平霞已近更年期，哪里还生得出？王平霞不免感叹，若上天看得起周家，让自己早死，周俊才还可娶个年轻老婆，给他生了儿子。谁知不久王平霞真的病倒在床，住进中心医院，不治身亡。王平霞后事处理得很简约，市政府和工商局几乎没人知道，甚至连女儿都没回来。周俊才解释说自己身为领导，夫人丧葬弄得太铺张，容易犯错误。领导借家中红白喜事敛财之事不少见，周俊才此举获得广泛好评，自然没人无端怀疑王平霞之死。谁知缪德良进入纪委监委视线，俞波涛几位在调查缪案时，发现王平霞死得蹊跷，决定弄个水落石出。

人死火化前，得先化妆入殓，不可能用尸布一裹，直接往火化炉里塞。何况王平霞是有身份的人，丧葬再简约，也不可能省掉这个环节。彦州入殓师不多，俞波涛很快弄清给王平霞化妆的女入殓师叫李志琼，于是通知陶景宜，一起去会女入殓师。

俞波涛开车来到陶景宜租屋楼下，半天陶景宜才露面。陶景宜一向守时，今天怎么姗姗来迟？俞波涛有些不满，陶景宜上车后，正要说她两句，发现她两眼红肿，改口调侃道："是不是被肥皂剧感动，流多了泪水？"陶景宜叹道："若有看肥皂剧的时间，也不至于把生活弄得一地鸡毛。"俞波涛道："跟小段闹别扭啦？"

小段是陶景宜丈夫。陶景宜不再吱声，俞波涛也没多问，把注意力转移到方向盘上。很快来到李志琼所开的美容店。李志琼原是美容师，开了家美容店，因店里生意时好时坏，便另考了入殓师证，经常被人高价请去为亡者化妆。俞波涛和陶景宜走进美容店时，李志琼刚送走一位客人，以为两人来做美容，带着职业笑容道："二位谁先做？"

俞波涛从身上掏出工作证，说："我们是纪委监委干部，不是来做美容的，来向你调查一件事情，请你好好配合。"李志琼看过工作证，望望两位，有些紧张，颤着声音道："咱凭手艺吃饭，从没做过违法乱纪的事。"俞波涛笑道："不用害怕，你凭手艺吃饭，咱们也是依法秉公查案，你只要知道什么说什么，不会为难你的。"

"你们问吧。"李志琼镇定下来，点头道。陶景宜拿出一张彩色照，递到李志琼手里："你瞧瞧，认不认得照片上这人？"也许时间过去尚不久，也许人年轻记性好，李志琼指着照片道："这女人不已死了吗？她入殓前正是我给化的妆。"

这是向春玉的照片。俞波涛看了眼陶景宜，微微点了点头。陶景宜又拿出另一张照片，交给李志琼。这张照片上的女人是五十多岁的王平霞。李志琼道："我见过这张照片，但没接触过她本人。"俞波涛道："她的照片是怎么到你手上的？"

李志琼想想道："是保管尸体的中年男人交给我的，要我尽量把死者面容化妆成照片上的人。我记得清楚，当时摆在我面前的死者才四十来岁，面瘦而脸盘大，要化成照片上面丰却脸小的五十余岁的女人，难度实在太大，没有把握。中年男人说八九不离十就行，价钱从优。我只能照办，把四十来岁的死者，勉强化成照片上五十多岁的女人。"

中年男人用意很明显，就是要让向春玉变成王平霞，焚化炉工人作业时以为推进炉里的是王平霞，而非向春玉。李志琼又说："对啦，化好妆后，我用手机顺便拍了照，应该还找得到。"拿出手机，点开相册，指示给俞波涛和陶景宜两位瞧。

陶景宜加了李志琼微信，让她把照片发给自己。俞波涛又问李志琼道："你所说的中年男人是谁？"李志琼道："我不知那人身份，只记得个头矮小，四十多岁的样子。"陶景宜又拿出一张照片，要李志琼辨认。李志琼道："正是这个男人，他腮边黑痣很显眼，一看便知。"

这张照片上的男人便是邓超凡，殷芬芳的姨表弟，原在火葬场上班，缪德良与殷芬芳勾搭上后，让邓超凡承包了中心医院太平间，病人医治无效死亡，只要进入太平间，他可提供一条龙服务，诸如尸体存放、防腐、清洁、着装、化妆、入殓，直至送往火葬场火化，前提当然是高收费。这是鲜为外人知晓的垄断行业，不是谁想进就能进入的，正好闷声不响发大财。至于把向春玉变成王平霞后，邓超凡收没收高价不好说，但可肯定他绝对不会吃亏。

李志琼在陶景宜笔录上签过字，俞波涛又叮嘱她道："这事你得绝对保密，不要向任何人提起，否则你的安全会受到威胁。"吓得李志琼脸色发白，说："我小心为人，从没做过伤天害理的事，谁会威胁我？"俞波涛道："人家为何要你把四十岁的亡者化成五十多岁的活人？自然有不可告人的动机，你口风不紧，自然犯忌。不过也不必担心，只要守口如瓶，什么事都不会有。纪委也会保护你，你已有陶景宜联系方式，碰到什么事，随时找我们。"

李志琼答应着，呆呆地看着两人走出美容店。上车后，聊了几句李志琼，俞波涛看看陶景宜，关切道："景宜家里没事吧？"陶景宜道："能有啥事？大不了离婚。"俞波涛道："你与小段不一直恩恩爱爱，过得挺温馨挺和谐的么，怎么轻言离婚？千年修得同船渡，万年修得共枕眠，茫茫人海，两人走到一起不易，得好好珍惜呵护。"

陶景宜眼里顿时盈满泪水，哽咽道："我也想珍惜呵护，可又身不由己，只能听天由命。"俞波涛说："夫妻没有隔夜仇，床头吵架床尾和。缓一会儿，气一消，就会过去的。"陶景宜道："这次恐怕过不了。"俞波涛道："没这么严重吧？"

陶景宜沉默一会儿，才叹道："要说小段人也不错，就是嘴有些碎，老说我自私，心里除了工作还是工作，全然没把他和家当回事。他说的也是事实，我承认自己在家时间太少，有时连月待在办案点上，把他扔到一边，没能尽妻子责任。只好耐心向他解释，开始他还能理解，发完牢骚，过后又跟我和好如初。可他现在渐渐脾气大起来，吵架声音越来越高，还拿离婚相威胁，说要么离婚，要么换工作，或干脆回家做全职太太，他可以发狠赚钱养活我。昨天夜里他在外喝醉酒回家，吐了一地。我耐着性子把他扶到床上，弄干净地板，清洗完他的脏衣脏物，才上床休息。半夜他醒来，又给他端水解渴，下饺子充饥。他吃饱喝足，指着我鼻子，问我想好没有。我问想好什么？他说是离还是合。想离趁早，想合赶紧放弃纪委工作，回家给他生个孩子，他已在彦江边新建楼盘物色了个三居室，只等着我怀上孩子，就去交首付，将两人名字一起写到房产证上。我说我不可能离开纪委，暂时也不想要孩子，至于什么三居室，更不在乎。两人话不投机，你一句我一句吵起来，一直吵到天大亮。激烈时，他甚至动手打人，我抄起衣架，给他狠狠一击，才把他气焰压下去。"

说得俞波涛心酸不已，想劝说陶景宜几句，又不知从何说起。纪检监察工作，尤其是身处审查调查第一线，无法按部就班，兼顾家庭和孩子，已成常态，市纪委监委干部中已有不少恩爱夫妻劳燕分飞。陶景宜也面临同样境况，俞波涛有心想帮她一把，打算待手头案子结束后，再向曾守贤说说情，把陶景宜调整到综合部门，以便上下班稍微规律一些，好照顾家里，早日生个孩子，以免好好的家庭分裂破碎。

回到市委大院，俞波涛打算向曾守贤报告走访李志琼的收获，想起已到周末，还是下周见过向春玉家人再说。也没再上黄楼，待陶景宜下车后，他便直接开车进了公务员小区地下车库。

艾叶青肚子已鼓得像个篮球，请了假在家休息。两边母亲很重视，主动前来照顾孕妇，打理家务。正在弓背拖地的老娘见俞波涛进屋，数落道："波涛别只顾工作工作，也该多在家关心关心叶青，怀崽生崽可是件大事。"老妈也帮腔道：

"可不是？预产期只有半个月啦，得早些联系医院，提前入院待产。"

俞波涛谢过老娘老妈，说："不还有半个月吗？不急不急。我跟中心医院书记熟悉，给他打声招呼，随时都可住进去。"老妈说："中心医院妇产科恐怕不行，还是联系省妇幼保健院靠谱一些。"俞波涛道："省妇幼隔着老远，有这个必要吗？"老妈说："反正出门都得开车，为了老婆和儿子，还怕远吗？"

俞波涛跑进卧室，征求艾叶青意见。艾叶青正在做孕妇操，停下动作，说："本来中心医院妇产科也不错，没必要舍近求远，可我是高龄产妇，也许省妇幼保险些。"

省妇幼是省属单位，俞波涛不熟，还得拐弯找关系。那又找谁好呢？正在拍着脑门，寻思可能与省妇幼搭得上线的人，崇世煜打来电话道："波涛在哪里潇洒？"俞波涛道："咱苦命人，干不完的活，哪像你部门首长，有时间潇洒！"崇世煜道："你以为公安比你纪检部门轻松？周末在即，咱们一起吃个饭如何？"

原来崇世煜已提拔为市公安局常务副局长。如今医患关系紧张，没有公安维护，医院哪里开得下去？让崇世煜找找省妇幼领导，应该不是难事。俞波涛答应道："行啊，我来做东。"崇世煜道："你们纪委干部，一身正气，两袖清风，又上有老，下有小，哪好意思要你请客？"俞波涛道："大餐请不起，小鱼小虾，萝卜白菜，还买得起单嘛。"

周六上午，俞波涛发动车子，还没出车库，夏语冰来电邀请去他工作室喝茶。俞波涛说："我已答应崇世煜预约，你跟我一起走吧。"夏语冰见过崇世煜两回，说："你们当官的见面，懒得听你们打官腔，我还是自己跟自己玩得了。"俞波涛道："哪有那么多官腔可打？你又不是不认识崇世煜，他没那么让人讨厌吧？我快到你楼下了，你赶紧下楼。"

接上夏语冰，照崇世煜发的微信地址，赶往城东一处叫作和园的农庄。和园不大，有林子，有曲水，有木屋，还算清幽。车入庄门，未及泊稳，崇世煜出现在车前，旁边跟着位身着蜡染青衫的美女，上前拉开车门，笑道："欢迎两位大驾光临！"

两人下车后，崇世煜指指美女，说："这是苏老板苏月婵，苏东坡的苏，明月几时有的月，千里共婵娟的婵。"俞波涛道："造物主也太偏心了点，苏老板不仅姓名文化含量高，且长相漂亮，性情优雅，集人间美好于一身。"苏月婵道："哪里哪里，俞常委和夏老师见笑了。"

看来崇世煜已事先将两人介绍给了苏月婵。苏月婵迎客人进入林间木屋，亲自端上茶水，摆好果品，然后走向临窗条桌旁，揭开盖在古琴上的紫色绒布，道："三位兄长都是高人雅士，月婵先弹支古曲，给你们解乏如何？"

三位自然叫好。苏月婵坐到琴旁，抬臂展指，在弦上拂弄起来。琴声自纤纤十指间缓缓流出，仿佛窗外曲水，过石无痕；又似月下夜莺，声声入耳。

一曲终了，三位鼓掌。苏月婵说："此曲名叫《高山流水》，是当年伯牙弹给知音子期听的。平时月婵很少弹奏，今遇三位帅哥知音，才敢献丑。"

伯牙子期故事，尽人皆知，不用细说，三位也知道。俞波涛请苏月婵再弹一曲，苏月婵却走下琴台，说："今有高手在场，月婵不过抛砖引玉，岂敢老占着琴台？"

崇世煜望着夏语冰，笑道："苏老板的话，你该听得明白吧？"夏语冰故意作痴道："语冰一向愚钝，你们打什么暗语，我浑然不知。"俞波涛道："语冰别客气嘛，苏老板已开了头，你怎能缩手缩脚，不积极响应呢？"

夏语冰只好起身，来到琴台旁，凝神屏气，任由十指游走于琴弦间，拂出如丝如缕如烟如岚般的妙音。平时俞波涛没少领教夏语冰的琴艺，但从没听他弹过如此行云流水般的琴声。也许是合适的时候，遇到合适的好琴，还有合适的听琴人，夏语冰心到意到，信手弹来，偶尔得之。俞波涛痴于美妙的琴声，忘了今夕何夕。

直至琴声止住，夏语冰缩回十指，俞波涛还没回过神来。崇世煜见俞波涛那痴样，拍拍他肩膀，才把他惊醒过来。俞波涛忽想起苏东坡当年听琴故事，上前走到琴台旁，低下脑袋，将耳朵贴到弦上，做谛听状。自然什么也没听到。然后竖起腰身，抓过夏语冰手指，搁到自己耳边，似要从指尖听出什么。不用说，依然啥也没有。

夏语冰觉得俞波涛举止怪异，问道："你打什么哑谜？"俞波涛道："波涛不是打哑谜，是在琢磨美妙琴声从何而来。"夏语冰道："自然来自琴弦上。"俞波涛道："那为何我贴耳于琴弦，毫无动静？"夏语冰笑道："当然得用手指弹奏，琴弦才出得了声。"俞波涛道："你的意思，声音出自指尖？可我听过你手指，怎么无声无息？"

被俞波涛这么一绕，夏语冰也迷糊起来，不知道说啥好。俞波涛狡黠地笑笑，问苏月婵有无纸笔。苏月婵拿来宣纸和笔墨，崇世煜铺纸于桌上，俞波涛挥毫写出四句话：若言琴上有琴声，放在匣中何不鸣？若言声在指头上，何不于君指上听？

"好诗好字！如此诗才，也只波涛同学才具备。"崇世煜大加赞赏道。这其实是苏东坡的诗偈，俞波涛没有说破，夏语冰和苏月婵也笑而不语。

听过琴，吃些瓜果，苏月婵开了果酒，招呼上菜，请三位入席。苏月婵道："遵照崇局长叮嘱，不能太铺张，就点些小鱼小虾，小瓜小菜，果酒也属饮料，跟果汁差不多，不知合三位口味不？"崇世煜道："波涛身份特殊，清淡些好。来来来，干杯干杯！"

四位喝口果酒，吃些菜，说味道不错。夏语冰道："知道官员有八项规定管着，可今天周末，又属私人聚会，还怕谁抓现行不成？"俞波涛笑道："世煜知我囊中羞涩，故意给我省钱。"崇世煜道："谁给你省钱？我有山庄消费卡，不用买单。"夏语冰道："量崇局长也不敢吃纪检干部的请。"崇世煜道："别说纪检干部请吃饭，就是请喝茶，都会吓个半死。"

夏语冰毕竟不在体制内，不懂崇世煜话里意思，道："喝茶有啥可怕的？"俞波涛笑道："茶者查也，你说当官的谁不怕查？"夏语冰指着崇世煜道："你怕不怕查？"崇世煜梗着脖子道："本局长不贪不腐，怕什么怕？"

玩笑间，俞波涛感叹道："过去层层禁令，各级红头文件发了成百上千个，就是管不住公款吃喝一张嘴，浪费国帑不说，官员喝得醉醺醺的，既影响形象，耽误工作，还喝坏身体。直至中央八项规定出台，抓了大批酒肉之徒，才刹住吃喝风。渐渐习惯成自然，现在走到哪里，主不上酒，客不言喝，工作餐吃得有滋有味，没有喝酒压力，主好客轻松。连私人聚会，喝酒兴致都淡了许多，尤其是开车，怕查出酒驾，丢掉饭碗，也自律起来。"

崇世煜道："在县区任职数年，这方面我体会最深。咱们属条块双重行政体制，县区上面不仅有省市党委政府，还有各职能部门，无论条条，还是块块，都管得着县区，各方面政策和工作也得县区落实。形象的说法是，上面千条线，下面一根针。那么多线头往一根针眼里穿，可以想象县区多不容易。以前常常是多部门同时下县区，县区为争取上面资金、项目和政策，难免好吃好喝招待，叫筷子一伸，大额资金；酒瓶一抬，项目下来；酒杯一端，政策放宽。喝得酒醉熏天，还要喝茶、唱歌、洗脚，以便醒酒。酒一醒，少不了游山玩水，临走再塞上红包、烟酒和土特产。客人上车，绝尘而去，县区领导已累趴下，赶紧吃药吊水，尽快恢复体力，好迎接下一拨来人。现在好啦，八项规定一出，纪委监委盯得紧，各级各部门都心存畏惧，往县区跑得少了。确属工作需要，非下去不可，也不喝酒，不娱乐，不游景点，办完事，吃过工作餐，立即走人，红包烟酒土特产全免。这样上级领导轻松，县区干部没负担，工作效率大幅提升，人民群众看在眼里，负面指责转变为正面好评。"

夏语冰道："当官不发财，请我都不来。抓得太严，没啥好处，谁还愿意当官？"俞波涛道："当官莫发财，发财莫当官，这是对党员干部的基本要求。既当官又发财，官员贪心不足，败坏党风，失去民心，离亡党亡国还能有多远？幸而我党敢于自我革命，自我纠错，通过党风廉政教育和制度建设，营造风清气正的党风，形成不能腐、不敢腐、不想腐的长效机制，使党员干部初心不改，使命在肩，坚持不懈地为人民谋幸福，为民族谋复兴。"

"波涛别振振有词讲大道理，咱们又不是握在你手里的贪官，用不着你来教育。"夏语冰不无讥讽道。俞波涛笑道："大道理是用来管小道理的，不跟你讲讲大道理，你能懂得小道理吗？"崇世煜道："现在只讲名利，讲实惠，还有人肯讲讲道理，不是坏事。"

扯着闲篇，俞波涛没忘此行目的，转换话题，问崇世煜道："二胎政策早已出台，世煜有没有要二胎的想法？"崇世煜道："我有过这方面的念头，可夫人不为所动，说我只顾忙工作，没几天在家，她独自带儿已够辛苦，不愿再自找麻烦。波涛莫非已播下良种？"俞波涛叹道："我本无所谓，可敝夫人挡不住两边老娘催逼，也考虑独生小孩太孤单了点，咬咬牙怀了二胎，预产期大约还有半个来月。"

三位举酒，祝福俞家早生贵子。俞波涛谢过，道："在座有没有认识省妇幼医生的？本来我想让夫人就近上市中心医院待产，夫人觉得自己高龄产妇，还是省妇幼保险些，要我提前联系。"夏语冰道："波涛担心纪委抓了中心医院院长，怕他们报复，不敢让老婆去那里生产吧？"俞波涛笑道："中心医院院长被抓后，与院长斗了十多年的书记主持院里全面工作，跟咱们专案组配合默契，我若让老婆去中心医院待产，他求之不得。"夏语冰道："波涛干脆把省妇幼院长也抓起来，再送嫂夫人去待产，肯定大受欢迎。"

"市纪委监委管不着省里单位，怎么好随便去抓人？"崇世煜笑道，"人民公安为人民，肩负保一方平安的天职，啥都要管，上管天，下管地，中间管拉屎放屁，咱跟省妇幼院长接触过几回，打声招呼，到时波涛把夫人送过去就是。"夏语冰道："崇局长给波涛解决了大问题，俞家的搓衣板暂时可束之高阁了。"俞波涛笑道："现在洗衣机便宜，哪里还买得到搓衣板？看来今天的单本尊非买不可了。"掏出手机，要去前台扫码。崇世煜拉住他，从身上掏出消费卡，递给苏月婵，嘱她代劳。

苏月婵拿着卡出去后，夏语冰起身上了卫生间。崇世煜趁机道："听省纪委监委朋友说，缪德良嘴巴铁紧，什么都不肯说，还是波涛手段高明，在几乎零口供情况下，硬是把缪德良隐藏的巨款起了出来。"俞波涛笑笑道："狐狸再狡猾，总会露出尾巴。"崇世煜道："缪德良已经移送司法机关，波涛也可轻松轻松，好好陪陪老弟嫂了。"

崇世煜肯定不是无话找话，拿缪德良做话题，促进消化。也许是周俊才觉察到了什么，让前秘书崇世煜来试探口风。俞波涛暗生警觉，表面却没事人似的，笑笑道："可不是？忙了大半年，也该消停消停，尽尽父亲和丈夫责任了。"

苏月婵刷卡回来，命服务员收拾干净饭桌，提议搞点经济活动，拉动内需。经济活动就是打麻将。俞波涛正要回绝，崇世煜抢先道："咱俩老同学，夏大师和月婵也非外人，不属工作麻将，纯粹为娱乐消遣，增进革命友谊，不会让波涛犯错误的。"

说得俞波涛无言以对，只好同意小搓几把。苏月婵把圆桌折叠成方桌，拎过麻将，哗啦啦倒在桌上，又从包里取出四个信封，每人面前摆一个。俞波涛要还给苏月婵，崇世煜道："这是行规。经济活动嘛，没有启动资金，怎么发展经济？波涛不能坏了规矩。"

俞波涛只好把信封放到桌下小抽屉里，开始码麻将。几圈下来，各有输赢，不分胜负，抽屉里的钱进进出出，几乎持平。到了最后四圈，俞波涛连放苏月婵和崇世煜的炮，两人都装傻不接。只好瞄准对家夏语冰手里七小对，放个大炮，夏语冰也不客气，说声和啦，把牌一推，几乎将俞波涛抽屉里的钱都收光。

牌局结束算账，苏月婵小输，夏语冰小赢，俞波涛和崇世煜不赢不输。回家路上，夏语冰道："打假牌太没意思。"俞波涛道："谁打假牌？咱们可都是认真的。"夏语冰道："还说不是假牌，你假装放炮，苏月婵与崇世煜假装没落听，都不肯接。若我再不接你的炮，看你怎么收场？"俞波涛道："你赢我牌，拿我钱，还要我感谢你？"

"难道不应该感谢我吗？"夏语冰哈哈一乐，"我猜肯定是崇世煜有求于你。"俞波涛道："崇世煜又没有把柄落在纪委，用得着求我吗？要求也是我求他呀。你亲眼所见，亲耳所闻，崇世煜已答应帮忙，让敝夫人进省妇幼待产，省得我上街买搓衣板。"夏语冰道："你求他是小求，他求你是大求。"

这个夏语冰，原以为他只懂他的音乐，其实什么都瞒不过他。

下周一上班没多久，崇世煜打来电话，说已跟省妇幼保健院院长说妥，留好单人病房，嫂夫人随时可住过去。俞波涛谢过崇世煜，回家一说，艾叶青蛮高兴，捧着肚皮道："省妇幼床位一向紧俏，提前半年都预订不到，单人病房更是别做梦。崇世煜真厉害，轻轻松松就把事情给办成了。"俞波涛道："不是崇世煜厉害，是他公安局常务副局长位置厉害。"

艾叶青笑望着俞波涛，道："波涛何不也学崇世煜，到公安之类实权部门某个位置，办起具体事来，方便得多。"俞波涛道："你不知道，公安比纪检监察机关还忙，办的案子更杂，更没时间管家里。"艾叶青道："也是的，只要办案，就没日也没夜。最希望你离开纪委，去个有钱有权，或无钱无权至少有闲的单位，好照顾照顾家里。都说妈是地，爸是天，孩子有地没天，岂不暗无天日？"

有道是先下手为强，既然省妇幼有床位，自然越早住进去越好。俞波涛提前把父亲接过来，协助老娘照管菁菁，然后配合艾妈，扶艾叶青上车，直奔省妇幼而去。崇世煜早等在大门口，旁边还站着身穿白大褂的院长和两名护士。俞波涛刚出车门，崇世煜便拉过院长，介绍给他。两位护士见机行动，把艾叶青搀下车，小心扶进大厅。

艾叶青住进妇产科单人房后，院长叮嘱护士几句，又把手机号告诉给俞波涛，说有事直接找他就是。俞波涛送院长进入电梯，再回头感谢崇世煜。崇世煜道："谢什么谢？举手之劳。"俞波涛道："你是举手之劳，我就是手和脚全举起来，都没用。"

"手和脚全举起来，那叫四脚朝天。"崇世煜笑笑道，拿出个红包，塞到艾叶青枕头下面。俞波涛道："世煜干什么呢？"崇世煜道："没干什么，小意思，给侄儿的。"艾叶青道："崇局长又花时间，又费精力，帮了天大的忙，还这么客气，咱们怎么受得起？"伸手到枕下，拿出红包，交给俞波涛，要他还给崇世煜。

崇世煜已飞快出门，奔向电梯。俞波涛动作慢了半拍，等他追过去时，电梯门正好啪的一声关上，载着崇世煜往楼下降去。俞波涛无奈，转身回房，才察觉手里红包装的不是现金，是张银行卡。这是多大的银行卡？崇世煜到底要要什么名堂呢？

俞波涛这里正无声嘀咕着，崇世煜发来微信，说银行卡户主为艾叶青，密码是俞波涛自己生日。俞波涛回复道：落实床位，感激不尽，再送银行卡，这么大人情，受之不起啊。崇世煜微信很快回复过来：波涛见外啦，没那么严重。又说：本来老板要亲自出面的，因两河新区开发太忙，没法抽身，才托我略表心意。

崇世煜话里的老板，自然是周俊才。原来崇世煜在为周俊才跑腿。俞波涛意识到什么，下楼找到附近银行柜员机，塞进银行卡，输密码一查，竟有五十万元。真不愧堂堂市长，一出手就是这么大数字。俞波涛按下退出键，抽走银行卡，回了纪委黄楼。

听俞波涛说明银行卡的来历，曾守贤道："也许周俊才预感到，缪案虽已移交司法部门，但纪检监察机关一天不放手，事情就一天没完，这才不惜代价，想买通你放弃往下深挖。"俞波涛道："这正好看出周俊才心里发虚，也说明缪案后面确有文章可做。"曾守贤道："缪案后面文章不好做啊，波涛将面临更大困难。你打算怎么处理这张银行卡？"

俞波涛想想，道："只有两个办法，要么退给崇世煜，要么交给组织。"曾守贤道："退给崇世煜，会引起周俊才惊慌，狗急跳墙。交给组织，万一泄密出去，必定坏事。"俞波涛道："那又如何是好？"曾守贤道："你先留着吧，日后再说。"俞波涛道："留我这里，不是要我犯错误么？"曾守贤道："你就银行卡来历写几句话，我再批个字，就不用担心犯错了。"

当天下午俞波涛便呈上银行卡说明，曾守贤在上面签好处理意见，然后道："为避免夜长梦多，波涛得抓紧行动，尽快把缪案背后的隐情调查清楚。"

本想请个假，守着艾叶青顺利生下孩子，好好尽一尽丈夫和父亲的责任，听书记这么说，俞波涛倒不好吱声了，只得咬咬牙，答应先弄清王平霞和向春玉生死，再落实缪德良海魂衫的来历，以早日揭开真相。

向春玉家在彦西县溪口村。俞波涛开车，带上奚连江和陶景宜，出得西城，直奔彦西方向而去。彦州到彦西县城三百多里，虽是高速路，但坡陡弯多限速，开了近四个小时车才到。三人先赶往县公安局，找到户籍民警，出示工作证，调阅向春玉资料。民警打开电脑，里面信息说明，向春玉不仅活在世上，还办了出国签证，此刻可能已身在美国。向春玉一个普通农家妇女，没文化，没技术，也没经济实力，怎么出得了国，出国又去干什么？

三人满怀疑惑，离开公安局，往向春玉老家溪口村赶去。溪口村离县城近两百里，路况不太好，跑了三个多小时，太阳偏西才到达村里。村子很萧条，人影稀疏，闻不到鸡鸣，听不到狗吠。破败歪斜的砖屋木房，东一座，西一栋，仿佛风都吹得倒。

进入村中，走在长满青苔的石板路上，望见房前枯井，屋后果树，可肯定昔时此地也热闹过，繁荣过。贴着厚厚砖墙，绕过一处牌楼，发现楼前有块菜地，一位老奶奶正在浇菜苗。听路过的村妇喊她宋奶奶，俞波涛走过去，招呼道："宋奶奶忙得很呐。"

宋奶奶抬起满是皱纹的老脸，见俞波涛斯斯文文，客客气气，笑笑道："可不是？久不下雨，不浇水，吃口青菜都莫想。"俞波涛要过宋奶奶手里竹勺，在塑料桶里舀了水，淋向菜蔸，一边道："奶奶蛮健旺，耳不聋，眼不花，还有力气做活，了不起。"宋奶奶说："干粗活的命，只要一天坐着不动弹，就手肿脚胀，浑身不自在。"

桶里水快舀干，俞波涛道："我见村里的井都已干枯，不知水是从哪里打来的？"宋奶奶说："是从村西头溪里打的。也不知什么原因，自二十年前年轻人纷纷外出打工，村里只剩些老弱病残开始，村里的井就一下子干掉，再也没存过水。哪怕春天连下大雨，只要雨一停止，井马上干掉，我疑心井底有漏，水才没法留住。"

听说村西有溪水，奚连江上前提过塑料桶，说："奶奶，我打水去。"宋奶奶说："怎么好有劳你们？"俞波涛道："奶奶别介意，年轻人有力气，不使出来，会憋得慌。"

陶景宜也过来，左一声奶奶，右一声奶奶，逗得宋奶奶开心得不得了，眯着眼睛笑望着陶景宜道："我孙女跟你年纪差不多，在城里打工，好久没回家了，你这么心好嘴甜，我就像听到孙女喊奶奶，好欢喜。"陶景宜道："奶奶欢喜，我多喊几声就是。"

奚连江打水回来，陶景宜抢过竹勺，忙活起来。菜地很快浇完，宋奶奶把三位请到屋里，递上茶水，端来刚下树的红枣。俞波涛谢过宋奶奶，问道："请问奶奶，村里有没有个叫向春玉的女人？"宋奶奶说："向春玉家就在村西溪口边上，只是去年送往城里治病，再也没回来过。"俞波涛问道："向春玉娘家不在溪口村吧，她怎么嫁过来的？"

"向春玉是从桐木村嫁过来的。她是个苦命人，嫁到袁家后没过过一天好日子。"宋奶奶叹口气，说起向春玉来。向春玉年轻时又漂亮又水灵，因为娘家桐木村偏僻贫穷，二十岁嫁到当时还算富裕的溪口村，做了袁自立老婆。溪口村田肥地多，山青林密，柴方水便，又离镇上不远，只要手脚勤快，种田植树，养牛喂羊，样样来钱，村里很兴旺。只怪袁自立是家里独子，从小受父母宠爱，衣来伸手，饭来张口，四季不沾阳春水。婚后依然好吃懒做，全靠父母接济，勉强度日。父母相继去世后，袁自立一如既往，不下地干活，不进城打工，长年四处游荡，游荡回来，就没日没夜躺在床上睡觉。向春玉拿他没法，一双手又要做家务，又要带小孩，还要背柴、种地、耕田，没几年就累垮身子，三天两病，要死不活。没钱看病抓药，只能拖着，拖到奄奄一息，村里人过意不去，才凑钱把她送到镇里医院。镇医院条件差，直接将向春玉拉到彦州中心医院。向春玉住院后，用了几天药，不仅没见效，反而越来越严重，被送进重症室。重症室费用昂贵，可医院不仅不讨要医药费，还腾出住院部床位，安排去陪护的袁自立住下，管吃又管喝，让他过上神仙日子。

说到这里，宋奶奶补充道："向春玉住院的事，也是听送医回来的村里人说的，是真是假，我也弄不清楚。"俞波涛道："那后来呢，向春玉是死是活？"宋奶奶摇头道："没谁知道她死活，有人说她出院后回了桐木村娘家，也有人说她早没了命，已被袁自立送往火葬场烧掉。"俞波涛问："袁自立在不在家？"宋奶奶道："袁自立几个月前好像回来过一次，还是深更半夜进的村，天亮前又离开村子，从此不见人影。"

　　俞波涛准备去趟袁家。宋奶奶很热心，带着三位，来到村西溪边袁家破落的老砖屋。老砖屋虽破落，却基厚宅阔，可见袁家过去的殷实。宋奶奶说："袁家世代勤劳，积下不薄家业，不想到了袁自立这辈，败成这样。"俞波涛问："袁自立和向春玉的孩子应该不小了吧？"宋奶奶说："他们有个女儿，据说在广东打工，我已好多年没见过啦。"

　　久没住人，袁家瓦落墙倾，梁歪柱斜，阶前杂草丛生，虫飞鼠窜。门洞半开半掩，上面蛛网密布。撩开蛛网，走进屋内，又阴暗，又潮湿，家具都起了厚厚的绿霉。不时有蝙蝠惊起，从几位耳际掠过，躲得不知去向。

　　楼上楼下转一圈，没发现有价值的东西，只好退出来，回到宋奶奶家。俞波涛道："奶奶知道向春玉娘家桐木村怎么走吗？"宋奶奶指指村西说："沿着溪边小道往冲里走，走到尽头，翻过山梁，再行十多里，可到桐木村。"俞波涛问："桐木村还没通公路吗？"宋奶奶说："听说桐木村东边已有公路通县城方向，你们也可原路返回县城，再开车上桐木村。不过天色已晚，不管走哪条道，天黑前都到不了了。"

　　三人决定还是返回县城住上一晚，第二天再开车去桐木村。

十四

　　回彦西县城的路上，陶景宜用手机订好彦西大酒店三间房子。俞波涛本想与奚连江共一个双人间，陶景宜见房价便宜，远没到报销标准，便给他俩也订了单间。

　　房子宽敞干净，设备齐全。不仅有电视，还装了电脑。俞波涛心想，现在手机里什么都有，谁还会看电视，上电脑呢？果然电视机背后的插座已烂掉，机顶盒锈迹斑斑，电脑键盘上的按键也脱落了好几个，鼠标不知去向。倒是床头柜上歪坏（wifi）密码提示牌很扎眼，仿佛歪着嘴巴，正在嘲笑老旧的电视和电脑。

　　俞波涛上了歪坏，微信通知奚连江和陶景宜去楼下餐厅吃晚饭。下楼一瞧，餐厅大门紧闭，毫无动静。问服务员，说平时客少，没人用餐，餐厅关门大吉。三人走出酒店，来到街边，找家饭馆，要了三菜一汤，围桌吃起来。饭菜还可口，加之腹内空空，吃得挺香。

　　饭快吃完，有个蓬头垢面的男人走过来，从怀里拿出一小片绘着关公像的红纸，递到俞波涛手里，嘴里道："财神到，福运来，老板年年发大财。财神好，财神妙，老板家里金鱼跳。财神天天住你家，保你天天有钱花。日进斗金天天有，天天收入九万九。叫声老板笑嘻嘻，老板怀里抱金鸡。叫声老板伸伸手，你家要啥啥都有。"

　　原来是送财神的。饭馆老板娘过来，抓过俞波涛手里财神，塞还给男人，大声道："去去去，栗皮你一天来一万次，客人都怕了你，我还要不要做生意？"

　　"我走我走。"栗皮朝老板娘点着头，脚却铆在地上，手固执地摊在俞波涛面前，"老总行行好，打发点咯。"俞波涛在身上搜起来，却发现口袋空空，一无所有。还是陶景宜拉开提包，拿出张十元票子，递给栗皮，把他支走。

　　老板娘很有意见，埋怨陶景宜道："美女你会耍大方，栗皮尝到甜头，过一阵子，又跑进店里来，谁还敢来我这里吃饭？"俞波涛笑问道："栗皮真的一天来一万次？"老板娘说："一万次没有，十次八次少不了。"奚连江道："他是街上人？"老板娘道："乡下人，可从没下过地，长年在外送财神，街上没有不认识他的。"俞波涛道："送财神也能糊嘴巴？"

正好门外来了拨客人，老板娘过去安顿好，又回来道："要是送财神不能糊嘴巴，栗皮也活不到四十多岁。据说这小子以前发了笔大财，有小半年没来送财神，直到最近才又突然冒出来，估计发的财已被嫖赌干净。"俞波涛道："他发的什么财？"老板娘说："有人说他老婆跟有钱人跑掉，有钱人怕他捣乱惹事，给了他一笔大钱。只是男人不能有钱，有钱就会犯贱，吃喝抽赌嫖，样样不落，再多的钱也在袋子里搁不了几天。"

吃完饭，三人返回酒店。坐了一天车，已精疲力竭，赶紧洗洗睡下。隔日早早出城，去了桐木村。找到向春玉娘家，家里没人，问邻居，说向家爹娘已故，有个叫向宗民的弟弟，快四十岁还没成家，可能上山打柴去了，傍午才会回来。

等到傍午时分，向宗民果然背捆柴回到家里。人还算清爽，面相周正，个头也不矮，怎么就娶不起媳妇呢？向宗民也不回避客人疑问，说外出打工处过几个女友，每次把人带回来，见家里要啥没啥，都偷偷溜掉，再无踪影。

说到姐姐向春玉，向宗民双眼立即湿了，说："姐姐嫁到溪口村后，两村隔着座大山，来往不便，很少回来。尤其是她男人不争气，日子过得艰难，回来也没面子。去冬姐姐病倒住院后，没人通知我，我毫不知情，直到最近才得信，想去看她，说早已离开医院，也不知到底是死是活。"俞波涛道："我们查过你姐姐户籍信息，她办了出国护照，去了美国。"

向宗民脑袋直摇，说："我也听人说起过，姐姐出了国，这绝对不可能。"奚连江道："你问过你姐夫没有？"向宗民道："他常年在外游荡，谁找得到他？"俞波涛道："你姐夫会往哪里跑呢？"向宗民道："没有他去不了的地方。"奚连江道："他到处跑，怎么谋生？"向宗民道："不是偷就是讨，有时也送送财神，跟乞讨没区别。"

"你姐夫也送财神？"俞波涛有几分意外，"他外号是不是叫栗皮？"向宗民道："你们怎么知道他外号？"奚连江道："昨晚在县城里碰着他送财神，咱们还给了他十元钱。"向宗民道："我也听人说，有时运气好，栗皮送财神还能换几个钱。"俞波涛道："你姐夫不是叫袁自立吗？栗皮外号是怎么来的？"向宗民说："袁自立名字里有个立字，立跟栗一个音，众人就叫他栗皮，实际就是赖皮的意思。"

俞波涛又问道："有人说你姐姐跟有钱人跑了，有钱人给过栗皮一笔巨款，有没有此事？"向宗民否定道："姐姐已四十多岁，多年病痛折磨得不成人样，哪个男人会肯为她花钱？"俞波涛道："你愿不愿意出山，跟我们一起去见栗皮，问问你姐姐下落？"

向宗民二话没说，跟三位上车，来到县城。可再也找不到栗皮。跑进头天吃过饭的店子，问老板娘见没见过栗皮，老板娘道："奇怪啊，昨晚你们走后，栗皮再没来过。要是以往，他在我这里得过好处，肯定还会回来的。"

"辛苦宗民，害你白跑一趟，没见到栗皮，仍不知姐姐下落何方。"俞波涛说罢，递给向宗民两百元钱。向宗民死活不接。奚连江道："给你的误工费，收下吧。"向宗民这才伸手接住，谢过三位，坐中巴回了桐木村。

三人也上车，准备返归彦州。快出县城时，俞波涛道："你俩说说，栗皮为何会突然消失，不见人影？"正在开车的奚连江道："莫非这小子回了溪口村？"俞波涛道："家徒四壁，他回去干什么？"陶景宜道："也许跑外地送财神去了？"俞波涛道："我疑心有人知道咱们到了彦西，还跟栗皮正面打过交道，便把他藏匿起来，以免再次出现在咱们面前。"

奚连江和陶景宜颇有同感。俞波涛道："栗皮的消失，正好说明咱们正步步逼近真相。"陶景宜道："咱们干脆留下，把栗皮找出来再说。"奚连江道："一人藏一物，十人找不得。栗皮既被人藏匿起来，哪是轻易找得到的？"陶景宜道："那他会藏在哪儿呢？"

"连江给我掉头。"俞波涛突然道。奚连江边打方向，边问道："掉头回县城？"俞波涛道："去溪口村。"陶景宜道："常委不是说，栗皮不会回溪口村么？"俞波涛道："你们记不记得，昨天宋奶奶说过，栗皮曾深更半夜悄悄回过一趟袁家老屋？"陶景宜道："宋奶奶确实说过这话。这话有什么意义吗？"

俞波涛望望车窗外面灰蒙蒙的天空，道："你们想想，栗皮为何深夜回家？"陶景宜道："他自己的家，随时都可回去，谁管得着？"俞波涛道："为何天没亮又赶忙离去？他回家到底会干什么呢？"陶景宜似有所思道："常委是说，栗皮可能带了什么重要东西回家，正因东西重要，才不想让人知道被他藏到了家里？"俞波涛笑道："景宜想象力越来越丰富啦。魔高一尺，道高一丈。道高就高在丰富的想象力。"

把着方向盘的奚连江笑笑道："能得到常委表扬，可不容易，景宜今晚得请客。"陶景宜道："请客就请客。时候不早啦，到得溪口村，天色已晚，只能麻烦宋奶奶安排食宿。我掏钱买些礼品送给宋奶奶，就算我请客行不行？"

正好前面不远有家路边超市，奚连江刹住车，放陶景宜下去。陶景宜在超市里待了十来分钟，出现在门口，有位年轻人推着平板车跟出来，车上堆着两袋米，两桶油，两箱水果。

待年轻人把米油水果塞进小车尾箱，陶景宜回到车上，奚连江扁着嘴道："还以为送什么大礼给宋奶奶呢，这点米油水果，值几个钱咯？"陶景宜反诘道："不送米油水果，还送项链戒指？"俞波涛道："连江啊，这正是景宜精明之处。送礼是门学问，既要送礼人送得出，也要接礼人接得住。真送项链戒指，宋奶奶哪敢收受？收着也没用。米油水果不同，价格不贵不贱，又属生活物资，宋奶奶用得着，肯定乐于接收。"

奚连江故作不满道："反正陶景宜说的句句都对，做的样样都好。"俞波涛笑道："景宜说的对，做的好，你就得学着点嘛。"奚连江道："咱笨，学不来。"陶景宜道："别谦虚，没人说你笨。"又对俞波涛道："常委还没透露，栗皮藏回屋里的会是什么东西？"

"我也只是推测，还不敢肯定。"俞波涛陷入沉思，"若李志琼所言不虚，向春玉自然已经被火化掉，之所以名字还留在户籍上，又领了护照，无非有人借她名字遮人耳目。既然向春玉名义上还活着，借名的人自然不愿她留着骨灰，授人以柄。咱们已见识过栗皮也就是袁自立，可不像傻子，也许他会悄悄留着一手，日后好再找借名的人伸手。宋奶奶说栗皮深夜回过袁家，我就琢磨这小子回袁家干啥，弄不好是去存放向春玉骨灰。"

两位都觉得有道理。俞波涛道："不管怎么样，咱们去袁家老屋找找，万一能找着什么也难说。只是辛苦两位，颠来簸去的，跟着受罪。"陶景宜道："常委年事已高，不怕颠簸，咱们怕啥？"奚连江道："这正是我要讨好常委的，却被景宜抢了先。"俞波涛道："这也是讨好？什么年事已高，咱虽比你俩痴长几岁，也不至于年高吧？"陶景宜道："年高好啊，年高才德劭。"奚连江道："德不德劭不重要，关键是年糕味道好，多食无害。"

说说笑笑，不觉又到了溪口村。宋奶奶见三位肩扛手提返回来，乐道："你们还没走么？"陶景宜道："咱们舍不得奶奶，想再陪陪您老。"宋奶奶道："来陪就陪，干嘛还带东西？"俞波涛道："这是您这乖孙女孝敬您的，奶奶别嫌弃。"

这话宋奶奶爱听，拉着陶景宜双手，久久不肯松开，嘴里道："这个孙女我认定啦。"

趁着天色还没全黑，俞波涛让陶景宜帮宋奶奶做晚饭，带着奚连江去了袁家老屋。屋里屋外，楼上楼下，翻寻个遍，连废弃的猪舍和牛栏都搜寻过，也没有任何发现。奚连江有些泄气，道："莫不是咱们太敏感，栗皮不过偶尔回家拿什么东西，并非来藏向春玉骨灰？"

俞波涛抹去脸上蛛丝，道："栗皮不会无缘无故深夜回家，定有什么目的。"奚连江道："若昨晚把栗皮扣住，带回溪口村，哪还用得着咱们苦苦寻找？"俞波涛道："咱们是凡人，不是神仙，岂能先知先觉栗皮就是袁自立？"

回到宋奶奶家，饭菜已做好。饭后聊会儿天，宋奶奶安排客人上楼睡下。躺在宋奶奶新摊的床铺上，俞波涛许久没法入睡。山风从壁板缝隙间透进来，带着田园气息和山林松香。初冬孤寂的清月，静静地挂在窗户上，似要窥透不眠人的心事。

月亮慢慢从窗外移走，俞波涛辗转多时，还是没一点睡意。床那一头的奚连江鼾声频频，一阵高，一阵低，像故意气俞波涛似的。失眠人不恨别人官有多高，财有多厚，最恨有人头一挨枕就睡死过去，然后用夸张的鼾声张扬睡功。

俞波涛拿过床头手机，看看时间，已过午夜一点。有人说，睡不着，别死扛，干脆爬起来，穿好衣服，拉门出去，做几个深呼吸，然后转回身，推门入户，宽衣解带，把睡前动作重新演习一遍，再回到床上，定能安然入眠。

俞波涛穿衣下地，掩门来到室外。山风已停，月亮消失，不知起于何时的夜雾笼罩着山原、田野和整个村庄，一切显得那么宁静和神秘。俞波涛被这种神秘深深感染，提起双腿，走下阶基，向村西方向走去。

当潺潺溪声自浓雾深处传过来，袁家老屋已近在跟前。俞波涛推开半掩的屋门，走进堂屋。已是第三次来袁家，一切不再陌生，尽管屋里黑如漆桶。俞波涛定定地站在堂屋中间，虽然眼前一片黑暗，心里却觉得很敞亮，没啥看不见。智者认为，眉下双眼一旦发挥不了作用，心眼会更加明慧，可发现藏在黑暗深处的东西。

不知站了多久，俞波涛挪开步子，绕堂屋半圈，信步去了东房。东房摆着大床。床上的盖被和褥子都在，蚊帐半垂半掩，散发着腐味。还有一个敞着的大衣柜，里面胡乱塞着些衣物，以及两床发黑的棉絮。这是傍晚时分见过的情形，还留在俞波涛印象里。这应该是袁自立和向春玉的睡床，他俩为袁家男女主人，东房不可能给别人。

在东房没待多久，俞波涛去了西房。西房的床略小，铺着花被花褥，窗前有个书桌，桌上有蒙着灰尘的字典和小学课本，显然是袁家女儿的闺房。宋奶奶说过，袁家女儿好歹读到小学毕业，之后外出打工，几乎没再回过村里。

俞波涛耳边正萦绕着宋奶奶的话，屋外响起轻盈的脚步声。不是向春玉的魂魄回来了吧？莫非人死后，还真有魂魄不成？俞波涛心里一怵，背上发起麻来。

旋即又无声地笑了。他熟悉这带有弹性的脚步声。不是别人，自然是陶景宜。陶景宜胆子真大，敢深更半夜来闯鬼打得死人的袁家老屋。俞波涛不动声色，倒看陶景宜来做什么。

陶景宜走到堂屋门外，脑袋往里一伸，叫道："常委在屋里吗？"没得到回应，又道："知道常委在里面，你好歹也吱一声嘛。可别吓我，把我吓傻，被老公休掉，只好赖给你做妾，天天与艾老师智斗，看你受不受得了。不对不对，我已成傻女，哪还会跟艾老师智斗是不是？武斗还差不多，我力气大，动起拳头来，艾老师占不到便宜。"

俞波涛已走出西房，正躲到堂屋门后。陶景宜迈进屋内，站在地上，故意道："明明听见常委踏步来了村西，不进袁家老屋，又会去哪里呢？肯定是前天见过的少妇漂亮，背着我和奚连江，偷偷幽会去了。不然下午已踏上回程，又不辞辛苦赶到溪口村来，实在没法理喻啊。男人真没一个好货，别看常委平时道貌岸然，原来不过假正经而已。"

逗得俞波涛忍俊不禁，从门后走出来，说："知我假正经，干嘛还背后跟踪，不怕我心怀不轨？"陶景宜笑道："我反正就要离婚，巴不得你不轨，正好跟你并轨。"俞波涛笑道："要并轨也犯不着到这鬼地方来并，万一并出心脏病，岂不给反腐倡廉大业带来无可挽回的重大损失？"陶景宜道："只要能跟你并轨，还管得了那么多？"

也许身处黑暗之中，空间感变得模糊，陶景宜嘴里说着话，脚底下意识往俞波涛身前挪移过来。俞波涛已感觉到陶景宜温润的气息。两人共事多年，接触频繁，俞波涛熟悉这份气息。只是平时没觉得这股气息如此强烈，像巨浪样要把自己淹没掉似的。也许是黑暗的作用吧，黑暗往往可改变不少东西，包括人与人之间神奇的感应。

俞波涛不知陶景宜摸黑赶到袁家老屋来，是不是带有个人目的。有道是兔子不吃窝边草。窝边草好吃，可没窝边草遮掩，窝容易暴露在外。俞波涛悄悄往后退缩着。可陶景宜没有放弃的意思，继续往前进逼。直到俞波涛退到祖先牌位下的神龛旁，退无可退，陶景宜还在前移，仿佛盘丝洞里的妖精，非把唐僧缠牢不可。

恰在此时，陶景宜脚下踩着一个软乎乎的东西，叽叽作响，吓得她一声尖叫，双脚直弹，朝俞波涛扑过来。俞波涛接住陶景宜，在她背上拍拍，掏出兜里手机，调出电筒功能，往地上照照，笑道："景宜看看，一条鲜活的生命就这样惨死在你足下，你好狠心呐。"

陶景宜慢慢扭过头，顺着手机电筒亮光瞧过去，一只毛茸茸的老鼠正在神龛旁痛苦地抽搐着，已是奄奄一息。想想老鼠多么精明，何等敏捷，若非命里该绝，又怎么会误撞到陶景宜脚下，自取灭亡？

俞波涛发现神龛下方有个小洞，估计是老鼠听到动静从小洞里钻出来，毫无防备地被陶景宜踩在了脚下。老鼠到神龛下面去干什么？在里面筑窝吗？俞波涛一时好奇心起，挪开神龛，但见龛下有个小洞，洞内有本三十二开图书大小的木盒，上面缠着根黑色绸布。俞波涛把亮着电筒的手机递给陶景宜，几下解开绸布，再揭开盒盖，里面盛着半盒灰白粉末。

莫非老鼠在打这些粉末的主意？这些粉末是什么东西？弄不好，也许正是向春玉的骨灰。俞波涛心道。

天亮后，三人带着木盒，告别宋奶奶，离开溪口村，下山赶往县城。路上俞波涛对两位道："下一步咱们兵分两路，我和景宜先回彦州，检验木盒里的粉末，确认是不是骨灰。连江去桐木村，务必请向宗民来趟彦州，他是向春玉亲弟弟，如果木盒里的粉末是骨灰，只要跟向宗民的 DNA 一比对，就知是不是向春玉。不过连江行动要谨慎，不能让人发现向宗民离开桐木村，跟你去了彦州。"

来到彦西县城，奚连江依计下车，坐中巴奔桐木村，俞波涛与陶景宜继续东行。回到彦州，经简单检验，认定木盒里的粉末确为骨灰，俞波涛心里就有了底。继而向宗民被奚连江秘密带到彦州，经权威机构抽样检测，其 DNA 与木盒里的骨灰相似度达到百分之九十八点多。换句话说，木盒里的骨灰正是向春玉的。

俞波涛把情况报告给曾守贤。曾守贤不敢怠慢，带着俞波涛，直奔省纪委，走进黎秉钧书记办公室。俞波涛自觉关掉手机，以免电话打进来，影响黎书记听汇报。

曾守贤说明来意，俞波涛简要汇报了调查向春玉生死和寻找其骨灰的过程。黎秉钧对俞波涛的工作予以肯定，道："向春玉骨灰找到，名字却留在户籍上，还领了出国护照，正好说明身在美国的向春玉属于冒名，真人极有可能是王平霞。"曾守贤道："调查王平霞，牵涉周俊才，市纪委监委无此权限，只能移交给省纪委监委。"

黎秉钧点点头，又摇摇头，说："此案太复杂，移交省纪委监委，调换人手，不仅不利于案情调查，还有可能泄密，给办案带来阻力。"曾守贤道："那又该怎么办才好？"黎秉钧道："容我好好想想，想出稳妥办法再说。"曾守贤道："那咱们回去等消息。"

省纪委主要领导重视此案，曾守贤心里高兴，出了省纪委大楼，对俞波涛道："波涛你们辛苦啦，恰好又是周末，我请你们几个到家里去喝两杯。"

俞波涛心念艾叶青在省妇幼待产，连续几天不见，不知情况如何，想推辞，曾守贤已拿出手机，打通奚连江，要他通知陶景宜，来家一起聚个餐。

曾守贤夫人是省老干局干部，家住省委大院干部宿舍楼。曾守贤顺道去附近市场买只鸭杀好，再选些辣椒、仔姜和几样蔬菜，一起提回家。曾夫人得知丈夫在家请客，一下班就往家里赶。只儿子在外省读大学，要到假期才回得来。

曾夫人姓秦，俞波涛叫她秦姐。秦姐指指桌上水果，吩咐俞波涛，想吃什么自己拿，然后系上围裙，进了厨房。曾守贤冲她背影道："你做好准备，到时我来炒血浆鸭。"秦姐说："要得，待会儿喊你，你先陪小俞说话。"

没几分钟，奚连江和陶景宜赶到。曾守贤道："你俩动作蛮迅速嘛。"陶景宜道："吃曾书记，动作当然不能太慢。"俞波涛道："曾书记你也敢吃，好大的胆子。"奚连江把话接过去道："曾书记长得帅，哪个美女不想啃几口？"

别看工作场合曾守贤很严肃，私下里其实没有任何架子，好打交道，几位了解他，才敢跟他开玩笑。曾守贤道："美女们喜欢小鲜肉，我都老腊肉啦，哪个看得上眼？"奚连江道："小鲜肉有小鲜肉的味，老腊肉也有老腊肉的好，美女们吃多了小鲜肉，换个吃法，啃啃老腊肉，也别有一番风味。"

几位说笑着，秦姐在厨房里喊道："老曾来吧。"曾守贤对三位道："我炒血浆鸭去，待会儿让你们尝尝我的手艺。"奚连江道："我去书记家乡出差时，吃过血浆鸭，口味真不错，书记肯定得的是真传，能炒出正宗的血浆鸭。"

所谓血浆鸭，就是先把鸭肉炒熟，再搁上辣椒和仔姜，倒入鸭血，待三合为一，便可起锅上桌。半个多小时，曾守贤炒好血浆鸭，几位闻着鸭肉香，没等其他菜出锅，围到桌边，动起手来。曾守贤问鸭肉怎么样，开了瓶几乎没度数的桃乐丝麝香白葡萄酒。陶景宜嚼着鸭肉，含糊道："口味真好。书记手艺这么棒，开个餐馆，定有大赚，还抓贪官得罪人干啥？"

曾守贤倒好白葡萄酒，举杯道："自启动缪案程序至今，已大半年，你们夜以继日，内审外调，取得重大突破，还牵出背后隐情，功不可没，我代表市委和市纪委监委，敬你们一杯！"

三位响应着举起杯子，跟曾守贤碰碰，一口干掉。曾守贤给桌上空杯添酒，道："觉得血浆鸭合口味，别装斯文，多吃几块。"

三位只顾埋头大干，根本没工夫搭理曾守贤。曾守贤笑笑道："你们没吃过咱乡下老家血浆鸭，那才是人间至味。"俞波涛问道："城里血浆鸭与乡下血浆鸭有区别吗？"

曾守贤道："当然有区别。血浆鸭好不好，在于鸭肉、鸭血和配料。刚长成的仔鸭肉最美，血最旺。尤其是傍晚时分，把在水田里吃了一天虫子的仔鸭赶回家，鸭身上血液循环正畅，扯去鸭脖下颌的绒毛，一刀下去，趁温热的浓血喷涌而出，直接淋到刚从菜园里摘回来洗净切好的仔姜和辣椒上面，赶紧搅匀。待鸭子褪毛开膛，剁成小块，入锅炒到八成熟，鸭血与仔姜辣椒也相互吸附渗透，融为一体，这时倒入锅内，快速翻炒，出锅前再加少许甜酒糊糊，至鲜至嫩至美的正宗血浆鸭便算大功告成。"

说得奚连江眼睛发亮，说："书记何时带咱们到你老家去吃正宗血浆鸭？"俞波涛讥讽道："你这不是吃着碗里的，盯住锅里的？真是贪心不足。"

鸭肉很快消灭干净，秦姐炒好其他菜，端上桌来。几位把女主人请到桌旁，敬酒以谢。酒瓶见底，曾守贤还要开瓶，三位拦住道："见好就收，待会儿还要开车。"

曾守贤也不勉强，陪客人吃些饭，放碗离桌。客不走，主不安，三位出门，陶景宜和奚连江各自回家，俞波涛奔省妇幼而去。省妇幼离省委大院不远，开车不到十分钟，就到了医院门口。停好车，上楼走进艾叶青病房，床上空空如也，老娘和老妈也没在。不是走错地方了吧？俞波涛转身来到门边，抬头看过房号，并没有错。

离预产期还有好几天呢，莫非孩子是个急性子，已等得不耐烦，闹着提前出来？跑到护士值班室一问，果然艾叶青产期提前，下午四点半便被推进了产房。俞波涛拔腿就跑，奔向电梯，下到待产区，只见两位老母正在产房门口左右徘徊，一副焦躁不安的样子。老妈看到俞波涛走过来，眼睛一翻，气呼呼把脸扭向一边。老娘也没好脸色，咬紧牙关，低声吼道："你去了哪里，电话也打不通？"俞波涛道："没听电话响啊。"

从没在俞波涛面前说过重话的老妈忍无可忍，指指墙上挂钟，狠狠道："你看看现在几点啦，咱们从下午四点开始打你电话，打了四个多小时，你手机一直是关着的。"

俞波涛掏出手机，果然处于关机状态。原来下午随曾守贤去见黎秉钧时，怕影响工作汇报，事先把手机关掉，后来没想起开机，以致老婆进了产房，也浑然不知。俞波涛内疚不已，老妈仍然不依不饶，数落道："你知不知道，女人生崽如过鬼门关，最需要男人在身边壮胆，你却偏偏躲得不知去向，像个做丈夫的吗？叶青已在里面待了四个小时，孩子还没生下地，万一出个什么差错，你要负责任！"

老妈声音没落，产房门弹开，出现位白衣助产师，摘去脸上大口罩道："艾叶青家属在吗？"俞波涛大声应道："在在在。"箭步跑过去。老娘老妈也急急上前，正要张嘴出声，俞波涛抢先问道："产妇好吧，没事吧？"助产师道："你是产妇什么人？"俞波涛道："我是她丈夫。"助产师道："你怎么没问孩子好不好，是男是女？"俞波涛道："孩子好不好，是男是女不重要，只要产妇没事就行。"助产师道："是顺产，母女平安。"

俞波涛要往门里冲，助产师拦住道："产妇还没下产床，孩子也没包裹好，我怕家属着急，先来报个平安。再等十几分钟，母女就会出来的。"

产房门重新关上。助产师回到产床旁，对虚弱的艾叶青道："你丈夫还算有良心，只问产妇，不问孩子。不像有些男人，老婆死活全然不管，就关心生的是男孩女孩。"

艾叶青欣慰地笑笑，没说啥。正在旁边帮忙的护士道："怪不得你坚持顺产，咬紧牙关挺了整整四个小时，也不改口。"助产师也道："顺产对孩子是个考验，有利于日后成长。只是产妇要忍受长时间阵痛，没有超常毅力，谁做得到？"

忙得差不多，助产师和护士把艾叶青扶上推车，又递上包裹好的孩子，推出产房。俞波涛一直候在门外，上前抓住艾叶青的手，愧疚的泪水盈满眼眶。艾叶青望望俞波涛，想起刚才助产师的话，已暗暗原谅了他，没再记恨他紧要关头不开手机不见人。

可回到单人病室，艾叶青还是忍不住弱声责问道："下午在哪里鬼混，一直联系不上你？"俞波涛解释道："下午陪曾书记去省纪委黎书记那里汇报工作，特意关了手机。汇报完走出省纪委，曾书记请我和奚连江几位上他家吃血浆鸭，吃得高兴，也没想起把手机打开。是我不对，没想到你的预产期会提前，不然早早来省妇幼守着你，就不会讨骂啦。"

"谁敢骂你！"艾叶青嗔道，"我又没在你身上装着 GPS，还不是你爱怎么编故事就怎么编。"俞波涛道："我编没编故事，把奚连江和曾书记手机号告诉你，你问问他俩就是。"艾叶青道："官官相护，他们当然会护着你。"

俞波涛担心艾叶青产后虚弱，不宜多说话，小心赔着笑脸，没再解释。艾叶青暂时放过他，第二天稍稍恢复精力，又没话找话道："你跟省妇幼院长熟悉，肯定早通过他打听到我怀的是女儿，故意外出办案，回彦州后也躲着，不到医院来。"俞波涛道："别冤枉好人，其实我巴不得是女儿。"艾叶青道："说假话，你爸不是老盼着抱孙子，好给你俞家续香火么？"

俞波涛道："我不是我爸，我还不至于这么封建。就算我封建，也不可能无视现实，置身于时代之外。看看现在的年轻人，要么不结婚，要么结婚不生小孩。照此趋势，哪怕咱家老二是男孩，谁又能保证日后他一定会结婚？或结婚后一定肯生小孩？或生小孩一定生男孩？所谓续香火，已越来越不靠谱，倒不在于封建不封建。"

此言多少有些道理，艾叶青道："你真是这么想的？"俞波涛道："我是不是这么想也无关紧要。农耕时代凭力气吃饭，男人属家庭经济支柱，身为女人，嫁汉嫁汉，穿衣吃饭，男主女客，重男轻女，在所难免。进入城市文明，不凭体力吃饭，全凭智力立足，女人不见得比男人赚得少，也就不一定非嫁男人不可。即使嫁男人，也不靠男人养活，不仅男女平起平坐，一般女人家庭地位还高过男人。女人当家作主，也导致女方父母地位往往高过男方父母。你看看养女儿的家庭，女儿成家后，父母还能享享女儿的福。反观养儿子的家庭，儿子娶了老婆忘了父母，有多少父母享得到儿子的福？咱家女儿成双，今后定有享不完的清福。"

说得艾叶青满脸是笑，道："看把你美的，你就袖着双手，等着享清福吧。"俞波涛继续道："有儿的父母不见得享得到儿子的福，可该尽的义务却比生女的父母沉重得多。家里有儿，儿子一大，旁人就说，赶紧赚钱，给儿子买房买车，好让他早日娶妻生子。家里有女，女儿长大后，从没有人说，赶紧赚钱，给女儿买房买车，不然女儿嫁不出去。"

这是看得见的现实，艾叶青倒也认可。俞波涛又道："也怪咱们是工薪阶层。你当老师，待遇只那么高，咱身为纪检干部，更不能执纪违纪，执法违法，必须以遵纪守法为天职，耐得住清贫，远离非分之财。家养女儿，没有压力，与咱俩职业不正匹配么？"

"你这是典型的阿Q精神，吃不到葡萄，只好说葡萄酸。"艾叶青笑笑道，"你也别哄我开心，以掩盖你内心的愧疚。"俞波涛道："你真的已原谅我？"艾叶青侧首亲亲腋下的女儿，道："本来最需要你帮我渡过鬼门关的关键时候你没在场，我会恨你一辈子的。可助产师替你说了好话，我才决定放你一马。"

一定是助产师报平安时，自己只问产妇，不问孩子和生男生女，让她心生好感，把话传给了艾叶青。不过俞波涛说的也是内心话。当时助产师推开产房门，自己不知艾叶青死活，情急之下，也不可能动心思，花言巧语。

听过曾守贤和俞波涛的汇报，黎秉钧觉得到了该省纪委监委出手的时候。周俊才不仅是省管干部，还是省会城市市长，后面还站着吴尚云，彦州市纪委监委哪里啃得动？何况省管干部违纪违法问题属省纪委监委管辖。省纪委监委在省委统一领导下开展工作，万一郑乃宣投鼠忌器，你这个纪委书记监委主任又怎么施得开拳脚？

可黎秉钧又觉得，郑乃宣是我党高级干部，受党教育培养多年，党性原则强，思想觉悟高，一贯支持省纪委监委工作，应该不会因为器重吴尚云，担心周俊才有事影响吴尚云，而公然反对对周俊才展开调查。

几经权衡，黎秉钧排除顾虑，走进省委书记办公室，坐到了郑乃宣对面。郑乃宣道："秉钧同志有一阵子没来一坐了吧。"黎秉钧道："书记室从没清静过，秉钧怎好随意来打扰书记？"郑乃宣道："别出口就是书记，叫同志吧。我多次强调过，党中央高度信任，把沧彦交给咱们常委一班人，由我出任这个班子的班长，虽然班子成员分工不同，但彼此之间是平等的，互称同志，显得不生分，听着也亲切。"

黎秉钧受到鼓舞，不再转弯抹角，直奔主题道："彦州市纪委监委审查调查缪德良案情时，意外发现周俊才夫妇与案子有关联。周俊才颇具干才，又深受吴尚云同志赏识，两人一起搭班子，主政彦州，政绩卓著。秉钧隐约担心，调查周俊才万一影响到吴尚云同志，事情还真不好办，所以特意请示乃宣同志，想听听您的指示。"

黎秉钧端出吴尚云，除吴尚云地位特殊外，还因他是郑乃宣一手提拔起来的领导干部。郑乃宣不可能听不出黎秉钧话外之音，暗想这个姓黎的，不是在将你军么？可对吴尚云，郑乃宣还是了解的，对他有个基本判断，认为他支持周俊才，该不会出于个人感情，而是为加速彦州经济建设，早出成效，施惠于彦州人民。

这么想着，郑乃宣不自觉站起身，走到窗边，眼望着楼前已掉光叶子的法国梧桐，沉吟道："秉钧同志是担心万一吴尚云有事，我郑乃宣面子上不好看吧？你的担心也不是没有道理，毕竟吴尚云是我力主推到重要位置上的，他出点什么状况，我也有不可推卸的责任。不过我相信，他不会让我失望。诚然，没人能保证他工作不出错，毕竟公罪不可无，私罪不可有。要想干番大事业，尤其是在前所未有的城市化进程中，许多新事没有现成模式和循例，只能边试边干，如果明哲保身，不敢试错，怕这怕那，必将一事无成。为公犯错不可耻，只要出于公心，没被私心蒙住双眼，损公肥私，总还站得住脚，出不了大问题。"

说到这里，郑乃宣缓缓转身，回到桌前，望着黎秉钧道："吴尚云真有问题，只要证据充分，事实确凿，我决不会护短。我是省委书记，照时髦说法，属什么封疆大吏。可官再大，也大不过党纪国法，我上要对党中央负责，下要对沧彦人民负责，中要对广大党员干部负责，不可能放弃党性原则，袒护包庇任何人。"

郑乃宣的话解除了黎秉钧的后顾之忧。黎秉钧有理由相信，郑乃宣嘴里这么说，心里也这么想，日后遇事也会这么做。出了省委大楼，黎秉钧就给曾守贤打去电话，要他带上俞波涛，马上到省纪委监委来一趟。

俞波涛正在逗襁褓中的女儿，接到曾守贤通知，歉意地对艾叶青道："曾书记召唤，还不能不听从。"艾叶青道："你在病房里陪了我母女三天三晚，已表现得够不错了。去吧去吧，只是别关手机，万一有事，找得到你。"俞波涛道："再关手机，不是猪，就是狗。"艾叶青道："你是猪狗，咱宝贝女儿岂不是猪崽狗崽？"

俞波涛在女儿额上吻吻，把她塞到艾叶青怀里，轻手轻脚出了病房。到了省纪委监委楼前，没几分钟曾守贤也赶了来，两人进入书记室。黎秉钧道："我已与乃宣书记沟通过，他表示全力支持咱们工作。"曾守贤道："郑书记不担心牵涉到尚云同志？"黎秉钧道："乃宣书记相信尚云同志不会有事，万一有事也不会违背组织原则，出面袒护。"

曾守贤道："郑书记有这个表态，省纪委监委可放开手脚大干一场了。"黎秉钧道："省纪委监委大干一场，市纪委监委站旁边看热闹？"曾守贤笑道："周俊才是省管干部，市纪委监委哪插得上手？"黎秉钧道："先不管市纪委监委插不插得上手，你们且说说，案情怎么往下查？"曾守贤望望俞波涛道："王平霞和向春玉是你扯出来的，你说说吧。"

俞波涛不假思索道："向春玉骨灰已找到，名字还留在户籍上，说明王平霞之死有假。向王两人都在中心医院重症室待过，重症室主任陆白露脱不了干系。陆白露是曹寄青老婆，曹寄青与周俊才是铁哥们，可先调查陆白露和曹寄青夫妇，再往周俊才身上延伸。"

说到曹寄青三个字，俞波涛莫名地一阵忐忑，有些不太情愿似的。

"这个思路不错。"黎秉钧点头道，"波涛说具体点。"俞波涛道："调查曹寄青夫妇前，省委巡视组可先进驻两河新区党工委和管委会，开展常规巡视。缪德良三千多万现金里有一千多万没追查出来源，也许通过巡视能查出些蛛丝马迹，牵出后面人物。"黎秉钧道："省委巡视任务繁重，点多面广，巡视办既要负责巡视工作联络，又要汇总线索，梳理落实，督办追踪，人手恐怕不够。"曾守贤道："这还不好办，抓紧招兵买马呗。"

黎秉钧瞧瞧俞波涛，不觉眼前一亮，说："有办法啦。马上调波涛往省委巡视办，负责联络两河新区巡视工作，待拿到可用线索后，再调整到审查调查室，负责此案。"曾守贤道："黎书记一句话把波涛调走，市纪委监委怎么办？"

黎秉钧没理会曾守贤，问俞波涛道："波涛愿不愿意到省委巡视组来？"俞波涛道："我是曾书记手下的兵，曾书记指东往东，指西往西。"黎秉钧一拍桌子道："你这不是愚忠吗？曾守贤指东往东，指西往西，我黎秉钧呢，指南你往北，指北你往南？你想没想过？你是曾守贤手下的兵，曾守贤是省纪委常委和监委委员，还是我黎秉钧手下的兵呢，难道你只听我手下的兵的，不听我本人的？"

也是知道黎秉钧与曾守贤关系好，俞波涛在他俩面前说话才放得开，道："人往高处走，水往低处流，黎书记看得起，调波涛来省委巡视组，波涛非常乐意，但还有个小小请求，不知可不可以提出来。"黎秉钧道："你这家伙，组织上重用你，还要附加条件，你是不是党员，有没有组织纪律性？好好好，看你是个人才，还不得不迁就你，说说吧，你啥条件？"俞波涛道："在下不才，之所以还有些许作为，工作上取得点点成绩，主要是有曾书记正确领导，奚连江和陶景宜等得力干将冲锋陷阵……"

没等俞波涛说完，黎秉钧便打断他道："你不就是想把曾守贤也带过来吗？"俞波涛忍住笑道："波涛哪敢带曾书记，要带也是曾书记带我。"黎秉钧道："你要带守贤同志没事，他本来就是省纪委常委，又做过两地纪委书记，我早想把他弄上来了。"

逗得曾守贤也幽默起来，笑对俞波涛道："波涛还是你面子大啊，本人有心回黎书记身边工作，他老人家爱理不理，你一句话要带我走，他不折不扣就答应下来。"黎秉钧道："这有什么奇怪的，上下级彼此成就嘛。有句话叫跟对人很重要，其实用对人更重要。工作靠人去做，用错人，没人给你做事，哪出得了成绩？守贤用对波涛这样的好干部，事业有起色，自己也受益，可沾波涛光调到省里来工作。"

俞波涛忙摇手，道："黎书记这是打击波涛，波涛心有戚戚焉。"黎秉钧道："好好好，废话少说，波涛工作问题就这么定了，过后再走程序。守贤工作调动，我也会向中纪委和省委争取。至于奚连江和陶景宜嘛，同处一城，只要工作需要，随时可借用，协助你们。"

黎秉钧说到做到，先请示过郑乃宣，继而曾守贤名字被提到省委常委和中纪委，得到认可后，又在省人大常委会上获得通过，正式成为省纪委副书记兼监委副主任。俞波涛属处级干部，不用上省委常委会议，程序简便得多，曾守贤前脚走，他后脚跟过去，就任省委巡视办业务指导处处长。

巡视办主要联络服务巡视组工作，不直接办案，有人觉得俞波涛去错地方，为他惋惜。连奚连江私下里也对俞波涛道："莫不是咱们不肯放弃缪案背后线索，有人不安，设法把常委挪开，以不了了之？"俞波涛道："不要瞎猜，组织这么安排，自有组织的考虑。"

奚连江不好刨根究底，道："常委一走，抛下咱们这些难兄难弟，该何去何从？"俞波涛笑道："反腐工作永远在路上，还怕你没事可做？"

十五

调整完省纪委监委班子后，黎秉钧重新给班子成员分工，让曾守贤分管巡视工作，亲临巡视办部署巡视事宜。巡视办很快拉出巡视工作清单，呈省纪委常委会通过，报省委巡视工作领导小组同意，然后安排精兵强将，组成多个巡视组，分赴各地各部门，展开常规巡视。

两河新区党工委和管委会也被纳入此次巡视范围。俞波涛以联络员身份打电话给曹寄青，曹寄青正在忙事，一时没反应过来，还把他当作市纪委监委第六审查调查室主任，带着几分紧张道："波涛要到新区来？"俞波涛道："确实要去新区，不过不只我一人，还有省里巡视组的同志。"曹寄青道："省里有巡视组下来？"俞波涛道："新一轮常规巡视工作已开始，两河新区被列入巡视对象，曹市长得先做些准备。"

听说是常规巡视，曹寄青语气轻松起来，说："欢迎巡视组前来巡视新区工作。"

巡视见面会在新区管委会一号会议室召开。主客坐定后，俞波涛介绍巡视组田组长、汪副组长及工作人员给曹寄青等新区领导认识。田组长退休前系省委组织部副部长，汪副组长在审计厅做过多年业务处处长，业务素质过硬，原则性强，前不久提拔为巡视组副组长。俞波涛介绍毕，田组长说了此轮巡视的使命、内容及纪律要求。曹寄青表示热烈欢迎，明确由两河新区纪工委书记熊华章专门负责联络和接待，积极配合做好巡视工作。

见面会结束后，田组长他们离去，留下俞波涛与熊华章衔接巡视内容，确定接待干部群众日期，设立举报箱，公布电子邮箱和举报电话，不一而足。

衔接完毕，熊华章看看表道："时间不早了，俞处肯定也饿了，一起去食堂吃个工作餐吧。"俞波涛道："田组长才宣布过巡视纪律，熊书记这不是要波涛违纪犯错误么？"熊华章道："田组长并没说只工作，不吃饭。皇帝不差饿兵，空着肚子哪有力气工作？"

俞波涛坚持要走，熊华章拦不住，只好说："曹市长已交代食堂留饭菜，俞处非走不可，我也得跟他禀报一声，免得挨他臭骂。"

没等熊华章出门，曹寄青走进来，说："巡视衔接搞得差不多了吧？波涛兄弟辛苦，走走走，去食堂吃个小菜饭。"俞波涛笑道："曹市长心意波涛领了。刚才还跟熊书记说过，巡视纪律严格，作为巡视工作联络员，我总不能知纪违纪吧。"曹寄青道："不行不行，巡视见面会开过，你与华章也衔接完工作，咱们私人小聚，巡视纪律管不了这么宽。再说兄弟荣升省委巡视组，寄青总得略备薄酒，祝贺祝贺吧？"俞波涛笑道："我哪是什么荣升？组织上见我多年办案受累，给换个清闲地方养老。"

"波涛兄弟真会讲笑话，我老人家还在为党和人民的事业效力，你正当盛年，就说养老，不觉得害臊？"曹寄青哈哈笑道，"省委巡视办由省委直管，波涛兄弟前程光明得很，咱非得跟你搞好关系不可，哪天你在省委领导面前替我美言几句，也好让我退休前弄个一级巡视员待遇啥的。就为这个一级巡视员待遇，今天非讨好你一回不可。"

三位嘻嘻哈哈出了会议室，来到楼下。俞波涛直奔停车坪，死活不肯进食堂。曹寄青不可能强逼他，看了眼熊华章，熊华章快步往食堂跑去。俞波涛来到车旁，正要上车，曹寄青过来说："波涛兄弟且慢。管委会在蛤蟆岭下圈了片地，土法放养土鸡土猪，你不肯吃饭，就带些土鸡和土猪肉回去吧，不是珍贵物品，不会让你犯错误。"

俞波涛还要推辞，熊华章一手提着一只纸盒过来，说："两块前腿土猪肉和几只土鸡。猪肉已烙干净，鸡也去毛开过膛，回家可直接下锅。"

土鸡土猪肉毕竟不是红包，还真不好硬性拒绝。俞波涛只能由熊华章放到车子尾箱里，准备上车。曹寄青一旁道："波涛别急，寄青还有几句话要跟你说。"

以为曹寄青要说有关巡视方面的话题，俞波涛收回伸向车门的手，道："曹市长有何吩咐？"曹寄青道："管委会大楼后面有个池塘，咱们去池塘边走走如何？"俞波涛道："也行，上班、开会、吃饭、坐车，都在劳驾屁股，两腿越来越退化，动动腿也好。"

绕过办公大楼，两人来到后山脚下的池塘旁。池塘形如葫芦，橘黄色的霞光落在静静的水面上，像幅水彩画。塘边铺着青石板，两人并排而行，有一句没一句聊着。主要是曹寄青在说："不知波涛兄弟还记不记得，咱们初次见面时的情形？"

一语让俞波涛想起市委常委会议室旁的休息室。那已是几年前的一个午后，六室有案子急需走程序，俞波涛去找正在常委会议室开会的曾守贤签字。常委会不是随便可闯入的，俞波涛走进旁边休息室里等候领导。休息室里没人，俞波涛选择窗边沙发落座，扭头欣赏窗外的银杏树，看金黄叶片在风中抖动，脱离枝头，黄蝶样旋向地面。忽然休息室的门打开，进来一位中年男人，脸色黑红，眉毛粗重，目光明亮犀利，好像可把人看透。奇怪的是俞波涛第一眼便在那凌厉的目光后面读出一份纯真的柔情，倍感温馨和亲切。

这个男人便是此刻正与俞波涛并肩徐行的曹寄青。曹寄青望向池塘对岸山包上的杂树，嘴里喃喃道："我一直记得那是阳光灿烂的午后，我赶往市委大楼，准备到常委扩大会议上去汇报工作。照会议议程，还差十多分钟才轮到我上会，我先进休息室'待诏'。伸手推开门，一眼望见窗边沙发上的人影，心里莫名地一悠，仿佛失散多年的兄弟出现在前面，真想扑过去，一把拥在怀里，以解思念之苦。自此每次见到你，我都觉得你是我的亲弟弟，只是这奇妙的感觉毫无来由，说不明，道不清。"

这不正是自己想向曹寄青倾吐的么，怎么会从他口里冒了出来？俞波涛愣怔着，只能用四个字形容自己的心情：不可思议。俞波涛不可思议着，两人不觉沿塘绕到山前。山前有排银杏树，树叶正黄，黄得有些令人伤感。银杏树下固定着防腐木做的椅子，椅子上铺着几片黄叶。两人拈叶于手，落座在椅上，静观池塘接纳空中不断变幻的云烟。

第一次与曹寄青坐得这么近，俞波涛心头升起一股暖意，真想偏过脑袋，靠到曹寄青宽大的肩膀上。怎么会有这种冲动呢，难道自己有同性恋倾向？不可能，绝不可能，平时跟男人挨得稍近，身上就要起鸡皮疙瘩，哪会有这种癖好？俞波涛自我否定着，只听曹寄青道："我心里清楚，咱俩不可能是兄弟，你是城里人，我来自偏远落后的乡下，彼此八竿子都打不着。那次波涛和奚连江上彦城经发公司找我谈话，我忍不住和盘托出自己身世，你应该还有印象。我出生没多久便死爹死娘，奶奶把我带到三岁大也弃我而去，我成为名副其实的孤儿，靠吃百家饭长大。所幸上天垂怜，不仅使我勉强活下来，还让我走出大山，一步步成为省管干部。也许我一生孤苦，太缺乏亲情，在那个阳光灿烂的午后见着你，不知被什么所触动，误把你当成自己的弟弟。要不就是咱们前生因缘未了，今生相遇，旧缘萌发，就像三生石故事所说的那样，前世你我是好友甚至兄弟。"

三生源自佛教因果轮回说，分别指前生、今生、来生。三生石故事很有名，说唐代隐士李源，与洛阳慧林寺圆观和尚交好，互为知音，两人走长江水路入川修行，路上遇见一位孕妇，圆观说自己是孕妇肚里孩子，没法再与李源入川，只能十三年后在杭州天竺寺三生石边相见。当晚圆观圆寂，孕妇顺利产子。十三年后李源找到杭州天竺寺，刚走近三生石，便见骑牛牧童由远而近，嘴里唱道：三生石上旧精魂，赏月吟风不要论；惭愧故人远相访，此身虽异性长存。李源上前相认，牧童说他前生就是圆观，但情缘未了，不能久留，又唱道：身前身后事茫茫，欲话因缘恐断肠；吴越江山游已遍，却回烟棹上瞿塘。边唱边鞭牛远去，消失在水云空蒙间。

身为共产党员，俞波涛自然不认同佛家三生轮回说，更不信自己与曹寄青前生是兄弟或朋友。可为何彼此相见，会产生奇妙的认同感，仿佛兄弟般亲切呢？难道真有前缘？佛家认为众生皆苦，人活一生一世，已苦不堪言，若有三生三世，岂不苦海无边？人苦苦在一个情字，爱情亲情友情，情情如绳，将人绑缚得气都喘不过来，化身牧童的圆观才不敢久留，不愿与李源纠缠，鞭牛逃掉。自己与曹寄青前生有缘，是不是也该赶紧逃掉，以免纠缠不清？

两人各自想着心思，好一阵没吱声。池塘的落霞渐渐淡去，直至消失，曹寄青才又道："好久都想跟波涛单独见个面，把肚里的话倾诉给你听。今天好不容易逮住你，一吐为快，也算了却久存心头的夙愿。别怪我唐突，我是怕今天不说，以后便再没机会。"

曹寄青何出此言？莫非缪德良案情，周俊才难脱干系，让他也意识到了什么？俞波涛不便多说，只感谢曹寄青把自己当兄弟看待。见时间不早，曹寄青边起身边道："忙碌了一整天，波涛还赏脸留下，陪我散步聊天，让我一抒胸臆，我感到非常满足和开心。也怪我孤独大半辈子，却能认识你，感觉到难得的兄弟情，也算三生有幸。"

俞波涛笑笑，道："若真有三生，来生咱们一定做兄弟。"

回城路上，曹寄青的话一直在耳边回响着，让俞波涛难以释怀。两人之间怎么会有这种莫名其妙的感觉？且缪德良案情已渐渐指向周俊才，很可能会牵涉到曹寄青，到时这份感觉会不会影响自己理性审案呢？

快进城时，俞波涛打通曾守贤电话，简单汇报几句巡视组进驻两河新区的情况，然后道："曹寄青留我吃饭，我没吃，他霸蛮送我管委会自养的土鸡和土猪肉。书记在不在家，我这就给您送些过去，要违纪也是在您亲自领导下共同违纪。"

曾守贤骂道："脑袋被门板挤了吧？你一个人违纪，我还可做做外援，设法为你开脱，把我也拉下水，两人同归于尽，到时谁搭救你？"俞波涛道："我就想找个垫背的。"曾守贤道："好啦好啦，别贫了，你家艾叶青不还在月子里吗？正好用土鸡和土猪肉催奶，让你家小女儿有充足的奶水喝，健康成长。"俞波涛玩笑道："谢谢书记关心！违纪行为已先禀报给您，万一有事您得给我挡着点。"

说过再见，俞波涛想起此次巡视两河新区，主要是盯着他们的财务去的，便开车赶往审计大院。敲开汪家铁门，递上装着土猪肉的纸盒，汪副组长见状道："俞处这是干啥？"

"乡下亲戚送的土猪肉，我家吃不了那么多，送两块给汪组长，请别嫌弃。"俞波涛揭开纸盒，"土猪肉还冒热气呢，刚宰没两个小时。"汪副组长脸上含笑道："俞处进屋坐，进屋坐。老朽无功受禄，心中有愧啊。"

汪副组长此话该不只是客气。回思在审计处长位上时，上门送东送西，不乏其人，临近退休，腾位给人，余威不再，想听敲门声，几乎成为奢望。再说土猪肉虽不值钱，毕竟不易吃到，要汪副组长不心存感激也难。心里感激还不够，又打电话给老部下亦即现任处长，嘱他安排审计专家，随自己进驻两河新区。处长满口答应，看中谁带谁走就是，汪副组长于是点了审计专家马永丽名字。

马永丽四十多岁，是汪副组长任处长时的得力助手，属沧彦省数一数二的招牌审计师。马永丽随汪副组长进驻两河新区管委会没两天，巡视组设立的举报箱收到一封举报信，说管委会财务处一年半前以工程款名义，给彦城经发公司汇去笔五百万的资金，此时彦城经发公司还没拿到新区项目，这笔资金肯定有猫腻。

举报箱钥匙在俞波涛手上，俞波涛自然第一个看到举报信。他找到马永丽，把举报信塞在她手里，请她看看有无利用价值。马永丽笑道："工程发包方给承建方汇款，除主管领导签字外，还须以标书和合同为依据。如果彦城经发没拿到项目，新区财务就提前打款过去，几乎没有这种可能。"俞波涛笑道："世上只有想不到的，没有做不到的。我敢肯定，只要新区财务拿出汇款手续，绝对少不了标书和合同。"

马永丽望望俞波涛，笑道："照俞处如此说，这封举报信岂不毫无价值？"俞波涛道："很难说。标书和合同出自人手，没拿到项目，难道不可以做份标书和合同？"马永丽点头道："俞处不愧办案老手，见得多，没啥瞒得过你的眼睛。我也遇到过修改标书和合同日期的案例。这样吧，我查查这笔五百万款子的手续。"

项目管理系新区重点工作，马永丽要看项目资金使用情况，财务人员无话可说，只能配合。果如俞波涛所言，那笔五百万元的汇款手续齐全，标书与合同复印件，以及曹寄青等领导和相关人员签字，一样不缺。接下来去管委会档案室查招投标原始资料，两相比较，才发现彦城经发等公司的投标日期，比汇款时间晚了两个月。也就是说两河新区汇出那五百万款子时，彦城经发公司还没中标。

这显然是重大违规行为。俞波涛将这一线索，第一时间汇报给了曾守贤。曾守贤道："巡视工作这么快就见出成效，还真出乎意料。这样吧，我尽快请示秉钧同志，看他态度如何。"

此时黎秉钧办公室来了一位特殊人物，这便是人称沧彦王的孟怀国。黎秉钧很客气，邀孟怀国并坐于靠墙茶几旁边的沙发上，道："孟主席贵人多忙，怎么想起来纪委走走？"孟怀国道："乃宣书记过问在沧全国政协委员近况，召我去聊了个把小时。告辞乃宣书记出来，经过纪委大楼，试着来看一眼秉钧同志，想不到您在办公室。"

黎秉钧抱拳道："感谢孟主席看得起，肯抽空来坐坐，纪委蓬荜生辉啊。"孟怀国笑道："政协工作弹性大，时间好调剂，不像秉钧同志任重道远，身不由己。"黎秉钧笑道："孟主席光临，秉钧任务再紧，工作再忙，也非常乐意坐下来聆听您老教诲。"孟怀国摇手道："岂敢岂敢！秉钧同志站位高远，胸襟开阔，怀国见贤思齐，得多向您学习。"

无事不登三宝殿，纪委监委无三宝，倒有三执：执纪执规执法，没谁会无缘无故跑来溜达闲逛。黎秉钧口里应付着孟怀国，心想此君该不会无事来聊天解闷吧？果然很快孟怀国将话题往来意上面引："秉钧同志执掌沧彦纪检工作这几年，沧彦党风政风明显好转，反贪治腐卓有成效，受到干群一致好评。连新晋北京的宪新同志见到我，都翘大拇指，说中央安排秉钧同志任职沧彦，实乃沧彦人民的莫大福气。"

看来孟怀国是要给卓宪新传话，或以卓宪新名义向你表达什么想法。黎秉钧道："难得宪新同志关心沧彦纪检工作，秉钧深感荣幸！"孟怀国道："宪新是沧彦人嘛，关心沧彦党政工作，自在情理之中。"黎秉钧道："那是那是，谁都有家乡情结。秉钧能在宪新同志家乡工作，福缘不浅。"孟怀国道："宪新同志还很关心家乡干部的成长和进步，亲口对我说，秉钧同志政治水平高，工作能力强，又正值当年，未来发展空间很大啊。"

此言是否意味着，你若能往卓宪新身边靠，自然进步在望，否则只能止步甚至栽倒在沧彦？黎秉钧心情复杂起来，嘴里则说："感谢宪新同志厚爱，秉钧当尽己所能，不辱使命，履职尽责，为沧彦社会经济发展贡献绵薄力量。"

"秉钧同志有此姿态，怀国感到很高兴。"孟怀国笑笑，从公文包里取出一只不大的麻布锦盒，放到茶几上，"宪新同志托我转交一个小物件给秉钧同志，估计您会喜欢。"黎秉钧道："什么宝贝？"孟怀国笑道："非金亦非银。宪新同志不会向你纪委书记行贿，即使他要行贿，怀国也不敢做行贿中间人。"黎秉钧玩笑道："宪新同志位高权重，要行贿也是秉钧向他行，哪有他倒过来向我行贿的理？"

孟怀国打开锦盒，往黎秉钧面前推推。黎秉钧见是印章，为表客气，取出来，捧到手上，觉得质感还不错。孟怀国又道："黄花木所刻闲章，虽不值钱，但内涵丰富。秉钧同志可知黄花木的特殊含义吗？"黎秉钧道："愿闻其详。"

孟怀国清清嗓子，道："黄花木实为权字的本义。看繁体权字，左为木，右为蘿，所指即黄花木。黄花木质地坚硬，不容易变形，古人常用来做秤杆、锤柄和拄杖。秤为衡器，代表公平；锤可打击，代表力量；杖可支撑，代表行之久远。换句话说，权又名黄花木，用黄花木做的秤杆、锤柄、拄杖，也就有权力、权柄和权杖之义。"

读书人都知权字来由，黎秉钧不觉新鲜，却还是笑笑道："孟主席学问高深，让秉钧眼界大开啊。"孟怀国道："哪是我学问高深，是宪新同志给我上的文字课。他还说，总不好用黄花木做了秤杆、锤柄或拄杖，送给秉钧同志吧？才请镌刻高手刻了枚黄花木闲章，由我转赠秉钧同志，便于玩赏，又好收藏。"

黄花木意味着权力，闲章象征印把子，卓宪新不是要委重权于你吧？真是用心良苦啊。黎秉钧心里暗笑着，低首鉴赏起闲章来。闲章题款为篆书，刀功颇有劲道，线条隽永，字迹古雅。端详好一会儿，黎秉钧才把字认全：爱竹毋除当路笋，惜花且留拂面枝。这是两句老话，嘱人护笋成竹，留枝开花。

此行目的已然达到，孟怀国站起来，道："闲章适得其所，完成宪新同志所托，怀国也该走人，以免老占用秉钧同志宝贵时间。"黎秉钧起身道："孟主席难得来一回，多坐会儿吧。"孟怀国打着拱手道："叨扰啦，叨扰啦，后会有期。"

来到车上，孟怀国电话告知卓宪新，闲章已经送到，随即应曹寄青之约，去了和园山庄。曹寄青早等在那里，把孟怀国请入包间，再叫苏月婵来泡茶弹琴。苏月婵的美貌令孟怀国惊艳，起初却无其他想法。毕竟久历官场，阅女无数，孟怀国不再那么容易被女人打动。可待苏月婵泡过茶，弹过曲，孟怀国心头便恍惚起来，目光再没法离开苏月婵。

曹寄青瞧在眼里，心下有了底。自夜访孟氏庄园后，曹寄青就在盘算，一定要牢牢抓住卓宪新这根天线，为日后仕进铺平道路。跟周俊才商量，周俊才质疑道，青湖规划变更后，宏智公司如愿进场，卓宪新的天线还不算抓牢？曹寄青说也算，但还不够，还得多走近孟怀国，通过他绑定卓宪新。周俊才问怎么走近孟怀国？曹寄青说了罗晓艺的事。

罗晓艺本属有夫之妇，跟孟怀国勾搭成奸后，办了离婚，抛下儿子，以干女儿名义，做了孟怀国固定情人。孟怀国没亏待罗晓艺，给她买下临街门面经营文玩，那便是寒然文玩店。罗晓艺尝到甜头，心渐渐大起来，想多开几家连锁店，形成一定规模，再谋求上市，去圈大钱。女人野心一大，男人难免生畏，孟怀国开始疏远罗晓艺，一两个月没跟她见次面。曹寄青察知罗晓艺失宠，知道孟怀国风流成性，身边没有女人，忍耐一时没问题，寂寞太久肯定受不了，思谋着为他物色别的年轻女孩。又担心再弄个罗晓艺一样贪得无厌的女人，给孟怀国添乱，岂不好事变坏事？慢慢想起苏月婵，年轻漂亮，单纯善良，不正好出手么？

苏月婵来自周俊才老家。周俊才上初中那会儿，老家闹蝗灾，地里庄稼被蝗虫啃光，收成惨淡，家家缺粮，孩子们空腹上学成为常事。有次放学回家路上，整天没进食的周俊才饿晕在地，幸被苏家奶奶发现，给他吃块玉米饼，让他活了过来。周俊才不敢忘记苏家救命之恩，当上干部后，见苏奶奶孙女苏桂花上不起学，便出钱供她读到艺专毕业。如今重点本科就业都难，高职找像样工作更不易。正好曹寄青的朋友开了家和园山庄，周俊才让苏桂花来山庄做了服务员。苏桂花勤恳扎实，能干靠谱，曹寄青的朋友干脆将和园山庄托付给她管理。只是苏桂花三个字太土气，就让有文化的人将她改名为苏月婵。曹寄青觉得苏月婵这样的女孩实在太难得，送给孟怀国，绝对不会坏自己好事。

曹寄青竟动起苏月婵心思来，周俊才怒不可遏，狠狠训了他一顿。曹寄青低着头认真听训，直到周俊才训累了，才笑嘻嘻道："市长重情重义，寄青心悦诚服，怪只怪世风日下，纯朴善良又有才艺的女孩几乎绝种，不找月婵，又找谁呢？"周俊才骂道："爱找谁你找谁去，把正值花季的月婵送给老男人孟怀国，不是陷我于不义么？"曹寄青反诘道："把月婵送给年龄相当的小鲜肉，就算大仁大义？瞧瞧月婵同龄男孩，几个有出息的？设身处地替月婵想想，尽管她代管着和园，毕竟是给人看羊，总不可能这么看一辈子吧。还是让和园老板去青湖拿块地，再把和园产权转让给月婵，月婵也算在彦州扎下根基，若再能搭上孟家人，和园财源滚滚，市长也不用再为月婵下半辈子操心，岂不两全其美？"

如此歪理，似乎也说得通，周俊才无以反驳，只道："月婵不可能看上孟怀国。"曹寄青道："月婵肯定看不上孟怀国，但绝对看得上价值千万的和园，还有日后孟家可能带来的潜在利益预期。"周俊才无话可说，算是默许。曹寄青掉头找到苏月婵，也不转弯，直接亮出底牌。如今的女孩个个实际得不能再实际，面对巨大诱惑，苏月婵哪拒绝得了？只是出于女孩的矜持，始终闭嘴不言，不置可否。曹寄青没逼她开口，两天后叫来和园老板，拿出山庄产权手续，直接过户到苏月婵名下。天上掉下个大馅饼，苏月婵一夜间成为千万富姐，自然喜不自胜。工夫做足，曹寄青再约孟怀国，来和园山庄一聚。

苏月婵没辜负曹寄青期望，进入包厢后，面带春风，泡的茶水上口，弹的曲子奇妙，让孟怀国刮目相看。加之苏月婵天生丽质，纯净清新，自比罗晓艺那种世俗女人要生动多少有多少，要多可爱有多可爱。待到茶尽曲终，酒水上桌，孟怀国几杯下肚，渐渐无法自持，开始情不自禁，对苏月婵动手动脚起来。苏月婵半推半就间，频频敬酒，出语暧昧，惹得孟怀国欲火中烧，恨不得马上拥苏月婵登床，成就好事。

见苏月婵表现出色，曹寄青心下感慨，原来世上美女天生都有表演天赋，前提是给的出场费够不够数，只要足够，什么节目都敢演，都可演得精彩绝伦。

酒后孟怀国没有离开和园，被苏月婵扶入二楼套房，放倒在大床上。从此孟怀国再也离不开苏月婵，隔三岔五便往和园跑。没人再去省政协或省委大院常委楼堵孟怀国，谁有求于他，都直接来和园山庄守株待兔。还有宏智公司聚餐或谈业务，也会选择和园山庄。宏智公司联系客户多，又招来不少食客，山庄车水马龙，热闹非凡。

和园山庄越来越火，反观寒然文玩店，则一天天冷落下去，几乎无人问津。罗晓艺打孟怀国电话，低声下气，求他去店里走走，答应再也不提连锁店的事。孟怀国口头敷衍着，却依然只往和园山庄跑，没再踏入寒然半步。

罗晓艺不甘心，暗里跟踪孟怀国，倒看他的魂被哪只狐狸精给勾走了。一跟一跟，就跟到了和园山庄。当悄悄见识过苏月婵后，罗晓艺明白自己的年龄和气质皆处于下风，没法从对方手里夺回孟怀国。人虽夺不回，但也不能吃哑巴亏，总得让孟怀国付出点代价才行。

再说那天黎秉钧送走孟怀国后，返回办公室，重新拿过茶几上的闲章，盯着题款篆体字，心下寻思，卓宪新你真是用心良苦啊，莫非你在沧彦履职时被人揪住尾巴，需要我给你排忧解难？咱虽为一省纪委书记监委主任，可党纪严肃，国法如山，你真有什么事情，我又哪来能耐，排得了你的忧，解得了你的难？

正在黎秉钧沉吟之际，曾守贤进来说事，见领导闲章在手，说："书记何时起了雅兴，治起印来啦？"黎秉钧道："我哪来时间和心情治印？有人专程送上门来的。"曾守贤问道："谁送的？我瞧瞧是啥质地和题款？"

黎秉钧把闲章递向曾守贤。曾守贤接住，放手上掂了掂，说："好像是黄花木，质地不错，造型尚可，粗看题款刀功也不浅。"黎秉钧道："能入你法眼，拿走得了。"曾守贤道:"守贤怎好夺人所爱?谁送书记的?转手赠人,不太好吧?"黎秉钧道:"孟怀国送的,准确地说是有人托孟怀国送我的。"曾守贤道:"谁托孟怀国送书记的?"

黎秉钧指指门板,曾守贤会意,过去关上门,回来道:"难道有人想巴结书记,或有啥事需要书记了难,借孟怀国之手送礼给书记?可礼也太轻了点,亏送礼人出得了手。"黎秉钧道:"礼是轻了点,可送礼人分量重啊。"曾守贤道:"送礼人系何方神圣?"黎秉钧道:"北京方面神圣。"曾守贤道:"北京领导都给书记送礼,书记该飞黄腾达了。"黎秉钧骂道:"腾达腾达,就知腾达!腾达有啥好?腾得太高,达得太远,摔死你。"

"好好好,不腾不达,学蜗牛慢慢爬,还没爬到树上,葡萄已经成熟了。"曾守贤忍俊不禁,"书记方不方便透露,这宝贝到底是谁托孟怀国送的?"黎秉钧道:"卓宪新。"曾守贤睁大眼睛道:"原来出自卓宪新。卓宪新大权在握,风头正劲,主动赏赐印章给书记,以示友好,书记这回看来想不腾不达也难咯。"黎秉钧道:"算了吧你。给我分析分析,卓宪新为啥要托孟怀国来递橄榄枝?"

曾守贤用手摩挲着闲章,口里道:"黄花木本名为权,卓宪新以黄花木印章相赠,那是要委权予书记啊。"黎秉钧道:"还有呢?"曾守贤看着题款道:"爱竹毋除当路笋,惜花且留拂面枝。这十四个字含意可深刻啦,放在书记身边,倒也恰当。"黎秉钧道:"恰当?怎么个恰当法?"曾守贤道:"书记想想,咱们纪检干部所作所为,不就是除当路笋,去拂面枝么?人家要您手下留情哩。"黎秉钧道:"牵强附会了吧?"曾守贤道:"书记不愿牵强附会,也不是没有道理,毕竟不过两句俗语而已,大可不必神经过敏,过度解读。"

黎秉钧紧锁眉心,沉吟道:"卓宪新突赠闲章,不可能没有用意。守贤刚才说,咱们纪检干部干的是除笋去枝行当,你把话说具体点,到底谁是咱们眼前的当路笋和拂面枝?"曾守贤不紧不慢道:"波涛追查缪德良时,一追一追,不觉追到周俊才和曹寄青身上,不言而喻,周、曹就是咱们眼前的当路笋和拂面枝。"

黎秉钧眼盯曾守贤,说:"周俊才和曹寄青能做上彦州市政府市长副市长,孟怀国确实起过重要作用,可与卓宪新又有何关系呢?毕竟卓宪新已离开沧彦多年,过去与周曹两人好像没有交集。"曾守贤道:"过去周曹与卓宪新没有交集,并不能说明现在没有瓜葛。"黎秉钧道:"卓宪新已成北京大员,周曹想高攀,难道那么容易?"

曾守贤想起一事,说:"卓宪新成为北京大员后,回沧彦老家看望老母,转道彦州返京时在孟氏庄园做过短暂逗留,任何人不见,唯独见过曹寄青。"黎秉钧道："卓宪新与孟怀国有旧，途经彦州住进孟氏庄园，倒也好理解，只是干嘛要接见曹寄青呢？"曾守贤道："曹寄青见过卓宪新后，与周俊才一唱一和，怂恿吴尚云，变更青湖规划，孟卓两家儿子的宏智公司已竞得青湖近半土地，正在大力开发中。"

黎秉钧略有所思道："你是说，为宏智公司利益，卓宪新才送我闲章，让我放过追查周俊才和曹寄青？然据我所知，卓宪新已让儿子卓见智退出宏智公司，人也带往北京，他干嘛还操宏智公司的心？"曾守贤道："只怕是卓宪新为遮人耳目，做样子给外界看的。"

原以为周曹问题是孤立的，想不到后面还站着卓宪新，事情变得更为复杂。黎秉钧脸色凝重起来，好一阵子没再说话。曾守贤本是来汇报俞波涛发现的两河新区新线索，请求尽快对曹寄青进行初核，这下得知半路冒出大员卓宪新，也就不好为难黎秉钧，悄然退出门外，回了自己办公室，有话改日再说。

黎秉钧陷入沉思，没发现曾守贤已走。待回过神来，早过了下班时间，黎秉钧走出办公室，回到家中，老母已做好饭菜，正等着他上桌。跟往常一样，饭后黎秉钧洗过碗，陪母亲下楼，去林中散步，说些家常。

走上一段，母亲照例要去喂猫，黎秉钧在附近踱步。来到树荫浓密处，有对归鸟在道旁踯躅，看上去很是亲密，也许属同林夫妻。黎秉钧怕吓着夫妻鸟，止步不前，静候它们走开。谁知呼地一声响，有物飞来，落在人鸟之间地上，夫妻鸟一惊，起翅飞走，没入苍茫暮色。

落在地上的是块小木板，上面插着把弹簧刀。黎秉钧暗自一惊，弯腰拾起木板，借昏暗路灯，发现弹簧刀插在自己名字上：黎秉钧之墓。

黎秉钧不出声笑笑，原来有人要自己老命。莫非你老命还值几个钱，有人煞费苦心，要来索去？从事纪检工作以来，黎秉钧没少遇索命鬼，又哪那么容易被吓住？都已什么年代，还拿这种弱智手段威胁我姓黎的，也太搞笑了点。试想真要我老命，又何须先示威，直接下手不痛快得多？看来索命鬼底气不足，才虚张声势，自愚愚人。

黎秉钧没有拔刀意思，让弹簧刀继续插在自己名字上，第二天带进办公室，准备叫曾守贤来长见识。正好秘书交来个大信封，说快递哥刚送到的。黎秉钧瞧瞧信封上的快递单，只有自己的地址和名字，寄件栏空着。拆开信封，里面有几张彩照，那是黎秉钧正上幼儿园的外孙女，另有三处别墅和五处大户型房产证复印件，户主写着黎家女儿名字。

寄快递的人意图明显：你黎秉钧别不识好歹，小心你外孙女的安全，还有你女儿才三十来岁，拥有上千万的房产，到底怎么回事？黎秉钧清楚女儿根本没有这些房产，完全经得起组织调查，不用往心里去。可恶就可恶在不仅冲你扔刀子，还弄到你外孙女相片，以此要挟你。黎秉钧盯着外孙女天真可爱的照片，心里一阵难受，拿起电话拨了夫人的手机号。

黎秉钧夫妇是大学同班同学，毕业后黎秉钧进机关从政，黎夫人留校当老师，四十岁不到便评上教授。女教授五十五岁可办退休，也可申请留任。黎夫人喜爱外孙女，到点就离开讲台，去女儿家帮带外孙女，享受天伦之乐。有句话叫隔代亲，外孙女也是黎秉钧心头肉，只因工作太忙，难得主动打回电话，过问外孙女。

这天黎夫人接到丈夫电话，有些诧异，说："是不是长江倒流，书记大人主动打来了电话？"黎秉钧道："长江不倒流就不能给你打电话？干脆给外孙女办个手机，省得打扰你讨嫌。"黎夫人呵呵笑道："想外孙女了吧？"黎秉钧道："能不想吗？自己亲骨肉。她在幼儿园还是家里？"黎夫人道："十几分钟前才送到幼儿园。想外孙女，何不请求组织，提前退位，来陪我一起带外孙女？再过几年，外孙女稍大，就没那么好玩了。"

得知外孙女安然无事，黎秉钧心里好受多了，跟夫人说过再见，招来曾守贤，出示昨晚和早上收获。曾守贤愤然道："谁这么下作，用此手段威胁书记？我找公安，侦知到底出自谁手，揪出来，交法院判几年。"黎秉钧笑道："不用不用，这些人自己心虚，出此下策，也不想想我黎秉钧什么阵势没见过，哪那么容易吓唬？"曾守贤道："不找公安，也得汇报给乃宣书记，让他替黎书记担待点。"黎秉钧道："乃宣书记日理万机，这也找他汇报，他还能正常工作？别管小人下三烂动作，咱该干嘛干嘛。"

曾守贤不好再多嘴，心里敬佩黎秉钧的镇静，换作自己，对手已经放出信号，只怕不会这么沉得住气。只听黎秉钧又道："昨天下午你找我，应该不是冲着孟怀国来的吧？"

"既冲着孟怀国，也想汇报巡视组进驻两河新区后，收获还不小。"曾守贤转述了俞波涛的新发现。黎秉钧态度非常坚决，说："没招标，没签合同，五百万巨款就打了出去，新区纪检部门难道熟视无睹？"曾守贤道："这也说明曹寄青胆大，新区估计远不止这么一笔违规款。"黎秉钧道："守贤觉得下一步该怎么办？"曾守贤道："到了该对曹寄青违规线索进行初核之时。"

黎秉钧点头道："周俊才老婆王平霞消失在曹寄青老婆陆白露手里，一时不知去向，曹寄青难脱干系，现又有五百万巨款问题，对他进行初核，时机已成熟。守贤说说，初核任务交给哪个部门为妥？"曾守贤道："交给第九审查调查室如何？"黎秉钧道："交给谁不是交，偏偏交给第九审查调查室？九室主任刚到龄退休，你这不是给我出难题吗？"曾守贤笑道："这又不是什么大难题，还不容易解决？"

"哪像你说的这么轻松？室主任好歹也属副厅级领导，又肩负审查调查重任，总得物色个有能力有经验的人才吧？"黎秉钧说着，忽然笑起来，指指曾守贤，"你这小子，有话含在嘴里不说，非我先出口不可。"曾守贤故意装痴道："我没话要说呀，我只负责巡视和审查调查工作，又没管人事，怎敢在人员配备上胡言乱语？"

黎秉钧挥挥手，道："好好好，别废话，我尽快把俞波涛挪到九室来。俞波涛提市纪委常委时，解决了正处待遇没有？"曾守贤点头道："已有两年多正处任职时间。莫非书记有心想让他上台阶？"

黎秉钧笑望着曾守贤，道："这不正是你所期待的吗？俞波涛正处任职时间确实短了点，但纪委正当用人之际，我找组织部门和乃宣书记沟通，他们会支持的，不拘一格降人才嘛。只是年关在即，俞波涛的任命自然只能挪到春节后。另初核工作保密很重要，为确保初核曹寄青案的保密性和连续性，届时可借调奚连江和陶景宜，协助俞波涛工作。"

旧年倏忽过去，新岁悄然而来。俞波涛到任省纪委监委第九审查调查室主任后，办妥初核曹寄青的相关手续，奚连江和陶景宜也被借调过来，三人动身去彦城经济发展公司，追踪那笔五百万的款子。

路上俞波涛与奚连江你一言我一句，分析调查这笔款子可能面临的阻力和困难，只有陶景宜一言不发，眼睛望着窗外发呆。奚连江见后视镜里的陶景宜情形异常，关切道："景宜在想什么？想你家段帅哥？"陶景宜凄然道："想他干啥？我俩已分手。"奚连江吃惊道："真的假的？别拿婚姻大事开玩笑嘛。"

俞波涛却不觉得意外，问陶景宜道："何时分的手？"陶景宜道："借调省纪委后没几天。"俞波涛道："都怪我，说好结束缪案后，让守贤书记安排你去综合部门，留些时间修复跟小段的关系，想不到临时有变，把你借来省纪委，更加忙碌，致使你俩婚姻彻底破裂。"陶景宜道："不怪主任。其实根源不在没时间厮守，是爱绝缘尽，两人还在一起，犹如清汤寡水，不咸不淡，不甜不苦，已没啥意思，分手也就成为必然。"

奚连江想调剂一下车里气氛，笑道："景宜与小段分手，主任责无旁贷，你要给景宜物色素质更优品位更高的帅哥，气死小段。"俞波涛心情有些沉重，无意玩笑。想安慰陶景宜几句，张张嘴，一时词穷语失。只有按下窗玻璃，放进初春凉风，吹散车里的闷热。

很快来到彦城经发公司。财务交代，那五百万到账一周内便专款专用，一部分了给了建筑材料商，一部分给了参与两河新区工程项目建设的老板。

彦城经发公司还没中标拿到两河新区工程项目，工程款便到了建材商和工程老板手里，显然不合情理。可财务有说法，两河新区掌握在曹寄青手里，曹寄青又兼着彦城经发公司老总，彦城经发公司中标毫无悬念。而现在建材一天一个价，提前给建材商预付，能省一大笔钱，降低生产成本，公司自然乐意。

这些借口好像还说得过去。俞波涛几位掉头去找工程老板，工程老板一致说款子到账后，除购置工程设备外，其余都给农民工发了工资，且有设备发票和农民工工资花名册为凭。俞波涛问，农民工还没上工，就发工资，没哪个老板这么傻吧？老板掩饰说，是原来做的工程没赚钱，欠发农民工工资，才拆了东墙补西墙。

俞波涛自然不会轻信这些话。也许在曹寄青部署下，财务已事先跟建材商和工程老板统一好了口径。怎么从这些人嘴里掏出真话呢？俞波涛跟奚连江几位初核组成员坐下来，商量对策。奚连江说："曹寄青手下财务也好，建材商和工程老板也罢，都是些人精，没抓到把柄前，想掏出他们的真话，几乎没可能。"

"没可能就不往下追查啦？"俞波涛不满道。奚连江道："可跑跑建材商和工程老板的开户银行，调取其提钱资料瞧瞧，也许能有所发现。"俞波涛道："能发现什么？"奚连江道："人民币蛮有学问的，可向银行的人讨教讨教人民币进出奥妙。"俞波涛道："那也行，咱们就从金鑫建材公司下手，查查他们的资金进出情况。"

几位驱车赶到建设银行某支行。行长潘珊瑚立即安排职员调取所需时段内金鑫公司账户，发现取过一百万元现金。俞波涛心想，生意人取钱不稀罕，这好像不能说明什么问题。可奚连江没有这么看，问潘珊瑚道："百元面额人民币都有冠字编码，银行进出人民币时，会有记录吧？"潘珊瑚道："人民币进出银行，无非两个渠道，一是柜台，一是自动存取款柜员机，柜台验钞机和柜员机都有百元人民币记录功能。"

俞波涛一下子明白了奚连江说来银行的意图。根据需要，潘珊瑚又让人调出金鑫公司取走的人民币冠字编码记录，交到奚连江手上。

建材商上游还有建材生产厂家。他们几位掌握了与金鑫公司长期合作的钢材、水泥、砂石等定点供货厂家后，一家家跑去调查，发现所需时间段内他们跟金鑫公司资金往来很少，偶有往来也多属走账，现金支付量不大。一般厂家收到货款，会存入银行，几位再赶往建材厂家的开户行，调取人民币存入情况，没见到金鑫公司从银行取走的人民币冠字编码。也就是说金鑫公司一百万人民币没花出去，或花的不是地方。

沿着这个思路，追查其他几位建材商手里人民币，同样没有下落。那么这些钱都去了哪里？是不是在建材商还有工程老板那里过过手，又回到曹寄青手上，被他独吞或送了人？假设曹寄青没独吞这笔钱，又会送到哪里去呢？会不会送给周俊才，或他老婆王平霞？难道王平霞已拿着大钱，逃到哪里躲了起来？

围绕这些疑问，俞波涛与奚连江、陶景宜商量半天，没法得出结论。奚连江道："可否请求守贤书记，对曹寄青采取适当措施？"俞波涛道："怎么个适当法？对他执行留置，逼他招供？"陶景宜道："肯定不行。看看曹寄青处理那五百万元的手段，何等老辣！没找到这五百万元去向，最好别动曹寄青，否则僵持在那里，骑虎难下。"

"曹寄青堂堂省城副市长，掌管两河新区这么个大摊子，没有把握做成铁案，哪能轻易动他？"俞波涛皱眉道，心里希望曹寄青没事才好。正好兜里手机响起，掏出来一瞧，是夏语冰打来的。这小子定是闲得发慌，无事找事，电话骚扰你。俞波涛没心思接电话，又不好掐掉，把手机放在桌上，任它自响自止。可夏语冰不肯罢休，过一会儿又打了过来。陶景宜笑道："主任怎么不接电话？不是老情人来电，怕被咱们听了去吧？连江咱俩还是知趣点，回避回避。"奚连江道："那还不赶紧走，坐着干啥？"

俞波涛懒得理他俩，对着手机吼道："语冰干什么？咱正忙得焦头烂额，没空接你电话，你还没完没了啦。"夏语冰没好气道："你有啥了不起的！做了副厅级领导，就六亲不认，要跟咱割袍断交？"俞波涛道："屁话少说，有事说事，没事我挂电话了。"夏语冰说："有人自美国回来，有话向你倾诉。"

俞波涛一时没反应过来，说："谁从美国回来了？"夏语冰道："你真是贵人多忘事。还能有谁？林路雪呗。"俞波涛道："林路雪不是在美国给人代孕产子么？是孕了产了，还是没孕没产？"夏语冰道："电话里哪说得清？见面你问她本人嘛。"

彦城经发公司五百万元的去向，一时半会儿也查不出来，见见林路雪也无妨。俞波涛道："行行行，我定个店子，咱俩为林路雪接风洗尘。"夏语冰道："洗什么尘？美国空气好，林路雪一尘不染，不想到别处去，你来我工作室坐坐吧。"

走进夏语冰工作室所在小区，远远听到琴声如缕，自楼王前的古樟翠叶间放飞而出。是那首《鸥鹭忘机》，俞波涛已存入车头音响里，不时会放上一遍，以涤心尘。

　　仿佛怕踩碎那琴声似的，俞波涛放慢脚步，缓缓挪向楼前。来到楼下，伫立片刻，琴声止住。俞波涛三两步登上二楼，推开夏语冰工作室。夏语冰还坐在窗边的琴台前，眼睛看着旁边的林路雪，表情略显阴郁。

　　倒是林路雪很淡定的样子，似乎还沉浸在萦绕未去的琴声里。她比出国前胖了些，也白了些，气色也不错，看来代孕产子没少赚。都说权壮男人胆，钱增女人色，女人包里有钱，脸色自然也会变得光鲜。俞波涛走过去，笑道："以为路雪一去不返，不想还能看到你。当初你要赴美，我还阻拦，怕你吃亏，原是杞人忧天。"林路雪叹道："我也是生活所迫，不得不走歪门邪道，出卖自己，为人传宗接代。"

　　既然林路雪主动提及代孕产子的事，俞波涛也没必要忌讳，问道："雇主没亏待你吧？"夏语冰代为答道："雇主最不缺的是钱，事先又有合同，自然没少打发路雪。"林路雪道："人家对我确实不错，给的钱这辈子都用不完。"俞波涛道："这就好，两相情愿，各取所需，你不欠人家，人家也不欠你，算是不错结果。"

　　林路雪眼里掠过一丝阴影，道："可我想把钱退给雇主。"俞波涛道："你不就为了钱，自己活得富足，还可给母亲买房，了却多年心愿么？"

　　顿时泪水盈出林路雪双眼，往下直淌。夏语冰道："路雪从美国回来后，赶到老家，才知道母亲已经过世。"俞波涛道："对不起，我不知情。"林路雪哽咽道："老家人说，母亲是因找不到我，又气又急，觉得活着没意思，才投河自尽的。"

　　没说完，林路雪便情不自禁，抽泣起来。俞波涛想安慰她几句，又觉词穷舌拙。林路雪耸动着肩膀，没法自已，掉过头，扑进俞波涛怀里，大放悲声。俞波涛拍拍林路雪肩膀，任凭她痛哭不止。林路雪也真不容易，出身低微，想靠自己的努力活出人样，现实又太残酷，难以如愿，只好拿青春打赌，出国为人代孕产子，换钱偿还父亲身后所欠巨额医药费。想不到归国返乡，母亲已不在人世，加之十月怀胎所生孩子也够不着，剩下自己一人，举目无亲，孤身于世。生离和死别是人生最难承受之重，可怜林路雪年纪轻轻，遭受双重打击，要她不悲不痛，又怎么做得到？

　　哭够了，林路雪这才抬起头，接过夏语冰递上的纸巾，揩去泪水，语气坚定道："我得把儿子要回来。"夏语冰道："这能行吗？你们签了协议的。"俞波涛也道："是啊，此事恐怕有些难办。"又无话找话道："照遗传规律，一般女随父，儿随母，你儿子长得像你吧？"

提到儿子，仿佛明星透过云层，闪烁在林路雪心空，她脸色顿时由阴转晴，不无得意道："儿子很像我，照保姆说法，就跟我一个模子里倒出来似的。而且格外聪明，生下来就闻得出我的气味，听得懂我的话。"

说了会儿儿子，林路雪语气一转，说："我非把儿子要回来不可，否则我还活在这个世上干什么？"俞波涛道："雇主不惜代价，花大钱请你代孕产子，自然视子为掌上明珠，你又怎么要得回？"林路雪道："我把拿的钱一分不少退给雇主。"夏语冰插话道："你雇主钱多，哪里会在乎钱咯？"俞波涛道："听说凡在美国生产的孩子，一下地就是美国籍，路雪已离开美国，怎么要得回美籍儿子？"

林路雪似已铁心，坚定道："我自有我的办法。"俞波涛道："你一个弱女子，能有什么办法，对付得了有钱人？"林路雪咬牙道："他们不答应，我就上告。"俞波涛道："上告？孩子父亲到底什么人，你告得赢人家吗？"

林路雪沉默着，不愿说出孩子父亲。俞波涛没逼她，只是说："做不到的事，路雪别强求，逼得自己没有退路。你彦州城里无亲无故，我和语冰就是你兄长，有难处只管开口，能办到的尽量办到，办不到的一起商量变通办法，千万不能意气用事。"

俞波涛要忙工作，不可能久待，交代夏语冰照顾好林路雪，回到省纪委，准备召集奚连江和陶景宜，继续追查两河新区那五百万的去向。可奚连江没在，说陪父亲上医院看病去了。俞波涛吩咐陶景宜，问问奚连江父亲病情如何，抽空去看看老人家。

农村人命贱，身体出问题，总是强行支撑，不到万不得已，绝不会丢下农活，来城里花钱看病。奚父也一样，已病得不轻，只是到乡镇医院随便开些药对付，死活不肯来城里医院诊疗。奚母没法，只好打电话给奚连江。奚连江说回去接父亲，奚父怕儿子来回奔波，耽误工作，才答应由奚母陪同，到彦州来看医生。奚连江上车站接住父母，见父亲有些不对劲，便直奔市中心医院，通过已接任院长的罗甫仁，住进了病房。

俞波涛和陶景宜带着牛奶和水果走进病房时，罗甫仁与主治医生正站在奚父病床前分析病情。不是什么致命的病，无非年纪大，血糖偏高，没及时用药，引起并发症，治疗起来稍为麻烦些。俞波涛慰问奚父几句，要奚连江安心陪父亲，带着陶景宜出了病房。罗甫仁跟出来，请两位去办公室一坐，喝杯清茶。还是原来的书记室。俞波涛问道："罗院长为何不搬到院长室去？"罗甫仁道："在书记室待惯了，不愿挪窝。"

陶景宜笑笑道："不仅仅不愿挪窝，总还有别的原因吧？"罗甫仁道："陶主任倒说说，还有什么别的原因？"陶景宜道："听医院里的人说，院长室风水不正，缪德良才犯煞，出了大事。"罗甫仁否认道："没有此事。咱是唯物主义者，哪信什么风水雨水？"俞波涛道："风水再正，不如人品正。世间最好的风水，莫过于高尚品德。"

"对对对，俞主任说得对。像缪德良德行这么差，办公室风水再好，也会出事。"罗甫仁附和道，"缪德良已解除留置大半年，怎么还关在看守所，没给判决？"俞波涛道："缪案复杂，检察院起诉，法院审理，得有个过程，估计还会要一阵子。"罗甫仁道："缪德良光现金就有三千万，听说留置时又不配合审查，总得判个死缓什么的吧？"

判刑是司法部门的事，俞波涛不愿多议，敷衍几句，喝口茶，告别罗甫仁，出门下楼。来到车上，耳边还响着罗甫仁关于缪德良那三千万的话，当初从缪母棺材和墓地里起出的一扎扎堆积如山的人民币，电影样在脑袋里一遍遍上映着。俞波涛意识到对这些人民币还大有文章可做。可怎么个做法呢？又一时想不太明白。

见俞波涛默不吱声，只顾手扶方向盘，眼睛直直盯着前方，陶景宜笑道："莫非蓝颜重现彦州，主任想如何由蓝转红？"俞波涛侧头望了眼陶景宜道："你说什么，我怎么听不明白？"陶景宜道："别装聋卖傻好不好？"俞波涛道："你在暗里调查我？"陶景宜道："调查你干啥？你不贪不腐，调查得出啥名堂？"俞波涛道："那你还蓝呀红呀的，胡说八道？"

"若要人不知，除非己莫蓝。"陶景宜望着街旁行人道，说起一段旧事。她有个闺蜜，曾在中心医院住院部服侍过父亲个把月，正好同病房姓林的病人也有女儿在陪护。两位父亲同病相怜，两个女孩年龄相当，两家亲热起来，陶景宜闺蜜和林女渐渐变得无话不说。林女话不多，却说有个蓝颜知己，彼此很投缘，真想由蓝转红，成为人妇。无奈蓝颜已有妻室，又在大机关当领导，高攀不起，只能一直蓝下去。

说到这里，陶景宜回头看一眼俞波涛，继续道："我闺蜜还转述过林女对蓝颜的描述，问我认不认识这个男人，真想一睹尊容。我一听就知是谁，但没跟她说实话。后来闺蜜又陆陆续续跟我说起过姓林的女孩，说她为偿还父亲留下的巨额医疗费，只身到美国淘金去了。直至那天你跟夏语冰打电话，才知你的蓝颜已经回国。"

前面路口亮起红灯，俞波涛刹住车子。窗前像个望不到头的停车坪，数不清的车辆老老实实趴在那里。俞波涛开了音响，琴声飘然而出，是那支熟悉的《高山流水》。

红灯很快变绿。俞波涛松下刹车，道："你该记得卞之琳的诗：你在桥上看风景，看风景的人在楼上看你；明月装饰了你的窗子，你装饰了别人的梦。"陶景宜道："我没看风景，只听过风景。至于月窗能否装饰别人的梦，我也不在乎。"

这有点像说谜语，只有两人能懂。俞波涛笑道："那你还这么来劲，说什么己莫蓝？"陶景宜道："英雄难过美人关，我怕你逞英雄。"俞波涛道："你知道英雄难过美人关后面那句怎么说吗？"陶景宜道："后面还有一句？怎么说的？"俞波涛道："美人难过卖酸摊。"陶景宜握拳挥向俞波涛道："你这个坏蛋，我要告你侮辱美人罪。"

不觉进入省委大院。把车停到纪委楼下时，音响里响起《鸥鹭忘机》。俞波涛痴坐在座位上，好像没有关音响的意思。干脆合上双眼，任由琴声如叶，托着自己，穿过千山，飘过万水，来到夜雾沉沉的海上。正值蓝色曦光自海东升起，沉雾散去，鸥至鹭集，翱翔自得……

见俞波涛没动静，陶景宜觉得奇怪，咕哝道："不打算上办公室去？"俞波涛缓缓启开眼皮，像对陶景宜，更像自言自语道："记得上次起获缪德良那三千万时，银行都是用验钞机清点汇兑的。验钞机都有记录功能，百元面额人民币只要过机，其冠字编码都会留下来。"

也不知俞波涛为何没头没尾，忽然说起人民币冠字编码来。陶景宜哼道："这有啥奇怪的？为反洗钱，印钞厂已给大额人民币印上冠字号码，只要进出银行，都会留下记录，保存到数据信息库里。"

没等陶景宜说完，俞波涛把住方向盘，掉转车头，又向外驶去。陶景宜喊道："发什么神经，办公楼就在眼前，还往外跑？"俞波涛不紧不慢道："咱们来个大胆假设，如果彦城公司转出去的五百万元回到曹寄青手里，曹寄青给了缪德良，缪德良那三千万元已被验钞机查验过，银行数据信息库里是不是能找到那五百万元的记录？"

陶景宜想想道："若前面的假设成立，还真有这种可能。问题是曹寄青为啥要给缪德良五百万？曹寄青官比缪德良大，只有小官给大官送钱，哪有大官给小官送钱的理？"俞波涛道："先别管曹寄青为何要给缪德良钱，只要猜测成为事实，一切都会水落石出。"

来到建行支行，潘珊瑚笑道："两位莫不是又起获贪官巨额赃款，请我们前去点钞？"俞波涛笑道："还是你做经理的舒服，咱不知死掉好多脑细胞，起获贪官赃款，点钞收钱的美事却落到你头上，咱只能站在旁边咽口水。"

笑话着来到经理办。喝了口潘珊瑚递上的茶水，俞波涛说明来意。潘珊瑚立即叫来一位姓许的帅哥，记下所查内容，转身出了门。俞波涛道："银行真是个好码头，从经理到职员，不是美女，就是帅哥，怪不得工作效率高，待遇好。"潘珊瑚道："谢谢波涛主任夸奖！你们纪委监委不也一样，一露面，俊男后面总跟着靓妹！"

见陶景宜没怎么搭腔，潘珊瑚怕冷落她，拉过她的手，说："看看景宜妹妹，咱行里美女哪个比得上你？波涛主任肯放，我愿出高薪，聘来担当大任。"陶景宜道："景宜正穷得叮当响，连房子都买不起，能到银行来发财，何乐而不为。"潘珊瑚道："那一言为定。"

小许很快出现在经理室，递给俞波涛刚查实的数据。数据比对显示，彦城经发公司转出去的五百万中，有一百万元的冠字号码正好出现在缪德良那三千万元的信息数据里。也就是说，通过彦城经发公司及有关建材商和工程老板，两河新区至少送过缪德良一百万元。

这可是个关键线索。掌握此线索，就掌握了开启缪德良和曹寄青背后复杂交易的金钥匙。走出银行，俞波涛打电话给曾守贤，说了今天的意外收获。曾守贤大喜，说："好好好，你们尽快去趟看守所，提审缪德良。"

隔日上午，俞波涛和陶景宜出现在看守所里。不巧缪德良生病，被送往省人民医院治疗去了。陶景宜道："这个缪德良也是，迟不生病，早不生病，咱们来找他，他竟然生起病来。"俞波涛道："缪德良已不年轻，又遭此变故，不病才怪呢。彼此打了近一年交道，也算老熟人了，咱们买点水果，去送送温暖吧。"

不同于普通罪犯，在押贪官普遍年龄大，身体状况不佳。为此省人民医院按照省纪委监委及公安机关规定，专门在住院部一楼西头安排专门病区，为在押生病贪官治病。因非普通病区，此处铁门紧闭，辅警把守，家属可在规定时间内，经看守所安排，入内探视。

俞波涛和陶景宜虽不是家属，但只要递上工作证，辅警便开门，放两人入内。大都是四床一个病房，床无虚位，说明反腐成效显著。床上病人一个个白发苍苍，面浮眼肿，昏昏欲睡。缪德良脸色也很难看，正斜躺在铁窗边的床位上打点滴，床头不锈钢撑架上挂着白色药瓶。

见着俞波涛和陶景宜，缪德良满脸惊讶，欠欠身，想坐起来。俞波涛赶紧过去，按住他肩膀，说道："别动别动，好好吊水，不然针头移位，护士会骂人。"

缪德良老老实实靠回床头上。陶景宜将手里提袋搁到床头柜上，说："两样水果，该是你喜欢吃的，你在觉园时你老婆给你送过。还有几本书，好让你打发时光。"缪德良哽咽道："我是罪人，对不起党和人民，两位领导还来看我，我问心有愧啊。"

也许处于医院特殊环境，面对的不仅仅是贪官，还是虚弱病人，不觉间话语变得亲切起来。俞波涛和风细雨道："我俩路过人民医院，听说你在这里住院，进来看你一眼。身体没大碍吧？"缪德良说："是些常见的老年病，血压血脂，心脑血管，都有问题。吃吃药，打打针，应该还没生命危险。不过像我这样的罪人，活着还有什么意思？"

俞波涛道："哀莫大于心死。只要你良心不泯，敢于面对从前的罪过，自然还有新生机会。"缪德良道："谢谢俞主任错爱！想起你们提审我时，我脑袋不开窍，没好好配合，心里就不安呀。"陶景宜道："现在开窍还不为迟。你虽已离开觉园，有什么需要交代的，照样可向组织反映。"缪德良道："好好好，只要想得出问题，我立刻交代。"

又随便聊了几句，两人起身，走出病房。陶景宜道："看缪德良那样子，好像蛮诚恳的，会不会主动交代收受曹寄青钱的事？"俞波涛道："要交代早交代了，你不见这家伙冥顽不化，不见棺材，岂肯掉泪？"陶景宜道："那你还来送什么温暖？"俞波涛笑道："别这么急功近利嘛。毕竟人家落到如此地步，咱们关怀关怀也应该。"

来到车上，陶景宜道："缪德良住院，不便提审他，下一步怎么办？"俞波涛道："缪德良总会出院的嘛。先别管他，我引荐个人给你认识认识。"陶景宜道："要看什么人，本姑娘可不是谁都想认识的。"俞波涛道："架子不小嘛。你不挺关心我的蓝颜么，想不想见见？"

"不想见，不想见！"陶景宜恶狠狠道，"你的蓝颜跟我何干，要我见她？"俞波涛道："不想见算了，我单独见还有意思些。"陶景宜嘟着嘴巴道："你见不见是你的事，我又没用索子捆着你的双腿。"俞波涛道："你没捆我的双腿是吧，我这就打她电话。"

陶景宜没再搭腔，扭过脑袋，去望窗外街景。好一阵没见俞波涛动作，又回过头道："你怎么还不打电话？"俞波涛道："暂时还是别打为佳。"陶景宜道："为何不打，怕隔座有耳？"俞波涛道："我刚才犯了个低级错误，不该当着女人说女人，尤其是那女人还是我的蓝颜。"陶景宜笑道："那你停车，我下去回避一下。"

最让女人放不下的，往往不是男人，而是男人背后的女人。连续两天，陶景宜见俞波涛照常上班，没啥异样，实在忍不住，找机会问道："见过你的蓝颜没有？"俞波涛反问道："蓝颜？什么蓝颜？"陶景宜道："装吧，你就装吧。"俞波涛故作恍悟道："你是说林路雪吧？已经约好地点，今晚一起吃个饭。"

陶景宜顾不得矜持，厚着脸道："我今晚没地方吃饭。"俞波涛道："你看你一个女人家，没地方吃饭，不晓得上街买些菜，带回家里自己做？"陶景宜道："我不会烧菜。"俞波涛摇头道："行行行，今晚跟我吃饭去。不过有个条件，你得答应。"陶景宜道："什么条件？"俞波涛道："你没少坐我车，平时出于工作需要，都是我求你，油费什么的没计较过，这次你求着跟我出去吃晚饭，饭费算了，总得给我加缸油吧。"

陶景宜哼哼道："亏你男子汉大豆腐，几个油费也出得了口。是不是私房钱被艾老师收缴啦？"俞波涛道："可不是？我把私房钱藏在拖鞋里，竟然也被艾老师发现，毫不留情没收充公了。"陶景宜道："你那是塑料拖鞋吧？"俞波涛道："你怎么知道？"陶景宜道："塑料拖鞋才是藏钱神器嘛。再说你家养了二孩，开销大，也只买得起塑料拖鞋。"

林路雪是夏语冰约的，晚饭地点就在他工作室附近。俞波涛两位赶过去时，夏语冰和林路雪已坐在包厢里，点好了菜。

女人的注意力永远在女人身上，见林路雪不仅年轻貌美，且丰腴性感，陶景宜难免暗生忌妒，心想怪不得姓俞的难忘这个女人，自己若是男人，肯定也放不下她。陶景宜这么想也不奇怪，毕竟她有过婚史，知道男人看女人，与女人看女人，截然不同。女人看女人，对方脸要窄，腰要小，腿要细。一句话，肉少就好，肉少穿衣服好看。男人看女人正好相反，女人光漂亮不够，该有肉的地方得有肉。肉欲肉欲，没有肉，哪来欲？男人喜欢透过现象看本质，永远看不出女人身上衣服款式配不配，色彩搭不搭，女人穿啥都属皇帝的新装。

陶景宜动着心思，还是大大方方走向林路雪，笑道："我是陶景宜，陶景宜的陶，陶景宜的景，陶景宜的宜，波涛主任的同事。"林路雪也乐道："我叫林路雪，林路雪的林，林路雪的路，林路雪的雪，冰哥的老乡。"陶景宜道："早知你是女神，可百闻不如一见，比我想象中更美丽。怪不得波涛主任每每跟我提及你，口水都忍不住往下流。"夏语冰道："陶主任说话注意用词啊，怎么能说波涛主任下流呢，还要不要在他下面混？"

"你别冤枉我，我只说波涛主任口水往下流，没说人下流。"陶景宜望向夏语冰，"你就是波涛主任那位数学太差的夏同学吧？说是数到七便再也没法往下数，只好玩音乐，反正简谱只有 1234567 七个音阶外加休止符号 0。"夏语冰笑道："这事你也知道？"陶景宜道："怎么不知道？你这位老同学经常在同事面前诽谤你。"

嘻嘻哈哈着，服务员送菜上来，开了红酒。碰过杯，陶景宜道："夏老师知道波涛主任为啥数学比你好吗？"夏语冰道："他天生狡猾，狡猾的人会算计。"陶景宜道："狡猾是个贬义词，应该说是聪明。"夏语冰道："你说他聪明，我也不好公然反对。"林路雪道："景宜姐可得拿事实说话，俞主任为何比夏老师聪明？"

陶景宜看一眼林路雪，又瞧瞧俞波涛和夏语冰，道："很简单，脑袋大脑细胞就多。波涛主任脑袋明显比夏老师大，自然更聪明。"俞波涛道："谁说脑袋大脑细胞就多？无稽之谈。"林路雪认真道："不是脑细胞多，又是什么多？"俞波涛道："我脑袋大是进多了水。"

三位都笑。陶景宜道："咱们可没说波涛主任脑袋进水啊。"林路雪道："涛哥脑袋大是进了水，那冰哥脑袋小，是不是里面缺水？"夏语冰道："其实我脑袋原来也跟波涛一样大，也进了水。"林路雪道："后来怎么变小的？"夏语冰道："后来被门板挤了，里面的水都挤了出来，脑袋也就缩小了。"陶景宜笑道："门板挤什么不是挤，偏偏挤你脑袋。"

笑话着，桌上气氛越发喜乐。林路雪感叹道："还是男人大气，走到一起，可以自损自黑。反观女人，见面总口是心非道：看你脸窄腰小腿细，介绍介绍经验，到底怎么瘦下来的？其实并非真心夸你，是等着你回答，你脸更窄，腰更小，腿更细。像我这样的女人，喝水都发胖，脸宽腰大腿粗，每次被人说瘦，就恨不得往地缝里钻。"

夏语冰挖苦道："看来女人还是不能胖，就是要往地缝里钻，也得等瘦下来才钻得进去。"俞波涛骂道："语冰你怎么说话！路雪哪里胖啦？不见她该凹的地方凹，该凸的地方凸，凹凸有致，胖瘦得恰到好处，增一分太肥，减一分太瘦？"

说得林路雪满脸生辉，斜眼看着俞波涛，道："涛哥好坏，正话反说。"

陶景宜也瞪一眼俞波涛，却不好发作，含沙射影道："女人天性虚荣，明知是假话，也当真话听。越虚荣，越听假话，智商越下降，女人普遍缺智少慧，正是中了男人圈套。倒是男人没人奉承，难得听到假话，能保持冷静和理智，自然比女人智慧。"夏语冰道："不见得吧，男人也需要奉承，也爱听假话。比如有权有钱人，哪个耳里没塞满奉承话和假话？"

陶景宜道："这也是事实。咱经常接触贪官和老板，权大钱多，听惯奉承话和假话，误以为自己多么英明和伟大，变得云里雾里，飘飘欲仙，非得智慧清零，失足成恨，才清醒过来，回归理性，意识到自己也是凡胎肉身，与街头大哥巷尾二嫂没啥区别。"

这套说辞多少有些道理，夏语冰道："陶主任说得蛮对，有权人和有钱人毕竟也是人嘛。可世上又有谁不想权大钱多？看看当官的，一旦权在手，便把令来行，好不威风。瞧瞧做老板的，一旦钱在兜，鬼都把磨推，何等快意。咱弄弦之人，做不上官，当不了老板，照陶主任说法，应该又理性又智慧。但智慧有啥用呢？人活世上，可以没有权，但总不能没钱吧？没钱饿死街头，人来人往，只怕收尸的都没有。"

林路雪深有同感，叹道："一毛钱难倒英雄汉，安全感都是钱给的。没钱没法活命，万事皆空。都说男人不可一日无权，女人不可一日无钱。男人有权才有钱，女人有钱才有尊严。九九归一，世间所有问题都是钱的问题，没钱是问题，钱多也是问题。"

几位就说林路雪一语道破天机。世间没有永远的朋友，也没有永远的敌人，只有永远的利益。任何利益都可用钱换算，任何关系都可用钱计量，任何麻烦都始于钱，而终于钱，钱也就成为永恒话题，谁也绕不开。因此说到钱字，几位连美酒和美食都可视而不见，仿佛今天不是来吃饭，是专门来吃钱的。只有俞波涛眼盯杯碟，该喝喝，该嚼嚼，很是享受。又觉独吃喝不如众吃喝，提醒道："你们知道嘴巴的最大功能是什么吗？"

三位扔下钱字，听俞波涛解释。俞波涛道："嘴巴有三大功能，首要功能就是吃喝。"

三人相互看看，这才端杯喝酒，拿筷夹菜。喝一圈，林路雪忍不住问道："涛哥不是说嘴巴有三大功能吗，另外两大功能呢？"俞波涛道："另外两大功能就是接吻和说话。"林路雪道："还真有道理，人嘴就是用来吃饭、接吻和说话的。"

"人类跟动物没有本质区别，动物得生存和繁衍，人也离不开这两大主题。人凭七窍，吃喝拉撒，视听嗅闻，动物同样有这些器官和功能。故远古时代，人类并非地球主宰，受猛兽威胁属于常态。"俞波涛喝口酒，吃口菜，又悠悠道，"为什么后来人类能凌驾于其他动物之上，雄视天下？显然不是人类身强力壮或耳聪目明，而是幸运地进化出一张巧嘴。"

一张巧嘴？三位感到匪夷所思，不由得盯向俞波涛嘴巴。俞波涛笑笑道："刚才说过，嘴巴有三大功能：吃饭、接吻和说话。人类高明于动物之处，就是发明了精准而微妙的语言，可以通过语言交流，相互协作，形成合力，围猎动物，站到食物链顶端。语言可以表达感情，诗歌和文学因而出现。嘴出声成语，声消语失，人类进而创造出文字，文字象形、会意、形声，以线条记物记事记言，记录诗歌和文学。线条的运用使得抽象思维形成，逻辑、数理、哲学、科学产生，人变得越来越聪明，越来越智慧，创造出更辉煌的文明。人变得智慧后，产生的粮食和物产多到吃不完，就有买卖需求。实物运输和保存不易，钱币由此发明。钱物一多，丰衣足食，可多找老婆，多接吻，多生儿。妻多儿众，养活不易，只能多动脑筋多赚钱。由此看来，嘴巴三大功能各有职责，吃饭功能代表钱，接吻功能代表色，说话功能代表智。智既来自于钱和色，又是获取钱和色的条件，人若智慧不足，钱和色不会自己送上门来，即使运气好一时拥有的钱和色，最后也会离你而去。"

说得夏语冰笑起来，道："波涛真是三句不离本行，说来说去，又说到你的反腐工作上去了。"陶景宜道："波涛主任没说错呀，看看多少官员和老板，聪明一世，要钱来钱，要色来色，到头来智慧不够，钱也好，色也罢，还不又弃之而去？"夏语冰道："是是是，看看无良官员和老板，在外面时有花不完的钱，睡不完的女人，一旦犯事被抓，钱被起获，只能吃牢饭，色亦成空，连老婆都睡不上。"

只有林路雪没插言，只顾低着脑袋，心事重重的样子。莫不是俞波涛的话无意间触及她的痛处，让她不堪回首？

饭后出得酒楼，夏语冰住得近，走路回家，林路雪和陶景宜上了俞波涛的车。俞波涛道："两位美女还没加微信吧？"林路雪说："我想加景宜姐，怕她不乐意，没敢开口。"陶景宜笑道："有啥不敢的？能加美女妹妹，姐高兴。"

加好微信，不大一会儿到了林路雪家小区门口，俞波涛回头道："路雪今后有什么事，只管找你景宜姐，她是个好人，值得信任。"陶景宜道："路雪只身一人在彦州，挺不容易的，有事尽管联系我，即使帮不上忙，陪你说说话，出出主意也好。"

林路雪眼睛都红了，道过谢，下车站到路旁，朝俞波涛的车挥着手，久久不愿转身。俞波涛看看后视镜里的林路雪，不觉叹了一声。陶景宜道："主任当我面，公然怜香惜玉，也不怕我嫉妒。"俞波涛道："你有啥好嫉妒的？路雪是浮萍，漂在水上，无根无底，你毕竟有单位有同事，工作稳定，身份尊贵。"陶景宜道："我被前夫无情抛弃，也没见你可怜可怜我。"俞波涛道："谁知是前夫抛弃你，还是你抛弃前夫？"

很快来到陶景宜家门口，俞波涛道："你已有林路雪微信，多跟她微聊微聊，女人之间好说话。"陶景宜道："你不怕我说你坏话？"俞波涛道："你爱说说去。只是别忘套套她口气，她在美国代孕产子的雇主是谁。"陶景宜道："你觉得是谁？"俞波涛道："种种迹象表明，十有八九是周俊才无疑。"

十六

　　跟林路雪微信联系过几次，陶景宜见还算说得来，试探着往对方去美国代孕产子的话题上带，林路雪总是讳莫如深，没露丝毫口风。

　　就在陶景宜快失去信心时，林路雪忽然发来微信地址，说要请她喝咖啡。陶景宜当即放下手头工作，下楼打个滴滴，赶了过去。

　　那是吴楚街里一座不太起眼的小屋，墙上满是爬山虎，周围花草如画。时值午后，年轻人正在忙事，大爷大妈不会花钱买苦喝，咖啡馆里静如止水，只有林路雪一人坐在屋角，像只落寞的猫，侧脸望着窗外的叫不出名的花卉。直到陶景宜走近，林路雪似乎才察觉出来，回过头，无声笑笑，按按桌上电子传呼键。

　　陶景宜刚在林路雪对面坐下，服务生不知从何冒出来，轻手轻脚飘到桌旁，问林路雪要些什么。得到答复，服务生说声稍等，旋过身子，倏然而去。

　　好难得的清雅环境，陶景宜声音也不自觉低下来："路雪怎么想起来这里喝咖啡？"林路雪道："从前我对咖啡一点都不感兴趣，是在美国代孕期间，租屋旁边有家咖啡馆，我实在太无聊，便去里面用咖啡打发时光，渐渐喜欢上了咖啡的苦味和香气。回国后见这家咖啡馆环境不错，咖啡也对我口味，常趁午后人少，来这里坐坐，倒也享受。"

　　服务生身影复又出现在咖啡厅里，手上多了只方形托盘，盘里搁着两杯香气浮动的咖啡。服务生放下咖啡走开，林路雪指捏勺柄，一下一下调着杯中咖啡，嘴里喃喃道："景宜姐尝尝，看合不合您口味？"

　　陶景宜学林路雪样，搅几下咖啡，轻轻抿一口，说："不错不错。"林路雪道："看来景宜姐也爱好咖啡咯？"陶景宜道："谈不上爱好，但还喜欢。你知道，咱平时忙于案情，根本没空闲进咖啡馆，还是读大学时喝过的。"林路雪向往道："读大学正是恋爱的好时光，肯定是男朋友请你喝的咖啡吧？"陶景宜道："被你说对啦，还真是跟男朋友学会喝咖啡的。"林路雪道："一定是位英俊的白马王子咯？"陶景宜道："也还算英俊吧，但不是王子，更没骑白马，最多到街边偷辆破自行车骑骑。"

"姑娘眼里，英俊男孩就是白马王子，白马王子肯定英俊。"林路雪笑笑道，"那后来呢，白马王子娶了您没有？"陶景宜道："娶了啊。"林路雪道："你们肯定非常恩爱幸福。"陶景宜道："开始还行，渐渐由相爱到相厌，最后没法过下去，只能分手。"林路雪道："怎么能让人家跑掉，不抓牢点呢？"陶景宜道："世间不是所有东西都抓得牢的，尤其是人心，往往抓得越紧，越容易失去。"林路雪遗憾道："帅哥也属稀缺资源，若我是姐，决不松手。"

陶景宜本不想谈自己的婚姻，只因要从林路雪口里掏东西出来，只好顺着话题，继续往下道："问题可能就出在帅字上面。"林路雪道："莫非帅男人惹眼，招蜂引蝶？"陶景宜道："那倒没有，他对爱情很忠诚。"林路雪道："那就是姐的问题咯？"陶景宜道："两人都没问题，但两个没问题的人在一起，不见得就没问题。"

这话太抽象，林路雪似懂非懂，道："有问题设法解决问题，好好处嘛。"陶景宜道："处不下去，还勉强在一起，彼此都痛苦。"林路雪道："姐刚才说问题出在帅字上，难道帅也有错吗？"陶景宜道："帅本身没有错，也许错在对帅期望过高的双眼吧？"林路雪道："姐说得好哲学，路雪听不明白。"

陶景宜寻思片刻，道："人的期望如船，总是水涨船高。男人长得帅，养眼养心，同时潜意识里你会觉得有其外，必有其内，外表英俊，内里也该如其外表，完美无缺。可一旦两人生活在一起，只剩油盐酱醋，再无风花雪月，才发现帅当不得饭，也当不得衣，帅哥原来也存在缺陷和陋习，与恋爱时看到的相去甚远，让你生出上当受骗的感觉，暗怨帅哥当初为什么要用外表的英俊掩盖内在的丑陋和粗鄙。若时间不能抹去这种怨气，任其慢慢累加，到了一定程度，由怨生恨，日子也就没法再过下去，分手成为最佳选择。其实事后回想，帅哥有缺陷，也有优点，并非那么不堪，怪只怪你期待太高，导致失望过甚。帅哥靓妹相爱容易，结婚过日子困难，原因大体如此。相反相貌平平的男女，彼此期望不高，不指望对方平常皮囊下有多么优秀的内在，走到一起后不会有太大失望，尚可长相厮守。若对方有些内才，又肯担当，对家庭负责，事业也不错，还会让人惊喜，仿佛捡了大便宜似的，婚姻更牢固。"

说得林路雪不停地点头，暗叹世间之事，不是感同身受，谁会有此彻悟，体会得这么深刻？两人越说越投缘，大有相识恨晚之意。也许这就是女人，需要钱，需要爱，更需要倾诉和倾听。陶景宜见时机已到，把话题转到林路雪身上，问道："路雪的白马王子在哪里？"林路雪道："中学时我也暗恋过一位白马王子，可人家是位干部子弟，我高攀不起，知难而退。到彦州后，认识一位大哥哥，跟那白马王子有些相像，而且又成熟又有才华，可人家已有家室，我不敢作非分之想，只好暗叹自己命苦人贱。"

陶景宜知道林路雪嘴里的大哥哥是谁，却不点破，也不打断她，任其往下继续道："我深知自己命不如人，不会得到白马王子的爱，只能做一辈子的灰姑娘。却还是心有不甘，想通过自己的努力，改变一下命运。做过不少尝试，可理想太丰满，现实太骨感，收效甚微。迫不得已，才铤而走险，豁出去，舍命一搏。"

说到这里，林路雪端过杯子，喝口咖啡，望望窗外江面上的帆影，沉思良久，开始叙述那段极不平常的经历。事情始于父亲住院期间。林父生病后，不肯吃药，更不肯住院，是林路雪拿出不多的积蓄，强行把他拉到彦州，送进中心医院的。在医院住过一段时间，病情有所好转，林路雪略觉安慰。恰好接到个单子，白天舍命做项目，夜里才来医院陪护父亲。林父心疼女儿的钱，趁女儿在外忙事，出院回了老家。林路雪无以抽身，只得暂时放下父亲，全身心投入项目之中。一个多月后项目做完，没痊愈的父亲旧病复发，重新被林路雪送进中心医院。复发的病往往更麻烦，林父在各科室转上一圈，最后被送进重症室。重病室主任陆白露很负责，几次把林父从死亡线上抢救过来，代价自然是高昂的医药费。林路雪不肯放弃，举债也要留住父亲的老命。可回天无力，林父最后死在了重症室，人财两空。

林路雪有孝心，长相不错，身体健壮，给陆白露留下很深印象。林父入土不到半个月，陆白露主动打电话给她，一番问寒嘘暖，末了说有个赚钱机会，看她愿不愿意。林路雪问是什么机会，陆白露说如果有意，可见面谈。林路雪于是坐到了陆白露面前。陆白露不怎么拐弯，说了替人代孕产子的事。林路雪毫不犹豫拒绝了陆白露。陆白露要她别把话说死，先好好想想，想明白再作决定也不迟。还说了天价代孕费。林路雪想了几天，有些心动，电话问陆白露，雇主为何肯开如此高的价钱。陆白露说雇主不缺钱，只要能保证后代有不错的身体、长相和高智商，花再多的钱也值得，林路雪恰好符合雇主要求。

重赏之下必有勇夫，林路雪答应下来。按照合约，医院提取雇主夫妻双方精子和卵子合成胚胎后，再植入林路雪子宫代孕。可雇主妻子年纪太大，卵子质量差，合成失败。只好另外加价，借用林路雪卵子，与雇主精子培育胚胎。可雇主与林路雪会过面后，见她貌美肤白，身材性感，当即改变主意，提出直接给她授精，说白了就是上床过夫妻生活。林路雪不乐意，可雇主愿加倍给钱，还许诺其怀孕后去美国旅游待产。也是钱的魔力太大，林路雪拿到不菲定金后，还是上了雇主的床，且很快怀孕成功，去了美国，由雇主妻子陪同，在那边好玩好吃好住，过了几个月神仙日子。代孕儿子顺产下地后，林路雪又负责哺乳到半岁多，才拿足六百万元全款，把孩子交由雇主妻子抚养，只身登上回国航班。

本以为始于钱，必将终于钱，既然钱和人两断，自会把一切置之脑后。谁知自飞机离开美国地面那刻起，林路雪想起从此与有实无名的儿子天各一方，可能今生再也见不上面，心头刀割样疼痛。且随着时间的推移，这种疼痛不但没有减轻，相反一天天加剧。尤其是到了夜晚，眼睛一合上，儿子可爱的笑脸就在脑袋里晃悠，挥之不去。林路雪这才发现，比起骨肉亲情，钱什么也不是，所以暗下决心，准备把钱退给雇主，要回儿子。

说着说着，林路雪不觉满眼泪光，竟至泣不成声。陶景宜唏嘘不已，说："雇主有钱有势，又有合约在先，你怎么要得回儿子？"林路雪道："雇主有钱有势，可也有软肋，不怕他不服软。"陶景宜问道："雇主有何软肋？"林路雪道："他是在职官员，瞒着组织，雇人生子，自然心虚，不同意还我儿子，我就举报他，要他丢官去职，一夜退回原地。"陶景宜道："这招也许管用。可你就不怕官官相护，到头来不仅告不倒人家，还会惹祸上身？"

林路雪蛮有把握的样子，道："我跟涛哥接触过几回，现又认识了景宜姐您，知道如今反腐力度大，官官相护已行不通，政府官员也有了个怕字，雇主担心事情败露，影响仕途，会考虑我的意见的。"陶景宜说："你莫非想通过我和你涛哥，与雇主交涉，帮你要回儿子？"林路雪道："暂时还不想让你们出面，除非迫不得已。"

陶景宜望定林路雪，道："你最好想清楚，不少有权官员，暗地里拥有外国护照，我担心你惊动雇主，他见势不妙，悄悄出境，逃往美国，你就无奈其何了。"

林路雪哪悟得到这一层？低头沉思着，半天无语。陶景宜又道："你最好还是把雇主名字告诉我，我和你涛哥通过组织手段，对其采取措施，或许有可能帮你要回儿子。"林路雪说："姐让我好好想一想，想明白后，我再答复你。"

回到省纪委，陶景宜向俞波涛汇报了与林路雪见面经过。俞波涛道："陆白露是林路雪给人代孕产子的始作俑者，此事自然与曹寄青有关系。"陶景宜道："可林路雪暂时还不想透露雇主名字。"俞波涛道："没关系，她会说的。对啦，刚得到消息，缪德良已病愈回到看守所，咱俩这就去见见他。"

赶往看守所，所长很配合，把两位请进提押室，亲自前去传唤缪德良。缪德良进门后，见是俞波涛与陶景宜，不惊不讶，喃喃道："我知道一回到看守所，你们就会出现在我面前。"俞波涛道："莫非你会掐算不成？"缪德良道："那天你们去医院看望我，我就意识到你们先来过看守所。何况检察院没起诉，我的事情便没完，你们随时都可来找我。"俞波涛道："那我问你，我们为何会来找你？"

缪德良只顾摇头，没有吱声。俞波涛知道已没有与缪德良周旋的必要，直截了当道："我们已经调查清楚，从你老家起获的三千万元里，有一部分是曹寄青送给你的。"

缪德良鼓起勇气，看了一眼俞波涛，强笑道："不可能的事，曹寄青是领导，权大势大，哪会倒过来给我送钱？说出去都不会有人相信。"俞波涛哼道："可你不同，你掌握着中心医院的资源，曹寄青也有找你的时候。"缪德良道："即使曹寄青要找我，也是些芝麻绿豆小事，他打个电话，我肯定毫无条件照办，哪敢要他的钱？"

俞波涛叹息一声，说："缪德良啊，要我怎么说你才好？最后给你赎罪机会，你都不珍惜，还要狡辩。好吧，我没工夫跟你绕圈子，只是告诉你，曹寄青不可能从自家拿钱送你，只可能出自两河新区和彦城经发公司。两河新区和彦城经发公司的钱不是天上掉下来的，是从银行里取出来的。就像人都有身份证一样，每张百元人民币都有冠字编号，只要进出银行，都会留下记录，保存在银行数据信息库里。曹寄青害怕走账打钱留下痕迹，才直接送你现金，你又自作聪明，把曹寄青和其他人送的钱藏在母亲棺材和墓地里，谁知被咱们起获，上交国库。进出国库的钱都要过验钞机，就像国人进出国境都有身份验证，自两河新区和彦城经发公司转出的钱的冠字编码出现在你的赃款数据信息里，难道还不能证明是曹寄青送给你的吗？"

缪德良瞪大眼睛，直勾勾望着俞波涛，半天没回过神来。俞波涛又道："要知道我们到看守所来，不是来给你传授人民币知识，也不是需要你提供案情线索，无非给你最后的立功赎罪机会，你还有老母妻女，你丢了命，她们还活得下去？"

说到此处，俞波涛故意停下来，以给缪德良思考时间。缪德良面露愧色，却依然咬紧嘴唇，不愿招供。俞波涛于是道："跟你明说吧，曹寄青为何要送你钱，你拿他钱后做了些什么，我们已掌握得一清二楚。中心医院有件事想必你还没忘记，那就是你曾经的病人王平霞和向春玉，该死的没死，不该死的已死掉。王平霞和向春玉的生死不是偶然的，同样曹寄青送你钱也不是偶然的，要不要我把两者间的关系说给你听？"

"我说我说，我全都说。"缪德良瘫在椅子上，说了事情的前因后果。不出俞波涛意料，一切都与一个人有关，那就是周俊才。缪德良虽有博士头衔，可自视清高，为人傲慢，同事关系紧张，认识周俊才之前，连主治医生都不是。他心里憋屈，老想着怎么咸鱼翻身。要翻身，自然得攀附权贵。缪德良于是瞄上了当时分管文卫体系统的副市长周俊才。可与周俊才非亲非故，怎么才攀得上、附得着呢？世上无难事，只怕有心人，缪德良一有心，很快了解到本院医生陆白露丈夫曹寄青是周俊才的人，通过陆白露巴结上曹寄青，曹寄青又把缪德良引见给周俊才。周俊才得知缪德良博士出身，人才难得，便把他运作成中心医院副院长。没多久周俊才进入市委常委，成为常务副市长，缪德良也水涨船高，进步为院长。上任伊始，缪德良大刀阔斧，改革医院经营模式，经济效益突飞猛进，医护人员待遇成倍增长，个个笑逐颜开。缪德良本人自然也没少赚，钱如江河水，滚滚而来。

有道是滴水之恩，当涌泉相报。为什么要报以涌泉？因得人恩惠，其滋味最不好受，世间恐怕没谁愿意欠人家的，何况周俊才那是大恩大惠。怎么给周俊才报恩呢？最方便也最通行的报恩方式自然是送钱。可周俊才不领情，拒缪德良的大钱于门外。缪德良慌了神，不知所措，去找曹寄青倾吐苦水。曹寄青笑道："俊才市长一向清正廉明，你送钱给他，不是污他清白么？"缪德良道："俊才市长看你面子，力排众议提携我，我总不能不知好歹，什么表示也没有吧？"曹寄青道："你最好的表示就是把医院工作做好，别给他脸上抹黑就行。"缪德良说："做好医院工作是我分内之事，与向俊才市长表示又没矛盾。"曹寄青笑笑道："要表示自然该表示人家没有的，俊才市长不缺钱用，表示钱肯定行不通。"

周俊才不缺钱，自然更不缺权，那又缺什么呢？这可愁坏了缪德良，心里琢磨当今社会最难的事，恐怕就是如何发现实权官员缺少什么。反复咀嚼曹寄青的话，他说要表示该表示人家没有的，是不是暗示你，其实周俊才人生中也有美中不足之处？缪德良再次找到曹寄青，旧话重提，希望他能给自己点点卤。曹寄青告诉缪德良，周俊才虽已做上省会城市市长，可年纪已不轻，退休前能解决副部级待遇，已很不错。省委也有这个意图，把他名字报到北京，希望他以省政协副主席名义兼任彦州市市长，换届时再让出市长位置。谁知北京派员下来考察时，有人举报周俊才有渎职问题，好事因而泡汤。

闻言，缪德良愤愤不平道："人心太险恶，像俊才市长，别说省政协副主席，就是副省长和省委副书记，凭他的才干，也绰绰有余。"曹寄青道："是啊，我也这么认为。可官场复杂，并非有才就能如愿进步。俊才市长也有些懊恼，私下跟我透露，真想回家抱孙子去。"缪德良问："俊才市长孙子多大啦？"曹寄青道："他只有个独生女在美国留学，连儿子都没有，哪来孙子？"缪德良道："没有孙子，一旦回家，又抱什么呢？"曹寄青道："可不是，人可以没权，也可以没钱，最难受的是到老连孙子都没得抱。"

要抱孙子，首先得有儿子。缪德良为周俊才惋惜着，忽然灵机一动，寻思着若能帮周俊才生个儿子，以后不愁没孙子抱，岂不大恩可报？跟曹寄青一说，曹寄青也有此意，去跟周俊才商量，周俊才把他大骂一顿，说他吃饱撑的，尽出馊主意。平时曹寄青没少挨周俊才骂，才越骂越出息，成为人中龙凤。周俊才骂声甫落，曹寄青又道："现在政策放宽，市长想生二胎，莫非谁敢放屁？"周俊才无奈道："你又不是不知道，王平霞早过五十，哪里还生得出？"曹寄青道："现在医术发达，别说五十多，就是七老八十，也有办法。"

得到周俊才默许，曹寄青回头去找王平霞。王平霞这辈子最遗憾的事就是没能给周俊才生个儿子，不用曹寄青多言，便答应下来。周王夫妇取得共识，曹寄青嘱咐缪德良着手运作。结果发现王平霞已经停经，无卵子可用，不可能与周俊才的精子合成胚胎，只能另想办法。办法简单，就是找年轻女孩代孕。这可不是夫妻合法生育，周俊才坚决不同意。曹寄青就劝他，已这个年纪的人，为党和人民的事业殚精竭虑，辛劳大半辈子，也该考虑考虑自己晚景。不孝有三，无后为大，若能养个儿子，既可环绕膝下，也对得起列祖列宗。

周俊才出身寒微，凭自身努力，成为省会城市市长，万人瞩目，已远超预期，照理说也功德圆满了，美中不足的是有女无儿，后继乏人。从前这种感觉还不特别强烈，毕竟计划生育政策执行了几十年，官民贫富都一样，大家心安理得，无怨无悔。近年突然放开二孩，育龄夫妇经济状况不理想，能不生二孩则不生，倒是超龄夫妇实力强劲，能生尽量生，周俊才看在眼里，只能慨叹老妻不中用，加之自己即将退位，越发失落。偏偏曹寄青哪壶不开提哪壶，要周俊才不动心也难。毕竟与新生代不同，周俊才这代人脑袋里还残留着传宗接代观念，总觉得没有儿子，人生残缺不全。

曹寄青最懂周俊才无法出口的心思，没等他点头，便转身去做王平霞工作。王平霞愿意通过医学手段跟丈夫生儿，但让周俊才找人代孕，实在不甘不愿。曹寄青就跟她摊牌说："市长位高权重，愿给他生儿子的年轻女人多得很，跟你商量代孕的事，无非尊重你而已，你不同意也不碍事，还有伤几十年的夫妻感情。"

王平霞无话可说。曹寄青叫来缪德良，商议找人代孕具体做法。医学发展到今天，代孕技术问题已不是问题，需要考虑的还是周俊才的政治风险。缪德良便出主意，代孕女受孕后，直接把她送往美国待产，孩子生下地就成为美国公民。在中国富贵人士眼里，美国无异于人间天堂，能让儿子做美国公民，又何乐而不为？经周俊才点头认可后，曹寄青便让缪德良物色年轻女子。一连物色好几个，都不满意，长相过得去的，身体状况不理想，长相身体都不错的，又没文化，不够聪明。后来还是曹寄青想起一个人来，那便是做过彦城经发公司外包企宣项目的林路雪，觉得她完全符合要求。正巧林父住进中心医院，林路雪在陪护父亲，曹寄青一方面嘱咐陆白露关注林父，一方面通知林路雪到新区去，交项目给她做。还安排饭局，让周俊才与林路雪见面。周俊才非常中意林路雪，叫曹寄青依计行事。

曹寄青把周俊才的意思传达给缪德良，缪德良又出点子，说提取精子和卵子培植胚胎，费时费劲不说，也无绝对把握，既然周俊才看好林路雪，何不出高价买她直接上床受孕？曹寄青再次请示周俊才，这次周俊才几乎毫不迟疑，在缪德良精心布置下，让林路雪怀胎成功，经检测还是男孩。可由谁陪林路雪去美国待产呢？王平霞见生米煮成熟饭，主动请缨，愿弥补没能给周俊才生儿的遗憾。让王平霞去美国，不仅可陪护林路雪，还能跟在那边留学的女儿见面，实属两全其美，周俊才认可，事情就这么定了下来。

问题又来了，随着反腐力度的不断加大，国家对出入境管理越来越严，王平霞不仅是公职人员，还属领导夫人，哪是想出国就出得了的？但这难不倒曹寄青和缪德良，一个张冠李戴的计划出笼，这便有了后来向春玉真死假活，王平霞借向春玉之名出国赴美的离奇故事。

至于曹寄青送给缪德良的钱，他说本来不想要的，是周俊才给曹寄青下了死命令，他才象征性收了一百万。一百万还是象征性的，缪德良口气真不小。问到为何把三千万巨款藏到棺材内和墓地里，缪德良交代，曾从曹寄青嘴里得知，彦城经发公司正在谋求赴美上市，只等上市成功，自己就设法把钱全部起出来，买进该股票，以后有机会再去美国变现。缪德良说这一切都是为了女儿，自己欠她太多，到时带她去美国，好好补偿补偿她。

谁知人算不如天算，就在一切照计划推进时，中心医院住院大楼工程项目腐败案浮出水面，缪德良引起纪检监察机关注意，最终被带往觉园。曹寄青和周俊才有些慌神，经了解缪案事出他因，才略觉心安。又怕缪德良经不起敲击，吐出代孕隐情，曹寄青朝周俊才要了件海魂衫，让何滟君送往觉园。本来缪德良已被俞波涛说服，准备将功赎罪，供出周俊才和曹寄青两人名字，海魂衫的出现又让他铁下心来，咬紧嘴唇，顽抗到底。直至俞波涛将那三千万赃款起出后，拔出萝卜带出泥，曹寄青又渐渐浮出水面，缪德良才不得不开口招供。

　　缪德良的口供太重要，终于让背后真相大白。不说周俊才让人代孕产子违反公德和党纪国法，只道支付给林路雪的六百万代孕费及花在她身上的大钱，到底从何而来，是出自本人还是曹寄青他们，里面也大有文章可做。回省纪委后，俞波涛没来得及进九室喝口水，就直奔副书记室，要在第一时间汇报给曾守贤。

　　来到副书记室外，俞波涛抬手要敲门，脑袋里忽然浮现起曹寄青明亮而敏锐的目光，手臂一软，又沉了下去。曹寄青和周俊才所作所为已严重违纪，曾守贤得知缪德良已揭开脓疮，自会汇报给黎秉钧，对周曹采取措施。俞波涛实在不愿曹寄青栽在自己手里。自那次在新区管委会大楼后池塘边作过不到半小时的交流后，俞波涛便没法再把曹寄青排除在自己生命之外，认定冥冥中两人有着某种难以言说的联系，这种联系不是与生俱来，也属前生命定，不可能无缘无故。偏偏这个人是你的初核对象，且很有可能会由你带进悟园，亲自审查，这让俞波涛怎么狠得起这个心？

　　悟园是省纪委的留置点。俞波涛在副书记室外沉吟之际，门无声打开，曾守贤出现在门口。见俞波涛低首徘徊，满腹心思的样子，曾守贤奇怪道："波涛找我吗，怎么不进去？"俞波涛如梦方醒道："是要找书记，怕你有事，不知要不要敲门。"

　　曾守贤几时见俞波涛处事犹豫过？奇怪地望他一眼，说："你先进屋坐会儿，我上个卫生间就回来。"俞波涛嗯嗯着，抬起有些发沉的双腿，挪进门里。没多久曾守贤复身回来，带上门，坐到桌后，问俞波涛道："初核曹寄青有了新进展吧？"

　　俞波涛刚说缪德良已开口，承认伙同曹寄青助周俊才求子如愿，曾守贤便道："此事非同小可，咱俩一起去见秉钧书记，你再汇报详情，让秉钧书记来作决断。"

　　正好这天黎秉钧在委里，两人走进书记室，曾守贤简单说明来意，由俞波涛具体汇报缪德良所交代的问题。黎秉钧静静听完，才道："要缪德良吐真言，还真不是件容易的事啊。两位谈谈看法，下一步该怎么处置周曹二人？"曾守贤侧首望着俞波涛道："波涛通过缪德良案牵出曹寄青和周俊才，还是你先谈想法吧。"

　　俞波涛望望窗外忽然变暗的天空，低下脑袋，一副欲言又止的样子。曾守贤不满道："波涛一向无话不说，今天怎么吞吞吐吐的？"俞波涛叹道："周俊才和曹寄青毕竟不比他人，情况有些特殊。"曾守贤道："特殊在哪里？"

俞波涛没直接回答曾守贤，绕着弯道："若对周曹采取措施，需呈送郑书记批准，郑书记会不会滴墨水，恐怕难说。"曾守贤道："你只管谈自己的看法，怎么说到乃宣书记那里去了？乃宣书记最后如何决定，是他老人家的事，你操哪门子闲心？"

黎秉钧朝曾守贤摆摆手，说："让波涛同志先把话说完。"曾守贤对俞波涛道："你有话快说，有屁快放。"俞波涛挠挠头皮道："周俊才和曹寄青可谓彦州经济建设功臣和重臣，尤其是两河新区建设正处关键时期，牵涉到彦州乃至整个沧彦经济大格局，郑书记作为沧彦一省当家人，难免投鼠忌器，只怕不会轻易同意动周曹二人。"

黎秉钧点头道："波涛同志说得没错，乃宣同志不是纪委书记，是省委书记，考虑问题的角度与咱们不同，咱们觉得非做不可的事，到他那里，可能会另有考虑。"曾守贤道："黎书记说得对，乃宣书记有乃宣书记的难处。但周俊才与曹寄青严重违纪问题，已铁板钉钉掌握在咱们手里，轻易放过，怎么向党和人民交代？"

黎秉钧没接曾守贤的话，又问俞波涛道："你还有别的想法没有？"俞波涛道："两河新区摊子大，尤其是白湖蓄水，青湖规划更改，各地开发商蜂拥而至，大小项目纷纷上马，一时风生水起，热火朝天，一旦周俊才与曹寄青被请进悟园，新区局面肯定会失控，届时尚云书记招架不住，乃宣书记也没法置身事外。换位思考，替乃宣书记着想，自然不希望治下出什么意外。"

也是俞波涛潜意识里不愿面对曹寄青，才拿郑乃宣说事，以动摇黎秉钧和曾守贤决心，或许可让曹寄青侥幸躲过一劫。黎秉钧哪知俞波涛心里，道："波涛同志不错，还能站在乃宣角度看问题。我尽量设法说服他吧，争取能对周俊才和曹寄青及时采取措施。"

俞波涛有些泄气，本想促使黎秉钧知难而退，想不到没能丝毫动摇他惩治周曹的坚强决心。黎秉钧当即打通省委办电话，求见郑乃宣。省委办经请示郑乃宣同意，通知黎秉钧三天后下午在省委大楼书记室会面。

郑乃宣似乎早知黎秉钧来意，听他汇报完周俊才和曹寄青问题，波澜不惊，以平静的口气表扬纪委政治敏锐性高，工作卓有成效，然后问黎秉钧下一步有何安排。黎秉钧道："周俊才和曹寄青涉嫌严重违纪违法，已够留置条件。"郑乃宣道："周俊才请人代孕产子，确已违规违纪，但违不违法还有待求证。至于经费出自何处，没有真凭实据，下结论为时过早。另外两河新区送过缪德良一百万元，是单位还是曹寄青个人行为，也需寻找证据链。关键是这些问题不过出自缪德良嘴巴，以其一面之词，留置周曹二人，似乎为时过早。"

黎秉钧预知郑乃宣不会同意动周俊才和曹寄青，但没想到他不说大道理，却从细节着眼，巧妙地把留置周曹的理由给否定掉，且否定得似乎还算合理。黎秉钧把球踢给郑乃宣："那郑书记意思，周曹的问题线索还要不要继续追查下去？"

周俊才和曹寄青携手开发过三江口新城，现又主持两河新区建设，谁能保证他俩没有任何问题？郑乃宣当然不好说放弃追查，只道："周俊才和曹寄青虽说属省管干部，毕竟在彦州市委统一领导下开展工作，我可敦促吴尚云同志，在班子中开展批评与自我批评，自我反思，相互纠错。周俊才和曹寄青肯干事，能干事，也干成不少大事，是不可多得的人才，党培养这样的人才不容易，若问题不是特别严重，又能认识错误，本着惩前毖后、治病救人原则，还是不要一棍子打死，应给予机会，让人家在哪里跌倒，就在哪里爬起来。"

一听便能明白，郑乃宣在念拖字诀。北京已有传言，说郑乃宣即将离开沧彦，去全国人大某委员会任职。此传言若不仅仅是传言，郑乃宣不愿走前看到周曹出事，惹出不必要的麻烦，也就不难理解。可周曹没问题则没问题，有问题决非小问题，与其被动坐等事情闹到不可开交，还不如及时出击，以免日后没法收拾。

黎秉钧没法改变郑乃宣想法，也不能擅自留置周俊才和曹寄青，只能回头跟曾守贤商量，先继续密核周曹两人问题。曾守贤道："周曹肯定意识到纪委在调查他们，万一两人狗急跳墙，又如何是好？还不如把情况汇报给中纪委，中纪委同意对周曹采取措施，乃宣书记也不好硬性阻拦。"黎秉钧道："这么做也未尝不可，但纪委在省委领导下开展工作，避开乃宣同志，先斩后奏，决非优选策略。惩治腐败并非一朝一夕的事，不可操之过急。我自有办法说服乃宣同志，同意咱们意见。你和波涛同志也不能松懈，继续往下追索，务必给我拿出更多更有说服力的真凭实据，到时水到渠成，一切好办。"

出了书记室，曾守贤找来俞波涛，传达黎秉钧指示。听说郑乃宣不同意留置周俊才和曹寄青，俞波涛暗暗松了口气。可他心知肚明，周曹不可能没问题，纪检监察干部以惩治腐败为天职，要自己放弃追查，又绝无可能。俞波涛心里纠结着，认为当务之急是尽快找到林路雪，以印证缪德良的供词。

回到九室，俞波涛把任务落到陶景宜身上。陶景宜打林路雪电话，不想已经关机。发她微信，大半天也没回复。正好奚父出院后，奚连江已归队，俞波涛命他去趟电信部门，通过定位系统，追踪林路雪下落。追踪得知，林路雪的手机信息止于一天半前，地点在彦江西岸一处风光带。俞波涛和奚连江急忙赶过去，什么也没发现，不见人也没找到手机，只有紫薇花放，笑迎江风。不用说，肯定有人知道林路雪与纪检监察机关有过接触，怕事情败露，对她下了手。俞波涛很后悔，早应对林路雪提供保护，因一时疏忽，出了这个岔子。

两人只好离开风光带。快上车时，俞波涛还不死心，又踱回去，企图发现些蛛丝马迹。不想竟然在紫薇树下看到一只烟盒大小的古琴调音器。俞波涛见过此物，断定是夏语冰遗失的，忙喊奚连江上车，直奔夏语冰工作室而去。

夏语冰接过调音器，说正是自己的。然后告诉俞波涛，昨晚他眼皮一直在跳，心情很乱，无以成眠。干脆起床，关好窗户，坐到古琴前，弹两支曲子，静一静心。谁知琴弦走音，没法弹奏，只得拿出调音器调弦。还没调好，手机铃声响起来，夏语冰顺手把调音器塞到裤兜里，抓过手机，却只闻出微弱气息，听不到说话声。但凭感觉，夏语冰知是林路雪。问她怎么啦，半天没反应，仅有嗡嗡声传过来。最后连嗡嗡声也断掉，陷入沉默。夏语冰意识到不对，查看来电显示，发现是个座机号，来自彦江西岸一带。现只有单位留座机，夜深人静，谁会上单位打电话？说不定是临街公用电话。手机普及后，公用电话的作用越来越小，但街边电话亭还在，夏语冰猜测，林路雪可能是在彦江西岸某电话亭里打的电话。恰好夏语冰买了新车，开车赶往彦江西城区，一个个电话亭找过去。经过沿江风光带时，发现电话亭前的电话筒悬在叉簧下面，过去一瞧，林路雪歪在地上，满脸满身都是血迹，已奄奄一息。

原来林路雪与陶景宜见过面后，左思右想，觉得还是先找周俊才，万一他不答应还儿子，再上纪委监委告他。周俊才本以为现在的女孩都是财迷，林路雪拿走大钱，也就互不相干，只管欢天喜地过自己的富足日子去，哪知她会发神经，提出退钱要回儿子。又不想把事情闹大，跟林路雪见过一面，说有两个办法，一是再给她一笔钱，从此别提儿子二字；二是等他退休后去美国定居时，带她过去看儿子。林路雪不要钱，又信不过周俊才的空口承诺，要他立字为据。周俊才不可能白纸黑字留把柄在林路雪手里，一口回绝。林路雪又提出，不立字据也行，反正王平霞名义上已死，干脆两人去民政局扯纸结婚证，日后好名正言顺双飞美国。这倒是个不错的办法，可周俊才转而思之，自己真与林路雪结婚，王平霞会怎么看？跟王平霞闹翻，万一她起歹心，对儿子可没好处。

周俊才进退两难，要林路雪给他点时间，慢慢考虑考虑。可林路雪要子心切，没等周俊才考虑清楚，一天几个电话催促。催得周俊才不胜其烦，最后连电话也不再接听。林路雪怒气冲冲，发信息给周俊才，要去纪委监委举报他。信息发出没几个小时，两个陌生男子出现在林路雪身后，把她架到车上，一顿拳打脚踢，还用刀片划破她脸皮，再拉到彦江西岸，趁着黑暗，扔到风光带树林背后，威胁她赶紧离开彦州，否则就不止让她破相，还会戳瞎她双眼。两人走后，林路雪在地上蜷缩一会儿，爬起来想去街边拦车回家，没走两步，眼前一黑，晕倒过去。直到半夜被凉飕飕的江风吹醒，林路雪又冷又饿，加之浑身疼痛，四肢无力，根本没法挪动。手机也找不到，不用说已被那两人拿走。正好发现风光带旁有个公用电话亭，半挪半爬到亭子前，拿过话筒拨打夏语冰号码。却毫无动静，才想起不投币打不出电话。自手机支付通行以来，谁还带钱在身上？林路雪绝望至极，一屁股跌坐在地上。却觉得屁股下有个小小硬物，反手一摸，竟然是枚硬币。林路雪一喜，把硬币投入话机币眼里，开始拨号。但她太虚弱，拨通号码后，连说话的力气都已丧失，最后头一晕，松开话筒，缩到电话亭下，直至夏语冰出现，把她搀进车子。那只调音器应该是此时溜出裤兜，掉到紫薇树下的。

来到附近医院，处理过脸上皮伤，再吊几瓶水，林路雪渐渐苏醒过来。听林路雪简单叙述过遭遇，夏语冰多了个心眼，没送她回出租屋，也不敢带往自己工作室，先安排在一家偏僻处的宾馆住下，再上街为她采购生活用品。却发现手机里余额不足，只好回工作室拿银行卡，刚进门，俞波涛两位赶到。俞波涛不满道："出了这么大事，也不早找我电话。"夏语冰道："我被林路雪吓得魂都掉了，哪还想得起跟你联系？再说你也忙，林路雪已无生命危险，安顿好她后，再通知你也不迟。"俞波涛道："废话少说，带我俩去见林路雪。"

赶到宾馆，没等俞波涛开口，林路雪便哇的一声，号啕大哭起来。俞波涛也不劝说，任她哭个够，才削个刚买的苹果，递到她手上，让她润润嗓眼。阳光透过白色的落地纱窗，映在林路雪煞白的脸上，还有腮边的刀痕，让俞波涛暗自伤感。万一刀痕留下伤疤，岂不会严重破相，把漂漂亮亮的美人变成丑女？

一旁的奚连江已打开笔记本电脑，掏出录音笔，准备记录。可俞波涛并不理会，给陶景宜发去微信地址，要她来一下。又打通姬时雨电话，道："好久没联系啦，姬书记忙得很吧？有一事相求，不知可否？"

俞波涛调任省纪委监委后，姬时雨已提拔为彦州市纪委副书记和监委副主任。听到俞波涛声音，姬时雨笑道："波涛主任客气啥？您是省里领导，有事只管吩咐就是。"俞波涛道："觉园归你分管吧。"姬时雨道："你也知道，案管室事务繁杂，没人肯分管，只能我勉为其难，再管一段。"俞波涛道："我想借间两床房用用，腾得出来吗？"姬时雨道："波涛主任开了金口，腾不出也得腾。何时要？"俞波涛道："马上就要。"

　　放下电话没多久，陶景宜赶到，俞波涛布置道："宾馆不安全，景宜带路雪去觉园住几天，我已通知姬时雨安排房间。"陶景宜道："悟园也不错，为何要往觉园跑？"俞波涛道："不是姬时雨老同事好说话吗？况且觉园轻车熟路，不会进错门。"又对奚连江道："你负责护送两位美女入住觉园。"奚连江乐道："如此美差，连江求之不得。"俞波涛道："别只顾着美，还得协同景宜，帮助路雪尽快平复情绪，把亲身遭遇说出来。"

　　三人走后，俞波涛准备到夏语冰工作室坐坐，听他弹奏两曲古琴，洗涤洗涤糟糕的心情。林路雪在自己眼皮底下被人绑架，弄成这样，俞波涛难受不已，需要琴声抚慰。可刚出宾馆，手机铃声响起，一看屏幕是母亲，俞波涛心里不觉忐忑了一下。母亲知道儿子忙，一年到头难得打他回电话，除非有要事和急事。

　　果然一接电话，母亲带着哭腔道："你爸进了医院。"俞波涛道："爸不是好好的嘛，怎么突然得了病？"母亲道："你先到中心医院急诊科来，见面再说。"

　　俞波涛匆匆赶往中心医院，来到急诊科，医生正在急救室里全力抢救父亲，母亲倚墙默默抹着眼泪。俞波涛把母亲扶到墙边椅上坐定，问怎么回事。母亲告诉他，午后父亲小睡醒来，像往常样提剑出门，去楼下坪里舞剑，见到过去同事，收剑聊了会儿天。同事走开，又举剑舞起来。谁知没舞两个回合，突然摔倒在地，竟至人事不省。有认识父亲的熟人，一边呼叫急救车，一边上楼喊母亲。母亲赶紧下楼，急救车也刚好赶到，医护人员把父亲弄上车，连同母亲一起带到中心医院。父亲进急救室后，护士提醒六神无主的母亲，有没有儿女电话，母亲才从口袋里拿出手机，联系俞波涛。

　　母亲说到这里，急救室门被打开，有医生出现在门口。俞波涛立马站起来，问医生情况如何？医生摘下大口罩，问俞波涛是谁？俞波涛说是病人儿子。医生说："已抢救过来，但病情不容乐观，颅内大面积出血，须送重症室，继续观察救治。"

　　俞波涛意识到父亲凶多吉少，能否活着走出医院很难说。但父亲只有一个，不可能放弃治疗，俞波涛道："听医生的，先送重症室。"医生问："你父亲有无医保？"俞波涛道："有企业医保。"医生说："企业医保自付部分不少，赶紧办理入院手续，准备医疗费吧。"

　　俞波涛身上带着银行卡，交过部分费用，办好入院手续，医护人员把插满管子的父亲送往重症室。重症室不能随便进人，俞波涛把母亲扶上车子，带往公务小区家里。母亲一路抽泣不止，还说："你爸老说自己命带孙子，他这样子，没福气看到命里的孙子了。"

俞波涛觉得又悲又气又好笑，道："已什么时候，妈你还孙子孙子的。待会儿见到媳妇和孙女，千万不要再说这话，叶青会不高兴的。"母亲抹泪道："难道你娘这么不懂事，何人面前说何话也不知道。我是可怜你父亲，生不能如愿，只怕死也不肯瞑目。"

心里想着无影无踪的孙子，进屋后见着两个孙女，母亲还是破涕为笑，暂时把愁苦置于脑后。俞波涛给艾叶青交代几句，出门去给父亲办理医保手续。跑了两天，手续办妥，父亲病情略有好转，曾守贤、奚连江、陶景宜诸位同事闻讯，提出来看望病人，俞波涛说重症室家属不让进，予以谢绝。黎秉钧也打电话，要俞波涛安心陪护父亲，工作暂搁一边没啥大不了的。俞波涛感谢领导关怀，说待父亲病情好转，立即返回工作岗位。

话虽这么说，可俞波涛心里明白，父亲好转希望非常渺茫。从进重症室那刻起，父亲一直昏迷不醒，脸上扣着氧气罩，身上的管子再没拔掉过。直到四天后的傍晚，俞波涛按规定进入重症室探视父亲，父亲像有感应似的，忽然清醒过来，两手乱舞，几下扯去氧气罩，问是在哪里。俞波涛说了父亲得病和进医院经过，父亲沉默片刻，道："七十三，八十四，阎王不请自己去，我知道迈不过这个坎坎。"

父亲七十三还差一个半月。从前七十为古稀，而今七十已不算高寿。要说父亲一向身体健旺，药都很少吃，谁知不病则已，一病要命。相反多病之人，在医疗条件尚可的情况下，以药养病，活过八十都不成问题。也许一切皆由命定吧，不会依人的意志而转变。

父亲倒也想得开，断断续续道："阎王要你三更死，不会留你到五更。我这辈子出身贫寒，下乡锻炼，入伍当兵，进机关从政，去企业干政教，一路走来，兢兢业业，没有大成，也有小作为，算对得起党，对得起人民。还养了你这么个儿子，也没给我脸上抹过黑。"

这口气听着便有盖棺论定的意味，只不过父亲不用他人论定，自己先给自己下起结论来。俞波涛任由父亲自顾自地絮叨。这明显属回光返照，不趁着精神尚可，说出肚里话，过后恐怕再难开口。父亲喘息会儿，接着道："不过此生也有遗憾，就是没能见到自己孙子。"

俞波涛想批评父亲几句，身为老党员老干部，不应这么重男轻女。转而思之，父亲已到这个地步，有此必要跟他较劲吗？俞波涛扶父亲坐正，让他气顺些。又倒杯温水，帮他喂两口，一边笑笑道："算命先生信口开河，爸也相信？"

父亲不提算命先生，几分神往道："刚才还有人给我托梦，说我的孙子已长大成人。"

看父亲想孙子，真想得入了梦。俞波涛揶揄道："哪路天神给爸托的梦？"父亲正经道："不是天神，是四十多年前一位老熟人。"俞波涛道："四十多年前的老熟人，只怕早已不在人世。"父亲怅然道："也不知她还活没活着，我早应该去会会她的。"

到底是个什么人，让行将就木的父亲念念不忘？俞波涛想问姓名，父亲感慨道："过去算命先生说我命带孙子，我半信半疑，到你二女儿出生，也就不再相信。不想那人托梦给我，我才确定算命先生没说假话。"

父亲真信自己命带孙子，就让他信去吧，俞波涛实在不忍心戳破他心中泡影。谁知父亲又道："我知道自己已活不了几时，你得答应我一件事。"俞波涛道："什么事？"父亲道："你得帮忙找到我孙子，也就是你侄儿。"

梦中人说的孙子，无异于无源之水，到哪里找去？俞波涛觉得可笑，吱声不得。父亲却是认真的，说："我有本老版《红楼梦》，包着牛皮纸，搁在书柜顶层右边，里面夹有块螭龙玉璧，你这就回家，把书给我取来，我再给你详说。"

俞家祖辈都是彦州乡下农民，父亲也出生在乡间，长到八九岁，才随自己父亲亦即俞波涛爷爷进的城。那是上世纪五十年代中期，城里大兴土木，需大量砖瓦，街办砖瓦厂应运而生。炼制砖瓦也是技术活，正好俞爷爷当过砖瓦匠，被请到城里做了砖瓦厂师傅，父亲跟着进城，被送往学校读书。学校开开关关，直到"文革"期间，父亲快十九岁才勉强读完初中，被当成知识青年，下放去了乡下，继而入伍当兵，提干转业，回到彦州。亦即说父亲肚里墨水不多，仅能看懂报纸和时政杂志，怎么会对古典名著感兴趣呢？俞波涛从小到大，从没发现他读过文学作品，若非他亲口说家有《红楼梦》，根本不信是事实。

回到父母家中，俞波涛很快从书柜里翻出包在牛皮纸里的《红楼梦》。这是民国插图版，虽已陈旧，但封面精致，插图精美，书后附有金陵四大家族人物图谱，颇有收藏价值。书页间夹有螭龙玉璧，用紫绒裹着。玉璧呈淡黄色，薄如瓷片，上面的螭龙跃跃欲飞的样子。

记挂着重症室里的父亲，俞波涛不敢耽搁，赶紧用紫绒裹好螭龙璧，重新夹进《红楼梦》里，包上牛皮纸，揣进怀中，匆匆下楼上车，赶回中心医院。

前后不过半个多小时，待俞波涛走进重症室，父亲已处弥留之际，自然没法给俞波涛交代《红楼梦》和螭龙玉璧的来龙去脉。但父亲明显感觉儿子已回到身边，嘴唇开合着，似有话要说。俞波涛趴在病床前，偏过脑袋，把耳朵贴到父亲嘴边。只感觉温热的气流往耳朵里直透，却没听到任何声音。俞波涛侧过脑袋，对着父亲耳边道："儿子已取来《红楼梦》，里面的螭龙玉璧也在，父亲要看看吗？"

父亲轻微地摆摆脑袋。俞波涛明白其意，重新把耳朵凑到父亲嘴边。这回父亲嘴里终于发出轻微的声音，是三个不连贯的字音：情、运、寻。

俞波涛不知何意，正要讨问，父亲已咽下最后一口气，脑袋一歪，四肢一摊，撒下儿子，魂飞天界。俞波涛拥过父亲，失声悲哭起来。

父亲遗体被运往西山殡仪馆告别厅后，从前工作过的单位派人赶来祭奠，省市纪委监委领导和部分同事纷纷到场吊唁，瞿有为也上山代表两河新区管委会献上花圈。简单的告别仪式后，各路客人陆续离去，俞波涛正准备跟殡仪馆商量火化事宜，有人逆着天光，从厅外直奔进来，五体投地，拜倒在玻璃棺前。

俞波涛赶紧跪到棺旁答礼。礼毕，定睛一瞧，原来是曹寄青。非亲非故，亦非同事好友，曹寄青跑来干啥呢？俞波涛上前，把曹寄青扶起来，只见他已是泪眼婆娑。不是在演戏吧？可曹寄青那样子，又不像表演，似发乎内心，出自真情。俞波涛把曹寄青请到隔壁休息室，倒上茶水，放到他前面茶几上，道："曹市长怎么也来啦？"

曹寄青扯张茶几上的抽纸，抹抹泪痕，又喝口茶，语气幽幽，道出这几天的切身感受。

这几天曹寄青正在杭州出差。前天下午四点多，办完事自天竺寺附近路过，想起与俞波涛坐在两河新区管委会池塘边说过的三生石，特意去转了转。望着写有三生石的石壁，曹寄青耳边响起牧童告别李源时留下的诗：身前身后事茫茫，欲话因缘恐断肠；吴越江山游已遍，却回烟棹上瞿塘。牧童的诗似在暗示李源，两人前世今生有缘，可缘还没尽，得上瞿塘去寻觅来生缘。曹寄青联想起俞波涛，莫非两人前生为兄弟，今生成对手，来生还会结缘？

这么想着，曹寄青突然一阵心悸，好像谁举锥往自己胸口扎了一下似的。还以为刚赴欧洲留学的儿子有啥事情，打他电话，他生活学习都好。联系陆白露，也很正常。曹寄青也就放下一颗心，告别三生石，回了宾馆。夜里洗过澡，准备上床歇息，心里又不安起来。莫非新区管委会出了幺蛾子？打通瞿有为手机，管委会风平浪静，平安无事。正要挂电话，瞿有为说俞波涛父亲病逝，提出以单位名义去送个花圈。曹寄青嘴里嗯嗯着，心里难受起来，仿佛自己失去父亲一般。事实是他出生没多久，父母双亡，从此孤苦一辈子，不可能像俞波涛样，有福气享受父母恩爱，有资格为父母养老送终。没怎么犹豫，曹寄青便订了第二天早上飞彦州的机票，专程来送俞父，就当送自己的父亲。

前天下午四点多正是父亲病逝之时，曹寄青怎么会有感应？俞波涛正觉诧异，有人走进休息室，商量遗体火化的事。俞波涛让对方稍等，对曹寄青道："感谢曹市长中断差事，特意赶回来送别家父。您一路辛苦，早点回家休息，波涛就不陪您了。"曹寄青道："咱俩认识好像已有几年了，寄青是不是一直叫你的名字？我比你痴长几岁，你不好直呼我名字，就叫我寄青兄吧，别老曹市长曹市长的，听着太过生分。"

俞波涛还能说什么呢，叫声寄青兄，再次催促他下山回家。曹寄青道："波涛别赶我走，我反正没事，让我再陪陪老爷子吧，应该碍不了你的事。"

俞波涛只得由着曹寄青。不一会儿殡仪队来人，先奏过哀乐，再起棺于肩，往厅外挪去。俞波涛和曹寄青也没闲着，一边一个，扶棺前行，把老人遗体送到火化炉前。

骨灰出炉入盒后，先存放骨灰堂，等着物色好墓地，再入土为安。来到殡仪馆前的坪地里，曹寄青让司机把车开走，自己一低头，钻进俞波涛的本田副驾室。俞波涛道："寄青兄放着自己的高档车不坐，来坐我这低排量破车，不觉委屈么？"曹寄青道："有啥委屈可言？能坐波涛亲自驾的车子，才是莫大荣耀哩。"俞波涛道："奚连江和陶景宜几位几乎天天坐我的车，从没见他们荣耀过。"

一路说着闲话，俞波涛暗暗寻思，莫非曹寄青已知道省纪委在初核他，特意借着你父亲丧事，来跟你套近乎，以探口风？果然下到半山，曹寄青开口道："波涛改口称寄青为兄，兄感到无比幸运。兄问你一句，若兄有事相求，你答不答应？"

还以为曹寄青要问初核的事，这可有纪律管着，你怎么应承？俞波涛道："那要看是何事，你我都是党员，违反党纪党规的事，愚弟只怕没法答应你。"曹寄青叹道："是啊，咱们都是党员干部，违背党性原则，做过不该做的事，党纪不许，国法难容。我不会让你违纪违规，不过有件私事，委托他人，放心不下，才求助于你。"

曹寄青到底要说啥呢？俞波涛道："寄青兄说吧。"曹寄青道："咱们已是兄弟，我的儿子便是你侄儿，现你侄儿在欧洲求学，我担心天有不测风云，哪天出事或失去人身自由，你侄儿滞留海外，无依无靠，还得求你关照关照，把他叫回国内，谋个饭碗，养活自己。"

可怜天下父母心，也许曹寄青预感到不妙，才把儿子托付给俞波涛。俞波涛道："有如此严重吗？寄青兄真有问题，何不主动向组织交代，争取宽大处理？"曹寄青叹道："组织会宽大我吗？人在江湖，身不由己啊！今天咱不谈组织，只谈私事。寄青也觉得奇怪，自己脚踏官商两只船，身边朋友千千万，为何紧要时偏偏想到你，而不是其他人？古人说，以利相交，利穷则散；以势相交，势倾则绝。势利之徒靠不住，只你我以心相交，才值得信任。"

想不到在曹寄青心目中，自己有这么重的分量，俞波涛又意外又荣幸。就在曹寄青道出请求时，俞波涛已在心里默默应承下来，只是嘴上没说而已。承诺出自于嘴皮，不见得可靠，只有发自于内心，才千金难易。

不觉下到山脚，前面便是进城的快车道。有车停在靠右路边，打着双闪尾灯。曹寄青让俞波涛停车，掏出手机，将儿子名字和联系方式发给他。俞波涛听到微信提示音，看一眼手机屏幕，表示已经收到。曹寄青伸手在俞波涛肩头拍拍，开门下去，上了自己的车。

接下来数日，俞波涛选好墓地，从殡仪馆骨灰堂取出父亲骨灰，葬到地下，父亲后事算是圆满完成。到了该回单位上班的时候，好久没联系的余慧娴忽然打来电话："波涛在哪里忙？"俞波涛道："慧娴到了彦州？"余慧娴道："我上周到的，刚将手头业务处理完，晚上飞北京，正好有几个小时空档，一起吃个饭不？"俞波涛道："我安排地方，一起见见。"余慧娴道："不用不用，瞿局长已定好地方，他会给你地址。"

瞿局长就是瞿有为。收到瞿有为所发地址，原来是跟崇世煜去过的和园。俞波涛赶过去，余慧娴和瞿有为已先到，崇世煜也在，正围坐茶桌，喝茶说话。彼此都是熟人，打过招呼，崇世煜通知苏月婵，叫服务员端菜上酒。

入席坐定，俞波涛瞧瞧旁边的余慧娴，总觉得她轻松的笑容里，似乎隐藏着某种难以察觉的忧郁。一个把事业做得风生水起的女人，有啥好忧郁的呢？余慧娴自然感应得出俞波涛关切的目光，瞟他一眼，笑道："是不是发现本姑娘又变老啦？"俞波涛道："现在不是时兴冻女一词么？慧娴才是真正的冻女，多年未见丝毫变化。"

瞿有为端过服务生倒好的果酒，道："冻女也是人，就如领导也是人一样，都得食人间烟火，咱们先干杯吧。"

几位喝口杯里酒，又吃些菜，只听余慧娴又道："冻女之说都是哄女人开心的，哪个女人能冻住不老？事实是女人闯江湖，比男人更艰难，更易受到摧残。"崇世煜道："都说男人靠征服世界征服女人，女人靠征服男人征服世界。男人爱江山，更爱美人，像慧娴这样的魅力美人，又有内秀和才干，征服男人简直小菜一碟，有啥艰难的？"

余慧娴苦笑笑，道："看来世煜经常被美女征服。所谓爱江山，更爱美人，无非心怀叵测的男人用来哄女人开心的，其实你们再明白不过，男人爱美人，更爱江山。道理不深奥，有江山才有美人，一旦江山丢失，美人也会离男人而去。"

几位细思余慧娴所言，还真有些道理。余慧娴又道："再说男人有个最大优势，就是办起事来非常专注，相反女人天性优柔寡断，顾虑重重，往往纠缠于细节，因小失大。本姑娘最大弱点就是心太软，该出手时不出手，容易受制于人。"

听余慧娴口气，好像遇到了什么麻烦，没法解脱。认识余慧娴二十多年，俞波涛还从没见她如此悲观过。今天主动相约，莫非有事要跟你说？余慧娴似乎看出俞波涛心思，改变口吻，笑道："请波涛和世煜见面，本是一解渴念，本姑娘却说些丧气话，真正该打。"俞波涛道："你说该打哪里，打屁股，还是打耳光？我好动手。"余慧娴道："打屁股是耍流氓，你打我耳光得了。"崇世煜道："那么粉嫩的小脸，谁下得了手？波涛还是耍流氓吧。"

说笑间喝完酒，余慧娴看看表，说："离登机时间只有一个多小时了，我得动身啦。"瞿有为道："那我们去送送余总吧。"余慧娴道："我怎么也算半个彦州人吧，没哪个街口的红绿灯不认识我，还怕我找不到机场？"

话虽如此，三个男人还是陪余慧娴上车，一起去了机场。俞波涛开的车，余慧娴说坐他的车踏实。瞿有为嫉妒道："俞主任没在场时，余总没少坐我的车，有了俞主任，就瞧不起老司机了。"余慧娴道："瞿局长是老司机不错，波涛和世煜还是我老同学呢。"

半个多小时到了机场。余慧娴快过安检时，回头望望，眼里已噙满晶莹泪水。余慧娴乃女中豪杰，可非柔弱女子，几时见过她如此儿女情长？俞波涛心里一沉，几步挪过去，揽过余慧娴肩膀，附她耳边道："下次来彦州，提前通知我，我来接机。"

余慧娴忍不住泪下如雨，泣道："只怕已没有你接机的机会。"

十七

回城路上，俞波涛沉默着，只顾看准前方开车。坐在副驾的崇世煜无话找话道："看慧娴与波涛难分难舍的样子，波涛何不把她留下来，多待待？"俞波涛道："你问我，我还要问你呢，是不是你们欺侮人家，害得她弃彦州而去？"崇世煜道："慧娴财大气粗，是咱彦州经济建设大功臣，谁敢欺侮她？"

同学俩说道余慧娴时，瞿有为一言不发，只侧首瞧着窗外发呆。俞波涛问道："瞿局跟余慧娴接触频繁，是不是她公司投资出了什么问题？"

瞿有为仿佛没听见俞波涛的话，直到他问第二遍，才回过神来，赶紧道："没问题，没问题。"俞波涛道："那余慧娴为何怕了彦州？莫非他们公司已把资金撤走？"瞿有为道："他们公司在新区投下的资金数百亿，哪是想撤就撤得了的？"

崇世煜和瞿有为的车停在和园，到了园门口，两人下去开车，俞波涛继续前行。快进城时，瞿有为打来电话，说："麻烦俞主任看看，我有样东西是不是掉你车上啦？"俞波涛道："什么东西？"瞿有为道："一只牛皮钥匙袋，里面装着一大一小两枚钥匙。"

来回机场路上，瞿有为一直坐在后排右边。俞波涛把车靠到路旁，别过脑袋一瞧，果然瞿有为坐过的地方有只不大的黄皮钥匙袋。俞波涛道："看到钥匙袋了，是什么钥匙？"瞿有为道："房门钥匙和保险柜钥匙。"俞波涛："我还没进城呢，车就停在路边，你追过来把钥匙拿走。"瞿有为道："来不及啦，我已离开和园，往高铁站赶，准备去上海出差。麻烦俞主任替我保管几天，从上海回来后再去您那里拿。"

"不行不行，万一这几天你保险柜里的宝贝失盗，我可就跳到黄河也洗不清了。"俞波涛半开玩笑道，"告知我你老婆电话吧，我把钥匙袋送她手上。"瞿有为道："那怎么好劳驾俞主任？再说我老婆回了乡下娘家，您也送不到。"俞波涛笑道："莫非你有什么见不得天日的隐私藏在保险柜里，怕被老婆发现？"

瞿有为顿了顿，遮掩道："没俞主任说的这么难听，不过保险柜里的东西还真不方便出示给老婆。允许女人有秘密，男人有点秘密也正常嘛，俞主任您懂的。"

俞波涛伸手把钥匙袋拿过来，扔进副驾前面的抽屉里，把住方向盘，汇入车流，一边道："想不到瞿局还是个有秘密的男人。"瞿有为叹道："有秘密并非好事啊。所以保险柜一直搁在从前住过的旧屋里，不敢往现住的地方搬。"

保险柜留在旧屋里，钥匙却带在身上，还不小心掉到别人车里，这似乎不像瞿有为行事风格。虽与瞿有为交道不是特别多，但俞波涛知道他思维缜密，跟随曹寄青多年，从彦城公司到两河新区，一直身居要职，办事滴水不漏，怎么可能粗心如此？

俞波涛奇怪着，也没往深处追究，只叮嘱瞿有为，出差回来就赶紧来拿钥匙。

可一周过去，瞿有为也没联系俞波涛。这家伙出差干啥勾当，这么久还没回彦州？俞波涛偶然想起车里的钥匙袋，打瞿有为电话，竟然毫无反应。上海可是世界级大都市，又非电信盲区，怎么会没信号呢？也许瞿有为离开上海，去了哪里的名山大川。

俞波涛又不是没事做，哪有心思老念着瞿有为的钥匙袋？时间稍长，便把此事搁置脑后，没再理会。俞波涛从陶景宜那里得知，林路雪身体已恢复过来，连脸上疤痕也消失得差不多。只是老做噩梦，只要双眼一合，就有奇形怪状的虫豸出现于前，张牙舞爪，要啄她的肉，吸她的血。好在旁边有陶景宜守着，惊醒时总能得到及时的抚慰和呵护。

待噩梦渐渐远去，林路雪开始叙述自己的遭遇。与缪德良招供的相关内容大体相同，只是林路雪说得更详细，更有现场感，仿佛一部跌宕起伏的电影。在林路雪口里，陆白露也好，王平霞也罢，都是大好人，都能从女性角度体谅她，待她如姐妹，从没逼她做过违背自己意愿的事。周俊才对她也相当不错，包括在床上造人时，也是千般温柔，万般体贴。坏就坏在那两个来历不明的绑匪，无异凶神恶煞，林路雪从没见过如此歹毒的男人。

林路雪只知那两个绑匪凶残，却不知绑匪背后的指使者更可恶。那指使者便是曹寄青妻弟石三里。曹寄青协同周俊才谋划青湖规划变更时，石三里特意新注册一家公司，专门用来运作青湖项目。又怕曹寄青不愿给地，才把丁美媛安置到他身边，并许以公司百分之二十干股给丁美媛，若说服曹寄青给地给项目，还另有提成。

每次跟丁美媛幽会，曹寄青不是都会留下笔不菲的现金么？丁美媛没有拒绝，用这些钱买了只画舫，里面装修得像五星级宾馆套房，常把曹寄青请到画舫里，亲自驾驶，溯白河而上，去僻静处观山赏水。丁美媛做过皮划艇运动员，喜欢水上运动，驾驶画舫，自是拿手好戏。曹寄青从没体验过这种别出心裁的服务，受用得很，两人常在画舫上过夜，几乎把外面世界置之脑后。这晚丁美媛把曹寄青服侍得舒服了，拉过他手臂，缠到自己脖子下，说："有件事要跟你说，不知可不可以。"

　　曹寄青这才想起，丁美媛跟其他女人还真有些不同，从没向自己提过要求，留给她的钱也被拿来购了画舫，供两人享受，再不为她办点事，也实在过意不去。于是伸出另外一只手，拍拍丁美媛脸蛋，说："有啥直说，只要我能办得到的。"丁美媛说："你正在开发青湖，可否也给我块地皮，做做项目，赚点小钱？"

　　看来这女人也不好惹，不开口则已，一开口就是地皮。可曹寄青已没法拒绝她，说："你一无公司，二无投资，要块地皮，能做啥项目？"丁美媛道："其实也不是我要地皮。"曹寄青道："不是你要地皮，又是谁要？"丁美媛道："石三里。"曹寄青不乐道："你不是石三里放在我身边的卧底吧？"丁美媛道："没错啊，我是你的卧底，每次你都把我卧在底下。"

　　逗得曹寄青扑哧而笑，道："这种流氓话你也说得出口？"丁美媛道："难道只做得，说不得？"曹寄青道："不过话说回来，流氓话从你嘴里说出来，还有些动听。"丁美媛道："不说流氓话，说正事。"曹寄青问："你说说，怎么会替石三里当说客？"丁美媛说："按说也不是给石三里当说客，是为我自己考虑。"曹寄青道："你跟石三里到底有何勾当？"

　　丁美媛道："还能有啥勾当？我不是在石三里公司待过吗？从他那里出来后，也没找到更好去处，一直闲着。总不好一辈子让你养着吧？男人没一个靠得住，我现在还算年轻，你寂寞时会来找我解闷，一旦我人老珠黄，只怕迫击炮都打不到你。所以石三里注册新公司时，我入了点股，以备日后不至于去你门下讨米。既属公司小股东，为公司出出力，该不为过吧？"

　　曹寄青骂骂咧咧道："石三里那小子，又不是不认识我，有话干嘛不跟我说？"丁美媛道："石三里不是给我留机会，让我多少也为公司效点力吗？再说你这人太正直，铁面无私，六亲不认，心里只有国家，亲友从来没在你手里捞过好处，石三里虽是你小舅子，也畏你如虎，不敢在你面前提任何要求。"曹寄青道："我先考虑考虑吧。"

　　考虑来考虑去，曹寄青还是不愿让石三里插手青湖项目，犹豫着要不要给他地。宏智等数家背景深后台硬的公司已进入青湖，再掺些砂子进去，容易产生摩擦。尤其是石三里走惯野路子，又是本地人，天不怕，地不怕，容易坏事。比如宏智公司，背后站着孟怀国和卓宪新，那可是得罪不起的。不仅不能得罪，还要好好维护关系，给自己的仕途铺路。宏智公司拿到青湖的最好地段地皮后，孟怀国和卓宪新暗中使劲，已让自己进入市委常委，只等时机成熟，过渡为常务副市长，为以后当市长奠定牢固基础。若让石三里染指青湖项目，与宏智公司发生冲突，得罪卓宪新和孟怀国，那就因小失大，得不偿失了。

石三里久等无果，打算趁曹寄青赴蛤蟆山庄会客时，自己向他伸手，又担心遭拒，再无余地，只有催促丁美媛快想办法。正好有次曹寄青在画舫上接周俊才电话，说起林路雪，被丁美媛听去，觉得有文章可做，把信息透露给石三里。石三里于是带人跟踪林路雪，发现她在接触纪委的人，直接报告给周俊才。周俊才吓得冷汗直冒，不知如何是好。石三里主动提出，愿给周俊才了难。周俊才怕出人命，不敢点头。石三里拍着胸脯保证，只让林路雪吃点皮肉之苦，长长记性，不会给市长惹任何乱子。周俊才别无良策，只好让石三里吓吓林路雪。又知石三里不可能白给你干活，问他有什么条件。石三里说给市长办事，哪还带条件的？周俊才要石三里有话直说。石三里才说了想拿块青湖地皮做项目，可姐夫太原则，一直不同意。这也不是啥大事，周俊才答应给曹寄青打招呼。

摆平林路雪后，周俊才没食言，指令曹寄青适当调整青湖用地方案，给石三里名下公司划出千余亩地段不错的地皮。

获取缪德良与林路雪两人的口供后，奚连江和陶景宣做过梳理，又形成文字，送到俞波涛手上。俞波涛拿着去见曾守贤，建议专门给黎秉钧书记汇报一次。黎秉钧没在单位，曾守贤打通他秘书电话："书记在哪，方便说话不？"秘书说："黎书记和尚云同志正陪乃宣书记考察两河新区，待会儿我告知他您来过电话。"

吴尚云身为省委常委兼彦州市委书记，陪同省委书记考察辖内两河新区，自然顺理成章，可黎秉钧是省纪委书记监委主任，郑乃宣怎么会带上他呢？莫非让他给两河新区保驾护航？曾守贤记得黎秉钧曾找郑乃宣当面汇报过，缪德良案情有可能牵涉到周俊才，进而给吴尚云带来不良影响，郑乃宣明确表态说，上要对党中央负责，下要对沧彦人民负责，中要对广大党员干部负责，自己不可能放弃党性原则，袒护包庇任何人。言犹在耳，郑乃宣让黎秉钧跟着，出现在两河新区，是纯属偶然，还是有意为之？

曾守贤胡思乱想着，黎秉钧打来电话："守贤找我有事？"曾守贤道："九室关于曹寄青和周俊才问题线索的初核程序已告一段落，想请示您下一步怎么办。"黎秉钧道："等我回委里后再说吧。此刻我正与尚云同志陪同乃宣书记，在两河新区管委会展览大楼里听周俊才和曹寄青汇报新区建设成果呢。"

这天一早黎秉钧就随郑乃宣到了两河新区管委会大楼。先观看新区航拍纪录片，参观颇具规模的成果展览，过后再实地考察新区建设项目。纪录片做得非常有立体感，两河新区范围内的"岭河湖城"历历在目。岭自然是蛤蟆岭，河即白河与青河，湖乃蓄水的白湖与正在大兴土木的青湖，城则指高楼林立的新区建筑群。展览内容也格外丰富，有新区总体规划模型，有项目建设实景图，有土地整理时出土的陶片、兵器、玉石、农具、炊具，以及祭祀用的香炉，奏乐用的石磬和瓦缶。黎秉钧是在参观出土文物时，秘书走过来说曾守贤有找，装着如厕的样子，特意跑出展厅，给曾守贤回的话。

挂掉电话，黎秉钧正要返回去，郑乃宣已在众人簇拥下步出展厅，向大楼前的考斯特走去。黎秉钧跟随着钻进车里，坐到郑乃宣身后座位上。车子启动，郑乃宣回头道："观赏过新区纪录片和成果展览，秉钧同志感受如何？"黎秉钧道："不错不错！若非彦州市委市政府肯干事，敢干事，能干事，两河新区哪有如此卓越成就？"

与黎秉钧隔着过道的吴尚云道："秉钧同志过誉啦，两河新区小有成就，除市委市政府敢闯敢干外，主要还是省委省政府大力支持。"后排的周俊才附和道："是是是，还有省市纪检监察机关狠抓党风廉政建设，营造出良好的政治生态和经济环境，才确保新区建设快速有序发展，迎来今天难得的良好局面。"

说话间，车子停到白湖旁边，领导们下车，观赏湖景，察看湖岸建设项目。项目布局合理，配套齐全。在随行记者镜头的追踪下，看过住宅区，与居民拉几句家常，走进附近的写字楼，询问年轻职员的工作、学习和生活，回头又参观在建医院、学校及艺术馆之类。

外围则是产业园区，包括商铺、批发市场和各类厂房，不一而足。最牛的还是重型机械生产，一台台刚拼装而成的高大钻机和挖机陈列在宽阔的广场上，像巨型钢铁战士，只等一声号令，便轰隆隆开向战场，投入战斗。这家机械生产工厂属南城工业园区著名的超能集团名下企业，是彦江大学退休教授提供的核心技术，曹寄青在彦江大学读在职研究生时上过该教授的课，通过该教授把超能机械制造成功引进两河新区。据厂长介绍说，超能机械年产值三百亿，税收高达六十亿以上，为两河新区最大财神。

郑乃宣对广场上高大的机器很感兴趣，要求登机体验体验。厂长见郑乃宣年纪已不轻，不无顾虑道："太危险啦，郑书记没有恐高症吧？"郑乃宣哈哈笑道："无限风光在险峰，有恐高症怕啥？克服恐高症也要上嘛。"

厂长只得叫来工程师，登上近处一台挖机的驾驶舱，回头再把郑乃宣拉上去。郑乃宣坐到驾驶位置上，一手摸方向盘，一手握操作杆，很像那么回事。记者们不失时机，把镜头对准挖机里面的郑乃宣，记录下这不可多得的画面。

转上一大圈，不觉已到十二点，众人返回管委会，去食堂吃自助餐。没有酒水和饮料，只不过多了几道肉菜供自选，都是管委会自产的家禽家畜和蔬菜、瓜薯，不铺张，不奢侈，却吃得环保和健康。郑乃宣装好饭菜后，要黎秉钧跟自己同桌，边吃边道："秉钧是纪委书记监委主任，你得给我瞪大眼睛，看看中午的自助餐超没超标。"

黎秉钧咽口饭菜，道："超不了标。平时出差在宾馆吃自助餐，比这里花样还多呢。"郑乃宣道："没超标就好，万一超标，咱们自费补上差价。"黎秉钧道："饭菜再丰富，只要不上烟酒，花不了太多钱，书记放心就是。"郑乃宣道："正是的，烟酒既费钱，又损害身体，还是不抽烟、少喝酒好。纪检监察机关严刹吃喝风，让领导干部从烟酒里解脱出来，同时还大获民心，实在是一举多得的善事和美事。"

黎秉钧道："八项规定刚出台时，餐桌上突然没了烟酒，嗜烟好酒的领导干部都不习惯，仿佛丢了魂似的，怅然若失。经不懈努力，几年下来，公款烟酒消费基本得到禁止，渐渐习惯成自然，无烟无酒，也再没人觉得有何不可。"郑乃宣道："党风廉政建设不是抽象的，就是要从吃喝小事抓起，以小见大，否则连嘴巴都管不住，怎么取信于民？"

吃过自助餐，周俊才和曹寄青带着几位，沿管委会环院小道缓缓转上一圈，再回到楼里，举行现场办公会。会议由吴尚云主持，周俊才汇报新区建设工作，曹寄青适当补充。

听完汇报，吴尚云请黎秉钧讲话。黎秉钧表示没有别的意见。吴尚云非要他说几句不可，黎秉钧只好说道："有关两河新区的非凡成就，各位都已讲过，我完全赞同。我要说的是，新区承担的建设项目多，说得直白点，属于利益集聚地。人都有逐利天性，可谓无利不起早，凡走进新区的人，无不为利益而来，因此加强党风廉政建设，增强拒腐自觉性，防止利益输送，显得尤为重要。希望新区领导干部不忘初心，牢记使命，全心全意为人民谋幸福，为国家谋发展，千万别把私欲当理想，把发财当志向，用党和人民赋予的权力谋取私利，否则咎由自取，到头来不仅害国害民，害己害人，还会连累家庭，让父母蒙羞。身有伤，贻亲忧；德有伤，贻亲羞。身体受伤，只不过让父母担忧，失德失范，违纪犯法，受到惩处，让父母没脸见人，那才是大不孝。"

本来会议室里一片欢乐祥和，这下黎秉钧一唱反调，气氛顿时变得凝重起来。黎秉钧意识到自己说得太多，赶紧改口道："当然我由衷相信，新区领导党性强，觉悟高，廉政建设做得到位，不会辜负党和人民的殷切期望。比如今天中午的自助餐，大家吃得饱，吃得营养，吃得舒服，又没造成浪费，就完全符合八项规定要求。这看上去是小事，但滴水能反映太阳，由此足以充分体现出新区的新风尚和新区领导的新姿态。能形成良好的风尚和姿态，新区的廉政建设一定会令人满意，让党和人民放得心。"

在座各位脸上复又浮起轻松的笑容。最后由郑乃宣作重要指示，充分肯定新区几年来取得的巨大成绩，鼓励管委会干部职工再接再厉，百尺竿头，更进一步。至此现场办公会结束，周俊才留大家吃过晚饭，观看烟花。曹寄青专门说明，烟花没花钱，是合作企业特意赠送的，希望给产品扩大影响，提升知名度，新区能燃放烟花，是对其莫大支持。

烟花燃放地点在白湖岸边。白湖距离管委会不远，曹寄青把领导们请上后山，坐进亭子里，居高临下，以观烟花绽放全貌。

天色暗下来，星光在天边闪烁，仿佛神秘的眼睛调皮地眨巴着。八点过八分，第一道烟花炸向空中，开出一朵硕大的豪华气派的牡丹。牡丹是富贵花，意喻花开富贵。第二道是龙飞八极，凤舞九天，表示龙凤呈祥。接下来还有福寿齐全、金猴献瑞、五子登科之类。当然烟花烟花，更多的还是花，诸如蝴蝶花、合欢花、向日葵、金钱菊，不一而足。

正好郑乃宣平时喜欢练书法，写过赵孟頫的烟花诗，情不自禁念道：人间巧艺夺天工，炼药燃灯与昼同；柳絮飞残铺地白，桃花落尽满阶红；纷纷灿烂如星陨，霍霍喧追似火烘；后夜再翻花上锦，不愁零乱向东风。

众人叫好鼓掌。掌声甫落，烟花也接近尾声，那是道孔雀开屏，雀喙尖尖，雀目顾盼，雀屏舒展，活灵活现，令人叹为观止。雀屏开于孔雀尾翼，意即有始有终，尾放异彩。

观赏完烟花，各位簇拥着郑乃宣走出凉亭，下得山来，登车回城。黎秉钧脑袋里还闪耀着一道道烟花炸裂、绽放、扩散、陨落的样子，心下暗暗叹惋，周俊才和曹寄青干嘛要放烟花呢？是有意为之，还是无心之举？烟花确实又抢眼，又炫丽，吸引眼球，可惜来也匆匆，去也忽忽，整个过程转瞬即逝。这似乎不是什么好兆头。

烟花消散，夜深人去，一切复归幽暗。新区还在建设之中，人气不够旺，夜里大部分区间人稀车少，显得有些清冷寂静。可今夜有些反常，烟花燃放过后的硝烟渐渐散去后，忽有灯影星星点点，或远或近，或明或暗，自四面八方渐渐聚拢来，形成灿烂的灯阵。

说是灯阵，其实更是灯的河流，流淌着粼粼光波。灯是清一色的蜡灯，在纸糊的蛤蟆腹内不动声色地闪烁着。糊蛤蟆的纸都是白油纸，里面的灯芯雨浇不着，风吹不灭。蛤蟆有大有小，都很夸张的样子，鼓着大腹，张着大嘴，瞪着凸眼，似嗔似怒，似吼似鸣。

自古蛤蟆岭周边十里八乡便有蛤蟆崇拜情结。有崇拜就有信仰，蛤蟆岭一带的人不怎么信佛道，只信蛤蟆神。丰年觉得是蛤蟆带来的福祉，灾岁则是得罪蛤蟆，蛤蟆发怒，给人以警示。故不论丰收还是灾歉，每年秋后都会举行蛤蟆节，祭蛤蟆神，耍蛤蟆灯，或感恩蛤蟆赐福，或祈求蛤蟆恕罪。蛤蟆节不知流行了多久，直至近些年，年轻人纷纷外出打工赚钱，老年人也大多进城照顾孙辈，蛤蟆岭周围变得人烟稀疏，没谁再把蛤蟆神当回事，蛤蟆节几乎已经失传。可没人想到消失二十年的蛤蟆灯，今晚却突然出现在蛤蟆岭下，且越聚越多，向着城里方向流动着，涌动着，可没人清楚到底意味着什么。

蛤蟆灯的河流接近城边时，已过子夜。可仍有不少车流和身影在街头晃悠，迟迟不愿归去。年轻人没见过失传多时的蛤蟆灯，觉得好奇，围过来看热闹。光看还不过瘾，又掏出手机拍图片，录视频，发到微信朋友圈里，一时间彦州人人皆知蛤蟆灯出了岭，即将进城。现在无论老少，最为难的事是夜里睡不着，早上起不来，见过图片和视频的无眠人，纷纷往蛤蟆灯出现的方向汇集而去。

蛤蟆灯汇集的方向是彦州市委大院。可围观的人太多，灯河前进的速度非常缓慢，半天动不了几米，直到天快亮才到达市委大院门前。值班保安见势不妙，想上前阻拦，早被灯流涌起的浪涛荡过来，连人带电动伸缩门一起掀翻。最后灯河漫向市委大楼前，将宽大的坪地占满，仿佛浩瀚的波浪注入开阔平缓的河面，一下子变得安静和深沉起来。只有里三层外三层的围观者，用手机镜头和窃窃议论，响应着已停止流动却依然闪烁着光影的壮观灯阵。

天色渐明，蛤蟆灯因而变得暗淡，耍灯人的面孔清晰起来。这些面孔毫无表情，不愠不火，不喜不怒。耍灯人加起来估计不少于三千，全都席地而坐，秩序井然，没人走动或挪移，放眼望去，俨然横齐竖直的庞大坐阵，庄严而壮丽。

没人知道坐阵对面市委大楼顶层玻璃后有双眼睛，一直盯着这非同小可的场景。那是周俊才。昨晚观完烟花，送走郑乃宣几位后，周俊才还就贯彻落实郑乃宣视察新区指示精神，跟曹寄青商量了几句，才拖着疲惫的双腿，上车回了家。洗洗睡下四个来小时，被崇世煜的电话惊醒，说近万人举着蛤蟆灯进了城。三个月前市公安局局长受一桩旧案牵连，被停职反省，由常务副局长崇世煜主持局里全面工作，不出意外的话他很有可能升任局长，进入市政府班子。位处公安老大，市里有些什么动静，自然会第一时间反馈到崇世煜耳里，他意识到蛤蟆灯进城，绝非偶然，简单了解一下情况后，便禀报给周俊才。

　　周俊才不是彦州人，不知蛤蟆灯为何物。崇世煜也是第一次听到蛤蟆灯三字，没有多作解释，只说像是冲着市委市政府去的。周俊才一激灵，翻身下床，一边穿衣服，一边通知司机来接自己。可上过卫生间，下得楼来，没见司机影子，打电话一问，说是被蛤蟆灯队伍和围观群众堵在路口，一时半会儿没法挪动车子。周俊才只得命崇世煜另外派车。二十几分钟后，崇世煜亲自驾车赶到，说蛤蟆灯队伍已涌入市委大门。

　　路上崇世煜将刚刚掌握的蛤蟆灯缘起，简明扼要给周俊才汇报了几句。周俊才脸色阴沉，没有搭腔。崇世煜还想说什么，不知周俊才心里所想，忍住没再出声，只专注地把紧方向盘，加大油门，往前直奔。

　　等两人赶到市委大院，大门口已挤满踮着脚尖看热闹的人群，蛤蟆灯队伍则在市委大楼前安营扎寨，占据了整个大坪。周俊才弃车而行，经后门进入楼内，来到顶楼机电房里，俯视楼前的辉煌灯阵。崇世煜很快跟上来，站到周俊才身边。周俊才道："蛤蟆灯既已消停二十年，为何突然又冒了出来？"崇世煜道："可能与蛤蟆岭还有青湖征地拆迁有关。"

　　周俊才皱着眉头，说："我反复叮嘱过曹寄青，征地拆迁无小事，要他谨慎处置，怎么会闹出这样的乱子？"崇世煜道："具体情况还不太明朗。我已调动可用警力，往市委大院集结，要不要马上采取措施？"周俊才道："情况不明不朗，采取措施，激化矛盾，怎么收得了场？先还是把曹寄青叫来再说。"

　　崇世煜很快拨通曹寄青电话。没等崇世煜开口，周俊才伸手道："还是把电话给我吧。"

　　此时曹寄青没在家中，在自己车上。夜里送走周俊才后，曹寄青准备离开新区管委会回家，却见孟宏文出现在灯光幽暗的操坪里，身后还有一个马仔，站在气派的劳斯莱斯旁。曹寄青几分惊讶，问道："孟总何时到的管委会？"

　　孟宏文没出声，朝马仔抬抬下巴。马仔从劳斯莱斯上面搬下三只蛇皮袋，放到曹寄青车旁。曹寄青问："你们这是干啥？"孟宏文这才指着蛇皮袋道："三个袋子里共有七百万元现金，还请曹市长笑纳。"曹寄青道："孟总别逼我好不好？你已拿到青湖近半土地和蛤蟆岭最佳地段，还在乎那两百亩不中用的洼地？"

青湖规划变更后，管委会留下两百亩洼地，以作公用，没招标出去。洼地东边正好挨着宏智公司所购地皮，孟宏文见一直空在那里，想征用过来，就汤下面，一起开发。曹寄青以公用预留地为由，没有答应。正好洼地西边紧连石三里公司千亩土地，石三里也动了心思，交给丁美媛一张五百万的银行卡，承诺只要搞定曹寄青，拿到洼地，另外还有重酬。事被孟宏文获知，这才专门带着马仔来给曹寄青送钱，非夺走洼地不可。

曹寄青哪敢要孟宏文的钱？道："孟总还是死了这条心吧，那块洼地只能预留公用，谁也拿不走。"孟宏文冷冷道："曹市长要留给石三里吧？"曹寄青道："不可能，别说石三里，石千里石万里都莫想。"孟宏文改口道："曹市长别紧张，今晚咱不是冲着洼地来的，是因你对宏智公司关照有加，略表心意。"曹寄青道："孟总又不是不知道，如今从上到下，反腐正处高压态势，我再爱钱，也不敢拿自己的政治前途作赌注啊。"

"曹市长知道政治前途就好，看来你还没完全糊涂，总还记得自己市委常委是怎么到手的吧？"孟宏文面露狰狞道，"今晚收下这三个蛇皮袋，要不了多久你就会成为常务副市长，以后还有市长和副省级干部等着你，否则叫你前功尽弃，一夜回到解放前。"曹寄青带着哭腔道："孟总别逼人太甚好不好？"孟宏文道："谁逼你太甚？当初你想做副市长，上门求老爷子，我在你头上甩过鞭子？后来你去见卓宪新，我用枪顶着你脑袋？"曹寄青哀求道："孟总还是把钱拿走吧，洼地我真没法给你。"

孟宏文来了火，指指地上三个蛇皮袋，又点点曹寄青老脸，吼道："蛇皮袋你到底拿不拿？不拿担心两条腿还属不属于你。"

曹寄青知道拗不过孟宏文，很不情愿掏出车钥匙，按开后备厢盖。马仔准备弯腰去提蛇皮袋，孟宏文制止道："别惯着曹市长，领导也有手有脚，让他自己搬！我还不是他下属，想要官威，先揉去眼里沙子，看清面前站着的是谁。"

曹寄青只好老老实实，将三只蛇皮袋塞进小车后备厢里。孟宏文不再理他，转身钻进身后的劳斯莱斯。马仔关好车门，绕过车尾，钻进驾驶室，朝管委会大门方向驶去。

看着劳斯莱斯消失在黑暗里，曹寄青合上尾厢，来到车里，愣怔片刻，发动车子，驶出死寂的管委会大院。却一时不知去哪里好。回家吧，不想面对陆白露。每次见面，陆白露都会叨叨咕咕，要曹寄青把洼地划给石三里公司。

忽想起盘龙宾馆有间套房，好久没去住过了，干脆上那里清静几个小时。打转方向，驶上没几百米，手机响起微信提示音，一看是丁美媛发来的，说曹寄青没良心，个多月没见影子，没打电话，莫非有了新欢？也是新区公务太忙，加上担心丁美媛替石三里游说洼地的事，这阵子曹寄青一直躲着她，没到她那里去。孟宏文不好惹，今晚又送来七百万元现金，洼地只能给宏智公司，正好让丁美媛转告石三里，别拿鸡蛋往石头上撞。

见面地点仍在画舫上。画舫停在白河南岸一处僻静河湾。曹寄青忙起事来很投入，起码两个月没沾女人，登上画舫，连盘子里切好的哈密瓜都来不及尝一口，便直奔主题，拉着丁美媛上了床。缠绵过后，曹寄青合上眼皮，昏昏欲睡，丁美媛在他脸上拍拍，嗔道："你一来就只顾爽，爽完就睡，话也不跟我多说两句。"曹寄青迷迷糊糊道："有话你说就是。"丁美媛道："石三里要你把孟宏文送的那七百万退回去。"

半个多小时前的事，怎么就传到了石三里耳里？这家伙在管委会布了控？曹寄青猛地坐起来，盯着丁美媛眼睛道："石三里听谁说孟宏文送我七百万？"

丁美媛伸长玉一般的长臂，把曹寄青掰倒，说："你急什么？我话还没说完哩。"曹寄青气呼呼道："这个石三里，越来越不像话，莫不是活腻了？"丁美媛道："石三里是啥角色，你当姐夫的还不知道？我倒不担心石三里活腻，只是凭他那德行，有些担心孟宏文的死活。"曹寄青道："石三里到底要干啥？"丁美媛缓缓道："孟宏文太猖狂，也不摸着脑壳想想，自己后台再硬，毕竟是外来户，不像石三里土生土长的彦州人，强龙又如何压得过地头蛇？石三里说过，灭掉孟宏文，不过分分钟的事。"

曹寄青怒不可遏，道："石三里这混混，当初不让他沾青湖项目，正是怕他添乱，你俩联手诱我上当，才划给他块不错的地皮，他竟得寸进尺，又盯住洼地，想跟孟宏文斗勇。孟宏文是谁？石三里不聋不瞎，不清楚吗？"丁美媛道："孟宏文有官方背景，这也没错。可石三里不想升官，只想弄点钱，养家糊口，莫非他穿草鞋的，还怕孟宏文穿皮鞋的？"

曹寄青管不了草鞋皮鞋，挣脱丁美媛手臂，重新坐起来，道："告诉我石三里在哪里？我得当面教训教训他。"丁美媛道："深更半夜的，谁知石三里在哪里？要么你打他电话问问。"

曹寄青拿过手机，去拨石三里电话。没有任何反响。再拨还是一样。丁美媛趴到曹寄青身后，伸出两手，掐掐他双肩，道："你晓得来找女人，石三里也是男人，莫非耐得住寂寞，不去找女人？"曹寄青骂道："找女人就找女人，关什么机？"丁美媛道："石三里用情专一呗，关掉手机，可把力气全部用在女人身上。哪像你，人躺在我身边，还老想着那两百亩洼地。"曹寄青道："不是你替石三里传话，要我退掉孟宏文的钱吗？"

深夜时分，又在水上，丁美媛感觉凉意有些重，松开曹寄青双肩，穿上睡袍，一边喃喃道："别找石三里了，找到他也没用。只怪孟宏文太贪，拥有蛤蟆岭最好地域，拿走小半个青湖，还不肯放过两百亩洼地，要石三里怎么服气？你还是开导开导孟宏文，别仗着自己有个官爹，就可在彦州称王称霸，真把石三里惹毛了，先要他脑袋搬家，再把他官爹材料送到中纪委，老头只怕这辈子没法走出监狱。"

看来为这两百亩洼地，石三里在背后做了不少动作。这样闹下去，自己还脱得了干系？曹寄青越想越气，越气越急，又够不着石三里，不可能把气撒在他身上，干脆下床穿好衣服，指着丁美媛道："你马上带我去找石三里，今晚非把他宰了不可。"

丁美媛也来了气，扬手重重砍了一下曹寄青手指，骂道："你要宰石三里，干嘛拉上我？要找你这就下船，自己找去。"

丁美媛运动员出身，手上还有些劲，砍得曹寄青指头生疼，心头火起，顺手扇了丁美媛一耳光。丁美媛顿时被激怒，一弯肘子，往曹寄青身上狠狠撞去。正撞在曹寄青软肋上，撞得他龇牙咧嘴，往地上缩去。正好挨着把钢管椅，曹寄青抓到手里，往丁美媛扫去，把她扫倒在她。丁美媛很快爬起来，抹去嘴角血迹，吼道："曹寄青你这畜生，老娘把什么都献给了你，你竟然要置我于死地，今夜咱俩就来个鱼死网破。"

见丁美媛满眼杀气，曹寄青心生恐惧，往舱门方向后退，准备夺门逃跑。丁美媛不肯放过他，抓过水果盘里的水果刀，刺向曹寄青。曹寄青往旁边一闪，躲过一刀。可第二刀又刺过来，直逼左胸。曹寄青赶紧一偏，刀尖自他肩胛上犁过去，插在门板上。丁美媛用力把刀拔出来，正要转身，曹寄青已扑到她身后，抓住她头发，狠命往舱门上撞去。正撞在门把上，脑门开裂，鲜血直喷。丁美媛一瘫，歪倒在地。

望着丁美媛躺在地上，一动不动，曹寄青后怕起来。站在门边，喘息一会儿，回身抓过手机，钻出舱门，来到甲板上。一阵夜风吹至，曹寄青不觉打了个冷战。抬腿要下画舫，又收住步子，钻进机房，拧开发动机油箱，导出半桶汽油，转身回到舱内，泼到舱板上。然后打燃打火机，往舱板上一扔，掉头朝舱外逃去。

来到岸边，钻入车里，回头望去，画舫上的火渐渐升起来，又经河风一扇，火势越来越猛，越来越大，吞灭整个画舫。曹寄青呆呆坐在车上，不知接下来要干什么，该往哪里去。

过了好一阵，天边曙色初露，手机铃声突然响起，曹寄青吓一跳，见是崇世煜号码，想接又怕接。莫非崇世煜这么快就知道丁美媛已葬身火海？不可能，绝不可能。毕竟公安没到现场，崇世煜不是神仙，哪知刚发生在偏僻河湾上的事？

迟疑着，曹寄青还是接了电话，里面是周俊才的声音。周俊才没说什么，只是命曹寄青立即到市委大楼去，越快越好。

把手机还给崇世煜后，周俊才又转过脸，贴近窗玻璃，朝外望去。天边已现出鱼肚白，夜色渐渐隐去。转瞬之间，楼下明晃晃的蛤蟆灯突然一齐熄掉，整个大坪好像一下子变成巨大的黑窟窿，把一切都吸了进去。周俊才一阵心惊。他意识到有股无形力量控制着这近万只蛤蟆灯，否则其明灭不可能如此整齐划一。

崇世煜也有同感，试探着问道："要不要请求吴书记，由他出面，紧急召集常委会，决定如何处理眼前事件？"周俊才想想说："时间还早，让尚云书记多休息一会儿吧，他太忙太累，实在不忍心这个时候惊动他。还是等曹寄青来后问明情况，再请示尚云书记不迟，否则一问三不知，拿不出可行的处置方案，照样于事无补。"

事已至此，还不报告吴尚云怎么行？何况现在信息渠道那么多，只怕早已传到吴尚云耳里。崇世煜不出声嘀咕着，明白周俊才心存侥幸，以为只要曹寄青出现，弄清楚事情症结，就能找到解决问题的办法。周俊才像看穿崇世煜心里所思，指指楼下坪里的坐阵，说："看看这些人，步调一致，规规矩矩，一定有来头，决非普通乱民。曹寄青天天泡在两河新区，应该知道来自蛤蟆岭一带的蛤蟆灯会是怎么回事。"

可左等右等，就是不见曹寄青现身。电话催促，开始还说已在路上，继而不是电话占线，就是没有信号，最后再也联系不上，仿佛人间蒸发了似的。周俊才无奈其何，只得划开手机屏，去拨吴尚云手机。还没翻出吴尚云名字，对方先打了过来，问周俊才人在哪里。

"我在市委办公大楼顶楼呢，正准备拨书记号子，向您汇报情况。"周俊才此刻已镇定下来，以从容语气，扼要说明几句蛤蟆灯目前情形，胸有成竹道："我已让崇世煜调集警力，布置在市委周围，随时应对不测。"吴尚云道："不到万不得已，不能让警察动手。我这就报告乃宣同志，然后成立临时指挥中心，处理蛤蟆灯事件。"

郑乃宣手机在秘书手上。吴尚云问书记在哪里。秘书告知，正在办公室跟廖省长说话。

昨夜观完烟花，车入省委大院后，郑乃宣没直接回家，而是去了书记室。郑乃宣喜欢写书法，高兴了写，烦闷了写，只要笔管于手，身外世界便不再存在。在吴尚云主导下，经周俊才和曹寄青苦心经营，两河新区初具成效，既给省会城市提质，也给他做书记的脸上增光，这才叫上黎秉钧他们，前往考察，同观烟花，一时心情大好。心情一好，便手技发痒，郑乃宣让秘书铺纸调墨，手执兼毫，龙飞凤舞起来。兼毫兼狼毫、兔毫和羊毫于一管，刚柔相济，可粗可细，可速可缓，手感极佳，足以淋漓尽致地抒发充盈的情绪。

郑乃宣在办公室尽情抒发时，黎秉钧也没闲着。返城进入省委大院后，黎秉钧下车正要回家陪伴母亲，曾守贤打来电话，说周俊才和曹寄青案情已基本查清，为免生变故，最好立即采取措施。黎秉钧要曾守贤去办公室相见。

在办公室没等多久，曾守贤带着俞波涛走进来，呈上九室刚成稿的材料，请黎秉钧过目。黎秉钧皱着眉头，将材料认真看过，问两位有何打算。曾守贤道："已到收网之时，否则夜长梦多，后果难料。"黎秉钧道："怎么收网？"曾守贤道："先征得乃宣书记同意，再报告中纪委，便可动手留置周曹二人及相关人员。"

黎秉钧看看手表，已过十一点，说："明天一上班，我就找乃宣书记汇报。"曾守贤道："初核曹寄青可非一日两日，说不定周曹已有所察觉，此事宜速不宜缓。"黎秉钧道："你们意思？"曾守贤道："最好今晚见着乃宣书记，讨得他批示，明天上午研究留置方案，部署人马，下午和晚上采取行动。"

"你也太急了，好像明天太阳不会从东边出来似的。"黎秉钧冷峻的脸上露出笑意，"行行行，我这就打乃宣书记秘书电话，若乃宣书记还没休息，见见他也无妨。"打通电话，听说郑乃宣还在办公室写书法，黎秉钧转向两位道："守贤随我去省委大楼会乃宣书记，波涛回家路程有些远，先走一步吧。"

俞波涛答应着，向门边走去。曾守贤叫住他，对黎秉钧道："要不要九室填好留置表，咱俩先签好字，待会儿让乃宣书记认可落墨，好依计而行？"黎秉钧沉吟道："乃宣书记老想着维持现有局面，圆满落幕，白天还拉着我参观过两河新区，夜里就要他签字留置周俊才和曹寄青，是不是太过突兀？先别急于求成吧，只要他认可咱们意见，签字还不容易？"

三人下楼，俞波涛离去，黎秉钧和曾守贤直奔省委大楼。到了书记室门外，郑乃宣秘书把两人迎进旁边值班室，道："书记今晚感觉好，兴致高，一时没法收手，等他尽完兴，再去见他如何？"黎秉钧道："不急不急，等乃宣书记搁笔后，咱俩再进去不迟。"

一等等了一个多小时，至子夜一点，秘书才来叫两位过去。黎秉钧呈上周曹二人的材料，郑乃宣老大不高兴道："周俊才和曹寄青问题再严重，不可明天再报吗？还怕他俩插翅飞走不成？"黎秉钧道："周曹二人问题确非小问题，早采取措施比迟采取好。"

郑乃宣开始翻阅材料。越往后翻，嘴巴抿得越紧，眉角竖得越上，脸色越难看。翻完后，将材料往桌上一扔，嚯地站起身来，背着双手，在屋子里踱起步来，一边骂骂咧咧道："这两个不争气的蠢家伙，怎么做出这等事来？老子真瞎了双眼。"

黎秉钧和曾守贤面无表情，只是偶尔瞧瞧郑乃宣晃动的身影，不吱一声。郑乃宣晃得差不多了，才回到座位前，长叹一声，道："也罢，也罢，你们回去填好留置呈报表，尽快送我签字，好依纪依法采取行动。"

两人走后，郑乃宣仰躺在椅子上，两眼望定天花板，半天纹丝不动，像个木雕菩萨一样。秘书悄悄进来，给他杯里续水，他也目不斜视，仿佛天花板上在放电影似的。不知过去多久，郑乃宣才动了动，慢慢站起来，取过纸笔，继续写字。事已至此，除了写字，还能做啥呢？周俊才和曹寄青大胆玩火，必然得付出代价。

秘书不敢惊动郑乃宣，躲在休息室里静候。也是实在太困倦，不由得歪在沙发上睡死过去。不知睡了多久，身边手机响起。响了好一阵，秘书才惊醒过来，一看是廖远征打来的，赶紧揿下绿键，说了声省长好。廖远征问书记在哪，秘书如实奉告。廖远征没再啰唆，要他告诉书记，大事不好，他马上来省委面见书记。

原来黎明前，廖远征还在梦中，省政府值班室来电话，说有近万蛤蟆灯涌向彦州市委大院，情况相当紧急。廖远征似乎早有预感，并不觉得奇怪，翻身起床，问明郑乃宣在书记室，以最快速度赶往省委大楼。

长久握管写字，郑乃宣手已发软，身体也疲倦起来，这才扔笔斜在椅子上，准备歇会儿，恍惚间不觉睡去。直至廖远征推门而入，郑乃宣朦朦胧胧，半睁昏花老眼，嘴上嘀咕道："你是什么人呐？"廖远征道："我是廖远征，报告乃宣书记，出大事了！"

仿佛一瓢冷水泼过来，郑乃宣一个激灵，坐直身子，道："出了啥事？快快道来。"

廖远征简单说了说蛤蟆灯进城消息。万万想不到，昨天才到过两河新区，夜里新区辖内的蛤蟆岭一带就有蛤蟆灯进了城。郑乃宣无奈道："我这就出发，到彦州市委去。"

"不可不可。"廖远征毋庸置疑道，"据我判断，蛤蟆灯事件缘于两河新区开发失当，只能由彦州市委市政府牵头处理。我做过彦州市委书记，两河新区开发还是我任上启动的，情况比较熟悉，就由我代表省委省政府前往现场，督促彦州市委市政府尽快处理好此次事件，乃宣同志坐镇省委，静候我的消息，我会及时向你报告事件处理进展。"

关键时刻廖远征肯站出来，郑乃宣略感欣慰，道："到现场后，远征同志只管见机而作，便宜行事，我都支持！"廖远征道："谢谢乃宣同志信任！百姓多是因利益受到侵害，迫不得已才采取集体行动。沉寂二十年的蛤蟆灯重新出现，可能与新区征地使用不当和补偿不到位有关，背后往往有看不见的腐败黑手操纵。我意可否让省市纪检部门也出面，及时掌握此中腐败线索，给予清查，以平民愤，这样更有利于有效处理蛤蟆灯事件。"

事已至此，郑乃宣也觉得有必要让纪检部门参与进来，表示亲自给黎秉钧打电话。

廖远征赶到现场后，黎秉钧也接踵而至。听说曹寄青失联，黎秉钧吃惊不小。正等着上午完善手续，对曹寄青和周俊才实施留置措施，不想在此节骨眼上，曹寄青不知去向，莫不是准备外逃？黎秉钧把廖远征拉到一旁，道明自己的担心。廖远征道："那还不启动抓捕程序？"黎秉钧道："还没有郑乃宣同志批示呢。"

廖远征果断道："来不及啦。我代表省委省政府指挥处理蛤蟆灯事件，曹寄青失联与事件关系重大，我有权表态抓捕曹寄青，万一抓错，责任在我。"

此言坚定了黎秉钧的态度。黎秉钧心想，曹寄青与周俊才是一根藤上的瓜，彼此关联，又问道："那周俊才同志该怎么处理？"廖远征道："周俊才同志没有逃避责任，第一时间到达现场，这一点值得嘉许，他有什么问题，待蛤蟆灯事件平息后再说。"

黎秉钧表示认同，直接打通俞波涛电话，下达命令：不管曹寄青跑到哪里，也要把他抓回来。俞波涛顾虑道："留置手续不全，没拿到郑乃宣书记签字，咱们违规抓人，可是要受处分的。"黎秉钧斩钉截铁道："要处分先处分我。远征同志把曹寄青列为蛤蟆灯事件直接责任人，才下令抓捕他，你们还有什么可犹豫的？"

俞波涛二话不说，通知奚连江和陶景宜等人，以最快速度赶往省纪委监委大楼，领受紧急任务。人很快到齐，俞波涛开门见山道："近万蛤蟆灯开进彦州市委大院，曹寄青突然失联，秉钧书记遵照远征省长指示，命令咱们立即行动，抓捕曹寄青。"奚连江质疑道："抓捕曹寄青，郑书记知不知道？"

俞波涛把黎秉钧的话转述一遍，说："曹寄青要逃定会逃往国外。彦东机场有几趟国际航班，我与连江带人直奔机场，景宜在家调度辅警，赶往机场配合抓捕行动。"

布置完任务，俞波涛心情直往下沉，不出声道：寄青兄弟，咱们正面交锋的时刻到啦。

各位领受任务，分头行动。还没到八点，纪委办公厅没人，不可能申请公务车，俞波涛带着奚连江还有两名八〇后纪检干部下楼后，直接钻进坪里的自家车，往彦东机场飞奔而去。路上奚连江提醒道："咱们站在曹寄青角度，断定他会乘机外逃，若他反过来揣测咱们想法，有没有可能改变思路，采用其他交通工具离开彦州呢？"

一语点醒俞波涛，他分析道："确实有此可能。如今信息太发达，国内没有曹寄青的藏身之所，其最佳去向肯定是国外，这没啥可怀疑的。出国有三个途径，一是搭轮船，二是坐火车，三是乘飞机。沧彦属内陆省，没有国际邮轮，相距最近的国际邮轮港口也在六百公里以外，曹寄青不可能作此选择。省外有几趟列车通往欧亚大陆，但需穿越广阔的西北腹地，若坐列车离境，没出国门就会被拦截下来。也就是说曹寄青只能乘飞机外逃。乘机出国，首选自然是彦东机场，其次是相距三百多公里的青东国际机场。假如曹寄青放弃彦东机场，而去青东国际机场登机，最大可能会坐高铁，高铁只需八十来分钟可至。若跑高速，最快得四个小时，加上进出高速，没五个多小时到不了机场。"

耳听俞波涛分析，奚连江手没闲着，先建了个捕曹微信群，把几位拉进群里，以便分头行动时加强联系。继而调出陶景宜手机号，拨了过去。没等奚连江发话，陶景宜的声音已在手机里响起。奚连江对陶景宜道："主任有话跟你交待。"

这就是默契。俞波涛接过奚连江手机，拿到耳边，对着里面大声道："景宜马上带人奔赴高铁站，看能不能发现曹寄青身影。还有开往青东国际机场方向的高铁有几趟，也给弄明白，再报告给我，好采取相应措施。"

俞波涛说完，奚连江要回手机，点开高铁订票软件。彦州始发或过境前往青东国际机场方向的高铁票务信息历历在目，奚连江瞟了几眼，道："往青东国际机场方向最早一趟高铁，也得一个小时后才会发出。"俞波涛道："好好好，留给陶景宜的时间还够。"

正好彦东机场出现在眼前。车没停稳，几位跳下去，往航站楼冲。冲进航站楼后，兵分三路：两位八○后去守安检口，围堵有可能出现的曹寄青；奚连江赶往票务中心，查看有无曹寄青订票信息；俞波涛直奔监控室，调看近一个多小时以来的视频。

五分钟后，俞波涛手机响起微信提示音，捕曹微信群里跳出八○后发的微信，说暂时没见到曹寄青身影。俞波涛回道，继续睁大眼睛。接着奚连江头像跳出来，说没查到曹寄青购票信息。俞波涛跟道，不奇怪，曹寄青也许会盗用他人名字。奚连江说，可能性不大，现在身份信息审查非常严格，安检时还要刷脸，不容易蒙混过关。

没发现曹寄青身影，俞波涛离开监控室，回到航站楼大厅，与奚连江商量下一步行动方案。奚连江道："看来曹寄青坐高铁往青东国际机场出逃的可能性比较大。"俞波涛点头道："我也这么认为。咱们得把主力转向高铁站。"

正好陶景宜调来的便衣辅警赶到，俞波涛安排两位八○后去监控室盯视频，留下三位辅警布控，然后带上奚连江和其余辅警，往高铁站方向赶去。

俞波涛和奚连江离开机场没多久，陶景宜已带人到达高铁站。调看监控视频，查阅购票信息，都没有曹寄青的痕迹。信息发到捕曹群里，俞波涛指示道：不可排除曹寄青冒名进站上车可能，安排两人继续盯紧监控视频，其余力量一分为二，一部分蹲守在候车大厅电梯口和首趟开往青东国际机场方向车次的检票口，一部分布控于该趟车次的站台。

陶景宜遵照指令布置完毕，俞波涛和奚连江几位很快赶到。离上午九点还差几分钟，车次较少，乘客不多，候车大厅显得格外空旷。俞波涛担心曹寄青认识自己和奚连江，若在客少人稀的大厅里走动，万一曹寄青躲在某个角落，很容易被他发现。好在陶景宜经验丰富，选了家披萨店，把微信地址发给俞波涛，说为他们订了早餐。

俞波涛让便衣辅警在大厅待命，与奚连江进了披萨店。却没见陶景宜。正在狐疑间，有个声音传过来："在这儿呢。"奚连江寻声望去，见屏风背后有人影晃动，笑笑道："景宜你不是在跟咱们捉迷藏吧？"

屏风后有张小圆桌，桌上摆了几样食品和饮料，陶景宜就坐在桌旁，没事人样喝着咖啡。两人走过去，一见还冒着热气的披萨以及面包、蛋糕之类，才意识到肚子有些饿。奚连江抓过披萨，张大嘴巴，一阵狼吞虎咽，一边含混不清道："这就是有美女同事的妙处，战斗再紧张，也会见缝插针，解决好肚皮问题。"俞波涛咬了口面包，说："可不是？没足够能量，紧要关头怎么有力气出手？"

两人吃得正开心，服务生又拎来一大袋饮食，搁到桌上。奚连江道："哪吃得那么多？景宜莫不是把中晚餐都备好，等着打持久战？"陶景宜道："你只顾自己吃喝，蹲守在检票口和上车地方的兄弟们都是机器人？即使是机器人，也得充电嘛。"奚连江心服口服道："景宜骂得对，怪连江自私，只管自己大吃大喝，置兄弟们于不顾。"

陶景宜也不多言，提起食品袋，走到披萨店门口，向外招招手。立即有便衣辅警走过来，接过袋子，转身跑开，找兄弟们分发食品去了。

不久广播里响起女中音，通报首趟开往青东国际机场方向的高铁即将检票上车。三人走出披萨店，向布控在大厅两头电梯口的辅警望望，然后混入人流，朝检票口靠过去。检票口前的队伍开始移动，不远处的辅警瞪大眼睛，扫视着一张张或从容或焦虑的面孔。

没见曹寄青出现。陶景宜俯在俞波涛耳边道："莫非曹寄青直接去了站台？"俞波涛点点头，让陶景宜留在原地，向奚连江挥挥手，走向相邻检票口。检票机前站着值班人员，看过两人工作证，自然放行。两人穿越通道，奔下站台。

开往青东国际机场方向的高铁车厢门已全部打开。便衣辅警就像普通旅客，在各车厢之间走动着，看上去像找车厢，其实眼睛一眨不眨，盯着上车的人。依然没有曹寄青的影子。可俞波涛不急。不管曹寄青以什么方式接近站台，最后总会上车的，除非他会隐身术，否则只要露面，绝不可能逃过各位的眼睛。

站台上的旅客渐渐稀疏起来。仍然没发现目标。俞波涛心里忐忑，难道自己判断错误，曹寄青并不会乘高铁去青东国际机场？或是这家伙机警，已到高铁站，察觉情况不对，悄然掉头，出站溜掉？

很快站台变得空空荡荡，旅客上车完毕。依然没有曹寄青。离发车时间还差不到一分钟。也就是说，曹寄青再不可能现身。难道曹寄青已从彦州城消失？

只听嘀嘀嘀的警示音响起，提示车门即将关闭。俞波涛向奚连江还有两头车厢外的辅警一挥手，以迅雷不及掩耳之势，往车门冲去。车门开始关闭。就在门扇即将合上的那一瞬间，俞波涛身子闪入门里。车门几乎是擦着他鞋跟，啪的一声闭拢。

几乎是同一秒，奚连江与两位辅警也从另外车门，钻进车厢里。车子开始缓缓启动。俞波涛未及立稳，门口的乘警就指着他鼻子，厉声喝道："你想找死啊你！"

俞波涛没有生气，嘻嘻笑道："我不没死吗？"乘警骂道："你没死，很神气很光荣是吧？影响发车，叫你吃不了兜着走！"俞波涛道："如此庞大的车厢，恐怕没谁有这么宽的嘴巴吃得了，有这么大的口袋兜着走。"

乘警哭笑不得，又不可能把俞波涛怎么样，气呼呼道："去哪里？拿票出来看看。"俞波涛道："没有票。"乘警道："你还是无票乘车，看我怎么惩罚你！"俞波涛道："我没票，但有证啊。"乘警说："你有啥证？老年证还是残疾证？告诉你吧，高铁啥证都不认，只认车票。何况你看上去，不像老年人，也没带残疾。"

俞波涛递上工作证。乘警看看证件，又看看俞波涛，道："你还是纪检干部。纪检部门不是在狠抓党风廉政建设和反腐败吗？你公然逃票，岂不也属腐败行为？"俞波涛笑道："我不是借自己身份逃票。出示工作证，是告诉你，我们有急务在身，来不及购票就上了车。待会儿去找列车长补票，应该可以吧？"

也许俞波涛身份特殊，说话又幽默，又友好，乘警相反不好意思起来，把工作证还给他，点头道："可以可以。带身份证没？我帮你补去。"俞波涛道："带了身份证。我还有三位同事，也到了车上，等咱们见面后一起补吧。"

不大一会儿，奚连江和另外两位辅警来到俞波涛面前。四位拿出身份证，交到乘警手里，请他代购至下一站即鱼塘站的票。乘警道："鱼塘十三四分钟就到，你们又何苦呢？"俞波涛道："暂时买至鱼塘吧，到时看情况再说。"

乘警走开后，两位辅警照俞波涛吩咐，分头搜查其他车厢。奚连江说："曹寄青明明没上车，还有啥可搜查的？"俞波涛道："万一曹寄青在车上呢？"奚连江道："主任临时命咱们上车，莫非就是到车上来搜查曹寄青？"俞波涛摇头道："我说万一曹寄青在车上，基本可肯定一万没在车上。"奚连江道："曹寄青没在车上，咱们不白花车票钱？"

俞波涛把奚连江拉到空位上坐下，道："你想想看，曹寄青要出逃，不上机场坐飞机，也没在彦州高铁站现身，还有无其他更好办法避开咱们视线？"奚连江道："最好的办法是骑共享单车，既不用实名购票，也不必担心有人追捕。"

俞波涛无心玩笑，说："曹寄青十有八九会放弃彦州高铁站，赶往鱼塘站上高铁。"

奚连江两眼睁得大大的，说："呃，咱怎么没想到这一层呢？曹寄青要想离开彦州，不坐飞机，也不进彦州高铁站，舍近求远，去鱼塘上车，不正好逃脱咱们目光？主任实在高明，叫连江不佩服都不行。"俞波涛道："我也只是猜测，曹寄青会不会这么行动，暂时还是未知数。"奚连江道："绝对没问题，曹寄青肯定在鱼塘等着咱们。这叫魔高一尺，道高一丈。曹寄青啊曹寄青，怪只怪你生不逢时，遇上俞主任这个天敌，你死定了。"

两位辅警搜查完各节车厢，空手回来。乘警也购好票，送到几位手上。鱼塘就在眼前，车子开始减速。四人分开，各蹲一处，盯紧窗外，守株待兔。

车子徐徐进入车站，站台黄线外稀稀拉拉站着三四十位候车人，眼睛盯着从身旁悠悠滑过的车厢。俞波涛靠在临窗座位上，目光从窗外每位候车人脸上掠过，没看见那张棱角分明的脸。窗外人影定住，车停稳，各车厢门同时打开，候车人陆续上车。还是没发现目标。俞波涛有些泄气，难道又判断失误？毕竟曹寄青不是你，有何义务照着你的预想行动呢？

候车人已上完车，站台上空空如也，只有两只白色塑料食品袋随风而起，在地面飘舞着，似哀哀地追寻弃之而去的主人。停车时间即将结束，俞波涛绝望地站起来，准备下车。曹寄青几乎没可能去百里外的下一站坐高铁，再待在车上，已没太大意义。

可俞波涛有些不心甘，离开座位时，又往窗外瞥了一眼。正是这一眼，猛然发现站台中间的电梯口冒出一个人来，穿着竖领风衣，身后拖着个不大的拉杆箱，低首朝俞波涛所在车厢走过来，步伐从容而坚定。俞波涛熟悉那身影，还有那略带外八字的迈腿姿势。假不了，就是他！俞波涛不出声道，脸上掠过一丝苦笑。

走近了，那人抬头看看车厢，向车门迈去。没错没错，就是曹寄青。

早上接完周俊才电话，曹寄青痴坐车上，仿佛一直在梦中。确实是场梦，一场噩梦。

噩梦始于孟宏文的出现。在三江口新城项目尝到甜头后，孟宏文又盯住青湖和蛤蟆岭两处风水宝地，准备大干一场。无奈时任市委书记廖远征态度坚决，审查新区规划时，明确青湖必须蓄水，不能做其他项目，蛤蟆岭也尽量保持原貌，不得随意开发。孟氏集团没法改变廖远征想法，开始暗暗搜集他材料，欲把他掀倒。却找不到破绽，只有退而求其次，通过卓宪新，让廖远征交出市委书记位置，离开彦州。廖远征离开彦州，却没离开沧彦，成为一省之长。沧彦省长毕竟不是彦州市委书记，廖远征不便干预两河新区建设，孟氏集团上下其手，通过曹寄青和周俊才，迫使吴尚云放弃原规划，拿到青湖近半地皮和蛤蟆岭最好区域。曹寄青本来想把蛤蟆岭主体工程交给皇龙公司，岂知孟宏文早在皇龙布下一颗棋子，这便是能歌善舞的容紫玉。容紫玉将皇龙做假账内幕抛给孟宏文，孟宏文一出手，皇龙遭受重创，还牵连到彦城经发和北京燕云两家上市公司，弄得余慧娴焦头烂额，黯然离去。孟氏集团还不肯松手，要将皇龙公司往死里整，曹寄青警告孟宏文，不要把事做绝，否则谁也别想逃脱干系。孟宏文明白唇亡齿寒的道理，回过头安抚曹寄青。曹寄青别无良策，只能小心翼翼，维持平衡，企盼皇龙公司度过危机，蛤蟆岭开发重回正轨。谁知青湖预留的两百亩洼地又引起孟宏文和石三里的注意，弄得曹寄青里外不是人，以致祸及丁美媛，让她付出生命代价。

偏偏又冒出蛤蟆灯事件，曹寄青知道自己在劫难逃，发动马达，准备冲进白河，陪丁美媛一起上路，继续生前风流戏。可没等车子启动，一辆劳斯莱斯迎面开过来，堵在曹寄青车前。孟宏文跳下车，过来敲开曹寄青车窗，道："曹市长难道不知道近万蛤蟆灯进了市委大院？还是坐我车子，趁乱离开彦州吧。"

曹寄青只得下车，把车钥匙递给孟宏文身后的马仔。孟宏文把曹寄青请到劳斯莱斯上，快步绕到另一边，钻进车门，坐到曹寄青旁边。驾驶室里坐着容紫玉，没待孟宏文发话，便轻点油门，优雅地把着方向盘，避开曹寄青的车，朝前驶去。曹寄青道："孟总准备带我到哪里去？"孟宏文道："你不觉得该先回趟两河新区管委会，再决定下一步去哪里？"

曹寄青张开嘴巴，想说句啥，却出不得声，只有闭住双唇，脑袋往靠背上一搁，合上眼皮，似要补回夜里没睡的觉。可满脑惊涛骇浪，一浪高过一浪，一涛盖过一涛，把整个世界，还有渺小如蚁的曹寄青自身卷入涛心浪底。

很快来到两河新区管委会办公大楼前。时间尚早，楼外楼里阒无一人，静如止水。曹寄青走进自己的办公室，打开电脑，以最快速度清空硬盘。又取出铁皮柜里的机要材料，扔进碎纸机打碎，再端着纸篓，走进卫生间，把碎纸片倒入马桶，放水冲走。

该处理的东西处理完毕，曹寄青这才关门下楼，回到劳斯莱斯里。车出管委会，向最近的高速路口奔去。曹寄青明知故问道："去哪儿？"孟宏文道："去高铁站。"曹寄青道："我人一个卵一条，换洗衣物和牙刷毛巾都没带，怎么在外混？"孟宏文道："紫玉早准备妥当，不用曹市长多虑。"容紫玉笑望着后视镜里的曹寄青道："曹市长只管放心好了，离境后，保你能享受到在彦州时的同等待遇。"

途经彦州高铁站出口，容紫玉并没减速向右，而是继续往正前方急驰。曹寄青道："不是要我去坐高铁吗？"孟宏文道："如果我没猜错的话，纪委监委的人已守在彦州高铁站，只等你进入视线范围。"曹寄青道："蛤蟆灯进城，关纪委监委啥事？"孟宏文道："曹市长应该清楚，缪德良三千万巨款都被俞波涛起出，人也移送司法机关，却迟迟没有判决，该不是没有原因吧？"曹寄青道："原因何在？"孟宏文笑道："曹市长人在局中，还来问我局外人。"

四十多分钟后到达鱼塘站。孟宏文递给曹寄青一张高铁票和一张身份证，说："到彦东高铁站后，有人会接站，护送你去青东国际机场登机。"

曹寄青看看身份证，上面写着曹小毛三个字。小毛是曹寄青小名，不知孟宏文从何获得。照片倒没假，就是曹寄青本人。看来孟宏文早料到你有出逃这一天，什么都给你置备妥当。曹寄青收好身份证和车票，开门下车。容紫玉已从尾厢里提出一只拉杆箱，拉开拉链，让曹寄青瞧过出国护照，还有简单的生活用品。再取出一件风衣，披到他身上，退后一步，打量几眼，道："看看曹市长，还颇有几分上海滩大哥的派头。"

"就要离乡去国，流落异域街头，还上海滩大哥。"曹寄青苦笑笑，关上拉杆箱，抓住拉杆，朝进站口走去。孟宏文送曹寄青到安检口，俯在他耳边道："美国也有人接应，要车有车，要房有房，曹市长只管在那边开开心心过你的神仙生活。你老婆孩子，也不用担心，我早有安排，不会让他们受任何委屈。待这边风声过去，我再派人接你回国。"

过完安检，曹寄青没跟着其他人走楼道，而是向直升电梯走去。有陌生人跟过来，往他风衣口袋里塞进一样东西，一边俯在他耳边道："孟总让我转交给你的。"

是把手枪。曹寄青摸摸口袋，来到电梯口。却不急于进去，直到广播里说开往青东方向的高铁就要发车，没上车的旅客赶紧上车，曹寄青这才钻进电梯，降至站台层。站台已空，曹寄青拉拉风衣领口，迈出电梯，拖着拉杆箱，从容走向车厢。

就在曹寄青靠近站台黄线时，车门里出来一个人，挡住去路。曹寄青抬头一看，竟然是俞波涛，不由得往后一弹，又惊又恐道："怎么是你？"

话没落音，奚连江和另外两位同行也从其他车厢弹出来，呼啦啦把曹寄青围在站台中间的空地里。曹寄青掏出风衣口袋里的手枪，转动身子，朝四个方向晃动着枪口，嘴里吼道："别过来，谁也别过来，枪里子弹可不长眼。"

此时车门已滴滴滴关上，车厢开始移动，由缓而速，往东边方向驶去。曹寄青紧张地平举手枪，与四位僵持着。奚连江看眼俞波涛，意思是要冲过去，俞波涛轻轻摇一摇头，望定曹寄青道："寄青兄放下枪吧，你唯一的选择是配合我们，回彦州说明问题，勇敢承担责任，组织绝对不会冤枉你。"

曹寄青手腕一折，用枪口抵住自己太阳穴，叫道："你们硬要我回去，我就灭掉自己，一了百了。"俞波涛严正道："这么容易了吗？你是孤儿出身，父母早亡，早死可早去见两位老人家，可你有脸面见他们吗？"

"别废话！给我躲远点！我还不知道，跟你们回去，不死也得脱层皮，还不如现在结果自己，落得痛快。"曹寄青用绝望的声音嚎道，"你们到底走不走开？不走开，我就死给你们看。"俞波涛道："你别胡来！你不是已把留学欧洲的儿子托付给我了吗？你死得不明不白，日后我见着侄儿，怎么向他交代，他又怎么看待你这个畏罪自杀的爸爸？"

听俞波涛提到自己儿子，曹寄青浩叹一声，举枪的手臂稍稍一松，枪眼离开了太阳穴。奚连江见机，用眼光示意两位辅警，准备扑过去。曹寄青很警觉，头发一竖，马上掉转枪口，指向奚连江，大声嚷道："谁敢乱动，我先撂倒谁！"

奚连江收住已离地的脚尖，另两位也立住不动。俞波涛对三位道："你们到候车室去歇歇，我们兄弟单独聊几句。"三人没有要走的意思。俞波涛又催促道："没听见我的话吗？"

三位仍站在原地，一动不动。俞波涛低声道："怎么还不走？"奚连江道："咱们走开，你怎么办？"俞波涛道："别瞎操心，我只想跟兄弟说几句私家话。"奚连江道："他手里有枪呢。"俞波涛道："放心吧，寄青兄手中枪不是为我准备的。"

三人只好徐徐后退，撤回候车室，隔着窗玻璃，眼睛一眨不眨盯紧站台上两个身影，大气都不敢出。空荡荡的站台上剩下俞波涛和曹寄青两人，相互对峙着。曹寄青的枪眼指着俞波涛脚尖，要他别乱动。俞波涛看着曹寄青惊恐的眼睛，满心痛惜。曹寄青晃着脑袋，道："波涛你怎么这么傻？你赤手空拳，我手里有枪，你又何必拿自己的命开玩笑？"俞波涛道："我不是拿自己的命开玩笑，是知道你不会开枪。"

曹寄青冷冷一笑，道："你难道这么有把握，赤手空拳也对付得了我？"俞波涛道："我对付不了你，能对付你的，只有你自己。"曹寄青道："你真的不怕死？"俞波涛道："我当然怕死。但再怕死，也得把你带回彦州，否则没法向组织交差。"

曹寄青用鼻子哼两声，道："我看你死到临头，还想着组织。组织又不是神仙，还能把你从我枪口下救走？"俞波涛道："我是组织的人，组织让我来挽留你，留你不住，还不如死在你枪口下。"曹寄青道："你就这么想死在我面前？"俞波涛道："其实我知道，你不会让我死的。咱们有三生缘，我若死在你面前，来生你我怎么做兄弟？"

一句话触到曹寄青心里软处，他盯住俞波涛，叹道："自看到你第一眼起，我就把你当成了兄弟。可我想不明白，为何偏偏咱兄弟俩面对面站在这里，成为你死我活的敌人？"俞波涛道："不不不，咱们不是敌人，是兄弟，永远是兄弟，哪怕你一枪将我击倒，或者我把你带回彦州，接受党纪国法处置。"曹寄青道："你别妄想，我宁肯死，也不会跟你回去。"

"你不会死，我也死不了，否则谁为你悬崖勒马？"俞波涛说着，移动步子，向曹寄青挪过去。曹寄青手臂一抬，举枪指向俞波涛胸膛，厉声喝道："别过来，你过来，我就开枪啦！"俞波涛道："开枪吧。你只有开枪把我打死，我才会放过你。"

看着步步走过来的俞波涛，曹寄青一边往后退，一边吼道："波涛别拿命开玩笑，逼迫我开枪！"俞波涛道："我不逼迫你开枪，我要你放下枪，跟我一起走。"

曹寄青已退到站台边沿，没法再退。俞波涛放慢速度，怕他掉落铁轨上，万一有车忽然进站，而葬身车底。曹寄青指头已钩住扳机，只要稍稍一用劲，子弹就会射向俞波涛的胸膛。可曹寄青的指头僵着，就是使不出劲来，反觉心口一阵疼痛，仿佛枪口冷硬地顶着自己的胸膛，而非近在咫尺的被视为兄弟的俞波涛。

"我为什么下不了这个手！"曹寄青把枪一扔，蹲下身子，双手抱住脑袋，啜泣起来。

十八

回到悟园，做过登记，俞波涛亲自把曹寄青送入六号楼 6122 留置室。

给值班辅警交代几句，俞波涛转身要出门，曹寄青叫道："波涛且慢，我有事要麻烦你。"俞波涛站住道："寄青兄说吧，我会尽量满足你的要求。"

曹寄青解开领扣，露出锁骨下的黄色丝线，然后伸伸脖子，摘下丝线还有系在线端的东西。那是块薄薄的淡黄色玉璧。俞波涛一见，不免暗吃一惊。看款式和色泽，跟父亲留给自己的那块完全一样。俞波涛不动声色，问道："这是什么玩意儿？"曹寄青道："母亲留给我的玉璧。"俞波涛道："你母亲？你出生不久，令堂不就去世了吗？怎么会有玉璧留给你？"

曹寄青举着玉璧，递向俞波涛，道："玉璧是母亲去世时交给奶奶的，我三岁那年奶奶也弃我而去，玉璧到了我一位堂伯手上，我成年后堂伯才又交到我手上。这些当然都是堂伯告诉我的，从此玉璧天天戴在我胸前，片刻没离开过我。"

俞波涛接住玉璧，见上面有只螭虎，越发惊奇，道："这么重要的玉璧，交给我，你放得下心吗？"曹寄青道："我连儿子都托付给了你，一只玉璧有啥放不下心的？见着我儿子，烦请转交给他，告诉他，我罪有应得，不配做他父亲，这辈子只怕没可能出去尽父亲职责，就让这只玉璧陪伴他，保佑他一生平安吧。"

俞波涛表示一定做到，收好玉璧，出了留置室。想回趟家，将螭虎玉璧与父亲留下来的螭龙玉璧放在一起，以待日后弄清两玉来龙去脉，可时间不允许。曹寄青到案，得抓紧补办手续，成立专案组，尽快进入审查调查程序。手续不仅需省纪委常委会集体通过，还得黎秉钧和郑乃宣两位领导签字批准。

拨通曾守贤手机，简单汇报几句抓捕曹寄青的经过，说及请黎秉钧签署关于曹寄青留置手续事宜，曾守贤告知，黎秉钧正在设于彦州市委大楼常委会议室的蛤蟆灯事件处理指挥中心忙碌，关于曹寄青的留置手续，只能过后再说。

指挥中心下面的大坪里，蛤蟆灯已足足静坐了九个小时。这哪里是人，简直就是近万石雕罗汉，一个挨一个排列着，纹丝不动，不声不响，不吃不喝，像铆在那里一样。怕就怕这种无声阵势，叫人摸不着头脑，弄不清来路，没法对话和沟通，无从下手，破解僵局。但周俊才还是走到坪里，说好话，讲道理，请大家离开，留下代表，与市委市政府当面商谈，有什么要求，只要不过分，一定设法满足。

可没人理睬周俊才。周俊才只得回到指挥中心，跟廖远征等领导研究对策。经由多种渠道，指挥中心才慢慢弄清蛤蟆嶺灯事件的初步起因。原来为配合两河新区整体开发，新区范围内的蛤蟆嶺林地被征用，再经公开招拍挂，开发权到了皇龙公司名下。皇龙公司由北京燕云公司和彦城经发公司等经济体混合而成，要资金有资金，要背景有背景，开发进展得非常顺利，很快完成拆迁，进入实质性施工阶段。按照彦州市政府和两河新区规划，蛤蟆嶺区域得建成新型城市森林公园。城市有城市功能，森林有森林特性，开发商开动脑筋，抓住城市森林四个字做起文章来。文章不难做，就是在保有森林面积前提下，充分体现城市功能。城市功能怎么体现？自然得有路有电有水有气有公共场所，同时还得有一定比例的建筑物。这个规划得到两河新区管委会认可后，开发商便在嶺上拉通路网，配套水电气等基础设施，然后建筑房屋。房屋不可太密集，每栋占地和建筑面积都有限制，楼层不得超过三层，隐蔽于树木里面，远远看去，只见森林，不见建筑物。此处所谓的建筑物，不过是报建手续上的说辞，说白了其实就是高档别墅。这样的别墅自然不愁销售，图纸刚出来，便以超高价位预售一空，一栋不剩，后知后觉或动作稍迟缓者，只能望嶺兴叹。这无异于说，开发商还没进场施工，账面上就已打进数百亿的巨资。

再说蛤蟆嶺被划入两河新区后，一夜间成为黄金宝地，政府动员拆迁时，嶺上居民自然不情不愿。可地是国家的地，国家要建设城市森林公园，又有安置房和丰厚拆迁款，知道胳膊扭不过大腿，还是勉勉强强，卷起铺盖下嶺，住进安置房。安置房位于白河与三江新城之间的安置区，离蛤蟆嶺不太远，有些老年人故土难离，不时会回嶺上转转，到已被拆毁的祖居宅基地上坐上半天，然后一步一回头，含泪离去。

蛤蟆嶺西麓有户鲍姓人家，户主鲍老爷子小学老师退休，儿子鲍清渠硕士毕业后做过几年大学老师，后弃教经商，几经腾挪，据说身家已数百亿。自古以来，国人发了财，必须做三件事，一修祖坟，二起大屋，三娶小老婆。现代人有大钱后也一样，修坟和建房必不可少，娶小老婆违反婚姻法，但换妻或养小三，并不少见。鲍清渠身在外地，不知他换没换妻，养没养小三，嶺上人只知他将爷爷的坟砌得又大又宽又气派，还准备把砖木祖屋推倒，购下周边土地，建个庄园。可没来得及办手续，拆迁公告已贴到墙上，最后迫于压力，全家忍气吞声，乖乖迁往岭外。人迁走，魂还留在祖屋，鲍老爷子隔三岔五会回趟岭上，看到祖屋被推倒后，建成洋气的别墅，心里很不是滋味，儿子回彦州时，忍不住要抱怨几句。鲍清渠跑到岭上，一瞧在建的现代别墅，气不打一处来，质问正在督工的包工头："拆迁时你们不是说要把蛤蟆岭建成城市森林公园吗，怎么修起别墅来啦？"

　　包工头没理睬鲍清渠。鲍清渠跑到新区管委会讨说法，正好碰着管委会建设局长瞿有为。瞿有为解释说："城市森林公园嘛，既要有森林，还得具备城市品位，建几栋房子，没啥奇怪的。再说你家拿了拆迁款，得到妥善安置，你家老宅基地已归政府所有，政府该建房建房，该植树植树，已没你们啥事。"鲍清渠道："我承认我家老宅基地已归政府所有，你们派作什么用途，没人管得了那么多，但有一个请求，房子既然建在鲍家数百年的祖宗宅基地上面，鲍家该享有优先购置权，这总不为过吧？"瞿有为说："这属公共设施，不能出售。"

　　鲍清渠不是小孩，哪那么好哄？打听到岭上房子名为公共设施，实际上是货真价实的豪华别墅，早已预售一空，鲍清渠回头又找瞿有为力争，表示出再多的钱，也要把鲍家老宅基地上的别墅购回来。瞿有为无奈，只能怪鲍清渠晚来一步。鲍清渠指着瞿有为鼻子吼道："你先说岭上房子属公共设施，不能外售，现在又说我晚来一步，你不放屁吗你？还有当初你们上岭动员拆迁时，口口声声要求林农服从国家大局，为建设城市森林公园作贡献，到头来成了高档别墅区，还不让原居民回购，简直岂有此理！"

　　瞿有为说不过鲍清渠，只得避着他。鲍清渠转而去找曹寄青，扬言非把鲍家老宅基地上的别墅买回来不可。曹寄青担心事情闹大，想满足鲍清渠要求，要瞿有为想办法，才知该别墅不仅早有主人，且主人来头不小，根本不可能通融。这下曹寄青没辙了，也不敢面对鲍清渠，能躲则躲。鲍清渠转而去找市政府，依然无果，最后一纸诉状，把两河新区管委会告上法庭。曹寄青闻讯，指示法院，不能开庭，尽量与鲍清渠协商，由两河新区管委会适当补偿些钱给鲍家。鲍清渠表示只要房子不要钱，哪怕房价再高也不在乎。

　　事情就这样僵在那里。鲍清渠见法院迟迟不开庭，撂下话说，官不为民作主，法院也不肯伸张正义，主持公道，那只能自己靠自己。从此鲍清渠再没在蛤蟆岭和彦州城里出现过。曹寄青心里略有不安，让瞿有为主动联系鲍清渠，看能否采取双方都接受得了的其他办法做个了结，比如在蛤蟆岭上另外建座别墅卖给鲍家。可已没法联系上鲍清渠，去鲍家安置屋里问鲍老爷子，鲍老爷子也说不知儿子去向。

这当然丝毫不影响蛤蟆岭上别墅群的建设，一栋栋隐蔽于茂林深处的大别墅悄然而起，封顶完工。岂止蛤蟆岭，岭前规划变更后的青湖两万多亩土地也成为大工地，数十家施工队同时施工，机声隆隆，尘土蔽天。青湖征地早于蛤蟆岭，征地理由是筑湖蓄水，美化城市，优化环境，造福于民。谁知转眼变作寸土寸金的地产，成为开发商钱袋，从青湖地面迁出去的原居民觉得受了欺骗，愤愤不平，扬言要找政府给个合理解释，却没人牵头，发过一阵子牢骚，不了了之。后得知岭前鲍家在为老宅基地维权，众人又来了劲头，自发组织，赶到管委会，质问为何青湖不筑湖，却变成了房地产？管委会无以自圆其说，拿些站不住脚的理由搪塞，却终究没法糊弄众人，话剧升级为武打剧，直到公安出警，才强行把事态平息下去。

此次冲突过去快一个月了，本以为火已扑灭，也许不会再有事，谁知忽然冒出近万蛤蟆灯，不声不响进了城，来到市委楼前大坪里，一坐八九个小时，不吵不闹，不打不砸，让人不寒而栗，又摸不着头脑。但周俊才心里明白，事因定然出在蛤蟆岭的别墅群建设和青湖规划变更后的房地产开发。解铃还须系铃人，蛤蟆岭和青湖的系铃人自然是曹寄青，以及具体负责建设开发的瞿有为，非找他俩出面解铃不可。谁知曹寄青临阵失联，瞿有为也不知去向，留下这么个大炸弹给市委市政府，不是要人命吗？

近万蛤蟆灯已够惊悚，偏偏还有无数市民闻风而动，火上加油。这些市民大都是皇龙公司股票的持股人，手里股票天天见跌，损失惨重，心里怨气没处发泄，正好趁着蛤蟆灯事件，吆五喝六，来市委兴风作浪。皇龙公司成立时，正值股市寒冬，彦城经发股票连跌不止，曹寄青说服余慧娴他们，运作皇龙公司上市，再让彦城经发转股给皇龙公司，其实是玩资本游戏，把左边口袋里的股票腾到右边口袋，把右边口袋里的人民币挪到左边口袋。皇龙公司接手彦城经发后，接连注入巨资，皇龙股价蹭蹭上涨，彦城经发原股民见皇龙股来势汹汹，信心大增，纷纷加持，皇龙股成为熊市大盘形势下少数几支增值股票，让久处股市寒冬的彦州股民难得地尝到了一回甜头。谁知孟宏文背后使坏，让皇龙公司及后面的北京燕云风投公司出事，亏损严重，只好从皇龙公司抽取资金，勉强维持脆弱的资金链。消息传出，皇龙股民忧心忡忡，急忙抛售股票，致使皇龙股跌停，从此一蹶不振。但大部分股民还在梦中，待反应过来，为时已晚，被深度套牢。股民尤其是彦州股民认为皇龙股跌停，两河新区管委会和彦州政府责无旁贷，听说蛤蟆岭和青湖原居民不满新区和政府做法，举着蛤蟆灯进了城，一个个幸灾乐祸，成群结队，向市委大院涌来，扬言要与蛤蟆灯同生死，共存亡。

真是一波未平，一波又起。情况反映到指挥中心，在场领导心惊肉跳，目光一齐投向崇世煜，意思他是主持工作的市公安局常务副局长，负有除暴安良职责，只能由他挺身而出，解除危机。崇世煜明白众人意思，硬着头皮道："我命令防暴警察，对闹事市民采取措施。"

周俊才立即附和："如果说蛤蟆灯进城维权，还算说得过去，股民投资纯属自愿，也要政府背黑锅，简直毫无道理，对他们采取必要措施，法理上总说得过去。"吴尚云也道："蛤蟆灯已够咱们受的，股民还要闹事，不以霹雳手段压制下去，后果不堪设想。"

可廖远征不同意，说："股民火气正旺，采取强硬措施，激化矛盾，势必酿成大乱。崇世煜同志立即赶往现场，先做说服工作，请股民冷静冷静再冷静。万一股民失去理智，也要骂不还嘴，打不还手，只能让防暴警察站到前面，以盾牌抵挡闹事者，不让他们靠近市委大楼。"

崇世煜走后，廖远征凭窗望了眼楼下大坪里的近万蛤蟆灯，不无愧疚道："蛤蟆岭和青湖规划征用，是在我做市委书记时启动的，事情没完，我就去了省里，留下后患，可谓罪责难逃，只能我到大坪里去，向群众请罪。"

廖远征说罢，正要起身，吴尚云阻拦道："远征同志是指挥中心指挥长，指挥中心没您坐镇，谁来指挥战斗？要请罪，也得我去。蛤蟆岭和青湖征用虽说是在远征同志主持市委工作期间敲定的，但当时我是市长，负有直接责任。更主要的是远征同志离开彦州后，我作为市委书记，没能看到蛤蟆岭建设和青湖开发牵动广大人民群众的心，贸然同意政府和两河新区管委会变更规划，草率行事，引发蛤蟆灯事件。我这就到大坪里去，要杀要剐，我都愿意领受，只要群众出完气，肯通情达理离去，总归都值得。"

吴尚云来到坪里，首先亮明市委书记身份，恳请众人顾全大局，拿出诚意，尽量把问题处理好。吴尚云甚至提出，只要有人肯出面与指挥中心对话，自己愿做人质，留在大家中间。可无人搭理吴尚云，坪里死寂一片。

正好指挥中心调配的面包、饼干和矿泉水送到，吴尚云亲自动手，协助工作人员，把物品分发到静坐人员中间。但没谁动用，好像双手被无形的绳子捆住似的。幸好已是秋后，天气凉爽，否则这么多人聚集一起，又饥又渴，难保不出人命。

吴尚云苦口婆心，劝众人还是喝点水，吃些东西，身体要紧。事情再难，迟早总会解决的，身体受损，那就得不偿失，实在犯不着。还是没人回应他。吴尚云迫于无奈，只好咬牙道："你们再不配合，万一惹出什么意外，别无他法，恐怕只有采取强硬措施，到时你们可莫怪市委市政府不留情面。"

吴尚云话里的强硬措施，无非动用警力，驱散蛤蟆灯。依然没谁吃他这一套。事实上这些人不过静坐而已，没有任何过激行为，想动用警力都无借口。如今网络发达，指挥中心如此克制，还是有人散布谣言，说警察抓走不少人，好些已惨死在警棍下。网民不明真相，矛头直指市委市政府，诅咒声铺天盖地，无异于洪水猛兽。

好在崇世煜指挥得当，闹事股民已被防暴队的盾牌逼退，一时没法接近市委大院，大局还算可控。只是股民们没有走远，还在街边徘徊观望，引来无数路人，与股民们混合在一起，企图卷土重来，冲击防暴警察。

指挥中心里，领导们通过监控，将外面的画面都看在眼里，一个个愁眉苦脸，一筹莫展。有人提出，股民和路人唯恐天下不乱，可命令警察主动出击，抓走祸首，以儆效尤，然后集中警力驱散蛤蟆灯，以免事态恶化，失去控制。廖远征下不了决心，说："股民与路人好办，可拿治安条例收拾他们。但蛤蟆灯事件复杂，政府变更蛤蟆岭建设和青湖开发规划，失信于民，如果问题症结没得到解决，今天把人驱散，明天又集结拢来，又哪里是个头？"

一直不怎么吱声的黎秉钧插话道："蛤蟆岭建设和青湖开发主导人是曹寄青，具体实施人则是瞿有为，要解决问题症结，只怕离不开这两个人。"廖远征望着黎秉钧道："俞波涛他们不是追捕曹寄青去了吗？秉钧同志问问，情况到底如何？"

"我这就打俞波涛电话。"黎秉钧掏出手机，去拨俞波涛，不想对方手机占线。连拨几次，依然不通。黎秉钧骂了句："这小子，到底在干什么！"

骂声没落，手机屏幕里冒出俞波涛三个字。黎秉钧把手机捂到耳边，只听俞波涛在那头道："书记找波涛？"黎秉钧道："不找你找谁？曹寄青呢，到手没有？"俞波涛道："已收押在悟园，就等着书记补签留置手续。"

黎秉钧大悦，望一望廖远征，轻声道："曹寄青已到案。"

众人目光刷地射向黎秉钧。黎秉钧对着话筒，正要表扬俞波涛几句，俞波涛道："没有留置手续，就对党员领导干部采取措施，波涛还是第一次这么办，有违程序啊。"黎秉钧道："蛤蟆灯聚集彦州市委大院，现哪管得上什么留置程序？蛤蟆灯事出蛤蟆岭建设和青湖开发，曹寄青是始作俑者，我这就请求远征同志，看可否跟曹寄青接触接触。"

没等黎秉钧挂电话，廖远征便在一旁道："把曹寄青带到这里来，看看他惹的好事。"

送进留置点的干部，岂可轻易带走？黎秉钧道："尽管时间仓促，还来不及依法走留置程序，但对曹寄青依法初核有正式手续，至少可说是半个留置对象，不能违规把人带出留置点。"廖远征道："抓捕曹寄青，不是我以事关蛤蟆灯事件表态同意的吗？人已到案，要带到现场，解决蛤蟆灯问题，怎么又不行了呢？"

黎秉钧没法反驳廖远征，又不愿让曹寄青离开悟园，说："要么这样，派专人去见曹寄青，问明为什么蛤蟆灯到市委后，他不敢面对，相反失联外逃。"

这倒是个办法。廖远征道："既然曹寄青还没进入留置程序，秉钧同志就别出面啦，还是交给指挥中心其他同志吧。"刚回到指挥中心的吴尚云接话道："曹寄青是政府副市长，在俊才同志指导下开展两河新区建设工作，只好辛苦俊才同志跑趟悟园。"

曹寄青案涉周俊才，怎么能让他去见曹寄青呢？黎秉钧心里反对，又不便明言，只好道："俊才同志是市长，最熟悉两河新区建设开发情况，对蛤蟆灯事件也负有领导责任，最好别离开现场。还是我去见曹寄青吧。"

廖远征明白黎秉钧话后意思，说："看来只能辛苦尚云同志，去见见曹寄青。"

吴尚云见没法推脱，只得走出指挥中心，经后门离开市委大楼，上车赶往悟园。黎秉钧电话通知俞波涛，待吴尚云同志到后，陪他一起去见曹寄青。

当6122留置室的门打开，吴尚云和俞波涛出现在眼前时，曹寄青愣怔片刻，忽然咚的一声跪到地上，一边自甩耳光，一边一把鼻涕一把眼泪道："我不是人，我对不起吴书记，对不起两河新区干部职工，对不起彦州广大人民群众啊！"

吴尚云真想飞起腿脚，踢破曹寄青狗脑袋，可还是强忍住怒火，坐到条桌后面椅子上，冷冷道："事已至此，哭有何用？起来答话。"

曹寄青爬起来，坐到墙边圆凳上。俞波涛拿出纸巾，递给曹寄青。曹寄青抹把眼泪，又揩把鼻涕，慢慢镇静下来。吴尚云道："蛤蟆灯为什么会进城？"曹寄青道："我也不蛮清楚，可能跟蛤蟆岭建设及青湖项目开发有关。"吴尚云道："事情出在两河新区，你身为两河新区负责人，为何不积极应对，相反临阵出逃？"曹寄青道："我怕他们把我撕碎吃掉。"

吴尚云一拍桌子，大喝道："放屁！你有身份，有地位，是彦州呼风唤雨的大人物，谁有这么宽嘴巴吃得下你？"曹寄青道："早就有人放出风声，说要用蒸笼把我蒸熟，沾上芥末吃掉。"吴尚云道："谁这么大口气，扬言要吃掉你？"

曹寄青说出一个人的名字，那便是鲍清渠，说蛤蟆灯事件十有八九与鲍清渠有关。吴尚云道："那你把鲍清渠给我找出来。"曹寄青摇头道："鲍清渠曾起诉两河新区管委会，法院提出庭外调解，鲍清渠不仅不配合，还打电话威胁我，说总有一天会把我煮熟吃肉，此后离开彦州，再无音讯。"吴尚云道："鲍清渠离开彦州后，你联系过他没有？"曹寄青道："法院为维护两河新区经济环境，一直不愿放弃调解，请瞿有为联系过鲍清渠。"吴尚云问道："瞿有为呢，人在哪里，怎么没见他影子？"曹寄青道："二十天前瞿有为去外地出差，说好一周后回来，却一直没见他人，不知是死是活。"

吴尚云撇开瞿有为，说："蛤蟆灯已在市委大院坪里静坐了十个小时，你有什么办法平息事件？"曹寄青摇头道："我也没办法。"吴尚云气愤道："你没办法，甩手出逃，干嘛不跟我和周俊才打声招呼，我俩也跟你一起逃跑？"曹寄青哭丧着脸道："我这不是一时糊涂吗？以为拿着假身份证和护照，飞到美国，就如去了天堂，谁知赶往鱼塘，正要上开往青东国际机场的高铁，被俞波涛截住，逮了回来。真是聪明反被聪明误啊。"

"你聪明反被聪明误，是活该，可你别误彦州市委市政府啊。"吴尚云怒气冲冲道，"近万蛤蟆灯待在市委大楼前，市委市政府打不是，骂不是，哄不动，赶不走，你要我这个市委书记怎么向省委和彦州广大干部群众交代？我无计可施，只能来求你，把鲍清渠请出来，劝走蛤蟆灯。"曹寄青道："我实在无法找到鲍清渠。鲍清渠多次去管委会找麻烦，都是瞿有为出面应对，能联系上鲍清渠的，只有瞿有为。"

吴尚云急不可待道："那你赶紧联系瞿有为，命他挖地三尺，也要把鲍清渠挖出来。"曹寄青道："早上得知蛤蟆灯进了市委，我还打过瞿有为手机，没有任何反应。"吴尚云道："现已过去那么长时间，瞿有为总该有反应了吧？"

曹寄青望一眼吴尚云旁边的俞波涛，道："手机已被收缴。"吴尚云对俞波涛道："可以借曹寄青手机一用吗？"俞波涛道："留置对象进入留置室前，所缴物品都已登记造册，严加封存，除非关系案情，拿出来作证，一般情况下不能启封动用。"吴尚云道："这不碰到特殊情况吗？特殊情况总得特殊对待。"俞波涛道："我手机里有瞿有为号码。"

可调出瞿有为名字拨过去，里面女声回应道：你拨的电话已停机。俞波涛又问曹寄青，瞿有为是否还有其他号码。曹寄青报出一串数字。俞波涛录入手机，按下绿键，仍无反应。

吴尚云瞪了曹寄青一眼，拂袖而去。

眼见天色渐渐黑下来，指挥中心还找不到劝退蛤蟆灯的办法，领导们急得直跺脚。偏偏风向陡转，黑云压城，没过多久，大雨噼里啪啦下起来。坪里的蛤蟆灯全被淋成落汤鸡，加之北风肆虐，一个个瑟瑟发抖，下巴直打颤。

本以为天公有意，欲借风雨，把蛤蟆灯赶走，可这些人依然坐在原地，没有撤离迹象。吴尚云越发不安，说道："蛤蟆灯究竟被灌了什么迷魂汤，雨这么大，风这么狂，还要死扛到底！"黎秉钧也道："蛤蟆灯阵中好像有不少六十岁以上的老年人，哪经得起无情风雨的吹打？万一出了人命，又如何是好？"周俊才道："人命关天，真有人死在市委大坪里，更加没法收拾，看来只能采取强制措施了。"

几位说着，抬眼去瞧廖远征。廖远征道："强制能解决根本问题吗？赶紧准备雨衣雨伞，送到坪里，给蛤蟆灯抵挡风雨。另外调用救护车，置备药品，熬制姜汤，以应不测。"

命令下达后，相关部门紧急行动，先是救护车呼啸而至，继而警车、货车开过来。围观人群早已被风雨驱走，市委大院外面正好有足够空地停车。披着雨衣的医生、武警、干部跳下车，搬的搬雨具，扛的扛药箱，提的提食物饮品，纷纷走进市委大院。

指挥中心依然灯火通明，没人敢擅离职守，无论领导还是普通工作人员。吴尚云非常沮丧，说："原以为曹寄青到案，可通过他找到操纵蛤蟆灯的黑手，谁知我白跑了趟悟园。"廖远征道："也不能叫白跑，至少已经曹寄青确认，藏在蛤蟆灯背后的人就是鲍清渠。"周俊才道："但鲍清渠在哪里，咱们不得而知，依然于事无补。"黎秉钧道："鲍清渠并非天外来客，就是蛤蟆岭本地人，若能找到其至亲好友，也许联系得上。"

众人都觉有理。廖远征道："赶紧派人跑趟鲍家，问问谁有办法找到鲍清渠。"

这事自然还得劳驾崇世煜。崇世煜正在大坪里调度干警，维持现场秩序，接到指挥中心命令，跳上警车，冒着斜风斜雨，去了三江口新城与白湖之间的蛤蟆岭林农安置小区。鲍家人还未睡觉，鲍老爷子掏出手机，没拨通鲍清渠。又出示电话本，提供鲍家近亲还有鲍清渠发小和同学的电话号码。崇世煜照着号码一一拨过去，要么关机，要么不接，要么说好久没跟鲍清渠联系或往来，根本不知他在何处。

崇世煜失望之至，黯然下楼。一边打电话给指挥中心，实情相告。听说鲍清渠仍没着落，周俊才一下子情绪失控，抓过电话，劈头盖脸把崇世煜吼一顿，骂他身为主持工作的公安局常务副局长，如今侦察手段那么多，连个鲍清渠都找不到，干脆把公安局撤销算了。

崇世煜吱声不得，只能乖乖听训。只是觉得又委屈又窝火，蛤蟆灯事发后，自己这么卖力拼命，没得句好话在其次，还要挨骂受气，实在太冤枉。不过崇世煜也能理解周俊才，好不容易做上省会城市市长，使出浑身解数，抓经济，搞建设，一心盼着早日进步省级领导，至少省政协副主席位置等在那里，忽然冒出蛤蟆灯事件，只怕一切都将成为泡影，要他心平气和，不动怒，不吼人，也确实有些难。

待周俊才吼完，崇世煜已来到车前。不知何时，已风停雨住。司机发动马达，打亮车灯，小心穿过安置小区狭窄坎坷的巷道，七弯八拐往外开去。

绕过一处墙角时，前边停着部小车，差点撞了上去。司机嘴里骂骂咧咧，速度放得更慢，生怕夹在车与墙之间，进退两难。崇世煜肚里正窝着火气，恨不得夺过司机手里的方向盘，加大油门，撞飞前面车子，以泄心头之怒。

崇世煜当然只这么想，没有任何动作。在公安待得一久，什么人没碰到过，什么事没经历过？因为有车占道，发脾气，甚至采取过激行为，哪还有时间和精力正常工作？崇世煜瞥一眼窗前车子，合上双眼，准备假寐片刻，让连续奔忙十多个小时早已疲惫不堪的身心消停消停。谁知眼睛一合，窗前小车车牌号在脑袋里晃悠起来。崇世煜意识到那车牌还有车型，是那么熟悉，眼睛又一下子睁开，朝外望去，呃，那不是俞波涛的车吗？

世上还有这么巧的事，崇世煜简直不敢相信。睁眼再瞧，确认没看错后，崇世煜拿出手机，去调俞波涛名字。谁知前面那车子的门打开，有人从车上下来，正是俞波涛，还有他身后提着塑料袋的奚连江，崇世煜也认得。

崇世煜下车，朝两位走过去。俞波涛猛然一见崇世煜，不禁愣了愣，继而笑笑道："我知道你来干啥。"崇世煜奇怪道："你又没搞公安，公安局常务副局长在外办事，你怎么知道？"俞波涛笑道："你是来安置小区找鲍家人的吧。"

崇世煜望望俞波涛，道："我凭啥来找鲍家人？"俞波涛道："找到鲍家人，才可能让鲍清渠浮出水面，否则近万蛤蟆灯一直待在市委大坪里，彦州市委市政府就不得安宁，自然你这个主持工作的公安局常务副局长也别想清静。"崇世煜叹息道："是啊，看来啥都瞒你不住。"奚连江帮腔道："这没啥奇怪的，两个小时前波涛主任陪尚云书记见过曹寄青，尚云书记想通过曹寄青找鲍清渠无果，只好寄希望于你大局长。"

崇世煜咧咧嘴角，出不得声。俞波涛笑笑道："估计此行大局长没能如愿。"

崇世煜道："此话怎讲？"俞波涛道："鲍清渠孤注一掷，弄出这个蛤蟆灯事件，早就想过后果有多严重，哪肯轻易冒出来？"崇世煜道："听口气，好像你是鲍清渠共谋似的。"俞波涛道："我为嘛跟鲍清渠共谋，动机何在？"崇世煜道："你还确实无此动机。"又道："老同学审问我半天，总该轮到我反问你几句，你俩现身安置小区，意欲何为？"俞波涛道："还有何为？给彦州市委市政府排忧解难呗。"

听到此言，崇世煜转忧为喜，说："老同学快说说，怎么给市委市政府排忧解难？"俞波涛道："我认识一个人，有可能联系得上鲍清渠。但也只是有可能，没绝对把握。"崇世煜道："那好啊，我也去见见此人。"俞波涛道："你想想看，不是迫不得已，谁愿意跟你们公安打交道？"崇世煜苦笑道："好吧，我就不去坏你的事了。"俞波涛道："到底是我的事，还是你的事？"崇世煜道："是我的事没错，但不好完全排除也是你的事吧。"

俞波涛要找的人是石带贵。蛤蟆岭整体拆迁后，石带贵一家也住进了安置小区。也就是从石带贵口里，俞波涛曾听到过鲍清渠名字。鲍清渠是石带贵亲表弟，出生时母亲难产而死，吃过石带贵老婆的奶，把表嫂当娘，表兄当爹，一辈子记得他们恩情，发达后没少回报他们。下午吴尚云在俞波涛陪同下去见曹寄青，叫曹寄青联系鲍清渠，未能遂愿，俞波涛想起石带贵，说不定能通过他把鲍清渠找出来。又不知石带贵是否也举着蛤蟆灯去了市委大院，嘱奚连江打电话，石带贵竟然在家里，两人便奔蛤蟆岭林农安置小区而来。

石带贵本有早睡早起习惯，接到奚连江电话，说出差返城，自安置小区旁路过，顺便看看他，才留在客厅坐等奚连江到来。听到敲门声，打开门，见奚连江身后还站着俞波涛，石带贵略带结巴道："这么晚啦，俞厅长还来看望我老头子，不折杀我么？"

原来石带贵早就从奚连江嘴里得知俞波涛已升为厅官。石带贵虽是林农，却也见多识广，知道厅官比县长还大，见这么大的官进了家门，觉得既有面子，又难免紧张。倒是俞波涛跟从前没啥两样，说话毫无半点官腔："咱们老朋友了，石大哥别见外嘛。"

石带贵这才自在了些，吩咐老伴上茶摆果。奚连江递过手里塑料袋，说："好久没来看望姐夫和表姐，一点小意思，不成敬意。"

石带贵接住，见是两条芙蓉王，就知两人不只是顺路来家看看，说不定关系正闹得沸沸扬扬的蛤蟆灯事件。果然客套过后，奚连江便问道："蛤蟆岭及周边百姓，不论林农还是农民，都加入蛤蟆灯队伍，去了市委大院，姐夫怎么这么沉得住气，规规矩矩待在家里？"石带贵笑道："昨天夜里，我也举着蛤蟆灯进了城，只是中途闹肚子，上完公共厕所出来，队伍已经走远，又有层层叠叠看热闹的人挡隔着，没法靠近，只好回了家。"

"姐夫的肚子闹得好，不然还在市委大坪里，被大雨淋成落汤鸡，没当场冻死，只怕也会弄出病来。"奚连江眼望石带贵，"蛤蟆灯为何跑到市委去静坐，大雨都淋不走，莫非身体和命不重要些？"石带贵道："蛤蟆灯大多是蛤蟆岭岭上林农和岭下农民，因不满政府借建设森林公园和筑湖蓄水，哄骗大家拆迁，过后却大修别墅，猛搞房地产，这才聚在一起，举着蛤蟆灯，进城闹事。"奚连江道："这么大动静，莫非都是林农和农民自愿的？"石带贵道："一半自愿，一半也为得点现成好处吧。"

奚连江瞧了眼俞波涛，继续问道："举着蛤蟆灯进城，还有好处可得？是什么好处？"石带贵道："领取蛤蟆灯时，每人都拿到五百元现金，当进城车马费，并说好在市委大坪里每坐满八个小时，算一天工，给三百元工钱，一天一夜二十四小时就有九百元好处。"

怪不得下那么大雨，蛤蟆灯都不肯走。奚连江道："谁有如此实力，出得起这么多的钱？"石带贵道："不知谁出的钱，只知昨天傍晚领取蛤蟆灯时，从商务车里往外搬钱和发钱的是几位外地汉子，没人认得。"俞波涛笑道："石大哥肯定清楚，发钱人并非出钱人。"

石带贵躲避着俞波涛目光，说："不知道，真不知道。我只是拿了钱，举起蛤蟆灯，跟随队伍进了城。"俞波涛道："我没猜错的话，出钱人应该是鲍清渠吧。"

石带贵故作惊讶道："鲍清渠？不会吧？"俞波涛道："近万蛤蟆灯，一次拿出四五百万车马费，静坐八小时算一天工，光一天一夜二十四小时就是三天工，若在市委大院待上四十八小时甚至七十二小时，岂不得过千万？这么大代价，除非鲍清渠，谁出得起？"

显然石带贵没算过这笔账，眼睛瞪得老大，惊讶道："鲍清渠也真是的，为跟新区管委会和曹寄青他们斗气，花这么多冤枉钱，到底值不值得？"

这无异于已承认鲍清渠就是蛤蟆灯事件背后操纵人。石带贵也意识到说漏了嘴，忙掩饰道："我不过瞎猜测，比鲍清渠更有钱的亿万富人多的是，千把万不过毛毛雨，不算啥。"奚连江道："据我所知，蛤蟆岭上下方圆数十公里，比鲍清渠更有钱的人还没出生。"石带贵道："也许是外地老板，拿不到蛤蟆岭和青湖工程款，故意给新区管委会和政府添乱。据我亲眼所见，那几个用商务车装钱的汉子，就是从没见过的外地人。"

真是欲盖弥彰。石带贵越解释，越能反证他说漏嘴的话实属无疑。俞波涛冷下脸色，语轻言重道："石大哥别解释了，你肯定知道事出鲍清渠。蛤蟆灯已给彦州造成莫大混乱，鲍清渠罪责难逃，你若不配合我和连江把鲍清渠找出来，尽快解散蛤蟆灯，将会带来更加恶劣的影响，到时你也会被视为同案犯，受到法律制裁。"

吓得石带贵脸色都青了，忙道："我可没做过什么，举着蛤蟆灯刚进城，就躲进厕所，悄悄溜掉。只要俞厅长和连江老弟不追究，我愿意退出五百元车马费。"

说罢，石带贵从身上掏出几张崭新的百元钞票，要往俞波涛手里塞。俞波涛把石带贵的手挡回去，说："哪是车马费这么轻巧？蛤蟆灯再不离开市委大院，一旦公安和武警迫不得已之下，采取强制措施，不慎导致人员伤亡，那麻烦就大了。我的意思，蛤蟆灯都是乡里乡亲，不少人只怕还是石大哥亲戚朋友，你就忍心他们违法乱规，受到伤害吗？你只要帮咱们联系上鲍清渠，让他及时收手，你就是乡亲们的大恩人，政府的大功臣。"

石带贵沉默片刻，说："我可试着联系一下鲍清渠，但他会不会露面，就不敢保证了。"俞波涛道："只要和鲍清渠通上话，他一定会露面的。"石带贵摇头道："据说好多人都在找鲍清渠，他谁都不理，莫非俞厅长能把他请出来？"俞波涛道："我有我的办法。"

石带贵迟疑着拿出手机，望望俞波涛，又瞧瞧奚连江，调出鲍清渠名字，点下绿键。

可没有反应，好一会儿手机里才说，您拨的号码已关机。石带贵几分无奈，说："不是我不愿意替俞厅长找鲍清渠，他关了机，我也拿他没法。"俞波涛道："你肯定还有别的法子。"石带贵坚持道："我只有鲍清渠这个手机号，其他联系方式一无所知。"

奚连江也没好脸色，道："事已至此，姐夫还要替鲍清渠死扛，于他于你到底有什么益处？刚才俞主任说过，事情闹得越大，时间拖得越久，影响就越恶劣，局面就越难收拾，姐夫知情不报，要负法律责任，鲍清渠更是罪责难逃，决无好果子吃。"

石带贵几乎带着哭腔道："表弟说的道理我懂，我若有鲍清渠其他联系方式，还要不识好歹，瞒着你们，我不是自己跟自己过不去吗？"

看上去石带贵也不像说假，奚连江有些失望，拿眼去瞧俞波涛。俞波涛成竹在胸的样子，不紧不慢道："鲍清渠生下地就死了娘，若没石大哥接纳，嫂子奶养，也成不了人，他可以与世上任何人断绝往来，不可能不与你们联系。"石带贵道："鲍清渠还有生父呢，那可是他的亲骨肉，你们怎么不去找鲍父？却死死揪住我石带贵不放？"

俞波涛笑道："谁都会想起鲍父，去找他老人家。鲍清渠聪明得很，不可能不懂此理，自然不会留下联系方式给父亲。可石大哥与石嫂于鲍清渠恩同再造却鲜有人知，也就没谁上门麻烦石大哥。"奚连江道："是啊，鲍清渠可以不联系鲍父，但不会不联系姐夫和表姐。"

石带贵还要说什么，石嫂从卧室出来，上前给客人添茶，说："我可试着找找鲍清渠。"石带贵道："你有鲍清渠电话？"石嫂说："你打过他电话，他不已经关机了么？"石带贵说："你都知道他已关机，还怎么找他？"石嫂说："难道不打电话，就没别的联系方式了吗？"石带贵道："你还能有什么好方式？"

石嫂的联系方式很简单，就是上微信。石嫂文化不高，初中没毕业就失学回了家。可上微信用不着高学历，一玩便会。石嫂不仅会上微信，还知道自拍，有空就晒晒自拍照。自拍照取景巧妙，不是石家家常饭菜，就是家养的鸡鸭牛羊，以及岭上的花花草草。微信功能强大，微图被城里人看到，常结伴上蛤蟆岭吃石家农家饭，家里生意越来越红火。鲍清渠得知石嫂会上微信后，特意送她苹果手机，还常给她自拍照点赞或微评。

今晚俞波涛和奚连江一进门，石嫂就知两位是冲着鲍清渠来的。蛤蟆灯进城和在市委静坐的图片，早已传到微信上，石嫂见过后，凭预感就知是鲍清渠背后搞的名堂。鲍清渠为老宅基地跟政府打官司的事，石嫂比谁都清楚，还劝过鲍清渠，民不跟官斗，有时间和精力，不如花在生意上。鲍清渠表面应承，却没把石嫂的话放在心里，该怎么做还怎么做。石嫂又让石带贵劝鲍清渠，不要以为有几个钱，就腰粗胆大，自不量力，敢跟政府叫板。石带贵说石嫂是妇人之见，没当回事，昨夜还举着蛤蟆灯进了城。只是后来阵势越来越大，石带贵想起石嫂说过的话，心里害怕，装作上厕所，逃了回来。

在微信上看到蛤蟆灯越闹越不像样，石嫂不免替鲍清渠着急。正巧俞波涛和奚连江进了屋，上过茶果，石嫂就去了卧室，但耳朵一直留在客厅里。听俞波涛和奚连江说要找鲍清渠，且理由正当，于是决定配合俞波涛两位，找出鲍清渠，好让他悬崖勒马。石嫂拿出苹果手机，点开鲍清渠微信头像，照俞波涛意思留言道："清渠啊，你如果不想后半辈子一直在牢房里度过，就听姐一句劝，赶紧打住吧。"

"姐别担心，有理走遍天下，清渠不止为自家老宅基地要说法，也在为蛤蟆岭上下和青湖周边百姓讨公平。共产党以人民利益为核心利益，会给我做主的。"鲍清渠很快回复过来，说明他在乎石嫂。这也不难理解，石嫂是他半个娘，再野蛮的人也不可能视娘于无。何况鲍清渠腹有诗书，当过大学教师，又是事业有成的儒商，不可等同于野蛮人。

石嫂不知如何往下聊，扭头去瞧俞波涛两位。俞波涛对奚连江说："你代表姐微聊吧。"

奚连江接过石嫂递上的手机，放手上掂掂，说："苹果就是苹果，手感还真不一样。"石嫂道："也是鲍清渠有孝心，肯送这么贵重的手机给我，其实好多功能都是浪费，我根本不会用。"奚连江道："浪费是浪费，但速度快呀。"

俞波涛提醒道："别只顾欣赏苹果，开始工作吧。"奚连江道："主任说怎么回复鲍清渠？"俞波涛道："我口述，你记录。"奚连江道："行行行，听主任的。"俞波涛以石嫂口吻道："把事情闹得这么大，没想过后果有多严重吗？"

奚连江两手齐动，几下把话敲出来，发过去。鲍清渠回复道："后果再严重，不就如姐所说，去坐几年牢房吗？为维护蛤蟆岭和青湖的生态，我甘愿。"

"你好天真，维护生态是政府的事，你瞎操心干嘛？"俞波涛口授道。奚连江录好，正要发送，俞波涛提醒道："悠着点，鲍清渠见回得这么快，会起疑心的。"石嫂道："可不是，我打字慢，半天发一条，连江动作这么快，清渠肯定察觉得出来。"奚连江笑道："只怪习惯成自然，手忍不住。"

收到奚连江延时发的微信，鲍清渠马上回过来："我早已调查清楚，依原规划，蛤蟆岭将实行退居还林，就是说林农搬走后，留下的宅基地都会种上林木，最多在岭上修些公路和简易设施，便于市民观光游玩。青湖规划地也会筑湖蓄水，以便改善城市环境。谁知拆迁完成后，新区管委会只考虑经济利益，贸然变更规划，修建别墅，开发房地产，拆迁户上访申诉，毫无作用，逼我组织蛤蟆灯，以示抗议。政府若识时务，不可能视民意于不顾。"

看来鲍清渠此举，并非完全出于私怨。俞波涛让奚连江回道："听你口气，你是冲着新区管委会去的，为什么不跟政府沟通，解决实际问题，却用极端手段，闹得满城风雨？"鲍清渠回道："我找过政府，政府偏袒新区管委会，我能把他们怎么样？"

很明显，鲍清渠组织蛤蟆灯，主要是想给新区管委会施加压力。俞波涛干脆从奚连江手上拿过手机，亲自敲起字来："眼下省长廖远征、省纪委书记黎秉钧、彦州市委书记吴尚云，以及彦州市市长周俊才等人，已组织蛤蟆灯事件处理指挥中心，在市委大楼里现场办公，想尽办法联系你，你怎么老躲着不肯浮头，难道省市主要领导你也信不过，非得把事情闹大，闹到不可收拾才痛快？"

好一阵没见鲍清渠回复。他肯定已看出，手机并没在石嫂手上，石嫂哪弄得清官场中人事？俞波涛又发道："你不惜代价，冒着风险，组织蛤蟆灯，不就为解决蛤蟆岭和青湖规划变更问题吗？指挥中心正等着跟你商量妥善解决问题的办法，你还犹豫什么呢？"

半天鲍清渠才回道："姐是你在跟我微聊吗？你是不是已被人控制？"

没待俞波涛回复，鲍清渠发来视频聊天，意思好懂，就是要看看是不是石嫂。俞波涛把手机还给石嫂，石嫂点开接听。鲍清渠见是石嫂，道："刚才的话怎么不像姐的口气？"石嫂道："不是我口气，是谁的口气？"鲍清渠道："你肯定进了公安局。"

石嫂把镜头对准客厅扫几下，说："我家安置房你不是没来过，这到底是不是公安局？"鲍清渠道："你不是一个人在家吧？"石嫂又对准石带贵，让鲍清渠瞧过，道："他是谁，你认识不？"鲍清渠道："你俩身后肯定还有什么人。"

俞波涛朝奚连江抬抬下巴，奚连江要过石嫂苹果手机，对鲍清渠道："清渠知不知道我？"鲍清渠道："你是奚连江吧？姐说过你，我也在姐家见过你照片，有些印象。"奚连江道："是啊，我是奚连江。"鲍清渠道："你去我姐家干啥？"奚连江道："帮你排忧解难啊。"鲍清渠警惕道："你是纪检干部，与生意人毫不相干，有忧有难，你怎么排，怎么解？"奚连江道："你的忧你的难，还真只有咱纪检干部能排能解。"鲍清渠道："别哄我，你肯定是配合公安来抓我的。"奚连江道："我配合公安干嘛？你不相信我吧，我让主任跟你说。"

鲍清渠越发紧张，说："你主任也在我姐家？他是何方神圣？"奚连江道："主任你没见过，但也应该听姐和姐夫说过。更重要的是他已给你帮了个大忙。"鲍清渠道："别忽悠我好不好，我有什么忙用得着你们帮？"奚连江道："不信你跟他说。"

没等鲍清渠开口，俞波涛接过手机，对着屏幕道："鲍总啊，我是俞波涛，奚连江同事，到蛤蟆岭石哥石嫂家去过好几回。哥嫂为有你这样的表弟感到很自豪，说你不是普通暴发户，是有知识有学养的儒商，我一直想着有机会拜识你，见了面彼此也许谈得来。"鲍清渠道："俞主任过奖了，我不是什么儒商，是纯粹的赚钱机器，只不过赚的是良心钱，不像孟宏文之流，发的是伤天害理的国难财。"俞波涛道："好好好，鲍总所言我很认同，不讲良心，会遭天谴的，发国难财者没有好下场。你还是说说此刻在哪里，咱们见个面吧。"鲍清渠道："凭什么跟你见面？谁知是不是你设的陷阱？"

俞波涛笑笑，道："给你设陷阱，总得有动机吧？你说我动机何在？"鲍清渠道："谁知你什么动机？"俞波涛道："就算有动机，也是给你个陡坡，你好顺坡下驴，让蛤蟆灯尽快收场。"鲍清渠道："这就是奚连江说的，你给我帮的忙？"俞波涛道："你不露面，这个忙谁帮得到？我帮你的忙上午已帮到。"

鲍清渠愣着，不知俞波涛说的是啥。俞波涛道："你发动近万蛤蟆灯上市委大院静坐，无非冲着两河新区管委会，具体说就是冲着曹寄青去的。告诉你吧，上午我已将曹寄青缉拿归案。"

鲍清渠不敢相信自己耳朵，说："你缉拿曹寄青干嘛，你们有杀父之仇，夺妻之恨？"俞波涛道："纪检干部以抓贪官为己任，曹寄青有贪污嫌疑，本主任抓他属职责所在，并非有啥私仇私恨。"鲍清渠道："你不是编故事逗我吧？"俞波涛道："商人以诚信为本，你身为商人，怎么谁都信不过呢？"鲍清渠道："我相信商人，不相信官人。"

俞波涛摇摇头，说："你不相信官人，我也拿你没法。我只问你一句，曹寄青已被控制，你难道不应该面谢我？"鲍清渠道："能确认曹寄青被抓，我一定跟你见面。"俞波涛道："曹寄青现关押在省纪委留置点悟园 6122 号房间里，嫌犯到案时录了视频的，我把视频发到你姐手机上，她再转给你，你看看我说的是不是假话。"

奚连江手机里就有曹寄青到案视频，当即经由石嫂手机，转发给鲍清渠。鲍清渠见过曹寄青在押视频，还是不放心，又拨回视频电话："现在弄假手段多，谁能证实视频真假？"

惹得俞波涛不耐烦起来，吼道："鲍清渠啊，你这还是人话吗？这也不相信，那也不相信，这世上还有谁值得你信赖呢？莫非石嫂你也信不过？她是你半个娘，我们就在她家里，用她手机跟你微聊，难不成她也在帮我们骗你？你认定咱们是骗子，那就算了，咱们这就撤人，你让蛤蟆灯继续在市委静坐，坐到地老天荒，反正坐出人命，你有的是钱请人收尸。"

说罢，俞波涛狠狠一点红键，关掉视频通话。这下轮到鲍清渠发急，再次主动拨了回来。俞波涛懒得理睬这小子，把手机扔给奚连江。奚连江对着视屏道："纪委留置室有党旗和入党誓词，发给你的视频还算清晰，你该看得明白。为跟你见个面，临时造假，无此必要，也来不及。"鲍清渠道："连江批评得对，我跟俞主任再说几句。"

俞波涛只好又把手机接过去。鲍清渠抱歉道："对不起主任，我也是被政府的人哄惨了，才一年遭蛇咬，十年怕井绳。好吧，咱们见个面，但你得答应我，就你和奚连江，别带公安局的人。"俞波涛道："蛤蟆灯事件，包括蛤蟆岭和青湖建设问题，哪个是公安能解决得了的？纪委抓捕曹寄青，其出发点就是惩治腐败，营造良好的经济发展环境，维护党和人民的根本利益。不废话了，有话当面再说。你说在哪里见面，是你到你姐这里来，还是另定地方？"

"还是我另定地方吧。"鲍清渠说道，"我先加连江微信，再发地址。"

告别石带贵夫妇，俞波涛与奚连江下楼，钻进车里。奚连江手机响起信息提示音，鲍清渠发来微信地址：彦江东岸码头。

已是下半夜，街上人疏车稀，二十来分钟便到了目的地，放在平常，非得个把小时不可。雨后的江岸，杂树如洗，在路灯映照下，泛着湿漉漉的幽光。江风掠过水面，向江岸拂过来，不乏凉意，却透着沁人心脾的气息，让人通体清爽。

码头上很空旷，寂然无人，只有江浪激荡，拍击着靠岸的大轮小船，哗然有声。没见鲍清渠人影，不知他躲在哪个角落里。奚连江发出信息："我们已到码头，你在哪里？"鲍清渠回道："我的人马上就到。"

说马上到，好一会儿，没见马，也没见人。奚连江道："搞得这么神秘兮兮的，鲍老板要什么花样？"鲍清渠回道："别担心，近万蛤蟆灯待在市委大楼前，我比你俩更急。"

此语倒也不虚。又过去好一阵子，周围仍没任何动静，奚连江又发微信道："鲍老板不是跟咱们玩捉迷藏吧？"鲍清渠的信息倒也回得快："两位稍候片刻，要不了一两分钟，江面上就会响起马达声，那便是我的人。"

果然彦江上游方向隐约出现一个小黑点，由小到大，到了近前，原来是只冲锋舟。鲍清渠又发来信息："听到冲锋舟鸣笛三声，你俩就下码头登舟。"

随即有笛声自冲锋舟里发出来，清脆悠长，响彻静寂的夜空。笛声过三，两人朝码头走过去。还没靠近冲锋舟，有位西装革履秘书模样的年轻人从舟里下来，打着拱手道："两位是俞领导和奚领导吧？"奚连江说道："正是的，鲍老板呢？"秘书道："鲍老板正在坐艇上烧水泡茶，恭候二位呢。"奚连江道："人家只有坐骑，鲍老板还有坐艇，派头足嘛。"秘书说："两位领导大驾光临，鲍老板自然得客气点。"

三位登舟后，冲锋舟抛下码头，还有灯火辉煌的夜城，往彦江上游急驰而去。江面宽阔，繁星闪烁，江水在冲锋舟劈开的波浪激荡下，纷纷后退，渐渐远逝。

大约二十分钟的样子，冲锋舟开始减速，向一处江湾缓缓漂移而去。不远处有只私人游艇悄无声息锚在水面上，透着幽幽窗灯。游艇后面是墨绿的高大山影，衬托得江面越发深沉，也显得游艇的窗灯格外神秘。

冲锋舟止于游艇边沿。立刻有人放下玄梯。秘书站到玄梯旁，朝舟腹里的俞波涛和奚连江摆手道："两位领导请。"两人攀梯登艇，来到甲板上，只见艇舱打开，有人迎过来，一边道："不好意思，惊动两位领导辛苦上艇，接见清渠。"

两人与鲍清渠拉拉手，跟他走进艇舱。艇舱很宽敞，摆设着大沙发，安放着老板桌，桌后一排立式书柜。还有茶桌茶几，皆由红木打造而成。奚连江道："鲍老板好不气派，在艇上弄个总统办公室，真让咱乡巴佬长见识。"

"见笑见笑。"鲍清渠把两位请到茶桌旁坐下，自己落于司茶位置，开始泡茶，"商人商人，经常要跟人商量事情，合伙赚钱，总得有个适合场所，应酬各路大神。"奚连江道："大神应酬的都是大神，像咱穷苦百姓，往来皆白丁，用不着讲排场。"

说着话，鲍清渠熟练地洗过茶杯，用竹制夹片夹到两人面前。头泡茶泡得差不多，提过茶壶，滗进公道杯，再注入两人前面的杯里，请道："两位兄长请品尝。"

茶自然是好茶，两人奔波大半夜，唇干舌燥，正好解渴。俞波涛咽下嘴里茶水，放下杯子，道："彦州城里天翻地覆，鲍老板却悠闲自在，没事人样待在江湾坐艇上，还真沉得住气。"鲍清渠道："俞主任啊，清渠也是迫不得已，才出此下策，给政府施加一点压力。"俞波涛道："你这哪是一点压力？市委市政府包括省领导，已被你弄得焦头烂额。"

鲍清渠再次在两人杯里倒好茶水，叹道："此事清渠确实做得过火了点，可政府也不是没责任。蛤蟆岭和青湖建设规划得好好的，岭上岭下百姓也支持，舍弃千百年祖屋，乖乖迁走。谁知两河新区管委会违背民意，抛开原规划，改建别墅，开发房地产，民心不服啊。"

这不是来讨论民心的时候，俞波涛道："两河新区管委会有过错，那是毋庸置疑的。蛤蟆岭和青湖建设纠错问题，属于下一步的事，现在最当紧的是市委大坪里那近万蛤蟆灯，鲍老板说说，打算让他们静坐到什么时候？"

鲍清渠不紧不慢喝口茶，放下茶杯，偏偏脑袋，望眼窗外幽幽江面，不动声色道："蛤蟆灯静坐到何时，不是我鲍清渠一人说了算。"俞波涛道："你是蛤蟆灯始作俑者，不是你说了算，得谁说了算？"鲍清渠道："得市委市政府说了算。"

俞波涛明白鲍清渠意思，道："说说你的条件吧？是不是如你起诉两湖新区管委会的，把你家老宅基地上的别墅卖给你？"鲍清渠摇头道："当初法院肯开庭，把我家老宅基地上的别墅判给我，哪会惹出今天的事情来？"奚连江道："鲍老板不就是冲着你家老宅基地上的别墅去的吗？"鲍清渠道："当初是，现在已不再那么简单。"

俞波涛道："鲍老板用不着转弯子，直接说你的条件就行，我答复不了，可立即请示指挥中心的省市领导。"鲍清渠道："让迁出蛤蟆岭和青湖的住户再迁回去。"

开弓没有回头箭，花那么大财力人力，才把两地住户迁到安置小区里，又迁回去，只怕神仙都做不到。做不到的事，张口便来，不是放屁么？俞波涛肚里直冒火，差点拍案而起。转而思之，商人嘛，最讲商议策略，这自然不是鲍清渠本意，不过言在此，而意在彼。俞波涛悠着性子，笑笑道："要想把迁出蛤蟆岭和青湖的住户又迁回去，也不是不可以，但得有能人，否则不过想得美而已，不可能做到。"

鲍清渠道："是啊，能人一出，只有想不到的，没有做不到的。"俞波涛道："这个能人就是你鲍老板。我可请求省市领导把蛤蟆岭和青湖住户回迁任务交给你，费用什么的，你先做好预算，领导自会批准。"鲍清渠道："不不不，我非政府官员，哪好掺和政府的事？"

知道两人在打太极，奚连江插话道："鲍老板别绕圈子了，把你的真实想法说出来吧。"

鲍清渠望一眼奚连江，目光重回到俞波涛脸上："我说出真实想法，你们会支持吗？"俞波涛道："只要可行，绝对支持。"鲍清渠道："一是把蛤蟆岭上的别墅群拆毁，栽上林木；二是平掉青湖范围内在建项目，筑湖蓄水。"

似乎预知鲍清渠会提此条件，俞波涛沉吟道："鲍老板想法高明，可实行起来，哪是那么容易的？"鲍清渠道："我就知道，你们不会答应这个条件。无论蛤蟆岭上的别墅群，还是青湖范围内的房地产，牵扯到方方面面的利益。不是说触及利益，比触及灵魂还难吗？何况躲在蛤蟆岭别墅和青湖房地产背后的，都是各路大神，一个个手眼通天，别说你们两位厅处干部，就是搬动省市主要领导，只怕也无奈其何。"

俞波涛果断道："省市主要领导就在市委大楼里静候咱们消息，无须搬动。我这就到甲板上去，电话请示领导。"说罢起身，要往外走。鲍清渠上前拦住俞波涛，说："外面风大，把俞主任吹感冒了，没谁担待得起。俞主任留舱里打电话，清渠去外面抽支烟。"

鲍清渠出舱后，俞波涛拨通黎秉钧电话，还没开口，黎秉钧迫不及待道："好不容易等来波涛电话，崇世煜说你和奚连江见石带贵去了，石带贵知不知道鲍清渠下落？"俞波涛道："我和连江就在鲍清渠处，正喝他泡的名茶呢。"黎秉钧骂道："好你小子，廖省长和各位领导急火攻心，如坐针毡，你倒好，还有心情陪鲍清渠喝茶。"

没骂完，黎秉钧已走到廖远征旁边，兴奋道："俞波涛和奚连江已见着鲍清渠。"

黎秉钧接俞波涛电话时，廖远征已听个明白，忙道："你问问波涛，情况到底如何？"黎秉钧边点头边对着手机道："鲍清渠有无撤走蛤蟆灯的诚意？"俞波涛道："有此诚意。"黎秉钧道："那你还不要他采取行动？"俞波涛道："鲍清渠采取行动前，省委和市委得有个姿态。"黎秉钧道："什么姿态，要领导们给他鲍清渠下跪吗？"

逗得俞波涛忍俊不禁，道："男儿膝下有黄金，鲍清渠要是能从领导膝下刨出黄金来，还不开开心心，把蛤蟆灯撤走？"黎秉钧训道："别跟我油腔滑调！鲍清渠到底什么想法？是不是要买他家老宅基地上的别墅？"俞波涛道："那是鲍清渠起诉两河新区管委会时的想法，现有近万蛤蟆灯做底牌，想用座别墅把他打发掉，恐怕已不现实。"黎秉钧道："那要怎样才现实？"俞波涛毫不含糊道："鲍清渠要求省市领导作出承诺，拆掉蛤蟆岭上的别墅，栽树还林；平掉青湖范围内的建设项目，筑湖蓄水。"

比起让领导们下跪，这条件可苛刻得多。黎秉钧吱不得声，转告给廖远征。廖远征略作沉思，表态道："要波涛答应鲍清渠，蛤蟆灯撤走后，市委马上行动，照他所说的办。"

黎秉钧原话转告俞波涛。俞波涛道："鲍清渠是商人，商人讲究契约精神，凡事得先有协议，再按协议办事。"黎秉钧道："鲍清渠算什么东西，有何资格跟领导签协议？"俞波涛道："书记可知，现在是领导求鲍清渠，不是鲍清渠求领导。"

黎秉钧没法，只能答应先跟廖省长商量个意见。俞波涛挂掉电话，眼盯手机，脸上掠过一丝笑意。奚连江一旁道："鲍清渠可没提出要与领导签协议。"俞波涛道："没签协议，日后领导找借口不履行承诺，你我怎么面对鲍清渠，面对蛤蟆岭和青湖原居民？"

原来俞波涛是有意留个后手。奚连江道："政府管得宽，出尔反尔的事也

366

不是没有过，鲍清渠有跟政府签的协议在手，万一日后有变故，咱俩也多个保护层。"

俞波涛晃着脑袋，道："也不全是为保护咱俩。若能促成省市领导痛下决心，排除阻力，拆毁蛤蟆岭上的别墅群，平掉青湖范围内在建项目，真正实现绿水青山就是金山银山的理念，也算是功德无量的事。"

十九

跟俞波涛通过电话后，黎秉钧俯在廖远征耳边，道："鲍清渠不仅要求拆毁蛤蟆岭上别墅群，平掉青湖范围内在建项目，还无理取闹，要省市领导跟他签署正式协议，日后有据可凭，否则不撤走坪里蛤蟆灯。"

没等廖远征开口，旁边的吴尚云怒道："鲍清渠太嚣张了，竟敢挑战省市政府权威，逼着跟他签约。彦州到底是共产党的天下，还是他鲍清渠的天下！"周俊才接话道："可不是，指挥中心皆因不想伤害近万蛤蟆灯，才忍气吞声，跟他鲍清渠谈条件，谁知他不识好歹，得寸进尺，咱们可不能服软，让他觉得政府好欺侮。"

在大领导面前，崇世煜不便张嘴，可听周俊才说不能服软，也昂着头道："鲍清渠不把政府放在眼里，政府凭什么要被他牵着鼻子走？把老子惹毛了，招呼兄弟们，先把蛤蟆灯驱散，再拿住鲍清渠，叫他死无葬身之地！"

几位发泄愤怒时，廖远征只是抿唇沉默着，没有任何表示。直到这些人忽然意识到，在座最大领导石佛般坐在桌前，不声不响，才赶紧闭上嘴巴，目光齐刷刷投向廖远征。

指挥中心安静下来，只有顶灯熠熠，照在每张疲惫的脸上。廖远征望望吴尚云，问道："尚云同志看看，市委常委领导到齐没有？"

蛤蟆灯事件处理指挥中心成立后不久，彦州市委常委领导以及相关部门头头便陆续来到常委会议室，共同分担工作任务，二十多个小时没一人离开，吴尚云不知廖远征为何还会多此一问，道："常委同志及相关部门负责人都在。"廖远征道："那就好。我建议尚云书记立即主持召开市委常委扩大会议。本人作为省委副书记和省长，秉钧同志作为省委常委省纪委书记监委主任，请求列席彦州市委常委扩大会议，尚云书记觉得可否？"

吴尚云表态道："远征同志和秉钧同志列席市委常委扩大会议，是市委常委和同志们的莫大荣幸。我现在宣布市委常委扩大会议开始，常委值班室工作人员作好会议记录。现在请省委副书记省长廖远征同志作重要指示。"

　　会议室响起热烈掌声。廖远征抬臂往下压压，没待掌声完全止住，便和风细雨道："闲言少叙，我就直奔主题吧。闻知鲍清渠要求与政府签订合约，才肯撤走蛤蟆灯，有些同志心里不舒服，认为鲍清渠太过分，干脆驱散蛤蟆灯，再拿鲍清渠是问。我只提醒各位，蛤蟆灯那么好驱散，还成立指挥中心，召集各位到场专门处理此事干啥？试想鲍清渠真觉得政府好欺侮，又何必冒着坐牢风险，发动蛤蟆灯到市委大院来静坐？他要求与政府先签约，再撤走蛤蟆灯，我看也不是没有任何道理。政府连具有法律效力的蛤蟆岭和青湖正式规划，说更改就随意更改，现两块嘴皮开合几番，空口给人承诺，叫鲍清渠怎么信得过？"

　　可谓语轻言重，吴尚云和周俊才一下子脸红起来，躲避着廖远征凌厉的目光，眼盯圆桌中间的青青兰草，好像还是首次发现这道风景似的。他俩心知肚明，是谁改的蛤蟆岭和青湖的规划，才失去民意，闹出今天的大乱子。

　　不过廖远征没有揪住规划问题不放，近万蛤蟆灯已给吴尚云和周俊才严重教训，两人都是聪明人，好鼓不用重锤敲。廖远征看向斜对面的黎秉钧，加重语气道："刚才秉钧同志的说法，远征也没法完全苟同。鲍清渠真是无理取闹吗？我看未必。其实他是有理取闹，或者说得理不让人。蛤蟆岭是彦州的绿肺，在岭上大建别墅，就是人为让绿肺患上肺结核，彦州还会健康吗？青湖与白湖是彦州的双眼，放掉青湖里的水，开发房地产，彦州一只眼睛被剜去，还不成为独眼龙和残疾人？为成全彦州的绿肺和明眸，蛤蟆岭和青湖一带百姓舍弃祖辈住了成百上千年的故园，搬到无田无土的安置小区里，咱们不好好珍惜人民群众的感情，只顾当前短期利益，开发来快钱的建设项目，难道不问心有愧吗？"

　　黎秉钧明白廖远征明里质问自己，实际上是批评吴尚云和周俊才决策失误。也就不动声色，只张着耳朵，听廖远征往下道："在座各位都是共产党员，明白党的初心和使命，就是为人民谋幸福，为民族谋复兴。换言之，党的利益与人民群众利益本是高度一致的，不存在任何分歧，衡量共产党人工作和事业的唯一标准，便是人民群众满意不满意，有没有获得感和幸福感。人民群众满意了，富有了，幸福了，才会真心拥护我党，共同建设强大国家，永远立于不败之地。否则伤害人民群众的心，党的事业就会成为无源之水，无本之木，别墅修得再豪华，楼房砌得再高大，也不过沙滩上的建筑，随时都有坍塌的危险。同志们应该知道清代戏曲《桃花扇》里面的著名唱词：眼看他起朱楼，眼看他宴宾客，眼看他楼塌了。无根无基的高楼建起来易，坍塌起来也快啊！"

　　说到这里，廖远征收住话头，端杯喝口开水，目光从在座各位脸上扫过。众人低着头，陷入沉思。过一会儿，吴尚云鼓起勇气，带头表态道："远征同志一席话，说到了问题的根子上。作为彦州市委书记，我政治站位不高，视野狭窄，思维僵化，一心只顾发展经济，对人民群众的需求和真实想法了解甚少，不知不觉偏离了前进的方向，误入歧途。蛤蟆灯事件最大责任人是我，事件平息后，我愿接受组织严肃处理。"

吴尚云主动担责，周俊才当然不好装聋作哑，痛心疾首道："我是一市之长，两河新区管委会在市政府直接领导下开展工作，工作出现重大失误，引起蛤蟆灯这样恶性严重事件，直接责任人当然是我，我愿为此负全部责任，接受组织处罚。"

崇世煜动动嘴皮，想说什么，见黎秉钧没有开口，只得忍住，没有出声。廖远征看看黎秉钧，说："秉钧同志有何高见？"黎秉钧道："我没啥高见，只是觉得蛤蟆灯事件背景复杂，如果仅仅视鲍清渠为始作俑者和罪魁祸首，恐怕有些流于简单和表面。事件处理完毕后，纪检部门得追查背后原因，究竟是谁导致蛤蟆灯事件的发生。"

廖远征要的就是黎秉钧这句话，不然他这个省纪委书记监委主任岂不在指挥中心白待了二十多个小时？又听取过其他常委和部门负责人意见，会议主持人吴尚云道："事情紧急，我建议长会短开，尽快形成决议，促使鲍清渠撤走蛤蟆灯。"

众常委都表示赞同，只有周俊才两眼发直，有些走神，不知他听没听进吴尚云的话。吴尚云只好点他名道："俊才同志，你觉得如何？"

周俊才一个愣怔，回过神来，说："就依鲍清渠所提要求，待事件结束后，马上成立专门工作组，对蛤蟆岭别墅群和青湖违规项目展开清理，好让广大人民群众早日看到真正的蛤蟆岭城市森林公园，享受青湖的碧浪清波。"

吴尚云又请廖远征和黎秉钧作指示，两人说别无异议。吴尚云道："就照俊才同志意见，形成常委扩大会议纪要。常委值班室工作人员马上根据会议记录，整理成文，打印出来，呈报省委，抄送市委常委领导，下发各县市区和各部办委局。"

工作人员答应着要起身，廖远征说声且慢，道："我既然代表省委参加市委常委扩大会议，就得将会议内容及时报告省委书记郑乃宣同志。"吴尚云道："乃宣书记向来睡眠不好，一般要到下半夜才睡得着，此时只怕躺下没多久，把他吵醒，有些不妥吧。"

"尚云同志想想看，蛤蟆灯事件就发生在乃宣同志眼皮底下，弄得天下尽知，他老人家睡得着吗？"廖远征说罢，亲自打通郑乃宣家里电话。果然铃声刚响，郑乃宣就接住电话，急切问道："远征同志吧，事情处理得怎么样？"

廖远征看一眼吴尚云，好像在说，郑乃宣同志一直守在电话机旁，静候咱们消息呢。吴尚云明白廖远征眼里含义，叹息一声，表情有些复杂。廖远征言简意赅，汇报了几句市委常委扩大会议决议，请郑乃宣明示。郑乃宣说："这个决议好，蛤蟆灯事件后，不但要坚决清理蛤蟆岭别墅群和青湖违建项目，还要追查责任人，给人民群众以满意交代。曹寄青已被缉拿到案，我建议省市纪委马上成立联合专案组，以曹寄青为突破口，对导致蛤蟆灯事件发生的人和事展开调查，无论牵涉到谁，不管职务高低，一律严惩不贷。"

放下电话，廖远征传达了郑乃宣指示精神，要求工作人员马上整理常委扩大会议纪要。

不到一个小时，会议纪要成文打印出来。奚连江受俞波涛委派，已等在楼下，取得纪要，赶往东岸码头，乘冲锋舟回到鲍清渠坐艇上。鲍清渠在纪要上瞟几眼，说："不是说签署合约吗，怎么成了一纸红头文件？"

俞波涛笑道："鲍老板说外行话了。与领导签署合约，属于私人行为，哪有常委扩大会议纪要如此正规，更具效力？假设吴尚云和周俊才跟你签合约，事情过后两人调走，或有变动，你找谁去？可常委扩大会议纪要不同，现任书记市长异动，继任者仍得遵照执行。"

鲍清渠足够聪明，听得出俞波涛话里有话：蛤蟆灯事件影响恶劣，曹寄青在押，吴尚云和周俊才难辞其咎，位置肯定保不住，要想拆毁蛤蟆岭别墅群，平掉青湖在建项目，只能指望继任者和常委集体力量。

想明白这层道理，鲍清渠收好纪要，通过微信发出撤离蛤蟆灯的指令。

蛤蟆灯开始挪动，有条不紊撤离静坐了二十多个小时的市委大坪，陆续出了大门，散向城外，消失在黎明前的幽暗里。

得知蛤蟆灯撤走，俞波涛暗吁口气，走出艇舱，站在甲板上，面朝深沉寂静的大江，展臂伸了个懒腰。奚连江也跟出来，打着哈欠道："风波终于过去，咱也得回家，好好补个觉才行。"俞波涛道："想得美，遵照秉钧书记指示，守贤书记已通知上午补开专门会议，商量成立曹寄青专案组事宜，莫非你还躲得脱不成？"

鲍清渠也来到甲板上，陪同两人下到冲锋舟里，披着幽蓝曙色，回到东岸码头。车还停在路旁，俞波涛和奚连江上车，要与鲍清渠说再见，这家伙也钻进后排位置，说："搭搭两位领导的免费便车。"奚连江道："坐咱们低档车，不委屈鲍老板？"没待鲍清渠搭话，又问道："鲍老板准备上哪里去？"鲍清渠道："你们去哪我去哪。"奚连江道："咱们回省纪委上班，你去探班不成？"鲍清渠道："不去探班，去躲躲风声。"

奚连江还要说什么，俞波涛要他快开车，别啰唆。奚连江马上明白过来，鲍清渠惹出那么大麻烦，公安自然不会放过他。真落到公安手里，够他消受的，还不如作为曹寄青涉案人，先到悟园去吃几个月闲饭再说。

到得悟园，正赶上食堂开门，三人进去，吃起自助早餐来。吃到一半，姬时雨出现，见俞波涛和奚连江坐在靠窗座位上，也端着稀粥、鸡蛋、包子和点心，过来坐到旁边。姬时雨已调任省纪委监委案管室副主任，主管悟园工作，遇事常吃住在点上。

彼此打过招呼，姬时雨道："早上翻看微信，才知全靠两位挺身而出，蛤蟆灯事件才平息下来。听说是位叫鲍清渠的老板策划的，亏你俩深入虎穴，制服鲍老板，迫使他撤走蛤蟆灯，否则还不知彦州市委市政府怎么了难。"

俞波涛和奚连江只顾吃东西，没怎么理睬姬时雨。姬时雨又道："传说鲍清渠满脸横肉，全身纹着嘴阔肚圆的蛤蟆，身边保镖个个五大三粗，凶神恶煞般，也不知你俩文质彬彬，如何接近得了人家？"奚连江笑道："你怎么知道鲍清渠满脸横肉，身上纹着蛤蟆？"姬时雨道："微信上都这么说，应该不会假。"

奚连江指指身旁低头吃早餐的鲍清渠，对姬时雨道："你问问这位帅哥，鲍清渠到底是个什么样子？"姬时雨便问鲍清渠道："莫非帅哥认识鲍清渠？"鲍清渠含糊道："算认识吧。"姬时雨道："鲍清渠长啥样？"鲍清渠道："跟我长得应该差不多。"姬时雨道："你跟鲍清渠是亲生兄弟？可你这个样子，脸上没横肉，看不出像恶人，倒像个大学教授。"鲍清渠道："被你说对了，鲍清渠还真当过大学老师，也不是坏人，是个正经生意人。"

"正经生意人，干嘛与政府对着干，弄出惊天动地的蛤蟆灯事件？"姬时雨道。奚连江忍俊不禁道："跟你说话的正是鲍清渠，姬主任最好离他远点，他兜里揣着手枪和炸弹呢。"姬时雨道："连江兄弟别开玩笑，鲍清渠哪会到悟园来？只怕早被公安逮走了。"

俞波涛已经吃好，放下碗筷，说："鲍清渠正是不愿落入公安之手，才随咱们到了悟园，还请姬主任看波涛面子，收留他几天。"

姬时雨依然不敢置信，望着鲍清渠道："你真是鲍清渠？"鲍清渠道："真的假不了，假的真不成。姬主任可以不相信我，总该相信俞厅长和奚主任吧。"掏出身份证，递到姬时雨面前，"还请姬主任过目，验明正身。"

姬时雨瞧瞧身份证上的名字，又比对鲍清渠本人看过照片，转向俞波涛道："悟园是谁都可进来的么？未经批准，就把蛤蟆灯祸首带进扣押腐败官员的留置点，属于严重违纪行为，波涛同志知不知道？"俞波涛道："知道知道。可我问你，官员涉嫌腐败留置后，涉案人员要不要也跟着留置？"姬时雨道："那是必然。"俞波涛道："蛤蟆灯事件起因于两河新区管委会更改规划，违建蛤蟆岭别墅，非法开发青湖项目，两河新区管委会负责人曹寄青已到案，与他相关联的蛤蟆灯事件发起人鲍老板要不要也带到悟园来？"

姬时雨恍然明白过来，说："波涛主任的意思，是要我安排留置室给鲍老板？可曹寄青专案组还没正式成立呢，我也没依据收留鲍老板啊。"俞波涛道："时雨主任别着急，上午秉钧书记就会主持召集专门会议，成立曹寄青专案组，研究部署审查调查方案，这几天涉案人都会陆续带进悟园。若现在安排留置室有些为难，请时雨主任腾间办案工作人员宿舍，让鲍老板暂住半天，过后再送留置室。"姬时雨道："办案工作人员宿舍又没辅警值班，不怕出意外？"俞波涛道："鲍老板自愿到悟园来，不可能跑掉，更不会自我伤残。"

把鲍清渠交给姬时雨后，俞波涛和奚连江各回宿舍，冲个热水澡，顺便冲走浑身疲惫，然后换上干净衣服，下楼坐车，赶往省纪委大楼，走进会议室。省市两级纪委监委相关部门工作人员已陆续到场，继而曾守贤陪同黎秉钧准时出现在门口。

落座后，黎秉钧通报完蛤蟆灯事件平息经过，对俞波涛和奚连江两人的出色表现给予了充分肯定，说："外人眼里，纪检干部是专门惩治腐败的，这自然没错。然纪检工作的最大价值，并非仅仅抓贪官这么简单，而是维护党的纯洁性，营造风清气正的良好社会环境和经济秩序，充当党和人民利益的守夜人。正是社会环境遭污染，经济秩序被扰乱，人民群众利益严重受损，才集中爆发了蛤蟆灯事件。好在波涛和连江在初核曹寄青等人问题线索时，察觉出蛤蟆岭违建别墅和青湖非法项目背后的真实原因，在蛤蟆灯事件爆发的紧要关头，先将企图外逃的曹寄青缉拿归案，又与蛤蟆灯祸首鲍清渠斗智斗勇，让在彦州市委大院静坐二十多个小时的近万蛤蟆灯全部撤离，使得事件没继续恶化下去。"

说到这里，黎秉钧用赞许的目光看看俞波涛和奚连江，又继续道："蛤蟆灯事件已经平息，然事系人为，谁该对此次事件负责？鲍清渠当然罪责难逃。据说这小子还算聪明，主动配合波涛和连江，进了悟园。不过鲍清渠只是蛤蟆灯事件直接责任人，导致蛤蟆灯事件的蛤蟆岭违建别墅群和青湖非法项目，又是怎么搞起来的？彦州市委常委副市长兼两河新区管委会主任曹寄青已被留置，其他相关人又在哪里？今天会议任务就是成立省市联合专案组，根据九室对曹寄青问题线索初核过程中掌握的情况，确立涉案人，以雷霆手段，及时抓捕到位，办成铁案，给人民群众以满意答复。这也是乃宣书记和远征省长的意见，同志们不用有何顾忌，明确任务后，只管放开手脚，大胆工作就是。"

黎秉钧定下调子，曾守贤布置具体任务。专案组分成数个工作小组，一是综合组，负责综合案情，研究审查调查方向；二是外调组，出外调查核实案件线索；三是审查组，专门审讯涉案人员；四是生活组，为专案组成员做好后勤保障工作。还成立了临时党支部，指导和监督专案组成员牢记党的宗旨，遵守党的纪律，保守党的秘密，严格执纪，秉公办案。

专案组成立伊始，召开第一次支部会议，学习党章党纪党规和相关法律，根据九室关于曹寄青问题线索初核情况，确定涉案人员。俞波涛已拉出个名单，一号人物自然是曹寄青，其余主要有陆白露、陈勇毅、石三里、瞿有为、熊华章，以及投建蛤蟆岭别墅和青湖项目的重点开发商。孟宏文自然也已进入俞波涛视线，后觉得涉及孟怀国，牵一发动全身，心有余而力不足，只能暂时往后推推。至于周俊才，除让人代孕生子外，没有证据显示其存在别的违纪违法行为，且蛤蟆灯事件善后任务由他承担，还是先搁搁为妥。曾守贤和黎秉钧原则同意俞波涛意见，走完程序后，专案组成员分头行动，协调公安，展开收网行动。

俞波涛负责带人留置陈勇毅。毕竟是从前的领导，俞波涛想给陈勇毅留点面子，悄悄把他带走。可曾守贤不同意，说陈勇毅执纪违纪，执法违法，就要选择公开场合进行留置，以便告诫纪检监察干部，同时向广大干部群众昭示：纪委监委敢于刀刃向内，纪检干部有问题同样不迁就，不包庇，该处理得处理，该留置得留置，决不姑息养奸。

恰好彦州市纪委监委宣传部部长舒年华来找俞波涛，说："有事要麻烦波涛主任，不知可否？"俞波涛道："年华部长客气。别言可否，先说什么好事。"舒年华道："市党员干部警示教育基地是守贤书记离开彦州前倡办的，现已如期落成，委领导想请守贤书记回去参加落成仪式，作个重要讲话。"俞波涛道："应该没问题吧，我请示请示守贤书记。"

俞波涛寻空走进副书记室，把舒年华意思转达给曾守贤。曾守贤道："我自然乐意，就怕临时有事走不开。"俞波涛道："书记看这样行不？波涛不揣冒昧，代为起草个书面讲话稿，届时您若有时间，就亲往发表高见，没时间就让人代您念稿，对基地落成表示祝贺和肯定。"曾守贤道："稿由你代写，到时也由你前往代念如何？"俞波涛道："最近我喉咙发炎，说话比鸭叫还难听，还是另请高明吧。"曾守贤道："请何方高明？"俞波涛道："陈勇毅不是一直分管宣传部工作么？正好让他代劳。"

曾守贤一听便知俞波涛用意，答应下来。夜里俞波涛拉出个初稿，隔日上班呈给曾守贤，曾守贤没怎么改动便签上同意二字。俞波涛将讲话稿电子版发给舒年华，舒年华打印出来，送到陈勇毅手上。曹寄青被留置后，陈勇毅有如惊弓之鸟，老担心东窗事发，今接曾守贤讲话稿在手，不免暗存侥幸，试探舒年华道："这是宣传部想法，还是守贤书记本人意思？"舒年华道："自然是守贤书记意思。他本来准备出席警示基地落成仪式的，因抽不开身，提出请你这位老搭档代他做个书面发言。"

曾守贤将如此重要的事情交给你，说明他对你印象不错，视你为自己人。看来此次曹寄青案并没牵涉你，是你想多了，自己吓自己。陈勇毅送走舒年华后，赶紧熟悉稿子，有些读音没把握的字眼，还翻字典查对过，用铅笔注上拼音。守贤书记把如此重要的任务交给你，到时不小心出点纰漏，怎么对得起他的高度信任？对照拼音反复念诵，确保标准无误后，才轻轻擦掉，以免稿子还给舒年华后，被他看到注音，说你语文没学好。

因为准备充分，心中有底，改日警示基地落成仪式上陈勇毅代曾守贤念书面讲话稿时，也就信心满满，中气十足，字字铿锵，句句有力，给到场的媒体记者留下良好印象，也为纪委宣传部摄像机提供了不可多得的镜头。陈勇毅完全有理由相信，曾守贤看到媒体报道和摄像资料时，一定会非常满意，啧啧称赞。

可当陈勇毅念完稿子，抬头扫视全场，准备回座位时，陡然发现俞波涛也在现场，心下不觉一惊，惊疑他为何会忽然冒出来，该不是冲着你陈勇毅来的吧？

陈勇毅预感没错，就在他惊魂未定之际，两位身着便服的辅警悄悄挨过来，一边一个夹住他，先亮出工作证，然后低声道："你是陈勇毅吧，我们是省纪委监委的，现依法对你进行留置，跟咱们走吧。"

敏锐的记者们一下子围上前，用手机和摄像镜头将留置陈勇毅的全过程真实地记录下来。翌日陈勇毅的名字和形象就上了省城各大媒体，记者们对纪检监察机关敢于刀刃向内，自抓内鬼，给予了充分肯定和高度赞扬。

专案组多管齐下，各涉案人员如期被带进悟园，进入留置室，仅瞿有为下落不明，暂时没能到案。接下来便是多渠道查实线索，讯问涉案人员。重点讯问对象自然是曹寄青。俞波涛负责调度整个专案组，主审任务落在奚连江肩上。

奚连江连夜做好讯问预案,第二天上午带着童秋生,进了曹寄青的留置室。因办案需要,奚连江和陶景宜近期已正式调任省纪委监委,彦州市纪委监委六室空出位置,童秋生已提拔为副主任,此次省市联合专案组成立,俞波涛点名把他要了过来。

不想奚连江所做预案根本派不上用场,曹寄青不肯配合,冷嘲热讽道:"奚主任啊,你虽然是省纪委监委干部,可你不过小小处级而已,也配审讯我?"

级别高的留置对象藐视级别低的审讯人员,奚连江也不是首次碰到,见怪不怪道:"到了留置室,还端着你那副市级架子,你觉得有意思吗?"曹寄青道:"当然有意思。至少此时此刻,我不过是留置对象,还没开除党籍,没撤销彦州市委常委市政府副市长兼两河新区管委会书记主任职务吧?架子端不端,还在这里嘛。"

奚连江道:"没错,你还是党员,还是常委副市长和两河新区主要领导,可你毕竟已成为审查调查对象。为什么调查你?你有问题线索掌握在纪委监委手里,我级别再低,也是代表组织讯问你,你有资格跟组织叫板吗?"曹寄青道:"我没说你不可以代表组织,但组织就不会犯错,不会制造冤案吗?谁能证明你们手里的线索是真是假?"

噎得奚连江喉头哽着,一时无法出声。曹寄青又道:"你们专案组里总有级别稍高点的吧?我是俞波涛亲手抓进来的,俞波涛应该在专案组里,他好像已提副厅,让他来审讯我,我心里也好受些,至少强于虎落平阳被犬欺。"

这话实在气人,连童秋生也坐不住了,嚯的一声站起来,指着曹寄青鼻子训道:"曹寄青你嚣张什么?你以为你还是虎?到了这里,是虎你也得趴着,是龙你也得盘着,用不着咱犬来欺,放只老鼠进来,就可啃烂你的虎颈脖,咬断你的龙七寸。"

逗得奚连江暗自好笑,拉着童秋生,走出留置室,去给俞波涛汇报。俞波涛道:"曹寄青也算是我的老朋友,想跟我说说话,也可理解。把他晾一阵子,先对付石三里,同时尽快把瞿有为抓捕到案。瞿有为是曹寄青得力干将,石三里是曹妻陆白露同母异父弟弟,曹寄青好多事情都交这两人打理,能先从两人身上打开缺口,对付曹寄青就简单了。"

谁知多方侦察,依然不知瞿有为去向。经公安部门调阅大数据,近个把月没发现瞿有为坐飞机,乘高铁,住宾馆,或存在其他消费行为,瞿有为仿佛已变成空气,消失于无形。只有把重点放在石三里身上。石三里归奚连江和童秋生审讯。两人走进留置室时,石三里还一动不动蜷缩在床上,脸朝墙里,像正在睡梦中。

奚连江不满地瞪了眼辅警，道："你们没接到通知，不知咱们要来审讯石三里吗？"辅警道："催过几次，石三里就是不起来，说头疼得厉害。"奚连江道："叫医生看过没有？"辅警说："已看过。"奚连江道："病得重不重？"辅警道："医生说他没病。"

气得奚连江恨不得把石三里从床上踢下去。可又不能由着性子来，只得走到床边，冷冷道："石三里你以为自己还是小孩，靠装病能逃得脱应有惩罚？赶紧起床，接受审讯。"

石三里依然没动静。奚连江对辅警道："把他拖到地上，再卸掉床铺，看他怎么睡。"

辅警应声而起，走到床边，正待动手，石三里翻身起来，慢悠悠下地，穿好衣服，再把床立起来，缩到墙壁里，然后坐到靠墙圆凳上，眼睛盯着地下，发起痴来。奚连江开始发话："石三里听好，知道自己为什么被请到悟园来吗？"

石三里没吱声，目光始终停留在脚尖一尺以内。奚连江道："莫非闭紧嘴巴，就能瞒住自己的犯罪行径？纪委监委盯住你和曹寄青已不是一天两天，该获取的证据都到了手上，让你开口，不过给你赎罪机会，早交代清楚，早出去赚你的大钱。"

任凭奚连江怎么劝说和追问，石三里就是不吱声。最后干脆站起身，没经两人同意，捧着肚子去了卫生间。一去半天，不停地冲水，冲得哗啦哗啦作响，就是不见人出来。童秋生跑到卫生间门口，往里一瞧，石三里干坐在马桶上，裤头都没松。这小子真会要花样。童秋生道："你觉得留置点的水不用你出水费，冲水声听着舒服是吧？"

石三里站起身，走出卫生间，坐回到圆凳上。还是不吭气，奚连江口水说干，他都哑巴样，不吱一声。哑巴还会打打手势，石三里连手势都没有，甚至看都不看两人一眼。

又不可能找把电钻，钻开石三里嘴巴，奚连江无可奈何，只能回禀俞波涛。刚好负责审讯陆白露的陶景宜也来汇报，说陆白露也不肯配合，尽拿些鸡毛蒜皮的小事搪塞，一时找不到突破口。俞波涛也犯起难来，瞿有为一时到不了案，又没能从陆白露和石三里两人嘴里获取有用线索，一时想把曹寄青案情办透，还真不太可能。

见俞波涛半天没吭声，陶景宜道："看来还得主任大人亲自出马，才唷得动这两块硬骨头。"奚连江道："要是主任也唷不动呢？难道请曾书记唷，曾书记唷不动，再请黎书记啃？"俞波涛笑道："啃啃啃，你当咱是老狗，没骨头啃，活着没滋没味？"

几位笑起来。俞波涛又道："从目前情况看，恐怕还是得想办法，重点对付石三里。蛤蟆山庄是石三里主要窝点，需重点关注。"奚连江道："石三里到案后，咱们已去蛤蟆山庄搜查过两次，搜到的钱物都带走研究过，再关注恐怕也难关注出啥名堂。"俞波涛道："这些年我去过蛤蟆山庄好几次，总觉得那个地方不寻常，我打算还去跑一趟。"

此时的蛤蟆山庄已非昔时的蛤蟆山庄。昔时的蛤蟆山庄整日里熙熙攘攘，来住宿的，来吃饭的，来会客的，来求人办事的，进进出出，络绎不绝。自曹寄青出逃被拘，石三里也被留置后，蛤蟆山庄一下子变得门前冷落车马稀，清寂如久无人迹的荒岭古刹。院内的果木在寒风中瑟瑟着，坪里积满枯枝黄叶，还有掉落枝叶间的金橘、黄柚、红枣和板栗之类，散发着怪异的腐味，引来山鸟竞啄，野鼠争啃，窸窣作响。

省纪委监委的公务车在坪里停稳后，俞波涛下地，抬头四顾，见山庄荒凉如此，不觉暗自感慨。想曹寄青得势之日，石三里豪阔之了车，此地不是天堂，胜似天堂，谁知转瞬间，什么荣华，什么富贵，烟云般散失得无踪无影，再也不复存在。

俞波涛不是来替曹寄青和石三里伤感的，伫立片刻，便由奚连江和童秋生陪着，走进山庄主楼。楼里有年老保安留守，认得来过两次的奚连江和童秋生，没待几位开口，便从值班室抽屉里拿出钥匙串，甩手走在前头，甩得钥匙串咣当咣当响。三位紧随老保安，进入楼道。平时石三里在二楼办公、会客和住宿，保安知道纪委监委的人对这几处地方感兴趣。

石三里没啥文化，可办公室挂着好几幅字画。有一幅还是陈勇毅写的，写得龙飞凤舞，细看却毫无章法，没一点书法味。陈字旁边立着大书柜，里面塞得满满当当，大都是豪华精装版。精装版价格贵不说，且又厚又沉，真正读书人不会买这种书做样子。故凡书柜里塞满精装书的，不用猜便是不读书的土豪，不过假装斯文而已。

办公室没有新发现，三人来到隔壁会客厅。会客厅很大，一色的红木椅子，外加红木茶桌。占满整墙的壁柜也由红木做成，陈满坛坛罐罐，有大有小，有方有圆，有暗有亮。还有生锈的古钱币，头破尾损的老玉器，断柄缺刃的旧刀剑。俞波涛以前参观过楼下的耕织展厅，比起那些土得掉渣的农具织机和斗笠蓑衣，此处的藏品多少显得有些古雅。

最后走进石三里的卧室。卧室也很大，自然少不了衣柜和书桌之类。最显眼的还是那架旧式雕花大床。大床靠墙而立，床架上的雕花很精致，鸳鸯鸾凤，风花雪月，鸟兽虫鱼，应有尽有。这种旧式雕花床已很少见，也不知石三里从哪里弄来的。俞波涛轻轻叩几下床架，问旁边的老保安道："这种床看着养眼，其实不好用，石三里在上面睡过吗？"老保安说："我来山庄时间不长，从来没见石老板在这间卧室里过过夜。"

俞波涛瞧一眼老保安，说："怪不得以前我到过山庄好几次，从没见着你。"老保安道："我来山庄后，听说石老板经常换保安和服务人员，我也不知能在这里待多久，哪曾想石老板先出了事。"俞波涛问："你是他亲戚还是老乡。"老保安说："算老乡吧，我们两家隔河相望。"俞波涛道："隔着什么河？白河？"老保安道："正是白河，我家在河南，他家在河北。"俞波涛："石三里老家还有些什么人？"

老保安道："有两个同父异母姐姐，嫁在外乡，现只老父待在家中。本来这两年石爹跟石老板住在山庄里，一个月前突然被送了回去。也许石老板预感自己会出事，不愿让父亲在场，看到山庄被抄，儿子被政府带走。"俞波涛道："可这种事瞒得只是一时，总有一天老人会知道的。"老保安说："可不是，石老板被带走第二天，石爹就知道了消息，当时气晕在地，现在还躺在床上，只有出的气，没有进的气，恐怕老命难保。"

俞波涛心生悲凉，下楼来到车上，对钻进驾驶室的童秋生道："到石三里老家去。"奚连江问道："去石三里老家干嘛，看望石爹？"俞波涛道："儿子风光半世，突然出事，石爹实在可怜，咱们去安抚安抚老人。"

该不只是去安抚老人，还有其他意图吧？奚连江心里嘀咕道，拿出手机，定好石三贵老家所在杨家村位置，进入导航模式，供童秋生择路。抓捕石三里前，奚连江就对其可能存身之处作过详细摸排，对杨家村也有些了解。

到了杨家村，先访杨支书。党的十八大以来，基层党建重新得到完善，村支部组织结构健全，党员活动正常开展，杨家村党群齐心协力谋发展，基本实现脱贫致富。

杨支书看过三位工作证，见是省纪委监委同志，热情有加，上茶敬烟，主动汇报起村支部工作。俞波涛对村委工作给予充分肯定，把话题转到石爹身上来。杨支书惋惜道："石爹也做过村支书，威望很高。石三里年轻时吃喝嫖赌抽样样来，后找到发财门路，完全变了个人，给村里办了不少善事，比如修路架桥，引水改电，村民没有不翘大拇指的。石爹脸上也有光，比做村支书时还受村民尊敬，遇有大事小情，都喜欢请他拿主意。谁知石三里犯法被抓，石爹老脸丢尽，一下子病倒，不知还起不起得来。"

俞波涛顺口道："咱们想去看看石爹，杨支书可否引引路？"杨支书道："你们不是去抄家吧？石爹人不坏，老来摊上这种事，也够可怜的，要抄家能不能稍微缓缓，等他落气闭眼后再抄？"俞波涛道："杨支书放心，咱们不是来抄家的，是来看望石爹的。"

杨支书连说几声好，起身带着三位朝石家走去。原以为石三里发了大财，会在老家修栋大别墅，走近一瞧，才知是个没有围墙的小院落，里面一座普通旧式砖木结构屋子，与左邻右舍没啥区别。杨支书道："都知石三里在蛤蟆岭修了山庄，老宅没怎么动，只随便维修过一次，添了些简易家具，供杨爹寄身，估计值钱东西不会往老宅里搬。"

听杨支书口气，还是担心俞波涛三位会抄石家。俞波涛不再解释，径直迈入院子。杨支书紧走几步，上前去敲半敞的堂屋门，喊声："有人吗？"又回头对俞波涛三位道："石爹病倒后，石三里不能回家，两个同父异母姐姐得知消息，都赶来陪伴父亲，估计在屋里。"

果然有人出现在门里，是个五十多岁的女人，说道："哦，是杨支书，进屋进屋。"

杨支书不忙进屋，回头看着俞波涛道："这是石三里大姐。"又对石大姐道："这是石三里朋友，下乡办事，从村里路过，听说石爹病重，特意来看看。"

这个杨支书，竟擅自做主，把三位指定为石三里朋友，叫俞波涛吱声不得。不过也好，真道明三人身份，石家大姐二姐还不发飙，吐你满身满脸唾沫星子？俞波涛于是就坡下驴，跟石大姐点点头，迈进堂屋。

石爹躺在堂屋东边主室里，已不省人事。听大姐说三位是石三里朋友，守在床前的石二姐表示感谢，往边上挪挪。俞波涛凑过去，见石爹脸色土纸样难看，双目紧闭，气息奄奄，就知已坚持不了多久。杨支书在后面解释道："石爹倒地后，本来要喊救护车送医院的，村里上年纪的老人拢来瞧过，说已没这个必要，担心弄上救护车，颠那么一两个小时，还没赶到医院就已把气颠落，到时返回来，想进村入屋，都不可能。"

原来白河人认为，人死家里，向外送葬，天经地义，死在外面，再往村里和家中迎接，万万不可，理由是这样会让村民和死者家人遭殃罹祸。俞波涛知道这个风俗，也不多言，只在心里想，既已被杨支书指定为石三里朋友，来看石爹，就得有所表示。回头去看奚连江，奚连江早有准备，从身上掏出个信封，递到俞波涛手里。俞波涛把信封搁到杨爹枕旁，俯下身子，轻声道："我们是石三里的好朋友，特意代表他来看望您老人家。听人说石三里应该没有太大问题，只要把犯的事说清楚，就会回来陪护您老，您老安心养病就是。"

石爹嘴角微微一动，干涩的眼角渗出一颗浊泪。看来他还有知觉，听得懂耳边的声音。俞波涛又安慰两句，竖腰起身，走出房门。石家大姐二姐感激不尽，送出堂屋外面。

离开石家院落，没走出多远，就听后面传来号啕大哭，声声裂帛。奚连江道："莫非石爹落气走了？"杨支书点头道："肯定是你们带来石三里消息，石爹听说儿子没有太大问题，放下悬着的心，高高兴兴上了黄泉路。"

回到城里，三位没去悟园，直接来到省纪委。上得楼来，走进曾守贤办公室，俞波涛无头无尾道："石三里父亲已经过世。"

曾守贤一时没明白过来，望着俞波涛道："我与石三里无亲无故，他父亲过世，干嘛告知我，要我出份子钱？"俞波涛道："石三里是咱们留置对象。"曾守贤恍然道："你意思是，石父逝世，得告诉石三里一声？"俞波涛道："书记觉得呢？"曾守贤道："这事还真有些不好把握，得先请示一下秉钧书记，看他怎么说。"

两人来到书记室。听俞波涛说石爹逝去，黎秉钧问道："你们觉得呢，要不要把消息告诉石三里？"俞波涛道："石三里是个孝子，老父逝世，不告诉他，恐怕不太人道。"黎秉钧道："告诉石三里，他若提出回家送父亲一程，答不答应他？"

曾守贤大摇其头道："留置对象到案后，连出留置室的门都不行，哪能随便离开留置点回家？"黎秉钧道："是啊，《监察法》和《监督执法工作规定》都没有这方面的明确规定，放石三里回家，似无先例可循。"俞波涛道："这是特例，该特例特办。石三里到案后，抵触情绪蛮大，一直紧闭嘴皮，半个字都不肯吐露，若能在父亲入土之前，让他回家见上老人最后一面，磕几个头，他一定会受到感化，主动配合审讯人员，交代问题。"黎秉钧道："波涛说得是，只要有利于突破案情，就该尝试尝试。可先把消息告诉石三里，看他有何要求。"

返回悟园路上，已是灯火辉煌时。说起黎秉钧的指示，奚连江道："石三里得知父逝，要求回家怎么办？"俞波涛道："只管答应他。"

到了悟园，下车后稍做准备，奚连江和童秋生就进了石三里留置室。石三里还是爱理不理，脑袋昂着，眼望高窗外的暮色，一副死猪不怕开水烫的德行。奚连江冷冷道："石三里听着，今天不是来审讯你的，是来告诉你一个消息。"

自己已落到这个地步，还能有什么好消息？石三里不出声哼道，脑袋只顾昂着，像上紧了螺钉似的。奚连江又道："今天在波涛主任带领下，咱们三个去了趟杨家村。"

石三里心里稍有松动，却还是不肯回头。奚连江继续道："波涛主任不仅是曹寄青老朋友，也是你的老熟人，得知你父亲因你出事，病倒在床，心里很是过意不去，特意代表你，赶往杨家村，去看望和安抚他老人家。"

石三里扭过脑袋，看看奚连江，满眼狐疑，好像不太相信这是真的。奚连江趁机道："进村后，咱们先去了杨支书家。杨支书说你年轻时放荡不羁，所幸后来浪子回头，发财致富，给村里办了不少好事，你爹也脸上增光，以有你这样的好儿子为荣。"

奚连江不急于把话说完，倒看石三里会有何表示。石三里本来漠然的眼睛湿润起来，脸上肌肉抽了抽。奚连江要的正是这个效果，道："你爹显然想不到你会出事，因此得知你被抓走后，顿时晕倒在地，不省人事。直到咱们走进你家，你爹都没醒来过，眼睛也紧紧闭着，任你大姐二姐怎么呼唤，都毫无动静，只不过拖着一口气，咽不下去。"

石三里再也控制不住，双泪直流，仿佛决堤的水。奚连江最后道："直至波涛主任坐到你爹病床前，俯在老人家耳边，说是代表你看望他老人家，要他放心，只要你交代完问题就会出去，你爹才动动嘴皮，眼角渗出一滴老泪，咽下最后一口气。"

没待奚连江说完，石三里便大哭起来，双手轮番自甩耳光，甩得啪啪直响。一边甩，一边大声自责道："我这是大不孝啊，我是畜生，我是忤逆子，我对不起早死的娘，对不起一把屎一把尿把我拉扯大的爹啊！"

世间最不堪入耳的便是男人的哭声，嚎不是嚎，吼不是吼，啼不是啼，叫不是叫，像老狼临崖绝望无助的悲鸣。奚连江和童秋生听着难受，想劝阻石三里止声，又不知从何劝起。石三里哭着哭着，忽然站起身，奋力向门口方向冲去，嘴里大声道："我要回家，我要回家，我没守着我爹最后一口气，也要送他一程。"

留置室的门关得铁紧，得刷门禁卡才能进出，石三里自然没法打开，只能在门上猛捶猛啪，大声喊叫道："放我出去，快放我出去！"喊够叫够，才垂着脑袋走回来，坐到圆凳上，哀求道："放我回去吧，放我回去给爹磕个头。"

奚连江冷冷道："被押进留置室的对象，只有审讯程序结束，解除留置，才能走出这道门，谁敢轻易放人？到了外面万一你逃跑，或出什么意外，谁负得起这个责？"石三里说："我不会逃跑，不会给你们添乱，只要让我回去拜过父亲，我什么都说，什么都交代。"

见奚连江抿嘴不语，石三里又恳求道："怕我说话不算数，到时逃跑，先给我戴上脚镣手铐嘛，这样我想逃也逃不了。"

这倒也是个不错的主意。奚连江答应请示专案组，然后出门去见俞波涛。俞波涛已在监控室看过石三里的表现，打电话把情况汇报给曾守贤。曾守贤说："我和秉钧书记就到悟园去，一起商量处理办法。"

两位领导很快来到悟园，俞波涛把他俩请进曹寄青专案组办公室，顾不得寒暄，说："石三里回家跪拜父亲的心情非常迫切，我建议答应他的请求。"曾守贤道："我同意波涛意见。鉴于留置对象解除留置前离开留置点，没有先例，也无相关规定，只好由专案组临时支部开会决议，报经省纪委常委会通过，再呈郑乃宣同志批准。"

黎秉钧锁着眉头，思考片刻，说："专案组支部集体决定好办，同志们都在悟园里面。召集省纪委常委会，时间不允许。至于乃宣同志那里，就不惊动他，让他为难了，到时他批准不是，不批准也不是。留置对象临时离开留置点，不符合常规，属于特殊情况，特事特办，万一出点差错，让乃宣同志担责，多有不妥。此事就由我负总责，过后再向中纪委和省委解释。只要咱们预案周全，布置合理，石三里全身离开悟园，又毫发无损回来，积极配合专案组交代问题，相信组织会谅解咱们做法的。"

看来黎秉钧已做过深思熟虑。这就是勇于担当的可贵精神，需要非凡胆识，更需要超凡智慧，俞波涛心生敬意，道："黎书记有决心，咱们更要把工作做细，将可能发生的情况提前考虑清楚，防患于未然，确保石三里来去安全，不出任何差错。"

在黎秉钧现场指导下，专案组临时支部会开得很成功，众人开动脑筋，各抒己见，研究制定了整套行动方案。方案主要分成两大部分：一是省纪委监委负责协调公安特警，安全押解石三里；二是市纪委监委负责协调市交警部门，安排充足警力把守沿途各路口岔道，待押解石三里的警车经过时，确保畅通和绝对安全。

大方案确定后，俞波涛又提出："我看白河县委县政府和杨家村所在的白湾镇党委政府，也不能闲着。"奚连江道："有他们什么事吗？"俞波涛道："石三里是白河县和白湾镇的名人，给地方花过不少钱，多年来县乡两级领导把他当成座上宾，有少数干部已进入专案组视线。让县乡领导出面见证石三里押解回乡经过，也可告诫他们，任何人不管多么有势力，多么有钱财，只要违规犯法，都得接受法律严惩。"

"波涛同志建议很好，可以写进方案里，然后传达到白河县委县政府和县纪委监委，让他们采取相应行动。"黎秉钧表态道，"明天上班前，方案以电子版形式发往相关部门和领导，用上午时间做准备，午饭后一点从悟园出发，天黑前回城。"曾守贤看看手表道："现已是凌晨两点，大家再辛苦辛苦，形成文件，尽快发出去。"

根据会议记录，专案组综合组当即整理成文，由俞波涛审核把关，再请曾守贤和黎秉钧现场签发，形成电子版，发送出去。

走出专案组会议室，东方已初现鱼肚白。俞波涛拖着略显疲软的双腿回到宿舍，连脱衣服的力气都已没有，倒头便睡。又怕睡过头，迷迷糊糊拿过手机，调好闹钟，昏睡过去。

两个小时后，闹钟猛然响起。俞波涛揉揉眼睛，好不容易撑起身子，艰难下地，歪歪扭扭走进卫生间，脱衣来到花洒下，拧开水龙头。不想先喷出来的是刺骨的冷水，俞波涛全身猛的一颤，这才彻底清醒过来。

下楼到食堂里随便吃些早餐，赶往专案组办公室。各项任务已如期布置下去，确定没有疏漏后，俞波涛才在奚连江陪同下，进入石三里留置室。石三里一见俞波涛，咚的一声跪到他面前，涕泪滂沱道："俞主任您终于出现啦！我爹已躺在灵堂里，您就行行好，让我回去给他老人家磕个头，回来后您要我说啥就说啥。"俞波涛道："你先起来听我说话。"

石三里爬起来，乖乖坐到圆凳上，眼巴巴望着条桌后面的俞波涛。俞波涛道："你面子大，昨晚省委常委省纪委书记监委主任黎秉钧同志亲自赶来悟园，指导研究关于你回家跪别父亲事宜，天亮前已出台行动方案，决定中午出发，送你回乡。"

石三里嘴里千恩万谢，又膝盖一软，往地上跪去。俞波涛道："你趴在地上，怎么好跟我们说话。起来吧，这是组织出于人道主义精神，对你法外开恩，不用感谢我。"

石三里重又起身坐回去。俞波涛道："让你回趟家，需调动大量人力和物力，的确不简单，你心里得有数。与戒备森严的留置室不同，在开放环境里，什么事都有可能发生，就照你自己说的，给你戴上脚镣手铐，你看行不行？"石三里说："别说脚镣手铐，就是五花大绑，只要能见上父亲最后一面，我都心甘情愿。"

俞波涛点头道："这就好。还有第二点。来回路上，尤其是到了你父亲灵前，你得老老实实，规规矩矩，绝对服从管控，稍有越轨行为，特警随时可能把你击毙。"石三里道："没问题，我绝对服从管控。"俞波涛又道："经研究，你只能在你父亲灵前停留十五分钟，十五分钟一到，立即登车返回。"石三里道："能给我十五分钟，我已知足。"

俞波涛道："你有这个态度就好。中饭给你加两个菜，你吃饱些，一点整出发。"

二十

　　中午十二点半，石三里吃完午饭，两名高大特警走进留置室，给他上好脚镣手铐，然后一边一个把他拽住，带出留置楼。楼前停着三部警车，石三里咣当咣当被架到中间那辆警车旁边，由两位特警拉上后排位置，紧紧夹在中间。随即警笛响起，三台警车徐徐启动，向大门口开去。警车后面还有三部省纪委监委的公务车，一部坐着曾守贤、俞波涛和奚连江，一部坐着黎秉钧和秘书，还有一部坐着专案组其他成员和医生。

　　这是纪检监察部门首次押解留置期间的留置对象回家，曾守贤心里难免忐忑，眼望前方警车尾灯，喃喃道："应该不会出啥意外吧？"驾车的奚连江嘴快，应道："书记放心，在秉钧书记和您老人家指导下，专案组部署周密，市县镇三级纪检干部通力协作，定然万无一失。"曾守贤道："但愿如此。"

　　为缓解车里紧张气氛，副驾上的俞波涛玩笑道："连江啊，你几时才学会说话？曾书记正当盛年，到你嘴里，怎么就成了老人家？"奚连江道："老人家是尊称嘛，不是人老才叫老人家。就像德高望重之尊者，或闻道在先之贤人，再年轻也可叫老师嘛。"俞波涛道："老人家毕竟不是老师。逢人减岁，遇猪增肥，你懂不懂？"

　　后排的曾守贤接话道："波涛骂人是不是？人减岁跟猪增肥有啥关联？"奚连江笑道："波涛主任啊，想不到你逻辑如此严密，也有口误之时。这下好啦，马屁拍在大腿上，适得其反了吧。"曾守贤喝道："连江也不是好东西，波涛说我是猪，你则说我是马。我宁肯做猪，现在猪肉价格猛涨，做猪身价高，不像做马辛辛苦苦，劳累一生。"

　　正是午后，路上车辆不多，车队顺利来到十字街口。虽有红绿灯，但十字中间有三位交警指挥车辆通行，四个方向的斑马线两头，不仅站着交警，维持秩序，还有公安民警严加把守。惹得行人驻足观望，还以为来了什么大首长。

　　车队从容穿过街口，行驶不到十分钟，下个十字街口呈现于前。依然有交警管制，民警站岗，秩序井然。继续往前，每过一道路口或岔道，都有交警和民警联动，没有任何异样。出得城郊，不大一会儿到达白河县境，路口不仅有交警民警把守，还有穿着红马甲的协勤人员，看上去像政府部门干部，估计接到任务后，县里特意作了安排。

一个小时后，车队经过白湾镇政府，再往前十来公里便是杨家村。村口热闹非凡，县镇两级党委政府主要领导翘首跂踵，道旁少不了协勤值哨，交警封路，外围还站着密密麻麻看热闹的人群。人群后面树上猴子样悬着串串小孩，远处屋顶也有老人在张望。

在交警引导和干群注目下，车队驶入村口晒场里。第一辆警车还没停稳，三名特警就跳下来，端着小冲锋枪，奔向第二辆警车，分散到车头与前排位置两旁，先啪一个立正，再往后转一百八十度，背向警车，面向围观群众，满脸威严，目不斜视，如临大敌般。几乎是同时，第三辆警车上的特警也端枪跑过来，分布于车尾和后厢两旁，背车面外，严阵以待。中间那辆警车副驾的门也早已打开，先下来一位特警，转身拉开后车门，退到门边。

大庭广众之下，石三里被两位特警钳制着，从车上慢慢迈下来。数百双眼睛一齐朝石三里射过去。石三里百感交集，抬头望望县乡领导和众乡亲，举着沉沉手铐，拖着重重脚镣，由七位特警前后挟持，左右驾控，一步步往自家方向挪去。

专案组成员也来到石三里和特警身旁，拍的拍照，录的录像。还有的负责开道，吆喝着把堵在路上的人扒开。只有黎秉钧和曾守贤几位领导下车后，不急于上前，在县镇领导陪同下，望着前头的人群，缓缓跟进。

石家屋前已搭起灵棚，乡里乡亲和石家亲朋好友都已到场，打麻将的，玩扑克的，刷手机的，交头接耳的，喝茶嗑瓜子的，没一个闲着。石爹就躺在灵堂正中没上棺盖的棺材里，棺前竖着遗像，摆着香案，四周纸幡飘飘，气氛肃然。

隔灵堂还有十来米，石三里猛地挣脱特警，哀号着拼命往前奔去。因手铐脚镣所系，没几步就扑倒在地，手脚乱舞，怎么也爬不起来。不远处的俞波涛看在眼里，给曾守贤耳语几句，曾守贤又请示过黎秉钧，朝俞波涛点点头。俞波涛赶忙走近刚把石三里搀扶起来的特警，道："把手铐和脚镣暂时卸下来。"

两位特警望定俞波涛，没有反应。俞波涛道："不会有事的，你俩放心就是。"两人还是没有动作。俞波涛又道："我已请示过领导，出什么问题，由我负责。"

听俞波涛语气坚定，两位特警才往身上摸去，拿出钥匙，为石三里卸下手铐和脚镣，让其四肢暂获自由。石三里感激地看一眼俞波涛，掉过头去，踉跄着奔进灵堂，趴到父亲遗像前，一边磕头，一边大放悲声。第三个响头还没磕完，就气绝过去，吓得旁边两个姐姐不知所措。随行医生就在一旁，迅速打开医药箱，拿出针头，给石三里注射强心剂，把他救醒。

穿上主丧人拿来的孝衣，石三里掀开棺板，去瞧父亲遗容。石爹两眼紧闭，还算安详自在。大姐在旁边说："父亲吊了好几天的气，就是咽不下。幸亏俞厅长来过，俯在父亲耳边说了几句话，父亲才咽气合眼，撒手去了。"二姐也说："俞厅长是以你的朋友身份来看望父亲的，还给了个不薄的红包。"

闻得两位姐姐言，石三里心生愧疚，呜咽着给父亲脸上蒙上黄纸，把棺板覆上。又烧过香，燃过冥币，再从逆时针方向绕棺三圈，祷祝父亲一路走好。人死不能复生，时光不可倒流，可身为孝子，多想逆时而动，返回从前，重新做人，以免让亲人蒙羞受辱。

可时间固执地朝着自己原有的方向前行着，从不会为谁逆行或停止。不觉间十五分钟悄悄过去，特警来到石三里身旁，提醒道："该动身啦。"

石三里走到香案前，给父亲点过香，烧过纸，又趴到棺前，磕上三个响头，这才抹去泪水，掉头步出灵棚。两位特警重新给石三里套上原来的手铐和脚镣，架着他来到村口的晒坪里，在众目睽睽下，上了警车。

围观群众感慨不已，议论道："石三里风光半世，哪次回家没有县镇村领导前呼后拥，把他当成大爷，想不到也有今天。"旁边人道："这次领导们不也到了场？还有警车开道，特警护驾，排场更大。"另有人说："这种排场有啥可荣耀的？明明是怕出意外，才动了警察。"再有人道："这也说明石三里是个人物，哪怕被抓了进去，也会回来给父亲磕头烧纸，弄得惊天动地，也算风光无限了。"

警车已经发动。黎秉钧和曾守贤跟县镇村领导握别，感谢他们全力配合，让专案组顺利完成此次特殊任务。县镇村领导表示，这也是对地方干部群众的现场警示和教育，让大家深深体会到，我党惩治腐败的决心不可动摇，只要违纪违法，不论是谁，不论背景多深、权势多大、财富多厚，都得接受党纪国法严惩。黎秉钧连声说好，各级领导能有这个认识，说明此次特殊行动见了实效，同志们要抓住石三里这一典型，扎扎实实开展一次高质量的廉政教育，帮助广大干部群众提高认识，形成反腐倡廉的浓厚氛围。

县镇村领导纷纷表示尽快把黎书记指示精神落到实处，然后挥手送别各位领导和专案组成员上车，紧随前面的警车，慢慢消失在村口。

五点左右，车队顺利返回悟园。亲眼看着石三里被两位特警押进留置楼后，黎秉钧悬着的心彻底落回原处，对曾守贤和俞波涛道："石三里哪里出哪里进，且不缺角，不少边，毫发无损，算是圆满成功。下面就看两位和专案组，怎么从石三里嘴里掏出有用东西。"

俞波涛谢过领导，说："石三里提出回家跪送父亲，两位书记勇于担责，费这么大劲，调动上百警力和各方资源，满足石三里心愿，哪怕铁石心肠，也该熔化，好好回馈党和政府。何况事先石三里已作出承诺，给父亲磕过头回来，有啥说啥。"

果然石三里没有食言，隔日俞波涛和奚连江走进留置室时，他感激涕零，主动坦露了自己复杂的内心世界。石三里出生前，石家上面已三代单传，石父来到世上时还一只腿长一只腿短，四十岁才找了个哑女为妻，给他生下两个女儿。哑女生二女儿时难产而死，石父快五十才又续弦。这便是陆白露生母，因夫死新寡，在陆家待不下去，不得不嫁给石家老鳏夫活命。石父老来得子，也就如获至宝，爱不释手。谁知石三里没到一岁，母亲病逝，石父一人带着三个孩子，其艰难可想而知。直到两个女儿出嫁，家里日子才稍微好过些，不想石三里又不争气，天天在外游荡，做尽坏事。有次打架被派出所关了两天，回家后石父气不过，一顿暴揍，才把他揍醒，从此改邪归正，又有同母异父姐姐陆白露关照，挖砂淘金，修桥筑路，什么来钱干什么，后又涉足房地产，建起蛤蟆山庄，成为一方富豪。还不知天高地厚，敢跟孟宏文斗狠，争夺青湖两百亩洼地。彼此还没决出高下，近万蛤蟆灯集结进城，姐夫曹寄青出逃未遂被拘，石三里也被关进留置点，石父闻知，顿时晕倒在地。

说到这里，石三里长叹一声，道："我对不起老父，他已是奔九的高龄，遭此打击，怎么受得了！幸亏俞主任仁慈，前去看望老父，又给钱，又好言安慰，才让他咽下最后一口气。又应我不情之请，冒着违规风险，调动各方力量，安排我回家与老父照上最后一面，不然我会遗憾终生，永远不能原谅自己。到了灵堂前面，俞主任又命特警卸去我的脚镣手铐，让我像常人样面对棺材里的老父。老父一脸安详，死能瞑目，都是拜俞主任所赐啊！您和专案组这样待我，我无以为报，只有把自己所为所知，毫无保留地说出来，以明心迹，以赎大罪。"

俞波涛点头道："能有此清醒认识，说明你还算知好歹，明事理。有什么就说吧。"

石三里低头想想，说："可否让我带你们去一个地方，我一边现场指认，一边坦白交代。"俞波涛道："是个什么地方？"石三里道："蛤蟆山庄。"

与回乡奔丧不同，去蛤蟆山庄取证，属正常办案需要，也就没再兴师动众，只调用两台公务车，一台坐石三里，由两名留置大队的特警掌控，一台供俞波涛等专案组成员乘坐。

个把小时便来到岭上，进入山庄。下得车来，俞波涛眼见叶落枝秃的各类果树，问夹在两位特警中间的石三里道："我多次来过山庄，每次见着满园果树，心里难免疑惑，栽这么多果树干嘛，弄得像个果园似的，到底是买不起名贵树种，还是没钱吃不起水果？看看其他有钱人建的别墅和山庄，哪家不是满庭名树贵木和奇花异草？"石三里道："不止俞主任，不少客人也问过这个问题。哪是我不想种名树和奇花，是山庄初成时，周市长前来参观，提议栽种果树，姐夫命我听周市长的没错。"

俞波涛问道："周市长为何对果树这么感兴趣，是他喜欢吃水果，害怕市场上的水果有农药残留和添加剂？"石三里道："我也没见周市长多么喜欢吃水果，院里果树全是良种，日照充足，施的是有机肥，熟果口感相当好，可他也不怎么吃。"俞波涛道："不吃水果，却喜欢果树，这不矛盾么？果树多为落叶乔木，美化庭院哪有常绿名树强？"石三里道："周市长说田园田园，田是用来种庄稼的，园是用来栽种果蔬的，没有果树，哪像居家过日子的样子？最重要的是万一碰上饥年，树上果子还可救荒，帮主人渡过难关。可惜现在的人不懂生活，才在院子里栽些无果树木，像泰国人妖样，中看不中用，浪费土地。"

这套说辞还真新鲜。周俊才不喜欢吃水果，却要人家在院里种果树，以备饥荒，实在有趣。俞波涛不再追究，问石三里道："咱们往哪里走？"石三里道："去主楼二楼吧。"

进到主楼，石三里望一眼门口的老保安，道："拿钥匙，把我卧室打开。"老保安取来钥匙，带着几位直奔二楼，开了卧室门。几位进去，石三里要求特警放开自己，特警不敢做主，拿眼去瞧俞波涛。俞波涛点点头，特警松开了把着石三里的手。

石三里甩甩被特警掐疼的双臂，走向那架雕花床，伸手按住床屏中间的画眉鸟尖喙。画眉鸟往外一弹，现出一个袖珍抽屉，抽屉里放着一枚铜钥匙。铜钥匙一指大，有个表壳样的铁柄，石三里拿在手上，绕至雕花床右侧壁画前。这是幅农桑图，男耕田，女采桑。石三里对着壁画轻叩数下，壁画慢慢往上卷去，现出里面一道白墙。将铜钥匙铁柄放墙正中位置一贴，吸开一道墙皮，现出个锁孔。把铜钥匙插进锁孔里，只轻轻一拧，墙面缓缓移动起来，露出一个墙洞，里面黑幽幽的，深不可测。

几位相互看看，屏住呼吸，眼看石三里隐入墙洞，按按洞壁上的开关，洞里透出淡淡亮光。特警跟进，俞波涛和奚连江接踵而至。洞口有些狭窄，往里渐渐变得开阔，到灯光明亮处，已足有火车车厢宽。地面铺着水泥，还算平整。俞波涛问前面带路的石三里道："挖这么大的洞，花大钱不说，不知需多少人工。"

　　"不是我挖的。"石三里边往里走边说道，"是当年蛤蟆岭林场挖的防空洞，该有六十多年了。当年时兴深挖洞，广积粮，不称霸，防空洞就是这么来的。后来林场改制，老一代林农相继去世，再没人想起这里还有个防空洞。十几年前在姐夫运作下，我购得此地建山庄，发现还有个防空洞，洞腹宽敞，于是稍加改造，用以储货藏物。"

　　很快来到石三里所说的洞腹。洞腹至少有小学教室大，地上堆满货箱，有纸箱也有木箱。俞波涛正要问是些什么，石三里开了大灯，才发现纸箱上标着英文字母，或 M，或 W，或 J，或 N。几位正纳闷，石三里用手上钥匙片划开写着 M 的纸箱，里面是整箱茅台。另查 W 箱，装的是五粮液。又看 J 箱，是酒鬼酒。再瞧 N 箱，则是内参酒。各位恍然大悟，原来纸箱上的字母是酒名首字第一个拼音字母。

　　木箱上不是手写字母，而标着洋文，一看便知是名贵洋酒。俞波涛扫上两眼，国酒和洋酒加一起，估摸下不了五百箱，道："这么多酒，成本不低啊。"石三里道："不用成本。"俞波涛道："人家送你的？"石三里道："我一个生意人，谁送我？"

　　俞波涛明白过来，道："那是曹寄青藏在这里的？"石三里道："姐夫从国企头头到副市长，手握实权二十余年，收获几百箱酒，不足为怪。"俞波涛道："那要如何才为怪？"石三里道："咱们往里走着瞧吧。"

　　走没十来米，又一个洞厅，厅壁立着木架，就像超市货架般，塞满木盒和纸袋。俞波涛道："这又是些什么？"石三里说："什么都有。"拆开一个小木盒一瞧，里面是只缺了口的碗，好像有些年代，具体产于何年何月，不得而知。另开只稍大点的木盒，是柄玉如意。还有烛台，瓷瓶，名砚，不一而足。纸袋也有大有小，大者装的多为服装或鞋子皮包之类，小者所装则为手表、皮带、戒指、项链、耳环等小物件。另有宋版书，名人字画，真伪难辨。

　　也有没装袋和入盒的，那是一摞摞金条，一尊尊金佛，一个个金娃。最显眼的还是一字儿排开的十只金鸡，昂首挺胸，仿佛啼声可闻。俞波涛问："为何只见金鸡，不见金兔金鼠金羊金马？"奚连江道："也许金鸡吉祥，可打鸣报晓，带来喜气和希望。"石三里道："我姐夫属鸡。"俞波涛道："幸亏你姐夫属鸡，要是属羊属马，谁送得起？"

继续往前，一股浓郁的香味扑鼻而来。俞波涛吸吸鼻翼，道："是不是樟木香啊？"石三里说："俞主任嗅觉真灵。"俞波涛道："你还收藏樟木？"石三里说："不是樟木，是樟木柜。"俞波涛道："樟木柜？"石三里道："樟木防虫啊。"

果然在宽敞处，摞放着数十个樟木柜，柜上套有麻绳，其中好几个柜子上面还拴着竹扁担，说明可以挑着走。俞波涛道："这种樟木柜我家也有。母亲当年嫁给我父亲时，就是用这种樟木柜装的简易嫁妆，让亲戚挑到我家的。至今母亲还舍不得扔，用来放置衣被，说不担心虫蛀。不过我母亲没叫樟木柜，而叫樟木箱。"奚连江道："这种樟木柜我老家也还能见到，挑着外出时叫箱，放在家里不动时叫柜。"

"奚主任说得有道理，柜与箱的区别大概就在这里。"石三里认可道，掀开身边的樟木柜盖，里面是成扎的码得齐齐整整的百元钞票。奚连江办过不少腐败案，见怪不怪，却仍叹服道："用樟木柜装钱还真是好主意，不用担心蛀虫吃钱。"俞波涛道："防蛀虫吃钱容易，防蛀人吃钱难啊。"奚连江道："蛀人一词用得好。"

掀开其他樟木柜，毫无例外都是百元大钞。盖好柜盖，移步向里，来到一处最大的洞厅，没见啥贵重物品，全是堆积如山的大麻袋，像个粮仓。俞波涛抬手在麻袋上拍拍，悉索有声，问道："莫不是粮食不成？"石三里道："俞主任说得对，正是粮食。"俞波涛道："该不是米面吧？米面易潮，不经放。"

麻袋堆旁有根头尖带槽的铁条，石三里拿到手上，往麻袋里刺进去，再往外一抽，槽里留着一把金灿灿的稻谷。走到另外麻袋堆里，如此这般抽验，或粟米，或苞谷，皆是干干燥燥，经得起长期存放的粮食。奚连江道："曹寄青钱财如山，还囤积这么多粮食干什么？"石三里道："不是我姐夫的，是周市长储存在这里的。"

俞波涛几分讶然，道："周俊才是何用意，难道怕闹饥荒，有备无患？"石三里道："周市长说过，小时没吃过饱饭，是饿大的，至今做得最多的还是饿梦。因此有句话他常挂在嘴边：晴带雨伞，饱备饥粮。我们说时代不同，物质已极大丰富，人人营养过剩，哪还用得着备啥饥粮？他语重心长说，物质时代照样存在粮食安全隐患，或许隐患更大。过去生产力低下，但粮食再缺，粮种总得备足，不怕来年无种入土。现在粮食都属绝代粮，只能吃，不能留种，每年种粮都得重新去种子公司购买。可除了杂交水稻，其他粮种包括薯豆瓜菜种子都要从国外进口，万一洋人亡我之心不死，断供中国粮种，或者出现极端天气，桥塌路断，粮种到不了田间地头，国人岂不是等着饿死？"

说得在场几位沉默无声，不得不承认周俊才所言不无道理。石三里又道："周市长曾在姐夫和我面前半开玩笑道，他这辈子不会藏金藏银藏钞票，只藏能应急饱肚的粮食，到了特殊时候，他两袋粮食就可换走姐夫全部钱财，还要看他乐不乐意。"

细思周俊才此言，还真叫人没法反驳。可俞波涛还是质疑道："钱财可久藏，粮食容易变质，不能存太长时间，又该怎么办？"石三里道："这周市长早已考虑到了，每过两到三年，就会运来新粮，把洞里的旧粮换掉。"俞波涛道："这不是费钱费力，够折腾的么？"石三里道："现在粮食不值钱，搬运费也不贵，折腾得起。"

再往里走，有个小厅，呈于眼前的是灶台水缸、谷碓米碾，以及锅碗瓢盆。俞波涛疑惑道："莫非你还会到里面来生火煮饭？真生火，烟雾没处排放，还不把人呛死在这里？"

"这也是周市长布置的。"石三里指指厅角数根长长的铝皮筒，"把烟筒插到灶台上，可经洞壁上预留的小孔，把烟雾排到外面去。"俞波涛道："考虑得很周到啊。用啥生火？去洞外拾柴？"石三里道："柴火不经烧，有更好的燃料。"

说罢石三里带着几位，往里走十来步，到了另一个洞厅，满眼是码得整整齐齐的蜂窝煤球，估计得有数万个。三十年前城市居民用火都烧的是这种煤球，后被液化气和天然气取代，几乎绝迹，也不知石三里是从哪里弄来的。俞波涛道："这才体现出防空洞的真正价值，假若发生战争或饥荒，躲进这里，确实可坚持好一阵子。"石三里道："周市长也这么说过。"

走过煤厅，来到洞底，是个佛堂，里面摆着佛龛，供着佛像。俞波涛道："石老板还是个佛教徒？"石三里道："我不信佛，周市长信。可他是政府官员，不好公开拜佛，要拜佛就跑到这里来拜。"奚连江道："身为共产党员，周俊才明里信共产主义，暗里信佛，不是两面人是什么？"俞波涛道："我看周俊才并非真信佛，定是心有不安，到佛前来寻求心灵安慰。你们发现没有，求神拜佛者主要是两种人，一种弱势群体，无权无钱，缺乏安全感，向神佛求官求财；一种权大财巨者，也没安全感，怕权失财去，求神佛保官保财。倒是凭能力获取不高职位或不多合法财富者，觉得命运掌握在自己手里，心安理得，懒得求神拜佛。"

几位都说俞主任高见。只有奚连江笑道："照主任如此说，咱们纪委监委干部正好乐得清闲，不用辛辛苦苦，调查核实贪腐官员问题线索，只需到佛寺或道观里守株待兔，见哪些官员前往求神拜佛，上前逮个正着，定然十拿九稳。"俞波涛道："若像周俊才，不去佛寺和道观，躲进洞里拜佛，你怎么逮，怎么拿？"

在佛前聊了几句，几位以为到了底，只能往回走，谁知石三里用铁柄钥匙在洞壁上按按，就如进洞时一样，壁上现出一个锁孔，再插入钥匙一拧，一道光线射了进来。

迎着刺眼的光亮走出去，已到树大林茂的后山。林间有条土路，看来洞里东西，不少该是从这里就近运进去的。俞波涛瞧瞧周边山形和树木，觉得有些眼熟。拍拍脑袋，想起两年前曾从此路上山，直达山顶的蛤蟆庙。

可今天没时间上山顶，俞波涛交代奚连江道："马上通知银行及文物等部门，上岭清点洞中钞票，查验珍玩名酒。"

银行和文物等部门工作人员在洞中连续工作两天两夜，清点出现钞九千万，珍玩名酒估价近亿元。只有名属周俊才的粮食不值钱，加上几次以新换旧倒腾的差价和搬运费，合计也没超过七十万。凭周俊才正当收入，数十万财产不算什么，还不够条件立案。周俊才的问题是否只限于此，暂时不好下结论，得往下继续深挖。

对付周俊才之前，专案组研究决定，还是集中力量审讯曹寄青，包括已在押的数位涉案老板。曹寄青不愿接受比自己级别低的专案组成员讯问，自然还得俞波涛出面。

两人正面交锋前，俞波涛带着曹寄青托付的螭虎玉璧回了趟家里。一进门，便直奔书房，打开书柜，取下父亲那本《红楼梦》，拿起书页里的螭龙玉璧，再掏出螭虎玉璧，双双摊到书桌上。两块玉璧大小、款式、成色一模一样，仅璧面图形有别，一为螭龙，一为螭虎。龙腾如云，虎跃如风，一看就知是天造地设的一对。成双成对的龙虎玉璧，为何一只在父亲手上，一只到了曹寄青那里？俞波涛想起父亲逝世前说的情、运、寻三字，到底是何意思？父亲刚入土，俞波涛便归队上岗，一直没时间清理父亲遗物，也许能从中找到答案。

俞波涛去了父母原居旧屋。怕母亲孤单，艾叶青已把老人接走同住，旧屋好一阵子没住人，空气里弥漫着一股霉味。俞波涛先把客厅和各房间窗户打开通气，再留在书房里，清理杂物和书刊报纸。父亲文化不高，但敬畏字纸，看过的书报，哪怕从外面带回来的广告，都叠得整整齐齐，归置到书柜下面的门柜里。还有两本影集，一本黑白照，一本彩色照。彩色照是三十岁后的岁月，黑白照是三十岁前的经历。三十岁后，父亲一直待在企业里，直到退休没挪窝，照片虽为彩色，但多为工作纪念，或出差留影，没有太多特色。倒是三十岁前，父亲成人、求学、下放、参军、转业、进机关，每个阶段都留下清晰的印迹，蛮丰富，也挺有意思。看得出父亲从小对自己的相貌比较自信，到哪里都喜欢照相。父亲年轻时确实挺英俊，浓眉大眼高鼻梁，笑起来两腮浅浅的酒窝像会说话似的。父亲长相好，口才也不错，在部队提了干，转业后又做了一辈子的政教干部。面俊会说的男人，性格也谦和，女人缘自然不错，父亲年轻时该不会只跟母亲相爱过吧？

一边寻思，一边翻着相册，有张照片引起俞波涛注意。那是已经发黄的单人黑白照，父亲扶着自行车，站在一座石拱桥前，面带自信的微笑。那自信也许来源于英俊的长相，以及三个口袋的学生装，特别是插在上面口袋里的钢笔。俞波涛望着年轻的父亲，觉得有些像一个人，尤其是那聪慧而又倔强的目光，简直别无二致。

这人便是曹寄青。俞波涛还注意到，照片中的流水在石桥下泛着白光，桥头一排生机勃勃的白蓼，掩映着影影绰绰的木屋，远处山影依稀，天空辽阔。山影和天空之间留着一行字：战斗在青云镇！下面用阿拉伯数字写着日期。

青云镇？父亲临终吐露的"情"与"运"，原来是"青云"二字。没错，父亲在青云镇下放过三年，三年后才从镇上入伍参军，去了部队。三年可不短，在那里留下些故事，不是没有可能。然那"寻"字，又有何含义呢？莫非要你去镇上寻找《红楼梦》和玉璧的知情人？

看来得找时间去趟青云镇。俞波涛心里道。可现在不行，曹案千头万绪，没法离开。俞波涛把父亲的照片和螭龙螭虎双璧夹进《红楼梦》，装入挎包，往肩上一挎，回了悟园。

隔日由奚连江陪同，俞波涛走进6122留置室。见着曹寄青，父亲留在照片里的英俊样子浮现在俞波涛脑海里，让他心情复杂起来。可俞波涛不能感情用事，暗暗做了个深呼吸，极力稳住自己，冷静道："这阵子没来看望曹寄青同志，知道咱们在忙啥么？"曹寄青道："在搜集我的犯罪证据呗。"俞波涛道："不完全是。"曹寄青道："那你们忙啥呢？"俞波涛道："得闻儿子被抓，石父一病不起，没坚持几天便寿终正寝，石三里悲痛欲绝，要求去灵前跪别老父，专案组冒着极大风险，组织人力物力，护送他回了趟乡下。"

曹寄青何等精明，自然明白俞波涛透露此事的意图，道："送石三里回家，总是有条件的吧？"俞波涛道："你说呢？"曹寄青道："我知道石三里迟早会背叛我。"俞波涛道："难道你算准石父会在紧要关头辞世，留给我们突破石三里的机会？"曹寄青道："石父没死，专案组不让石三里回家，他也会招供。"俞波涛道："这又是缘何？"

"我比你们更了解石三里。"曹寄青望着天花板，似有所思道，"石三里生母死得早，石父老来得子，溺爱放任，石三里从小没教养，天天在外面混，谁给根骨头，他就跟谁跑。可他脑子好使，陆白露又老在我面前叨咕，要我给他找条出路，我心里不愿，无奈妻命难违，不得不把石三里放在朋友手下做事。他仗着跟我的关系，常给人家添乱，没少被我教训，气愤不过时我甚至动过他的手。他非常恨我，曾两度负气而去，都被他姐姐给找了回来。人的可塑性很强，多些历练和见识后，石三里变得乖巧起来，慢慢上了路，后学着自己做老板，赚了不少钱。也知道没有我，便没有他的一切，表面上对我还算尊重顺从。取得我信任后，大事小情我都交给他处理，他还真有两下子，没让我失望过。但他也因此更加跋扈，往往为达目的，不择手段，有时竟敢跟我叫板。也正因此，我断定只要哪天我倒霉，手里没了权，不能再为他所用，他就会断尾求生，背叛我，出卖我，以保全自己。"

俞波涛道："原来你早已看穿石三里，那你对自己又有何认识？"曹寄青坦率道："其实我也没比石三里强，目光短浅，易受金钱诱惑。我肯出力气干事，但动机简单，就是有官可升，有利可图。周俊才就是看准我这点，才信任我，重用我，让我给他创造政绩。说实话，不是周俊才和我两个拼命谋事，彦州这十多年能有如此大发展吗？想必石三里已打开蛤蟆山庄里的防空洞，让你们起获里面的钱物，那是我多年的积存，数字也许不小。可比起我给彦州城市建设所作的巨大贡献，又算得什么呢？"

"近年彦州城市建设发展，你与周俊才确实功不可没，这点我亲眼见证过。"俞波涛望着有些颓废的曹寄青，"但有功就可肆意贪污腐败吗？"曹寄青道："我心有不甘。我为国家创造那么多财富，为什么不能得点好处？还有通过我发财致富的大小老板成百上千，这些人能力不比我强，人品不比我高，在我眼皮底下掠金夺银，我一毛不拔，也愧对自己啊！"

不少官员就是怀着这种心态，一步步滑向深渊的。俞波涛对此说法早已耳熟能详，道："我说件真人真事吧。某位国乒主教练曾给麾下的乒乓球运动员训话，说你们球技都已达到世界超一流水平，彼此不相上下，派谁参加奥运会和世乒赛，冠军都会手到擒来。但凭此你们就有翘尾巴的资格吗？你们能有今天，是不是国家培养出来的？国家可以培养你，可送你出去打世界冠军，也可让你离队，把出国争冠机会留给其他运动员。寄青同志，你觉得这位教练说得对不对？"

曹寄青沉默良久，说："我知道他说得有道理，换谁到我位置上，都干得下去。可我不相信能有几人，像我一样肯为彦州建设事业这么拼命。波涛主任也知道，当年为去北京争取资金，开发三江新城，我什么委屈没受过，什么苦没吃过？拿这种拼劲为自己干事，我早成为大富豪，哪用得着老板们同情，施舍碎银，还不敢公开露富，只能藏到防空洞里。"

俞波涛严正道："你错啦！你既然入了党，成为党的领导干部，人生目标就只能有一个，即全心全意为人民服务，不能掺杂私心私欲。何况作为级别不低的领导，有份不薄工资，足以养活自己不说，政治待遇和威望又岂是私人老板所能攀比的？私人老板确实有钱，可拿钱买享受，买豪宅名车，买欧美绿卡，但人前人后，他有地方领导那么受人敬重和待见吗？"

曹寄青无言。俞波涛道："西哲说一个人不可能同时踏进两条河。党员干部选择献身党和人民的伟大事业，就绝不能存有私心，老想着自己发财，什么都敢要。俗话说双手不抓两个鳖。地上有两只鳖，想一手抓一个，不仅一个都抓不到，还会失去重心，摔个鼻青脸肿。所以习总书记和党中央反复告诫党员干部，不忘初心，牢记使命。党的初心就是为人民谋福利，使命就是为民族谋复兴，决不是为自己谋钱谋财。当官别发财，发财莫当官。当官发财与当老板发财，看上去都是发财，可实质并非一回事。老板手里无权，不可能用权换财，无非经营有道，或者钻政策空子，巴结官员，为我所用。官员手握重权，发财只可能靠山吃山，搞权力寻租。权力是人民给的，拿着人民赋予的权力寻租谋利最无耻，最可恶，必须受到严惩。"

曹寄青喃喃道："我承认我所得好处来自权力寻租。可我为国家为彦州作的贡献，立的功劳呢？难道就一笔抹杀，再没人认账？"俞波涛道："你想以功抵过是吧？要知道，功是功，过是过，党员干部功再大，都没资格居功自傲，更谈不上以功抵过。时势造英雄，没有改革开放的好时代，你能成事吗？比如民营性质的网络公司，弄出大动静，也没有骄傲资格。试想不是国家大力铺设电网基站，把高速路延伸到全国各地，网购购得起来么，支付宝支得出去？何况你还是党员领导干部，居功自傲，权力寻租，已谈不上功德，因你严重失德，给党抹了黑，也伤透人民群众的心，这个损失是再大的功也弥补不了的。"

这层道理倒是曹寄青闻所未闻，有如惊雷于耳，一时怔在那里，吱不得声。俞波涛又道："现在寄青同志能做的，不是考虑以功抵过，文过饰非，而是面壁思过，自我反省，拯救迷失的灵魂。灵魂的拯救有个痛苦过程，只能靠你自己，旁人起不了根本作用。相信你能痛下决心，先把问题交代清楚，就如吐掉肚里浊气，卸去心头包袱，洗心革面，让灵魂得到净化，以至脱胎换骨，成为全新的曹寄青。"

这番话说得曹寄青内心松动起来，陷入沉思中。俞波涛没逼他开口，出门回到专案组办公室。曾守贤也在办公室里，经屏幕观看过俞波涛审理曹寄青全过程。结合此次谈话情况，曾守贤认为曹寄青目前还是党员，可趁其已有悔意，安排他过一次组织生活，学习党章党纪、法律法规，重读从组织部档案室借来的曹寄青亲笔所写入党志愿书。档案记载，曹寄青已入党四十年，过两天正是他入党日，若在这个特殊日子里让他过一次组织生活，定会取得良好的教育效果。

过组织生活计划呈报到黎秉钧那里，黎秉钧很赞同，在计划上签字道：过组织生活，感受组织温暖，接受组织教育和帮助，是每个党员的正当权利和待遇。曹寄青同志还是党员，让他享受党员权利和待遇，是组织应尽的义务。

两天后，俞波涛和奚连江走进曹寄青留置室时，曹寄青自觉坐到墙边圆凳上，等着讯问。不想两位却搬出条桌后面的椅子，挪到曹寄青面前，从容坐下。曹寄青感到奇怪，望望俞波涛，又望望奚连江，心道，难道还有这么讯问的？俞波涛像看出曹寄青心思，道："今天不是来跟寄青同志谈话，是来跟你一起过组织生活。"曹寄青不敢相信自己的耳朵，道："跟我过组织生活？我还有这个资格？"

"你还是党员，当然有这个资格。"俞波涛说着，拿出黎秉钧的批示，递给曹寄青。曹寄青一瞧，见黎秉钧称自己为同志，一股暖流传遍全身，感激不已道："黎书记真把我当作同志？"俞波涛道："黎书记不把你当作同志，又怎么会安排我们来跟你过组织生活？"曹寄青颤着声音道："谢谢黎书记，谢谢波涛主任和连江同志，让我能过上组织生活！"俞波涛道："不用感谢黎书记，更不用感谢我俩，这是组织对你的关怀。"曹寄青又道："感谢组织深切关怀！"俞波涛道："知道感谢组织就好。你还记得今天是个什么日子吗？"

曹寄青一脸茫然，摇摇头，一时想不起来。俞波涛启发道："再想想四十年前的今天，你人生中有过什么重大转折？"

也许在曹寄青心里，入党不过是往上攀爬的一道阶梯，从阶梯上迈过去后，便置之脑后，不肯再回望一眼。这其实不只是忘记一个日子，而是忘记入党初心，曹寄青落到今天这个地步，也就不足为奇。俞波涛叹道："连这个重要日子你都想不起来，真替你惋惜。还是我告诉你吧，四十年前的今天，你正式加入中国共产党。"

曹寄青睁大双眼，一拍脑袋，道："看我这死脑筋，怎么忘了这么个重要日子？"俞波涛道："你若时刻记着这么个日子，也许今天就不会待在这里了。"

曹寄青满眼惶恐，回避着俞波涛直视的目光。奚连江见机打开资料袋，拿出曹寄青入党申请书递过去。曹寄青双手接住，看着发黄纸页上既熟悉又陌生的笔迹，心头一热，眼眶里盈满晶莹泪水，当年积极向组织靠拢的情形，一幕幕重回脑海中。俞波涛道："你已看过自己的入党申请书，今天又是你入党四十周年日，咱们一起来重温入党誓词吧。"

与觉园设置大体相同，悟园留置室墙上也贴着党旗和入党誓词。曹寄青迟疑片刻，慢慢站起来，与俞波涛和奚连江并排而立，对着党旗，举起右手，随俞波涛宣读誓词。读着读着，曹寄青喉咙哽咽起来，几乎泣不成声。

重温过入党誓词，三人坐回原处。俞波涛望着曹寄青泪光闪烁的眼睛，道："好久没重温誓词了吧？想必你多少会有些感触。"曹寄青羞愧道："若能经常重温入党誓词，牢记初心和使命，我也不会成为党的败类，可惜一切为时已晚。"俞波涛道："凡事有果就有因，走到今天这一步还不是最可怕的，最可怕的是执迷不悟，只知畏果，不知畏因。"

曹寄青也听说过这句老话：愚者畏果，智者畏因。只是入党以来，心想事成，仕途畅达，也就自以为聪明，胆子越来越大，无惧无畏，不去想什么因会什么果。

奚连江拿出资料袋里的党章党纪和法律法规，开始引导曹寄青学习。曹寄青学得很认真，还根据学习要求，恳谈学习心得："几十年下来，我天天忙忙碌碌，游走于权力场中，除开睡觉，基本没独处时间，已失去学习习惯和反思能力。到了留置室，没有名利诱惑，没有杂务缠身，又见过自己入党申请书，重温过入党誓词，学习过党章党纪和法律法规，正好结合自己走过的路，做过的事，进行认真反思。"

俞波涛肯定道："寄青同志能认识到这一点，我为你感到欣慰。反思是人最可贵的品质，你正好通过反思，寻根究底，自己为何会从一个颇有作为的党员领导干部，一步步走向党和人民的对立面，铸下大错。这需要进行残酷的思想斗争，自己战胜自己。中国共产党最善于斗争，过去与封建主义斗，与帝国主义斗，与国民党反动派斗，与阶级敌人斗，皆无往而不胜，世界上已没任何外部势力能成为中国共产党的对手，唯一有可能战胜中国共产党的只有中国共产党自己。所以党中央居安思危，不惜刀刃向内，壮士断腕，换言之，就是自己跟自己斗争，以永远立于不败之地。作为党员干部，尤其是手握重权的党员领导干部，在自己权力范围内，也同样没有天敌。想想看，同事能战胜你吗？部下能战胜你吗？仇人能战胜你吗？商人能战胜你吗？他们都不是你的敌手，都不可能战胜你，唯有你自己能战胜你自己，你自己才是自己最大的真正的敌人。所以寄青同志别无选择，非进行残酷的自我斗争不可。对你实施留置，说穿了就是你已没有自我斗争的勇气和力量，才迫不得已采取组织手段，帮助你自我认识，斗赢自己，重塑一个新的自我。"

　　曹寄青眼睛一眨不眨看着俞波涛，似要捕捉住从他嘴里吐出来的每一个话音，生怕它们掉落地上，再也捡拾不起来。俞波涛道："那又怎么自我认识，找出自己败给自己的根子呢？根子还在党性步步退让，人性步步进逼，最后人性压倒党性。共产党员也是人，不可能没有人性，但共产党员更是党的人，党性必须大于人性。那么人性是什么？人性就是人不为己，天诛地灭，行为目的仅在于生存和繁衍，故人性利私排他。党性是什么？党性就是站在人民立场，为人民服务，一切为公为全人类，故党性利他排私。排私并非弃私，共产党员也要生活，要吃饭穿衣、结婚成家、生儿育女，但旨归永远是人民，是天下大众。这与儒家'仁'之核心理念正好不谋而合。仁者，二人也，意即生而为人，并非单独存在，必须面对他人，为他人着想，以人观己，自度度人。所以共产主义一经传入中国，很快被中国仁人志士所接受，受到中国广大人民发自内心的拥护。看看百年下来，各国共产党遭受重创，中国共产党则不断发展壮大，成为拥有九千多万党员的世界第一大党，道理就在此处。"

　　接下来，俞波涛把话拉回去，道："寄青同志正是丢弃党性，放纵人性，被私欲所左右，才出了大问题。人人皆有无限心，私欲永无止境，当了小官想大官，万人之上还觉小；发了小财想大财，富可敌国仍嫌不够。但世间万物又都是有限的，官再大，总会退位，钱再多，最后也得撒手放弃。所以世上最蠢的事，莫过于拿有限的人生，去填无限的欲壑。回到寄青同志，若没出事，是不是还会继续思大位，谋大钱，一辈子不会满足？不满足就会痛苦，就会身累心累，永远处于焦躁不安之中。《论语》有言：不仁者，不可以长处约，不可以久处乐。被私欲控制，失去仁爱，内心没处安顿，必然苦海无边，卑也苦，尊也苦，贫也苦，富也苦，左也苦，右也苦，方也苦，圆也苦，反正自己跟自己过不去。有人天天钻营，掌了重权，弄了大钱，为何不快乐，动不动发脾气，原因就在这里。那苦海有没有岸？当然有，只要奔向共产主义旗帜，就能脱离苦海。人的价值从来不在自己拥有多少，而在于他人因你而获得美好。身为共产党员，只要心存仁爱，爱他人，爱人民，老老实实践行为人民服务宗旨，不迷失于私欲泥潭，必将其乐无穷。建议寄青同志多从这个角度反省问题，重新找回自己，获得新生和真正的大欢喜大快乐。"

"我听从组织教诲，认真反思，好好交代，争取宽大处理。"曹寄青茅塞顿开，开始写悔过材料，交代利用手头资源进行权钱交易的实情。另有十余个涉案留置对象，也在专案组讯问下交代了问题。其中开发商最配合，不用做太多工作，便小孩吐肥皂泡样，咕噜咕噜直往外吐，怎么给曹寄青送钱物，时间地点数量，一清二楚，毫不含糊。陈勇毅和管委会涉案干部开始欲说还休，经开导教育，也松开嘴皮。只陆白露最顽固，守口如瓶，牙齿比拉链还紧，直至得知曹寄青该交代的都已交代，才说出所知所为。

曹寄青案情渐渐明朗，权力寻租事实清楚，利益输送证据充分。可俞波涛并不满意，总觉得后面还有隐情。尤其是周俊才和孟氏父子，好像跟曹案毫无瓜葛，曹寄青与其他涉案人皆讳莫如深，只字不提。那又怎样才能挖出周俊才和孟氏父子呢？俞波涛苦思良策而不得之际，崇世煜打来电话，道："波涛在忙什么？有没有空去和园喝杯茶？"

瞿有为还没下落，专案组正协调公安机关展开通缉，俞波涛正要问崇世煜有无线索，跟奚连江打声招呼，驾车去了和园。崇世煜已选了个小包厢，正在跟苏月婵说话。苏月婵起身跟俞波涛打过招呼，崇世煜便道："月婵先上饭吧，填饱肚子，茶喝起来更香。"苏月婵说："要不要来酒？"崇世煜道："工作日不能喝酒。"

苏月婵应声而出。俞波涛道："大局长活得蛮滋润啊，工作之余有和园可来，有解语花可娱情。"崇世煜叹道："哪有波涛说的这么浪漫！公安不是人干的，压力太大。尤其是省会城市，人多事杂，谁也不知何时会惹出啥乱子来。上次蛤蟆灯事件，就被省厅当反面典型通报全省，让我这个主持工作的常务副局长无地自容。幸亏当时波涛出面，跟鲍清渠斡旋，及时把火扑熄，才没造成更大影响，让咱逃过一劫。"俞波涛道："莫非今天约见，就为当面向老同学致谢？"崇世煜说："谢你个屁！有话找话呗，总不能装聋作哑吧。"

不大一会儿，苏月婵端饭上来。几个家常菜，又不喝酒，饭很快吃完。苏月婵撤去碗筷，给两位上壶祁门红茶，关门出去。看看茶泡得差不多，崇世煜提壶倒茶入杯，请俞波涛品尝。俞波涛喝口茶水，连说不错，又问崇世煜："你怎么知道我喜欢祁门红茶？"

崇世煜诡谲地笑笑，道："同学一场，连你喜欢喝什么茶都不知道，不白搞公安了？"俞波涛道："可我从没在谁面前提过祁门红茶。"崇世煜笑道："蛤蟆灯事件前几天去省委大院办事，顺便上纪委监委看你，你没在办公室，见桌上有本摊开的人物传记，写到湘军老营自江西迁往安徽祁门，正在曾国藩幕中的李鸿章喜欢喝祁门安茶，下面画着波浪线，天头上批着好茶二字。字是俞体，我认得。祁门红茶的前身便是安茶，我想你肯定没喝过，之所以说好，自然指的是祁门红茶，别无他哉。"

从一本书上留下的批注，揣测出书主喝茶爱好，崇世煜这小子也够用心的。俞波涛笑道："真不愧公安局长，目光如此毒辣。心思都用到老同学身上来啦，莫不是有啥托付吧？世煜只管直言，波涛尽力而为。"

崇世煜不再拐弯，道："老同学面前，世煜没必要藏着掖着。蛤蟆灯事件后，曹寄青留置，蛤蟆岭违建别墅和青湖非法项目面临整顿，老板压力山大啊，仿佛一夜间鬓须全白，脸上冒出无数老人斑，让人心痛。"俞波涛道："若心底无私，俊才市长干嘛要有压力？"崇世煜道："身为一市之长，市里出了事，抓了人，能不焦虑？听说石三里还打开蛤蟆山庄背后的防空洞，让专案组起走曹寄青藏在里面的过亿钱物。"俞波涛道："此事你也知道？"崇世煜道："这有什么奇怪的？蛤蟆山庄又不是世外桃源。"

俞波涛问道："起获蛤蟆山庄防空洞，与俊才市长有关吗？"崇世煜道："你们不还发现老板储存在洞里面的粮食么？"俞波涛道："没错啊，石三里也交代说粮食是俊才市长储存在里面的。"崇世煜道："跟你说吧，改造防空洞还是老板提出来的。老板想法很简单，在里面适当放些粮食，以备不时之需。谁知被曹寄青所利用，变成他存放贿款贿物的仓库。"俞波涛道："曹寄青堆积如山的钱财，俊才市长没见到过？"

崇世煜解释道："老板也就当初把粮食运进洞里时，去检查过一回，以后再没进过洞，自然不清楚曹寄青把所收大量贿赂往里面堆积。"俞波涛道："粮食不能长期保存，石三里说俊才市长后来还几次购了新粮，置换洞里旧粮。"崇世煜道："这也是委托曹寄青干的，老板并没到场。"俞波涛道："防空洞底有个佛堂，俊才市长不是常去里面拜佛吗？"崇世煜道："防空洞还没改造完毕前，曹寄青为讨好老板，就率先在里面建了个佛堂，老板只去过两三回，后怕传扬出去不好，也就没有再去。"

此言可信吗？是不是周俊才让崇世煜来传言，试探专案组想法？俞波涛道："世煜请喝茶，就为给我说明俊才市长与曹寄青的贪腐无关？"崇世煜道："有此意图。但主要还是想请教波涛，老板身处如此尴尬境地，要不要主动向省纪委说说自己的心里话，毕竟他与曹寄青是多年的老搭档，曹寄青出事，他至少有领导责任。"

这倒是俞波涛没想到的。专案组本来就想与周俊才接触接触，谁知崇世煜先代他提了出来。俞波涛道："是俊才市长意图，还是你的想法？"崇世煜道："暂时只是我的想法，还没跟老板沟通。组织若愿听他汇报，他肯定会很主动的。"俞波涛道："纪委的大门敞开在那里，随时欢迎俊才市长去访，找守贤书记甚至秉钧书记都行。"

"好好好，今晚我就去见老板，传达你的意思。"崇世煜道，"老板与守贤书记搭过班子，跟你也是老熟人，有话好说。"俞波涛点头道："纪委监委不只是办案机关，更是专责机关，会视党员干部问题轻重，追究不同责任。尤其是四种形态的贯彻执行，对党员干部问题责任区分细化，处置手段更科学，更合情理。党员干部能认清形势，端正思想和态度，主动找纪委监委讲清问题，都会得到从轻处理。"

听上去俞波涛是在宣讲广大党员干部耳熟能详的党纪党规，实际是要通过崇世煜把省纪委监委领导意图传达给周俊才。崇世煜心知肚明，代周俊才谢过。俞波涛道："你该说的话说过，总轮到我问你事了吧？"崇世煜道："你不问我也会跟你说。昨天夜里市公安局刑侦支队在彦江下游发现一具尸体，初步认定为两个星期前溺亡的。我亲自去现场勘察过，从已溃烂浮肿的面部看去，感觉像一个熟人。"俞波涛道："什么熟人？"崇世煜道："瞿有为。"

俞波涛既感惊讶，又觉并不意外，喃喃道："蛤蟆灯事件后，专案组就着手留置牵涉曹案的相关人物，两河新区管委会到案人也有好几个，却一直没发现瞿有为下落，这才托公安通缉。难道他投了江？他干嘛要这么做？是畏罪自杀，还是有预谋的他杀？"崇世煜道："我们正在有针对性地进行尸检，近两天就可得出结论。"

这消息很重要。瞿有为跟随曹寄青多年，又是两河新区管委会建设局局长，掌握着不少关于蛤蟆岭违建别墅和青湖非法项目内情，如果崇世煜猜测没错，瞿有为死而不能复生，岂不有好多人会漏出法网？俞波涛猛然记起瞿有为有只钥匙袋遗失在自己车上，还曾电话交代，出差回彦州后再来拿，想不到他一去不复返，至今钥匙袋还留在车上。

走出和园，钻进车里，拉开方向盘下面的抽屉，那只钥匙袋还在。俞波涛拿到手上瞧瞧，心想瞿有为莫非早有预感，自己难逃魔爪，才提前把钥匙袋交给你，说不定能派上用场？可这只是猜想，瞿有为是死是活，还不能肯定，等公安确认彦江边发现的死尸身份再说。

二十一

周俊才低头进了省纪委监委大楼。曾守贤已与黎秉钧沟通过，先由俞波涛跟周俊才谈，视谈的情况再决定下一步进展。谈话地点在专门谈话室，俞波涛主谈，陶景宜作记录。

进谈话室后，陶景宜倒杯开水，放到周俊才面前。俞波涛先请周俊才喝水，然后道："这位景宜处长，俊才市长也该认识，咱俩都曾是你的老部下。"周俊才道："不敢不敢，你们现在是省里领导，站得高，看得远。"

客气几句，俞波涛道："既是老朋友老同事，俊才市长只管放开说，就当聊天一样，有啥聊啥。"周俊才道："谢谢两位，俊才知无不言。"俞波涛道："好，知无不言，言无不尽。"

虽说屋里气氛亲和，毕竟身处省纪委监委，周俊才心里还是有些紧张，端杯于手，却没沾唇，旋即又放回几上。鼻尖冒出细细汗珠，脸色有些涨红，老人斑格外显眼。俞波涛印象中，周俊才一向行事利索，说话干脆，走到哪里，气场非常足，颇有领导风范，想不到也会怯场，也会拘谨局促。不过也能理解，毕竟此时已非彼时。彼时指点江山，发号施令，舍我其谁，此时要交代思想，说明问题，争取组织谅解，环境情境心境皆不同，举止自然不一样。

过了好一阵子，周俊才才道："波涛主任既然要我言无不尽，我就先讲讲自己的出身好不好？"俞波涛道："好好好，俊才市长只管慢慢道来。"

冬阳自窗外斜进来，投射到周俊才稀疏的白发上，泛着晶莹而柔和的光泽。周俊才沉吟着，开口叙述自己的前世今生。五十九年前周俊才出生在偏远乡村。那是个物质极其匮乏的年代，周俊才自出生至十八岁，全部记忆就一个字：饿。饿让他看见任何东西，都恨不得张开嘴巴，上前啃一口，不管是草根藤茎、树皮竹枝，还是蟑螂臭虫、老鼠蝙蝠。不过贫穷归贫穷，当时大队有小学，公社有初中，区里有学工学农基础大学，周俊才还是读读停停，上到初中毕业，进过几天所谓的工农大学。同学里有数名干部和工人子女，吃的是国家粮，无饥饿之虞，周俊才暗下决心，一定要跳出农门，拿到国家粮本，吃上饱饭。

当时跳农门的办法有三条，招干、招工和当兵。招干招工指标掌握在大队干部手里，周家世代普通农民，没周俊才的份，只好等待当兵机会。等了两三年，十八岁时终于入伍，还是沿海海军。到部队后吃上平生第一顿饱饭，周俊才非常满足，心想这辈子值了，哪怕即刻淹死海里，也再无遗憾。可吃了几个月饱饭，又担心起来，万一两三年后复员回家，岂不又要挨饿？唯一办法就是争取进步，做上军官，哪怕离开部队，也不叫复员，叫转业，有业可从。几经拼搏，周俊才入党提干，从排长做到副营长，最后以正营级别回县当上副局长，后又提局长，一路升任副县长、县长、县委书记，直至彦州市常务副市长，到现在的市长。

可无论职务有多高，生活条件有多好，饥饿记忆始终萦绕在周俊才脑际，从来没有消失过。他执政的最大动力就是要让广大人民群众富裕起来，不再忍饥挨饿。这让周俊才比其他人更实际，更务实，自然也更容易出实效。能从县里副局长，一步一个脚印做到省城一市之长，主要还是靠周俊才实打实干出来的，他几乎从没务过虚，作过伪，耍过花拳绣腿。一个好汉三个帮，要想做成事，离不开肯做事也能做事的帮手，曹寄青就因工作舍得卖命，被周俊才看中，一直带在身边，替自己冲锋陷阵。

不过两人既有共同点，也有不小差异。周俊才舍命干事，出发点在让百姓过上好日子，曹寄青肯干能干，是想出政绩，谋晋升，同时也得些实际好处。过去一段时期以来，不少干部都有曹寄青这样的想法和动机。金无足赤，人无完人，周俊才也不好求全责备，曹寄青能配合自己，努力把工作做好，别的只有睁只眼闭只眼。比如蛤蟆山庄防空洞，周俊才隐约感觉曹寄青可能在里面放了不少钱物，也曾过问过，但没深究。曹寄青是彦州城市建设有功之臣，过手的项目和工程动不动几十亿上百亿，想不沾好处也太难，只要不过分就行。金钱时代，只让马儿跑，不给马儿草，已行不通。

说到蛤蟆山庄防空洞，俞波涛插话道："那天我在防空洞待了好几个小时，心里感到很疑惑，为何曹寄青藏纳的，不是钱就是值钱的东西，俊才市长却储存些廉价粮食和煤球，彼此反差确实也太大了点。"周俊才摇头道："曹寄青那是贪心不足，我这是饱备饥粮。"俞波涛道："如今物质丰富，物流发达，俊才市长还怕挨饿不成？"

周俊才叹息一声，道："波涛主任说的也没错，现在是物质过剩时代。也许我从小饿怕了，总觉得粮食危机离自己不远。自古以来，饥荒起，天下乱，历代君臣都害怕无农不稳，格外重视农桑。到共产党解放全中国，依然把农业当头等大事来抓。如果我没记错的话，自解放初期开始，几乎每年中央一号文件都是关于三农问题的，我党对农业农村农民的重视程度，比起古代君主，有过之而无不及。我在县里任职二十余年，基层党政工作重心一直在农村，待调任彦州，碰上城市化进程加快，农村工作让位于城市经济建设，青年农民纷纷进城，农村田土撂荒，粮食生产日渐减少。常识告诉我们，种粮食首先得有粮种是不是？可如今除杂交水稻外，小麦、大豆、玉米、红薯、土豆以及蔬菜种子都来自西方跨国企业，如果哪天人家断供种子，咱们喝西北风去？万一真有那么一天，甚至发生战争什么的，咱只要躲进蛤蟆山庄防空洞里，至少可多活三五个月。用你们知识分子的话说，叫作什么生于忧患，死于安乐。我是粗人，说不来高深理论，只知饱时要有饥时忧。"

不能不说，周俊才看问题的眼光确实不同寻常。俞波涛笑道："俊才市长怎么算粗人？我看你的简历，那可是博士学位，比我高得多。"周俊才红脸道："我是在部队时拿到的军事院校本科文凭，回地方做上领导后，见身边老老少少都是高学历，也跟风弄了硕士和博士学位，其实文化底子充其量算中学。文化不高百无好处，但有一点，重实际，讲实话。"

文凭属题外话，俞波涛把话头拉回来，道："据说蛤蟆山庄坪里的果树，都是俊才市长主张栽种的？"周俊才道："可不是？蛤蟆山庄空地多，栽些中看不中用的名花贵木，不浪费上好土地么？土地就是用来种庄稼栽果木的，青黄不接或断供缺粮，树上果子可救一时之急。我在书上读过，古人院子空地，不种菜就栽果树，不会让无用树木占去。我小时老家门前屋后，除了菜土就是果林，桃李橘柚，样样都有。家园家园，有家没有园，有园没果木瓜菜，那还算什么家园咯？平时我们老讲乡愁，乡愁愁啥？还不是愁小时留在舌尖的乡间鲜果美味记忆难寻，需要咱们停下脚步，回望来时路，重温出发时的初心？"

也许这就是领导惯有思维，喜欢以小见大，以近思远，说着说着，不小心便忍不住深刻起来。周俊才意识到自己不是来纪委做报告的，赶紧闭紧嘴巴，端杯喝口水，以掩盖自己的窘态。俞波涛却觉得周俊才说得有意思，道："有人说三千年读史，无非功名利禄；八万里悟道，不外诗酒田园。功名再高，利禄再厚，终究会回到诗酒田园，以诗润心，以酒浇愁，田里有稻麦，园里有果蔬，人生才算完美。我要问的是俊才市长主政彦州后，为何不在街边道旁栽种果树，却植些樟桂槐杨，不挂果，不解馋？"

周俊才笑道："这波涛主任就不知道了。不是说桃李无言，下自成蹊么？真在街边道旁栽上桃李柚橘，挂果之时，还不惨遭攀折，树不成树？因此城市绿化，还只能栽种常绿无果树种，以免被人惦记，遭受破坏。"俞波涛点头道："言之有理。还有个疑问，照远征省长主政彦州时的城市规划，青湖得筑堤蓄水，蛤蟆岭要深度绿化，以实现绿水青山就是金山银山理念，为何后来改变初衷，做起项目，修起别墅来了呢？"

周俊才脸色一阴，痛心疾首道："这是我人生最大败笔啊！当初远征同志主持制定蛤蟆岭和青湖规划时，我虽有不同意见，但还是个人服从组织，投了赞成票。不想远征同志前脚走，后脚有人找到曹寄青，说两河新区成型后，放着蛤蟆岭和青湖现成的风水宝地，不加以合理开发，无异于捧着金饭碗讨米，实在是种莫大浪费。曹寄青又游说我，要我做尚云书记工作。我开始还犹豫，没有答应。后经不起曹寄青一伙软磨硬泡，尚云书记也被他们说动，加之我头脑里的实用主义思想作怪，也就没再坚持原则，同意修改规划，利用青湖和蛤蟆岭，开发民生工程，让城市功能得到最大体现。谁知惹出蛤蟆灯事件，差点没法收拾，幸波涛主任出马，说服鲍清渠撤走蛤蟆灯，平息事端。现在回想起来，当初如果咬咬牙，把曹寄青他们顶回去，尚云书记也不可能硬逼政府改变规划，也就不会有后面的事了。都怪我聪明一世，糊涂一时，铸成大错，留下终生遗憾。"

改变蛤蟆岭和青湖规划，纯属利益驱动所致，后面还有推手，周俊才却悄悄略过，自揽责任，定然有其不便明言的顾忌。俞波涛也不点破，只道："俊才市长说利用蛤蟆岭和青湖开发民生工程，可我不解，蛤蟆岭违建别墅和青湖非法项目，与民生有何关系？"周俊才辩解道："蛤蟆岭建成别墅群，自然会产生物业管理，需要人当保安，搞卫生，做绿化，开超市，办诊所和幼儿园，能解决不少人就业。至于青湖，可砌居民楼，建商铺门店，搭造厂房，引进粮油汽煤企业，开发现代蔬果生产基地。这都属实实在在的民生工程，利国又利民。"

俞波涛笑道："俊才市长还是离不开家园二字，不是居家，就是食用。"周俊才道："两脚乒乓走，为了身和口。人生在世，谁离得开居家过日子？"俞波涛道："我听说青湖过去本属良田，干嘛不退湖复耕，种上杂交水稻？"周俊才道："复耕已不可能，没有在城区种水稻的理。"俞波涛道："开发民生工程，俊才市长出发点自然不错。可据我所知，蛤蟆岭违建别墅也好，青湖非法项目也罢，获益者还是少数开发商和相关利益人，广大百姓得不到几个便宜，要不也不会闹出蛤蟆灯事件来。"

周俊才点头道："这是沉痛教训。过去我总以为，地方发展不可能一碗水端平，发家致富也没法齐头并进，地方与地方之间，人与人之间，出现不平衡现象很正常。所以让一部分人先富起来，再走共同富裕的道路，还是合情合理的。具体到工作实践中，就是让有闯劲有头脑的人先行动，把项目和建设搞起来，再惠及和带动旁人，实现共同富裕。"

俞波涛道："先富再共富设想没有错，只是时至今日，先富者众，共富者寡，所以需要大力改革，实现人民群众共同富裕的构想。我党是广大人民的党，不是少数富人的党。丢掉为人民服务的宗旨，党就会失去民心，成为无源之水，无本之木。这也是中国共产党与别国执政党的本质区别。'党'字繁体是尚字下一个黑字，从尚从黑，本义为非公开，暗地里，私底下，后指由私人利害关系结成的小团伙，故古有五族为党和党同伐异之说。外文也有相通之处。英文'党'一词为 party，法文为 parti，西班牙文为 partidos，词根都是 part，即部分之意。亦即说外国政党只代表部分人利益，是部分利益党。中国共产党全心全意为人民服务，属整体利益党。'党'字简化得也有意思，从尚从儿，即党是高尚的人民的儿子。既然共产党是人民的儿子，是整体利益党，就要为人民谋福利，为民族谋发展，而不能眼光只盯住少数人。尤其是改革开放四十多年，中国成为世界第二大经济体，已具备全国人民共同富裕的坚实基础，党员干部心里若只装着少数人，不想着领导广大人民群众实现共同富裕的伟大目标，屁股就会坐偏，道路就会走歪，终将被人民抛弃。"

说得周俊才耳热心跳，直道波涛主任高见。俞波涛看看已到下班时间，说："俊才市长还有什么要说的吗？"周俊才道："我认真想想吧，想好再向组织汇报。"俞波涛道："也行，无论公事还是私事，俊才市长想好了，随时通知我，咱们再一起交心通气。"

送走周俊才，陶景宜道："周俊才真狡猾，顾左右而言他，连请人赴美代孕生子的事都只字未提。"俞波涛道："给他留个机会吧，他会说的。"

饭后俞波涛想起下落不明的瞿有为，打通崇世煜电话，问道："江边尸体验明正身没？"崇世煜道："我正要打电话给波涛呢，已验明是瞿有为。"

本来早有预感，可预感成为事实后，俞波涛还是有些不敢相信似的，问道："确认无疑？"崇世煜道："确认无疑。是提取瞿有为父子生物检材，进行 DNA 比对得出的结论。"俞波涛道："瞿有为尸体存放在哪里？"崇世煜道："已交家属送往殡仪馆。难道波涛以为我说假，要来认尸？"俞波涛道："跟瞿有为朋友一场，去送送他吧。"

赶到殡仪馆，瞿有为已被殓入玻璃棺内，瞿妻正一边拍打棺盖，一边大声哭诉，瞿子则站在旁边独自垂泪。俞波涛走过去，往玻璃棺里瞧去，只见瞿有为已化过妆，看上去与生前区别不是太大。这小子为何要自杀？是知道得太多，扛不住压力，一死了之？

俞波涛摸摸兜里瞿有为留给自己的钥匙袋，想交给瞿妻，又觉得还不是时候，只自我介绍说是瞿有为生前好友。瞿妻擦去眼泪，说："你就是俞波涛俞主任？"俞波涛道："你认识我？"瞿妻道："瞿有为打的最后一个电话，提的就是你。"

旁边还有两河新区管委会治丧人员，俞波涛不好问瞿有为说了啥，只劝瞿妻节哀顺变。直到瞿有为被送进火化炉，治丧人员陆续离去，俞波涛才跟拿到骨灰的瞿妻母子离开殡仪馆，来到外面停车坪里。上车前，俞波涛问瞿妻道："瞿有为打电话时，有何交代？"瞿妻眼泪汪汪道："他没说啥，只说俞主任会来找我的。"

人家正在哀伤中，俞波涛不便提钥匙袋的事，安慰瞿妻几句，道："过两天我再联系你吧。"瞿妻点头说行，报给俞波涛手机号码。

两天后俞波涛带着陶景宜走进瞿家，瞿妻还没从悲伤中走出来，脸色灰暗，目光呆滞。案情不等人，俞波涛已顾不得许多，拿出瞿有为留下的钥匙袋。瞿妻一见，忍不住垂下泪来，说："这是我俩结婚时用来装婚房钥匙的钥匙袋，在婚房里住到儿子上学，才搬入现在的学区房。钥匙袋一直在瞿有为身上，想不到到了俞主任手里。"

话没说完，瞿妻抽泣起来。俞波涛问道："瞿有为干嘛交给我，不留给家人呢？"瞿妻道："我也弄不明白。咱们搬走后，我曾提议把婚房卖掉，开始他答应得好好的，后又改变主意，还另装了铁门。袋里这枚大钥匙，肯定就是用来开铁门的。我曾朝他要过铁门钥匙，他口上应承，却一直不给。"

看来这间旧屋还真不同寻常。俞波涛道："可带咱们去看看吗？"瞿妻点头道："我已好多年没进过旧屋了，正好陪你们走一趟。"

旧屋不远不近，开车半个多小时可至。属上世纪八十年代所建老式居民红砖房，没装电梯，楼道还算宽。上到四楼，瞿妻说声到了，从钥匙袋里拿出大钥匙，打开右边铁门。门内一个小客厅，地上布满灰尘，一踩一道脚印。客厅里摆着老旧木沙发，墙边有台很厚很笨的凸屏电视机。俞波涛打量着客厅，问瞿妻道："外人知道你们这里还有套房子吗？"瞿妻道："我与瞿有为从前的老同事知道，有些还来做过客。现在这个小区已成贫民窟，我们又已搬走多年，恐怕不会有人想起我家还留着这套不值钱的老房子。"

也许瞿有为正是看中这点，才装了铁门，收藏不愿为人所知的秘密。瞧几眼客厅，俞波涛推开南面卧室，室内摆放着一张木板床，一只立式柜，还有窗边不宽的书桌，桌上堆了些二十年前出版的书刊。陶景宜对瞿妻道："你们搬家时，家具都没带走？"瞿妻道："这些都是我们结婚时置办的老式家具，我实在舍不得，提出搬到新居那边去，瞿有为说新瓶装旧酒，不伦不类，我也只好由着他，没再坚持。"

打开立柜门，里面堆着衣被和杂物。检查书桌抽屉，也没啥发现。瞿妻这才说："北面还有间小屋，曾是儿子卧室，也去看看吧。"

北屋不大，也就六七平方米的样子。一张小床，一只小书桌，还有个塞满玩具和儿童读物的壁柜。这些都稀松平常，不平常的是门后那只生锈的保险柜，瞿妻还是第一次见到，奇怪道："这里怎么多了只保险柜？"俞波涛问道："你们搬家前，家里没这个笨家伙？"瞿妻道："可不是，我家从来没有过保险柜，不知瞿有为从哪里弄来的。"

也许瞿有为想留给世人的秘密，就存放在这只保险柜里。俞波涛朝瞿妻要回钥匙袋，拿出其中那片小钥匙，插入保险柜锁眼，轻轻一扭，锁就开了。锁开不等于门开，还得解开门上的密码锁才行。可密码是什么呢？俞波涛问瞿妻道："保险箱密码一般为六位数，你们夫妻有无共同掌握的六位数的银行卡或电子邮箱之类密码？"

瞿妻想想，报出六个数字。俞波涛捏住柜门上密码锁钮，先顺时针打几圈，对准瞿妻所给密码头两位数，停住；再逆时针两圈，打到密码中间两位数上，又停住；最后顺时针一圈，停在密码两位尾数上。然后把住门上把手，往下使力。可没用，把手纹丝不动。

陶景宜一旁提醒道："试下瞿有为手机后六位数字如何？"俞波涛道："瞿有为弄的保险柜，用自己手机尾号做密码，岂不等同无密？"陶景宜道："瞿有为办公电话呢？"俞波涛还是摇头。陶景宜道："那试试瞿有为出生年月日或身份证号后面六位数。"

出生年月日和身份证号也非秘密，根本不用试。却让俞波涛受到启发，让瞿妻报上一家三人的出生年月日。先取三人出生年份数，以自早至晚，即从瞿有为到瞿妻再到瞿子为顺序，依次尝试过，不灵。另取三人出生日数试用，还是无效。

但俞波涛认定，密码就在三人出生年月日里。那又是哪六位数呢？俞波涛离开保险柜，来到客厅，踱起步子来。陶景宜跟到他身后，说："主任别死脑细胞啦，出点钱请开锁公司吧。"俞波涛道："开锁公司能解密码锁？"陶景宜说："那就找人带把电锯，锯开保险柜。"

没等陶景宜话说完，俞波涛蹲下身子，以蒙着厚厚灰尘的地面为写字板，列出已印在脑中的瞿家三口出生年月日。然后退后几步，手摸腮帮，目不转睛瞧着三组数字。一瞧一瞧，发现三组数字看去并无规律，但每组里面都有两位特殊数字，若单列出来搁一起，竟是个等差数列。俞波涛心里暗喜，对瞿妻道："瞿有为数学怎么样？"

瞿妻不知俞波涛何意，却还是道："我与瞿有为中学同学六年，他的数学成绩一直占据班上头名，从没落到第二过。可他外语太差，才只考了财大，毕业进入会计师事务所，后被曹寄青看中招去，步步做上新区管委会建设局局长。早知今日，还不如当初一直在会计师事务所待着，做不了官，发不了财，一家人吃用总不愁。"

俞波涛没有搭腔，转身回到北屋，蹲到保险柜前，依刚才发现的等差数列，捏住密码锁钮，顺时针几圈，逆时针两圈，又顺时针一圈，慢慢停下，再把住门把，稍稍用力，但听哐啷一声响，厚厚的铁门便开了。

保险柜里孤零零地躺着一本红壳记事本，别无他物。

俞波涛拿出记事本，放手上掂掂，还有些分量。揭开又硬又厚的红壳，但见扉页上写着工作日记四个钢笔字。字迹娟秀工整，属典型的会计体。翻过扉页，首页记录着：某局长由某老板出面，请曹寄青在某酒店吃饭，本人作陪，席间曹寄青当面指示，工程款按工程变更报告支付给某老板。下面是天气阴晴及年月日时。

往下翻，所记为陪曹寄青拜访某市委常委领导，给烟卡数张，共计价值多少，该常委领导同意某项目给某老板，指示招投标过程必须依法进行，做得天衣无缝。具体地点、天气情况和年月日时一样不落。

再往下，所记为收到某老板烟几件，酒几箱，现金几何，送曹寄青多少，自己所留部分存于何处，花到哪里，都非常详细，一清二楚。地点时间天气亦在录。

如此这般，不一而足。俞波涛来不及细瞧，合上记事本，对瞿妻道："谢谢你合作！瞿有为的问题我们会认真查核，公正对待，给你一个合理答复。"瞿妻含泪道："瞿有为给曹寄青做了半辈子牛马，没得好死，就靠俞主任给他个说法。"

俞波涛安慰瞿妻几句，转手把记事本交给陶景宜，说："马上赶回单位，去见领导。"

路上俞波涛望望后视镜，电话禀告曾守贤，有重大发现，需要立即汇报。曾守贤又请示黎秉钧，黎秉钧说："让波涛和景宜到我办公室来。"

走进书记室，俞波涛朝陶景宜要过红壳记事本，递到曾守贤手上，曾守贤翻翻，摆到黎秉钧桌前。黎秉钧戴上老花镜，一边翻看记事本，一边道："本子是怎么弄到的？"

俞波涛简单说了记事本获取经过。黎秉钧合上记事本，取下鼻梁上的老花镜，看看俞波涛，道："波涛还真有办法，获此重要案底，曹案侦办可免走不少弯路。"曾守贤问道："下一步该怎么办？"黎秉钧道："这很好办，对照本里所记内容，尽快梳理出关键人事，经查核属实，再留置相关人员，办成铁案。"曾守贤转向俞波涛道："波涛马上安排专人，按照书记指示精神，查核本子里的线索，早日把潜在水底的大鱼小虾捞出来，早日办结曹案。"

俞波涛应承着，拿回记事本，交还陶景宜，两人告辞出来。也没进九室办公室，直奔悟园而去。路上俞波涛交待道："查核记事本的事还是景宜来牵头，专案组能手你要谁给谁。"陶景宜笑道："我要你，给不给？"

"我自然愿意，可我身不由己啊。"俞波涛笑笑道，"你没发现今天有台车一直不远不近跟在后面，直到咱们进了省纪委，才悄悄离去？"陶景宜道："怪不得你老瞧后视镜。会是什么人呢？"俞波涛笑道："谁知会是何人？不过有人会联系我的。"

夜里俞波涛接到崇世煜电话："这两天波涛在哪里忙？"俞波涛道："还不是待在悟园，忙曹寄青案子。"崇世煜道："不仅仅待在悟园吧？"俞波涛道："你怎么知道？"

崇世煜问道："可否透露给老同学，瞿有为留下什么好东西在老婆手里？"俞波涛道："世煜啊，你派人跟踪我，我不计较，但你不应该过问与案情有关的事。你也是党员，懂得党纪党规。"崇世煜道："我没跟踪你啊，别冤枉人好不好？"

俞波涛无意追究跟踪的事，只道："咱们同学一场，关系不错，你也帮过我不少忙，我心里记得。可私人感情替代不了党纪国法，世煜你可不能犯浑。周俊才是你贵人，你想帮他涉险过关，心情可以理解。其实我也希望周俊才主动向组织坦白，把问题说清楚，争取宽大处理。你告诉他，别心存侥幸，留给他的时间已经不多。"

崇世煜沉默好一阵，才说道："我把你的话转告给老板。"

翌日上午，周俊才亲自打电话给俞波涛："我想请波涛主任帮个忙，不知可以不？"俞波涛道："有啥事俊才市长只管说，只要不违反纪律，我尽力而为。"周俊才说："倒也不用你违反纪律。我想见见黎书记，你看行？"俞波涛道："没问题，你能主动提出见黎书记，说明你对组织的信任。我这就联系他，他会很快抽出时间跟你见面的。"

跟周俊才说过再见，俞波涛就电话报告曾守贤，转达了周俊才的想法。半个小时后，曾守贤回话说，秉钧书记下午在办公室等候周俊才。俞波涛转告周俊才，叮嘱道："秉钧书记答应见俊才市长，这可是好机会，俊才市长别再犹豫，有啥说啥，争取书记认同，于你只有好处，没有坏处。"周俊才道："谢谢波涛主任，我一定说清自己的问题。"

在俞波涛陪同下，周俊才惴惴然走进黎秉钧办公室，痛心疾首道："黎书记啊，俊才心里发虚，对党不忠诚，不老实，有违纪问题没勇气及时向组织交代。"黎秉钧道："现在交代还来得及嘛，说说看，什么问题？"

周俊才搓搓双手，说："俊才因为穷怕了，老担心以后还会像我小时样闹饥荒，或发生战争什么的，特意在蛤蟆山庄防空洞里藏了一批粮食。"黎秉钧道："这个问题专案组已给我汇报过。"周俊才道："我真糊涂啊，煞费苦心藏粮食干嘛？真有饥荒或战争，又能管多大用处？我也是太没出息，总觉得存些粮食，才有安全感。"

"除收藏粮食，再没别的问题？"黎秉钧等着周俊才交代更为重要的问题，比如跟孟氏父子的关系，比如请人赴美代孕产子的事。可周俊才没往下继续。黎秉钧问道："报告完啦？"周俊才道："已报告完毕。"黎秉钧道："没有别的事啦？"

这明显在下逐客令，周俊才应该听得出来。可他没动，道："俊才已毫无保留，把自己的事情向组织交代清楚，组织上能否给一个说法，以让俊才放下包袱，安心投入工作？"

避重就轻，瞒着重要问题不报，却急于向组织讨说法，企图蒙混过关，哪有这么便宜的事？一旁的俞波涛不免暗自发笑。只听黎秉钧道："俊才同志说已向组织交代清楚，那就依你所说，我相信你。"周俊才道："黎书记说相信我，可我听去，好像并非真的相信我。"黎秉钧道："我的话你怎么理解，完全在于你，我不会勉强你。"

周俊才几分惶恐，慢慢站起来。想伸手跟黎秉钧握别，见对方坐着没动，便顿了顿，转过微胖的身子，向门边走去。俞波涛送周俊才出门。到了门外，周俊才又回过头，看看黎秉钧，说："黎书记，我走啦。"黎秉钧面无表情道："你走吧。"

到了走廊上，周俊才立住步子，对俞波涛道："波涛主任，黎书记会不会原谅我？"俞波涛道："要黎书记原谅你什么？"周俊才道："毕竟我有事瞒着组织，迟至今日才来交代。"俞波涛提示道："你还有别的事没说吗？"周俊才道："没有了，确实没有了。"

这个周俊才，也太小看组织了，以为世上只有自己最聪明，别人都是傻瓜。俞波涛冷冷道："有一个人你应该认识。"周俊才问道："什么人？"

"林路雪。"俞波涛轻轻吐出三个字，没待周俊才作出反应，便掉过头，返回书记室，看黎秉钧有何吩咐。黎秉钧问道："周俊才走啦？"俞波涛道："走啦。周俊才那么聪明，怎么却没一点自知之明，该交代的问题不交代，还向组织要说法，不好笑么？"黎秉钧道："组织观念淡薄，反过来向组织要说法，真是不知轻重。无数事实证明，但凡公然向组织要说法的，到最后往往只有'法'，没有'说'。"

党纪国法高于一切，自作聪明，以说代法，肯定行不通。俞波涛这么想着，黎秉钧桌上手机铃声响起。是省委办公厅打来的，说郑乃宣要黎秉钧过去谈事。黎秉钧嘴里答应，人已起身，大步向门外走去。

来到省委大楼，走进书记室，郑乃宣开门见山道："叫秉钧同志过来，是想告诉你，下午接到过一个北京来的电话。"黎秉钧问道："北京电话？"郑乃宣点头道："对，北京电话，卓宪新同志亲自打来的。"

卓宪新打电话干嘛？黎秉钧心下寻思，眼望郑乃宣，等他下文。郑乃宣接着道："卓宪新同志对咱们及时解除蛤蟆灯危机，给予高度评价，说沧彦和彦州党政干部政治敏锐性高，综合素质好，值得党和人民信赖。"黎秉钧道："卓宪新同志煞有介事，打电话给乃宣同志，该不仅仅为表扬沧彦和彦州干部吧？"

郑乃宣点点头，说："绕上一圈后，卓宪新同志以不经意的口吻提及两河新区，说曹寄青是沧彦不可多得的干才，为彦州经济建设立下过汗马功劳，可惜居功自傲，放松自我约束，失足成恨，这是他咎由自取，罪有应得，不值得同情。好在两河新区建设已初具规模，相信沧彦和彦州两级党政领导有足够的政治智慧，趁着千载难逢的城市化进程，把握住经济建设和社会发展的平衡点，科学处理好深层矛盾，不要因噎废食，受曹寄青腐败案影响，耽误两河新区经济建设，从此止步不前，被周边各省抛在后面。"

说到这里，郑乃宣稍作停顿，端起杯子，喝茶润喉。黎秉钧问道："卓宪新同志到底想说什么？"郑乃宣道："卓宪新同志还谈到鲍清渠，说这家伙纠合近万蛤蟆灯，闹出这么大动静，决不可轻饶。所幸人已被控制，再也不可能兴风作浪，彦州政府正好按原有计划，把青湖和蛤蟆岭打造成现代新型园区，为彦州乃至整个沧彦经济建设做出表率。"

蛤蟆灯事件平息后，以省市纪委牵头组织的蛤蟆岭违建工程和青湖非法项目清理整顿工作领导小组便进入两河新区，对相关责任人和开发商展开调查，宏智公司作为其中最大的开发商，自然首当其冲。卓宪新专门打来电话，目的无非给郑乃宣施加压力，别挡住宏智公司的财路。黎秉钧问道："乃宣同志怎么解读卓宪新同志意见？"

郑乃宣道："卓宪新同志是沧彦走出去的领导，关心家乡经济建设，是对沧彦干部群众的莫大鼓舞，我当然会认真领会，传达贯彻下去。"黎秉钧道："传达没问题，可怎么贯彻，恐怕没那么简单。开弓没有回头箭，青湖非法项目和蛤蟆岭违建工程非彻底清理整顿不可，否则失信于民，得不偿失。"

郑乃宣听得很认真，不时点点头。黎秉钧继续道："尽管鲍清渠已被控制起来，若不尊重民意，痛下决心，果断清理掉青湖非法项目和蛤蟆岭违建工程，自然还会有张清渠李清渠王清渠相继冒出来，纠集群众，为难政府。党的宗旨是为人民服务，党政工作违背人民群众利益，人民群众不满意，不支持，又谈何为人民服务？"

郑乃宣一拍桌子，道："好！秉钧同志态度如此明朗，我就没有顾虑了。你马上以蛤蟆岭违建工程和青湖非法项目清理整顿工作领导小组名义，把蛤蟆岭违建工程和青湖非法项目清理整顿情况梳理一下，成文呈报中纪委和省委常委，省委常委再报告党中央，请党中央放心，咱们将加大清理整顿力度，尽快把蛤蟆岭和青湖的青山绿水还给彦州人民。"

黎秉钧领命，回到纪委，将任务布置下去。第二天材料初稿形成，黎秉钧不敢有半点疏忽，亲自动笔把关，核查数据和事实。修改得差不多，天色暗下来，已过下班时间，只好把材料塞进抽屉，隔日再交人誉正打印。

出了纪委大楼，回家陪母亲吃过晚饭，母子俩照例下楼，沿林荫道散步说话。走上半圈，见孟怀国身着球衣球裤，脚穿弹力球鞋，夸张地甩着双手，迎面走过来。黎秉钧只好停住步子打招呼。孟怀国先问候黎母，黎母回应几句，道："你俩言事，我先行一步。"

孟怀国朝黎母低低头，表示歉意，才对黎秉钧道："秉钧同志好福气，母亲大人在堂，自己还可继续做乖乖儿。"黎秉钧笑道："是啊是啊，家有一老，胜于一宝。"

说话间，孟怀国扭转身子，与黎秉钧并肩散起步来。黎秉钧道："听说孟主席太极打得好，每天拳不离手，还有时间出来散步？"孟怀国道："从前身处一线，一天二十四小时不睡觉都有忙，只能见缝插针，练练太极，消除疲劳。到政协后，清闲得多，打太极又要不了多少时间，偶尔也出来走走。"

两人有一句没一句聊着，经过一处流水，水边有张条椅，孟怀国邀黎秉钧过去一坐，歇口气。黎秉钧意识到孟怀国有话要说，随他坐过去。果然孟怀国俯在黎秉钧耳边，神秘兮兮道："上周我入京开会，宪新同志也在会上，会后去房间看我，悄悄给我透露，秉钧同志将有更为重要的使命。"

黎秉钧分不清此话是真是假，但心里还是漾起几丝微澜。自己来沧彦数年，要进步的话，条件已然成熟，否则再过些时日，船到码头车到站，也就再没机会。孟怀国见黎秉钧反应不明显，又道："任何人都有家乡情结，宪新同志是沧彦人，关心沧彦领导干部成长，不足为奇。何况他到了那份上，为沧彦干部说说话，多少还是能管些用的。"

孟怀国所言也非全是虚词，卓宪新有心促成你进步，并不是做不到。但世上没有无缘无故的爱，肯定得有交换条件。条件明摆在这里，就是确保宏智公司利益不受损。这也好办，只要让青湖非法项目和蛤蟆岭违建工程清理整顿走走过场，拖上一年半载，蛤蟆灯事件影响渐渐淡化，宏智等开发商卷土重来，自会赚个盆满钵满。

不过这个念头仅仅在黎秉钧脑海里一闪，便消失于无形。黎秉钧笑道："感谢卓宪新同志的亲切关怀，秉钧没齿难忘。"孟怀国道："言谢就见外了。宪新同志反复叮嘱，说不要把消息说出去，怪我见着秉钧同志，忍不住露了口风。"

黎秉钧不置可否，边起身边道："孟主席再歇歇，我得去瞧瞧母亲在哪里。"

孟怀国不好勉强，放过黎秉钧。隔日黎秉钧拿出蛤蟆岭违建工程和青湖非法项目清理整顿情况汇报材料，再次审读一遍，交人打印成文，亲自送到郑乃宣手里。还顺便带上孟怀国代卓宪新送的黄花木闲章，请教郑乃宣，该怎么处理才好。郑乃宣说："这还不好办，从哪里来，仍让它回哪里去。"

返回纪委，黎秉钧将闲章交由办公厅主任，前往政协大楼，还给孟怀国。孟怀国手拿闲章，只觉心虚气短，一种从未有过的无力感占据全身。

在桌前呆坐半天，手机忽然响起，是个陌生号码。反正干坐也是坐，何不接接电话，也可打发一阵无聊时光。孟怀国没怎么犹豫，抬手点了手机屏幕上的绿键。电话那头送过一句粗重的男声："你是孟怀国吧？"

已好多年没人直呼自己姓名，孟怀国觉得很刺耳，立刻意识到来者不善，否则不会这么张狂。孟怀国冷冷道："你是什么人？"对方说："你的仇人。"孟怀国惑然道："仇人？什么仇？"对方说："夺妻之仇。"

　　该来的还是来了。孟怀国心里道。对方又道："你在听电话吗？怎么不吱声？"孟怀国道："我已一把年纪，夺人妻干嘛？"对方说："你这个老流氓，敢做不敢当。我在政协大门传达室里扔了个资料袋，你拿去瞧瞧，瞧过后给我电话，咱们再好好谈谈。"

　　想问资料袋里是啥，手机已断掉。其实不用问，也知绝不会是啥好东西。至于打电话的男人，不可能是别人，只能是罗晓艺前夫田建设。罗晓艺好上孟怀国后，为套牢这个有权有势的老男人，曾伪造了一份离婚证哄孟怀国开心，孟怀国对田建设三个字有些印象。

　　其实别说是伪证，即便是真证，也不可能套牢孟怀国，这个老男人还是从罗晓艺怀里溜走，上了苏月婵的床。罗晓艺是个明白人，知道没法从苏月婵手里夺回孟怀国，只好退而求其次，给孟怀国打视频电话，索要分手费。孟怀国道："寒然文玩店该值五六百万吧，我不朝你要回来已够客气，你还好意思提分手费？"罗晓艺道："那只能算我的青春损失费。男人寿命短，女人青春短。我把美好青春献给了你，你不该付费吗？"孟怀国讥讽道："你那美好青春到底给了我，还是给了田建设？"罗晓艺道："因为爱上你，我才跟田建设离了婚。"孟怀国道："离不离婚有啥区别？也是我不嫌弃被人消费过的二手货，冤枉养了你几年。"

　　这话有些重，气得罗晓艺直喷口水。却喷到手机屏幕上，孟怀国躲在屏幕里面，根本够不着。逗得孟怀国忍不住笑道："别喷了，留些口水养牙齿吧。"罗晓艺看一眼手机，放衣服上狠狠擦几把，叫道："孟怀国你表个态，到底出不出分手费，不出别怪我对你不客气！"

　　孟怀国关掉视频电话，不再理睬罗晓艺。罗晓艺不肯作罢，发来语音道："孟怀国你别敬酒不吃吃罚酒，看我怎么修理你。"

　　过两天孟怀国收到罗晓艺发来的文件包，打开一看，是两人床上裸照。孟怀国苦笑笑，还是主动打通罗晓艺电话，问道："你到底要干什么？"罗晓艺道："你觉得我要干什么？"孟怀国警告道："你别做得太出格，把我惹毛了，小心你的小命。"罗晓艺道："我的小命值几个钱？你是堂堂中管干部，只有中纪委治得了你，我把裸照外加进出寒然文玩店官员的名单，发到中纪委举报信箱上，看你好不好受。"

　　这个恶女人竟敢来这么一手，看来真小瞧了她。孟怀国权衡利弊，只能软下口气道："你说吧，到底要多少分手费？"罗晓艺道："三千万。"孟怀国恨恨道："罗晓艺你不是人，你垃圾都不如！"罗晓艺道："不是垃圾，又怎么会跟你这样的无耻老男人搞在一起？"孟怀国道："如果你这么贪得无厌，两小时内叫你人间蒸发，你信不信？"罗晓艺道："我当然信，但我人间蒸发，我俩鬼混的裸照和寒然文玩店的丑恶交易会留在人间，让你得到报应。"

"行行行，咱们走着瞧。"孟怀国说完，挂掉电话。几个小时后，罗晓艺发微信，把分手费降到两千万。孟怀国还是没理她。罗晓艺又降到一千万。没得到回应，再降到六百万，说这是底线，底线以下免谈。孟怀国知道总得跟罗晓艺有个了断，给寒然文玩店户头转去六百万。罗晓艺这才当孟怀国面删去手机里的文件包，烧掉店里交易笔记，说："咱俩已恩断情绝，自此大路朝天，各走一边。"孟怀国道："各走一边还不行，你得离开彦州，越快越好。"

罗晓艺知道彦州不是久留之地，转掉寒然文玩店，远走高飞，再没在孟怀国面前出现过。孟怀国以为从此万事大吉，却怎么也没想到，田建设会突然冒出来。原来罗晓艺回到县城老家后，从田家父母那里接走小学刚毕业的儿子，带往法国，送进巴黎附近镇上中学读了寄宿。钱再多也有坐吃山空时，又指望不上田建设，罗晓艺只能靠自己，尝试着做起法国葡萄酒代理商来，中法两地来回飞。

想来罗晓艺此生最大失败，就是嫁了田建设这个渣男。田建设枉活近四十年，长期在外鬼混，从不管老婆孩子死活。可得知罗晓艺经营法国葡萄酒，竟找到她所在城市的租屋，伸手讨要生活费。罗晓艺甩给他两千元钱，喝道："赶紧滚吧。"田建设道："两千元钱打发叫花子？一日夫妻百日恩，哪有你这么绝情的？"罗晓艺骂道："什么夫妻不夫妻，咱们早就井水不犯河水。"田建设道："井水可以不犯河水，但还是法定夫妻，你得履行法定义务。"

几年前罗晓艺看田建设不惯，打好离婚报告要分手，田建设耍赖，不肯签字，罗晓艺才跑到彦州，凭着不错长相，做上星级宾馆前台服务员。孟怀国常进出宾馆，罗晓艺弄清其身份后，不怎么费力便把他拉下水。孟怀国没少玩女人，知道年轻女人不可能喜欢老男人，无非看中你可能带来的钱财。钱能摆平的事不算事，孟怀国弄了个寒然文玩店，交罗晓艺打理。官员和商人嗅觉灵，知道寒然背景后，要找孟怀国，都上店里高价购买真假文玩，送往孟府。起初罗晓艺收到大钱，交一部分给孟怀国。久而久之，好处上门，皆自己独吞，仿佛跟孟怀国无关似的。孟怀国觉得这个女人太贪，开始冷落她。继而曹寄青推出苏月婵，孟怀国年纪已不轻，没体力同时对付两个女人，琢磨着甩掉罗晓艺。罗晓艺深知文玩店做不长久，孟怀国又另有新欢，朝他诈笔分手费，把儿子送往法国，做起葡萄酒买卖来。

葡萄酒生意利润不错，罗晓艺正想大干一场，田建设却从天而降，还嫌给他的钱太少，赖着不肯走。又趁罗晓艺上卫生间，拿过她搁在桌上的手机，企图通过微信转笔钱给自己账户。钱没转成，发现罗晓艺与孟怀国的裸照。田建设如获至宝，把裸照转发到自己手机里。刚好罗晓艺走出卫生间，一把夺过手机，质问道："你要干什么？"孟怀国道："不干什么，准备把裸照发到网上去，蹭点流量。"罗晓艺知道这个人渣说得出，也做得出，警告道："你别胡来，一旦孟怀国出事，纪委把他给我的好处追回去，儿子只能在法国讨饭捡垃圾。"

田建设可管不了那么多，撇下罗晓艺，连夜赶回彦州，找家宾馆住下，通知一起混过社会的袁叙林来聚，同谋大事。袁叙林家住西郊，正开着皮卡车给人送货，卸完货后，来宾馆见田建设。田建设兴高采烈打开手机，翻出罗晓艺与孟怀国的裸照，要袁叙林瞧。袁叙林喷道："老婆跟人上床，不去捉奸，还在这里直乐，你还是男人吗？"田建设也不在意，道："你知道照片上的男人吧，他叫孟怀国，以前当过省长，现在是省政协主席。"袁叙林道："你莫不是觉得老婆上了大官的床，你做老公的脸上光彩！"

田建设在袁叙林光脑袋上重重一拍，训道："你懂个鸟！知不知道大官最不缺的是啥？"袁叙林摇头道："不知道。"田建设道："是钱，是大钱！"袁叙林道："当官的肯定不缺钱。可跟咱有啥关系呢？"孟怀国道："孟怀国跟我老婆上过床，就得为此付出代价，出些血。"

袁叙林这才明白过来，说："你是想拿着裸照，好好诈孟怀国一把？"田建设道："光裸照还不够，还得掌握些孟怀国其他把柄，再连同裸照，一起交给他，逼他出钱消灾。"袁叙林说："孟怀国把柄那么好掌握么？"田建设说："你总上过几天学，念过世上无难事，只怕有心人吧？"袁叙林说："念过念过。"田建设说："孟怀国是大官，又在明处，咱只要有心，不愁拿不住他把柄。反正又不是置他于死地，只要肯出钱，咱不为难他。"

袁叙林觉得有道理，开着皮卡车，带上田建设，四处转悠起来。像没头苍蝇样转了两天两夜，毫无收获，两人返回到宾馆，上床补睡。袁叙林先醒，一边翻看手机，消磨时间，一边想着要不要出去找事，虽说辛苦点，毕竟拖车货有一车货的运费可拿，总比这么拉着田建设瞎跑，白耗油费强。

一翻一翻，翻出条旧闻，上面有孟怀国开会讲话的照片，还附着相关内容链接。点开链接，全是孟怀国的名字，包括他当省长时某些公开活动。袁叙林眼睛好使，竟还看到一条骂孟怀国的跟帖，说他做尽坏事，受害人多方举报，毫无结果，真黑了天。袁叙林赶紧摇醒田建设，指着跟帖要他瞧。

田建设也觉得跟帖有意思，拿着袁叙林手机，跑出宾馆，走进附近网吧，看中一位大学生模样的网民，摊着手机请他瞧，问能否查到跟帖人网址。大学生爱理不理，两眼只顾盯着屏幕上的游戏。田建设挠挠头皮，从身上掏出三百元人民币，塞到大学生手里。大学生几番操作，很快查出跟帖人网址和所处区位，顺手写到烟盒上，递给田建设。

走出网吧，田建设跳上袁叙林的皮卡车，来到城西。几经辗转，很快在西郊距离袁叙林家十余里的镇上找到跟帖人。是位四十多岁的张姓中年男人，因做过镇政府国土员，人称张国土。得知两人来意，张国土不折不扣，说出举报孟怀国的经过。

原来张国土在职时，正值镇上大开发，因不满镇书记违规变卖国有土地，跑到区里和市里告状，结果不但没告倒镇书记，相反被对方寻个由头，把自己处理回家。张国土不服，继续上告，渐渐弄明白，买进镇书记所卖土地的宏智公司老板，正是时任省长孟怀国的亲儿子孟宏文。看来只有先扳倒孟怀国，才可能拿下镇书记，张国土开始搜集宏智公司非法倒卖国土的线索，还有镇书记给孟怀国送钱送女人的丑闻。张国土毕竟吃过公家饭，自有其特殊渠道，还真被他弄到一把证据，经简单整理，开始频繁往外举报。却全都石沉大海，泡泡都没见一个。转而往网上挂，挂没两个小时便被删掉。不仅如此，张国土还遭人莫名其妙毒打，差点丢了小命。打得张国土没了脾气，只偶尔上上网，在有关孟怀国信息后面发几句牢骚。这会儿有人要跟孟怀国斗，张国土自然乐意提供手头材料。

回到城里后，两人找家文印店，将材料复印数份，外加罗晓艺与孟怀国的裸照，一起塞入资料袋，跑到省政协，扔进传达室，再给孟怀国打了个电话。孟怀国想通知办公厅去取，又觉得不是啥好东西，准备亲自下楼。才出门，传达室已将资料袋送上来。孟怀国拆开一瞧，气得脸色铁青，想发火又没对象，只得强行忍住，迫使自己冷静下来。既然事涉宏智公司，看来还得交给孟宏文处理，这小子有的是手段。

接到老爷子电话，孟宏文驱车赶往政协，走进主席办。孟怀国拿出资料袋，要孟宏文自己瞧。裸照已被提前抽开，毕竟赤身裸体跟女人胡搞不是什么雅事，让儿子看见不好。孟宏文翻了翻举报材料，问："何人所为？"孟怀国道："罗晓艺丈夫田建设，也不知他从哪里弄的。"孟宏文道："这好办，废掉那小子就是。"

孟怀国叹息一声，道："纪检部门动静越来越大，曹寄青已被关进悟园，你得把握好分寸，不可做过头。"孟宏文道："老爸只管放心，不会要田建设小命，只让他适当消失一阵子，待风声过去，再把他打发走。"孟怀国道："你先跟田建设接触一下吧。"

下楼来到车上，孟宏文打开副驾前的抽屉，翻出一片用假证办的 SIM 卡，装到备用手机里，再照孟怀国提供的手机号，拨通田建设。田建设问道："你是谁呀。"孟宏文道："你不想发大财吗？我就是你的财神菩萨。"田建设道："我从没相信世上有财神菩萨。有事说事，没事我挂啦。"孟宏文道："我叫孟宏文。"

田建设在张国土举报材料里见过孟宏文三个字，却故意道："我只知道孟怀国，没听说过孟宏文。"孟宏文道："没听说过没关系。你不是冲着钱来的吗？老爷子廉洁为官，哪有啥钱？要钱你找我呀。"田建设道："我不找你，只找孟怀国。"

"行行行，你厉害，爱找谁你找谁去吧。"孟宏文挂掉电话。田建设喂喂两声，没有回应，望望手机，拨通孟怀国："你想好没有，到底啥时候跟老子见面？"孟怀国编造道："我在机场，即将登机起飞，往欧洲考察半个月，你找孟宏文吧。"

田建设只得挂掉电话，回拨孟宏文，问他打算怎么办。孟宏文道："听你的。"田建设道："总得见个面吧？"孟宏文道："行。如果你不放心，见面地点你来定，我负责筹钱，到时一手交钱，一手交货。你先给个价。"田建设道："起码五千万。"孟宏文嗤道："你见过钱没有？知道五千万该装多少袋，得多大车子运载吗？"田建设道："我给账号，打我卡上。"孟宏文道："懂不懂金融规矩？现今银行卡管理严，稍大点的数字出入都要接受监控，至少二十四小时后才能到账。我担心到时你钱没见着，卡号已被冻结，不白忙一场？跟你说吧，正因银行走账限制多，平时跟客户谈生意，咱都直接用现金交易。"

田建设没经手过大钱，更不知有钱人怎么玩钱游戏，只能听从孟宏文。两人一番讨价还价，以八百万成交，见面地点待定。第二天上午孟宏文告知田建设，钱已准备好，问在哪里过手。田建设说出一个地址。孟宏文驾着商务车赶过去，半天没见人影，打田建设电话，回说此处车来人往，不太安全，另定了个地点。

到达指定地点，田建设还是不露面。如此五次三番，最后孟宏文被田建设指使着，七弯八拐，来到城外一处偏僻乡道旁的坪地里。这是废弃多年久无人迹的学校操场，杂草丛生，青苔遍布。操场旁边有个篮球场，篮球架歪歪扭扭，像佝偻的百岁老人。紧挨篮球场的三层教学楼墙损窗破，野鸡和山鼠从容出没。

孟宏文跳下商务车，在操场上晒了十多分钟毒太阳，周围一直没任何动静，才电话警告田建设，三分钟后不见人，自己就上车回城。田建设和袁叙林正躲在不远处的密林里，见孟宏文转身要上车，就电话指令道："把钱扔到地上。"孟宏文道："我要的东西呢？"田建设道："你放心好啦，咱把钱搬车上后，自会留下材料原件。"

孟宏文打开商务车后门，弯腰钻进去，开始一个个往外扔麻袋。扔完后再跳下车，抬起脚尖，对着鼓鼓囊囊的麻袋踢几脚，踢得嘭嘭嘭响，同时对着电话喊道："看到没有？总共八个麻袋，一个麻袋一百万，全是崭新的连号百元人民币。"田建设说："你还像个男子汉。马上驾车滚开，咱验过货，装车离去时会留下你要的东西，过后你再回来取。"

孟宏文爬上驾驶室，打响马达，掉转车头，向操场外的乡道驶去。其实车内还有一胖一瘦两个汉子。瘦子肩挎冲锋枪，胖子手上拿只爆破遥控器，脚边搁着两包炸药。商务车开出十来米，胖子拉开车门，抬脚将一包炸药踢出车外。炸药包在地上翻两翻，滚进路旁沙坑里。快出操场时，胖子又将另一包炸药踢下车。

商务车驶上公路后，绕道弯，停下来。三人下车，往回走数十米，躲进一处树丛，扒开树枝，只见一辆皮卡车从操场另一个方向驶进来，摇摇晃晃开到麻袋旁停下，然后车头两边的门打开，出来两个中年人，不用说自然是田建设和袁叙林。两人扭头四处望望，迟疑着向麻袋堆挪过去。到了麻袋旁，伸手准备开验里面人民币，田建设手机震响，孟宏文道："先别动麻袋，里面可不全是钱。"田建设道："还有其他东西？"孟宏文道："还有炸药包。"

田建设吓一跳，伸向麻袋的手下意识往后一缩，吼道："姓孟的，你想干什么？"孟宏文道："不想干什么，只想要你脑袋，你太可恶了！"田建设道："要我脑袋，干嘛还给我送钱？"孟宏文道："刚才跟你说过，麻袋里有钱，还有炸药。"田建设道："你要炸死我俩？"孟宏文道："不一定炸死你俩，如果你俩配合得好的话。"田建设道："配合什么？"孟宏文道："你脚边麻袋下压着两样小玩意儿，你先拿出来。"

田建设移移脚边麻袋，发现一副手铐和一对脚镣。孟宏文道："听我的话，先给你同伙系好脚镣，再要他给你戴上手铐。"田建设道："我干嘛听你的？"孟宏文道："不听可以，我马上引爆麻袋里的炸药，你俩顷刻灰飞烟灭，渣滓都不留一粒。"

"别吓老子，老子走南闯北，不那么容易吓。"田建设用脚尖拨一拨手铐脚镣，拨出咣当咣当的脆响，又试着要去解麻袋。不想一声巨响，不远处沙坑里的炸药包引爆，吓得田建设双手一抱脑袋，趴到地上，袁叙林也两脚一撒，赶紧卧倒。

操场复归平静，田建设壮壮胆，捡起掉在地上的手机，吼道："姓孟的耍什么花样，干嘛不引爆麻袋？"孟宏文道："只要你听我的，我不会要你命。照我说的办，赶紧互上脚镣和手铐。"田建设还要嘴硬："你别啰唆，炸死我俩，你也没好下场。"

嘴里说着，田建设朝袁叙林使使眼色，两人弯腰往皮卡车挪去，想开车逃走。又闻爆炸声响起，同时有连发子弹啾啾啾自车顶飞过，声声刺耳。两人身子一抖，蹲到车前，不敢再动弹。手机里再次传来孟宏文声音："听到没，爆炸声还算响亮吧？还有包炸药正好在皮卡车底草丛里，只要你俩一上车，就会爆炸。别跟我玩聪明，会玩掉你俩小命的。"

迫不得已，田建设只得照孟宏文意思，给袁叙林上好脚镣，再乖乖伸出双手，让袁叙林为自己戴上手铐。商务车重新出现在操场上。到了近前，跳下瘦子和胖子。瘦子端枪点点田建设和袁叙林脑袋，喝令蹲到麻袋前。接着胖子过来，给两个罩上头罩，推上皮卡车，按到座位里，用麻绳捆了个扎扎实实。

皮卡车开走后，孟宏文这才从商务车里下来，朝装着装修垃圾的麻袋撒了泡尿。

二十二

　　那天俞波涛吐出林路雪三个字，周俊才如闻惊雷，差点瘫软在地。出了纪委楼道，满腹心思回到车里，坐在驾驶室的崇世煜问道："老板谈得怎么样？"

　　周俊才没吱声，只顾盯着窗外纪委大楼出神。崇世煜看看后视镜里周俊才沮丧的样子，不再多话，专心开车。却听周俊才忽然冒出一句："刚才俞波涛问我，认不认识林路雪。"

　　崇世煜两只把着方向盘的手一抖，车头往隔离带撞过去，幸亏他脚上动作快，一下踏死刹车，才稳住车子。周俊才一个前仰后合，不满道："你慌什么慌？"崇世煜道："俞波涛提林路雪干嘛？林路雪从美国回来后，我和曹寄青从没放松过对她的监视，怎么会进入俞波涛视线？"周俊才有气无力道："你了解一下，林路雪现在何处。"

　　崇世煜立即安排人查找林路雪去向。一连查了几天，都没有林路雪下落，连其手机和微信都已停用多时。林路雪去了哪里？莫非到了纪委手上？崇世煜战战兢兢，如实禀报给周俊才。周俊才气急败坏道："你不说从没放松过对林路雪的监视吗？人都已失踪，你还蒙在鼓里。"崇世煜弱声解释道："都怪蛤蟆灯事件，牵扯着我全部注意力，接着又处理善后事宜，一时顾不上林路雪。不过就算纪委掌握了林路雪，也没啥了不起的，老板不就生了个儿子吗？现在政策放宽，生二胎又没违纪违法。"

　　周俊才不耐烦道："难道只是生二胎的事吗？查查孟宏文的定位，看他在何处。"

　　为拿到青湖和蛤蟆岭项目，孟宏文没少在周俊才和曹寄青身上用功，两人不便出面或不好办的事，也乐于交孟宏文打理。林路雪去美国给周俊才代孕产子，也是孟宏文做的安排，还让容紫玉全程陪同，提供生活保障。但孟宏文能量太大，不容易掌控，周俊才特嘱崇世煜，暗地里把这小子手机号绑入公安定位监控，以便随时掌握其动态。正因为定位监控显示，近段孟宏文一直待在彦州，周俊才才从容进出省纪委，避重就轻，有所保留，瞒着实质性问题没交代。周俊才坚信，孟宏文没事，孟怀国不倒，后面还有个卓宪新，危机总会过去的。

崇世煜点开链接在手机里的定位系统，很快查到孟宏文下落，对周俊才道："孟宏文在彦州西郊孟氏庄园里。"周俊才道："你马上去会会孟宏文，商量如何应对林路雪失联问题。最好能见见孟老爷子，看他是何态度。"

可崇世煜晚了一步。当他驱车赶往西郊，向孟氏庄园靠过去时，远远望见庄园大门口停着三台黑色特警车和一台蓝色大众。蓝色大众是省纪委监委的公务车，崇世煜熟悉，心里咯噔一下，意识到事情有些不妙。

专案组是通过瞿有为的红壳记事本锁定孟宏文的。瞿有为不愧为会计出身，记事本里所记人事有时间，有地点，有来龙，有去脉，有前因，有后果，仿佛和尚头上的虱子，一目了然。陶景宜带人加班加点，对照红壳本，梳理出重要事件和关键人物，交专案组集体讨论决定，又经曾守贤和黎秉钧审核同意，派人顺藤摸瓜，拿到基本证据。再在此基础上，确认十多名留置人员，其中有省市城建、房产、规划、国土、银行等部门主要负责人，也有三江口新城和两河新区工程承建商。以非常规手段获取蛤蟆岭和青湖非法项目的孟宏文更是赫然在列，被定为重点留置对象，由俞波涛和奚连江率公安特警，先摸准孟宏文所处位置，火速赶至西郊孟氏庄园，实施抓捕行动。

孟宏文眼线多，早知曹寄青被拘，周俊才也走进省纪委监委主动交代问题，可他相信两人不会说出半个孟字。周俊才和曹寄青是聪明人，只要孟家不倒，孟氏集团还在，事再大，也会大事化小，小事化了。即使判刑下狱，外面也有照应，提前出狱后又是一条好汉。相反咬出孟氏父子，无以仗恃，只能同归于尽，在牢里打发余生，再无翻盘希望。

也因为孟宏文太自负，算死曹寄青和周俊才不会出卖孟家，才像没事人样待在孟氏庄园里，静观事态变化。却万万没想到，被自己提前处理掉的瞿有为会留下一个红壳记事本子，里面详细记载了孟氏集团一桩桩一件件罪恶交易。专案组手握红壳本子，又拿到事实铁证，形成有效证据链，毅然派出警力，直扑孟氏庄园，堵在大门外。

其时孟宏文正在接电话。电话是外省矿山上打来的。那是一家石膏矿，孟宏文在矿上入了不少股。石膏矿很赚钱，只是缺矿工。田建设和袁叙林自投罗网后，孟宏文便让瘦子和胖子把他们两个押到矿山上，做了不拿工钱的苦力。苦力没做几天，矿洞垮塌，矿主打电话告诉孟宏文，包括田建设和袁叙林在内的五十多名矿工全被埋在里面，无一存活。矿工命贱，孟宏文毫不在乎，只在乎矿难一出，石膏矿再开不下去，自己每年得损失数千万收入。

正烦着，保安来报，说纪委和公安来势汹汹，无法阻挡。孟宏文不甘束手就擒，放出三只凶神恶煞般的藏獒，企图阻止专案组进入庄园。俞波涛正在喊话，要孟宏文出来受缚，哪知这家伙狂妄至极，竟纵藏獒拒捕。藏獒岂是好惹的？俞波涛来不及细思，大声朝特警喝道："干掉这三个畜生！"

话没落音，六位特警抠动手中小冲锋枪扳机，只听哒哒哒一阵枪声，已嗷嗷叫着冲出门楼下铁栅栏的三只藏獒应声倒地，踢几下腿脚，不再动弹。

孟宏文正由几名马仔簇拥，端着火枪立在主楼前的台阶上，见三只藏獒瞬间毙命，心头火起，一边往台阶下冲，一边朝门楼外射击。俞波涛走在最前头，自然首当其冲。旁边的奚连江见势不妙，情急之下，纵身往俞波涛扑去，把他罩在下面。可孟宏文和马仔们已经红了眼，还在放枪，直到特警借冲锋枪威力把他们压下去，才退缩回去。

可奚连江已身中数弹，歪倒在俞波涛旁边。俞波涛盛怒之下，跃身而起，夺过身边特警手里冲锋枪，准备冲进孟氏庄园，跟孟宏文拼命。童秋生见状，怕俞波涛吃亏，上前抱住他，大叫道："将孟宏文交给特警们，咱们救奚连江要紧！"

俞波涛这才把冲锋枪还给特警，回头来扶奚连江。奚连江胸前全是血，已气息奄奄。俞波涛摇着奚连江肩膀，大声喊道："连江连江连江，你听到我的声音没有？咱这就送你去医院，你得挺住，给我活下来！"

配合俞波涛，把奚连江弄上车后，童秋生跳进驾驶室，抓住方向盘，全速往市里奔驰。俞波涛则把奚连江脑袋搂在怀里，嘴里不断喃喃道："连江你要坚强，城西有一流医院，马上就到，你命大，人又年轻，体质好，一定会扛住的。"

奚连江静静地依偎在俞波涛胸前，没有任何反应。眼皮无力地合着，任凭俞波涛怎么呼唤，也没睁开，再看一眼好兄弟。驾驶室里的童秋生几乎疯掉，一路连闯红灯，几次差点撞上前面的车尾，惊得左右车辆不停地鸣笛。

可没有用，奚连江还是在赶到医院前停止了心跳。

奚连江献身反腐事业，被追认为革命烈士。追悼会规模不大，仅省市纪委监委部分老同事参加。但规格高，省委书记郑乃宣、省长廖远征亲自到会，省委常委省纪委书记黎秉钧致悼词。这体现了省委和省纪委监委反腐倡廉的坚强决心，同时也昭示广大党员干部，英雄的血不能白流，英雄的生命不能白付出，反腐永远在路上。

追悼会结束，俞波涛、陶景宜守着奚连江遗体火化下葬后，又把奚连江夫人扈春芸和还不懂事的儿子送回租屋。看着屋里简陋的陈设和粗糙过时的家具，俞波涛既伤感，又内疚不已。这些年只顾拉着奚连江东奔西跑，外调内审，没日没夜扑在案子上，从没好好关心过其家庭和生活状况。记得奚连江说过要买房，改善居住条件，俞波涛也没怎么在意，尔今斯人已去，留下孤儿寡母，寄居租屋，自己心里怎么过意得去？

回纪委路上，俞波涛一直低垂着脑袋，一言不发。驾驶室里的陶景宜懂俞波涛心思，说道："牵涉曹案的房产局头头到案后交代，房产局下面有批经济适用房，被他们违规安排给不合安置条件的关系户，专案组正督促有关部门加紧清理。"俞波涛忙道："景宜赶紧了解一下，看扈春芸母子符不符合经济适用房申请条件。"

陶景宜办事向来麻利，房产局违规安排的经济适用房清理完毕后，便带上扈春芸，通过合法程序，申办到一套房子，择吉日乔迁入住。

再说那天特警冲进孟氏庄园后，先击毙孟宏文身边两名负隅顽抗的马仔，再逼孟宏文放下火枪，举手就缚。孟宏文到案，曹寄青知大势已去，和盘托出所有违纪违法事实。

曹寄青精明能干，事业做得风生水起，级别不断攀升，仍觉官位不够显赫，为谋取副市长，投靠孟氏父子和卓宪新。还不惜代价，把苏月婵送给孟怀国。曹寄青自己也长期包养年轻女孩，惹出麻烦，还得妻弟石三里出面摆平。石三里为笼络曹寄青，献上自己玩腻的丁美媛，企图从曹寄青手里拿到孟宏文看中的青湖两百亩洼地，导致丁美媛身死被焚。

孟宏文被拘也让周俊才别无退路，再次走进省纪委监委，求见黎秉钧。黎秉钧哪有时间跟周俊才纠缠？把他交给曾守贤。曾守贤正在省纪委监委留置点悟园研究案情，要周俊才去悟园见面。周俊才来到悟园大门口，望着威严的岗哨，心下一凉，不免暗忖，此门只怕进去容易出来难。可周俊才还是咬咬牙，向门岗说明自己身份和来意。

门岗通报进去，很快俞波涛出来，接住周俊才，带往曾守贤居住办公两用的小套房。套房外间有椅有桌有沙发。周俊才在靠窗沙发上坐定后，窃窃地瞧眼桌子后面的曾守贤和俞波涛，开始声泪俱下，坦白交代与孟氏集团的关系，还有雇请林路雪赴美代孕产子的经过。

这与专案组掌握的情况没有太大区别。待周俊才交代得差不多，曾守贤才问道："请人赴美代孕产子，花费应该不少吧？"周俊才道："总得有三五百万。"曾守贤道："自己拿的钱，还是别人出的？"周俊才道："孟宏文安排容紫玉送林路雪去的美国，钱自然是他出的，后来我给他钱，他坚决不要。"曾守贤道："孟宏文当然不会要你的钱，他要的是大项目。"

"当老板的没一个好货，为达目的不择手段。"周俊才懊悔道，"孟宏文早看中青湖，先找到曹寄青，想打青湖主意。曹寄青游说我，说给青湖蓄水属败家子行为，非及时止损不可。我把曹寄青狠狠批评一顿，警告他别动青湖的心思。曹寄青便给孟宏文出点子，借助孟怀国的资源，让我做上市长。同时买通缪德良，联手设局，物色林路雪，为我代孕产子。我就这样成为孟家走狗，任孟宏文摆布，变更青湖规划，把主体项目给了孟氏集团。蛤蟆岭不少违建工程，也成为宏智公司的口中肉。"

曾守贤质问道："你身为领导干部，不知道请人代孕产子属违纪违法行为？"周俊才道："开始我也有这种担心，可曹寄青和孟宏文都说，现在放开二孩，我再生个儿子，也是响应国家号召。"曾守贤道："你这是非婚生，也算二孩？"周俊才说："我也提出过质疑，可曹孟两人说，万一事情败露，大不了跟林路雪扯纸结婚证，林路雪没结过婚，有权生养孩子。"曾守贤道："那不又会犯重婚罪？"周俊才道："这事缪德良和孟宏文也给我考虑到了，才弄了个让我老婆王平霞假死的把戏，提前把她送往美国，负责看管待产的林路雪。"

曾守贤直摇头，不知说啥好。俞波涛忍不住道："为要个儿子，真是煞费苦心啊。"周俊才道："都是被曹寄青、孟宏文和缪德良害的，现在后悔已晚。"俞波涛道："你不已有个女儿在美国读书吗？干嘛还要养个儿子？"周俊才道："怪我老封建，忘不掉老话：不孝有三，无后为大。"俞波涛道："都已什么时代，还念叨传宗接代的老黄历。"周俊才道："除传宗接代腐朽思想作祟外，还有其他担心。"俞波涛道："还有何担心？"

停顿片刻，周俊才悻悻道："也怪咱这代人经历的事太多。咱是从农业社会走过来的，当城市化和信息时代一夜间出现在眼前时，真有些适应不过来。我老担心城市太脆弱，哪天水电气断掉，石油供应不上，运输瘫痪，我们该怎么办？是否还得回到从前，去乡下自耕自种？我一天天老去，只有女儿，没有儿子，到时谁帮我耕田种地？正因此，曹寄青、孟宏文和缪德良要帮我找人代孕产子时，我思前想后，犹豫再三，最后还是点头认可了。"

这是什么混账逻辑！俞波涛道："你儿子出生在美国，属于美国公民，日后怎么回来帮你耕田种地？"周俊才道："中美关系时好时坏，什么事情都有可能发生，万一哪天把中国人赶出国门，中国城市又待不下去，我儿子岂不只能跟我回乡？"

谈话结束后，周俊才因一时无法说清代孕资金来源，加之还牵涉其他问题，没再离开悟园，直接住进留置室，成为留置对象。崇世煜也因涉及周俊才案情，受到审查调查。

曹案渐渐明朗，接近尾声。时逢中央巡视组进驻沧彦，省委通知各常委及在职省领导参加常委扩大会议，集体向巡视组汇报党风廉政建设和反腐败工作。

孟怀国接到参会通知时，正在赶往乡下老家的路上。曹寄青被留置后，孟怀国以为事情不大，还算沉得住气，直至奚连江倒在孟宏文枪口下，他才慌了神。联系卓宪新，卓宪新连电话都不接，只让秘书敷衍了几句。问计周俊才，周俊才已成惊弓之鸟，又能有啥计？直怪孟怀国教子无方，养出孟宏文这样的恶少，狂妄到敢对纪检干部放枪。其余常年贴着孟怀国绕圈子的各路货色，能躲则躲，早不知死哪里去了。孟怀国这才意识到，深耕沧彦数十年，培植党羽无数，关键时刻根本派不上用场，自己算白背了沧彦王的名声。不过也不奇怪，就算沧彦真成为你孟家的独立王国，又怎能对抗得过强大的国家机器？也只有孟宏文财大胆肥，不知天高地厚，真把自己当成不可一世的王子，敢以卵击石，以身试法。

百般无奈之下，孟怀国想起蛤蟆庙里的清源道士，只好把希望寄托在他身上。清源道士没少在彦州和沧彦官场走动，又是沧彦道教协会会长，具有省政协常委身份，跟孟怀国早就熟悉。孟怀国趁着深夜，派人把清源道士请进政协大楼，向他道出自己的处境。清源道士微合双眼，几分神秘道："孟家祖坟可能动过土。"孟怀国道："老家方圆数十里，就数我家祖坟风水最好，前些年我打算修坟，家族老人说咱家数十年顺风顺水，要官有官，要财有财，正是祖坟管事，轻易不可惊动先祖，我也就放弃修坟念头，没敢动一寸土。"

清源道士微微一笑，道："你自己没动土，并不排除其他人畜动土可能啊。"孟怀国问道："又是何人何畜，敢在我家祖坟动土呢？今年清明回乡扫墓，祖坟还好好的，没发现任何异样。"清源道士说："清明已过去好几个月，难免有新情况发生。"孟怀国道："那又该怎么办？"清源道士道："先派人去祖坟上瞧瞧再说。"

孟怀国打电话给在县里做领导的堂侄，嘱他代去祖坟上看个究竟。堂侄放下手头工作，匆匆赶回老家，来到祖坟地，发现没啥问题，只有爷爷也就是孟怀国兄弟的父亲坟头长了根毛竹。毛竹茎枯叶萎，竹蔸处有个碗口粗的洞穴，估计竹鼠闲来无事，掘洞打发时间，碰着竹鞭，一顿乱咬，毛竹受到伤害。

得到堂侄反馈，孟怀国赶往蛤蟆岭上的蛤蟆庙，向清源道士讨教。清源道士说："竹者诛也，竹生坟头，喻示后人有生命之虞呀。"

孟怀国暗自一惊。莫非孟宏文闯下大祸，命里该绝？清源道士继而道："加之坟上出现鼠洞，真气跑漏，先人不安，无力保佑后人，确实不是好兆头。"孟怀国忙问："有什么补救办法不？"清源道士道："补救办法倒也不是没有。"孟怀国道："还请大师明示。"清源道士道："有两件事必须做到，一是连根铲除坟头毛竹，二是补洞保存真气。"

　　"好好好，我这就通知堂侄，命他落实。"孟怀国连忙应承，拿出手机，要打电话。清源道士摇摇头，道："心诚则灵。叫人代劳，不足以体现诚意，只怕管不了用。"孟怀国道："大师意思，得我亲自出面？"清源道士道："非你出面不可。"孟怀国道："我这就回趟老家，自己动手，铲竹补洞。"清源道士道："你拿啥补洞？"孟怀国道："拿土补啊。"清源道士道："拿什么土？"孟怀国不假思索道："坟地有的是土，左手取来右手补。"

　　清源道士轻摆五指，否定道："不可不可，你家祖坟风水已被鼠洞破坏，坟地上的土补得了洞，但没法有效守住真气。"孟怀国问："那又该用什么土好呢？"清源道士道："自然是真土。"孟怀国再问："何谓真土？"清源道士道："上界仙道留下的真土。"孟怀国道："这样的真土，又到哪里去取呢？"

　　清源道士不再多言，朝庙门外走去。一旁的小道士机灵，快步赶超清源道士，去前面引路，后面的孟怀国亦步亦趋，跟着出了庙。来到庙侧一处土坡，但见土呈赤色，寸草不生。清源道士指指赤土，道："这就是仙道留下的真土，树不敢侵，草不敢占。"

　　孟怀国也觉神奇，周边草木葱茏，唯独眼前小土坡秃着，一无所有。坡上留着小土坑，看来早有人来取过土。孟怀国道："可惜来时不知此处有真土，没带取土工具。"

　　清源道士看一眼小道士，小道士转头进了庙里。很快复身回来，肩上扛把小铁铲，手里提着只布袋。清源道士面向东方，合掌念咒，做过祷祝，孟怀国从小道士手里接过铲子，弯腰铲起赤土来。先将土铲松，再一铲铲装入布袋。

　　孟怀国取好土，小道士也再次回到庙里，备齐香烛、纸钱和鞭炮，尾随清源道士和孟怀国两位，下到公路上，钻进路边的小车，往蛤蟆岭外直奔。路上孟怀国电话通知堂侄，要他做好准备，同上坟地补洞。

　　跟堂侄说过再见，政协办公厅电话打进来，通知第二天参加省委常委扩大会议，集体向中央巡视组汇报党风廉政建设和反腐败工作。时间还来得及，孟怀国答应着，只心里嘀咕，巡视组莫非已盯上自己？又自我安慰，回祖坟补过洞，就啥事都不会有了。

四个小时左右，接近老家县城，堂侄的车已打着双闪灯，静候路旁。见孟怀国车子开过来，前头引路，往乡下驶去。三十多分钟到了村上，孟家旁系子侄已备好饭菜，几位用过餐，一齐来到坟地里。小道士手脚快，从提袋里取出香三根，烛三支，孟怀国接过去，插到父亲坟前。又朝堂侄要过果品、三牲、酒杯，依序摆放到香烛前面。堂侄开了酒瓶，交到孟怀国手上，看着他把酒倒进酒杯里。

　　准备就绪，清源道士趴到坟前，点烛，燃香，又抓起小道士递过的纸钱，用烛火点焚，这才低眉合眼，启动双唇，念念有词。小道士又拿出酒碗，让孟怀国斟满，待清源道士念咒毕，双手呈到他手上。清源道士含口酒，仰仰脑袋，朝坟头猛地一喷，再绕坟一圈，给东西南北四方淋上酒，不论神灵来自何方，都可尽情享用。

　　孟怀国不失时机，取出大红包，放到香案前，尔后肥臀高耸，五体投地，重重磕了三个响头，心里祈愿父亲和先祖在天之灵，保佑孟家逢凶化吉，遇难呈祥。

　　清源道士代神灵收好大红包，要过小道士手里铲子，转交给孟怀国。孟怀国顺着鼠洞，铲去竹鞭，再从布袋里取出真土，填充鼠洞。鼠洞很快被填满，又从坟边取来草皮，覆到真土上拍紧。堂侄见状，赶紧点着鞭炮，噼里啪啦，响彻山头，意味着大功告成。

　　坟洞补好，孟怀国心里稍感安慰，连夜赶回彦州，隔日从容走进省委常委会议室。

　　与会人员逐渐到齐，中央巡视组领导提议，先集体默哀三分钟，悼念和致敬牺牲在一线的反腐英雄奚连江同志。孟怀国不自在起来，仿佛身上爬满细细蚂蚁。奚连江死于自己儿子枪下，父亲低头为死者默哀，难免感觉有些怪怪的。后省委领导作汇报，巡视组代表党中央下达指示精神，孟怀国一句都没听进去，心里十五个吊桶打水，七上八下。

　　直到会议结束，孟怀国仍浑然不觉，沉浸在又忧又惧的情绪里。黎秉钧汇报工作时提到彦州纪委监委廉政警示教育基地办得很有特色，每周都会接待好几起来自全国各地党政机关和企事业单位的代表，巡视组领导表示肯定，提议前往参观学习，会议结束后便集体登车，离开大院。孟怀国也随着众人，赶往基地。

　　彦州廉政警示教育基地离省委不远，二十几分钟可至。彦州市纪委监委主要领导早早等在基地里，由宣传部部长舒年华介绍基本情况。基地入口竖着汉白玉大石碑，上用颜体镌着"彦州廉政警示教育基地"字样。汉白玉意喻冰清玉洁，颜体代表忠诚，颜体创作者颜真卿是唐代著名忠臣。绕过石碑，是宣誓广场，高大的古松下面立着红旗雕塑，上刻党旗和入党誓词，来此参观学习的党员干部先得面对党旗，重温誓词。

中央巡视组和沧彦省领导也自觉站到党旗前，举手重温誓词毕，再移步前往接待厅。接待厅宽敞明亮，墙上挂着名为《青莲》的大幅油画。舒年华说明道："青者，清正也；莲者，廉洁也。共产党人贵在心清气正，出淤泥而不染，濯清涟而不妖。"

往前是序厅。厅前方布置着大型弧幕投影，正播放《彦江廉韵》，主要以彦州廉政建设事迹为内容。另外三面墙上装饰着名为"人文彦州"的主题浮雕，以彦州历史人文景观为元素，展现彦州厚重的历史文化底蕴。

经序厅向前，为主展厅。主展厅面积上千平方米，由五个篇章组成。首先是旗帜篇。举什么旗，走什么路，是中国共产党带领中国人民不断探索的重大历史课题，也是党风廉政建设和反腐败斗争始终走在正确道路上的政治前提。基于此，旗帜篇图文并茂，导引参观者走近中国共产党百年风雨历程，特别是党的十八大以来波澜壮阔的新征程。

继而是利剑篇。此篇内容非常丰富，以案释纪，以案说法，以典型违纪和职务犯罪案例警示教育党员干部。违纪部分按照政治纪律、组织纪律、廉洁纪律、群众纪律、工作纪律和生活纪律等六大类展开。违法部分按照贪污贿赂犯罪、滥用职权犯罪、玩忽职守犯罪、徇私舞弊犯罪、重大责任事故犯罪和公职人员其他犯罪等六大类进行展示。

接下来为忏悔篇。以电子数字展示模式，对数十位落马官员的深刻忏悔进行滚动式播放，让参观者零距离感受反面典型警示案例。这些落马官员大多出身社会底层，就像孟怀国一样，初入仕途时满腔赤诚，决心为百姓谋福利，为党和国家的事业贡献智慧和力量，做出过突出成绩。但随着地位不断上升，手中权力不断增大，开始自我膨胀，渐渐忘记初心，放弃使命，甘受商人围猎，为金钱和美色所诱惑，一步步走向党和人民对立面，成为可耻败类。此类警示案例孟怀国早已耳熟能详，甚至还跟其中数名落马官员共同工作或学习过。奇怪的是在其他场合看到这些案例，虽也能联系自己所作所为，感到耳热心跳，但没有身处此情此景，零距离面对数字屏幕里的贪官，受到如此强烈的震撼。孟怀国不由得暗想，若将数字屏幕里面的落马贪官换作自己，其行径其实更加恶劣，更加令人触目惊心。

战战兢兢离开忏悔篇，进入铸魂篇。此篇以图文和实物形式，再现彦州老一辈革命家不忘初心，牢记使命，引导观众体会他们修身、齐家、从政、用权之道。孟怀国联想自己当初，也跟这些政治家一样，行得正，站得稳，时刻自警自律，同时严格要求儿女和身边人，从不允许他们打着自己招牌非法谋取好处，损害党和人民利益。曾几何时竟松懈起来，直至放任自己和家人以权谋私，以致一发不可收拾。

主厅末篇为前行篇，集中展现近年彦州坚决贯彻落实党中央全面从严治党新要求，不断巩固发展反腐败斗争压倒性胜利，一体推进不敢腐、不能腐、不想腐取得的重大成果，充分体现了彦州纪检监察人不忘初心、砥砺前行、重整行装再出发的责任担当。

主厅旁边是会议室，众人坐下来，畅谈参观体会。郑乃宣和廖远征发完言后，中央巡视组领导讲话，对彦州廉政警示教育基地给予充分肯定，鼓励省市纪检监察机关再接再厉，推进党风廉政建设和反腐败工作再上新台阶。又强调巡视组代表党中央巡视沧彦省，主要围绕党的政治建设、思想建设、组织建设、作风建设、纪律建设和夺取反腐败斗争压倒性胜利，开展监督检查，目的是发现问题、解决问题，高悬巡视利剑，保持惩治腐败高压态势，让领导干部习惯在受监督和约束的环境中工作和生活，确保依法用权、秉公用权、廉洁用权。凡巡视过程中发现的问题，无论牵涉到谁，无论其地位有多高，势力有多大，只要危害党和人民的根本利益，就要严惩不贷，决不心慈手软，姑息养奸。

巡视组领导讲话时，目光一直盯着在座众人。孟怀国感觉那目光犀利如剑，似要把自己胸腔剖开，取出里面心脏，呈现给众人，看看到底是红是黑。巡视组领导话没说完，孟怀国已全身湿透。那剑样的目光自此悬在孟怀国头顶，让他心惊肉跳，惶惶不可终日。

经过激烈的思想斗争，孟怀国还是忐忑着走进了中央巡视组驻地。

孟宏文在押后，沧彦省纪委监委经内审外调，已基本掌握孟氏集团违法事实，现在孟怀国自首，中纪委成立专案组，抽调沧彦省纪委力量，协助对孟怀国展开审查调查。孟怀国交代了自己的违纪违法问题。问题多与孟氏集团有关。权力总会过时，金钱却永远管用，孟怀国调动深耕沧彦数十年积累下的人脉和各方资源，权为孟家所用，利为孟家所谋，让孟氏集团在十多年时间里成为雄踞一方的大财阀。

俞波涛就坐在讯问席上，见孟怀国把孟氏集团犯罪事实往自己身上揽，明白他意在为儿子开脱，尽量减轻孟宏文罪责，企图让他保住小命。孟怀国还反复陈述，孟宏文从小心地善良，看到流浪猫狗，宁肯自己少吃几口，也要省出碗里饭菜，以填猫肚狗腹。并以此得出结论，孟宏文决不会开枪射击奚连江，定是他身边马仔所为。

俞波涛实在听不下去，愤然道："从奚连江身上取出的五粒铁弹属于火枪专用弹，当时火枪在孟宏文手上，几位马仔拿的皆是普通猎枪，你说说奚连江到底是谁射杀的？"孟怀国喃喃道："那也属失手，宏文定是想射杀脱缰的藏獒，以免伤害专案组成员和特警，不想情急之下，误让奚连江同志中了弹。"

俞波涛不禁拍案而起，指着孟怀国喝道："放屁！当时三只藏獒已被特警击毙，孟宏文见我冲在前面，丧心病狂，悍然放枪，奚连江扑到我身上，才替我挡了火枪弹。要不是纪律不允许，我早拧下孟宏文脑袋，血祭战友，哪轮得到你为他开脱？血债血还，不把孟宏文送上刑场，以慰奚连江忠魂，我俞波涛誓不罢休！"

孟怀国嗫嚅着，不敢再提孟宏文。也许料定孟宏文必死无疑，接下来的讯问过程中，孟怀国三缄其口，默不吱声，唱起了哑剧。审讯人员只好旁敲侧击，端出相关人事，引孟怀国启齿。俞波涛还说出苏月婵名字，问孟怀国认不认识。孟怀国一下子来了兴致，说这是上苍给自己的恩赐，自己老了老了，还安排仙女般的苏月婵慰藉自己孤寂的晚景。还说此生阅女无数，最有意思最值得回味的也就是苏月婵，一个苏月婵胜过百个妙龄女。

听得俞波涛直作呕，打断孟怀国，嘲讽道："你是不是公畜，见母畜就想上？"孟怀国厚颜道："人是人，畜是畜。畜有畜性，人有人性。要怪只怪我人性占据上风，渐渐丢掉党性，以致犯下大错。我的理解，人性的最大体现就是爱江山更爱美人。所以身为男人，必须有权，一朝权在手，自有财入兜，自有色送抱。"

俞波涛厉声道："你还好意思谈党性，你之所作所为，连人性都已丧失殆尽。官场人称你为沧彦王，我看你最多算只猴王。我去过蛤蟆岭北岭，上面有一群猴子，猴王对族群成员拥有绝对支配权，优先享用食物，群里母猴皆归其所有。这正好与你这个沧彦王相似，出自本能地弄权捞钱猎色。是人皆有人伦标准，哪能如此丧失人性，自私狂妄和霸道！"

孟怀国不再振振有词。俞波涛又道："至于党性，还是闭上你的嘴巴，别玷污了这个神圣的词汇。你先洗干净耳朵，让我给你普及一下党课，说说什么叫党性吧。中国共产党的党性是先进性、人民性和纯洁性的统一，体现在为人民谋幸福，为民族谋复兴，共产党员是时代的先行者、信仰的追求者、人民的代表者、国家的领导者。也就是说党性绝对高于人性，人性尚私，党性为公，党的宗旨就是全心全意为人民服务。孟怀国你反躬自问，你的行为到底是在为人民谋幸福，为民族谋复兴，还是为自己谋权谋利谋色，满足猴王之私欲？"

孟怀国低下罪恶的头颅，开始痛心疾首，交代没交代的问题。

二十三

　　曹寄青案包括由此牵出来的周俊才案渐渐接近尾声。在专案组成员不懈努力下，经过严谨而艰苦的内查外调，涉案人违纪违法证据一件件被固定下来，该给予政务和党纪处分的给予政务和党纪处分，该移交司法机关的移交司法机关。

　　曹寄青被移送司法机关前，专案组需好好整理资料，俞波涛带上夹有螭龙螭虎两块玉璧的《红楼梦》和父亲的单人照，驱车出城，先走百余公里高速路，再走六十公里县道，三个多小时到达青云镇。毕竟五十年过去，镇子面目全非，照片上的石桥、流水、白蓼和木屋，不知位于何方，扑入眼帘的全都是高高矮矮的砖楼、横冲直撞的车辆以及行色匆匆的路人。

　　俞波涛找地方停好车，背着挎包，在镇上溜达起来。这么大的镇子，又到哪里去寻找知情人？别无他法，只好拿出照片，请街头老人过目，问认不认识照片上的人。老人们一个个两眼茫然，大摇其头。有眼睛好使的，看过照片上的日期，说五十多年过去，当初的成年人包括青壮年都已死得差不多，谁见过照片上的人？即使见过，也早忘个干净。

　　在镇上转一大圈，俞波涛毫无收获，信步来到镇外河滩边。河床里一脉浅水，悄无声息地流着。河岸芦苇丛生，一阵秋风过去，惊起黄鹂数只。滩头有块光滑如铜的大石头，俞波涛坐过去，望向对岸连接山脚的田畴，想象着父亲当年曾在田地里劳作的情形。

　　不知在石头上坐了多久，芦苇丛后出现一个人影，牵着一头背搭篓筐的黄牛，晃晃悠悠，踏过浅水，朝河滩这边走过来。俞波涛站起身，发现黄牛背上篓筐里装着南瓜、红薯、芋头、萝卜和秋茄。黄牛一边从容迈动着步子，一边时不时伸出嘴舌，撩一把从石罅里长出来的枯草，有滋有味地咀嚼着。走在黄牛前面的老头年约六十，弯着腰，垂着头，左手牵牛，右手挂着竹扁担，踢踏前行。俞波涛挪步上前，招呼道："大爷放牛啊？"

　　老头不理不睬，只顾望着鞋尖，继续走自己的路。架子还蛮大嘛。俞波涛迟疑片刻，追上前拦在老头面前，打着拱手道："大爷您好！"老头抬头看了眼俞波涛，面无表情，还是没出声。俞波涛又道："我是从彦州来的，想问个事。"

老头充耳不闻，绕开俞波涛，继续牵牛往前。俞波涛不甘心，拿出父亲照片，追过去，放老头面前晃晃，道："你小时见没见过照片上的人？"

老头低头看一眼照片，抬头望望俞波涛，嘴皮吧嗒两下，却没发出声来。原来是个哑巴。只是老头不像哑巴，除不说话，看上去跟平常人没啥两样。俞波涛略觉失望，跟哑巴笑笑，准备走开。哑巴却伸出指头，朝俞波涛指指，又点点自己鼻子，再抬臂向远处划半圈。

这是什么意思？俞波涛有些糊涂。哑巴扯扯正伸着舌头撩草的老黄牛，往前走几步，见俞波涛没动静，又回头朝他招招手。俞波涛这下明白过来，原来哑巴要他跟自己走。

哑巴要带你到哪里去呢？俞波涛顾不得许多，紧跟哑巴和老黄牛，摇摇摆摆，沿着河边小径，上行数百米，拐个弯，绕到镇后老街。其实只有半边街，左傍又破又旧的老房子，右临渐渐变得狭窄的河滩。因为狭窄，河滩中间的水也深了几许。

半边街上的木屋大都关着门，门板上的黑漆被岁月啃咬得斑驳陆离，仿佛百岁老翁脸上长满老年斑。街上没见人影，只有老牛、哑巴和俞波涛的脚步不紧不慢地叩在石板上，空洞而苍凉。很快来到街底，但见一座石桥横跨河上，桥对面白蓼成行，正是俞波涛父亲照片上的模样。还有远处的山影和辽阔天空依旧，像一直执拗地定格在那里，默默无声地等待着五十年后俞波涛这个不速之客的悄然到访。

俞波涛知道到了该到的地方。在临桥高出别处木楼的砖屋前，哑巴将竹扁担搁到脚边，取下牛背上的篾筐，抓过牛绳往牛角上一缠，再在牛背上拍一掌。老牛迈上石桥，摇着尾巴，朝对岸的白蓼走去。白蓼下还留着没变黄的野草，吸引着老牛的欲望。哑巴望一眼老牛，拿起竹扁担，拴上篾筐，往肩上一挑，又朝俞波涛招招手，上前推开砖屋木门。

节奏单调的笃笃声随即传入俞波涛耳里。那是敲击木鱼的声音。此处既非寺庙，又非庵堂，怎么会有人敲木鱼呢？俞波涛疑惑着，抬腿迈入门里。方方正正的天井呈现于前，午后明晃晃的天光从天窗般的空中投下来，反射至两厢的壁板上，还有前方蜡烛明灭的厅屋，清寂的木鱼声正是从那里发出来的。

绕过天井，到了厅屋门外，俞波涛才发现里面有个老妪，盘坐在供奉着地藏菩萨的佛龛前，垂首低眉，用小槌轻轻敲击着张嘴鼓眼的木鱼。哲学与宗教渊源相近，旨趣相通，俞波涛读大学哲学专业时对宗教有过涉猎，知道地藏菩萨的功德与佛齐等，却不现佛身，始终以菩萨身度脱罪苦众生。在过去无量劫前，地藏菩萨曾是一婆罗门女，其母不信三宝而行邪道，死后堕入地狱。婆罗门女清楚母亲的必然果报，故变卖家产，一边为母施修福，一边至诚恭敬，一心念佛。后在定境中来到地狱，向鬼王询问母亲状况。鬼王告知，因婆罗门女布施供养和念佛的无量功德，亡母和其他罪人已脱离地狱苦而投生天道。婆罗门女便在佛前立下誓愿：地狱未空，誓不成佛；众生度尽，方证菩提。

借着如豆的烛光，俞波涛看得明白，老妪脸上全是皱纹，念念有词的薄薄嘴唇如两片褪色的落叶。尤其是竖在胸前的手掌，形如枯枝，筋脉毕露。只有那木鱼声清脆，像雨季天井檐上落下的水珠颗颗，孤寂地击在石槽上，倔强地似要把无情而坚硬的岁月穿透。

俞波涛静静地站在厅屋中间，感觉自己有如幽灵，是专门来偷盗木鱼声的。老妪应该察觉得出屋里来了人，可她并没停止手里的敲击和嘴上的念诵：三千大世界所有草木丛林、稻麻竹苇、山石微尘，一物一数，作一恒河；一恒河沙，一沙一界；一界之内，一尘一劫；一劫之内，所积尘数，尽充为劫……

这是地藏经文。俞波涛的父亲逝世后，母亲不时去寺庙里为其烧香拜佛，渐渐对佛教起了兴趣，带了地藏经回家念诵，只是不设佛龛，不供菩萨而已。母亲念经速度慢，俞波涛一旁听上几遍，竟耳熟能详，故能听出老妪所念内容。

过了好一阵子，木鱼节奏轻巧舒缓起来。老妪终于住手，合上嘴巴。俞波涛往前移动半步，张张嘴，却一时不知说啥好。

恰好哑巴出现在厅屋里，手上提把茶壶，搁到靠墙方桌上，回身把盘坐在佛龛前蒲团上的老妪扶到桌旁藤椅上坐定。又朝俞波涛招招手，指指方桌对面另一把藤椅。俞波涛坐过去。桌上有个茶盘，里面倒扣着青花瓷碗。哑巴取过两只碗，主客面前各放一只，提壶倒上茶水。一股幽幽茶香弥漫开来，直透俞波涛鼻翼，沁入心脾。

哑巴退下去后，老妪要俞波涛喝茶，自己端碗尝了一口。俞波涛还真有些口渴，又不敢放肆，只好故作斯文，浅浅一抿，让茶味和茶香缓缓滑过舌尖，渗入肺腑。只听老妪轻声问道："年轻人来自彦州吧？"俞波涛惊讶道："师傅怎知我从彦州来？"老妪道："我不仅知道你从彦州来，还知道你姓俞。"

俞波涛越发不可思议，道："师傅莫不是菩萨化身？"老妪说："我不是菩萨化身，是个平常得不能再平常的八十老太婆。"俞波涛道："那您怎么知道我姓俞？"老妪道："很简单，你的身姿、眉目和口音酷似一位姓俞的男人，一位五十年前在青云镇上待过的男人。"

莫非真有神助，让自己顺利找对了要找的人？俞波涛心里庆幸着，老妪又开口道："你是否还带着两样东西：书和玉璧？"

俞波涛赶紧从挎包里掏出《红楼梦》，翻到夹着螭龙螭虎两块玉璧的页面。老妪拿过俩玉璧，放手上掂一掂，又捧书翻翻，点头道："没错，玉是当年的玉，书也是当年的书。"俞波涛迫不及待问道："这书和玉原是师傅您的？"

"不，不，不，是我受托转送他人的。"老妪摆摆脑袋，沉默一会儿，开始给俞波涛叙述五十多年前发生在青云镇上的往事。

从前青云镇很小，仅有临河半边街。街上有寻常二姓人家，比邻而居。寻家人勤劳，修了砖屋，还在屋前砌了石桥，方便街上人出行。常家人好赌，输了钱，把自家木屋卖给寻家，以偿还赌债。谁知到了划分阶级成分的时候，寻家成为地主，砖屋被没收，夫妻俩带着女儿住进旁边舂米的碓屋里。常家被划为贫农，带着两个儿子，大模大样搬入砖屋。常家大儿早早娶妻成家，却百事不理，整天只顾喝酒打牌。有天夜里喝得酩酊大醉，爬到桥墩上撒尿，掉下河里淹死了。常家怪寻家不该修石桥，否则常家大儿不会从桥上落水，成为水鬼。

常家还有个小儿子，在外当工人，吃不起苦，回家结婚生子，还做了民兵营长。镇上运动不断，常营长为给死去的兄长报仇，不时带人闯进碓屋，把地主公地主婆捆了，拉出去批斗。见寻家女出落得越发漂亮，也动手动脚，要带走陪斗。寡居在家的常家大媳妇看不下去，过墙训斥常营长。常营长不好对嫂子动粗，只能任她拉走寻女，去了自家砖屋。

常嫂从此成为寻女保护神。常营长不死心，老想着把寻女弄到手，因碍于常嫂，没法得逞。常嫂担忧寻女处境，给她物色婆家，可听说是地主女，谁都躲得远远的。寻女渐渐死了心，志在父母身边做老女。后镇上来了批知青，其中有位姓俞的被安排住在常家。寻女与常嫂形影不离，很快认识俞知青。寻女从小随父识字读书，跟有文化的俞知青很谈得来。常嫂看在眼里，有心说合两人，但寻女越喜欢俞知青，越不忍拖累人家。当年的地主及其子女，比麻风病还可怕，沾上谁谁倒霉，再好的政治前途也会完蛋。不过俞知青不管不顾，非跟寻女好不可。寻女感动不已，理智却逼迫自己躲着俞知青，决不能害他一辈子。

转眼俞知青下放快三年，部队来人征兵，俞知青体检和政审都合格，当兵走了。临走跟寻女说好，以后还会回来，只要她没嫁，一定娶她为妻。四年后俞知青在部队入党提干，成为俞干部。有次出差路过彦州，特意跑到青云镇上，要跟寻女订婚。寻女欣喜若狂，把处女身给了俞干部。可一夜醒来，寻女像变了个人，恶狠狠把俞干部赶出半边街。

常营长得知寻女成了俞干部的人，又气又恨，威胁寻女，不跟自己上床，就告到部队，要俞干部没好下场。那时非婚男女发生关系，属天大罪过，何况是军人跟地主女上床。地主女阴谋昭然若揭，就是把俞干部拉下水，要他先颠覆无产阶级军队，再颠覆无产阶级政权，好让地富反坏右卷土重来。这可是死罪，只要有人告发，俞干部定死无疑。

被常营长这么一吓，寻女惊慌失措，不知如何是好。依从常营长，心不甘，情不愿，不依不从，又会害了俞干部。看来唯有一死了之，到时死无对证，常营长不可能拿俞干部怎么样。还是常嫂劝住寻女，这么死掉，太不值得。可不去死，俞干部又在劫难逃，寻女悔恨交加，整天以泪洗面。常嫂便给寻女出主意，干脆离开青云镇，躲到外面去。常营长不过觊觎寻女美色，寻女一消失，自会忘掉俞干部。

可一女儿身，寻女又往哪里躲呢？恰好常嫂有位曹姓表哥，曾想娶常嫂为妻，因家住青源村，山高水远，常嫂父母不愿女儿去穷乡僻壤遭罪，作主把她嫁到了青云镇常家。多年过去，曹家表哥仍没讨到老婆，这里寻女成分不好，嫁不出去，与俞干部也无缘分，把两人凑合到一起，也算积德。为保护俞干部，寻女死都愿意，嫁到大山里去又有何不可！哪知肚里已有动静，尽管还不怎么显形。寻女找草药师抓了草药，准备打胎，被常嫂劝住。常嫂母亲信佛，经常在家念经，常嫂从小受影响，慈悲为怀，珍惜生命。又俯耳谛听过寻女胎声，断定是个男孩，说日后生下儿子，曹家肯定高兴。

镇上依然不平静，运动在不断升级，从文斗变成武斗，死伤无数。常营长上蹿下跳，顾不上寻女，常嫂正好带着寻女悄悄出走，上了青源村。见常嫂带来个漂亮女人，曹家果然欢喜，欣然接纳，也不管寻女地主女身世，反正大山里头阶级斗争观念不强，没人追究。见寻女有了依靠，常嫂欣然辞主。寻女送到村口，拿出随身所携《红楼梦》及夹在里面的螭龙玉璧，交给常嫂，意即日后俞干部去青云镇找人，常嫂也好有个交代。

离开青源村后，常嫂没直接回青云镇，而是翻山回了青东娘家。寡妇一个，常嫂在娘家一待一年多，也没人关心过问。谁知这一年多时间里，青云镇瘟疫流行，不少人染病而死，寻常两家基本绝户，仅常营长儿子病成哑巴，大难不死。有人就说镇上文攻武卫冤死鬼阴魂不散，变作病毒，来找常营长他们报仇。病毒不长眼，分不清好坏，无论是谁，一染得病，得病不死也残。常嫂闻知，心生悲悯，每天随母念经，遥度镇上鬼魂。

毕竟自己是青云镇人，疫情过去后，常嫂还是回到镇上，在砖屋里供奉地藏菩萨，初一十五必敲木鱼，念诵地藏经，救赎亡灵。半边街幸存者早已搬走，去镇外造屋居住，街上空空如也，人称鬼街。只有常营长的哑巴儿子没地方可去，留在砖屋里，婶侄相依为命。偶尔有外乡人出现在街上，随哑巴走进砖屋，打听亲友死活，常嫂耐心作答，毫不隐瞒。

常嫂回到半边街第二年，哑巴带来一个特殊客人，那便是来找寻女的俞干部。还在青东娘家时，常嫂就知寻女已生下一个男孩，曹表哥为让寻女有足够奶水喂养儿子，下青云镇弄米面油盐，碰上镇里瘟疫流行，携带病毒回村，不少村民染病而亡，曹表哥和寻女也未能幸免，抛下可怜儿子，由曹奶奶独自抚养。

常嫂不会告诉俞干部实情，让他去青源村认儿子。人亡家毁，仅留下孤儿，还被人认走，曹奶奶和曹氏本家怎么接受得了？为成全曹家，常嫂只道寻女已故，瞒下其他秘密，然后拿出《红楼梦》及螭龙玉璧，交到俞干部手上。俞干部走后，再没回过青云镇，却一直收藏着书和玉璧，不时偷偷拿出来，对着发上一阵呆。人死不能复生，俞干部撇开寻女，娶妻成家，生下儿子俞波涛。二十多年后有了孙女，俞干部也成为俞爷爷，退休回家。儿子有出息，自己身体还好，俞爷爷没事打打牌，舞舞剑，倒也称心如意。只是跟老人们闲聊谈及孙辈，俞爷爷暗叹俞家后继无人。有天楼下有人算命，都说算得蛮准，俞爷爷过去看热闹，被拉着算了一回，说他命带孙子。回家告诉老伴，老伴骂他老封建，也不怎么当回事。不久二胎放开，俞爷爷觉得命里孙子快来了，怂恿老伴说服儿子儿媳生二胎。谁知二胎还是个孙女，俞爷爷失望之至。直到有一次整理书柜，看到《红楼梦》和夹在里面的螭龙玉璧，忆及当年旧情，心想莫非寻女那夜已怀上自己儿子，儿子又已给自己生下孙子？

这种无影无踪的事别说印证，就是说都没法跟谁说，说了也不会有人相信。无奈俞爷爷心念已起，再也没法放下。直到临终，才把《红楼梦》和螭龙玉璧托付给俞波涛。可巧俞波涛自面对面见着曹寄青那天起，便隐约觉得两人之间有种说不清道不明的联系，当俞家螭龙玉璧与曹家螭虎玉璧会合一起，俞波涛就暗下决心，非弄清此中缘由不可。所幸遇上当年的常嫂现在的常婆，常婆见时过境迁，当事人皆已魂归黄泉，没必要再瞒着曹俞两家后人，至于后人怎么面对过去和现在，相信他们有足够的智慧妥善处置，这才说了实情。

带着常婆还到自己手上的书与玉，俞波涛踏上归途。天色已晚，东方冉冉升起十五的月亮。月亮很圆，圆得俞波涛胸口一阵阵生疼。原来曹寄青是自己今生同父异母兄弟，并非前生或来生的缘分。俞波涛心情很复杂，又忧又喜，又悲又乐。忧悲是兄长违纪犯法，偏偏落到你当弟弟的手上，将被你移送司法机关，押入大牢。喜乐是孤独大半辈子，一下子找到同父兄长，心头充满幸福，这种幸福比升官发财，成名成家，来得更踏实，更深刻。

隔日俞波涛坐到黎秉钧和曾守贤面前，说了去见常婆的经过，以及她亲口说的往事。两位领导感到非常惊讶，怎么也想不到俞波涛与曹寄青竟属同父异母兄弟。黎秉钧道："波涛同志把自己与曹寄青非同寻常的关系报告给组织，是对组织的忠诚，值得嘉许。"曾守贤道："波涛襟怀坦白，令人欣慰。有何想法，可向组织提出来。"

俞波涛直接道："我想认兄。"

沉默片刻，黎秉钧道："曹寄青虽系戴罪之身，毕竟兄弟血浓于水，波涛同志想认兄，实属人之常情。"曾守贤也道："你们兄弟相认，可提振曹寄青悔罪改过信心，不是坏事。"

得到组织同意，俞波涛走进 6122 留置室，与曹寄青见面。这次见面很特殊，曹寄青叠好被子后，俞波涛没待他把床缩到墙里，便过去坐到床边，要他也坐。曹寄青不知所措，站着不动。俞波涛拍着床板道："不必拘谨，今天波涛是以私人名义来见你，有私事要交待。"

曹寄青这才弯弯腰，偏着屁股，往床边挨去。俞波涛从身上掏出两样东西，递向曹寄青。是两枚玉璧，一枚上有螭龙，一枚上有螭虎。曹寄青接住，以为自己眼睛发花，不敢置信。万万想不到，自己交出一枚玉璧，到俞波涛手上，竟变出两枚来。

俞波涛清清嗓子眼，开始叙述两枚玉璧背后的故事。听得曹寄青一怔一怔的，仿佛听的是古今传奇，怎么也没法往自己身上联系。然而冥冥之中，自己这大半辈子，又仿佛一直在等待这个故事的揭晓，现真相大白，恍惚如在梦中，似真似幻，半天没能从故事里走出来。

故事有些悲情，触及曹寄青伤心处，他不觉鼻头一酸，百感交集起来。还在娘肚子里，悲剧就已发生，待呱呱坠地，来到人间，更是苦难连连，先失爹，继死娘，到满三岁，唯一亲人奶奶又病故，自己成为真正的孤儿。野蛮生长，奋力挣扎，好不容易混成人样，以为可尽享荣华富贵，又遇变故，进了留置室。都说甘蔗总有一头甜，人生一世，要么先苦后甜，要么先甜后苦，怎么轮到自己，甘蔗竟然两头都是苦的？

泪水盈满曹寄青眼眶，他情不自禁，肩膀一耸一耸，唏嘘不已。俞波涛也眼前一片模糊，扶住曹寄青双臂，想安慰几句，想不到自己先失声而泣。兄弟于是拥抱在一起，感受着彼此热烈的心跳，一任泪水直流，濡湿着对方肩背。

好一阵子，两人才松开，四手相执，四目相对，欲言又止，不知从何说起。还是曹寄青破涕而笑，道："咱们兄弟终于相认，应该高兴啊，为何以泪洗面？"

"嗯嗯嗯，哥说得对，咱高兴，从未有过的高兴！"俞波涛转悲为喜，抬起衣袖，擦去曹寄青脸上泪水。曹寄青也揩揩俞波涛唇上涕泪，就像一对还没长大的兄弟，哥哥给跌跤吓哭的弟弟揩鼻涕一样。

专案组办公室里，曾守贤和陶景宜各位正坐在监控前，将兄弟相认情形看在眼里，一个个无不动容。曾守贤深受感染，转身对童秋生道："去给食堂打个招呼，为这兄弟俩多准备两道菜，让他们好好吃个团圆饭。"

童秋生飞快出门。开餐时间到，童秋生端着三菜一汤还有水杯茶壶，来到留置室，摆到小圆桌上。俞波涛扶正靠背椅，把曹寄青请过去，自己坐到圆凳上，倒好茶水，举杯道："感谢组织为咱兄弟置办团圆饭，弟就以茶代酒，祝贺咱兄弟如愿相认。"

曹寄青举杯跟俞波涛一碰，干掉杯里茶水，道："寄青终于有了弟弟，此生无憾矣！"

喝了几口茶，接着吃饭。曹寄青又不无感慨道："今生吃过不知多少大餐和豪宴，最好吃又吃得最开心的，还是今天咱兄弟这顿团圆饭。"俞波涛道："弟也是，能跟哥哥同桌相对，吃啥都香啊。"曹寄青道："在鱼塘高铁站就擒时，哥还怨叹：既生瑜，何生亮！若非遇上弟这样的高手，谁又能阻止哥出走天堂美国？此刻才真切意识到，幸亏被弟逮了回来，否则哪有可能兄弟相认，吃上这顿美美的团圆饭？"

俞波涛点头道："哥能这么想，弟非常欣慰。逃往美国，看上去可躲避惩罚，暂获自由身，但心悬在那里，惶惶不可终日，与丧家犬何异？毕竟自己犯下的过失，造出的孽障，回避决非上策，只能勇敢面对，自我救赎。足见人生最可怕的，是失去心的自由，而失去人身自由，正可面壁思过，反思觉悟，好好安放此心。"

曹寄青感谢俞波涛那天截住自己，让自己有忏悔赎罪的机会。到了分别之时，俞波涛拿过床上螭龙螭虎双璧，道："日后见到侄儿，我把这两枚玉璧交到他手上，告知是爷爷奶奶留给他的。"曹寄青满心欢喜道："好好好，儿子有你这个叔叔关照，我做父亲的别无牵挂，死可瞑目了。"俞波涛道："哥别多虑，进入司法程序后，只要尊重法律，坦白认罪，法律会根据你的违法事实和忏悔态度，给出公正判决的。"

　　曹寄青点头嗯嗯着。俞波涛收好双璧，又拿出父亲的单人照，双手呈给曹寄青。

　　"终于见到了我的亲生父亲！"曹寄青瞧着照片上的父亲，泪水又盈满眼眶，哽咽成声，"好奇怪，我曾在梦里无数遍梦见过父亲，正是照片上的样子啊。"俞波涛道："哥不觉得父亲年轻时跟你最像？"曹寄青道："确实有些像。"俞波涛道："哥收好照片，到了狱中，有父亲陪伴，你不会感到寂寞和空虚的。"

　　曹寄青把照片放进贴胸口袋里，道："与父亲相守，我就有底气重新做人。"

尾 声

几天后，曹寄青及其他涉案人员陆续被移送司法机关。司法程序严谨，判决尚需时日。较早定案的是孟宏文。孟宏文罪大恶极，法院判处他死刑，又经最高人民法院批准，最后验明正身，将其固定在注射床上，执行注射死刑。

俞波涛获准来到注射室外的监控屏前，目睹孟宏文的伏法过程。接着赶往烈士陵园奚连江墓前，点燃孟宏文的判决书和行刑照片，嘴里道："孟宏文已被绳之以法，执行注射死刑，连江你可含笑九泉了。"

阳光透过云层，投射到墓碑上，奚连江三个字显得格外耀眼。俞波涛盯着碑上的字迹，回想着与奚连江共同战斗过的日日夜夜，一阵悲凉袭上心头。同时耳边又响起毛泽东主席《为人民服务》的名言："人总是要死的，但死的意义有不同。中国古时候有个文学家叫作司马迁的说过：人固有一死，或重于泰山，或轻于鸿毛。为人民利益而死，就比泰山还重；替法西斯卖力，替剥削人民和压迫人民的人去死，就比鸿毛还轻。张思德同志是为人民利益而死的，他的死是比泰山还要重的。"

反腐斗争就是维护国家和人民根本利益，奚连江牺牲在反腐前线，为人民利益而死，他的死自然也比泰山还要重。从这个意义上说，奚连江就是当今的张思德。作为战友，无不为奚连江感到自豪和骄傲，在今后的反腐斗争中，一定以他为楷模，再接再厉，再立新功。

这么自言自语着，俞波涛脸上不觉露出些许欣慰的微笑。正好不远处的草地里飞来一只翠色小鸟，朝着俞波涛这边啾啾啾叫着。俞波涛也咻咻咻朝它吹几声口哨，意思是问它：你莫非是连江的使者，特意来告诉我，你已听懂我的话，要去转告给连江？小鸟啄两下脑袋，又啾啾几声，双腿一弹，振翅飞走。

见时间已不早，俞波涛一步一回头，朝墓园出口走去。迎面过来一位抱着玫瑰的漂亮女士，俞波涛见墓道逼仄，侧身让过。女士没走远，停在奚连江墓前，弯弯腰，将玫瑰放到墓碑上。这是奚连江什么人？亲戚，老乡，同学？还是曾经的恋人？俞波涛忽想起奚连江说过的女同学钟思语，观其美丽容貌和不凡气质，该八九不离十。

俞波涛踱身回去，望了一眼正对墓碑默然垂泪的美女，轻声道："你叫钟思语吧？"

美女很诧异，侧过头，用含泪的亮眸望望俞波涛，问道："你怎么知道我是钟思语？我可不认识你。"俞波涛道："连江生前跟我说过你，我是他同事俞波涛。"钟思语道："原来你就是俞波涛。要不是你，连江早去了我公司，也不至于死于非命。"

"是我对不起连江，让他失去发财机会，他还为我抵挡子弹，付出生命代价。"俞波涛痛彻心扉道，"不过我要跟你言明，连江不是死于非命，是为人民的幸福、民族的复兴，献出宝贵生命，他死得其所，死得重于泰山。"钟思语道："有你说的这么高尚吗？"俞波涛道："我不跟你说大道理，只告诉你，当初连江没去贵公司，其实不全是我劝阻，是他内心具有崇高信仰。信仰才让他留下来，为党的反腐事业贡献聪明才智。"

钟思语似懂非懂地瞧一眼俞波涛，回头盯住墓碑，像在问地下的奚连江，你这位同事说的是不是你的心里话？俞波涛没再打扰钟思语，悄然转身，向墓园出口走去。没走多远，忽觉墓园森森，天色渐晚，抛下钟思语独留园内，似有不妥。俞波涛干脆坐到路旁的石头上，仰首观起天边斑斓的夕晖来。

过了十几分钟的样子，钟思语出现在俞波涛视线里。见俞波涛还没走，随口问道："你在等人？"俞波涛道："等你啊，偌大的墓园，就你一个人待在里面，我放不下心。"钟思语道："你蛮有绅士风度嘛，就像从前连江一样。"

出了陵园，俞波涛道："我送你吧，反正顺路。"钟思语道："我有司机。"

俞波涛朝空旷的停车坪望去，发现离自己车子不远的树荫下有台豪车，忍不住玩笑道："都说贫穷限制想象，其实富贵同样会限制想象。比如你们富人天天端着架子坐在豪车里，肯定想象不出咱们穷人坐普通车的随心所欲和穷快活。"

也许是觉得俞波涛说话有意思，钟思语稍稍犹豫，撇下自己的车，来到俞波涛车前。俞波涛拉开后厢门，道："真想体验穷人的穷快活？"

钟思语没理会俞波涛，上前打开副驾门，低头钻了进去。俞波涛赶紧来到驾驶室，启动马达。一路上钟思语都没吱声，俞波涛几次想说句什么，也只好闭住嘴巴，把话咽了回去。美女大老板为何会屈尊坐自己破车？真是想体验穷人的穷快活？

快下完山时，钟思语终于开口道："知道我为何坐副驾吗？"俞波涛道："愿闻其详。"钟思语道："连江说过，经常随你外出办案，我想若是你开车，他肯定会坐在副驾上。"

原来钟思语是要到车上来寻找奚连江的气息。俞波涛心头一动，真为奚连江感到荣幸。这便是常言说的生死恋吧？俞波涛道："你为何给连江献玫瑰，而不是别的花？难道想把当年他送你的玫瑰还给他？"

钟思语侧首望向俞波涛，道："你怎么什么都知道？连江跟你说过？"俞波涛道："连江很少说你俩的恋情。我是见很少有人给亡者献玫瑰，觉得奇怪，胡乱猜测的。"钟思语道："还真被你猜中了，连江确实捧着玫瑰向我求过婚。只是鬼使神差，我没跟他走到一起。所以今天刚下飞机，我就买了玫瑰，直奔墓园，还情给他。"

多么难得的有情人。俞波涛暗叹道，趁路面宽敞，提了车速。钟思语好像有些疲惫，仰首在靠背上，闭目假寐起来。俞波涛没打扰她，紧紧把住方向盘，尽量把车开得平稳些，让她多休息会儿。钟思语自然不可能睡着，眼睛合着，嘴上却道："是不是到了青湖？"

俞波涛有几分诧异，道："你没张开眼睛，怎么知道到了青湖？"钟思语道："可我开着鼻孔。"俞波涛笑道："这倒是事实，没人闭过鼻孔。难道你嗅得出青湖味道？"钟思语道："连江给我描绘过青湖前景，青湖早印在脑海中，它的样子和气息我已熟悉得不能再熟悉。"

"那就下车自己瞧吧。"俞波涛松开油门，刹住车子。钟思语推开车门，抬步下地。举目望去，青湖范围内的非法项目已然不见，取而代之的是一望无垠的浩渺水面，油画般涂抹着灿烂的霞光。鸳鸟在水上浮游，近者如黑鸭，远者似墨点。风浮湖岸丝柳，轻拂幽草和杂花。紫云英在杂花和幽草中肆意繁盛，铺向蛤蟆岭西麓。

蛤蟆岭那若隐若现的别墅群也彻底消失，岭树已披上春天的嫩绿，簇簇桃红和李白点缀其间，绽放着盎然生机。骄傲的岩鹰舒展长翅，在空中悠然翱翔，不时惊起警觉的苍鹭，向青湖飞来。苍鹭可群可独，愿栖深林，亦喜水岸，曾是白湖和蛤蟆岭常客，蛤蟆岭和青湖开发项目时，躲得不知去向。待青湖蓄水，蛤蟆岭也恢复平静，苍鹭们重又出现在岭湖之间。

面对湖光岭色和黑鸳苍鹭，钟思语久久不愿离去。俞波涛无话找话道："青湖成湖，蛤蟆岭能有今天，真是彦州人民的福音。只是沧彦和彦州官场倒掉那么多官员，两河新区管委会几近瘫痪，开发商已跑得差不多，一时三刻恐怕恢复不了元气。"

钟思语对官场不感兴趣，眼睛一直望着青湖，没啥表示。俞波涛摇摇头，自晒道："钟老板非官场中人，我干嘛叨叨叨，跟你说这些呢？可连江不在了，我又跟谁说去？我最听不得有人抱怨省市纪委监委抓人太多，反腐反过了头，沧彦和彦州大伤元气，经济环境受到毁灭性破坏，想重建经济秩序，没十年八年，绝无可能。可这些人不想想，蛤蟆灯事件是何时发生的？是抓人前还是抓人后？抓人前经济环境那么好，又怎么会冒出蛤蟆灯事件？"

对蛤蟆灯事件钟思语倒不陌生。她微信朋友圈没少彦州人，在圈里见过事发经过，过后还打电话问过奚连江。奚连江告诉她，这并非坏事，正好借机修复官场危机，还有蛤蟆岭和青湖的生态，给她回乡投资创造良好环境。

不觉间夜色降临。俞波涛跟钟思语说了在欧洲留学的侄儿，请她关照。钟思语满口答应，给俞波涛留下电话，然后走向尾随至湖边的豪车。

不久钟欧外贸公司彦州分公司落地两河新区。俞波涛侄儿亦即曹寄青儿子也随钟欧公司回国，在彦州分公司里任职。

俞波涛将钟欧公司消息报告给黎秉钧。纪委监委又不管招商引资，俞波涛来说此事，定有什么意图。黎秉钧笑道："波涛有何想法，直说就是。"俞波涛道："鲍清渠的事已调查清楚，确属事出有因，责在两河新区管委会，能否特殊情况特殊考虑，免予移送司法？"

"你是想让鲍清渠学钟思语，给彦江带些项目来？"黎秉钧道。俞波涛道："鲍清渠不仅自己有产业，还是彦州江浙商会会长，他出面一呼，还愁没人来彦州投资？"黎秉钧道："好好好，这主意好。上午中组部已在省委常委扩大会议上宣布，廖远征同志接任省委书记，他非常关注两河新区，我跟他说说，让鲍清渠为彦州经济发展出钱出力。"

廖远征非常赞同黎秉钧意见。鲍清渠离开悟园后，很快给彦江带来上千亿投资。加之钟思语彦州外贸分公司开业后，不少其他欧洲公司也纷纷跟了进来。政商环境改善，优质产业云集，青白湖周边很快成为热土，资金和人才源源不断涌入。

连夏语冰也把工作室搬到青湖边的写字楼，招收弟子，望岭面湖，抚琴弄曲。俞波涛不时过去听琴濯耳，啜茗涤心。有时还能碰上陶景宜和林路雪，几位你一言，我一语，说些闲话。林路雪常常走神，俞波涛问她："是不是想念美国的儿子？"陶景宜叹道："孩子真可怜，生下地就骨肉分离，见不到父母。"

林路雪垂下头，只顾抹泪。夏语冰对俞波涛道："也怪波涛，把周俊才也办了进去，那孩子无依无靠的，该怎么办？"俞波涛道："那孩子本来就是错树上结的错果，怎能怪我把周俊才办了进去？"

"见不到儿子，还不如去做尼姑。"林路雪已泣不成声。夏语冰转移话题道："早上蹲马桶无聊，随便刷手机，看到一则消息，说北京燕云公司被迫退市破产，受到清算，高管们不是被抓，就是跑路，甚或跳楼自杀，不知波涛看到没有？"

燕云公司退市破产属预料中事，但俞波涛还是一惊，问道："真有其事？"夏语冰道："难道我骗你不成？我是见你老同学余慧娴是该公司高管，才跟你吱一声。"俞波涛道："看到余慧娴名字没有？"

陶景宜忙给夏语冰使眼色，夏语冰自知失语，吞吞吐吐道："消息里没提高管们名字。"

俞波涛拿出手机，调出余慧娴名字，揿下绿键，已毫无反应。划开余慧娴微信，已三个多月没刷新。求助于百度，点击余慧娴三个字，头条赫然写道：燕云高管余慧娴跳楼自杀。

俞波涛两眼发直，傻在那里，久久没有动静。吓得林路雪扔下自己的痛苦，伸手在俞波涛眼前晃晃，带着哭腔道："涛哥涛哥，你没事吧。"

见俞波涛没反应，林路雪又抓住他肩膀，使劲摇起来。摇半天，才把俞波涛摇醒，他呼出口长长的浊气，满眼都是悲凉。当年的铁三角，如今崇世煜关在监狱里，余慧娴跳楼自杀，留下俞波涛一人，孑然于世，叫人怎能不悲从中来？

陶景宜赶紧端杯茶水，递向俞波涛。俞波涛没接，双手捧住脑袋，喃喃道："怎么会是这样，怎么会是这样！"

林路雪揽住俞波涛的腰，跟着无声流泪。夏语冰走到琴台旁，矮身坐下，在弦上抚弄起来。是那支《鸥鹭忘机》。琴声幽幽，透过敞亮的落地大玻璃，飘向窗外的青湖。湖上有苍鹭掠过，停在水边，昂然远眺。陶景宜见状，慨然道："世间一切悲剧，无不是机心太重导致的。要想免灾避祸，别无他哉，唯有忘机。"

远处是苍茫的蛤蟆岭，静默无声。

后 记

肖仁福

随着纪检监察体制改革的深入推进，反腐败工作呈现全新面貌。身处历史大潮之中，本人感触良多。从 2018 年开始，个人即有了创作反腐败题材长篇小说的念想，以求客观反映这一时代主题，并展现新时期纪检监察人的整体精神风貌和非凡战斗历程。我的想法很快得到纪检监察机关的积极回应和大力支持，使我有机会深入反腐一线，参与见证纪检监察机关的监督执纪、审查调查等日常工作，并与广大纪检监察干部有了更多零距离的接触与交流。而越是走近纪检监察机关和纪检监察干部的日常，本人的体会和感受也越深刻。纪检监察干部不仅仅是铁面无私的执纪执法人，他们也如常人一样，为人夫，为人妻，为人父母，为人子女，也有常人的七情六欲和喜怒哀乐，只因工作性质的特殊，忠孝难于两全，往往顾得上工作，顾不上家庭，不得不使亲情暂时让步，而把党和人民的利益放到了首位。

纪检监察工作大体可分两个方面，即党风廉政建设和反腐败斗争。两方面工作目的一致，就是具体落实党中央党要管党的决策部署。世界上其他任何政党都只能算是少数利益党，其目的都是维护少数人和本集团的利益，而唯独中国共产党是全体利益党，其宗旨在全心全意为人民，即维护全体中国人民的根本利益，让全体中国人民在党的带领之下过上幸福美好生活。党要管党就是保持党的纯洁性、先进性，教育广大党员始终坚持为人民谋幸福，为民族谋复兴，凡是维护人民利益的行为都要大力倡导，凡是损害人民利益的行为都要坚决斗争。而纪检监察干部就是人民根本利益的守夜人。守夜人不是稻草人，心要明，眼要亮，头脑要有足够智慧，才可能创造性地开展工作，战胜腐败分子，维护正义，营造良好的政治环境和经济环境，最终推动党内政治文明和社会文明的共同进步。

如何将纪检监察干部肩负的重大使命和生动实践写成有血有肉的长篇小说，让我颇费心思。长篇小说字数多，容量大，一册在手，读者能否一个字一个字读下去，全在于故事和人物抓不抓人。好在纪检监察工作不缺有冲突的故事，这为长篇小说创作提供了足够空间和丰富素材。《阳光之下》以纪委监委一线审查调查人员为主角，通过对他们与腐败官员较量过程的逼真描写，展现纪检监察人的忠诚、担当、英勇和智慧。当然，这样还是远远不够的。若只是单线记叙案件查办过程，就会与普通意义的反腐小说或侦探小说没啥两样。而纪检监察人是立体的，复杂的，有丰富的内心和情感世界，并非普通办案机器。如前所说，纪检监察机关既要查办贪腐，还要担负起廉政宣传教育、纯风化俗等多重职责，这就注定纪检监察干部群体构成的多样性和丰富性。因此在突出故事主线的同时，我尽量融进纪检监察人的日常生活和常态人生，多方位展示纪检监察人的群像，使人物更真实，更丰满。而对落马官员，也没把他们写成天生的坏人。他们也曾有理想有抱负有作为，只是随着地位的提升、手中权力的加大，忘记初心使命，拜权拜金，甘受围猎，走向党和人民的反面，直至进入留置室，在组织教育和帮助下，脱胎换骨，重新做人。

本人能力有限，《阳光之下》还存在不少瑕疵，恳请广大读者批评指正。感谢纪检监察机关给予的无私帮助，终使《阳光之下》成稿。湖南省新闻出版广电局原党组书记、局长朱建纲先生和省文联副主席、省作协主席王跃文先生，给予本人鼎力支持。我的大学老师、著名作家和出版大家龚曙光先生认真审阅教正，团结出版社社长梁光玉先生、总编赵广宁先生亲自策划编辑，在此一并致谢！

2021 年 7 月